Ihr persönliches Leseexemplar

Bitte beachten Sie die Sperrfrist
für Rezensionen bis zum 16. August 2013.
Vielen Dank!

Tamerlans Gelächter

Vorbemerkung fürs Leseexemplar

Als ich am 10. August 1987 zum ersten Mal in der Samarkander Altstadt stand, brodelte es dermaßen unorientalisch unbunt um mich herum, daß abseits der touristisch relevanten Bauwerke von einem Zauber der Seidenstraße nichts, gar nichts zu spüren war. Hingegen davon, daß »das alles hier« demnächst in die Luft oder zumindest den russischen Kolonialherren gewaltig um die Ohren fliegen würde – es war die Zeit kurz vor Glasnost und Perestroika, schon 1991 sollte Usbekistan mit zahlreichen anderen Sozialistischen Sowjetrepubliken wieder seine Unabhängigkeit erlangen. Ich kann es nur mit meiner damaligen Naivität entschuldigen, daß ich die explosive Stimmung in der Stadt gewaltig überinterpretierte (eine friedliche Loslösung von Rußland nicht mal ansatzweise erwägend) und die Antizipation des Schreckens nicht anders zu fassen wußte denn als maßlos übertriebenen Gedanken: Hier wird er losgehen, der Dritte Weltkrieg.

Er tat es bekanntlich nicht. An Kriegen und kriegerisch sich zuspitzenden Krisensituationen rund um Samarkand war seither jedoch kein Mangel; und wer würde ernsthaft erwarten, daß die Region in den nächsten Jahren zur Ruhe kommen könnte?

Die *tatsächliche* Entwicklung der Weltgeschichte zu antizipieren ist nicht das Sujet der Literatur; Konflikte zu erahnen, lang bevor sie ausbrechen, schon eher – konkrete Rahmenbedingungen spielen dabei allenfalls eine stimulierende Rolle. Die impulsive Überzeugung, daß ich in Usbekistan quasi an der Demarkationslinie zweier sich neu formierender Weltmächte stand (inzwischen sind mit der NATO und China sämtliche »Global Player« vor Ort), setzte meine Phantasie jedenfalls gewaltig in Bewegung. Und das zu einem Zeitpunkt, da ich mich gerade fünf Jahre lang mit einem Roman herumgeschlagen hatte, in dem es um »nichts weiter« als die Farbe der Vokale ging!

Doch auch Timur alias Tamerlan, vielleicht der größte Barbar unter den Welteroberern, von dem ich anläßlich meiner Reise zum ersten Mal mehr als den Namen vernommen hatte, beschäftigte mich ungemein: Sein gegen Ende des 14. Jahrhunderts errichtetes Reich ging nach seinem Tod rasch unter, so war es in jedem Reiseführer nachzulesen. Warum auch immer, ich nahm es wortwörtlich, zumindest was seine Hauptstadt Samarkand betraf, das damalige, das eigentliche Samarkand; in meiner Vorstellung lag es seither unter einem Berg begraben. Und er selbst, Timur, wartete darin wie in einer Art zentralasiatischem Kyffhäuser auf den Tag, da er – nicht etwa als Friedenskaiser wie Barbarossa, sondern als Kriegskaiser sein Weltreich wieder errichten würde.

Wahrscheinlich war es ebenjene Urangst vor den Mongolen, den Hunnen, den Tataren – damals wußte ich die verschiedenen »Horden« noch nicht zu unterscheiden –, daß ich gar nicht anders konnte, als an Stoff und Thema so lange dranzubleiben, bis ich mich davon durch Niederschrift befreit haben würde. Denn obwohl dies so schnell nicht gelingen wollte, war ich mir seltsam sicher, daß es irgendwann klappen würde, klappen mußte; und so zurückhaltend ich ansonsten meine literarischen Pläne preisgab, so bereitwillig schwadronierte ich von »Samarkand

Samarkand«, wenn das Gespräch auch nur einen halbwegs geeigneten Vorwand dazu lieferte. Als ob ich all die mißglückten Versuche, den Stoff zu Papier zu bringen, durch mündliches Erzählen kompensieren wollte. Oder als ob ich mich dadurch zum Durchhalten zwingen wollte, um die endgültige Niederlage nicht irgendwann ebenso öffentlich reihum einräumen zu müssen. Bald hatte ich »Samarkand Samarkand« auch gegenüber Lektoren oder Verlegern erwähnt, ja, den einen oder anderen Verlagsvertrag darüber abgeschlossen. Und dabei Vorschüsse eingestrichen, die ich dann mit anderen Büchern abgelten mußte. Je unschreibbarer der Roman wurde, desto beredter wußte ich ihn ersatzweise zu erzählen.

Zu schreiben versuchte ich ihn gleichwohl und immer wieder. Auch im Jahr 2000, als ich mit diesem Projekt zu Hoffmann und Campe kam, war ich wild entschlossen. Damit vor der nun endgültig anstehenden Niederschrift nichts mehr dazwischenkommen konnte, das die Inspiration möglicherweise von Samarkand abgezogen hätte, beschlossen wir, meine Frau und ich, unseren Urlaub in einem Land zu machen, das mich damals noch nicht sonderlich interessierte: Kuba. Bis zum vorletzten Urlaubstag ging der Plan blendend auf, dann ... mußte ich dem Verlag beichten, daß es wieder einmal nichts werden würde mit »Samarkand Samarkand«.

Am 23. Januar 2013, gut 25 Jahre nach der ersten Notiz dazu, konnte ich endlich das fertige Manuskript an den Verlag schikken. Von der Ursprungsidee erhalten hat sich auf den ersten Blick erstaunlich wenig, jedenfalls wenn man vom Stoff her denkt. Und dennoch war das, was in der jetzigen Version eher am Rande verhandelt wird, stets das treibende Motiv. Illustriert wird das recht gut durch ein Photo, das ich erst spät – ich glaube: im August 2009 – in Samarkand entdeckte, prompt die ganze Nacht nicht schlafen konnte und es tagsdrauf erwarb.

VI

Es ist von Max Penson (1893–1959) und zeigt einen namentlich nicht überlieferten Bewohner des Sowjetreiches, den der berühmteste Photograph Usbekistans ca. 1920–40 vor die Kamera bekam. Für mich war es freilich kein anderer als Timur, der da porträtiert worden, und ist es noch heute: derjenige im Berge, der seiner Wiederauferstehung entgegenlebt und -lacht oder auch -schreit, so genau ist das auf dem Bild ja nicht zu entscheiden. Das Photo stand seither auf meinem Schreibtisch, und als ich mich zum Jahreswechsel 2011/12 ein letztes Mal hinsetzte, um den Roman zu Papier zu bringen, schrieb ich gewissermaßen die ganze Zeit darauf zu. Vielleicht ist die Sache nur deshalb geglückt, weil in dieser Photographie der »Urschrecken« meiner ursprünglichen Phantasien zum Ausdruck gebracht war und mich mit jedem Blick, den ich während des Schreibens darauf warf ... jedenfalls nicht zur Ruhe kommen ließ. Als mir der Stoff Mitte 2012 erneut über den Kopf zu wachsen drohte, setzte ich anstelle der geplanten weiteren Bücher das Photo selbst, nämlich als abschließendes »Fünftes Buch: Tamerlans Gelächter« – zugleich Schmerzensschrei, Triumphgeheul, ausbrechender Wahnsinn. Auf diese Weise konnte ich mich damit abfinden, daß ich das meiste auch diesmal gar nicht erzählt hatte; zum Glück, wie man mir versicherte – und wenige Tage, bevor das Manuskript tatsächlich in Satz ging, auch noch das Photo abhandelte und damit das »komplette« Fünfte Buch.

Wie überraschend schnell diese 25 Jahre dann plötzlich zu Ende waren! Und nun? Es fühlt sich etwas merkwürdig an, fast so, als hätte ich mich im Verlauf der Zeit daran gewöhnt, dies ungeschriebene Buch mit mir herumzuschleppen und nie wieder loszuwerden; und als würde ich nun, da ich den Stoff tatsächlich und endgültig loslassen muß, bereits den Phantomschmerz spüren, der mich vielleicht die nächsten 25 Jahre begleiten wird.

MP, 12. Februar 2013

Matthias Politycki

Samarkand Samarkand

Roman

| Hoffmann und Campe |

Die Arbeit des Autors am vorliegenden Buch
wurde vom Deutschen Literaturfonds e. V. gefördert.

1. Auflage 2013
Copyright © 2013 by Hoffmann und Campe Verlag, Hamburg
www.hoca.de
Satz: Pinkuin Satz und Datentechnik, Berlin
Gesetzt aus der Stempel Garamond
Druck und Bindung: GGP Media GmbH, Pößneck
Karten im Vor- und im Nachsatz: Johannes Nawrath
Printed in Germany
ISBN 978-3-455-40443-2

Ein Unternehmen der
GANSKE VERLAGSGRUPPE

Ist auch der Pfad unendlich,
        brich auf und tritt ihn an!
Bloß in die Ferne blicken
        schickt sich nicht für den Mann.
Wag dran dein Herz, dein Leben,
        bewältige den Pfad!
Wie tierhaft ist ein Leben
        nur in des Körpers Bann!

Dschalaluddin Rumi

Als die Dämmerung einsetzte und die Deutschen zu rennen anfingen, auf daß sie noch rechtzeitig nach Hause kamen, rief der Muezzin vom Turm der St.-Johannis-Kirche zum Gebet. Wie immer antworteten die Russen von der anderen Alsterseite mit Maschinengewehrsalven, kurz darauf mit russischem Hardrock. Sie hatten die Minarette der Blauen Moschee, in der sie ihr Hauptquartier eingerichtet, mit solch gewaltigen Boxen bestückt, daß die Musik über der zugefrorenen Alster stand, ohne zu verzerren. Vom Gesang des Muezzins war nichts mehr zu hören, stattdessen das Gedröhn der Geschütze, die nun von türkischer Seite abgefeuert wurden. Auch wenn keine einzige Rakete in den Himmel steigen würde, sobald um Mitternacht das '27er-Jahr anbrach, gehörig knallen würde es, das stand fest. Dazu hatte es in den letzten Tagen zu viele Provokationen gegeben, die Selbstmordanschläge rund um Weihnachten im russisch kontrollierten Ostteil, die Rachefeldzüge der Todesschwadronen durch den Westteil. Ohnehin wurde nach Einbruch der Dunkelheit auf jeden geschossen, den Milizen, Jugendbanden oder Scharfschützen entdecken konnten. An den Demarkationslinien der geteilten Stadt rüstete man selbst heute zum Häuserkampf, Straßen und Plätze leergefegt. Nur auf der Krugkoppelbrücke, wo nachts immer der Deutschenstrich war, herrschte bis zum Morgengrauen Waffenstillstand, Freischärler wie reguläre Soldaten kamen von beiden Seiten. Kaufner war öfters dort gewesen, solange er noch eine Hoffnung gehabt und gesucht hatte, sogar bis zum Anbruch der Ausgangssperre gesucht hatte, obwohl er sich damit beim Heimweg in Lebensgefahr gebracht. Überall Straßensperren, Kontrollpunkte, glücklicherweise kannte er fast alle, die auf Dächern, in Hauseingängen, hinter Barrikaden oder Müllcontainern ihr Terrain bewachten. Der Krieg war zum Alltag geworden, man hätte sich damit arrangieren können, wenn man es gekonnt hätte. So ging es nun schon seit eineinhalb Jahren; wenn nicht bald einmal jemand aufstand und ein Ende machte, würde es immer so weitergehen.

Erstes Buch

Der Atem des Kirgisen

Überm Gegenhang kreisten die Adler. Doch das wäre noch kein Hinweis gewesen, in diesen Gebirgen kreisten sie immer. Selbst daß der Esel zunehmend scheute, endgültig bockte, als er die Hängebrücke erreichte, erlebte Kaufner nicht das erste Mal. Die Brücken hatten ihm selber schon manches abgefordert; diese hier – am Ende der Schlucht, wo der Weg eine Spitzkehre machte – bestand bloß aus zwei straffen Stahlseilen, übers talwärts schießende Wasser gespannt, und einigen Brettern, die in loser Folge quer darüberlagen.

Niemals zuvor hatte Kaufner solch wütende Wasser gesehen wie in diesen gottverlaßnen Tadschikengebirgen. Auch heute hatte er sie brüllen hören, lange bevor die Schlucht erreicht war, ein gleichmäßig dunkles Donnern. Spätestens mit Eintritt in die Schlucht wäre es ihm früher bang geworden, bang vor dem schieren Element, wie's voll Haß hinabstürzte, weil die Berge in diesem Land viel zu steil aneinandergefügt und die Schluchten viel zu eng waren, die Felsbrocken viel zu groß, die sich an ihrem Grund verkeilt. Kaufner, mit seinen achtundfünfzig Jahren ohnehin einer, den so schnell nichts mehr schrecken konnte, hatte sich daran gewöhnt, er kannte die

Sturzbäche seit Monaten, die Brücken, die sofort zu schwingen begannen, wenn man sie betrat.

Der Esel bockte nahezu bei jeder dieser Brücken, bei Bächen und Flüssen nicht minder, wenn er hineinsollte, um einen Übergang zu suchen. Eiskalt waren die Wasser und brutal, man brauchte kein Esel zu sein, um davor Respekt zu haben. Odina schlug ihn mit dem Stock, dann mit der flachen Hand, beschwor ihn, »Paa-tschup!«, beschimpfte ihn, »Jech!«, umfaßte ihn plötzlich mit festem Griff von hinten, drückte sich an ihn, preßte ihn mit den Hüften ein paar Zentimeter voran, ließ ab, wischte sich die Stirn. Verrutschte das Gepäck, »Tschee!«, zog die Gurte fester, »Schusch!«, immer auf den Esel einredend.

Kaufner, der zu dem Jungen aufgeschlossen hatte, nützte die Gelegenheit, den Rucksack abzuwerfen. Verfluchter Weg! Der kaum mehr war als eine Abfolge an Wegmarken im Fels, ein Schäferpfad, von vertrockneten Schafsköteln markiert und vertrockneten Gräsern und Disteln. Seit Stunden waren sie die Schlucht bergauf geklettert, auf Tadschikisch hieß sie angeblich *Das Tal, in dem nichts ist,* nicht mal zu Mittag hatten sie ordentlich gerastet, weil ... es anders nicht ging, hier oben konnte jeden Tag der Winter einbrechen, sie hatten keine Zeit zu verlieren. Wenn nur der Berg nicht so steil gewesen wäre, an dem sie sich hinaufarbeiten mußten, immer mit einem Bein überm Abgrund, tief unten das graue Band des Baches. Bloß nicht jetzt noch in die Tiefe sehen. Schau auf die Staubfahne, wie sie übern Gegenhang zieht. Schau auf den *Kobrafelsen,* den ihr gerade passiert habt. Der Junge hat recht, er ähnelt tatsächlich einem Kobrakopf. Und jetzt schaff dir den Staub aus dem Schlund.

Als Kaufner sich anschickte, seinen Hals freizuräuspern, sah er Odina und den Esel, zu völliger Reglosigkeit erstarrt, dem Hineinlauschen in die Bergwelt ergeben. Kaufner vergaß das Kratzen im Hals. Doch zu vernehmen war nur die anhaltende Wut des Wassers, wie es sich die Klamm hinabstürzte. Kaufner kniff die Augen zusammen, plötzlich wurde ihm alles wichtig in dieser eintönig öden Felslandschaft, und sah auf die gegenüberliegende Wand, in der, vereinzelt von verdorrten Stauden markiert, der Pfad weiterlief, bald an Höhe gewinnend. *Das Tal, in dem nichts ist* ...

Bis Odina plötzlich ein kaum vernehmbares »Der Kirgise!« aufzischen ließ, mit der halb erhobenen Hand jedweden Mucks Kaufners untersagend, sich nach endlosen Sekunden mit einem kaum gehauchten »Allah ...« aus der Anspannung lösend. Im nächsten Moment hatte er das Halfter des Esels gepackt, zerrte ihn weg von der Brücke. Schob drückte zog ihn den Pfad zurück und dann steil hangaufwärts, hinter den *Kobrafelsen*, wo er ihn sogleich zu Boden warf, »Nechtarat chot-chot«. Kaufner, der kaum hinterhergekommen und in der Eile des abduckenden Zusammenrückens dann noch fast unters Gepäck geraten, konnte ihm mit Mühe »Der Kirgise?« zuflüstern: »Meinst du den Januzak, von dem du öfter –?«

Odina, nun blitzte selbst ihm einmal die Angst aus den Augen. Er bedeutete Kaufner, nein, befahl ihm mit einem Blick zu schweigen. Kaufner hatte Zeit, die Graffiti zu betrachten, die in arabischer, kyrillischer, lateinischer Schrift in die umliegenden Felsen eingemeißelt waren. Bis es auch er endlich hören konnte, da pfiff sich einer ein Liedchen, während er irgendwo auf der anderen Seite der Schlucht den Weg bergab kam.

Aber der war doch noch weit weg? Warum beflüsterte Odina denn jetzt schon den Esel, »Chche!«, drückte ihn erneut zu Boden? Kaufner hockte, lauschte, starrte. Verfluchte Schlucht! So schmal, daß für ein vernünftiges Versteck einfach kein Platz war. Mochte man auch nur mehr fünfzig Kilometer von Samarkand entfernt sein, so würde doch das, was gleich passieren mußte, nicht in tausend Jahren dort unten bekannt werden.

Verfluchter Berg! Bereits Tage zuvor war von den Ausschreitungen zu hören gewesen. Wäre das Serafschantal nicht über

Nacht von den Tadschiken abgeriegelt worden, Odina und er hätten sich den Weg über die grüne Grenze sparen können. Angeblich hatten die Usbeken angefangen, in Wirklichkeit waren wahrscheinlich ein paar betrunkene Tadschiken auf ihren Pickups ins nächstgelegene Usbekendorf gefahren und hatten auf jeden gefeuert, dessen Augen ihnen nicht rund genug aussahen. Verdammter Arierwahn! Ausgerechnet hier, in diesem vergeßnen Weltwinkel, wurde's nach ein paar Wodkas stets stramm völkisch, und als Deutscher war man zwangsläufig mit von der Partie, von jedem dahergelaufenen Bauern gleich als Bruder vereinnahmt – wenn Kaufner das geahnt hätte, als er den Auftrag angenommen! Junge arbeitslose Tadschiken, denen der Reichtum, der angebliche Reichtum usbekischer Händler seit je ein Dorn im Auge war, und ihretwegen mußte er jetzt ... Aber egal, die Einzelheiten würde man drüben erfahren.

Immerhin hatte der Junge einen Ausweg gewußt, quer übers Turkestangebirge und durch eines der wenigen Schlupflöcher zwischen beiden Staaten – »Hundert Prozent sicher, Herr, die Schmuggler benützen ihn auch« –, deren Grenzverlauf ansonsten mit Bodenminen gesichert war. Immerhin hatten sie das Mausoleum, von dem er seit Tagen gesprochen, gestern abend erreicht; bevor sie heute aufgebrochen waren, hatte Kaufner noch einen Blick in die Krypta geworfen, während Odina draußen sein Taschentuch zerrissen und eine der Hälften in die Zweige des Wunschbaums geknüpft hatte, wo bereits allerhand bunte Fetzen im Wind –

Daß er sich nur so vergessen hatte können! Kaufner fuhr auf, lugte hinterm Felsen hervor. Und hätte sich beinah verschluckt vor Schreck. So nah schon? Wie kommt der denn so schnell den Berg runter? Gut, daß der Abgrund noch zwischen uns ist. Schad, daß er sich so vermummt hat. Bis auf den Sehschlitz in helle Tücher eingewickelt, genau so, wie er immer beschrieben wird. Und hüpft über die Felsen! Als wär' er bei sich zu Hause.

Alle im Gebirge hatten diesen wiegenden Gang, alle, die hier aufgewachsen oder im Lauf der Jahre gelernt hatten, die Kraft der Berge Schritt für Schritt zu ihrer eigenen zu machen. Bereits am Gang konnte man erkennen, ob man sich auf eine gefährliche Begegnung einzurichten hatte oder ob ein Anfänger unterwegs war, der viel Staub aufwirbelte und mit sich selbst und seinem Durst beschäftigt war. Der Kirgise gehörte zu denen, die über den Fels gingen, als wär's ein flauschiger Teppich, schon allein dadurch bestätigte er die Gerüchte, die über ihn kursierten.

Kaufner hatte einiges über die gehört, die durchs Gebirge streiften wie er, auch vom Gesetz der Berge, das keine Indizienbeweise kennt. Der Kirgise, angeblich war er Albino und mußte sich vor der Sonne verhüllen, angeblich war sein Gesicht entstellt und er mußte sich deshalb verhüllen, angeblich führte er noch nicht mal einen Kampfnamen, angeblich war er keiner von denen, die aus Überzeugung hierherkamen, sondern Söldner der Russen, der Chinesen, des Kalifen, angeblich war er unverwundbar, verrückt, schnitt Zeichen ins Gesicht seiner Opfer, trank ihr Blut, solange es noch warm war, angeblich direkt aus der geöffneten Ader, Januzak, der Kirgise.

Schon hatte er, immerfort pfeifend, die Hängebrücke passiert, jetzt war er wirklich nur noch wenige Meter vom *Kobrafelsen* entfernt. Odina drückte dem Esel mit beiden Händen die Nüstern zu. Kaufner hörte ganz von selber auf zu atmen.

Dann war der Kirgise vorbei. Auch von hinten eine überraschend schmale, ja, schmächtige Person. Beinah zierlich, man hätte ihn für eine Frau halten können. Odina lockerte seinen Griff, Kaufner atmete etwas übertrieben tief ein. Spürte prompt wieder den Staub in der Luftröhre, der Reiz wurde stärker, je heftiger er ihn unterdrückte, wurde unerträglich. Er mühte sich, wenigstens so viel wie möglich nach innen zu husten, eine Art Implosion. Aber laut genug, daß der Kirgise, er war ja gerade erst zehn oder zwanzig Schritt entfernt, auf der Stelle umkehrte und vor ihnen aufwuchs.

Odina rappelte sich empor, preßte die Handflächen aneinander, neigte den Kopf, fast berührte er mit seinem Kinn die Fingerspitzen. Dabei hatte der Kirgise nicht mal eine Waffe in der Hand.

Allerdings eine unangenehm hohe Stimme, als er das Schweigen schließlich mit ein paar scharfen Silben zerschnitt. Odina setzte, allein vom Ton seiner Ausführungen zu urteilen, setzte zu einer Rechtfertigung an, die sich wortreich um Wohlklang mühte; doch weshalb mußte er sich überhaupt entschuldigen? Eine Weile ging es zwischen den beiden hin und her, vielleicht auf Kirgisisch, dann trat Januzak auf Kaufner zu, der sich die ganze Zeit über im Abseits gehalten hatte. Trat unangenehm nah heran und fixierte ihn von unten. Von seinem Gesicht sah man kaum mehr als die zwei schwarzen Augäpfel, beständig ruckend, mit der Zeit verfestigten sie sich zu einem leblosen Blick aus schmal geschlitzten Augen, so vollkommen leer wie der eines Menschen, der allzuviel gesehen hatte, um an einem Kaufner noch Bedeutendes entdecken zu können. Kaufner schlug den Blick zu Boden.

Der Kirgise, so schmal er auch war, stand breitbeinig bebend. Nachdem er den Fremden, der ihn um Haupteslänge überragte und aussah wie einer, der für den Westen hier herumstreunte, nachdem er ihn lang genug fixiert hatte, fauchte er etwas in seiner Sprache, man verstand ihn nicht und verstand ihn allzu gut. Dann holte er sich geräuschvoll den Schleim aus dem Hals, aus der Nase, kaute ihn zurecht, zog sich den Mundschutz ruckartig nach unten – ein dünner weißer Spitzbart, zum Zopf geflochten, wurde kurz sichtbar – und spuckte in die rechte Hand. Präsentierte den Schleim, ein glasiges Glitzern, im offnen Handteller wie ein kostbar Gut, schnaubte Kaufner einige weitere Worte zu, in klarem Befehlston nun, und als der nicht

begriff, fuhr er ihm mit der Linken in den Haarschopf und riß ihn mit erschreckender Kraft nach unten, in seine Hand hinein, wo es für Kaufner dunkel wurde, naß und ekelhaft.
Jedenfalls im Rückblick. Momentan war er dermaßen verdattert, daß er sich willenlos auch wieder emporziehen ließ. Der Kirgise, sein Opfer weiterhin an den Haaren stramm fixierend, besah sich die Rechte, entdeckte darin beträchtliche Reste des Schleimbatzens, äußerte seine Empörung durch ein Bellen, das Kaufner mühelos verstand, schon führte er dessen Kopf erneut nach unten, ganz langsam diesmal, damit Kaufner Gelegenheit zum Nachdenken bekam. Und erst nach einer Sekunde Pause, die er ihm in unmittelbarer Nähe der Handfläche gönnte, ließ er ihn wieder in der Rechten verschwinden, drehte seinen Kopf ein paarmal nach links und nach rechts, ließ ihm Zeit.

Kaufner durfte froh sein, daß ihn der Kirgise nicht solcherart ersticken wollte; als er ihn diesmal aus seiner Spucke entlassen und nach oben gezogen hatte, preßte Kaufner zwar Augen und Lippen zusammen, hatte den Schleim aber artig geschluckt. Januzak grunzte auf, ließ sofort los.

In tiefer Schande stand Kaufner, Augen und Mund weiterhin geschlossen. Stand in sprachloses Entsetzen gekleidet da, ansonsten völlig nackt, so fühlte es sich an. Hörte, wie der Kirgise einige abschließende Ermahnungen an Odina richtete und sich davonmachte; erst als ihn der Junge sanft rüttelte, schlug er die Augen auf. Sah Januzak hinterher, der pfeifend seiner Wege ging, als wär' nichts gewesen, gar nichts. Mit jedem Schritt seines Peinigers verwandelte sich die Demütigung in tiefen – noch tieferen – tiefsten Haß. Den Rest des Tages würde Kaufner damit beschäftigt sein, sich den Mund zu spülen, die Lippen zu wischen. Obwohl er natürlich wußte, daß er sich von seinem Makel so nicht würde reinwaschen können.

Kaufner, hartgesotten als Paßgänger der Gebirgsjäger, nicht zimperlich dann auch als Botengänger der Freien Festen: hier und heute, vier-, fünftausend Kilometer und eineinhalb Jahre von seinen Auftraggebern entfernt, hatte er zum ersten Mal derb einstecken müssen. Hatte es ihm sein Führungsoffizier nicht vorausgesagt? Kaufner, da unten werden Sie begreifen, warum wir trotzdem untergehen. Wenn Sie Ihre Grenzen nicht überschreiten, sind Sie der Falsche für uns, dann kommen Sie nie wieder runter von diesen Bergen. Oh, Kaufner war der Richtige, sie würden noch Augen machen. Erst recht, wenn er dann nebenbei auch – Kaufners Entschluß stand fest, ehe er ihn klaren Kopfes denken konnte –, erst recht, wenn er den Kirgisen so lange durch die Berge gejagt haben würde, bis er Rache an ihm genommen und sich von seinem Makel reingewaschen hatte.

Im Moment, da er sich nun endlich regte und kräftig ausspuckte, stand er freilich nach wie vor am *Kobrafelsen*, Odina schüttelte ihn:

»Du warst bereits tot, Herr, hundert Prozent tot! Er hat dich nur aus Gnade noch mal ins Leben entkommen lassen.«

»Tot?« würgte Kaufner, wollte sich übergeben, spuckte aber bloß ein weiteres Mal aus.

»Er hat dich verschont, du warst ihm den Griff nicht wert, mit dem er dich hätte erdrosseln können. Du trägst das Mal noch nicht.«

»Welches Mal?«

»Das Mal derer ...« Odina tat so, als suchte er nach passenden Vokabeln, offensichtlich wollte er darüber nichts Genaueres sagen: »Januzak weiß, daß du dasselbe suchst wie er. Aber er hat dir auch angesehen, daß du nichts –, daß du ein Anfänger bist.«

»Er sucht dasselbe?« schluckte Kaufner den Rest an Ekel herunter: »Woher weißt du überhaupt, was wir, ich meine, was ich, was er –«

»Jeder weiß es, Herr. Ihr sucht alle dasselbe.«

Und wieder die Hängebrücke, diesmal scheute der Esel nicht. Kaufner hingegen, seit einigen Jahren nicht mehr ganz schwindelfrei, nun auch noch zwischen Zorn, Abscheu, Argwohn hin und her gerissen, auf seine Weise schon, anstelle der Bretter sah er nur Zwischenräume. Schließlich wollte er's auf allen vieren versuchen, doch da kam der Junge zurück und reichte ihm die Hand, zog ihn hinüber, die Welt schwankte beträchtlich.

Bis zum Einbruch der Dämmerung ging Odina mit dem Esel vor ihm her, wie immer weit schneller, als es für Kaufner zuträglich, dessen aktive Teilnahme an Kletter-, Durchschlage- und sonstigen Geländeübungen Jahrzehnte hinter ihm lag. Er begann, seinen Haß Schritt für Schritt auf Odina zu richten, ja, bald schien's ihm, daß der Junge an allem, was vorgefallen, die Schuld trug. Hatte er ihn nicht permanent in die Irre geführt, wo's anscheinend erst hier, im Turkestanrücken, richtig zur Sache ging? Oder warum sonst wäre der Kirgise überhaupt aufgetaucht, einer der berühmtesten, der berüchtigtsten unter den Paßgängern, so einer wußte doch am ehesten, wo zu finden war, was ... angeblich alle suchten. Aber nein, Odina hatte ihn ins Serafschan-, ins Hissor-, ins Fangebirge geführt, über fünftausend Meter hohe Pässe und gletscherbedeckte Gipfel, am liebsten wäre er wahrscheinlich mit Kaufner bis in den Pamir gewandert, ins Wakhantal womöglich, woher er stammte, und von dort gleich in den Hindukusch und nach Afghanistan hinüber, so weit wie möglich weg von Samarkand, ins Sichere. Odina! Einen ganzen Sommer lang, so schien es plötzlich, hatte er ihn an der Nase herumgeführt.

Und auf all seinen scheinheilig gewählten Um- und Ab- und Irrwegen war er in diesem Gang vor Kaufner hergeschlendert und -geschlappt, dem wiegenden Gang, solang es flach blieb, immer eine Spur zu langsam, als wolle er damit provozieren, und dann in plötzlichem Tempo, sobald es bergan ging, als wolle er nun erst recht provozieren. Wie Kaufner sie schon immer gehaßt hatte, die Schlappen, in denen der Junge leicht über die Geröllfelder glitt, wo er selber trotz seiner Wanderschuhe viel zu oft den Tritt verlor, abrutschte, sich um ein Haar den Knöchel verstauchte. Wie er sie heute noch haßte, Odinas nackte Hacken in diesen Schlappen! Und wie er's auch haßte, wenn Odina beim Gehen eines seiner Lieder sang, er, der in den Bauernhäusern der Täler wie den Schäferhütten der Hochebenen ein gefeierter Sänger war, mit seinen achtzehn oder neunzehn Jahren bereits eine Berühmtheit, wenigstens im tadschikischen Teil des Gebirges. Nein, Kaufner hatte Odinas Gesang, jetzt gestand er's sich mit Inbrunst ein, hatte ihn nie gemocht, die monoton hin und her schwingenden, sich endlos wiederholenden Melodien. Und erst recht nicht, wenn sie plötzlich abrissen und Odina umdrehte, um seinem Herrn – wie er ihn trotz aller Ermahnungen nannte – an einer schwierigen Stelle im Fels die Hand entgegenzustrecken: Alles in Ordnung, Herr? Eines Tages würde er ihn abknallen, während er da so scheinheilig vor ihm herging, ohne Vorankündigung würde er ihn einfach übern Haufen schießen, nicht mal einen Grund würde er ihm zuvor nennen, er hatte's nicht anders verdient.

Was hast du da gerade gedacht? Meinst du nicht vielmehr den Kirgisen? Ohne den Jungen wärst du in diesen Bergen schon ein paarmal gestorben. Er hat alle Freundschaft verdient, die du geben kannst, reiß dich zusammen.

Dennoch beobachtete ihn Kaufner voll Mißmut und Mißtrauen, wie er, weit voraus, an einem verkohlten Baum innehielt, sich verneigte, wieder aufrichtete, wie er seine Unterarme anwinkelte und die Handteller zum Himmel hin öffnete, in dieser Stellung verharrte. Der Pfad hatte sich nach einer Weile fast rechtwinklig von der Schlucht abgewandt, in beträchtlicher Höhe bereits, und dann am unteren Rand eines Geröllfelds entlanggeführt. Nun stand da, allein auf weiter Flur, ein vom Blitz gespaltener Baum. In seinen schwarz schillernden Ästen hingen ein paar Stoffetzen; die wenigen, die diesen Weg gingen, ließen ihre Sorgen und Wünsche anscheinend auch hier, am magischen Ort, zurück. Kaufner schloß zu Odina auf, sah ihn wie einen Verräter scheel an, schwieg. Odina strich sich mit beiden Händen langsam der Länge nach übers Gesicht, damit war das Gebet beendet, und blickte übers Geröllfeld, das in trostloser Endlosigkeit rechter Hand hangaufwärts führte. Als ob es dort etwas zu entdecken gegeben hätte. Selbst der Esel stand ratlos. Nachdem der Junge die verbliebene Hälfte seines Taschentuchs an einen Zweig geknotet hatte, kein Wort mit seinem Herrn wechselnd, er schien die Feindseligkeit zu bemerken, die mit einem Mal zwischen ihnen lag, nachdem der Junge den Esel mit einem kurzen »A-chrrr« angeherrscht hatte, ging es weiter.

Und sogleich, im gewohnten Abstand hinterherfolgend, überließ sich Kaufner wieder seinen wüst hin und her schießenden Spekulationen, zunächst über Januzak und wie er ihn zur Strecke bringen würde. Dann über Odina, als ob er durch den heutigen Zwischenfall in völlig anderes Licht geraten, als ob alles, was Kaufner je mit ihm erlebt, neu zu überdenken wäre.

»Führ mich zu den Gräbern«, hatte er ihm gesagt, da sie sich am vereinbarten Tag getroffen, mehr nicht.

»Zu allen, Herr?«

Welch eine merkwürdige Replik. Warum hatte Odina denn nicht gefragt, zu welchen? Zum ersten Mal seit seiner Ankunft war Kaufner dermaßen direkt geworden, nun ja, es war ihm herausgerutscht, in Zukunft würde er vorsichtiger sein. An der ausweichenden Nachfrage des Jungen hatte er sofort gespürt, daß er ein stillschweigendes Tabu gebrochen. Immerhin hatte er, auch das fiel ihm nun wieder ein, immerhin hatte er einen Teil seines forsch erteilten Auftrags schnell zurückgenommen:

»Zu allen, die du für wichtig hältst«, das war doch sicher in Odinas Sinn gewesen, »wo immer sie liegen mögen«.

Der Junge hatte gelächelt, genickt. Erst jetzt, Monate später, begriff Kaufner die Szene, begriff sie in ihrer ganzen Abgründigkeit. Ohne weitere Worte zu wechseln, waren sie losgezogen, an Gräbern hatte es im Gebirge nicht gemangelt. In keinem der Gebirge, die sie durchstreift. Natürlich hatte Kaufner nie mit dem Jungen darüber gesprochen, welches Grab er suchte und warum. Hatte mit niemandem darüber gesprochen. Trotzdem mußte der Junge geahnt haben, ach was, er hatte ganz genau gewußt, um welches Grab es Kaufner ging. Und gerade deshalb alles darangesetzt, nicht hierher, in den Turkestanrücken, zu geraten, wo es höchstwahrscheinlich lag. Vielleicht war auch ihm der Weg dorthin verboten, wer weiß, sonst hätte Januzak sicher anders reagiert. Dies Grab war ja wohl das bestgehütete Versteck in der gesamten islamischen Welt, wenn man den Informationen von Kaufners Führungsoffizier Glauben schenken durfte. Die letzten Hoffnungen des Westens hingen daran, es zu finden. Wahrscheinlich war der Kirgise gar kein Paßgänger, sondern, im Gegenteil, gehörte zu denjenigen, die das Grab bewachten?

Ruhig, Kaufner, ruhig. Und eins nach dem andern.

Odina mochte vielleicht ahnen, was Kaufner suchte. Aber *warum* er es tat und was er zu tun gedachte, sobald er es gefunden, das konnte der Junge nicht wissen. Oder doch? Was wußte so einer überhaupt? Ein dahergelaufener Tadschikenjunge aus dem Pamir, der jede Arbeit annahm, um seine Familie zu ernähren. Ein verläßlicher Gefährte, gewiß, selbst im Blankeis und mitten im Fluß. Das mußte man ihm lassen. Einer, der besser Russisch konnte als Kaufner, obwohl der's in der Schule gelernt hatte und der Junge sicher nicht. Mußte man ihm gleichfalls lassen. Und dann hatte er auch noch diesen Blick, diesen Odina-Blick mit großen braunen Augen, dem man nichts Böses zutrauen konnte. Bis heute. Nicht mal sein eignes Geburtsjahr wußte er, was wollte so einer schon wissen? Wie

einfältig er im Hamam gestanden und sich gedehnt hatte, im ...
Wann genau war das gewesen?

Irgendwann während der Neujahrsnacht 26/27 war es auch im Hamburger Schanzenviertel richtig losgegangen. Zunächst mit ein paar Mitternachtsraketen der Mutigsten, die es gewagt hatten, die Ausgangssperre zu mißachten. Bald mit den Schwarzvermummten, die von überall her zusammengeströmt waren, mit Sprechchören und aufmarschierenden Polizeibataillons, eine Weile hätte man es fast für eine Demonstration halten können, wie man sie noch von den Anfangstagen des Krieges kannte. Kaufner hatte von seinem Balkon aus zusehen können, wie da und dort auf der Straße Feuer entfacht und Bier getrunken wurde, als handele es sich lediglich um ein ungenehmigtes Straßenfest, wie dann aber immer öfter mit Flaschen geworfen und die Polizei verhöhnt wurde. Gegen Morgen hatten die Schwarzvermummten plötzlich das Feuer eröffnet. Und gleich mit schweren Waffen, hatten mit Panzerfäusten der Reihe nach die Mannschaftswagen der Polizei in die Luft gejagt, wie's normale Demonstranten nie vermocht hätten. Tagelang hatte Kaufner seine Wohnung nicht mehr verlassen können, bis Straßenzug um Straßenzug von der Obrigkeit zurückerobert worden. Als schließlich das gesamte Schanzenviertel in Flammen gestanden und auch er zwangsevakuiert worden war, da, ja, da erst hatte er sich endgültig entschlossen. Und schon im April desselben Jahres, ja, im April '27 bist du hier angekommen. Den ersten Sommer über hast du geglaubt, du würdest es ohne schaffen. Ging aber nicht ohne. Im Winter hast du dann jemanden gesucht, der mit dir geht, und im Januar, war's im Januar? Ja, kommt hin, vor einem Dreivierteljahr.

Da war Odina also erst siebzehn oder achtzehn gewesen, ein

Knabe. Wie ein Strichjunge stand er unter all den andern, nackt, und machte seine Dehnübungen, so arglos, daß es geradezu ekelhaft war. Wenn Talib nicht seine Massage unterbrochen, wenn er nicht zu Kaufner gekommen und gemeint hätte, der sei genau der Richtige für ihn, nach so einem hätte er sich doch erkundigt, Kaufner hätte den Jungen niemals angesprochen. Und dann servierte Talib auch gleich noch Tee, ein vierschrötiger Riese, permanent verkatert und entsprechend wortkarg, heute hingegen redselig wie kein zweiter. Schon saß Kaufner mit ihm und dem Jungen in einer Nische, es war schummrig wie immer, dampfte und pladderte wie immer. Trotzdem war alles anders als sonst. Und das nur der Gesellschaft eines Tadschikenjungen wegen, der sich gerade mal halbherzig mit seinem Handtuch bedeckt. Hatten die anderen nicht zu ihnen gestarrt, gegrinst gar? Ob Odina vielleicht mit ihnen unter einer Decke steckte?

Zumindest mit Talib, im Rückblick war sich Kaufner jetzt fast sicher. Talib war's ja auch gewesen, der permanent für den Jungen geredet hatte. Gut, als ehemaliger Ringer hatte er hier sowieso das Sagen, fast jeden hatte er bereits in der Mangel gehabt, zehntausend Som pro Massage, danach war man froh, überlebt zu haben. Einem wie Talib würde keiner widersprechen. In Kaufners Erinnerung nahm er die Züge des Kirgisen an oder vielmehr umgekehrt, schließlich hatten beide die gleichen schwarzen Schlitzaugen. Seltsamerweise war Kaufner damals nur die Peinlichkeit der Szene klar gewesen, nicht im entferntesten die Durchtriebenheit, mit der sich Talib darauf beschränkte, die Schönheit der umliegenden Gebirge zu rühmen und beiläufig einzustreuen, daß man als Fremder selbstredend einen erfahrenen Bergführer brauche, um nicht an diesem oder jenem berühmten Felsen vorbeizulaufen. Mit wachsender Unlust erinnerte er sich, wie ihm Talib, immer mal wieder sein nasses Handtuch auf den Betonsockel klatschend, die Vorzüge des Jungen gerühmt. Und auch geradewegs die Summe genannt hatte, die für einen ganzen Sommer in Odinas Begleitung zu zahlen war – woher wollte er die wissen, wenn er derartige Vermittlungsgespräche nicht öfter geführt hatte? Das Bakschisch für ihn selber kam dann noch obendrauf, und an Feilschen war bei ihm nicht zu denken.

Hatte der eine oder andre der Männer nicht verstohlen gelacht? Schon im Judenviertel von Samarkand hatte sich Kaufner verraten, als er sich mit aller Diskretion nach einem erkundigt, der mit ihm in die Berge gehen könne; und obendrein zum Gespött gemacht, als ihm einer gefunden, unter der nackten Glühlampe einer Nebennische, am Männerbadetag im Januar.

Nur merkwürdig, daß ihm darüber erst nach einem Dreivierteljahr ein Licht aufging.

»Er wird dir alles zeigen«, hatte Talib mit einem Funkeln in den Augen versprochen, das Kaufner am liebsten gar nicht gesehen hätte. Ein abgekartetes Spiel, warum sonst wäre Odina, den Kaufner zuvor kein einziges Mal hier gesehen, überhaupt aufgetaucht? Es reichte offenbar aus, einen Eseltreiber zu suchen, schon wußte jeder Bescheid.

Erst im Rückblick kam Kaufner jetzt auf die Idee, Talib könne für irgendwen arbeiten, vielleicht gar für die Deutschländer oder irgendeine der Freien Festen, die sich noch hielten. Immerhin war der Westen, zumindest auf dem Papier, mit Usbekistan verbündet. Möglicherweise arbeiteten sie also für dieselbe Sache, war Talib sogar daran interessiert, daß Kaufner das Grab finden würde? Wie sonst hätte er reden können, als ob er bestens im Bilde war über Kaufners Absichten, nämlich ohne sie etwa direkt an- oder gar auszusprechen? Als hätte man von Hamburg aus gleich auch Masseur und Eseltreiber vor Ort für Kaufner angeworben.

Dann holte Talib die Wodkaflasche, es wurde ernst. Kaufner hatte ihn öfter beobachtet, wenn er seine Nebengeschäfte betrieb (wiewohl man das, was er verhökerte, ansonsten nie zu

Gesicht bekam), von einem glänzenden Schweißfilm bedeckt, mit seinem nassen Handtuch durch die Luft schnalzend oder auf den Bauch seines Gesprächspartners. Wer weiß, in wessen Dienste er den Jungen schon verschachert hatte und zu welchem Zweck; Kaufner saß da und hörte so gleichmütig zu, wie er's vermochte. Auch der Junge saß vor allem da, zeigte mit keiner Miene, was er etwa von Talib dachte.

Von seiner Sorte gebe's viele, pries ihn der Masseur, sie kämen von weit her, weil sie in ihren Tälern keine Arbeit mehr fänden. Doch keiner sei unter ihnen, der Odina gleichkomme. »Er wird seinen Mund halten und im Herbst verschwinden, wenn er dich sicher wieder hier abgeliefert hat, bei mir.«

Talib beugte sich vertraulich näher, man roch, daß er dem Wässerchen bereits kräftig zugesprochen hatte, sogar sein Schweiß stank nach Alkohol: »Und im übrigen nimmt er kein Opium und ist auch nicht infiziert.«

Talibs dröhnendes Gelächter, in diesen unterirdischen Gewölben nicht ohne Effekt, der Speck auf seinen Bauchmuskeln zitterte.

»Warum sollte ich ausgerechnet dich nehmen?« hatte Kaufner eine einzige Frage direkt an den Jungen gestellt. Und ehe sich Talib dazwischendrängen konnte, hatte der geantwortet:

Weil er vom Stamme der Wakhis sei, den Wächtern der Seidenstraße seit Jahrhunderten. »Was immer wir tun, Herr, unser Rücken bleibt dabei gerade.«

Schon wollte ihm Talib obenhin das Wort abschneiden: Nun ja, Odinas Stamm habe selbst für Bewohner des Pamirs einen extrem strengen Ehrenkodex ... Aber der Junge ließ sich nicht beirren und, weiterhin direkt an Kaufner gewandt, fuhr ganz ruhig fort:

»Wenn dich einer von uns in die Berge führt, bist du sein Gast. Stößt dir was zu, glaub mir, muß er's sühnen, indem er sich das Gleiche zufügt.«

Eine bessere Lebensversicherung konnte es im Gebirge nicht geben. Womit der Handel geschlossen war.

Und dann hat er sich ja tatsächlich als ein erfahrner Eseltreiber erwiesen, der Junge. Als Berggänger sowieso. Nein, so einer arbeitet nicht gleichzeitig für die Gegenseite. Ein Bergführer kann kein Schlitzohr sein.
Oder doch?
Wenn er seine Familie anders nicht ernähren kann?
Für die Chinesen zumindest arbeitet er nicht. Die haßt er, die haben schon die Bergwerke in seinem Land unter Kontrolle, die Tunnel, die Hauptstraßen, die haben alles bestens vorbereitet. Für den Kalifen? Für den *Wahren Weg,* das *Fundament* oder sonst irgendwelche Kämpfer des Heiligen Kampfes? Aber der Gottesstaat interessiert die Tadschiken ja nicht. Die wollen am liebsten für jedes Tal 'nen eignen Fürsten. Für die Panslawische Allianz? Egal, der Junge weiß nicht, woher du kommst, er weiß nicht, wohin du gehst. Nie hat er nach deinen wahren Absichten gefragt.
Mehrfach mußte sich Kaufner ermahnen, sich nicht länger in die Tasche zu lügen. Schießlich war's seit ein paar Stunden heraus, daß Odina gar nicht hätte fragen müssen, daß er auch so gewußt, welches Grab Kaufner suchte, und also direkt zum *Tal, in dem nichts ist* mit ihm hätte aufbrechen können. Aufbrechen müssen. Kaufner hatte zu handeln. Der Kirgise mochte ihn gedemütigt haben – im Moment war er keine unmittelbare Bedrohung mehr, Kaufner verbot sich jeden weiteren Gedanken an ihn, vorerst. Odina hingegen, er mochte ihn mit seinen Worten gerettet haben – war vielleicht eine noch größere Bedrohung als Januzak.
Und nur auf Sichtweite entfernt. Der Weg war recht einfach

und blieb es. Rechter Hand erhob sich der Bergrücken, an dem sie entlanggingen, linker Hand kam immer mehr der Ebene zum Vorschein, in die sie morgen hinabsteigen würden: Usbekistan. Dicke Wolken gingen tief darüber hin, es blitzte da und dort; dicht daneben war der Himmel hellblau, das Sonnenlicht fiel in breiten Streifen herab. Wäre man besserer Stimmung gewesen, man hätte es als malerisch empfinden können.

Wie immer, wenn Kaufner am Lagerplatz eintraf, den der Junge für die Nacht bestimmt, war der Esel bereits entladen und hatte sich, nach Futter suchend, davongemacht. Der Junge war dabei, Kaufners Zelt aufzubauen; als nächstes würde er das Abendessen kochen. Erst wenn alles erledigt war, was zu seinen Pflichten gehörte, würde er neben dem Feuer die Satteldecke und darüber seinen zerschlissenen Schlafsack ausbreiten. Doch während Kaufner normalerweise erst einmal sein Gepäck ins Zelt schaffte und die Dinge für den nächsten Tag richtete, kam er heute abend direkt auf Odina zu und baute sich vor ihm auf:

»Warum hast du mich so lang in die Irre geführt?«

»Weil ich wollte, daß du weiterlebst«, kam die Antwort überraschend schnell: »Wäre ich gleich mit dir hierhergekommen –« Der Junge hatte offensichtlich nicht den Anflug eines schlechten Gewissens. Oder er spielte seine Rolle sehr gut: »Herr, in diesem Gebirge gibt es keine Wanderer. Wer hier unterwegs ist, der ist Schmuggler oder einer vom Heiligen Kampf oder – einer von euch.« »Aber auf keinen Fall ein Anfänger wie du! Die würden ja sofort –«

»Willst du mich beleidigen? Ich bin doch kein Anfänger!« Kaufner verspürte große Lust, Odina eine Ohrfeige zu versetzen, besann sich allerdings: »Welches Zeichen meinst du eigentlich, an dem sich die Fortgeschrittenen erkennen oder wie ihr sie nennt?«

Odina verzurrte in aller Ruhe das Zelt, schlug einen Hering ein. Sortierte Äste und Zweige, die er am letzten Rastplatz gesammelt und in seinem Rucksack verstaut, arrangierte sie, die kleinsten davon zu einem Häufchen zusammenschiebend, über dem sich die dickeren Äste kreuzten. In wenigen Minuten würde er ein Feuer gemacht haben, darauf zunächst Tee, dann einen Topf voll Nudeln. Die Antwort auf Kaufners Frage blieb er schuldig, sagte stattdessen schließlich:

»Einem Januzak begegnet man nur einmal. Er ist alt oder jung, keiner weiß es. Aber er kann den Hals eines Menschen mit einer einzigen Hand zudrücken. Und er tut es auch.«

»Sag mal, du hast ja noch mehr Angst vor ihm gehabt als ich?«

Odinas Antwort blieb erneut aus. War's nur sein Stolz, der ihm verbot, zuzugeben, daß er am *Kobrafelsen* gezittert hatte? Seine Angst konnte nicht gespielt gewesen sein, mit Januzak steckte er gewiß nicht unter einer Decke.

»Das Gesetz der Berge ...« hob der Junge schließlich gereizt an, indem er ein Streichholz entfachte, »es hätte unser letzter Tag sein können.«

»Unser beider?« stichelte Kaufner, Odina sprang von seinen sorgsam angeordneten Zweigen auf, das brennende Zündholz zwischen den Fingern, sagte indes nichts. Man hörte die Berge atmen. Der Himmel war dunkelgrau, in wenigen Minuten würde's Nacht sein.

»Ich kenne euer ›Gesetz der Berge‹«, ließ Kaufner nicht ab, Odina zu bedrängen. »Was ich davon halte, weißt du. Was hat es denn zu plötzlichen Begegnungen mit Kirgisen zu sagen?«

Kaufners abschätziger Tonfall verfehlte seine Wirkung nicht, ungeachtet des brennenden Streicholzes warf sich Odina in die Brust: »Wir gehen mit unserm Herrn, und wenn wir ihn nicht sicher durchs Gebirge bringen, gehen wir mit ihm auch in den Tod. So will es das Gesetz.«

»Das verlangt es tatsächlich?« Einen Atemzug lang war Kaufner verblüfft. Im nächsten fragte er sich, ob Odina vielleicht ein wenig verrückt war. Wie laut er auf ihn einredete! Während er gestikulierte, verlosch das Zündholz, er hatte sich gewiß die Finger verbrannt:

»Herr, ich bin aus dem Pamir! Wir haben viel höhere Gebirge als hier, unsere Ehre gilt uns viel mehr als unser Leben. Aber das versteht ihr nicht.«

Mit »ihr« meinte er »ihr aus dem Westen«, so viel war im Verlauf der gemeinsamen Wanderungen klargeworden, wobei der Westen für Odina schon in Samarkand begann, eine verweichlichte Stadt in seinen Augen mit verweichlichten Bewohnern, Schergen wechselnder Herren, unzuverlässig, verächtlich.

»Sieh mal einer an, das verstehen wir nicht«, Kaufner verschränkte die Arme vor der Brust: »Du willst mir also sagen: Wenn mich Januzak getötet hätte, hätte er danach auch dich –?«

»Nein, das hätte er nicht, er kennt das Gesetz.« Odina zögerte, tat so, als fände er keinen passenden Begriff auf Russisch.

»Du hättest es selber tun müssen?« gab sich Kaufner mit einem Mal verständnisvoll, um das Lauernde in seiner Frage zu überspielen: »Das Gesetz der Berge?«

»Und keiner von uns, der es jemals mißachtet hätte.«

Jetzt erst besann sich Odina des Zündholzes, warf es verärgert zu Boden. Ohne einen Blick auf seine Finger zu werfen, wandte er sich dem zu, was es vor Einbruch der Dunkelheit zu erledigen gab. Während des Essens richtete er überraschenderweise noch einmal das Wort an Kaufner, lenkte dessen Augenmerk nach Westen, in die Ebene, die sich zwischen den Ausläufern des Turkestangebirges auftat:

Was am Horizont so leuchte, sei Samarkand. Der Abglanz von Samarkand. Wenn man sich beeile, werde man die Stadtgrenzen morgen nacht erreichen; sofern man erst mal »unten« sei, ließe sich ja auch im Dunkeln weitergehen. Im übrigen: Die Grenze liege längst hinter ihnen. Der restliche Weg ein Kinderspiel. Im Grunde könne man die Augen schließen, man finde ganz von selber hinab, alle Wege führten nach Samarkand.

Es sollte eine ganze Nacht dauern, bis Kaufner begriffen hatte, warum Odina das überhaupt noch gesagt hatte.

Alle Wege führen nach Samarkand, so ähnlich hatte es Kaufner schon gehört, als er vor eineinhalb Jahren in Taschkent angekommen war. »Deutsch?« hatte ihn der Fahrer des Sammeltaxis vor dem Flughafen gezielt angesprochen. Um dann, kaum waren sie auf der Autobahn, hartnäckig Neuigkeiten von der Westfront zu erfragen, wie er sie nannte, ob es Deutschland überhaupt noch gebe? Nun, das sollte ein Witz sein, immerhin kämpften die Deutschländer weiterhin an sämtlichen Frontabschnitten, der Taxifahrer war vom usbekischen Staatsfernsehen bestens informiert. Genau genommen wollte er seine Einschätzung der Lage selber geben, angetrieben durch immer neue rhetorische Fragen an seinen deutschen Fahrgast. Die drei Männer auf der Rückbank waren damit beschäftigt, Taschen und Tüten festzuhalten, die nicht mehr in den Kofferraum gepaßt hatten. Einmal überholten sie einen galoppierenden Reiter, ein andermal kam ihnen ein Moskwitsch als Geisterfahrer entgegen: Dort, wo ansonsten die Rückbank war, war ein Kalb, es streckte den Kopf aus dem Seitenfenster heraus.

Der Fahrer konzentrierte sich darauf, den Freien Westen zu verhöhnen. Nämlich das, was davon in Mitteleuropa übrig war, im Grunde waren's ja nur noch die Deutschländer, die ihn mit einer Inbrunst verteidigten, als hätten sie ihn selber aufgebaut oder zumindest schon immer dort gelebt. Deutschländer! Keine Rede mehr von ausländischen Mitbürgern, Einwanderern der vierten oder fünften Generation; seitdem der Krieg offen ausgebrochen, waren die Türken und mit ihnen gleich alle anderen, woher immer sie gekommen waren und obwohl sie sich ursprünglich gar nicht als Deutschländer bezeichnet hatten, endgültig zu den besseren Deutschen geworden. Zu Deutschen nämlich, die Deutschland zu verteidigen überhaupt noch für notwendig befanden und dazu auch in der Lage waren. Gerade in diesen Wochen wieder, da der Freie Westen an sämtlichen Abschnitten der Front, eine Art Frühjahrsoffensive, von der Panslawischen Allianz unter Feuer genommen worden. Überall dort, wo bloß die bunt zusammengewürfelten Truppen der Bundeswehr lagen, hatte es Durchbrüche gegeben; die Deutschländer hingegen, obwohl Milizenverbände, hatten sogar den russischen Eliteeinheiten standgehalten, widerwillig zollte ihnen der Taxifahrer Respekt. Er unterbrach seine Darlegungen nur, wenn er sich einer der Straßensperren näherte. Kaum war der Kontrollpunkt passiert, streifte er den Gurt wieder ab, gab Gas und wollte wissen, ob's wahr sei, daß die deutsche Regierung ...

Es war wahr, Kaufner konnte es bestätigen. Vor wenigen Tagen hatte sie offiziell Hilfe von der Türkei angefordert, es war lediglich eine Frage der Zeit, bis reguläre türkische Truppen einmarschieren würden. Zum Wohle Deutschlands, versicherte Kaufner, höchstoffiziell herbeigerufen von Bundeskanzler Yalçin.

Ob die Türken auch gegen ihre Glaubensbrüder in Stellung gehen würden, die in Frankreich vorrückten? Der Taxifahrer traute es ihnen zu, traute ihnen alles zu. Der *Faust Gottes* allerdings nicht minder, angeblich war Paris bereits gefallen, der Kalif habe Europa von der iberischen Halbinsel bis zur Seine befreit. Befreit! Der Taxifahrer machte kein Hehl daraus, daß ihm das gefiel, er war Usbeke, also kein Freund der Türken: Die hätten sich seit eh und je als Herrenrasse aufgeführt unter den Turkvölkern, keiner diesseits der Roten Wüste wolle mit ihnen gemeine Sache machen.

Paris gefallen? Kaufner schreckte möglichst unauffällig zusammen, das hatte man in der *Tagesschau* so nicht gemeldet. Sicher? Sicher! Der Taxifahrer beteuerte, Gott sei groß, er zeigte auf seine Gebetskette, die am Rückspiegel baumelte, und gab weiterhin Vollgas, vielleicht sein höchstpersönlicher Beitrag, auf daß man einem baldigen Sieg entgegenfuhr.

Es wurde immer komplizierter. Bald würde man gar nicht mehr wissen, wer genau wo gegen wen kämpfte. Weil ihn der Taxifahrer in seiner Siegessicherheit ärgerte – was bildete er sich ein, Usbekistan war doch mit dem Westen verbündet! Und nicht etwa mit dem Kalifen! –, eröffnete ihm Kaufner, daß der Angriff der Russen mittlerweile an allen Abschnitten der Front zurückgeschlagen und auch in Hamburg wieder die alte Demarkationslinie an der Alster erreicht worden. Das nämlich war der letzte Stand der Kriegshandlungen gewesen, bevor er sich in sein neues Einsatzgebiet abgesetzt hatte. Der Taxifahrer hielt zum ersten Mal den Mund, offensichtlich hatte man die Nachricht hier gar nicht gebracht. Er schüttete sich aus einem Tütchen grünes Pulver unter die Zunge und war fortan beschäftigt, es genußvoll einzuspeicheln. Erst als die letzte Straßensperre am Stadtrand von Samarkand nahte, öffnete er, noch bei voller Fahrt, die Tür spaltbreit und spuckte mehrfach aus.

Kaufner lag im Schlafsack und fühlte, wie die Kälte der Nacht durch die Zeltplane hereinkam. Bis zum Morgengrauen hatte er Zeit, seinen Gedanken nachzuhängen, seine Erinnerungen neu zu sortieren. Am nächsten Morgen würde er einige Entschlüsse gefaßt haben müssen. Was Odina betraf, was die eigene Mission in den Bergen betraf und ob er sie überhaupt fortführen konnte. Wenn der Junge die ganze Zeit *gegen* ihn gearbeitet hatte, indem er *für* ihn zu arbeiten vorgab, vielleicht hatten es andere, mit denen es Kaufner seit seiner Ankunft zu tun bekommen, ebenso gehalten?

Nach ein paar Stunden Fahrt war er am Rande der Altstadt von Samarkand gestanden, nach einem kurzen Fußmarsch auch schon mitten darin, vor dem prachtvoll mit Schnitzerei versehenen Flügeltor eines Gebäudes, das ihm als Kontaktadresse genannt worden. Seltsam, ausgerechnet hierher hatte man ihn geschickt, in ein von reichen Russen, Arabern, Chinesen, Pakistanern gut besuchtes Bed & Breakfast namens *Atlas Guesthouse*. Der besseren Tarnung halber? Dann aber stellte sich heraus, daß es von einer tadschikischen Familie geführt wurde, im Herzen einer usbekischen Stadt! Wenn das nicht von Bedeutung war – Tadschikistan sympathisierte ja mit Großrußland. Die Tadschiken in Usbekistan hingegen offensichtlich mit dem Westen. Anscheinend waren sie hier, was die Usbeken in Tadschikistan waren, eine kleine feine Oberschicht, denen es sichtlich besser ging als der restlichen Bevölkerung.

Natürlich war es Shochi gewesen, die ihm einen der Türflügel aufgestemmt und ihn dann mit einem kaum gehauchten »Allah …« in Empfang genommen hatte. Von Kopf bis Fuß war sie in verschieden gelbstichige, weiße, sandfarbene Tücher eingewickelt:

»Ich hab' von Ihnen geträumt. Deshalb weiß ich ja, daß Sie heute kommen. Sie sind spät dran.«

Kaufner verschlug's die Sprache. Er hatte sich einige Monate auf seinen Einsatz vorbereitet; von einem jungen Mädchen erwartet zu werden wäre ihm aber im Traum nicht eingefallen.

Warum er so spät dran sei, insistierte Shochi, er hätte doch vor Stunden eintreffen müssen. Nun habe sie's endlich gespürt, daß er angekommen, gerade habe sie ihm entgegengehen wollen.

Dies alles auf Russisch, sehr schnell, sehr ungeduldig, selbstbewußt.

»War ich denn für heute angekündigt?«

Kaufner war noch immer völlig überrumpelt. Er versuchte

abzuschätzen, ob seine kleine Empfangsdame, vielleicht die Tochter des Hauses, etwa von ihrem Vater eingeweiht worden und also auf die Parole wartete. Man sah von ihr nur die Augen, ein strahlendes Blau, schwer zu durchdringen, ja, unmöglich, ihnen bis auf den Grund zu schauen.

»Wo steckt denn ...« wollte er sie loswerden, doch Shochi ließ ihn gar nicht erst zu Wort kommen:

Sie sei schon dreizehn, er könne auch mit ihr über alles reden, sie wisse Bescheid.

Nein, ihr Vater hatte nicht mit ihr gesprochen. Was der überhaupt wußte, es war auch später nie aus ihm herauszukriegen gewesen. Shochi hatte geträumt, mehrfach geträumt, daß Kaufner an diesem Tag kommen würde, jedenfalls behauptete sie es. Allerdings hatte sie den Traum für sich behalten, Kaufner dürfe niemandem davon erzählen, sonst ... sonst gebe es wieder Ärger.

Kaufner wollte verschwörerhaft nicken und die Sache damit abtun. Als sie sich aber danach erkundigte, ob die drei Männer auf der Rückbank des Taxis »wirklich nett« gewesen seien, starrte er sie für einen Moment fassungslos an. War's denn möglich, selbst solche Details zu träumen? Sein erster Tag im neuen Einsatzgebiet, und ein junges Mädchen brachte ihn bereits aus dem Konzept. Nichtsdestoweniger stand er unter Zugzwang. Er mußte sich seinen Kontaktleuten zu erkennen geben, sonst würden sie ihn für einen Touristen halten. Kaufner entschied sich, die Parole beiläufig in seine Worte einfließen zu lassen, man würde ja sehen, ob Shochi sie erkannte und mit der richtigen Replik darauf reagierte:

Nun gut, vielleicht habe er sich verspätet, als Deutscher könne er ja nicht über Moskau fliegen. »Aber zum Glück führen fast alle Wege nach ... Samarkand.«

Shochi mußte die winzige Pause in seinen Worten bemerkt haben, sie zögerte mit einer Antwort. Dann entschied sie sich, den neuen Gast zu ihrem Vater zu führen, damit ihm offiziell ein Empfang bereitet und der Paß abgenommen werden konnte. Federnden Schrittes ging sie vor ihm durch den Hof, eine schwankend schwebende Tuchsäule, unter einem blühenden Baum hindurch und vorbei an Dutzenden von Blumentöpfen, einem leeren Springbrunnen. Bevor sie die Tür zum Büro ihres Vaters aufstieß und dabei ihre Schlappen abstreifte, blickte sie Kaufner noch einmal an:

»Samarkand ist ja schließlich nicht bloß für Touristen interessant.«

Kaufner hatte die in der Luft hängende Losung schon wieder vergessen, nun stand er da, wie vor den Kopf geschlagen. Samarkand Samarkand ... Konnte Shochi etwa auch die Parole geträumt haben? Ihr Vater mußte ihn zweimal hereinbitten, man sah ihn im Halbdunkel seines Büros zunächst gar nicht. Oder war das alles gerade nichts als eine zufällige Bemerkung gewesen? Wie kühl es hier drinnen war, wie dunkel! Die braunen Scheiben zum Hof ließen kaum Tageslicht durch, der Raum wurde hauptsächlich von zwei Fernsehern und dem Bildschirm eines Computers beleuchtet, tonloses Geflacker, aus dem langsam ein mannshoher Plastikchristbaum hervortrat, eine Sofagarnitur, die Phototapete auf der rückwärtigen Wand (Dschungel mit Wasserfall), mehrere Lautsprecherboxen, mehrere Spiegel.

Shochis Vater saß am Schreibtisch, vor sich einen Teller Essen, und telephonierte mit zwei Handys, zwischendurch begrüßte er Kaufner mit einem scharf skandierten »Alles Spione!«, auf Deutsch. Wie er auch gleich ein Gelächter darüber anschlug, zitterten die Spitzen seines Schnauzbarts, blitzten die Schneidezähne darunter hervor, selbst seine Streifenkrawatte leuchtete auf.

Nachdem er seine beiden Telephonate beendet und sich erhoben hatte, um Kaufner auf Russisch zu begrüßen, sah er ihn mit gelben Augen an. »Alles Spione!« wiederholte er auf Deutsch und schüttelte ihm so lange die Hand, als hätte er ihn erkannt, durchschaut, enttarnt: »Achtung!«

Ach was, der roch nach Knoblauch und Wodka, vor allem nach Wodka. Auch »Schlagbaum«, »Butterbrot«, »Kamerad« wußte er zu sagen, »Alles kaputt« natürlich und »Führer«; »Heil Hitler« klang bei ihm wie »Geil Gitler«. Sein Vater hatte als Sowjetsoldat in der DDR gedient und dem Sohn Einschlägiges berichtet; nun war er's selbst, der von den deutschen Frauen schwärmte, es seien die besten, schade, daß seit einigen Jahren keine mehr kämen. Er drehte seine Krawatte um, die Rückseite zeigte eine nackte Frau mit gespreizten Beinen, und wollte Kaufner einvernehmlich anlachen, erinnerte sich aber just in jenem Moment an Shochi, die im Türrahmen stehengeblieben war, verscheuchte sie mit einer Handbewegung.

»Shochida, meine verrückte Tochter. Na ja, man kann's sich nicht aussuchen.«

Als er aufbrach, die Wodkaflasche zu holen, und dabei vom Klingeln eines dritten Handys aus dem Tritt gebracht wurde, konnte Kaufner seine Gedanken ordnen. Wohin hatte ihn die Freie Feste denn hier geschickt, konnte so einer wirklich sein Kontaktmann sein? Kurz ins Handy hineinbellend, schlingerte der Inhaber des *Atlas Guesthouse* Richtung Sofagarnitur, geriet dabei in den Christbaum, verhedderte sich in den Zweigen, lachte und fluchte abwechselnd. Er mußte vollkommen betrunken und folglich gar nicht in der Lage gewesen sein, in seinem neuen Gast denjenigen zu erkennen, als der er ihm ja wohl hoffentlich von der Freien Feste angekündigt war; blitzschnell entschied Kaufner, alles bisher Gesagte könne keineswegs schon als offizielle Begrüßung gemeint gewesen sein. Indem Shochis Vater in seinen zerbeulten Hosen zurück- und halbwegs auf Kaufner zuzutappen suchte, um ihm ein kräftig gefülltes Glas in die Hand zu drücken, mußte er sich kurz an

einem Plastikadler festhalten, der halbmeterhoch auf seinem Schreibtisch stand:
Man möge ihn heute entschuldigen, er habe Anlaß zu trinken. Sein Sohn, gerade sechzehn geworden, in wenigen Wochen sei er mit der Schule fertig, mache ihm Sorgen. Weil ab Herbst das Berufscollege beginne und es mit dem schönen Leben vorbei sei, habe seine Klasse noch mal einen Klassenausflug gemacht – in die *Paradiesische Ecke*! Gut, früher oder später würde jeder richtige Mann dort landen, nicht wahr? Aber sein Sohn, offensichtlich ein Schlappschwanz, habe sich die ganze Zeit für seine Klassenkameraden geschämt und draußen auf sie gewartet. »Wie soll jemals ein Mann aus ihm werden?«
Kaufner beschloß, daß es höchste Zeit war, und kippte den Wodka hinunter. Mit Russen zu trinken, hatte er in der NVA gelernt.
»Sie sind also Herr Alisher Khabi... Khabibullaev?«
»Alisher oder Sherali, seit sechsundvierzig Jahren. Sagen Sie einfach Sher. Da fällt mir ein, wir haben uns ja noch gar nicht richtig begrüßt!« Er räusperte sich, zog sich den Schlips gerade und die Augenbrauen nach oben: »Und Sie sind Herr Kaufner. Kaufner, Alexander ...«
Er schwankte, mit seinen gelben Augen nahm er den Neuankömmling umso fester ins Visier: »Wir haben Sie erwartet, Herr ... Ach was, wir sind ja schon Freunde geworden, ich werde Ali sagen. Was führt Sie nach Samarkand?«
Eine »richtige« Begrüßung, Kaufner hatte sie gar nicht mehr erwartet. Unwillkürlich nahm er Haltung an, streckte dem Patron die Rechte entgegen: »Samarkand, na ja, also, das ist doch ...
Sher lachte zufrieden auf und griff nach der Hand, um sie anhaltend zu schütteln: »Richtig, Ali, ist Weltkulturerbe. ›Die Perle der Seidenstraße‹! Deshalb kommen sie ja selbst jetzt noch, die Touristen, trotz der ... schwierigen Zeiten. Sie werden den ganzen Sommer bei uns wohnen?«

Kaufner lachte sicherheitshalber mit. Anscheinend hatte die Freie Feste bereits alles geregelt. Shers Augen blitzten freilich kein bißchen, um irgendein Einverständnis jenseits der Worte zu signalisieren. Schon ging es an die Formalitäten, zweimal klatschte Sher die Hände flach aneinander; weil nichts passierte, öffnete er eine rückwärtige Tür, »Wir haben Besuch!«, weil immer noch nichts passierte, wankte er hindurch, Kaufner folgte zögernd. Dahinter war, auf den ersten Blick zu erkennen, das eigentliche Büro, am Tisch saß eine füllige Frau mit flaumigem Oberlippenbart, von farbfroher Schlabberseide furios umflossen, und zählte Geldscheine. Als sie endlich aufstand, streckte ihr Kaufner die Hand zum Gruß entgegen, sie lächelte ihm allerdings nur zu, die oberen Schneidezähne blitzten golden auf, und legte kurz ihre Hand aufs Herz: Maysara, Shers Frau. Mit ihrem ersten Satz verlangte sie dem Neuankömmling den Reisepaß ab, klappte ihn mit einem einzigen Griff an der richtigen Stelle auf:

»Gamburg?«

»Gamburg.«

»Hab' ich im Fernsehen gesehen«, mischte sich Sher ein, »brennt schon wieder.«

»Brennt öfters, ja.«

»Wie eine Kerze von zwei Seiten.« Sher lachte. »Links Türke, rechts Russe.«

Bezahlt sei ja bereits, übernahm erneut Maysara die Regie, morgen werde sie den Herrn beim Ausländerbüro anmelden, um die Formalitäten brauche er sich nicht zu kümmern. Kaufner spürte, daß sie ihn nicht mochte, er mochte sie ebensowenig. Schweigend folgte er ihr hinaus in den Hof, um den herum, ebenerdig, die meisten Zimmer lagen; dasjenige, das man für Kaufner ausgesucht hatte, befand sich hingegen im ersten Stock. Erst als vor der Tür überraschenderweise Shochi wartete – mittlerweile trug sie eine weiße Hose und darüber ein wei-

ßes Kleid, jetzt sah man ihr pausbäckiges Mädchengesicht und einen schweren schwarzen Zopf –, wandte sich Maysara erneut an Kaufner: »Entschuldigen Sie bitte«, gleich auch an ihre Tochter: »Du läßt unseren Gast bitte erst mal ankommen und verschwindest«, schon im Aufsperren der Zimmertür seufzend wieder an sich selbst: »Gibt einfach keine Ruhe, wenn sie was interessiert, der reinste Starrsinn. Wer wird so eine bloß heiraten wollen?«
»Ist sie vielleicht nur ein bißchen viel allein?« fragte Kaufner. Ohne ihre Vermummung sah Shochi wie ein normales Mädchen aus, ganz hübsch sogar. Doch davon durfte man sich bei ihr gewiß nicht täuschen lassen.
»Eine Strafe Gottes«, beschied Maysara, ohne Kaufners Frage aufzugreifen: »Haben Sie Kinder?«
Er habe nicht mal mehr eine ... eine Frau. Kaufner sah den bedauernden Blick, den Maysara auf ihn richtete, bevor sie verschwand. Er warf sein Gepäck aufs Bett, kein bißchen erstaunt darüber, daß Shochi in der offenen Tür stehenblieb und ihm zusah, an einem ihrer kleinen Ohrstecker drehend.
»Bist du vielleicht auch ein bißchen zu neugierig?« stellte er sich vor ihr auf.
Shochi schnappte ein paarmal hörbar nach Luft, als ob sie zu sprechen anheben wolle, aber das treffende Wort nicht fände. Kaufner hielt ihren Blick aus. Dann inspizierte er das Bad. Inspizierte sein Zimmer. Zog den Vorhang von der Balkontür. Öffnete die Balkontür. Stand im Begriff, auf den Balkon hinauszu-
»Onkel!« Shochi hielt ihn mit ihrem Zuruf auf der Schwelle: »Ich muß Ihnen noch was sagen.«
»Du kannst mich Ali nennen«, blieb Kaufner tatsächlich stehen, »wir sind ja fast schon Freunde.« Die respektvolle Anrede als Onkel schien ihm angesichts der Geheimniskrämerei, die zwischen ihnen herrschte, wie ein Hohn.

»Ich wollte Ihnen nur sagen, daß –«
»Hör auf, mich zu siezen«, befahl Kaufner überraschend scharf, was war bloß in ihn gefahren, »dein Vater hat gesagt, ich gehöre ab jetzt zur Familie.«
Shochi stotterte etwas von ihrem Traum, den sie gehabt, mehrfach gehabt, schrecklich viel Blut sei darin vorgekommen. Seitdem sei sie in ständiger Angst gewesen. Angst um ...
Kaufner begriff zunächst gar nicht, daß es um ihn ging, daß sie seinetwegen so voller Sorgen gewesen und nach wie vor war. Als sie ihn allerdings zum dritten Mal fragte, ob auf der Anreise wirklich alles gut verlaufen, verjagte er sie mit einer Handbewegung.
Vielleicht hätte er sonst noch selber zu stottern angefangen. Tatsächlich konnte er von Glück sagen, daß seine Reise nicht schon auf der Alsterkrugchaussee ihr Ende gefunden hatte. Nur weil er etwas vergessen und sein Taxi hatte umdrehen müssen, war er einem Heckenschützen entgangen, der dort von einem Abbruchhaus aus, vor allem aber: vor Einbruch der Dämmerung – und also gegen die Regeln, denen selbst dieser Krieg folgte – sein Geschäft des Tötens aufgenommen hatte. Als Kaufners Taxi dann kurz vor dem Tatort umgeleitet wurde, war außer ein paar kreuz und quer auf den Fahrspuren stehenden Autos nichts zu sehen gewesen; immerhin wurde im Radio knapp gemeldet, daß Spezialeinheiten ein Haus umstellt hatten und sich dem Schützen stockwerkweise näherten. Mehr hatte man von dem Ganzen nicht mitbekommen, schon auf dem Flughafen wollte keiner davon überhaupt vernommen haben. So war es fast immer, man hörte die Geschichten des Krieges selten bis an ihr Ende, war auf Gerüchte und Vermutungen angewiesen, der *Tagesschau* konnte man ohnehin nicht mehr vertrauen. Sicher an der ganzen Sache war nur, es hätte um ein Haar auch Kaufner erwischen können – und seine Auftraggeber hätten es wahrscheinlich nicht mal er-

fahren. Hingegen Tausende von Kilometern entfernt wollte ausgerechnet jenes seltsame Mädchen davon geträumt haben? Kaufner nahm sich vor, sie zukünftig nicht mehr so schnell zu verjagen. Und ... erinnerte sie ihn nicht an ein Kind, das er in Hamburg gekannt?

Einen Moment später, da er auf seinen Balkon hinaustrat, begriff er, warum ihn die Freie Feste hier einquartiert hatte: Hinter den Hausdächern ragte in nächster Nähe das Gur-Emir monumental auf, das »Grab des Gebieters«, ein gewaltiger Anblick. Das konnte kein Zufall sein. Mit ihren glasierten Dachziegeln schimmerte die Kuppel im Nachmittagslicht türkis, auf ihrer Spitze von Grasbüscheln und einem zwiebelförmigen goldenen Aufsatz gekrönt. Jetzt war Kaufner angekommen.

Um sechs Uhr abends, es dämmerte und im Hof zwitscherten die Vögel, flog ein Schwarm weißer und schwarzer Tauben um die Kuppel herum. Mittlerweile leuchtete sie dunkelviolett. Auf den Plastikstühlen im Hof saßen russische Huren mit blondgefärbten Haaren, gelangweilt auf Gelegenheitsfreier unter den Touristen wartend, die von ihren Tagesausflügen zurückkehrten, reiche Araber vor allem, möglicherweise auch auf Einheimische. An den Mauern überall Spiegel, man konnte jede von ihnen sehen, wie sie an ihrem Tee nippte, rauchte, sich puderte, die Lippen nachzog.

Kurz vor Einbruch völliger Dunkelheit rief ein Imam sehr leise zum Gebet, die Kuppel des Mausoleums wurde blau angestrahlt, desgleichen die beiden Minarette, die neben dem Eingangsportal standen. Der Hof unter Kaufners Balkon hatte sich geleert; nur auf der Seite, die dem Eingangstor gegenüberlag und aus einer leicht erhöhten Loggia bestand, saßen einige Jungs, tranken Bier aus der Flasche und rauchten. Sofern sie nicht ihre Hunde beschimpften, spielten sie sich, so laut es ging, russische Rocksongs von ihren Handys vor.

Gegen Morgen hörte man es muhen, das war die Kuh von

Vierfinger-Shamsi, der zwei Häuser weiter wohnte, aber das wußte Kaufner damals noch nicht. Wenig später saß er frühstückenderweise unter dem blühenden Baum im Hof – zwischen den russischen Huren, die mit ihren Freiern erschienen waren, und den Mitgliedern einer bengalischen Pilgergruppe. Es konnte losgehen.

Als erstes ging Kaufner natürlich zum Gur-Emir. Seine Erkundungen hatten systematisch zu erfolgen, die Sehenswürdigkeiten der Stadt konnten dabei Anlaß und Vorwand liefern. Erwartungen hatte er keine, schließlich war er auf seinen Einsatz vorbereitet und wußte, daß Timurs Grab leer war, was hätte ihn dort überraschen können? Die prachtvollen Fayencen und Mosaiken wie ein Tourist bewundernd, durchschritt er das Hauptportal. Der Grabbau selbst, in tiefem Kobaltblau und strahlendem Türkis, schimmerte wie ein Palast vor ihm.

Darinnen dann, von einer blaugolden funkelnden Innenkuppel aufs üppigste überwölbt, die Sarkophage: im Zentrum derjenige Timurs, ein schwarzgrüner Block. Umgeben von den Särgen seiner Söhne, Enkel und Lehrer, entweder in Weiß, Grau oder blassem Hellgrün. Drum herum der bunte Pulk an Reisegruppen, Pilgerscharen, Delegationen. Einer Abordnung japanischer Geschäftsleute, alle im schwarzen Anzug, wurde gerade auf Englisch erklärt, um Timurs Sarkophag ziehe sich ein Schriftband des Wortlauts: »Wer meinen Sarg öffnet, bekommt es mit einem Gegner zu tun, noch mächtiger als ich.« Gemeint sei natürlich der echte Sarg, er stehe in der Krypta direkt darunter. Als ihn die Archäologen im Juni 1941 doch einmal geöffnet hätten, sei die Sowjetunion tags drauf von Deutschland angegriffen worden.

Wenn ihr wüßtet, dachte Kaufner. Wahrscheinlich waren Timurs Gebeine schon vor Jahrhunderten weggeschafft worden, an einen sicheren Ort, sie waren einfach zu wichtig. Wer daran glaubte, daß die Seele des Kriegers in ihnen wohnte (und auch der, der *nicht* daran glaubte, jedoch wußte, daß es seine Soldaten taten), der hütete die Knochen als kostbaren Schatz, weit weg vom Trubel des Gur-Emir. Natürlich hielt man den Kult um das Mausoleum weiterhin aufrecht, einen besseren Schutz für das tatsächliche Grab konnte es ja nicht geben. Jeder, der guten Glaubens hierher kam, um an der Macht Timurs teilzuhaben, lenkte durch sein schieres Staunen und Raunen vom Versteck ab. Wenn ihr alle wüßtet, dachte Kaufner. Wenn ihr wüßtet, daß ich weiß.

Je heller die sieben Sarkophage rund um denjenigen Timurs schimmerten, desto dunkler stand der seine, ein polierter Jadebrocken, wie es in dieser Größe keinen zweiten gab – welch eine Macht noch dem bloßen Stein innewohnte! Kaufner konnte es spüren. Ständig lag ein Flüstern in der Luft, das sich gelegentlich zum Singsang steigerte – die Pilger, die hier aus ganz Zentralasien zusammenkamen, strömten in einer immerwährenden Prozession vorbei, entweder beteten sie selber, oder sie bezahlten einen der Vorbeter, es für sie zu tun. Viele versuchten, sich über die Balustrade zu beugen und zumindest den nächststehenden Sarkophag zu berühren. Als ob ihnen Timur, zweifellos der größte Eroberer im Zeichen des Islam, über die Jahrhunderte auch zum Heiligen geworden.

Erst nach geraumer Zeit konnte sich Kaufner vom Bann lösen, den der Jadebrocken ausstrahlte. Der baumhohe Galgen hinter einem weiteren Sarkophag, der etwas abgesetzt von den restlichen in einer Nische stand – von seiner Spitze hing schwarz ein Pferdeschweif –, war das bereits ein Hinweis? Die unscheinbare Tür, deren Umrisse in all dem alabastergefliesten Prunk erst nach Minuten sichtbar wurden, war das etwa der offiziell geschlossene Abstieg zur Krypta? Nein, dahinter stand lediglich ein Feuerlöscher. Indem sich Kaufner zurück in den Hauptraum wandte, war eine kleine Person vor ihm postiert, die Arme in die Hüften gestemmt, als habe sie ihn gerade auf frischer Tat ertappt. Zwei, drei Mal schnappte sie nach Luft, dann plapperte es aus ihr heraus:

Die hätten wieder ihre Hunde mitgebracht! Sie hasse sie, ihren Bruder, seine Freunde, die Hunde am allermeisten, die seien böse. Da habe sie sich lieber davongemacht. »War ja nicht schwer, Sie zu finden. Und wenn die heute wieder den armen Welpen –«

»Sag mal«, unterbrach Kaufner, »läufst du immer so rum?«

Wie am Vortag war sie bis auf den Sehschlitz komplett in Tücher eingewickelt. Auf den ersten Blick konnte man ihren Aufzug fast für eine verwegene Form von Burka halten, dabei war die Burka in Usbekistan ja verboten.

Nein, erklärte Shochi, in der Schule müsse sie Uniform tragen. Aber ob in Uniform oder nicht ... sie sei nun mal nicht schön. Und außerdem, die Marktfrauen machten es auch so. Wenn man weiße Haut behalten wolle, gehe es nicht anders. Die Männer legten Wert darauf, da wolle sie wenigstens in dieser Hinsicht perfekt sein. Ob er den Riß entdeckt habe?

Den Riß in Timurs Sarkophag. Und schon erzählte sie ihm die ganze Geschichte: Ein persischer Heerführer habe den Grabstein geraubt und in seine Heimat gebracht, dabei sei er zerbrochen. Dann sei einer nach dem anderen seiner Angehörigen gestorben. Erst als der Heerführer den Rat der Weisen erfragt und den Grabstein zurückgebracht, sei er zur Ruhe gekommen. Auf dem Stein stehe nämlich –

Den Spruch kenne er bereits, unterbrach Kaufner. Ob sie denn auch wisse, wo es zur Krypta hinabgehe?

Zur Krypta? Eben noch von fröhlicher Redseligkeit, stand Shochi reglos da und wartete ab, als wolle sie Kaufner Gelegenheit geben, seinen Wunsch zurückzuziehen. Da man nichts anderes an ihr sehen konnte, sah man nur, wie sie blickte – ungewöhnlich intensiv aus ungewöhnlich intensiven blauen Augen. Kaufner hüstelte. Ohne eine weitere Antwort abzuwarten, wandte sich Shochi dem Hinterausgang zu.

Draußen lachte sie ebenso unvermittelt wieder los, zwischen den oberen Schneidezähnen zeigte sich eine kleine Lücke. Den »Verrückten«, der ihr solche Freude bereitete, konnte Kaufner zunächst gar nicht sehen, er saß vor einer geschnitzten Tür auf der Rückseite des Mausoleums und beschimpfte seine Zuhörer. Offenbar ein Derwisch, der mit den Engeln geredet hatte:

Der Tag sei nicht mehr weit, da der Himmel zusammengefaltet werde wie ein Brief von seinem Schreiber. »Weh euch!« sprang er auf, die Zuhörer wichen zurück, »dann sind euch die Rosen verblüht, dann bleiben euch nur die Dornen!«

Und was derlei verzückte Schmähreden mehr waren, Shochi übersetzte ins Russische, so schnell sie konnte. Als der Derwisch seinem Publikum prophezeite, daß er bald selber den Thron der Welt besteigen werde, die Zeit sei reif, wandten sich die meisten ab, der Rest verlachte ihn. Wütend sprang der Derwisch vom einen zum anderen, drohte an, er werde nach der Predigt mit Hilfe seines Regensteins zaubern, das Lachen werde ihnen allen vergehen.

»Wo ist denn nun die Krypta?«

Die Maulbeerbäume, die im Halbkreis den rückwärtigen Teil des Mausoleums umgaben, waren voller Gezwitscher, eine Gruppe von Mädchen in weißen Blusen und schwarzen Röcken schlenderte darunter hin, offensichtlich ihre Schuluniform, einige hielten ihre Stöckelschuhe locker am Riemchen und liefen barfuß. Wie arglos sie dahingingen, Kaufner sah ihnen ungläubig nach, eine solch selbstvergessen friedliche Szene hatte er lange nicht mehr gesehen.

»Der steht genau davor«, zeigte Shochi auf den Derwisch

oder vielmehr auf die geschnitzte Tür, ein gewölbtes Aluminiumblech war darüber als Dach angebracht. Wovor? Ach, vor der Krypta. »Da darf aber keiner rein, Ali! Sonst gibt es Krieg, denn in der Gruft, das weiß ja jeder, da ruht die Seele des Kriegers.«

Den Krieg gibt's doch längst, dachte Kaufner, ihr merkt es hier bloß nicht.

»Auf dem Grabstein steht nämlich geschrieben«, fuhr Shochi in ehrfürchtigem Eifer fort: »›Jeder, der meine Ruhe stört, wird in diesem Leben bald sterben und im nächsten lange leiden.‹«

So hatte Kaufner den Spruch zwar noch nicht gehört; aber das war vielleicht egal. Auch das kurze Gewitter am Abend nahm er von seinem Balkon aus gerne hin, den Derwisch hatte er längst vergessen. Danach trommelte einer in der Loggia so anhaltend, daß die Hunde ganz verrückt wurden. Schließlich ging Kaufner hin und, in einigem Abstand vor der lässig lagernden Versammlung sich in Szene setzend, bat um Ruhe. Der Trommler hielt wortlos staunend inne, die anderen Jungs beteuerten umso lauter, es sei kein Geringerer als Firdavs! Ein berühmter Doira-Trommler, ein Star, der Onkel könne sich glücklich schätzen, daß er ihm kostenlos eine Probe seines Könnens biete.

»Verpissen Sie sich in den Arsch Ihrer verehrten Frau Mutter!« riefen sie ihm hinterher, ihr Russisch war ausgezeichnet.

In den Tagen danach hakte Kaufner den restlichen Arabeskenzauber des Weltkulturerbes ab. Arbeitete sich durch die Gräberstraße Shah-i Sinda, die sich, Mausoleum um Mausoleum, als kostbare Schneise in einen Ruinenhügel am Stadtrand grub. Suchte in den Medressen am Registan, dem alten Sand-, Markt- und Hinrichtungsplatz der Stadt. Ging von dort die Taschkentstraße mit ihren Luxusboutiquen wieder stadtauswärts, fand aber auch in der verfallenden Leere der Bibi-Chanym-Moschee nichts, was als Hinweis auf ein Versteck verstanden werden konnte. In ihrer Kuppel kreisten vier Schwalben und kreisten.

Kaufner konnte nach seinem eigenen System arbeiten, es gab keine toten Briefkästen, die beachtet, keine Verbindungsmänner, die aufgesucht, keine Mittelsmänner, die bestochen werden mußten – seit seiner Ankunft hatte er nicht mal Kontakt zu seinem Führungsoffizier. Keine Anrufe! hatte es geheißen. Am liebsten sei's ihnen, wenn sie gar nichts von ihm hörten: »Wenn Sie's schaffen, kriegen wir's mit, keine Sorge, Kaufner, dann kriegt's die ganze Welt mit. Und wenn nicht, tja ... Mit dem Tag Ihrer Abreise sind Sie für uns sowieso schon gestorben, sozusagen bis auf Widerruf.«

Mit Sonnenbrille und Hut auf traditionelle Weise getarnt, schlich Kaufner nun herum wie jemand, der ein Verbrechen begehen wollte, aber noch nicht wußte, an wem und auf welche Weise. Das heißt, an wem, das wußte er wohl. Die Frage war vielmehr, wo. Auf die Idee, es könne in der Stadt den einen oder anderen geben, der ähnliche Interessen verfolgte, kam er bald. Weswegen sonst wären die, die aus einem der westlichen Länder zu stammen schienen, überhaupt angereist? Um dubiose Geschäfte zu machen, obwohl man das in der Schweiz oder der Freien Kretischen Republik ganz bequem vor der eigenen Haustür machen konnte? Um Urlaub vom Krieg zu nehmen, wo sich die Demarkationslinien zu Hause tagtäglich verschoben und man die eigene Wohnung am besten gar nicht mehr verließ? Unter denjenigen, die tatsächlich gekommen waren, um Protz- und Prunkzeugnisse früherer Jahrhunderte zu bestaunen – aufgrund ihrer schieren Menge wurde sich Kaufner erst wieder bewußt, daß der Krieg noch längst nicht sämtliche Winkel der Welt erreicht hatte –, stachen sie auf den ersten Blick hervor: Sie strichen so beiläufig an allen Sehenswürdigkeiten vorbei, wie's Touristen niemals getan hätten. Möglicherweise hatten sie sogar denselben Auftrag wie er; aber so, wie die Freien Festen trotz ihrer isolierten Lage in der russisch besetzten Zone kaum zu einer dauerhaften Allianz zueinanderfanden, wichen sich hier auch deren Vertreter aus (oder in wessen Auftrag sie unterwegs waren). Falls Kaufner doch einmal einem den Weg vertreten konnte, tat der so, als verstünde er nicht, und verabschiedete sich bei erstbester Gelegenheit. Als ob jeder jedem mißtraute und lieber auf eigene Rechnung arbeitete – wie man es ja auch Kaufner eingeschärft hatte.

Ob sie ihn, so mußte er sich rückblickend fragen, ob sie ihn, den Neuankömmling, überhaupt ernst genommen hatten? Oder gleich als einen abgetan hatten, der das Mal noch nicht trug und also harmlos und nicht weiter zu beachten war?

Hab' ich mich damals schon verraten? schreckte Kaufner hoch, lauschte in die Nacht hinaus, aufs Rauschen der Berge, das er inzwischen so gut kannte. Nein, das hatte er nicht, wem gegenüber hätte er sich überhaupt verraten können? Im Gegenteil, sogar die Vertreter des usbekischen Geheimdiensts, die in groben Bauernsakkos um die Sehenswürdigkeiten herumlungerten, hatte er sofort erkannt. Gegen die Spitzel der Stasi waren sie regelrechte Tölpel; sobald man sich in den Nebenstraßen verlor, hatte man sie abgeschüttelt.

Und sonst? Sher hatte grundsätzlich kein Interesse an seinen Gästen. Wenn Kaufner wegen irgendwelcher Angelegenheiten in seinem Büro vorbeischaute, war er entweder am Telephonieren oder im Internet. Manchmal winkte er Kaufner auf einen Wodka herein, um ihm seine Sorgen der Kinder wegen auszubreiten, um ihm seine neueste Pornokrawatte zu zeigen oder, sorgenlustvoll den Kopf dazu wiegend, einen *YouTube*-Film, in dem die Russen ein kurdisches Bergnest stürmten, sich vielleicht aber auch ein Scharmützel mit US-Streitkräften in Alaska lieferten. Außer Explosionen war auf den Amateurvideos kaum etwas zu erkennen.

Mit der Clique um Shochis Bruder hatte Kaufner ebensowenig zu tun, mit Firdavs, dem Doira-Trommler in Adidas-Dreiviertelhosen, oder mit Dilshod, der einen Stalin-Ring trug und der Älteste, Lauteste und Unsympathischste von ihnen allen war. Nicht mal mit Jonibek selbst, von dem sein Vater anhaltend argwöhnte, er werde nie ein richtiger Mann, selbst wenn er sich neuerdings einen penibel ausrasierten Millimeterbart stehen ließ: zwei Zierleisten, die als parallele Linien von den Koteletten herab ums Kinn liefen. Tagsüber, sofern sie nicht schliefen, schraubten sie vor dem Haupttor des *Atlas* an ihren Autos herum, bauten Baßlautsprecher in den Kofferraum ein und blaue Lampen unter die Vordersitze. Abends hetzten sie ihre Hunde aufeinander oder spielten Überlebenstraining mit Jonibeks Welpen, indem sie ihn unter großem Palaver minutenlang in einen Eimer Wasser tauchten. Danach kroch der Welpe mit letzter Kraft ein paar Meter davon, blieb hechelnd liegen, bis Shochi aus ihrem Zimmer gerannt kam und ihn unter Spott und Gelächter davontrug.

Nein, mit den Jungs hatte sich Kaufner nie gemein gemacht. Manchmal beobachtete er sie von seinem Balkon aus; wenn sie ihm zuprosteten, sah man die kyrillischen Schriftzeichen auf ihren Unterarmen. Ohnehin verging kaum ein Abend, in dessen Verlauf nicht irgendwer ein neues Tattoo vorzeigte; Dilshod hatte sich sogar einen Strichcode in den Nacken tätowieren lassen. Die dicksten Goldketten trug er sowieso, fuhr das dickste Auto; von Shochi wußte Kaufner, daß seine Familie Verbindungen zu den Schmugglern im Turkestangebirge hatte.

Von Shochi wußte er auch manch anderes. Im Grunde hatte's sich bald als gar nicht so unpraktisch erwiesen, wenn sie plötzlich auftauchte, wo man sie am wenigsten erwartete. Anscheinend spürte sie, wo Kaufner gerade zugange war, auch wenn sie nicht mehr von ihm träumte. Zum Glück, wie sie selber versicherte, der eine Traum sei schrecklich genug gewesen. Warum er sie immer nach Hause zu schicken versuche? Sie wolle ihn doch bloß beschützen.

»Ausgerechnet du? Ausgerechnet mich?«

»Es ist nicht zum Lachen, Ali, es ist ernst.« Das, was sie geträumt, könne immer noch eintreffen. Da sie die einzige sei, die den Traum kenne, sei sie auch die einzige, die ihn davor beschützen könne. Beschützen müsse. Bislang sei alles eingetroffen, was sie geträumt, deshalb habe man ihr verboten, davon zu erzählen. Schwer sei es, solche Träume zu haben, schwerer noch, darüber nicht zu reden.

Wie er sie freilich aufforderte, wenigstens ihm den Traum zu verraten, stand sie nur und schüttelte den Kopf. Erst als sie sich abdrehte, merkte er, daß ihr die Tränen in die Augen getreten waren.

Einmal war er hart geblieben. Daraufhin war ihm das Mädchen in einigem Abstand durch die Straßen gefolgt, war stehengeblieben, sobald er sich zu einer Pause niedergelassen, und sofort wieder hinter ihm hergewesen, sobald er seinen Weg fortgesetzt. Entsetzlich hartnäckig. Noch anstrengender, als wenn sie neben ihm ging und ihn beplapperte. Schließlich hatte er sie mit einer unwirschen Bewegung herangewunken, sie hatte sofort verstanden.

»Außerdem wird es Zeit, daß Sie Tadschikisch lernen. Und ich Deutsch.«

»Du sollst mich nicht immer siezen.«

Mit jedem konnte man hier bequem Russisch sprechen; auf die Idee, daß es lediglich eine Verkehrssprache war, die aus den Zeiten der UdSSR übriggeblieben, und man also nie wirklich dazugehörte, wenn man sich ihrer bediente, war Kaufner noch gar nicht gekommen. Natürlich würde ihm ein Tadschike auf Tadschikisch etwas anderes erzählen denn auf Russisch, wohl auch als ein Usbeke auf Usbekisch, da hatte Shochi recht. Seitdem begleitete sie ihn mit Selbstverständlichkeit, sobald sie von der Schule heimgekommen und dann von zu Hause ausgerissen war. Als sei sie eines der zahlreich herumstreunenden Kinder, die sich den Fremden als Stadtführer andienten. Bald bemerkte Kaufner, welch unerschöpflichen Vorrat an Charaktereigenschaften sie in sich trug, die ihre dunkle Seite – die Bürde des zweiten Gesichts, die sie vor einigen Jahren in Form schwerer dunkler Träume befallen und seitdem nicht mehr freigegeben hatte – aufs vorwitzigste konterkarierten. Nicht ganz ohne Widerwillen begann er, sie zu mögen, vielleicht der kleinen Lücke zwischen den Schneidezähnen wegen, die sie in Verbindung mit ihren strahlend blauen Augen und dem dicken schwarzen Zopf genau so aussehen ließ, wie ein junges Mädchen seiner Meinung nach aussehen sollte. Vielleicht auch wegen ... Darüber darfst du nicht nachdenken, ermahnte sich Kaufner, das mußt du vergessen. Du solltest es schon längst vergessen haben.

»Hast du denn nichts Besseres zu tun?« begann er zu seiner Verwunderung, sich zu freuen, sobald er Shochi im Gewühl der Gassen plötzlich entdeckte: »Solltest du nicht mal deine Freundinnen treffen?«

»Welche Freundinnen?«

In Shochis Stimme klang kein bißchen Trauer mit, sie hatte sich damit abgefunden, von allen gemieden zu werden. Eine einzige Freundin war ihr bis letztes Jahr geblieben. Als Shochi allerdings von deren Bruder geträumt hatte ... Sie schnappte ein paarmal nach Luft, ehe sie es halbwegs herausbrachte:

»Weißt du, Ali, auch mir machen solche Träume Angst! Ich wär' so froh, wenn ich sie nicht hätte! Aber ich hab' nun mal geträumt, daß ihr Bruder – also, daß er aus dem Gebirge zurückkommt.«

Weil er wenige Tage später tatsächlich von einer Abordnung seiner Einheit nach Hause eskortiert worden, freilich im Sarg, war Shochis letzter Freundin verboten worden, sich mit ihr zu treffen. Wahrscheinlich hatte man es ihr gar nicht verbieten müssen.

Bis zur Regelmäßigkeit gemeinsamer Unternehmungen war's nicht mehr lange hin. An den Vormittagen hingegen blieb Kaufner mit sich selbst und dem Weltkulturerbe beschäftigt – jedenfalls soweit es Nekropolen, Mausoleen, Friedhöfe waren – und mit den Möglichkeiten, die es bot, Timurs sterbliche Überreste zu verstecken. Direkt in einer der Samarkaner Sehenswürdigkeiten darauf zu stoßen, erwartete Kaufner natürlich nicht. Aber wo, wenn nicht dort, hätte er mit seiner Suche nach einer allerersten Spur ansetzen sollen? Von seinen Auftraggebern wußte er, daß auch heutzutage noch ein beträchtlicher Kult um Timurs Gebeine betrieben wurde, bloß eben an geheimgehaltenem Ort. Es hatte ein wenig verrückt geklungen, was sein Führungsoffizier von der Verehrung zu berichten gewußt, die Timur unter den Soldaten des Kalifen genoß, als ob Sieg oder Niederlage von einem Haufen Knochen abhängen konnten. Aber gut, Kaufner mußte ja nicht selber daran glauben, mußte nur seinen Auftrag erfüllen, in der Hoffnung darauf, den Glauben der Gegenseite dadurch zu erschüttern. Den Glauben an ihre Unbesiegbarkeit, solange die Seele des Kriegers mit ihnen kämpfte. Und schließlich, was war nicht verrückt in diesem Krieg?

Es war auf dem großen Ruinenhügel am nordöstlichen Stadtrand, als Kaufner ins Stocken und Grübeln geriet. Zuvor hatte er das Danielgrab besucht, einen rund zwanzig Meter langen Sarkophag für das Bein des Propheten, der Legende nach wuchs es alle hundert Jahre ein Stück. Timur hatte es auf einem seiner Kriegszüge durch den Iran geraubt, nur deshalb war Kaufner überhaupt hingegangen.

Nichtsdestoweniger umsonst.

Von diesem Ende des Hügels hatte er sich wieder stadteinwärts gehalten, durch die Ruinen der alten Stadt und im Gras verstreut aufgeworfene Erdhaufen, beständig von einem süßlichen Fäkalien- und Verwesungsgeruch umgeben. Bis er schließlich die ersten Gräber passierte, nach wie vor auf der Kuppe des Hügels, bis er wenig später mitten auf dem Friedhof stand, der sich linker Hand bis zur Gräberstraße Shah-i Sinda hinabzog. Vor ihm die häßliche Skyline von Samarkand, aus der die Bauwerke der Timuriden riesenhaft herausragten. Am Horizont die langgezogene Felswand der Serafschanberge mit ihren schneebedeckten Spitzen.

Es war die Stunde des Mittagsgebets, überraschend heiß schon für April, Kaufner setzte sich in den Schatten eines Grabsteins, lehnte sich ans lebensgroß eingelaserte Brustbild des Verstorbenen, gab sich seiner Ratlosigkeit hin. Die einstige Hauptstadt eines Weltreichs, das von Kleinasien bis China reichte – was war sie heute anderes als eine durch und durch banale Kleinstadt? Wo hätte man hier noch einen Ort außerhalb des Gur-Emir finden können, der eines Timurs würdig, des größten Feldherrn aller heiligen und unheiligen Kriege, des gewaltigen Handlangers Gottes, vor dem die Welt gezittert?

Wie weit Kaufner an jenem Mittag von jeder Spur entfernt war! Und wie nah er ihr bereits im Verlauf des Nachmittags kommen sollte! Unschlüssig schlenderte er in die älteren Teile des Friedhofs, wo sich die Grabstellen eng an eng und völlig ungeordnet den Hang hinabzogen, jede davon umgittert, kniehoch dazwischen Gras und wildes Korn, manchmal raschelte ein Tier darin. So kam er bergab und am Ende ganz zwangsläufig zur Shah-i Sinda, der Totenstraße. Nämlich zu deren Hintereingang, wo sich gerade lautstark ein Gerangel ereignete: Zwei Polizisten versuchten, einen Bauern festzunehmen und dabei eine Teppichrolle zu beschlagnahmen; der Bauer riß sich jedoch immer wieder frei oder wurde von Umstehenden befreit und zerrte dann auch gleich am Teppich. Eine Weile ging es hin und her, bis der Bauer unter wütendem Protest abgeführt werden konnte. Als sich die Menge, das Geschrei des Verhafteten aufgreifend, in der Totenstraße zusammenrottete, entdeckte Kaufner zwischen denen, die sich abseits hielten, ein kleines Wesen. Einen Augenblick später drängte es sich neben ihn und, Kaufner mußte gar nicht erst lang fragen, gab aufgeregt Erklärungen:

Der arme Bauer! Er habe nichts weiter getan, als einen Teppich übers Grab von Mohammeds Vetter zu legen.

Kaufner kannte das Heiligengrab; obwohl sein Eingang am unscheinbarsten von allen in Shah-i Sinda aussah, war es den Muslimen mit Abstand das wichtigste. Gleich hier gegenüber lag es, am hinteren Ende der Totenstraße, ein Wallfahrtsort seit tausend Jahren. Shochi schubste Kaufner sanft in die Seite, als ob sie ihn zum Gehen bewegen wollte:

Der Heilige sei natürlich gar nicht drin in seinem Grab. Seitdem ihn die Ungläubigen geköpft, lebe er im Inneren des Berges weiter und helfe den Menschen, die zu ihm kämen. Der arme Bauer! Er habe sich bloß beim Heiligen bedanken wollen, weil der seine Frau von einer schlimmen Krankheit geheilt.

»Und das ist verboten?«

»Anderes auch, Ali, anderes auch. Doch das erzähl' ich dir lieber später.« Shochi griff nach Kaufners Hand, »Das ist heut kein guter Ort für dich«, wollte ihn aus dem Gewühl herausziehen. Kaufner hielt indes so lange dagegen, bis sie eine Antwort gab: Zum Beispiel dürfe man nur freitags zum Beten gehen, die meisten Moscheen habe die Regierung sowieso ganz geschl... »Komm jetzt endlich!«

Usbekistan sei nun mal kein Gottesstaat, mischte sich einer der Umstehenden in ihr Gespräch ein: Und wolle's auch nicht werden.

»Wir sind ein gottloses Land!« drang sogleich ein zweiter, offensichtlich entgegengesetzter Meinung, auf Kaufner ein:

»Aber Gott ist nicht tot!« Er habe seine Sendboten geschickt, bald werde er selber zurückkehren auf die Erde, das Schwert des Glaubens zu schwingen.

Eine Schande sei es, schrie ein dritter los, eine Schande, wenn ein Imam nicht mal mehr so laut zum Gebet rufen dürfe, daß man ihn höre. »Wer kann da die Zeiten einhalten und die Scharia?«

»Wer will denn die Scharia? Dann wohl auch gleich die *Faust Gottes*? Ja, herrscht hier demnächst wieder der Emir von Buchara?« wehrte sich der, der sich als erster an Kaufner gewandt hatte: »In unserem Land gilt immer noch die Verfassung!«

Shochi konnte Kaufner mit knapper Not ins Heiligtum hineinziehen, bevor der Tumult richtig losbrach. Es dauerte eine Zeit, bis die Aufseher draußen die Ruhe wiederhergestellt hatten. Als Shochi schließlich befand, der Schutz des Heiligen sei nicht länger nötig, ergriff sie Kaufners Hand so fest, daß ihn niemand anzusprechen wagte. Im Gegenteil, sobald man ihrer ansichtig wurde, wich man stumm zurück. Erst als sie die Taschkentstraße erreicht hatten, gab sie seine Hand wieder frei.

Die *Faust Gottes* sei natürlich ebenfalls verboten, erklärte sie ihm auf dem Heimweg. Bereits zum zweiten Mal hörte Kaufner diesen Namen; in den deutschen Medien war meist vom *Wahren Weg* die Rede gewesen, ab und an vom *Fundament*, der *Klaren Quelle*. Wie immer sie sich nennen mochten, es war kein Geheimnis, daß die Rechtgläubigen nachts in die Dörfer kamen, um Gotteskrieger anzuwerben. Ob der Bauer in Wirklichkeit –?

Kaufner war derart in Gedanken versunken, er folgte Shochi, ohne weiter nachzufragen. Erst als er mit ihr mitten im Bazar stand, wurde er von den Vorbeidrängenden zurück in die Gegenwart geschoben, geschubst. Zwar war er bei seinen Erkundungen auch das eine oder andere Mal durch die Ladengassen gegangen; jetzt jedoch hätte ihn schon die Auswahl an verschiedenfarbigen Rosinen überfordert, die Auswahl an Nüssen und getrocknetem Obst. Shochi bahnte sich zielstrebig ihren Weg, man mußte sich nur dicht genug hinter ihr halten, um voranzukommen. Männer in dunklen Anzügen mit aufgeplatzten Nähten, abgerissenen Taschen. Frauen in grellbunt gestreiften Hängekleidern, dazu giftgrüne Plastikschlappen mit roten Socken, Kaufner kannte den Typus aus seiner Jugend. Frauen mit derart vielen Goldzähnen und einem Augenbrauenstrich, der in voller Breite über die Nasenwurzel führte, kannte er nicht. Frauen im eng geschnittnen weißen Gewand und mit weißem Kopftuch, aus dem große Ohrgehänge hervorblitzten, man sah, daß sie sich darunter das Haar hochgesteckt hatten. Frauen mit golddurchwirktem Kopftuch, im golden fließenden Gewand bis zum nackten Knöchel, auf halbhohen Pantoletten. Shochi mußte Kaufner mehrfach in die Seite stupsen, zeigte auf eine der Marktfrauen, die sich ihren Kopf bis auf den Augenschlitz mit weißem Tuch umwickelt hatte:

Ob er ihr endlich glaube?

Wieso glauben? Ach so, Shochis Tick mit den Tüchern, sie war damit offensichtlich nicht allein. Zu ebenjener Marktfrau wollte sie. Die Frau saß auf dem Boden, war damit beschäftigt, Geld zu zählen, die abgezählten Scheine warf sie in einen Plastikeimer. Neben der Auslage, die sie vor sich ausgebreitet hatte, lagen ihre beiden Unterschenkelprothesen: Plastikhalbschuhe, -strümpfe, -hosenbeine bis zum Knie.

Das war der Moment, da Shochi anfing, mit dem Finger auf gewisse Dinge zu deuten und dazu die usbekischen und tadschikischen Wörter zu nennen. Nicht ohne sogleich das deutsche Äquivalent von Kaufner abzuverlangen. Also gut. Vor der Marktfrau lagen? Jede Menge Zähne. Wolfszähne? Wolfszähne. An blauweißen Kordeln aufgefädelt. Wolfszehen. Ganze

Wolfspfoten. Wolfseife, ja? Im kleinen Tiegel, der dazwischenstand, das war? Tatsächlich Wolfsfett?

»Gegen Erkältung, Ali. Aber nur, wenn man's in Kreuzmustern aufträgt!«

Das unscheinbar vertrocknete Krautbüschel, das Shochi schließlich kaufte – auf Tadschikisch (oder Usbekisch?) hieß es »Hazor Espand«, doch auf Deutsch? Es helfe gegen den bösen Blick und Unbill aller Art, auch die Heiler würden es benützen, zum Krankheiten- und Sachen-Wegzaubern.

»Sag mal, ich denke, ihr seid Moslems?«

Shochi allerdings wollte weiter, wollte Kaufner noch die Stare zeigen, die in riesigen Schwärmen heute aus Indien zurückgekehrt waren. Schon auf dem Hinweg hatte sie ihre weitläufigen Flugmanöver über der Taschkentstraße bewundert. Auch jetzt noch, die Dämmerung setzte bereits ein, boten sie ihre Formationsflüge dar: Tausende, Abertausende an Vögeln, in verschiedenen Schwärmen geometrische Figuren auf den Abendhimmel zeichnend, Spiralen, Ellipsen, explodierende Wolken. Wenn sie dabei plötzlich im Tiefflug auf die Betrachter am Boden zurasten, war es so beängstigend schnell und perfekt wie der Angriff einer Flugzeugstaffel in einer Computersimulation. Und indem sie erneut stand und staunte, in unbeschwerter Bewunderung zeigte und benannte, was Kaufner zu übersehen drohte, verwandelte sich Shochi zurück in das Kind, das sie ja vor allem und immer noch war.

Nun werde es bald Sommer, freute sie sich.

Irgendwas läuft in diesem Land ab, dachte Kaufner, irgendwas, das ganz und gar nicht ins offizielle Programm paßt. Und zwar an den Gräbern. Beileibe nicht an jedem. Am allerwenigsten dort, wo sie für Touristen und Pilger frisch renoviert waren. Aber eben auch nicht nur an demjenigen Timurs. Nach allem, was er heute erlebt, mußte er sich eingestehen, daß der Auftrag der Freien Feste nicht mehr so verrückt klang wie damals in Hamburg. Überall dort, wo man sich um Heilige scharte, ob lebende, ob tote, wo man verbotenerweise opferte, dankte, den Predigten lauschte und auf Wunder wartete, also überall dort, wo es endlich einmal interessant wurde, schritt die Staatsmacht ein. Vielleicht mußte man, um voranzukommen, fürs erste ein Grab finden, an dem sich der Kult ungestört entfalten konnte?

Noch Tage waren die Baumkronen erfüllt vom Gezwitscher indischer Stare; all die Schüler in ihren schwarzen Schuluniformen, die ihre Schleudern mit den Früchten der Maulbeerbäume bestückten, sie konnten gar nicht danebenschießen. Als ob sie schon mal für den Tag übten, da die Zeit der Heckenschützen auch hier anbrechen würde.

Konkrete Anhaltspunkte oder gar eine Spur, die zu Timurs tatsächlichem Grab führte, hatte Kaufner in diesen Tagen zwar keine gefunden. Klargeworden war immerhin, daß die berühmten Mausoleen allesamt ausschieden; mit Ausnahme des Heiligengrabs am Hintereingang von Shah-i Sinda waren sie zu bloßen Sehenswürdigkeiten verkommen. Wenn es nach Kaufner gegangen wäre, hätte er hiermit die gesamte Stadt abgehakt. Es ging aber nach Shochi. Sie hatte längst begriffen, wofür er sich bei seinen Erkundungsgängen interessierte, und an Begräbnisstätten wußte sie reichlich, von denen in Kaufners Unterlagen keine Rede war. Im Stadtplan waren sie sowieso nicht eingezeichnet.

Überhaupt der Stadtplan. Kaufner stellte immer öfter fest, daß er nicht stimmte, ja, daß man damit regelrecht in die Irre lief. Die Proportionen waren verzerrt, zahlreiche Straßen gar nicht eingezeichnet, die Namen zum Teil noch aus der russischen Besatzungszeit, das Gassengewirr in der Altstadt gar nicht erfaßt. Ein besserer Plan war nirgends zu erhalten. Und *Google Maps* zeigte zwar eine chaotisch von Hausdächern wimmelnde Satellitenansicht; rief man die Kartenansicht auf, bekam man aber bloß die großen Durchgangsstraßen angezeigt und ansonsten viel weiße Fläche. Selbst das GPS-Gerät funktionierte aus irgendwelchen Gründen nicht. Als sich Kaufner eines Abends darüber bei Sher beschwerte, ließ der auf der Stelle seine sämtlichen Handys und Bildschirme im Stich, um ihm schwer und bedeutend die Hand auf die Schulter zu legen:

»Verboten! Alles Spione, Achtung!«

Das war sein Standardkommentar, viel mehr deutsche Wörter wußte er ja nicht. An der Art seines Lachens merkte man allerdings, wie ernst es ihm war. Kaufner habe doch Shochi, an die könne er sich halten, die kenne sich aus. Leider selbst dort, wo ein ordentliches Mädchen gar nicht hingehöre. Aus so einer werde nie eine anständige Schwiegertochter.

Und warum verboten?

Weil Usbekistan ein kleines Land sei. Und nicht nur von Freunden umgeben. Für den Fall der Fälle.

»Glaubt ihr wirklich, daß ihr eure Feinde heutzutage noch mit falschen Stadtplänen in die Irre leiten könnt?«

Anscheinend glaubte es zumindest die Regierung. Sher empfahl dringend, sich auf diskrete Weise damit abzufinden; wer sich mit einem anderen Stadtplan als den üblicherweise erhältlichen erwischen lasse, werde auf der Stelle verhaftet.

Ein unruhig flackernder Blick aus gelben Augen, ob Kaufner seine Andeutungen in all ihrer Konsequenz begriffen habe.

Landkarten seien gleichfalls gefälscht. Für den Fall der Fälle. Daß Kaufner auf seinen Gängen von Shochi begleitet wurde, sah Sher im übrigen nicht ungern: »Vielleicht kannst du dabei ein bißchen guten Einfluß auf sie nehmen?«

Kaufner versprach's. Und ließ sich von Shochi zeigen, was es am Stadtrand und in den Vororten noch an Medressen und

Mausoleen gab. Eigentlich drängte die Zeit, für den Westen wurde die Lage Tag für Tag nicht etwa besser. Dennoch durfte man nichts überstürzen, wer weiß, was in Samarkands Randbezirken an Verbotenem zu entdecken war. Auch dort wurden verstohlen Geldscheine auf Grabsteine gelegt oder Hammelknochen übers Feuer gehalten, bis sie barsten und man sich aus den Rissen und Sprüngen die Zukunft herauslesen lassen konnte. Vor allem wurde auch gepredigt, und je weiter man vom Stadtzentrum entfernt war, desto dreister: Das Ende aller Zeiten sei nahe, bald würden die Gottlosen bestraft in diesem gottlosen Land. Die Polizisten, die den Derwischen eine Weile zuhörten und sie schließlich vor aller Augen festnahmen und abführten, würden die ersten sein.

Wenn der friedliche Pilgertourismus dann in Radau umschlug, wurde jeder dieser öden Orte mit einem Mal wild und unberechenbar. Die Spur zur Spur! Ebendeshalb schieden sie für Kaufner aber am Ende wieder aus, auf lange Sicht hätte man hier nichts geheim und schon gar nicht unter Kontrolle halten können. Blieben als letztes die ganz normalen Heiligengräber, die von der Bevölkerung nicht sonderlich beachtet wurden; deren gab es in Samarkand eine Menge. Gleich am *Atlas Guesthouse* ging es damit los: Wenige Meter vom Haupttor die Gasse bergab und in der Querstraße über einige kreuzende Abwasserrinnen hinweg lag das Teehaus *Blaue Kuppeln*. Von blauen Kuppeln nichts zu sehen, Shochi *nannte* das Areal nur so, das nichts weiter als der Rest des alten Gusars war, des Zentrums ebenjenes Stadtbezirks. Gusar? Ein russisches oder gar deutsches Wort gab es dafür nicht; Shochi erklärte nicht erst lange, sie ging mit Kaufner hin.

Wie sogleich eine verhutzelte Wirtschafterin mit einer Thermoskanne Tee herbeischlappte, um sich zu ihnen zu setzen und nach dem Woher und Wohin des Fremden zu fragen, den sie öfters draußen gesehen hatte, wurde Kaufner schnell klar, was ein Gusar war: der traditionelle Mittelpunkt jedes Wohnviertels, eine Versammlungsstätte mit Moschee (abgerissen), Wasserbecken (verschwunden), Garten (verwahrlost) und Teehaus. Letzteres bestand aus einer mit Sperrmüllmobiliar vollgestopften Garage zuzüglich Ziertaube im Vogelbauer. Eine Art allerschäbigste Sozialstation, in der die Alten Wodka aus Teetassen tranken, und doch, und doch! in unmittelbarer Nachbarschaft eines Heiligengrabes.

Nun kam Kaufner systematisch in der Altstadt herum. Anfangs wunderte er sich, daß es selbst dort keinerlei orientalisches Treiben gab oder sonst Geschäftiges, wie er's erwartet hatte. Das einzig Chaotische war das Kabelgewirr, das von den Strommasten zu den Häusern führte. Verkehr gab es in den engen Gassen so gut wie keinen; die wenigen Autos, die man sah, waren millimetergenau in irgendwelchen Nischen geparkt und wurden von ihren Besitzern gen Abend gewaschen. Niemand sprach Kaufner an, drängte sich auf, belästigte ihn – so hatte er's in Hamburg seit Jahren nicht mehr erlebt.

Es dauerte eine Weile, bis er herausgebracht hatte, warum es in der ganzen Stadt derart höflich und gesittet zuging; und es waren die Alten in den Teehäusern der Gusare, die ihm die Augen öffneten. Wahrscheinlich waren sie die einzigen, die überhaupt noch ein offenes Wort riskierten. Wenn er die Vormittage bei ihnen verhockte – zunehmend entspannter, weil er merkte, daß er trotz aller Eile, die geboten war, mit Gewalt nicht vorankam (und die Welt dennoch nicht unterging) –, wenn er die Stunden bei ihnen vergrübelte, bis Shochi aus der Schule kommen und das Besichtigungsprogramm fortsetzen konnte, gerieten sie regelmäßig in erhitzte Wortwechsel: Früher, unter den Russen, sei alles besser gewesen. Und wäre es auch heute wieder. Natürlich nicht für die »Neuen Usbeken«, wie man sie abschätzig nannte, die sich im Verlauf der letzten Jahre mit dunklen Geschäften nach oben gebracht und mit ihrem Geld nun alles, aber auch wirklich alles in diesem Staat leisten dürften. Von wegen Gleichheit! Man lebe de facto in einer Diktatur der Reichen, höchste Zeit, daß die Russen wieder einmarschierten, wie letztes Jahr in Kirgistan, und für Gerechtigkeit sorgten. Von wegen Freiheit! Überall Polizei. Vorzugsweise in Zivil. Überall im Handumdrehen errichtete Betonmauern, selbst quer über Straßen gezogen, nicht selten über Nacht, ganze Stadtviertel abgerissen nach Belieben, andere komplett eingemauert und mit Stadtvierteltoren versehen, die man bei Bedarf schließen und die Bewohner abriegeln könne. Hauptsache Kontrolle. Für den Fall des Falles, wie es offiziell immer heiße. Ob Kaufner die Scharfschützen auf den Dächern entdeckt habe?

Es braute sich also auch hier etwas zusammen. Nur noch eine Frage der Zeit, dann ... Kaufner tappte gedankenverloren hinter einem der Russen her, die, verwahrloste Säufer, von der einstigen Besatzungsmacht im Lande hängengeblieben. In der Hamburger Schanze hatte er einmal, am hellen Vormittag, in einer Hofeinfahrt zwei junge Kerle gesehen, wie sie einem dritten das Messer an die Kehle gedrückt hielten. Die Hofeinfahrt war fünf, sechs Schritte breit gewesen, und Kaufner hatte sich, wie alle anderen, gehütet stehenzubleiben. Der Mann, dem es da an die Gurgel ging, flehte seine Mörder abwechselnd in gebrochenem Deutsch und fließendem Russisch an, offensichtlich war er nicht rechtzeitig vor Tagesanbruch zurückgekommen in den Ostteil, und jetzt hatten sie ihn in seinem Versteck aufgestöbert. Das war nicht sein Stadtteil, der Fall war klar, wahrscheinlich hatte er in der Nacht zuvor selber für Angst und Schrecken gesorgt. Nun bezahlte er dafür mit dem Leben. Niemand würde seinetwegen stehenbleiben, würde hinsehen, gar um Gnade für ihn bitten. Und schon kurze Zeit später, das Gesetz des Krieges, würde nichts mehr in der Hofeinfahrt auf ihn hinweisen, keiner würde davon reden, es würde gar nicht geschehen sein. So war es immer, so würde es auch in Samarkand bald sein. Bereits heute waren die Russen allenfalls noch Geduldete; übermorgen würden sie die Gejagten sein. Kaufner blieb stehen und sah dem Säufer eine Weile hinterher, wie er, laut mit den Entgegenkommenden schimpfend, die Straße entlangschlingerte.

Seitdem ihm die Alten ihre Thermoskannen geöffnet hatten, lief Kaufner mit anderen Augen durch die Stadt, sah mit anderen Augen auf ihre Menschen. Aus den Hoftüren heraus betrieben einige heimlich einen Wodka-Ausschank für die Arbeitslosen. Andere beharkten ein kleines Gemüsefeld rund um ein Denkmal. Brotverkäuferinnen saßen an den immergleichen Stellen, die meisten bis auf einen Augenschlitz gegen die Sonne geschützt. Mittags plötzlich die Verkäufer der kleinen Teigtaschen, Somsa, die man mit Ketchup oder Essig direkt vor Ort verzehrte. Am lautesten waren bei alldem die Vögel, dann die Kinder (aber nur, wenn sie Alarmanlagen der parkenden Autos auslösten), dann schon die Wolken.

Nichtdestoweniger machte Kaufner seine ersten Bekanntschaften. Lutfi, der Barbier mit dem hängenden Augenlid, der für Kaufner immer eine frische Klinge zerbrach und die eine der beiden Hälften einspannte. Während man unglaubliche fünf Mal rasiert wurde, konnte man Musikvideos mit Reitern sehen, die durch die Steppe galoppierten. Dazwischen Bilder der frankoalgerischen Freischärler, die mit den Generälen des Kalifen Hände schüttelten, anscheinend hatten sich ihre Verbände der *Faust Gottes* angeschlossen. Lyon gefallen, Dijon gefallen, Reims gefallen. Die Schweiz pochte lautstark auf ihre Neutralität. Lutfi rasierte schweigend.

Shodeboy, der Schaschlikbrater, den es vom Aydarsee hierher verschlagen hatte, er fragte sowieso nur, welchen Spieß man wünsche, schwieg ansonsten qua Naturell. Aber auch seine Gäste, auf einer Betonfläche mit Weinrebendach gruppiert und von kleinen Jungs bedient, die zwischen dem offen lodernden

Grill und den Tischen hin- und herrannten, auch seine Gäste, fast ausschließlich Männer, unterhielten sich so leise wie – ja genau, wie früher, in Kaufners Jugend. Und sie wurden leiser, wenn er in ihrer Nähe Platz nahm.

Vierfinger-Shamsi, der in seinem Innenhof eine regelrechte kleine Landwirtschaft betrieb. Acht seiner neun Kühe hatte er unlängst verkauft, um sich dafür ein Auto anzuschaffen. Auf seine Frage, was man an Samarkand denn finden könne, daß man dermaßen lange bleibe, versetzte Kaufner, er genieße es einfach mal wieder, in einer Stadt ohne Ausgangssperre und nächtliche Schießereien zu leben. Und ohne Straßensperren, die gebe's in Usbekistan wenigstens bloß außerhalb der Städte. Da lachte Shamsidin und schwieg.

Die einzigen, die in dieser Stadt redeten, jetzt fiel es Kaufner erst richtig auf, die einzigen, die in dieser Stadt laut und unmißverständlich redeten, abgesehen von den Alten, waren die Derwische.

An jedem dritten Heiligengrab der Altstadt sah man sie, im immergleichen Flickengewand, in immergleicher Verzückung, die vor Verhöhnung des Propheten, der Scharia, des gesamten verbürgten Glaubens nicht Halt machte. So trunken waren sie von Gott und der Gewißheit, er habe sich bereits gerüstet, um mit seinem Schwert die Übermütigen in die Schranken zu weisen, der Herr des Eisens, der große Rächer und Vergelter ... daß man ihnen die ärgsten Pöbeleien verzieh. Die einen hielten sie für Heilige, die anderen für Verrückte.

In einem Gusar nahe dem jüdischen Viertel – neben dem Heiligengrab verfügte er über einen kleinen Rosengarten und darin eine überwucherte Sonnenuhr – kam es zu einem Zwischenfall. Der Derwisch, der dort seine Urbotschaften der Weisheit verkündet und dabei dreist eine Opiumzigarette geraucht hatte, erstarrte, als er Kaufners gewahr wurde, mitten in der Bewegung. Löste sich erst nach Sekunden aus der Verkrampfung, fuhr mit ruckartigen Bewegungen durch sein Publikum hindurch, bis er vor Kaufner zum Stillstand kam:

Das sei ein böser Mann, schrie er los und stieß Kaufner dabei seinen süßlichen Atem ins Gesicht: ein Feind der Rechtgläubigen! Er verfluche ihn, übergebe ihn hier und jetzt dem heiligen Zorn seiner Zuhörer.

Diese jedoch, anstatt auf Kaufner loszugehen, fingen an, sich gegen den Derwisch zu echauffieren. Wie er selber auf Kaufner einschlug, gingen sie dazwischen und setzten ihm übel zu; plötzlich tauchte die Polizei auf und, ohne lang nachzufragen, führte den Derwisch ab.

Nicht wenige der Zuhörer entschuldigten sich anschließend bei Kaufner, er möge bitte nicht schlecht über ihr Land denken, man sei sehr tolerant gegenüber Andersgläubigen. Die Verrückten kämen ausnahmslos aus dem Iran, das seien keine Usbeken. Sondern Fanatiker wie ihre Ajatollahs und überhaupt alle, die von dort kämen.

Nur Shochi war auf dem Heimweg ungewohnt schweigsam.

»Du bringst den Krieg zu uns, oder?« fragte sie schließlich, ohne eine Antwort zu erwarten. Kaufner hätte empört abstreiten müssen. Stattdessen blieb er stumm. Offensichtlich wußte Shochi, was er vorhatte. Und, merkwürdiger noch, half ihm trotzdem dabei. Aber sie redete ebensowenig darüber wie die anderen.

Dafür bedrängte sie Kaufner auch am nächsten Tag wieder, sobald sie gemeinsam durch die Stadt zogen: Noch nie habe sie einen Deutschen kennengelernt, ihr Bruder habe ihr erzählt, daß es bald keine mehr geben werde, warum Kaufner nichts erzähle? Von seiner Heimat, da sei doch schon so lange Krieg.

Heimat? Das Wort hatte Kaufner in den letzten Jahren nur

noch von Fundamentalisten, gleich welcher Provenienz, gehört. Aber was hätte er Shochi davon erzählen sollen? Daß man sich an den Krieg gewöhnen und ganz gut mit ihm arrangieren konnte, jedenfalls wenn man sich an die Spielregeln hielt? In Samarkand war in diesem Frühjahr noch alles friedlich, abgesehen von den Prügeleien, die sich usbekische und tadschikische Banden nachts lieferten; gewiß stellte sich Shochi den Krieg so vor, wie er in den Computerspielen ihres Bruders stattfand, mit großen Entscheidungsschlachten und dem Abwurf von N- oder sogar ZZ-Bomben.

Auch bei uns hat es mit Straßenkampf begonnen, wollte er anheben; aber dann erzählte er ihr, wie es für ihn selber begonnen hatte: mit einem Schlauchboot, in dem er nachts über die Grenze nach Polen rübergemacht. Mit der Botschaft der Bundesrepublik in Warschau. Mit Tagen des Zagens und Hoffens, endlich mit der Ausreise dorthin, wo der Freie Westen begann und all das andere, für das manch einer damals, im Osten, sein Leben gelassen hatte. Mit der innerdeutschen Grenze, die er ein paar Tage zuvor noch selber bewacht, und wie sie kurz darauf geöffnet wurde und die neue Zeit anbrach.

Shochi verstand das nicht auf Anhieb. Hatte ihr Großvater nicht erzählt, Deutschland *sei* die DDR? Wie konnte man von dort nach Deutschland fliehen? Für ihr Alter stellte sie ungewöhnlich kluge Fragen, sie erstaunte Kaufner immer wieder.

Deutschland, das sei doch auch im Osten der Westen? Oder welcher Westen sei gemeint?

Kaufner hustete sich den Staub aus dem Hals, sie hatte ja recht. Wenn man von Skandinavien und den Inseln absah, dann war der Westen in der Mitte Europas wirklich nur mehr schwer zu lokalisieren. Und Shochi blieb hartnäckig. Sie einigten sich schließlich darauf, daß Kaufner davon erzählen würde, wann immer sie ihm ein neues Grab in Samarkand gezeigt hatte.

Wie der Krieg »und all das« in Deutschland überhaupt losgegangen sei?

Noch in der Wahlnacht war es losgegangen, das stand fest, selbst wenn sich Kaufner, wie er jetzt merkte, nicht mehr so genau an Einzelheiten erinnerte. Die *Nationale Einheitsfront* und die rußlanddeutsche *Wahrheit*, natürlich auch die *Partei der Bibelfesten*, die *Freistaatlichen* und wie sie alle hießen, deren Anhänger sich da blitzschnell zusammenrotteten, sie hatten einen Bundeskanzler Yalçin nicht hinnehmen wollen. Schon während des Wahlkampfs hatten es ihre Schlägertrupps jedem klargemacht, der es hören oder fühlen wollte. Aber wer war dann wann zuerst wo einmarschiert? Da es bislang immer bloß Milizen gewesen waren, ließ sich das schwer entscheiden. Und wieso war es fast gleichzeitig zu Ausschreitungen in anderen Ländern gekommen? Vor allem in den Südstaaten der EU, überall nach demselben Muster, als hätten Millionen von Schläfern nur auf das Zeichen gewartet, das sie in Marsch setzte: von der Stiefelspitze Italiens aus, den Klein- und Kleinstaaten des Balkans, der Iberischen Halbinsel, und immer nach Norden, in die Mitte Europas. Waren das überhaupt noch Anhänger irgendwelcher Parteien gewesen, Mitglieder irgendwelcher Gruppierungen? Oder vielmehr die versammelten Verdammten der Zeitläufte, die sich nun überall »gegen das System« erhoben, wie man es bei *Radio Freies Europa* hörte? Ein Volks- und Völkeraufstand, der sich rasend schnell zur Völkerwanderung entwickelt hatte. Oder war doch alles nur geschickt von Großrußland angezettelt worden?

Kompliziert. Und von Tag zu Tag war es komplizierter geworden. Kaufner hatte sich nie sonderlich für Politik interessiert, im Grunde war er allein deshalb, weil Kathrins beste Freundin in Wandsbek wohnte, an die Freie Feste und letztlich hierher geraten. Aber das half ihm bei Shochi nicht weiter, überall in der Stadt wußte sie Gräber.

Gleich hinterm Timur-Denkmal, wo mit dem Universitet Boulevard die russische Neustadt anfing, zeigte sie ihm – nein, zunächst mal das Photostudio, vor dem eine weiße Stretchlimousine parkte. An ihrem Hochzeitstag werde auch sie hier Station machen, eine Hochzeitskappe mit goldenen Schnüren habe sie bereits in ihrer Aussteuer. In der Allee dann jede Menge händchenhaltender Männer, Minirockmädchen mit rotgefärbten Haaren, schüchterne Blicke. Weiter westlich eine Brauerei, rundherum Bierlokale. Rohbauten, in denen die Schwarzgeldhändler standen und mit Geldbündeln winkten. Nun?
»Aber da war ja noch kein einziges Grab dabei!«
»Ach, Ali, sei doch nicht so.«
Also gut. Sie würde es sowieso nicht verstehen. Die ersten Wochen danach – Eskalation der Randale zu Schießereien, Aufteilung der Stadtbezirke in »befreite« und von der Gegenpartei »besetzte Zonen«. Zunächst auf die Brennpunkte der Großstädte konzentriert, seltsam friedlich das Leben bereits in den unmittelbar benachbarten Vierteln, als ob man dort den Beschwichtigungen aus den Medien tatsächlich noch auf den Leim ging. Dabei hatten die Deutschländer im Verein mit der Linken längst Zulauf von sonstwo, keineswegs nur aus der Türkei, während die Rußlanddeutschen Verstärkung aus sämtlichen slawischen Ländern organisierten. Wie es genau abgelaufen war, wer wollte das wissen? Kaufner hatte dieses und jenes von diesem und jenem erfahren, eine in sich stimmige Geschichte ließ sich darüber nicht erzählen.
Nach der Russenstadt kam das iranische, angrenzend das armenische Viertel. Trostlos eingestaubte Straßenzüge, von kleinen Kartoffel- und Kräuterbeeten gesäumt. Die Reichen hatten übermannshohe Mauern um ihre Grundstücke gezogen, mit Glasscherben gespickt, manchmal fiel ein blühender Rosenstrauch darüber. Eine Gedenktafel für die Gefallenen des Großen Vaterländischen Krieges. Nun?

»Aber das ist doch kein Grab!«

Na gut. Bald war Deutschland wieder geteilt gewesen wie zu Kaufners Schulzeit, im Osten die paramilitärischen Verbände der Russen, im Westen (einschließlich Westberlin) die Deutschländer mit den Resten der offiziellen Ordnungsmacht. Demarkationslinien und grüne Grenzen verliefen jeden Tag etwas anders, je nachdem, was die Nacht zuvor für die eine oder andere Seite erbracht hatte. Wie hatte es denn geschehen können, daß ehemalige Minderheiten jetzt im ganzen Land das Sagen hatten, wieso hielt sich die schweigende Mehrheit weiterhin aus allem heraus? Erste Erhebung der *Deutschnationalen* in beiden Sektoren, Ausrufung »autonomer Schutzgebiete«, aus denen später vor allem im russisch besetzten Osten »Freie Festen« wurden. Weltanschauliche Spaltung mitten durch alle Bevölkerungsschichten hindurch, die staatlichen Aktivitäten entsprechend gelähmt. Verteidigung des Rechtsstaats im Wesentlichen durch Deutschländer, die inzwischen hier ihre Heimat sahen und auch bereit waren, nachts dafür ihr Leben zu riskieren. Erst zwei Jahre lag das zurück, gleichwohl schien es schon eine Ewigkeit her. Als ob der Krieg nur jeden Tag eine hastige Gegenwart zugelassen und jeden Gedanken an das Vergangene abgeschnitten hatte. Nun fiel es Kaufner schwer, sich zu erinnern, schwerer noch, die Erinnerungsbruchstücke für Shochi zusammenzufassen. Es war doch viel verwickelter gewesen, verworrener, verwirrender? Oder viel einfacher?

Mittlerweile durchstreiften sie die monotone Weitläufigkeit der äußersten Bezirke Samarkands. Kaufner konnte den Charme des Sowjetkommunismus, der hier ungebrochen weiterexistierte, als hätte Usbekistan nie eine Unabhängigkeit errungen, sogar versuchsweise genießen. Auf den schäbigen Grünflächen und Spielplätzen zwischen den Plattenbauten grasten Kühe. Überall Betonpoller, Sichtschutzwände, hinter denen ganze Wohnviertel verschwanden. Das Schönste war der

Himmel, nach einem Regensturz ganz klar und hellblau, mit kleinen weißen Kumuluswolken darin, in sämtlichen Richtungen standen plötzlich Bergketten am Horizont. Schon am nächsten Tag hing der Himmel wieder in stumpfem Hellgrau, und wenn Wind aufkam, sah man den Staub, der hier alles beherrschte. Wie oft man sich in dieser Stadt den Hals freihusten mußte! Nun?

Die Gräber, die Shochi am Stadtrand wußte, waren kaum mehr als schäbige Ruinen, für Kaufners Recherchen vollkommen belanglos. Meist wurde er von den Einheimischen beargwöhnt, wenn er, ein Fremder, an solch entlegenen Orten auftauchte, aber weil er's an der Seite Shochis tat, vertrat ihm niemand den Weg. Sogar diejenigen, die sich in den halbwegs intakten Gräbern eine Bleibe eingerichtet hatten, Bettler, Drogenabhängige, Taschen- und Tagediebe aller Art, räumten, ohne zu murren, ihr Lager, sobald sie der beiden auch nur gewahr wurden, und es war gewiß nicht Kaufner, dem sie derart Respekt zollten. Er selbst hätte es ja in solchen Situationen, da Shochi ganz ernst und leise wurde, hätte es nicht mehr gewagt, ihr zu widersprechen oder gar die gemeinsamen Erkundungen abzubrechen. Ihr seltsamer Aufzug allein konnte es nicht sein, der die Menschen vor ihr zurückweichen ließ. Sie wußte, was sie in ihrer stillen Bestimmtheit tat, das sah Kaufner genauso klar wie all die anderen, auch wenn sie sich die übrige Zeit wie eine ganz normale Dreizehnjährige verhielt, ein bißchen albern, launisch, übermütig, kokett. In jedem Fall war er gut beraten, ihr zu folgen. Vielleicht war er an ihrer Seite längst auf der Spur zur Spur, wer weiß, und begriff es bloß nicht.

Und er mußte erzählen, so war es ausgemacht. Nun! Als es zu ersten Bibelschändungen gekommen war, ohne daß die Sicherheitskräfte dagegen vorgingen, waren die Rußlanddeutschen zur Selbstjustiz geschritten. Nacht für Nacht sickerten sie in den deutschländischen Sektor und seine Enklaven ein, schossen auf jeden, der sich zeigte. Mitunter regelrechte Hetzjagden. Gefangene machten sie keine. Weil sie im Zeichen des Kreuzes kämpften, zahlreich Zulauf von Rechtsradikalen, desgleichen von Arbeitslosen und all jenen, die auch mal auf der Gewinnerseite stehen wollten. Die Gegenseite tat sich deutlich schwerer, im Namen der Toleranz ließ sich keine überzeugende Verteidigungsstragie aufbauen. Beschwörungsappelle der Politiker. Schweigen der Intellektuellen. Polizei und Armee nach ihren ethnischen Wurzeln zerfallen, ganze Kompanien liefen zur großrussischen Seite über. Ausgerechnet Bundeskanzler Yalçin, mit dessen Wahl alles angefangen und auf dessen Rücktritt alles zielte, was von russischrechtsradikaler Seite angezettelt und bald mit militärischer Konsequenz betrieben wurde, ausgerechnet Bundeskanzler Yalçin hielt es für seine staatsbürgerliche Pflicht, im Amt zu bleiben. Bald brannte es in allen größeren Städten, die ersten flohen in den Süden.

Über die Rolle der Freien Festen erzählte Kaufner natürlich nichts, schon gar nicht, daß er ein Jahr als Kurier der Freien Feste Wandsbek gearbeitet, bevor er sich für Operation 911 hatte anwerben lassen. Jede Woche Propagandakundgebungen mit russischen Blondinen als Frontfrauen. Auf der Gegenseite vor allem eine kurdische Hip-Hopperin – auch Deutsche tanzten, wenn sie das Lied der Heimat rappte: Deutschland den Deutschländern! So simpel, das Ganze.

Einer wie Kaufner, der sich keinem der beiden Lager anschließen wollte, war mit Einbruch der Dämmerung vogelfrei. Als Zuflucht blieben ihm bloß, diesseits wie jenseits der Alsterlinie, die Freien Festen. Jede hatte ihre eigene weltanschauliche Ausrichtung, das Spektrum reichte von den bio-rigorosen Keimzellen eines Vierten Reiches bis zu den letzten Bastionen der Ultralinken. Wo die Freie Feste Wandsbek einzureihen war, Kaufner hätte es nicht zu entscheiden gewußt; tatsächlich war er ja nur zu ihren Veranstaltungen gegangen, weil ihn Kathrin mitgenommen hatte. Im zweiten Jahr des Bürgerkriegs der Hilferuf der Bundesregierung an die UNO; daß daraufhin die Freien Festen von den Blauhelmtruppen als »Germanic-German Homelands« unter Schutz gestellt wurden, versprach für eine Zeit sogar Hoffnung. Dann aber wurde die UNO in fast allen anderen europäischen Staaten gebraucht, die verbliebenen Kräfte konnten sich kaum selber schützen. Das spätestens mußte der Moment gewesen sein, da auch der Kalif von Bagdad die Lage erkannt hatte, seine Truppen in Marsch setzte und ... Deshalb war Kaufner hier, eine andere Hoffnung gab es nicht mehr.

»Ali, was ist los, wieso erzählst du nicht weiter?«

Eines Abends war Kathrin nicht nach Hause gekommen. Sie hatte einen Passierschein besorgt und sich samt Tochter aufgemacht, ihre Freundin auf der anderen Seite der Alster zu besuchen, im mittlerweile fast vollständig russisch besetzten Wandsbek. Schon damals wurden die Sektoren mit Einbruch der Dunkelheit geschlossen; als Kaufner spätnachts noch einmal an der Kennedybrücke nach ihr fragte, konnte sich keiner der Wachhabenden an eine Frau mit einem kleinen Mädchen erinnern. Und hinüber auf die andere Seite, um dort nach ihr zu suchen, konnte er nicht. Es war in jener schrecklich langen Nacht, daß er sein normales Leben hinwarf und beschloß, Kuriergänger zu werden. Doch sooft er auch die Grenze in der geteilten Stadt überschritt, Kathrin war nicht aufzufinden, Loretta ebensowenig, keiner wollte sich an die beiden erinnern, auch die Freundin nicht, die sie hatten besuchen wollen. Anscheinend waren sie nie bei ihr angelangt.

Natürlich gab es viele solcher Fälle, der Krieg verschluckte jeden, der zur falschen Zeit am falschen Ort war. In jener Nacht jedoch war der Krieg bei Kaufner persönlich angekommen. Dabei war er noch gar nicht so lange mit Kathrin zusammengewesen, vor allem weil er Loretta nicht so schnell in seinem Leben hatte akzeptieren wollen. Jetzt, da sie gemeinsam mit ihrer Mutter wie vom Erdboden verschwunden war und blieb, vermißte er sie. Das Glück, das er in Hamburg gefunden, es hatte sich in ein Unglück verwandelt. Gern wäre er selber in diesem Krieg verschwunden. Daß rund um ihn ums Überleben gekämpft wurde, bekam er zwar mit, doch wie aus weiter Ferne, es betraf ihn nicht mehr.

Er wachte erst wieder auf, als man ihn eines Tages in der Freien Feste ansprach. Man habe ihn eine Weile beobachtet. Und sei sehr zufrieden damit, wie er durch die Linien gehe, zwischen den Fronten wechsle, die Botschaften überbringe. Nun gebe es da eine Aufgabe, die etwas aufwendiger sei, eine besondere Aufgabe, die nicht von jedem angepackt werden könne. Kaufner, nun ja, scheine geeignet; ob er Lust habe, sich die Sache etwas genauer anzuhören?

Wie ihn Shochi mit großen Augen anstarrte, merkte Kaufner, daß er sich die ganze Zeit zwar heftig erinnert, aber kein Wort mehr erzählt hatte. Zum Glück, das alles ging sie ja wirklich nichts an. Mochte sie ahnen, daß er hierhergekommen war, um zu verschwinden wie diejenigen, die er geliebt hatte, erzählen würde er's ihr nicht. Über die wesentlichen Dinge wurde in dieser Stadt geschwiegen, auch er würde sich daran halten.

Und nun? War er wieder mit aller Entschiedenheit in der Gegenwart zurück. Doch wohin hatte ihn Shochi währenddem denn geführt? Kein Grab zu sehen. Sondern die Ödnis eines weiten Platzes mit einigen verlorenen Marktständen darauf, dahinter ein Bahnhofsgebäude, das ebenso marode wirkte wie alles, was er die letzten Tage zu Gesicht bekommen. Trostlos die Vororte allesamt, ob Usbeken, Kasachen, Russen oder Tataren darin hausten – höchste Zeit, sich davon zu verabschieden! Was am Stadtrand von Samarkand leuchtete, waren allein die Parolen, die der Präsident ausgegeben hatte, »Schöne Häuser sind der Schmuck jeder Straße«, »Gib dir Mühe für dein

Mutterland!«, »Die Unabhängigkeit sei ewig!« – und was sonst noch auf Hauswänden und über Fabriktore geschrieben stand. Shochi verkündete schmollend, ihr Lieblingsviertel gar nicht erst zeigen zu wollen; Kaufner mochte gern darauf verzichten. Ein Grab, das Timur angemessen, würde in Samarkand sowieso keines zu finden sein.

Wenn es nach Kaufner gegangen wäre, wäre er nun endgültig mit der Stadt fertig gewesen. Es ging aber nach Jonibek, der ihm sogleich zuprostete, als er ihn abends den Balkon betreten sah. Sogar aufstand, gestikulierte, ihm quer übern Hof zurief:
»Yo, Opa. Kommen Sie mal runter?«
»Bin ich dein Opa?«
»Na gut, Onkel.« Sie hätten da was für ihn.
Jonibek sprach nach wie vor Russisch mit ihm, er hatte nicht mitbekommen, daß Kaufner mittlerweile viel von dem aufschnappen konnte, was er mit seinen Freunden auf Tadschikisch besprach und belachte. Kaufner entschied sich dafür, erst einmal besonders ausführlich den Tauben zuzusehen, die ihre Abendrunden um die Kuppel von Gur-Emir flogen. In der Loggia wurde Jonibek dann ohne weitere Umstände deutlich:
Offensichtlich verfolge der Onkel hier sehr spezielle Interessen. Das verbotene Grab habe er aber gewiß noch nicht gesehen. Um die Hand des Wächters zu schließen, brauche man natürlich ein paar Scheine.
Verbotenes Grab? Das klang in der Tat so, als müsse sich Kaufner dafür interessieren. Für Jonibek selber und seine Kumpel sollte allerdings auch etwas dabei abfallen. Umso besser! Endlich mußte man schmieren, um voranzukommen, ein gutes Zeichen. Kaufner dachte an Hamburg, wo man laufend Straßensperren passieren und trotzdem an jeder zweiten Ecke

irgendeinen selbsternannten Kontrolleur bezahlen mußte. Vor allem bei Einbruch der Dämmerung, wenn die letzten Schleusen zwischen den Sektoren geschlossen wurden, wenn dann bald nur mehr die Krugkoppelbrücke offen war, wo der Deutschenstrich stattfand: Durch das allerletzte Schlupfloch zwischen Ost und West noch auf die richtige Alsterseite zurück und rechtzeitig nach Hause zu gelangen kostete richtig Geld. Aber gut, indem man zahlte, kam man im entscheidenden Moment voran.

Jonibek war jedoch gar nicht sonderlich erpicht darauf voranzukommen. Man habe Zeit, winkte er ab, der Onkel möge ein Bier mit ihnen trinken und Firdavs zuhören. Der trug heute ein »Cannabis«-T-Shirt, das Adidas-Logo sah mit diesem Schriftzug in der Tat wie die dazu passende Blüte aus. Mit seinen holzharten Händen trommelte er, ein Verrückter oder ein Heiliger, wechselte dabei von einer Doira-Trommel zur nächsten, bis sogar die Hunde Ruhe gaben. Wohingegen Dilshod nur dasaß und so ausgiebig lächelte, daß der Regen einsetzte, gleichmäßig herniederrauschte, wieder aufhörte.

Sobald Firdavs eine kurze Pause machte, hörte man, wie es vom Aprikosenbaum heruntertropfte.

»Keine Sorge, Onkel, wir haben Sie nicht vergessen.« Jonibek schob seinen spitzen weißen Schuh unter den Welpen und lupfte ihn wie einen Ball halbhoch gegen die Wand, wo er klaglos anprallte und wieder zu Boden ging: Vor elf laufe gar nichts, erst müsse der Wächter des Wächters seine Runde gemacht haben.

Kaufner wollte etwas sagen, ließ sich dann aber doch eine weitere Bierflasche von Jonibek öffnen, mit den Zähnen. Und schließlich noch eine. Hätte er nicht gewußt, daß Shers Familie für den Westen arbeitete, er wäre spätestens in dieser Nacht sicher gewesen, sich an die Russen verraten zu haben.

Gegen halb zwölf führte Jonibek ein allerletztes Telephonat, nickte Kaufner zu. Das Hoftor war bereits abgesperrt, sie verließen das *Atlas* durch den Hinterausgang. Kaufner trat mehrfach in Pfützen, so dunkel war es, sogar in eine der tief querenden Abwasserrinnen – ein scharfer Schmerz im rechten Knie –, dann standen sie am Gur-Emir. Jonibek, der in seinem Gebaren ansonsten möglichst viele Versatzstücke dessen einbaute, was er sich aus Musikvideos und von Touristen als cool abgeschaut hatte, verwandelte sich innerhalb weniger Schritte in einen traditionsbewußten Tadschiken: Sowie er dem Wächter die Hand geschüttelt hatte, legte er die Rechte kurz auf sein Herz. Kaufner tat's ihm nach. Doch ehe er mit dem Wächter das Feilschen hätte anfangen können – so hatte er's sich während des Wartens in der Loggia vorgenommen –, setzte sich der in Bewegung, ging, sein Gewehr lose über die Schulter gehängt, zur Holztür auf der Rückseite des Mausoleums. Das ganze Areal war tiefblau angestrahlt und menschenleer. Rundum die Altstadt in völliger Lautlosigkeit.

Indem der Wärter das Holztor auf- und hinter der Gruppe sofort wieder zusperrte, fiel noch immer kein Wort. Ein gekachelter Gang, mannsbreit, führte abwärts, mündete in einen getünchten kleinen Raum, der von diversen Deckenlampen hell ausgeleuchtet wurde. Die Krypta. Eine Balustrade trennte die Besucher auch hier von den Grabsteinen, allerdings eine aus Holz gedrechselte. In einer Nische gab es eine Sitzbank; wenn man dort Platz nahm und das rechte Bein hochlegte, sah man? Im Grunde genau das Gleiche, was man im Hauptraum darüber sah: sieben verschieden große Sarkophage, in der bekannten Ordnung um den von Timur gruppiert, einen neunten etwas abseits in der gegenüberliegenden Nische. Das Gleiche, nur weit weniger prächtig. Selbst Timurs Sarkophag bestand bloß aus einem schwarzen Sockel, darauf einer weißen Marmorplatte, von Koraninschriften verziert.

Ehe sich Kaufner seiner Enttäuschung hingeben konnte, hob

der Wärter an, Timur zu preisen und mit seinen Ehrennamen zu benennen: als den Herrn der Glückskonjunktion, den Großmächtigen Sultan, allergnädigsten Khan! Hier ruhe er, der große Krieger, jeder seiner usbekischen Enkel verehre ihn mit dankbarem Herzen ...

Kaufner ließ den Singsang des Wärters über sich ergehen. Er wußte ja von seinem Führungsoffizier, daß der Sarg leer war. Auch dieser hier, gerade dieser hier. Er war gewissermaßen sogar noch leerer als der im Hauptraum darüber (der niemals etwas anderes umschlossen hatte als Luft und Legende). Obwohl das Gegenteil permanent beteuert und verbreitet wurde. Alles andere wäre in solch unübersichtlichen Zeiten einfach verrückt gewesen. Timurs Grab war ein Symbol für jeden, der an den Heiligen Krieg glaubte; gewöhnliche Pilger oder gar Touristen aus und ein gehen zu lassen wäre geradezu fahrlässig gewesen.

... jeder Rechtgläubige verehre ihn, rühmte der Wärter mit unverminderter Inbrunst: den Großen Wolf, den Blitz, das Eisen, die Faust Gottes! Durch ihn und keinen anderen habe der Eine seinen Willen gnädiglich kundgetan und die Menschen in einer einzigen Friedensgemeinschaft zusammengeführt, durch ihn allein! Es sei noch gar nicht so lange her, daß Khane und Emire vor ihren Feldzügen gekommen wären, Timurs Sarg zu berühren, damit die Kraft des Kriegers auf sie übergehe ...

Wahrscheinlich hatte der Wärter getrunken. Und wahrscheinlich hätte er eine ganze Weile weitergeschwärmt, wenn es nicht plötzlich einen lauten Knall gegeben hätte. Schlagartig standen sie alle im Dunkeln.

Darauf war er allerdings vorbereitet, der Wärter, erst ließ er sein Feuerzeug aufflammen, dann eine Kerze. Wie verändert der Raum plötzlich war! Kaufner stand unwillkürlich auf, humpelte an die Balustrade heran. Man konnte sie wieder spüren, die Macht, die dem Sarkophag Timurs entströmte. Wiewohl er mittlerweile leer war, der Stein war von seiner Aura durchdrungen worden, er strahlte etwas Dunkles aus, das Kaufner jetzt augenblicklich in den Bann schlug. Es fehlte nicht viel und er hätte in den Lobpreis des Wärters eingestimmt.

Ob auch er das Grab berühren dürfe? fragte er, als er den Drang zu reden schier nicht mehr ertragen konnte: Er würde den Deckel nur kurz anheben, um nachzusehen, ob Timur wirklich ...

Zum Glück brach er hier ab. Der Wärter hatte sich das Gewehr von der Schulter gerissen und rüttelte es demonstrativ humorlos über seinem Kopf; Jonibek, der die ganze Zeit auf sein Handy eingetippt, hob den Blick.

... ob Timur wirklich rote Haare gehabt hätte.

Entsetzt schüttelte der Wärter den Kopf:

Dies Grab berühren? Das Nationalheiligtum schlechthin? Ob sich ein Ungläubiger daran nicht die Finger verbrennen würde?

Kaufner biß sich auf die Zunge. Zog aus einem Reflex heraus – er hatte ihm in Hamburg aus manch brenzliger Situation herausgeholfen, seitdem die Stadt in zwei Hälften geteilt – zog sämtliches Geld aus der Hosentasche, und tatsächlich, der Anblick eines derart dicken Bündels an Banknoten brachte den Wärter auf andere Gedanken. Kaufner durfte durchatmen. Noch auf dem Rückweg reuten ihn seine Worte, wieder einmal mußte er sich eingestehen, daß er in diesem Metier nichts weiter als ein Anfänger war. Sein halbes Leben hatte er in der Waffenkammer verbracht, die andere Hälfte auf irgendwelchen Geländeübungen. Er kannte sich mit Waffen aus und mit Bergen, nicht jedoch mit den Empfindlichkeiten seiner potentiellen Gegner und damit, wie man eine weltanschauliche Nähe zu ihnen heuchelte. Hinter ihm die Kuppel, der Torbau, die gesamte Anlage in tiefem Dunkel.

Und dennoch! Mochte er in jenen kerzenlichtbeflackerten

Minuten nur knapp einem Eklat entgangen sein, er war vorangekommen: Die Faust Gottes, so hatte der Wächter Timur selbst genannt. Wer sich mit seinem Namen schmückte – und mit einer Lust der Moslems am bildhaften Sprechen, das die deutschen Kriegsberichterstatter in diesem Zusammenhang gern beschworen, hatte es nichts zu tun! –, der bezog sich unmittelbar auf Timur. Der schmückte sich mit seiner Unbesiegbarkeit. Vielleicht pilgerten ja auch die Generäle des Kalifen an sein Grab, an sein wirkliches Grab, bevor sie an die Front gingen?

Damals war Kaufner noch meilenweit vom Turkestanrücken und dem *Tal, in dem nichts ist* entfernt. Und doch hatte er in dieser Nacht den ersten Schritt dorthin getan. Hinaus aus der Stadt. Aus jeder Stadt. Dorthin, wo das Grab Timurs versteckt war für die, die es finden sollten. Die es berühren wollten, um sich ihrer eigenen Unbesiegbarkeit zu versichern. *Wenn* einer wußte, wo Timurs Gebeine tatsächlich lagen, dann die, die selber zur Faust Gottes werden und sich fürderhin so nennen wollten!

Aber eben sie würden das Grab, das wirkliche Grab Timurs, auch schützen. Gegen die, die dort nichts zu suchen hatten. Folglich mußte es an einem entlegenen, schwer zugänglichen Ort liegen, einem Ort, dessen Eingang man gut überwachen und notfalls verteidigen konnte. Einem heiligen Ort gleichwohl, schließlich wurde dort nicht nur ein Haufen Knochen verwahrt, sondern der Garant des künftigen Sieges, ein Symbol, das unschätzbar wertvoller war als das modernste, das bestbestückte Waffenlager.

Jedenfalls sofern man daran glaubte. Und man glaubte daran; daß sich die Truppen des Kalifen mit einem Ehrennamen Timurs schmückten, war ein untrügliches Zeichen. Immerhin, jetzt hatte Kaufner den Namen des Feindes zum ersten Mal begriffen, jetzt hatte er eine Spur, auf die er sich setzen konnte. Die ganze Nacht pochte sein rechtes Knie. Gegen Morgen hörte er's muhen, das war die Kuh von Vierfinger-Shamsi. Wenig später saß er zwischen den Pilgern, den Touristen, den russischen Huren, ihren Freiern und einem Polizisten, der seine Frühstücks-Blini hingebungsvoll langsam mit Rosenmarmelade bestrich.

Zuerst fuhr Kaufner nach Shahr-i Sabs, Timurs Geburtsort. Monatelang hatte er sich auf seinen Einsatz vorbereitet; je mehr er auch weiterhin über Timur herausbekam, desto größer erschien ihm die Wahrscheinlichkeit, das Versteck aufzuspüren, das seine Verehrer für ihn ausgesucht hatten. Nicht daß Kaufner in der Ortschaft etwas zu finden hoffte. Wohl aber, wenn er von dort seinen Ausgangspunkt nähme, wie Timur vor achthundert Jahren. Der war rund um Shahr-i Sabs als Viehdieb und verwegener Reiter groß geworden, hier hätte er nach eigenem Willen auch seine letzte Ruhe gefunden, hatte sich sogar ein entsprechendes Mausoleum bauen lassen, von dem ausgerechnet die Krypta erhalten war – Timurs zweite Grabkammer, ganz offiziell in jedem Reiseführer als »leer« verzeichnet.

Auf der Fahrt nach Shahr-i Sabs lernte Kaufner zum ersten Mal die usbekischen Berge kennen, im Ort selbst die usbekische Staatsmacht, spät in der Nacht schließlich die NATO. Der Hinweg durch Tabakfelder, direkt auf die Serafschankette zu, eine lange Abfolge stacheliger Grate von Ost nach West. Parallel zur Straße gelbe Gasrohre, Stromleitungen, Betonblöcke. Ab und zu Straßensperren. Frauen, die Kefir in Colaflaschen verkauften. Auf dem Paß wurden Nüsse, Rosinen und salzigscharfe Bällchen aus getrocknetem Käse feilgeboten, auch Wolfszähne, über die Kaufner damals noch den Kopf schüttelte.

Eigentlich hatte er mit einem pensionierten KGB-General

fahren wollen, der auf dem Registan Bonbons an Touristen verkaufte. Als Sher jedoch von dem geplanten Ausflug erfahren hatte, sorgte er dafür, daß einer seiner Verwandten als Chauffeur vorfuhr, der General habe kein passendes Gefährt gefunden. Beim Abschied schmollte Shochi, wahrscheinlich nahm sie Kaufner übel, sie jetzt wieder allein zu lassen, es würde doppelt zu spüren sein, wie die anderen einen Bogen um sie machten. Er versprach ihr, sich auf der Fahrt nach all dem umzusehen, was für ihr Zauberensemble gegen den bösen Blick noch fehlte: ein Hufeisen, Bienenwaben von der Paßhöhe und ein alter Gummischuh von einem Bauern. Bislang hatte sie dafür erst Hazor Espand – Steppenraute! – und rote Peperonischoten an der Schnur besorgen können, der Rest sei in der Stadt schwer aufzutreiben.

Shahr-i Sabs war im Zentrum so belebt wie Samarkand an seinen Rändern. Es gab einen Laden mit Plüschteddys in allen Größen, einen zweiten Laden, vor dem in mannshohen Stapeln Vliese an Schafwolle lagerten, ansonsten nur pappkistenweise Bier und wäßrige Erdbeeren. Dazwischen die Ruinen von Timurs Palast, in denen ein paar japanische Touristen mit Sonnenschirm und Mundschutz herumirrten, ein Anblick wie nach einer Katastrophe, dabei stand sie erst noch an. Vor Timurs Krypta saß ein nackter Asket, den Körper mit Asche eingerieben – »luftgekleidet«, so der Wärter, ansonsten sei er harmlos. Am Tag seiner Ankunft habe er lediglich mitgeteilt, sie alle hätten zuviel gesündigt und er müsse für sie beten. Seitdem habe er den Platz nicht mehr verlassen, sitze in sich gekehrt, Ekstase der Erstarrung.

Mitten in der Nacht klingelte und klopfte es; der Verwandte des Verwandten, in dessen guter Stube sie nächtigten, war gleich hellwach und in Panik. Vor der Hoftür standen zwei Polizisten, sie störten sich an dem unbekannten Fahrzeug, es war ihnen zu dreckig. Es stehe ja nicht im Parkverbot, wollte Kaufner zu einer Rechtfertigung anheben, und behindert werde dadurch auch niemand! Doch der Verwandte des Verwandten rang mit den Händen, der Verwandte selbst bedrängte Kaufner rüde zu schweigen, mit der Polizei verhandele man nicht. Nachdem das Auto in die Hofeinfahrt hineinrangiert worden und man mit ein paar tausend Som Strafe davongekommen, war die Erleichterung groß. Der Verwandte des Verwandten gab eine Runde Wodka aus und erzählte, er habe im ersten Moment gedacht, es sei die NATO. Da wäre die Sache anders ausgegangen.

Die NATO? Hier?

Eine ganze Kompanie, die man einfach vergessen habe, lachte der Verwandte des Verwandten: ein letztes Überbleibsel vom Krieg gegen den Iran.

Es stellte sich heraus, daß eine Militärbasis im Umland noch immer mit Söldnern besetzt war, die von der NATO seinerzeit aus den Billiglohnländern angeheuert worden und seit dem überstürzten Rückzug des Westens ihre eigenen Herren waren. Sie nützten ihre Zeit nach Gutdünken, nicht selten mit Requirierungsmaßnahmen und sonstiger Drangsalierung der Zivilbevölkerung. Diese fürchtete ihre meist nächtlichen Besuche mehr als die des *Wahren Weges* und anderer Gruppierungen, die gleichfalls Tribut einforderten oder einen der Söhne, damit er seiner Bestimmung als Märtyrer nachkomme. Die Eintreiber des *Wahren Weges* verhielten sich wenigstens berechenbar; wohingegen die NATO-Söldner aus heiterem Himmel kamen, man durfte heilfroh sein, daß heute nacht nur ein paar Polizisten ihren Lohn hatten aufbessern wollen.

Wer denn die NATO mittlerweile befehlige, seitdem sich die USA aus dem Bündnis zurückgezogen hatten? machte der Verwandte einen Witz: Noch Brüssel? Oder schon der Kalif?

Gern verkaufte der Verwandte des Verwandten einen seiner Gummischuhe; weil es auf dem Serafschanpaß dann keine Bienenwaben gab, sondern bloß Honig im Glas, war Shochi bei Kaufners Rückkehr dennoch enttäuscht:

Normaler Honig wirke nicht, mit dem könne sie nichts anfangen.

Keine weitere Verwendung fand auch der Verwandte der Familie, weil er von weiterreichenden Erkundungen rund um Shahr-i Sabs nichts hatte wissen wollen, man habe ihn lediglich für Hin- und Rückfahrt engagiert. Um der Bevormundung durch Sher zu entkommen, nahm Kaufner fortan Marschrutkas oder Sammeltaxis, fuhr darin kreuz und quer durchs Umland. Pappelalleen, Bewässerungskanäle, Kühe, die sich mittags, auf der Suche nach Schatten, in einer Bushaltestelle drängten. Dazu die Weisheiten des Präsidenten auf riesigen Schildern an der Straße oder, mit weißen Steinen geschrieben, auf den Berghängen: »Für deine Heimat mußt du wie eine Fackel leben«, »Der Soldat ist die Blume unserer Gesellschaft« ...

In den Städten war der Boden unter den Maulbeerbäumen übersät mit Früchten, auf den Gehsteigen bildeten die zertretenen Früchte ein schwarzviolettes Muster. Kaufner mußte stets zweimal hinsehen, bis er wirklich sicher war, daß es sich nur um den Saft von Beeren handelte. In den Dörfern lümmelten die Männer auf den Teebetten, die vor den Teehäusern samt einer Unzahl an Kissen bereitstanden, während ihre Frauen auf den Feldern arbeiteten. Es gab genug zu trinken, zu rauchen, alles war längst gesagt. Nun gut, der Krieg. Ob er auch hierher kommen würde?

Im Moment kam, von Kaufner abgesehen, niemand und nichts, es war auf immergleiche Weise trostlos oder pittoresk, je nachdem, wie man als Betrachter gestimmt war. In jedem Fall war es staubig; war gerade ein kurzer Sommerregen niedergegangen, würde es zwei, drei Stunden später wieder staubig sein.

Das einzig Schöne waren, Kaufner gestand sich's widerwillig ein, waren die Moscheen und Mausoleen, die er überall gezielt aufsuchte, sofern sie nicht verschlossen waren. Einmal rief ein kleiner Junge zum Gebet, indem er eine Nische im Eingangsportal hell und klar ansang, danach führte er Kaufner aufs Dach der Moschee, um ihm zu zeigen, wie wunderbar sein Heimatort aussah. Ein andermal wurde Kaufner vom Imam eingeladen, mit ihm eine Melone zu essen und über Gott zu diskutieren. Oh, er schätze den Disput mit Andersgläubigen! Ein Christ sei unter Moslems immer wohlgelitten! Wenn er gewußt hätte, wie die Russen mit dem Imam der Blauen Moschee disputiert hatten, als sie diese letzte türkische Bastion östlich der Alster endlich gestürmt hatten! Im Zeichen des Kreuzes gestürmt hatten! Und wenn er erst gewußt hätte, warum ihn Kaufner nun so scheinheilig lächelnd fragte, ob es im Umkreis seiner Moschee auch ein Heiligengrab gebe.

Aber natürlich! Fast immer gab es eines. Und darum herum erstaunlich oft Heilige, ausgezehrt vor sich hin brütende Gestalten, die zum Glück niemand groß beachtete, wenn sie plötzlich aufsprangen und Kaufner beschimpften. Böser Mann! Sofern sie Tadschikisch oder Usbekisch redeten, verstand er mittlerweile das meiste; er war froh, daß ihnen ansonsten kaum einer zuhörte. So zugedröhnt abgehoben und apathisch sie waren, nicht wenige von ihnen schienen das Unheil sehr genau zu wittern, das Kaufner im Schilde führte. Als ob er irgendetwas ausstrahlte, das ihn verriet. Die neugierigen Kinder, die ihm folgten, sobald er sich rund um die Grabbauten zu schaffen machte, konnte er verscheuchen. Gegen die Derwische gab es kein Mittel. Im Gegenteil, *sie* waren es, die *ihn* in die Flucht schlugen. Ja, wenn er in Begleitung von Shochi aufgetaucht wäre! Ob er seine Mission ohne Shochi überhaupt würde durchführen können? Aber das verbot sich doch von selbst. Shochi hatte eine vage Vorstellung von seiner Aufgabe, vielleicht war sie sogar auf merkwürdige Weise damit verknüpft. Allerdings wohl eher unfreiwillig, getrieben von Träumen, Ahnungen, Befürchtungen – auch sie spürte, was die Derwische spürten, nicht wahr? Zwar beschimpfte sie Kaufner nicht; daß sie darüber so inniglich schwieg, zeigte indes, daß sie keinesfalls auf seiner Seite stand. Oder gerade doch?

Kam er nach seinen Exkursionen abends ins *Atlas Guesthouse* zurück, mit vom Staub verkrusteten Nasenlöchern, hatte sich die Stadt kaum abgekühlt, viele waren mit ihren Betten auf die Dachterrassen gezogen oder auf die Straße. Nur Shochi war stets wach, rannte auf ihn zu, sowie sie ihn im Hof entdeckte, umarmte ihn mit der Inbrunst eines Kindes:

»Schön, daß du wieder da bist, Ali!«

Sie habe sich Sorgen gemacht. Nach Details fragte sie nie, vielleicht war sie auf ihre Weise ohnehin im Bilde, was er erlebt hatte. *Das* wiederum hütete *er* sich zu fragen. In dem tiefen Ernst, der ihrem Schweigen anhaftete, erschien sie ihm momentweis wie eine junge Frau. Als er ihr endlich einen Klumpen Bienenwaben mitbringen konnte, er hatte ihn unter den Glücksbringern am Innenspiegel einer Marschrutka entdeckt, da strahlte sie ihn anhaltend an, in der anstrengenden Unschuld eines Kindes.

Doch ansonsten brachte Kaufner von seinen Fahrten wenig heim. Die Fahrer der Sammeltaxis hatten es stets so eilig, daß sie sogar über Teppiche fuhren, die man auf die Straße gelegt hatte, um sie auszubürsten, übers Korn, das man dort drosch. Zeit war Geld, sie fuhren nur langsamer, wenn der Gegenverkehr aufblendete, um sie vor einer Radarkontrolle zu warnen. Bald war Kaufner klar, daß er auf diese Weise viel herum-, aber nicht weiterkam.

Nachdem er den pensionierten KGB-General als seinen Privatfahrer verpflichtet hatte, kam er der Sache wieder näher. Obwohl der General arg langsam fuhr, viel Zeit auch mit der

Suche nach geeigneten Tankstellen vertat: Bei einigen sei das Benzin schlecht, bei anderen seien die Tankuhren manipuliert, am liebsten tankte er ohnehin das billigere Propangas. Als ob das die einzigen Sorgen waren, die er sich vorstellen konnte. Sofern es nur Benzin gab, kaufte er es bevorzugt bei Bauern, literweise, da wisse man, was man bekomme. Während Kaufner unterwegs war, putzte er seinen Wagen, deshalb parkte er stets in unmittelbarer Nähe eines Bewässerungskanals. Einmal, da ihn Kaufner durch ein ausgetrocknetes Flußbett und dann über Feldwege in die Ausläufer des Nurataugebirges hineingetrieben hatte – vielleicht nur, um ihn auf Trab zu bringen –, mußte er ihm abends, zurück in Samarkand, die Waschstraße extra bezahlen. Sie bestand aus einer umzäunten Freifläche, auf der zwei kleine Jungs mit einem Hochdruckreiniger hantierten.

Ausgerechnet mit dieser Tour in die Gebirgsausläufer war Kaufner seinem Ziel näher gekommen, er spürte es. Vor den Metzgerbuden der Dörfer hingen hier ganze Schafe oder halbe Rinder, übern Weg schwirrten schwimmbadblaue Vögel, die Friedhöfe waren zwar weiterhin mit Maschendraht umzäunt, aber verwildert. Niemand außer Kaufner schien hineinzugehen, wohl um die Totenruhe nicht zu stören. Die Gräber der Reichen waren mit Gittern in Hellblau, Weiß, Rosa, Rost umgrenzt; alle anderen sowieso bloße Erdhügel, mit Gras und Unkraut überwuchert, oben und unten mit einem spitzem Stein markiert, der obere manchmal mit einem weißen Tuch umwickelt.

Natürlich keine Orte, wo man die Gebeine eines Timur angemessen hätte verstecken können! Doch von einer ganz eigenen Würde, die Kaufner in den prachtvoll renovierten Anlagen der Ebene vermißt hatte; obendrein von einer Entlegenheit, die ihn nun endgültig in die Berge hineinführte. Und wann immer er bei den Begegnungen, die er hier hatte, in die russischen Begrüßungsfloskeln einige Brocken Tadschikisch oder Usbekisch einfügte – Shochi hatte ihm Wörter aus beiden Sprachen beigebracht, wie es ihr gerade eingefallen –, wurde er ganz anders angestrahlt und willkommen geheißen als auf dem flachen Land:

Aus Gamburg? Ob das nicht an diesem Fluß liege? Im Fernsehen habe man gemeldet, dort stehe jetzt der Kalif.

Sie meinten dann doch die Rhone, so schnell konnte nicht mal der Kalif vorrücken. Oder standen seine Truppen schon am Rhein? Sofern Kaufner die Gelegenheit nützen wollte, etwas mehr über die *Faust Gottes* zu erfahren, wurden seine Gesprächspartner auf der Stelle zurückhaltend, wiesen allenfalls mit einem stummen Anheben des Kinns auf den nächstgelegenen Gebirgskamm, ehe sie sich, umso wortreicher, verabschiedeten. Der Reim, den er sich darauf machte, war einfach: Auf dem flachen Land herrschte der Präsident, im Gebirge die *Faust Gottes*.

Womit die Suche auf die Bergketten des Landes gerichtet werden mußte. Als hätte ihn die Freie Feste von Anfang an ausgewählt, weil er sich bis zu seiner Pensionierung im Gebirge hatte herumtreiben müssen. Vielleicht auch nur ein Zufall, egal.

Nurataugebirge, Aqtaugebirge, Karaqchitaugebirge, Molguzorgebirge, Gobduntaugebirge, Serafschangebirge … an Bergzügen rund um Samarkand mangelte es nicht. Im Sommer '27 ging Kaufner noch mit wechselnden Führern. Jedes Mal, wenn er zu einer seiner Touren aufbrach, wußte Shochi, daß er so bald nicht zurückkommen würde, manchmal blieb er wochenlang im Gebirg.

Sie werde auf ihn aufpassen, verkündete sie tapfer, werde notfalls wieder von ihm träumen. Ob er ihr ein Hufeisen mitbringen könne, ein möglichst altes, verrostetes?

Das GPS-Gerät nahm Kaufner bald gar nicht mehr mit,

wahrscheinlich hatte man die Satellitensignale durch Störsender landesweit blockiert, für den Fall der Fälle. Wege, die angezeigt hätten werden können, gingen sie sowieso kaum, als Kompaß genügte die Sonne. Waldlos nackt waren die Hänge, der Schnee reichte an den Nordseiten noch auf tausendfünfhundert Meter herunter. Nur wenig tiefer wucherte der Mai, Kopftuchfrauen pflügten mit kleinen Hacken ihre steil am Berg hängenden Felder. Am Abend, im Dorf, sah man auch die Männer, sie traten in gestreiften Schlafanzügen und dicken knöchellangen Übermänteln aus ihren Gärten, wenn Kaufner und sein Bergführer um ein Nachtlager baten. Immer wurde es ihnen mit großer Herzlichkeit gewährt, fast immer in einer anderen Sprache – es gab Dörfer, in denen bloß Usbeken, andere, in denen bloß Kasachen, Turkmenen, Tadschiken oder Türken lebten. Gemeinsam mit seinen Gästen nahm der Gastgeber das Abendbrot ein, auf dem Boden derselben Stube wurde anschließend genächtigt. In jeder dieser Wohn- und Schlafstuben gab es Plüschbären, wie sie Kaufner in Shahr-i Sabs gesehen hatte, einmal sogar deren fünfzehn, mit Herzen auf den Tatzen.

Vor allem frühabends, wenn die Männer noch auf ihren Teebetten unter Bäumen lagerten, während die Frauen eimerweis Wasser in die Küche schleppten oder riesige Pfannen mit Plov auftrugen, lauerte überall die Idylle. Vor allem frühmorgens, wenn zunächst Esel und Hähne, dann Hunde, Kälber, Ziegen sich bemerkbar machten. Vor allem beim ersten Blick ins Tal, auf die Felder der Ebene, die schon zu einer anderen Welt gehörten. Vor allem später am Tag bei der Mühle am Bach, der Müller saß auf einem Holzpflock davor, drinnen drehte sich der Mahlstein mit einer gewissen Unwucht. Indem ihm Kaufner Runde um Runde zusah, geriet er in eine Art Trance, schließlich kam ihm dabei ganz sanft und beiläufig die Idee, daß auf ähnlich behäbig schlingernde Weise, wie hier das Mehl gemahlen wurde, gerade die Grenzen in Europa und Alaska geschrotet wurden. So qualvoll schleppend, daß es kaum einer wagte, den Weltkrieg offen als solchen zu bezeichnen, keiner jedenfalls, der noch Hoffnung hegte, er möge an seinem Land vorüberziehen. Vielleicht würde man ihn im nachhinein ja lediglich als Zweite Völkerwanderung bezeichnen, spätestens wenn sich auch die Chinesen in Bewegung gesetzt haben würden. Bislang hatten sie lediglich ihre Verbände an den Grenzen zusammengezogen, in den usbekischen Bergdörfern wußte man davon detailliert zu berichten. Wie fern Europa hier war, wie nah China! Nicht daran denken. Die letzten Jahre hast du jede Menge kleiner Geschäfte gemacht, hast überlebt, dich durchgemogelt. Nun machst du das Geschäft deines Lebens.

Nur sah es nicht danach aus, als könne Kaufner mit dieser Landschaft so schnell ins Geschäft kommen. Die immergleichen Gebirgsrücken präsentierte sie ihm, eingekerbt in ihre Flanken die immergleichen Bachtäler mit ihren sumpfigen Gehölzen. Wo hätte Kaufner anhalten wollen, Witterung aufnehmen können, Verdacht schöpfen müssen? Noch im gottverlassensten Gebirgskaff ging es gleich gesittet zu, die Männer tranken, spielten um Geld, die Frauen arbeiteten auf den Feldern, molken das Vieh, kochten, buken, hielten die Familie zusammen. So war es gewiß immer gewesen, so würde es immer sein. Wo war sie, die *Faust Gottes*, wo waren die Gräber, die ihre Krieger verehrten? Es mußte ja weit mehr davon geben als das eine, das ihnen das allerheiligste war. Ob die Bergführer bewußt daran vorbeigingen?

Auch was die kleinen Friedhöfe betraf, die immerhin da und dort am Hang oder in einer Senke zu sehen waren, kam Kaufner nicht voran. Er mochte die Bauern fragen, soviel er wollte, nie wurde er schlau aus der Art, wie sie ihre Toten bestatteten, es schien von Tal zu Tal, von Dorf zu Dorf zu variieren. Im einen bedeckte man die frischen Erdhügel mit quadratisch ausgestochenen Grassoden; im nächsten mit weißen Steinen;

da wie dort manchmal zusätzlich mit Schüsseln, Tellern, Tassen; im übernächsten markierte man Kopf- und Fußende mit einer Art kleinem Hinkelstein; dann markierte man wieder überhaupt nichts. Ganz zu schweigen von den neumodischen Grabsteinen, die selbst hier Einzug gehalten, von den bunten Bildern der Verstorbenen, den Plastikblumen – jeder Friedhof hatte seine Eigenheiten, die Kaufner anfangs mit Interesse studierte. Bald ging er blicklos an ihnen allen vorbei, er hatte sich gegen sie entschieden.

Das, was er suchte, mußte schon etwas bedeutender sein. Auch davon gab es genügend, überall in den Bergen stieß man auf Gräber gelehrter und frommer Männer, auf heilige Bäume und Quellen, zu denen die Menschen pilgerten, um Gebete zu sprechen, den Grabbau zu umrunden, ein Tuch ins Geäst zu knüpfen, einen Schluck Wasser zu nehmen, das Gesicht zu benetzen, ein Schaf zu schlachten, es an Ort und Stelle zuzubereiten und zu verspeisen. Doch eigentlich versteckt lagen diese Heiligtümer nicht, niemand bewachte sie, kontrollierte den Zutritt oder verwehrte ihn gar. Nur ein einziger Ort ragte aus alldem heraus, nur ein einziges Mal wähnte sich Kaufner bereits am Ziel: Mitten im Nurataugebirge, auf dem Pik Faselman, wurde er nach langem Anstieg nicht bloß mit dem üblich phantastischen Rundblick belohnt, sondern mit einem Heiligengrab, wie er's nie zuvor gesehen hatte – ein Kegel aus schwarzem Schieferbruch, unglaublich majestätisch den Gipfel des Berges markierend. Erst zu erkennen, wenn man oben angekommen war, da und dort flatterten Stoffetzen im Wind, das war alles.

Die Würde des Ortes, seine Abgelegenheit, die Schwierigkeit, ihn zu erreichen, ja überhaupt nur von ihm zu vernehmen – ein besseres Versteck konnte es doch kaum geben! Kaufner fing sofort an, Schieferplatten beiseite zu heben, wollte – was wollte er denn? Sich hinabwühlen, hineinwühlen in den Berg, bis er auf die Reste des Toten gestoßen wäre? Auf die Reste eines ganz anderen Toten als dem, der offiziell hier lag? Der Bergführer, im Augenblick, da er erfaßt hatte, was Kaufner tat, fiel ihm entsetzt in die Arme:

Ob es Christen etwa erlaubt sei, ein Grab zu schänden?

Immerhin durfte Kaufner das Moos auf den Schieferplatten bekratzen. Es schien seit Jahren, Jahrzehnten unberührt, nichts deutete darauf hin, daß sich in letzter Zeit irgendwer daran zu schaffen gemacht hatte. Dennoch begab sich Kaufner nur schweren Herzens an den Abstieg. Lange hatte er das Gefühl, dem Objekt nie so nahe gekommen zu sein wie an diesem Tag.

Auch etwas anderes beschäftigte ihn anhaltend. Etwas, das wenige Tage später passierte, im selben Nurataugebirge, an einem jener goldgelb flimmernden Nachmittage. Es ging einen Bergkamm entlang, linker Hand die Ebene mit der Zeltstadt für die Saudis, die sich allsommerlich hier zur Falkenjagd einfanden, man sah über den Aydarsee bis hinein nach Kasachstan. Und rechter Hand mit einem Mal eine Rauchwolke. Bald darauf auch das Feuer.

Normalerweise waren die Gebirgsdörfer mit bloßem Auge kaum zu erkennen, wie sie sich in die Falten der Hänge hineinduckten, die Häuser aus Lehm gebaut, mit Gras gedeckt; falls nicht zufällig eine der strahlend weißen *Supermax*-Satellitenschüsseln aufleuchtete, ging man glatt an ihnen vorbei. Nun aber brannte ein Hof oder deren zwei, durchs Fernglas entdeckte Kaufner weitere Gebäude, allerdings keinen einzigen Menschen. Der Bergführer zuckte mit den Achseln, wahrscheinlich ein Heuhaufen, der sich entzündet hätte, das käme vor. Als Kaufner hingehen wollte, hielt er ihn mit verschiedenen Ausflüchten davon ab; am Abend, als Kaufner den Bauern befragte, bei dem sie nächtigten, wurde der, sehr zum Unmut des Führers, sogleich gesprächig. Es war das erste Mal, daß Kaufner von den Anschlägen hörte. In den Nachrichten kamen sie nicht vor, nur in den Gerüchten, die es aus den Bergen in die Täler schafften, und das waren wenige.

Der Bauer, ein Greis mit weißem Spitzbart, war jedoch alt genug, um, kaum gefragt, in wütender Offenheit loszuschimpfen: Diese Verrückten würden dem Land noch den Krieg bringen! Einem Land, in dem seit eh und je neunundneunzig Nationen zusammenlebten, keiner des anderen Herrn, schon gar nicht aus religiösen Gründen.

Schon gar nicht. Der Eine habe neunundneunzig schöne Namen, mit dem man ihn ehre. Kein wahrer Muslim käme je auf den Gedanken, achtundneunzig davon als Ketzerei und Götzendienst zu bekämpfen, keiner!

Der Reim, den sich Kaufner darauf machte, war wiederum einfach: Die *Faust Gottes* hatte ein Zeichen gesetzt, weil irgendjemand nicht hatte zahlen oder Söhne schicken wollen. Möglicherweise hatten auch die Tadschiken damit zu tun; die Bergbauern hier drohten mit den Fäusten, wenn sie von ihnen sprachen und im speziellen davon, wie diese ihre usbekischen Brüder behandelten, jenseits der Grenze. Als ob ein paar Jahrhunderte des Miteinanderlebens plötzlich nichts mehr zählten.

Die Angst vor dem Krieg, die Sehnsucht nach Krieg. Beides kannte Kaufner aus der Zeit, da es in Deutschland innerhalb weniger Jahre unruhig geworden; jetzt spürte er sie wieder, jene merkwürdig innige Melange zweier widerstreitender Gefühle. Als ob der Krieg hier näher war als in den Ebenen. Nur zu sehen war er nicht. Und darüber reden wollte nicht einmal der Weißbärtige, jedenfalls nicht mit ihm, dem Fremden.

Bevor der Winter 27/28 anbrach – im Oktober kam in mittleren Lagen nachts schon der Frost, es wurde Zeit, die Suche abzubrechen –, hatte Kaufner immerhin ein Hufeisen aus den Bergen mitbringen können. Damit war das Zauberensemble komplett, Shochi nagelte alles, was sie übern Sommer gesammelt, neben dem Hoftor an die Wand: das Büschel Steppenraute, die Peperonischoten, den Batzen Bienenwaben, das Hufeisen, den Gummischuh. Am Abend, da Kaufner auf seinen Balkon trat, um die Kuppel von Gur-Emir zu betrachten und den Schwarm weißer und schwarzer Tauben, der darum kreiste, war er ratloser als vor einem halben Jahr. Nach Einbruch der Dunkelheit wurde die Kuppel blau angestrahlt, wie immer. Bald jedoch gab's einen Knall, woraufhin die Kuppel im Dunkeln lag. Kein Schuß, nein, lediglich ein Kurzschluß, wie man dem Palaver in der Loggia entnehmen konnte. Vielleicht paßte das ganz gut zu Kaufner und wie er sich jetzt fühlte.

Daß er auf der richtigen Spur war, bezweifelte er nicht. Daß er einen richtigen Führer brauchte, allerdings nicht minder. Einen, der mehr war als der lokale Bergfex vor Ort. Der mehr kannte, der alles kannte, was es an Gebirgen rund um Samarkand gab, und ein Gespür dafür entwickelte, was Kaufner darin suchte. Einen, der mit seinen geheimsten Plänen einverstanden war, ohne sie genau zu kennen. Einen, der zwar nicht konkret für den Westen arbeitete – davon würde es hier so schnell keinen zweiten geben, so viel hatte Kaufner verstanden –, aber eben auch nicht für eine der Gegenparteien. Einen klaren Auftrag hätte er ihm ja keineswegs erteilen können. Hätte ihm allenfalls ein paar Andeutungen machen dürfen: ins Unwegsame, gleichwohl Erhabene zu wollen, ins Entlegene, Abseitige, Unzugängliche, dorthin, wo einer wie er vielleicht gar nicht hindürfe. In Sperrgebiete. Zumindest in deren Nähe, falls der Führer Bedenken haben sollte. Auf daß Kaufner dort dann selber den rechten Ort erspüren konnte, den rechten Moment, wo er sich absetzen und den Rest alleine bewerkstelligen würde.

Wenn er damals geahnt hätte, wie viele Täler und Gipfel verboten waren, weil die *Faust Gottes* dort ihre Ausbildungslager oder die Armee das Gebiet ebendeswegen abgeriegelt hatte. Doch das sollte er erst im nächsten Sommer begreifen. Wenn er damals geahnt hätte, daß er bereits am Tag ihrer Abreise, beim ersten Gespräch mit Odina, das er unter vier Augen mit ihm führte, ganz überraschend unverblümt seinen Auftrag erteilen würde, er hätte nicht den Winter über jeden mit verschwörerischer Miene nach einem Eseltreiber fragen müssen.

»Führ mich zu den Gräbern«, hörte sich Kaufner zu seiner Verblüffung sagen – konnte man überhaupt eine klarere Ansage machen? Die jeder, aber auch wirklich jeder in diesem Land sofort auf seine Weise zu verstehen wußte?

»Zu allen, Herr?«

Ah, Odina, wie raffiniert er sich aus der Affäre gezogen und den Schein aufrechterhalten, ja, wie vorbildlich er dann auch die Monate, die sie zusammen verbracht, um das Wesentliche herumgeschwiegen hatte. Der Junge hatte ihn in Gebirge geführt, deren bloßer Anblick sogar ihm, langjährigem Paßgänger beim Edelweißbataillon in Mittenwald, alles abverlangt hatte. Weil man angesichts ihrer weglosen Wände, ihrer wütenden Wasser, ihrer wilden Grate sofort begriff: Dorthinein zu gehen bedeutete Schritt für Schritt, sterben zu lernen.

Wahrscheinlich war es eine Fügung des Schicksals, daß Kaufner im Winter an Odina geraten; es hatte lange nicht danach ausgesehen. Nach wie vor waren sie in Samarkand am liebsten mit Geldzählen beschäftigt gewesen, kein Wunder bei dieser Währung, ansonsten auf der Hut vor Spitzeln und Denunzianten; mit einem Fremden unterhielten sie sich allenfalls übers Wetter. Wann wohl der erste Schnee fallen, wann zum ersten Mal die Stromversorgung zusammenbrechen würde?

In der Regel kam Kaufner gar nicht dazu, seine eigene Frage zu stellen. Im Teehaus *Blaue Kuppeln* erfuhr er, daß die Spannungen zwischen Usbekistan und Tadschikistan im Verlauf des Sommers erheblich zugenommen hatten. Warum? Vielleicht der Ausbildungslager wegen, die beidseits der Grenze lägen, vielleicht der Verrückten wegen, die zunehmend auch in die Ebenen herabstiegen. Aber darüber werde in den Nachrichten nicht gesprochen, das gebe es offiziell gar nicht. Inzwischen habe Usbekistan die Bahnverbindungen zwischen den beiden Staaten blockiert und damit die Lieferung an Treibstoff, Lebensmitteln, Baumaterial, Maschinen. Seitdem werde Tadschikistan über Pamir Highway versorgt ... von China aus!

Die ersten drei Tassen des grünen Tees mußten in die Kanne zurückgegossen werden; wurde dann getrunken, schimpften die Alten mit Vorliebe auf die Jugend von heute. Seitdem der westliche Lebensstil Einzug gehalten, sei sie völlig verkommen, man schäme sich für sie. Immerhin, in den offiziellen Erklärungen der Regierung würden die Bekräftigungen der Allianz mit dem Westen vernehmbar leiser. Wenn nur die Russen bald wiederkämen!

Es wurde auch hier immer komplizierter. Wer wollte sich da Gedanken über einen geeigneten Bergführer machen. Als zum ersten Mal das Gas ausfiel, hatte Kaufner so ziemlich jeden gefragt oder vielmehr zu fragen versucht, den er kannte. Angefangen bei Sher, den er in seinem Büro vor zwei annähernd gleich hohen Stapeln an Geldscheinen überraschte. Achtung! Der eine sei für die Ausländerbehörde, der andere für die Polizei. Alles Spione. Halsabschneider. Verbrecher. Er war betrunken.

Vierfinger-Shamsi war ebenfalls betrunken und schwieg.

Shodeboy war nüchtern und schwieg.

Der Teppichhändler Abdullah redete viel, allerdings nur von der Qualität seiner Ware.

Die Brotverkäuferin Kutbija redete sogar Deutsch, hatte aber keine Zeit für Kaufner.

Lutfi hatte viel Zeit für Kaufner, rasierte ihn wie immer, fünffach, während im Fernsehen Musikvideos liefen, zwischendurch ein Video von der Westfront, angeblich wurde es schon seit Wochen gezeigt: Trier gefallen, Saarbrücken gefallen, Straßburg gefallen. Der Kalif stand am Rhein, tatsächlich. Am andern Ufer die türkische Armee, von Verbänden der Bundeswehr logistisch unterstützt. Der Kommentator sprach von der alten Siegfriedlinie, auf der sich die Türken rechtsrheinisch verschanzt hätten, sie heiße jetzt Atatürklinie. Erstaunlicherweise setze der Kalif nicht über, blase nicht zum Generalangriff. Ob er die Türken erst einmal in Kleinasien angreifen wollte?

Natürlich fragte Kaufner auch die Geldhändler auf dem Schwarzmarkt. Die Schaschlikbrater, Somsaköche, Marschrutkafahrer. Die Nußhändler auf dem Bazar. An manchen Nachmittagen ging er wieder in Begleitung von Shochi, selbst wenn sie ihm bei seiner Suche nach einem Bergführer keine große Hilfe mehr sein konnte.

»Manchmal träume ich so Sachen, Ali. Auch mit offnen Augen, weißt du? Und dann kann ich nicht einfach in meinem Zimmer bleiben und Hausaufgaben machen.«

Sie hatte geträumt, Vierfinger-Shamsi werde sterben. Dilshod. Firdavs. Der kleine Welpe sowieso, in einem Eimer Wasser. Einer ihrer Onkel, ein anderer ihrer Onkel, einer der Onkelsöhne ... wer immer. Sogar ihr eigener Vater, stell dir vor, Ali, sogar der. Sie selbst werde ihn finden, in seinem eigenen Bett, erstochen von, von – Du wirst ihn ja bald kennenlernen, Ali! Zumindest in ihren Träumen war der Krieg schon ausgebrochen, und keineswegs auf eine Art, wie ihn ihr Bruder auf dem Bildschirm spielte. Sie erzählte so anhaltend detailliert vom Sterben, daß man sie am liebsten in den Arm genommen und getröstet hätte. Doch seltsam, Mitleid wollte sie gar keines, wollte nur, daß ihr endlich einer zuhörte. Wahrscheinlich hatte sie keine einzige Träne mehr, die sie sich verstohlen aus dem Gesicht hätte wischen können.

Kaufner verstand, warum Shochi von ihren Träumen nicht

erzählen durfte, am liebsten hätte auch er einen Bogen um sie gemacht. Er kannte all das, wovon sie bislang erst in ihren Alpträumen heimgesucht wurde. Kannte die verkohlt zusammengeklumpten Leiber, die sie ihm beschrieb, die geschändet zerfetzt verdreht am Straßenrand liegenden, die aufgedunsen in den Kanälen treibenden, nur war es für ihn Hamburger Alltag gewesen und er selbst war wie im Traum daran vorübergegangen. Bloß nicht stehenbleiben, nie stehenbleiben, wenn man weiterleben wollte, nicht hinsehen, nicht nachfragen, nur immer bis zur nächsten Ecke denken, diskret verschwinden. Wahrscheinlich würden Shochis Träume ganz von alleine aufhören, sobald der Schrecken endlich auch in Samarkand Einzug gehalten hatte, lange konnte es ja nicht mehr dauern. Aber das durfte ihr Kaufner natürlich nicht sagen.

Zumindest brachte sie ihm viele neue Vokabeln bei, teilweise unterhielten sie sich bereits in einem vielsprachigen Kauderwelsch. Wenn dann auch noch frischer Schnee gefallen war, sahen die Plattenbausiedlungen gar nicht mehr so trostlos aus.

An den Abenden ging Kaufner alleine. In Hotelbars, Tanz- und Tätschelstuben lernte er die Neuen Usbeken kennen, gegen die man in den Teehäusern wetterte. Manche der russischen Huren, die mit ihnen feierten, waren alte Bekannte aus dem Garten des *Atlas Guesthouse* und sprachen Kaufner entsprechend direkt an. Im *Blues-Café* trank man aus Pitchern mit USA-Flaggenaufdruck, unter den Glasplatten der Tische lagen sowjetische Orden und Geldscheine rund um ein schwarzes Gabeltelephon. In der Bar des *Hotel President* wollten zwei Betrunkene nicht bezahlen, weil eine dicke Animiermatrone hinterm Tresen stand, kein Mann:

»Du gehörst in die Küche!« beschimpften sie die Frau, machten sogar Anstalten, sie zu schlagen.

Gerade die Verworfenheit der Orte zog Kaufner eine Zeitlang an. Nachdem er überall sonst in Samarkand gescheitert war, durfte er hier immerhin auf jemand hoffen, der für Geld alles machen würde. Besonders häufig war Kaufner im *Randevu*. Bis er dort um ein Haar verprügelt, *mindestens* verprügelt worden wäre. Zu später Stunde war es gewesen, das *Randevu* machte ja erst um Mitternacht auf. Wie immer gab es schlechten Bauchtanz, jede Menge Wasserpfeifenraucher, russisches *Baltika*-Bier und Trockeneisnebel auf der Tanzfläche. Auf einem großen Videoschirm liefen Tierfilme. Die Frauen dufteten süß und schwer, vor allem wenn sie einem der Separees in den rückwärtigen Räumlichkeiten zustrebten. Plötzlich stand einer der Neuen Usbeken neben Kaufner am Tresen, und als er herausbekommen hatte, daß der Fremde Deutscher war, legte er ihm die Hand schwer auf die Schulter und bestellte zwei Wodkas:

Kaufner müsse mit ihm trinken, weil alle Deutschen Verbrecher seien, das wisse er von seinen Verwandten. Ihre Urgroßväter hätten gegen Deutschland gekämpft, hätten es besiegt. Kaufner müsse, hier und sofort, müsse Abbitte leisten. Auf die glorreichen Gefallenen des Großen Vaterländischen Krieges!

Nachdem Kaufner notgedrungen mit dem Mann angestoßen hatte, tat er so, als kippe er den Wodka, stellte das volle Glas zurück auf den Tresen. Der Mann begriff auf der Stelle und ging auf Kaufner los, andere eilten herbei und umarmten ihn beschwichtigend, er schüttelte sie ab, zerrte an Kaufner herum. Eine Weile konzentrierte sich der Barmann darauf, einen Apfel mundgerecht für einen Gast aufzuschneiden, dann ließ er den Betrunkenen samt seiner Freunde vor die Tür setzen. Dort blieb er, kam erneut auf Kaufner zu, wie der ein *Baltika* später das *Randevu* verließ, und diesmal hatte er ein Messer in der Hand.

Noch ehe aber etwas passieren, ja überhaupt ein einziges Wort zwischen den beiden Männern fallen konnte, löste sich eine Gestalt aus den Reihen der geparkten Autos, griff nach Kaufners Hand und zog ihn weg:

»Du gehörst hier nicht her, Ali, du mußt nach Hause.«

Der Betrunkene war überrumpelt, ein Mädchen, jedenfalls der Stimme nach zu schließen, hätte er jetzt am allerwenigsten erwartet. Obendrein ein derart seltsam in Tücher verpacktes, und dann sah es ihn auch noch auf eine Weise an, daß er unwillkürlich ein paar Schritte zurückwich. Und es wortlos geschehen ließ, daß Shochi mit Kaufner davonging, Hand in Hand. Den ganzen Heimweg über war es so ungewöhnlich still für eine Stadt dieser Größe, man wagte kaum, Luft zu holen.

Kaum hatten sie den Innenhof des *Atlas* erreicht, atmete Shochi vernehmlich ein. Setzte ein paarmal an, Kaufner zurechtzuweisen, schließlich kam ihr aber nur ein »Ali, das ist kein guter Ort für dich« über die Lippen, »wenn ich nicht aufgepaßt hätte«.

Sie habe plötzlich ein ganz schlechtes Gefühl gehabt, da sei sie noch mal aus dem Haus geschlichen. Wo er sich herumtreibe, wisse sie ja seit langem.

Kaum lag Kaufner im Bett, rüttelte jemand an der Hoftür, schlug mit der Faust dagegen, beschimpfte die Deutschen als Mörder, Verbrecher, Schweinehunde. Und wer sich mit ihnen einlasse, sei auch einer: »Du reicher arischer Scheißkerl, wir kriegen dich!«

Kaufner brauchte eine Weile, bis er begriff, daß sich die Wut des Betrunkenen nun auf Sher gerichtet hatte. Die Tadschiken in Usbekistan hatten sich niemals mit ihm als Arier zu verbrüdern gesucht, das sollte er erst im nächsten Sommer, drüben, erleben.

Anderntags zeigte ihm Shochi, wie lang ihr die Haare mittlerweile gewachsen waren; als sie ihren Zopf löste, fielen sie bis in die Kniekehlen. Ein Lichtschimmer lag darauf an diesem hellen Dezembertag, sogar ihre Zahnlücke leuchtete. Ihre Hüften schienen ein wenig runder geworden, ihr Gang weicher; dennoch war sie noch voll kindlicher Unschuld, sie hatte ja niemanden, mit dem sie gemeinsam kichern konnte.

Dann wischte sie sich mit einer fahrigen Bewegung das Licht aus dem Haar und eilte zur Mittagstafel. Auch Kaufner war geladen, der nächtliche Vorfall bedurfte der Aussprache. Mit den Nachbarn hatte sich Sher bereits verständigt; Touristen waren in den Wintermonaten zum Glück keine im Haus. Kaufner mußte versprechen, die einschlägigen Samarkander Etablissements fortan zu meiden. Sher spottete, andernfalls müsse ihn seine Tochter demnächst aus der *Paradiesischen Ecke* herausholen, und das wolle er ihr denn doch ersparen. Obwohl sie durch und durch mißraten sei, keine Frage, er bedaure seinen Schwiegersohn schon heute.

Für seinen Sohn hatte er kaum weniger Bedauern übrig, mochte der auch neuerdings mit derselben Frisur wie Dilshod zu beeindrucken suchen: beide Schädelseiten komplett rasiert, dazwischen streichholzlang eine Handbreit Normalität bis in den Nacken. Nun, da der nächtliche Zwischenfall ausreichend besprochen, fing er wieder mit den neuesten Kriegserfolgen der Russen an, Sher verdrehte dazu die Augen. Weil ihm keiner beipflichten wollte, verhöhnte Jonibek auch gleich noch den Westen, insbesondere die Deutschen. So weit sei's mit ihnen schon gekommen, daß sie sich von Türken verteidigen lassen müßten; ob es keine Männer mehr in Deutschland gebe, richtige Männer?

Sher strahlte, als er seinen mißratenen Sohn von richtigen Männern reden hörte. Mit gespielter Empörung verwies er ihn seiner vorlauten Worte, entschuldigte sich bei Kaufner. Darüber, daß er womöglich ein »reicher arischer Scheißkerl« sein könnte, wurde nicht geredet. Und nur ganz beiläufig darüber, daß das Hoftor künftig mit Einbruch der Nacht abzuschließen sei.

Nach Tisch war Kaufner ins Grübeln geraten. So unrecht hatte Jonibek ja leider nicht. Im Grunde war die Lage verzweifelt, nicht bloß für Deutschland, sondern für alles, was einmal die Idee der Europäischen Union ausgemacht hatte, zumindest deren Kernbestand im Herzen Europas. Es würde nicht lange dauern und Rußland würde ebenfalls reguläre Truppen schicken, in den Osten Deutschlands, bis an die Alster. Unlängst hatte ihn Sher aufgeregt in sein Büro hereingewunken: »Nachrichten von zu Hause, Ali, schnell!« Auf dem größten seiner Fernsehbildschirme lief *Gazprom TV*, man sah das Brandenburger Tor, unverkennbar, obwohl von der Quadriga nicht mehr viel übrig geblieben war. Anstelle des Triumphgespanns standen ein paar Soldaten dort oben; man sah sie tanzen und dabei eine riesige russische Fahne schwenken. Schließlich machte die Kamera einen Schwenk Richtung Siegessäule, auf eine Betonmauer, die quer über ein Ödland lief, das vielleicht früher der Tiergarten gewesen, laut Kommentator umschloß sie den Westteil Berlins mittlerweile komplett. Der letzte Versuch, so der Kommentator leicht süffisant, dem bevorstehenden Ansturm aus dem Osten etwas entgegenzusetzen.

Ob das die Berliner Mauer sei, fragte Sher, von der ihm sein Vater erzählt habe?

Immer wenn Kaufner da oder dort ein paar Fernsehbilder von den europäischen Kriegsschauplätzen mitbekam oder wenn ihm das Neueste erzählt wurde, was als Gerücht darüber kursierte, versuchte er, ganz ruhig und unbeteiligt zu wirken. Als hätte er sich längst abgefunden mit der heraufziehenden Niederlage, an der hier keiner auch nur den leisesten Zweifel zuließ. So beunruhigend die Bilder waren, beunruhigender war es, daß man so gut wie gar nichts mehr von der Front gegen den Kalifen erfuhr, dessen Truppen immerhin schon am Rhein standen. Nichts als die Namen der gefallenen Städte wurden in den Nachrichten kurz genannt, Krefeld, Koblenz, Kaiserslautern, aber welche Schlacht zuvor verloren und wer überhaupt noch ins Feld gegen die *Faust Gottes* gezogen war, ja, ob überhaupt eine Schlacht geschlagen oder lediglich geflohen wurde, das interessierte anscheinend nicht weiter oder wurde zensiert oder –?

Vor einem Jahr, da sein Führungsoffizier von der Gefahr gesprochen, die vom Kalifen ausging, war es Kaufner geradezu versponnen vorgekommen, weltfern, blind; kaum einer in Deutschland hatte mit einem solch erfolgreichen Vorstoß gerechnet, hatte überhaupt irgendetwas anderes als die Russen im Blick gehabt. Sie waren ja bereits im Lande, man befand sich mitten in einem Bürgerkrieg.

Und dennoch, jetzt sah man es deutlicher, wiewohl es dazu keine Fernsehbilder mehr gab, dennoch war der Kalif die weit größere Gefahr für den Westen, als dessen letzte mitteleuropäische Repräsentanten sich die Freien Festen etwas größenwahnsinnig verstanden – gemeinsam mit dem Freistaat, mit Böhmen, Österreich-Ungarn, den oberitalienischen Stadtstaaten und all den anderen Duodezrepubliken, die zum Zeitpunkt von Kaufners Abreise, April '27, noch übriggeblieben. Die Russen würden sich früher oder später in der Alaskafrage engagieren, auch in Zentralasien, wo die neuen Weltmächte ja unmittelbar aufeinandertrafen. Wer weiß, wie lange China noch abwarten und zusehen würde, daß sich die Kräfteverhältnisse dort ebenfalls verschoben; beim Einmarsch der Russen in Kirgistan hatten sie nur eine Protestnote verlesen.

So Morgenthaler, der Führungsoffizier, schon in seiner damaligen Einschätzung der Lage. Während er redete, war für Kaufner alles in diesem Krieg einfach und verständlich. Es sei lediglich eine Frage der Zeit, hatte Morgenthaler damals prognostiziert, die Russen würden ganz von alleine aus Deutschland abziehen, abziehen müssen. Aber der Kalif! »Er, nicht Rußland, ist unser Untergang. Nämlich schon übermorgen, wenn Sie verstehen, Kaufner.«

Sobald er wieder auf der anderen Seite der Alster und mit sich allein war, hatte Kaufner nicht mehr so ganz verstanden, damals. Trotzdem hatte er den Auftrag angenommen. Ein Dreivierteljahr später verstand er, ja, glaubte Morgenthaler sogar, übertraf ihn womöglich in seiner Gewißheit, Wohl und Wehe des Westens hingen einzig davon ab, ob es gelang, das geheime Kraftzentrum der *Faust Gottes* auszuschalten. Ob es *ihm* gelang, Kaufner gelang, so schnell wie möglich gelang. Weil er niemand mehr hatte, der zu Hause auf ihn wartete, wenn er im Auftrag der Freien Feste zwischen dem Ost- und dem Westteil Hamburgs unterwegs war, wartete jetzt die ganze Welt auf ihn. Zumindest der Teil der Welt, der sich von ihm die Rettung erhoffte – so durfte man es, so mußte man es doch formulieren, nicht wahr? Nun saß er freilich einen ganzen Winter lang fest, mit Blick auf die verschneite Serafschankette am Horizont, auf einen großartigen Zufall hoffend, eine zündende Idee, ein Wunder. Zum ersten Mal, seitdem er sich mit Kathrins und Lorettas Verschwinden hatte abfinden müssen, spürte er sein Herz wieder klopfen. Er hatte nichts mehr zu verlieren, aber alles zu gewinnen.

Ruhig, Kaufner, ruhig. Solange im Gebirge Schnee liegt, kannst du allenfalls auf Vorrat schlafen und Kräfte sammeln. Immerhin hatte auch Europa in diesem Winter Pause, der Hauptkriegsschauplatz verlagerte sich vor Jahresende nach Alaska, ohne daß dort nennenswerte Schlachten geschlagen wurden. Überhaupt war der Kriegsverlauf immer wieder rätselhaft. Zwar verschoben sich die Frontlinien laufend, doch entscheidende Siege oder Niederlagen, die früher dafür verantwortlich gewesen wären, wurden keine gemeldet. Klassische Truppenaufmärsche schienen gar nicht stattzufinden, die wirklich entscheidenden Waffen wurden in den Depots gehalten, weil jede der kriegführenden Parteien über sie verfügte. Man verstand nicht, warum der eine ständig weiter vorrückte und der andere ebenso ständig an Terrain verlor. Aber man spürte es, die Panslawische Allianz strotzte vor Kraft, der Kalif nicht minder, von Bagdad aus dirigierte er seine Truppen durch halb Europa, und bislang war er dabei auf keinen gestoßen, der ihn nennenswert hätte aufhalten können.

Die Hoffnungen des Westens auf einen Kriegseintritt der USA zerschlugen sich in diesem Winter endgültig. Der US-Präsident verkündete in einer Rede, deren entscheidende Auszüge bei Lutfi wieder und wieder zu verfolgen waren, daß sich »ganz Amerika« nach dem »großen Engagement für die Freiheit im Iran« (er meinte die verheerende Niederlage des Westens) als »Bastion des Friedens« verstehe, diese beinhalte selbstverständlich auch den karibischen Raum. Auch? Oder vielmehr nur noch? In Wirklichkeit, so einer der Gäste in der Talkshow der Präsidententochter, Freitag abend, beste Sendezeit, in Wirklichkeit hätten die chinesischen und arabischen Gläubigerbanken des US-Haushalts eine Aufstockung des Verteidigungsetats blockiert, die amerikanische Interessensphäre sei aus Geldmangel auf die Karibik zusammengeschnurrt.

Bloß nicht weiter drüber nachdenken, du kannst es nicht ändern. Kaufner lag in seinem Schlafsack und lauschte in die Nacht hinaus. Der Kälte nach zu urteilen, die in sein Zelt einsickerte, war es kurz vor Morgengrauen. Man hörte Odina, wie er sich am Lagerfeuer zu schaffen machte, es klang so, als ob er gerade einen dicken Ast nachschob. Kaufner kannte die Geräusche im Schlaf, einen Sommer lang hatte er sie gehört, morgen würde es damit ein Ende haben.

Je mehr Kaufner über die vergangenen eineinhalb Jahre nachdachte, die er nun in seinem Einsatzgebiet agierte, desto sicherer wurde er sich: Der einzige, der ganz bewußt gegen ihn gearbeitet hatte, war tatsächlich Odina. Sher war in dieser Hinsicht – hoffentlich stimmten Morgenthalers Informationen – ja außen vor. Im übrigen hatte die Freie Feste Kaufners Zimmer für unbestimmte Zeit angemietet, insofern lebte er nicht schlecht von Kaufner, einfach dadurch, daß er ihn beherbergte, ohne sich weiter um ihn kümmern zu müssen. Die einzige, die sich kümmerte, war Shochi. Sie hatte Kaufner sogar geholfen, hatte ihm das Leben gerettet, wenn er sich die nächtliche Szene vor dem *Randevu* in letzter Konsequenz klarmachte. Odina hingegen ... schon im Hamam hatte er diesen Blick gehabt, diesen braunäugigen Odina-Blick, auf den Kaufner prompt hereingefallen war.

Einen Tag nach Shochis vierzehntem Geburtstag war Männertag gewesen. Weil ständig Gas oder Strom ausfiel und man dann im großen Hauptraum mit den anderen Familienmitgliedern rund um den Kachelofen zusammenrücken mußte, war das Hamam stets eine gute Möglichkeit, dem zwangsweisen Zusammenleben zu entfliehen und sich dabei tüchtig aufzuwärmen. Kaufner war den Winter über Stammgast, wiewohl er eine halbe Stunde hin- und wieder zurücklaufen mußte, da Marschrutkas von einem Tag zum anderen im Stadtgebiet verboten worden waren.

Wie unverhohlen er von Odina gemustert worden, als der dort zum ersten und letzten Mal aufgetaucht; wahrscheinlich war er vorab informiert und auf Kaufner angesetzt worden. Dieser hatte längst vergessen, daß er sich auch hier nach jemand erkundigt hatte, der ihn durch die Berge führen könne, vor allem bei Talib, der ihm, wie immer, ein Kästchen für seine Kleidung aufgesperrt und so lange gewartet hatte, bis er mit ihm treppab unter die Schwitzkuppeln gehen konnte.

Nun also, einen Monat später, Kaufner hatte seine Suche eigentlich schon aufgegeben, die überraschende Antwort auf seine Frage – ein brauner Junge, breitfüßig, breitbeinig, breitschultrig, der sich ausgiebig einseifte, um Kaufner beim Duschen zuzusehen oder Kaufner die Gelegenheit zu geben, ihm dabei zuzusehen. Anstatt sich abzutrocknen, hatte er sich lediglich in sein Handtuch gehüllt und abgewartet, vielleicht war er's gewohnt, daß man ihn ansprach? Kurz drauf hatte sich Talib eingeschaltet und die Sache in die Hand genommen; Odina war einfach weiterhin dagesessen und hatte doppelt so breite Hände, doppelt so breite Finger, doppelt so breite Fingernägel wie Kaufner gehabt.

Und mit welch tiefer Stimme er dann gesprochen hatte, welch selbstsichere Gesten er dabei gemacht, wie sehr er in sich geruht hatte, damals bereits, in der Nische, beim Tee, als er Talib die Hauptarbeit und nebenbei ein paar anzügliche Witze hatte machen lassen. Gewiß noch ein Junge und doch schon ein Mann.

Nein, Kaufner sei nicht der erste, den er durchs Gebirge führe, dorthin ziehe es andere auch.

Warum nur hatte ihn das wenige, das Odina damals sagte, nicht auf der Stelle mißtrauisch gemacht?

»Wieso sollte ich ausgerechnet mit dir gehen?« hatte ihn Kaufner stattdessen gefragt.

»Die Herren der Berge, das sind von alters her wir, das Gebirge ist unser Haus. Wenn wir für einen Fremden gehen, wird er unser Gast. Stößt ihm was zu, haben wir die Regeln der Gastfreundschaft gebrochen, es muß uns das Gleiche treffen, um es zu sühnen – so will es unser Stolz. Und das Gesetz der Berge.«

Hatte Odina das wirklich gesagt? Vielleicht später irgendwann. Wahrscheinlich nie, so viel auf einmal hätte er kaum je über die Lippen gebracht. Immer wieder kehrte Kaufner zu dieser Szene zurück; je klarer er sich daran zu erinnern suchte, desto verworrener nur wollte es gelingen. Immerhin wurde ihm bewußt, er mußte im Verlauf ihrer gemeinsamen Wanderungen schon so oft darüber sinniert haben, wie er ausgerechnet an Odina als seinen Führer geraten und warum, daß er nun hundert verschiedene Antworten hatte, hundert verschiedene Erinnerungsbruchstücke, von denen mindestens neunundneunzig auf schierer Phantasie beruhten. Welche davon war die Antwort, die Odina *tatsächlich* auf Kaufners Frage gegeben hatte? Als Talib kurz treppauf und davon geeilt, um ein paar Flaschen Joghurt für seine Gäste zu holen, hatte sich Odina nicht da erst und gleich auf unangenehm vertrauliche Weise zu Kaufner herübergebeugt, damit man ihm in die Augen blicken mußte, hatte er nicht da erst geantwortet:

»Weil ich Ihr Bruder bin.«

Das hatte er, Kaufner war sich plötzlich ganz sicher. Und er hatte damit gewiß gemeint: Weil ich kein Usbeke bin. Sondern Tadschike. Also Arier, das sehe man doch hoffentlich.

»Weil ich Ihr Bruder bin.«

Kaufner hatte über die Befremdlichkeit der Begründung damals nicht nachgedacht. Eine bessere Lebensversicherung konnte es fürs Gebirge aber wohl nicht geben. Womit der Handel geschlossen war.

Einzig Sher hatte Kaufner ins Gewissen zu reden versucht, als der ihn Wochen später, im Januar oder Februar, von seinen Plänen informierte:

Mit einem aus dem Pamir gehe man nicht in die Berge! So einer sei hier gar nicht zu Hause, der wolle nur Geld verdienen, danach verschwinde er wieder. »Was mit uns passiert, ist ihm egal.«

Und einen Wodka später:

»Wenn du Geld hast, kannst du in Samarkand alles machen, Ali. Alles. Du kannst ihn kaufen, jeder kann ihn kaufen, auch die Geheimpolizei kann ihn kaufen – er arbeitet für den, der ihn bezahlt.«

Nun gut, hatte Kaufner damals gedacht, *ich* werde's ja sein, der ihn bezahlt. Und Talib obendrein. Obwohl der Usbeke ist. Dieses Obwohl dachte Kaufner damals das erste Mal, und er dachte dabei nicht einmal sonderlich nach, dachte es bloß so obenhin, weil es ihm Odina ins Ohr geflüstert hatte.

Wieder war es April gewesen, doch ein Jahr später, und Urgut lag zwar nur vierzig Kilometer von Samarkand entfernt, aber etwas höher gelegen, die Maulbeerbäume standen noch in voller Blüte, als sie sich dort am verabredeten Eingang zum Bazar trafen. Sie schüttelten einander die Hände, anschließend legte Odina die Rechte kurz auf sein Herz. Kaufner tat's ihm nach.

Nachdem sie die letzten Besorgungen getätigt hatten, ging es zunächst zum Mausoleum am Stadtrand. Ein berühmter Wallfahrtsort, ebenso überlaufen wie der Bazar, welch ein Gedränge und Geschiebe, welch ein Palavern und Lagern und Grillen! Das Gegenteil dessen, was Kaufner suchte.

Die zweitgrößte Überraschung dieses Sommers gab es gleich kurz nach dem Aufbruch: Odina stieg von Urgut aus in die Serafschankette auf, anfangs waren die Straßen überflutet von einem wuchtigen Platzregen, später ging's auf einem Feldweg an einer Hagebuttenhecke entlang, an Obstplantagen, Weinfeldern, Müll. Schließlich ein letztes Dorf, sattgrüne Wiesen, ein lauter Bergbach, Gezwitscher, kräuterwürziger Duft. Mit jedem Schritt, den sie an Höhe gewannen, wurde das Gezeter der Ziegen dünner, das Geblök der Schafe gedämpfter. Als hinter der ersten Kuppe die ganz großen Gipfel machtvoll ins Bild rückten, hielt der Junge nicht etwa nach West, sondern auf einem Saumpfad nach Ost. Vereinzelt kamen ihnen Reiter entgegen, deren Pferde vor Odinas Esel scheuten. Dann nur noch grün gefaltete bucklige Welt, dahinter steil schimmernde Schneefelder im Spätnachmittagslicht, gekrönt von der scharf gezackten Kammlinie der Felsgrate. Genau darauf hielt Odina weiterhin zu, nach Ost.

Hinüber nach Tadschikistan.

Die Suche auf die Berge jenseits der Grenze auszudehnen wäre Kaufner im Traum nicht eingefallen; als er Odina vorsichtig darauf hinwies, daß er gar kein Visum für Tadschikistan hatte, zuckte der mit den Achseln:

Grenzen seien für diejenigen gemacht, die in Tälern lebten und nur in Tälern denken könnten.

Vom Serafschanrücken ging es ins Fangebirge, vom Fangebirge ins Hissormassiv, und irgendwo zwischen all den grau ragenden Vier- und Fünftausendern war es, da Kaufner zum ersten Mal in seinem Leben Respekt vor den Bergen bekam. Sein Martyrium begann jedoch schon am zweiten Tag ihrer Wanderung, da wäre er morgens am liebsten liegengeblieben. Der Schmerz saß ihm am Schienbein, dort, wo der Schaft des Schuhs endete, saß ihm am Hacken, in der Sohle, den Sehnen, selbst in den Schultern, obwohl den Großteil des Gepäcks der Esel trug, Kaufner war dermaßen erschöpft, daß ihm bei jedem Abstieg die Oberschenkel zitterten.

Gegen Abend spürte er, es waren nicht mehr nur die Muskeln, die ihm zu versagen drohten. Seine Unterschenkel schienen lose in den Kniegelenken zu hängen. In einem Geröllfeld rutschte er ab, weil sein Bein das Gewicht nicht mehr halten konnte, er erzeugte im Rutschen eine kleine Steinlawine, die ihn allerdings nach zwei, drei Metern hinter sich ließ. Er blieb sitzen, lauschte dem Klackern und Bersten der Felsbrocken in der Tiefe, begriff erst beim Echo, daß er seit ein paar Sekunden hätte tot sein können.

Auch am nächsten, am übernächsten Morgen wachte er auf und – sehnte sich nach dem Sonnenuntergang, wenn mit den Schatten schlagartig die Kälte kommen und er in den Schlafsack zurückkriechen würde. Nach zehn Tagen waren seine Wunden verheilt, an anderer Stelle neue und wieder neue entstanden. Man mußte einfach weitergehen, stur gegen den Schmerz angehen, dann bekam man anstelle des roten Leuchtens an der Ferse eine braunweiß abblätternde Hornhaut, die eher Teil des Schuhs zu sein schien als des Fußes.

Nach drei Wochen spürte Kaufner seine Beine nicht mehr, nicht die Blutblasen an den Zehen, das Knirschen im rechten Knie, sein Schmerz hatte sich in Schwielen verwandelt und Haß, in tiefe Abneigung gegen Gebirge im allgemeinen, gegen jeden Berg im konkreten, der sich ihm in den Weg stemmte. Und gegen Odina, der mit seinen Gummischlappen vor ihm die Hänge hinauftänzelte, täglich führte Kaufner Haßreden gegen den Jungen. In der Ebene bewegte er sich kaum schneller als ein Schatten, bergauf jedoch hüpfte, sprang, rannte er über die Felsen, als seien sie nur eine schiefe Form von Ebene.

An der vorsichtigen, bedächtigen Weise, wie er selber seine Schritte setzte, merkte Kaufner, daß er alt war. An die vierzig Jahre älter als Odina. Während der ganz selbstverständlich in die Landschaft einging, überlegte er vor jedem Tritt; einmal, als er's dem Jungen gleichtun wollte, glitt er prompt ab und konnte sich einen Schmerzensschrei gerade noch verbeißen. Wenn dein Körper nicht jünger werden kann, dachte Kaufner, so muß es wenigstens dein Gemüt werden. Erinnere dich, wie das war, früher. Hör auf zu denken. Geh einfach, geh.

Er studierte Odinas Bewegungsabfolge, und weil er kein Prinzip darin erkennen konnte, versuchte er, es ihm Schritt für Schritt nachzumachen. Wahrscheinlich gelang es schon deshalb nicht, weil er das langsam Verzögerte des Jungen nicht hatte, das Träge, das sich am Hang ansatzlos in äußerste Flinkheit verwandelte. Vor allem, weil er nicht das Wiegen in den Hüften hatte, das ihn jeden Tag aufs Neue in stumme Wut versetzte, das Schleppende im Schritt, das Aufrechte des Rückens, des Nackens, eine andauernde Provokation.

Und auch die sanftmütige Art, wie er den Esel beschimpfte, im Grunde ununterbrochen mit ihm redete, als ob er ihm all das erzählte, was er Kaufner verschwieg – »Tschup«, »Brrr«, »Hatsche-hatsche-hatsche«, »Jach«, »Prrrüt«. Nur selten dirigierte er ihn mit seinem Wanderstab, meist ging der Esel voraus, da und dort etwas gelb oder violett Blühendes vom Wegesrand rupfend. Dann sprach Odina mit den Vögeln in ihren jeweiligen Idiomen, schnalzte, trällerte, klackte; sofern er die entsprechende Antwort bekam, lächelte er auf eine abwesende Weise in sich hinein.

Meist sang er selber, manche der Lieder mehrmals täglich. Wandte er sich ausnahmsweise einmal an seinen »Herrn«, dann auf eine dunkelmilde ernste Weise, waldhaft würzig fast und sentenzhaft kurz. Als wäre er der Herr und Kaufner sein Knecht.

Um diese Gebirge zu durchqueren, mußte man sich an die Bachläufe halten, und falls es keine mehr gab, an die alten Schäferpfade. Auf ihnen wurden die Herden jeden Frühling bergauf geführt, zu ihren Sommerweiden, und im Herbst herunter; manche der Wege waren mit Kot gut markiert, wohl auch dem der Packesel, die man hier entlanggetrieben hatte. Andre nur mit ein paar aufeinandergetürmten Steinen, die man aus der Distanz entdecken mußte, wollte man in den Geröllfeldern nicht weite Umwege gehen. Kaufner sah keine einzige der Wegmarken, der Junge jede.

Ja, Odina war einer von denen, die das Wasser in der hohlen Hand halten konnten, ohne daß ein Tropfen zu Boden fiel; ging er durchs Gebirg, formten sich die Felsen von alleine zum Weg. Nur selten geriet er ins Stocken, wenn der vertraute Pfad durch eine Lawine unpassierbar geworden war oder wenn sich die Dorfbewohner eines Tales zusammengetan hatten, um die Pässe rundum zu blockieren. Dann kniete der Junge ab, studierte die Losung der Tiere, die vor ihm einen Weg gesucht,

Steinböcke, Wölfe, Leoparden; was immer er finden konnte, zerrieb er zwischen den Fingerspitzen, schnüffelte daran. Gab es nichts zu entdecken, so befragte er den Berg selbst: Bestrich diesen und jenen Felsen mit beiden Händen, legte sein Ohr daran, lauschte ins Innere des Bergs. Zerrieb die Erde zwischen seinen Handflächen und roch daran, kaute sie so lange mit geschlossenen Augen, bis er schmeckte, wo sie herkam und wo sie hinwollte.

Gefragt, wie er solcherart die Orientierung wiedererlangen könne, gab der Junge an, die Berge, die er im Kopf habe, seien genauso hoch wie die, die er nicht im Kopf habe.

Das verstand Kaufner nicht. Versuchsweise legte er sein Ohr auf einen Felsen und lauschte. Wahrscheinlich rief der Berg nach ihm, doch er hörte nur den Wind, der hart daran entlangstrich.

Odina verlachte ihn nicht einmal. Zeigte ihm stattdessen andere Möglichkeiten, sich in den Hochgebirgswüsten zurechtzufinden, Felszeichnungen und Graffiti, besonders auffällige Formationen, aus weißen Steinen gelegte Parolen auf dem einen oder anderen Abhang. Kaufner haßte ihn dadurch nicht minder. Diesen Eseltreiber mit der permanent guten Laune, den ekelhaft gepflegten Händen, dem immerselben langärmligen Hemd (gegen die Hitze, die Mittagssonne, die Zecken). Von jedem Bergrücken aus mußte er versuchen zu telephonieren, aber natürlich waren seine Familienangehörigen niemals gleichzeitig auf einem *ihrer* Telephoniergipfel, welch ein unsinniger Aufwand.

Und niemand konnte das Brot mit einer solchen Ernsthaftigkeit brechen. Oh, wie Kaufner den Jungen haßte.

Als sie nachts die Wölfe heulen hörten, stiegen sie ab, es wurde Zeit, den Rückweg nach Samarkand einzuschlagen. Kaufners Erschrecken über die Steilheit der Berge hatte in den Tälern begonnen, nun kam dasjenige über Bäche und Flüsse dazu. Sie tosten so ungezügelt jähzornig bergab, das Geräusch des Herabstürzens in den engen Schluchten um ein Vielfaches gesteigert, daß es jedes Mal eine große Willensanstrengung war, sie zu queren. Eiskalt waren die Wasser, die von den Gletschern kamen, und wenn man nach einer trittfesten Stelle suchte, konnte man jeden Moment in eine Lücke zwischen den Steinen geraten oder abgleiten und bis zur Brust im Wasser stehen.

»Ich beschütz' dich«, hatte Shochi beim Abschied gesagt, »ich paß' auf dich auf«.

In solchen Momenten erinnerte sich Kaufner daran. Hatte er Glück, mußte er grinsen und zog sich klaglos bis auf die Unterhose aus. Öfter heftete er den Blick zu lang auf die Stelle, die ihm Odina zum Queren gewiesen; der Junge ging währenddessen ohne jedes Anzeichen von Groll oder Spott mit dem Esel durch den Fluß, lud das Gepäck am anderen Ufer ab, kam zurück, um erneut mit dem Esel den Fluß zu queren, diesmal mit Kaufner obenauf. Bei jedem Schritt rutschte der Esel mit einem seiner Beine von den Felsen ab, drohte zu kippen. Kaufner fühlte sich hilflos wie ein alter Mann, klammerte sich mit beiden Händen an den Sattelgriff, gewiß ein erbärmlicher Anblick.

»Herr, wir sind Brüder, du und ich, du kannst mir vertrauen.«

Einmal mußte ihn der Junge selber huckepack durch den Fluß tragen, weil sogar der Esel bockte, eine Schande. Danach brach Odina ein paar Stengel vom wilden Rhabarber ab, der am Flußufer wuchs, und sie kauten gemeinsam Stengel um Stengel, schweigend. Ein Falke segelte knapp an ihnen vorbei. In dieser Welt lagen Hölle und Paradies sehr nah beieinander.

Einmal kamen sie durch ein kleines Dorf, dessen Häuser, Ställe und Schuppen bis auf die Grundmauern abgebrannt waren, an den Wänden aufgereiht standen teilweise noch die Kuhfladen zum Trocknen.

Einmal sahen sie, Odina mit bloßem Auge und Kaufner durchs Fernglas, eine ähnliche Wandergruppe, wie sie selber sie darstellten. Odina bedeutete Kaufner, sich nicht zu bewegen und keinen Lärm zu machen.

»Das war so einer wie du, hundert Prozent«, erklärte er, als die Gruppe verschwunden war: Am besten meide man sie alle, man wisse ja nie. Weil Kaufner aber nicht aufhörte, ihm der entgangenen Begegnung wegen Vorwürfe zu machen, blickte er ihn auf eine kindlich intensive Weise an, las in den Falten und Kerben seines Gesichts, ehe er sich zu einem Lächeln entschloß:

»Hast du schon mal einen umgebracht, Herr?«

Kaufner, sprachlos, starrte auf Odinas gepflegte Schaufelhände, malte sich blitzschnell aus, wie er mit bloßen Händen ein Grab aushob.

»Du wirst es lernen müssen.«

Der Junge trug die übliche verhängte Miene zur Schau, mochte dahinter vorgehen, was wollte.

»Das Gesetz der Berge schreibt uns vor –«

»Deine Berge sind weit, Odina! Wir sind nicht im Pamir, hier gilt dein Gesetz nicht.«

»Es gilt überall dort, wo einer von uns ist. Du kannst in den Bergen nur überleben, wenn du bereit bist zu töten oder zu sterben.« Und nach einer Pause: »Auch für einen anderen zu sterben.«

Es wurde Zeit, daß sie nach Hause kamen (Kaufner dachte tatsächlich »nach Hause«), selbst wenn es auf diesem oder jenem Gipfel noch ein Heiligengrab gab, das angeblich wichtig war, in diesem oder jenem Tal ein verstecktes Mausoleum, das trotz aller gesetzlichen Verbote Pilger anzog. Oder einen der Lehmbauten, wie sie die Kirgisen für ihre Toten errichteten, sie schieden ja sowieso aus. Während die beiden, der Herr und sein Eseltreiber, den tadschikischen Teil des Serafschanrückens passierten, sahen sie weit über sich eine Drohne kreisen; je tiefer sie ins Serafschantal hinabstiegen, desto häufiger wurden sie der Militärkolonnen gewahr, deren Staubwolken sie sich bislang als erste Vorboten der Herbstwinde erklärt hatten. Irgendetwas war während der vergangenen Monate passiert, irgendetwas passierte da unten nach wie vor oder wollte passieren. Kurz hinterm Heiligtum von Mazor-i Sharif stießen sie auf das erste Dorf, dessen Bewohner die Straße, die hindurchführte, verbarrikadiert hatten. Sobald das Woher und Wohin geklärt und Kaufners Kompaß als Wegezoll beschlagnahmt war, wurden sie durchgewunken. Jeder der Bauern hatte ein Gewehr geschultert, sie sprachen offen von Krieg, die Tadschiken hätten angefangen. Es waren Usbeken. Odina glaubte ihnen trotzdem.

Der Krieg, war er endlich in den Tälern angelangt? Wie hatte man ihn, hoch oben auf den Geröll- und den Schneefeldern, wie hatte man ihn nur so lange vergessen können? Kaufner fragte sich, was in Europa den Sommer über passiert sein mochte, ob es Deutschland überhaupt noch gab? Lauter leere Tage lagen hinter ihm, er hatte sich ein halbes Jahr lang im falschen Gebirge herumgetrieben, ohne dem Objekt einen einzigen Schritt näher gekommen zu sein.

Indem sie auf Pendschikent zuliefen, lagen ein paar tote Kühe am Wegrand, offensichtlich erschossen. In Pendschikent selbst an jeder Straßenkreuzung ein Panzer. Odina besorgte einen neuen Esel und gab dem alten einen Klaps, wie er's stets getan, sofern sie bei einem Schäfer übernachtet und anderntags ein frisches Lasttier hatten mitnehmen können. Nach Hause finde ein Esel immer, hatte der Junge gesagt, auch wenn er dazu Tage brauche.

Für sie selbst hingegen schien es unmöglich, von hier nach Hause zu kommen. Überall blickten sie in mißtrauische Gesichter, keiner wollte sich Zeit für ihre Fragen nehmen. Schon zur Abenddämmerung hörte man verschiedentlich Schüsse, Schreie, Kommandos, so ging es weiter bis zum Morgengrauen. Kaufner fühlte sich an die letzten Jahre in Hamburg erinnert, auch da war es immer erst mit Einbruch der Nacht wirklich gefährlich geworden.

In den offiziellen Verlautbarungen wurde natürlich nur von »einzelnen Zwischenfällen« gesprochen. Die Bewohner von Pendschikent wußten es besser, Kaufner wußte es besser, Odina wußte es am allerbesten: Ursprünglich hatte er geplant, im Serafschantal einfach flußabwärts und über die Grenze zu gehen, knapp neben der offiziellen Grenzstation. Nun, da diese geschlossen und der gesamte Grenzverlauf im Tal weiträumig abgeriegelt war, um die Flüchtlinge im Land zu halten, mußte es wohl oder übel ein Umweg über den Turkestanrücken sein.

Als sie das kleine Mausoleum erreicht hatten, in beträchtlicher Höhe über dem Tal, löste sich Odinas Miene in einem erleichterten Lächeln. Er wollte seinen Herrn sicher nach Hause bringen, ansonsten ... das Gesetz der Berge. Gemeinsam mit den anderen Pilgern umkreiste er das Heiligtum drei Mal, mit der Linken dabei stets ein Gesims streifend, das um das Gebäude herumführte, mit den Fingerspitzen ebenjener Linken wischte er sich danach dankbar übers Gesicht. Nur noch zwei Tagesmärsche bis Samarkand.

Im Mausoleum saß eine alte Frau mit herbem Gesicht; indem sie betete, begann sich ihr Gesicht aufzuhellen, bis es am Ende leuchtete. Die Stufen treppab zum Grab des Heiligen waren mit Marmorbruch gefliest, auch das Grab selbst, um das herum zahlreiche Pilger saßen. Erstaunlich, daß der Staat das Gebäude nicht längst geschlossen hatte, öffentliche Religionsausübung war in Tadschikistan ja verboten. Der Vorbeter winkte Kaufner freundlich herbei, beplauderte ihn aufs umständlichste, führte ihn schließlich zurück in den oberirdischen Grabbau, um dort voll Stolz den Teppich zurückzuschlagen, eines der Bodenbretter hochzuheben. Man sah auf drei Holzsärge, darum herum haufenweise alte Knochen, Schädel. In den Särgen seien frische Leichen, strahlte der Imam: Heilige Krieger, die eine Weile hier ruhen dürften.

Blitzartig stellte sich Kaufner das Versteck von Timurs Gebeinen vor, knapp neben der angeblichen Hauptattraktion unter einem losen Brett. Ja, so in etwa. Natürlich noch viel tiefer in den Bergen verborgen.

Trat man dann wieder in den Abend hinaus und blickte vom heiligen Baum aus in die Ebene Richtung Samarkand, mußte man sich einbilden, auch dort Staubfahnen zu sehen, Staubfahnen usbekischer Militärkolonnen womöglich. Wenn man lang genug hinüberschaute, sah man sie tatsächlich.

Aber egal, die Einzelheiten würde man drüben erfahren. In Gedanken war Kaufner ein weiteres Mal all die Wege gegangen, die er seit seiner Ankunft eingeschlagen, und er hatte dabei immer wieder bloß denselben Verdacht bestätigt gefunden. Nun gab es nur mehr das *Tal, in dem nichts ist* und die Szene mit Januzak, an die er sich erinnern mußte. Noch konnte Kaufner den Atem des Kirgisen spüren, der in der Erinnerung nach Zwiebeln roch und Fleisch und Wodka, konnte seinen Blick spüren, der gar nicht stechend gewesen war, eher auf eine verrückte Weise traurig, auf eine traurige Weise verrückt.

»In seiner Tasche riecht es nach Blut«, hatte Odina gewarnt. Wenn Kaufner an seiner Hand roch, vermeinte er nach wie vor, sich übergeben zu wollen. Die größte Schmach seines Lebens. So unvorstellbar groß, er brannte auf Rache.

Später. Laß das jetzt, du hast Wichtigeres zu tun, du hast eine Entscheidung zu treffen, in wenigen Minuten wirst du aus dem Zelt treten. Ganz kalt wurde Kaufner, ganz sachlich, fast auf eine grimmige Weise glücklich, schließlich war er seinem Ziel mit dem gestrigen Tag bedeutend näher gerückt, hatten all die sinnlosen Wanderungen mit Odina plötzlich Sinn bekommen. Die nächsten Schritte lagen klar vor ihm, bis hin zu Timurs Grab, das er im nächsten Frühling finden würde, hier, in diesem Bergmassiv. Aber jetzt würde er zuerst einmal aus dem Zelt treten und Odina zum Teufel jagen. Eine Waffe, ihn abzuknallen, hatte er ja nicht. Auch das würde sich ändern müssen.

Doch wie er den Reißverschluß seines Zeltes entschlossen aufriß und dorthin sah, wo die Nacht über das Lagerfeuer gebrannt, war da nichts als ein Haufen verkohlter Äste. Mit zwei, drei Schritten stand Kaufner vor der schwelenden Asche, der Teekessel stand mitten darin. Nachdem er den Deckel hochgeklappt hatte, konnte er den Tee riechen. Den hatte der Junge also noch für ihn aufgesetzt, bevor er sich davongemacht. Mit Sack und Pack und Esel.

So hatte sich Kaufner den Abschied von Odina nun auch nicht vorgestellt. Samarkand lag in der Ebene, einen Tagesmarsch entfernt, und glänzte.

Zweites Buch

Der Schrei des Fremden

Das Winterhalbjahr 28/29 begann mit viel Lärm und einem Toten. Spätnachts war Kaufner in der Stadt angekommen, vom Registan bis zum Universitet Boulevard hatte ein volksfestartiger Trubel geherrscht, wie er ihn noch nie erlebt. Tausende Russen, die nach dem Zusammenbruch der Sowjetunion zusehends an den Rand der Gesellschaft geraten waren, tanzten, feierten, fielen einander mit tränenüberströmten Gesichtern um den Hals. Zum zweiten Mal seit der Rückeroberung Ostdeutschlands durften sie Hoffnung hegen, daß es bald wieder so schön werden könnte wie in der guten alten Zeit.

Wenige Stunden zuvor war bei *Gazprom TV* die Meldung gekommen, die Panslawische Allianz sei von ihrem Brückenkopf in Alaska, den sie seit Anfang des Jahres gegen die Bombardements der US-Drohnen gehalten hatte, zur Gegenoffensive übergegangen. Erfolgreich! Die Yankees, wie man sie in den russischen Medien nannte, leisteten angeblich nur schwachen Widerstand. Alaska kehre heim in die Föderation! grölten die Menschen den Sicherheitskräften zu, die sich am Straßenrand aufgereiht hatten, dahinter die nichtrussische Bevölkerung der Stadt, schweigend.

Auch in Shers Büro brannte noch Licht, drinnen saß die Familie vor dem Fernseher und ließ sich von einer russischen Talkshowrunde erklären, Alaska sei immer russisch gewesen und werde nun »wiedereingliedert in den Verbund der Föderation«.

»Schön, daß du wieder da bist!« strahlte Shochi, freilich ohne Kaufner, wie früher, zu umarmen. Sie habe von ihm geträumt, das habe richtig weh getan. Shochi seufzte wie eine Erwachsene. Aber es sei ja noch mal alles gutgegangen.

Ob die Russen auch in Deutschland vorgerückt seien, fragte Kaufner, kaum daß er reihum jeden begrüßt hatte.

In Deutschland? Ja, natürlich, erinnerte sich Sher mühsam, es war wohl schon einige Monate her.

Der Osten Deutschlands sei jetzt eine Demokratische Republik! wußte Jonibek. Draußen mitfeiern durfte er trotzdem nicht.

In den Ohren Kaufners, die ein halbes Jahr lang kaum mehr vernommen hatten als Wind, Wasser und Gewitter, dazu das Gekrächz der Raben und den Pfiff der Murmeltiere, tönte der Lärm der Stadt noch am nächsten Tag wie das Weltgericht. Selbst der Polizist, der im Hof sein Frühstück einnahm, schien ihm ungebührlich laut nach Maysara zu rufen, auf daß sie ihm mehr Kartoffelpuffer und Eieromelett auftische. Nun ja, ein Polizist, zuckte Maysara mit den Schultern, bitte kein Aufsehen, keine Beschwerde. Sofern er's vorziehe, könne Kaufner gern auf seinem Balkon frühstücken.

Einige Tage später rumpelte ein Lieferwagen am Teehaus *Blaue Kuppeln* vorbei, der riesigen Schlaglöcher und querenden Abwasserkanäle nicht achtend, ein Stück bergab kam er in einer Staubwolke zum Stehen. Als ihn Kaufner, gefolgt von einigen der Alten, erreicht hatte, war bereits eine Trage aus dem Laderaum gezogen und auf der Straße abgesetzt. Fahrer und Beifahrer klopften ans Tor eines Hauses, riefen so laut nach dessen Bewohnern, daß die Nachbarn aus ihren Höfen heraustraten und auf der Stelle drauflosschwiegen, selbst die Kinder.

Kaufner stand direkt an der Trage, sah auf die blutdurchtränkte Decke, auf die Füße, die darunter hervorragten, die Gummischlappen, die ihm gleich seltsam bekannt vorkamen. Lauschte dem schwachen Stöhnen, das durch die Decke drang. Beugte sich ganz zu dem herab, der da lag und mit dem Tode rang, sofort trat einer der beiden Männer zwischen ihn und den Sterbenden, hielt Kaufner mit einem Blick auf Distanz. Eine Weile war es ganz still. Plötzlich ein kraftlos stiller Schrei. Nach einer weiteren Pause setzte wieder leis das Jammern ein.

Endlich wurde das Tor geöffnet, eine Frau mit Kopftuch und Leoprint-Jacke ließ die beiden samt Trage ein. Kaufner fragte sich, in welcher Sprache der Mann nach dem Tod gerufen hatte, auf Russisch, Usbekisch, Tadschikisch? In diesem Moment erinnerte er sich an Odinas Schlappen, natürlich, das waren sie gewesen! Kaufner hatte sie einen Sommer lang mit seinem Haß überzogen, er kannte sie auswendig.

Die beiden Männer, die wenige Augenblicke später mit leerer Trage aus dem Haus traten, wimmelten ihn jedoch brüsk ab: Odina? Keine Ahnung, sie seien bloß die Fahrer, warum sollten sie seinen Namen kennen?

Wahrscheinlich ein Flüchtling, ließen sie großzügigerweise noch wissen, als sie schon im Auto saßen: Ein junger Kerl, kaum an die zwanzig.

Aber woher genau?

Von der Grenze natürlich, woher sonst!

Nun war es an Kaufner, mit beiden Fäusten gegen das Tor zu hämmern. Einige der Nachbarn versuchten, ihn wegzuziehen – der Mann liege im Sterben, Kaufner möge es respektieren –, doch die Frau öffnete ohnehin nicht mehr. Kurz darauf fuhr der Notarzt vor. Als er das Haus wieder verließ, verstellte ihm Kaufner den Weg, der Verletzte sei höchstwahrscheinlich sein Freund, er müsse zu ihm!

Sein Freund? Wohl kaum. Der Arzt wimmelte ihn ab wie jemanden, der nicht für voll genommen werden konnte: Ganz ruhig. Sein Freund sei längst übern Berg, alles in Ordnung, keine Sorge. Mehr dürfe er nicht sagen.

Am Tag darauf wurde das Hoftor sofort geöffnet, als Kaufner vorstellig wurde, ein breiter Mann im Nadelstreifenanzug trat ihm unwirsch entgegen: Nein, den Kerl, der da antransportiert worden, kenne keiner, noch gestern habe man ihn ins Krankenhaus geschafft. Vielleicht ein Zigeuner, vielleicht einer aus dem Saliniaviertel. Jedenfalls ein Herumtreiber, keiner von hier. Eine Verwechslung, man habe damit nichts zu tun.

Kaufner schloß die Augen, hörte den stillen Schrei des Sterbenden. Ganz sicher Odinas Stimme, ganz sicher. Im Krankenhaus wußte man von einem Mann, der gestern schwer verletzt eingeliefert, dann ins internationale Krankenhaus verlegt worden. Dort hingegen wußte man von niemand. Das Hamam war geschlossen, blieb geschlossen bis auf weiteres, angeblich wichtiger Reparaturarbeiten wegen, wie man einem Anschlag entnehmen mußte. Sooft er auch wiederkam, Kaufner konnte niemals auch nur einen einzigen Arbeiter entdecken, den er nach Talib hätte fragen können. Im Teehaus *Blaue Kuppeln* schüttelten selbst diejenigen den Kopf, die mit Kaufner gestern hinter dem Wagen hergeeilt waren, nein, sie könnten sich nicht erinnern. Wenn sogar die Alten nicht reden wollten, mußte es wirklich etwas Wichtiges sein. Längst war sich Kaufner sicher, daß Odina keines natürlichen Todes gestorben, wer weiß, vielleicht hatte ihn Januzak doch noch erwischt. War er, Kaufner, womöglich mitschuldig an seinem Tod?

»Sagt mir wenigstens eines«, bat er schließlich: »Was passiert mit den Toten, die keiner kennen will?«

»Was soll mit ihnen schon passieren?«
»Wo werden sie bestattet?«
»Die werden nicht bestattet. Die werden verscharrt.«
»Und wo?«
»Dort, wo man ... na ja, wo man zum Beispiel die toten Hunde hinbringt.«
Noch immer wollten die Alten nicht so recht. Es dauerte, bis Kaufner herausbekommen hatte, daß sie den Ruinenhügel am Stadtrand meinten. Kaufner ging hin. Die Straße hinterm Bazar hügelan, dann übern Friedhof, immer weiter stadtauswärts, durchs anschließende Grasland, vorbei an den letzten verstreuten Gräbern, den ersten Ruinenfeldern, bis zum Danielgrab. Beständig von einem süßlichen Fäkalien- und Verwesungsgestank umgeben, heute jedoch roch er ihn anders als vor einem Jahr. Auch die Raben, die in Schwärmen einfielen oder krächzend aufflogen, wenn er näher kam, sah er mit anderen Augen. Immer wieder frisch zerwühlte oder aufgeworfene Erde, Reifenspuren, kübelweise Kot. Hier oder da oder dort herumzugraben war völlig sinnlos.

Natürlich hatte Sher nichts von dem Zwischenfall gehört. In seinem Büro roch es nach kaltem Hammeleintopf, nach Zigarettenrauch und Füßen und einem Mann, der vor Aufregung schwitzte. Im Fernsehen dazu die Bilder flüchtender Menschen, hoch beladene Eselkarren, Kleinbusse, auf deren Dächern Männer saßen, schreiende Mütter, die ihre schreienden Kinder vor die Kamera hielten. Im Norden, nahe Taschkent, sei noch ein kleiner Grenzübergang geöffnet, erklärte Sher, ohne den Blick vom Bildschirm zu nehmen, in Oybek. Es waren Usbeken aus dem unteren, dem tadschikischen Teil des Ferghanatals, die in langer Kolonne herüberkamen. Die Tochter des Präsidenten, dem Anlaß entsprechend als Blondine im züchtig eleganten Kostüm, begrüßte sie »in der Heimat«, flankiert von Dutzenden Kindern, die mit Fähnchen winkten.

»Und was machen die Usbeken im Serafschantal?« fragte Kaufner.

»Bei uns ist die Grenze dicht, die kommen da nicht mehr raus«, entschied Sher, »die müssen selber zusehen, wie sie ...«

Mitten im Satz brach er ab, um den Wodka zu holen. Man möge ihn heute entschuldigen, er habe Anlaß zu trinken. In Kirgistan war es in den letzten Tagen ebenfalls zu Ausschreitungen gegen die Usbeken gekommen, allerdings hatten die russischen Besatzungstruppen dort schnell wieder für Ruhe und Ordnung gesorgt. Hingegen in Tadschikistan, Achtung, Kamerad! Die Regierung »drüben« habe das Kriegsrecht verhängt, ansonsten tue sie nichts.

Wie sich die Bilder ähnelten! Nun würde es auch hier losgehen, es war lediglich eine Frage der Zeit. Leider für Kaufner nicht minder, er würde mindestens bis Ende März in der Stadt festsitzen, erst nach der Schneeschmelze konnte er's wagen, in den Turkestanrücken aufzusteigen. Wenn er dann überhaupt noch aus Samarkand herauskommen würde. Sher mußte sich beim Nachschenken am Christbaum festhalten, von Odina wollte er nichts gehört haben. Der sei nicht von hier, der kümmere ihn nicht. So einer komme aus dem Nichts, so einer verschwinde wieder im Nichts, von seiner Sorte gebe's sowieso zu viele.

»Ali, sag mal, du kennst dich doch bei so was aus: Glaubst du, es gibt Krieg?«

Sher, so betrunken er auch immer gewesen war, er hatte Kaufner stets mit ausgesuchter Höflichkeit behandelt. Nichtsdestoweniger wich er seinen Fragen selbst heute sehr zuvorkommend aus, indem er selber Fragen stellte. Je öfter ihm nachgeschenkt wurde, desto klarer begriff Kaufner, daß er niemals etwas erfahren würde. Sher tat nur so, als unterhielte er sich mit ihm.

Aber mußte Kaufner denn überhaupt noch etwas erfahren, er

war sich doch sicher? Warum war er mit einem Mal überhaupt von solcher Sorge um Odina befallen? Hatte er ihm nicht oft genug den Tod gewünscht? Seltsam, seitdem sich der Junge davongemacht hatte, war auch der Haß verflogen, den Kaufner ein halbes Jahr lang gegen ihn gehegt. Die Vorstellung, daß er, obendrein in nächster Nachbarschaft, eines rätselhaften Todes gestorben war, erfüllte ihn mit nagender Unruhe. Ja, wenn es irgendwer gewesen wäre, der da vor seinen Augen krepiert oder, weiß Gott, sogar zu Tode gebracht worden! Daran hatte sich Kaufner gewöhnt, gewöhnen müssen, anders hätte er in Hamburg keinen Schritt mehr vor die Tür setzen können. Die Rastlosigkeit jedoch, die ihn jetzt umtrieb, erinnerte fast ein wenig an die Zeit, da Kathrin und Loretta verschwunden geblieben waren. Er konnte nur den Kopf über sich schütteln. Und hätte *trotzdem* gern gewußt, was mit Odina geschehen war und warum. Als ob nun plötzlich die Monate, da sie die Hochgebirgswüsten gemeinsam durchstreift und vor allem: gemeinsam überlebt hatten, ihr Recht bekamen gegenüber den letzten Stunden, die das alles rückwirkend in ein schiefes Licht getaucht.

»Natürlich gibt's Krieg, Sher. Denk doch mal an die Bodenschätze in Alaska, nur so zum Beispiel.« Kaufner war am Sofa festgeklebt, hinter ihm an der Wand rauschte der Tapetenwasserfall. Kippte man den Wodka schnell genug, konnte man ihn hören. »Oder warum sonst, meinst du, sind die Russen da einmarschiert?«

Sher saß mit glasig gelben Augen, er konnte gerade noch zustimmend nicken.

»Dann denk an die Bodenschätze in Tadschikistan. Und an das viele Wasser, das von den Gletschern runterkommt.«

»Aber da sind doch längst die Chinesen dran!« bäumte sich Sher gegen das Unvermeidliche auf: »Die haben ja drüben schon alles der Reihe nach aufgekauft!«

Die Chinesen? Besser nicht dran denken, bislang hatten sie stillgehalten. Dafür ging es in dieser Nacht mit den Schießereien los.

Wenngleich nur in den Außenbezirken, man konnte sie in den Medien als Kämpfe rivalisierender Jugendbanden darstellen, selbst wenn es Tote dabei gegeben hatte. Immerhin wurde offiziell davon berichtet, früher hatte man derlei lediglich gerüchteweis gehört. Die Tochter des Präsidenten verkündete in ihrer Eigenschaft als Minister für innere Sicherheit, die Polizeipräsenz in den Städten werde rein vorsorglich erhöht, jeder Bürger sei angehalten, Verdächtiges zu melden. Anschließend stellte sie den neuen Gedichtband ihres Vaters vor, »Leerer Berg«.

Vornehmlich aber wurde so getan, als gehe alles weiterhin seinen geregelten Gang:

Vierfinger-Shamsi war betrunken und schwieg.

Shodeboy war nüchtern und schwieg.

Der Teppichhändler Abdullah redete viel, allerdings nur von der Qualität seiner Ware.

Die Brotverkäuferin Kutbija redete sogar Deutsch, hatte aber keine Zeit für Kaufner.

Lutfi hatte viel Zeit für Kaufner, sein Sohn war inzwischen alt genug, um bei ihm in die Lehre zu gehen, er durfte den Rasierschaum schlagen.

Auf dem Rathaus hatte man noch mehr Zeit für Kaufner. Der Vorsitzende des Gusars hatte ihn dorthin geschickt, die Behörden seien die einzigen in der Stadt, die über alles Bescheid wüßten, über Lebende wie Tote. Wahrscheinlich wollte er nur, daß man im Teehaus *Blaue Kuppeln* wieder in Ruhe Tee trinken konnte. Als Kaufner endlich aufgerufen wurde, war er schon zermürbt. Anstatt nach seinem Anliegen gefragt zu werden, wurde ihm der Paß abverlangt, den er sich zuvor bei Maysara ausgeliehen hatte.

»Gamburg?«

»Gamburg. Brennt öfters, ich weiß.«

Der Beamte sah ihn über den Brillenrand hinweg strafend an, vertiefte sich erneut in den Paß. Es half aber nichts, Kaufner hatte ein Dauervisum, daran war nichts zu bemängeln.

»Was machen Sie hier eigentlich so lang?«

Kaufner mußte grinsen, der Beamte war der erste, der ihm diese Frage stellte.

»Ich hab' hier Familie, sozusagen.«

»Verstehe, eine kleine Geliebte«, verstand der Beamte auf seine Weise, »sagen wir lieber, Verlobte«.

Kaufner nickte, obgleich er nun in den Augen des Beamten, deutlich am Glitzern zu sehen, als Lüstling dastand. Dann durfte er von dem Sterbenden berichten und wie er verschwunden war, kaum daß er in der Stadt aufgetaucht. Anstatt nachzufragen oder Auskunft zu geben, schob ihm der Beamte seine behaarte Faust übern Schreibtisch zu und ließ sie vor ihm aufschnappen:

»Sehen Sie mal, jeder Finger ist anders.«

Kaufner verstand nicht, der Beamte erklärte:

»Die Menschen auch. Der eine so, der andre so.«

Kaufner verstand erst recht nicht. Ob man einen Blick ins Sterberegister werfen könne? Dabei zog er ein Geldbündel aus der Hosentasche, tat so, als zähle er die Scheine obenhin durch. Der Beamte sah sehr genau zu, lehnte sich dabei jedoch demonstrativ in seinem Sessel zurück, so weit wie möglich entfernt von den Scheinen:

»Stellen Sie sich vor, wir beide würden darin entdecken, daß es ... na, zum Beispiel ein Pakistaner gewesen wäre. Oder sonst irgendein Tourist. Welche Konsequenzen das wohl für Samarkand hätte, vorausgesetzt, es würde bekannt?«

Kaufner legte das Geld am Rand der Schreibtischplatte ab. Mit einem Ruck fuhr der Beamte aus dem Sessel, kam entschlossen um seinen Schreibtisch herum, das Geld vollkommen ignorierend, und trat sehr nah an Kaufner heran, der sich ebenfalls, zögernd, erhoben. Wortlos den Reisepaß zurückgebend, fixierte er ihn, gleichzeitig schnipste er ihm mit Zeige- und Mittelfinger der anderen Hand hart in den Schritt, er mußte darin eine gewisse Übung haben. Während sich Kaufner krümmte, ging der Beamte zur Tür, »Und grüßen Sie Ihre Verlobte«, um sie für ihn zu öffnen.

Damit waren Kaufners Nachforschungen, Odina hin oder her, beendet. Nur Shochi zuliebe würde er an einem der nächsten Nachmittage ins Zigeuner-, seinetwegen auch ins Saliniaviertel gehen. So hatte sie's ihm abgehandelt, als er beim Essen – im Winterhalbjahr fanden die Mahlzeiten aufgrund der Heizsituation gemeinsam im großen Haupt- und Prachtraum des ehemaligen Kaufmannshauses statt –, als er wieder einmal von Odina erzählt, vielmehr von den Vermutungen des Nachbarn über die Herkunft des Mannes, den man ihm irrtümlicherweise ins Haus geliefert.

»Nimm mich mit. Ich geh' auch immer drei Schritte hinter dir, wie's sich gehört.«

Sher lächelte zufrieden. Ja, so gehörte es sich für Frauen, obwohl die schöne Tradition in Samarkand leider etwas in Vergessenheit geraten war. Shers Familie kam aus den Bergen, nach wie vor wurden die Eltern dort von ihren Kindern gesiezt. Wie es sich gehörte.

»Du bist noch keine erwachsne Frau, Shochida«, mahnte ihre Mutter ohne rechte Überzeugungskraft, »und außerdem gehörst du nicht auf die Straße. Schon gar nicht im Saliniaviertel.«

Ausgerechnet dort wollte Shochi aber sozusagen fast zu Hause sein. Ihr Lieblingsviertel. Da habe man sie früher wenigstens mitspielen lassen, weil sie keiner kannte, weil keiner wußte, daß sie nachts –

»Still, Shochida. Über deine Träume reden wir nicht.«

Shochi war hinter Kaufner her in den Hof geeilt, hatte in ihrem Eifer nicht bemerkt, daß ihr die Mutter gefolgt war.

»Aber ich werde bald fünfzehn«, rechtfertigte sie sich: »Da haben andere bereits einen Bräutigam.« Womit sie sich wieder an Kaufner wandte: »Mein Vater will nächstes Jahr einen für mich suchen, da werde ich ja volljährig.« Sie solle schon mal ein Taschentuch für ihn besticken. Dazu habe sie jedoch keine Lust, sie wolle keinen Bräutigam ausgesucht bekommen, sticken genausowenig.

Sondern mit Kaufner in die Stadt, wie letztes Jahr. Ob er sie etwa nicht mehr möge? Jetzt hatte sie ihn.

Inzwischen stritten sie sich fließend in ihrem deutsch-russisch-tadschikusbekischen Kauderwelsch. Wenn Shochi von der Schule heimkam, trug sie zur weißen Bluse nicht mehr den grünen Rock, sondern den schwarzen, sie gehörte fast zu den »Großen«. Noch immer hatte sie ihren Tick, wie es ihre Eltern nannten, nicht abgelegt; auch zum Zigeunerviertel wandelte sie neben Kaufner bis auf den Augenschlitz vermummt. Nur trug sie dazu inzwischen Pantoffeln mit winzigen Absätzen. Manchmal lachte sie, ein ganz normales Mädchen, seltener freilich als früher. Seit Kaufners Rückkehr hatte sie sich meist in ihrem Zimmer oder irgend sonst im Verborgenen aufgehalten, anscheinend fastete sie wieder einmal oder sprach mit den Engeln.

Wohin er die nächsten Monate gehen und mit wem er sich dabei unterhalten würde, war Kaufner egal. Der Sommer saß ihm in den Sehnen, den Gelenken, am liebsten hätte er sich in sein Zimmer eingeschlossen und fürs nächste Frühjahr Kraft gesammelt. Aber das war unmöglich, wenn rundum alles dem offnen Ausbruch des Krieges entgegenfieberte. Erst recht, wenn Shochi dauernd vor seiner Tür stand, zu allem Überfluß hatte sie geträumt, wer als nächstes sterben würde.

Hinein ins Zigeunerviertel kamen sie problemlos, es lag an der Abbruchkante zum Kanal, direkt hinterm Judenviertel, man roch es von weitem. Während vom Judenviertel nur der Name übriggeblieben war – die, die nicht freiwillig weggezogen waren, hatte man längst vertrieben –, war im Zigeunerviertel auf den ersten Blick zumindest schon mal der Abfall vorhanden. Sogar in den Stromleitungen hingen Plastiktüten, der Hang zum Kanal eine durchgehend bunte Müllkippe, darin eine Kuh, die nach Nahrung suchte. Das Wasser stand braun und träge, soweit man es vor Abfall überhaupt sah. Ging man tiefer ins Viertel hinein, stieß man in den Straßen auf grüppchenweise hockende Frauen und herumrennende Kinder, indes auf keinen einzigen Mann. Kaufner legte im Vorübergehen kurz die Hand aufs Herz und nickte nach linksrechts, keiner erwiderte seinen Gruß. Nach Odina zu fragen war unmöglich; sobald Kaufner auf eine der Hockenden zutrat, begannen alle auf einmal, zu kreischen und mit dem Finger in eine Richtung zu zeigen, hier gehe es entlang, hinaus aus dem Viertel, hier. Plötzlich stand eine junge Schönheit vor Kaufner, einen Eisenkessel in Brusthöhe vor ihm schwenkend, aus dem ein kräftig qualmender Weihrauch aufstieg. Schon umkreiste sie ihn singend, Shochi zog ihn schnell weg, die Schönheit lachte ihnen bös hinterher. Nun sah man erst, daß sie keinen einzigen Zahn mehr hatte.

Steppenraute! erklärte Shochi, indem sie, Kaufner weiterhin an der Hand ziehend, das Viertel am entgegengesetzten Ende so schnell wie möglich zu verlassen strebte: »Die Zigeuner verwenden sie auch. Sie singen Zaubersprüche dazu und du mußt ihnen Geld geben. Aber ihr Zauber ist böse, du kriegst ihn nie wieder los.«

Erstaunlich, daß Shochi dieser Bezirk nicht mit weit größerer Strenge verboten war. Vermutlich weil es zwecklos gewesen wäre. Jetzt jedoch mußten die beiden aus dem Viertel hinaus- und ins nächste hineinkommen, es ging durch ein Fabrikgelände, auf dem Zementplatten gegossen wurden, dahinter begann die ganz normale Altstadt. Allerdings mit einer übermannshohen Betonmauer, deren man im Verlauf des letzten Jahres überall in Samarkand errichtet hatte – jedes Mal, wenn Kaufner von einer seiner Fahrten mit dem KGB-Chef in die Stadt zurückgekommen, hatten sie kompliziertere Umwege bis zum *Atlas Guesthouse* in Kauf nehmen müssen. Am Einlaß der Mauer, die er nun mit Shochi zu passieren hatte, saß ein Friedenswächter, wie sie im jüngsten Gesetzeserlaß der Regierung genannt wurden: einer der Alten, die rund um die Uhr aufzupassen hatten, wer in ihrem Bezirk ein und aus ging.

Bis auf das Stadtzentrum (vom Bazar am Ende der Taschkentstraße über den Registan zur Russenstadt am Universitet Boulevard), bis auf Außenbezirke und Problemviertel, die sowieso von der Verwaltung aufgegeben waren, konnte man sich jetzt in jedem Wohnviertel noch sicherer fühlen. So die offizielle Propaganda. Und die Rentner aus den Teehäusern der Gusare, die da seit einigen Tagen mehr oder weniger leutselig an den Toren und Einlässen thronten, nickten jedem entsprechend freundlich zu, der vorbeikam. Es sollte noch ein paar Wochen dauern, bis ihnen zunächst Polizisten zur Seite gestellt wurden, ein paar weitere Wochen, bis die Alten selbst zur Seite rücken mußten. Kurz darauf wurden die Kontrollposten komplett vom Militär übernommen.

Für Kaufner war und blieb es in der Regel ein Leichtes, die zahlreichen Schleusen zu passieren, kaum einmal wurde er ernsthaft aufgehalten. Andere schon! Vor allem Männer wurden von den Sicherheitskräften gern abgewiesen, sofern sie sich nicht ausweisen konnten, es kam zu Rangeleien, manchmal zu Verhaftungen. Wahrscheinlich wollte man nicht zu viele Usbeken in die tadschikischen Viertel hineinlassen. Oder umgekehrt, keiner verstand das System so recht.

Klar war nur, daß die Regierung auf die Entwicklung vorbereitet und festen Willens war, sie unter allen Umständen im Griff zu behalten. Wenn Kaufner daran dachte, wie schnell die Hamburger Behörden jegliche Kontrolle über ihre Stadt verloren und wie viele unterschiedliche Kiezfürsten und private Sicherheitsfirmen Häuserblock für -block binnen weniger Tage an sich gerissen hatten! Und wie oft die Kontrollinstanzen seitdem gewechselt hatten, mit welcher Willkür sie passieren ließen oder den Durchgang verweigerten, wie sehr man bestrebt sein mußte, unter keinen Umständen aufzufallen und zu allem seinen Mund zu halten. Nun, das würde sich auch in Samarkand schlagartig ändern, sobald es den ersten gelungen war, die Sperren zu überwinden und Unfrieden in die ummauerten Viertel hineinzutragen. Lebten dort, im Stadtzentrum, nicht vor allem Tadschiken? Vorerst wurden sie an den Kontrollpunkten nur schikaniert, die ranghohen Polizisten waren durch die Bank Usbeken. Mit Vorliebe reizten sie Halbstarke, bis diese die Beherrschung verloren, dann konnten sie auf sie einprügeln.

Der Krieg würde auch hier in den Städten geführt werden, dachte Kaufner: Wohnviertel für Wohnviertel. Auch hier würden sie sich wundern, warum es nirgendwo zu größeren Schlachten und direkter Konfrontation mit einem militärischen Gegner kam. Und warum womöglich, wie im Falle Deutschlands und der Operation 911, alles fernab des Geschehens, in einem ganz anderen Weltteil entschieden wurde. Dennoch würde es Krieg sein, selbst wenn man vermied, es offiziell so zu nennen.

Aber bis dahin sollte es noch einige Monate dauern. Heute saß am Einlaß zur Altstadt nur ein friedfertiger Alter aus dem nächstgelegenen Teehaus. Und machte trotzdem Probleme, als

Kaufner und Shochi Einlaß in sein Reich begehrten, schließlich kamen sie geradewegs aus dem Zigeunerviertel. Dort verkehrte ein braver Bürger nicht, ob sie etwa Haschisch gekauft hätten? Oder Hehlerware? Der Alte traute den Zigeunern alles zu, nicht umsonst würden sie im Müll leben. Er selber, nach rechtgläubiger Art gebartet, hätte auch an einem Westler wie Kaufner manches zu monieren gehabt; da fuhr in seinem Rücken ein Mannschaftswagen der Polizei vor, die Polizisten saßen ab, marschierten los. Woraufhin ein Geschrei einsetzte, das seine Aufmerksamkeit im Amt schlagartig erlahmen ließ.

Alle drei eilten sie mehr oder weniger gemeinsam zum Ort des Geschehens, ein Mausoleum, das Kaufner bereits kannte. Um das Grab des Heiligen lagen große schwarze Kiesel, Repräsentanten von Gelehrten, die andernorts begraben waren – so suchten sie noch als Tote die Nähe des Verstorbenen, um an seiner Aura teilzuhaben. Kaufner hatte vor Jahr und Tag lange davor verharrt und überlegt, ob es im Fall von Timurs Grab, dem echten, versteht sich, vielleicht ähnlich gehandhabt wurde. Aber darum ging es jetzt natürlich nicht. Es ging um den Derwisch, noch stand er, laut predigend, den Zeigefinger zwischen den Seiten des Korans und den Koran hoch übern Kopf erhoben; die Masse seiner Zuhörer blockte ihn gegen die Polizisten ab, die nur mühsam vorankamen.

Seit wann berief sich denn ein Derwisch auf den Koran? Sie hielten sich doch für erleuchtet und etwas Besseres als die Schriftgelehrten? Ein Flickengewand trug er auch nicht. Anstatt zu predigen, hetzte er gegen den Präsidenten, der sei bloß ein Handlanger des Westens, dem Alkohol und anderen Ausschweifungen verfallen:

»Er ist ein lebendiges Stück Fleisch mit zwei Augen!«

Und seine Tochter keinen Deut besser, eine Hure des Westens und ... In diesem Moment hatte sich der erste Polizist zu ihm durchgekämpft, wenige Augenblicke später wurde der falsche

Derwisch unter dem Wutgeheul seiner Anhänger abgeführt. Sein Satz über den Präsidenten blieb, machte in Samarkand rapide die Runde.

Auch die anderen Derwische, ob echt oder falsch, die sich an den großen Heiligengräbern mittlerweile rudelweise herumtrieben, wurden an jenem Tag alle eingesammelt und auf Armeelastwagen weit in die Rote Wüste gefahren, Richtung Aralsee, wo sie auf kleine Dörfer verteilt wurden. Nicht nur in Samarkand! In sämtlichen Städten des Landes hatte man sie aufgegriffen, wie sich in den Abendnachrichten herausstellte, allesamt seien sie Volksverhetzer und Agitatoren der *Faust Gottes*. Nun hätten sie Zeit und Gelegenheit, in sich zu gehen. Schlimmstenfalls würden sie Monate brauchen, so die Rechnung der Regierung, um in die Städte zurückzuwandern, bis dahin hatte man vor ihnen Ruhe.

Die *Faust Gottes*, natürlich. Nur einen einzigen hatte man in Samarkand auf seinem Platz an der Mündung der Taschkentstraße sitzen gelassen, er hatte schon mehrfach so eindrucksvoll gezaubert, daß man sich nicht traute, ihn anzufassen. Außerdem hatte er angekündigt, den Schnee um sich herum zum Schmelzen zu bringen. Man wollte zumindest den ersten Schnee abwarten, vielleicht würde er sich ja doch noch als Aufschneider erweisen.

Aber bevor Kaufner und Shochi wieder zu Hause waren, wo man sich neuerdings abends immer in Shers Büro zusammenfand, um den *Aktuellen Blickpunkt* zu sehen und die neueste Fünfminutenbotschaft des Präsidenten, im Anschluß gegebenenfalls auch nach neuen *YouTube*-Videos zu suchen, um den Wahrheitsgehalt der Meldungen zu überprüfen – bevor sie den Tag in der Geborgenheit ihres eigenen Wohnviertels beschließen konnten (so der Propaganda-Clip, der seit Installation der Friedenswächter gezeigt wurde), erblickte Kaufner in der Menge, die sich vor dem Mausoleum zerstreute, erst noch die

Frau im Goldkleid. Mußte das Kleid einer Muslima nicht so weit geschnitten sein, daß man die Körperkonturen nicht erkennen konnte? Kaufner sah ihr gebannt hinterher, einer Frau im knöchellangen Goldkleid, so raffiniert eng um ihre Hüften fließend, daß selbst er drauf und dran war, den Kopf darüber zu schütteln. Weil es sonst an ihrem Anblick ja nichts zu erhoffen gab, sah er ihr auf die Fersen, die unterm Saum des Kleides nackt aufblitzten.

Hatte er nicht im letzten Jahr, auf dem Bazar, schon mal eine – die? – Frau im Goldkleid gesehen? Damals war Shochi richtig sauer auf ihn gewesen. Diesmal ließ sie sich tagelang nicht blicken, nicht mal das Gejaule des kleinen Hundes, zu dem Jonibeks Welpe mittlerweile herangewachsen war, konnte sie in den Hof locken. Aber vielleicht wartete sie nur ab, wann ihr Traum eintreffen würde.

War's denn möglich, daß Shochi eifersüchtig war? Mit ihm reden wollte sie erst wieder im Dezember, nach ihrem Geburtstag, da erzählte sie ihm den Traum. Nicht daß ihn Kaufner unbedingt hätte hören wollen! Nicht daß er dazu jetzt unbedingt mit ihr noch ins Saliniaviertel gemußt hätte! Kaufner war müde. Auch er war in diesem Sommer ein Jahr älter geworden, er spürte es. Obendrein hatte er einen Auftrag, in dem Timur und sein tatsächliches Grab eine Rolle spielten, nicht etwa Odina und der Ort, an dem er heimlich verscharrt worden.

Aber der Nachbar hatte nun mal gesagt, der Sterbende sei vielleicht ein Zigeuner gewesen, vielleicht einer aus dem Saliniaviertel. Und im Saliniaviertel war Kaufner noch nicht gewesen, noch nie gewesen, Shochi insistierte so anhaltend darauf, daß man sich fragen mußte, welches Interesse sie womöglich selber bei der Sache verfolgte. Zu allem Überfluß hatte es stark geschneit und schneite weiterhin, sie wollte unbedingt erst zur Taschkentstraße, wo der Heilige? den Schnee tatsächlich zum Schmelzen brachte. Er saß im Mittelpunkt eines Kreises, in dem die Flocken sofort zerflossen, sobald sie den Boden berührten. Die Schaulustigen raunten einander zu, daß er aus dem Hochland von Täbris stamme; daß er in Damaskus einen wilden Tiger, den man auf ihn gehetzt, als zahmes Reittier benutzt hatte; in Isfahan einen bösartigen Vogel Strauß, mit dem er Hunderte von Metern durch die Luft geflogen sei. Und daß er nur mehr ein einziges Mal am Tag einatme, so heilig sei er bereits.

Man sollte ihn in einen Kessel mit kochendem Wasser stecken, flüsterten einige, sonst bringe er noch Unheil übers ganze Land. Aber auch Kaufner hätte einen Heiligen, der offensichtlich zaubern konnte und sogar die Elemente beherrschte, nicht gegen seinen Willen angefaßt.

Unter den offiziell für verrückt Erklärten gab es also welche, die man von Staats wegen duldete, nur die Eiferer wurden verhaftet. Es dauerte eine Weile, bis Kaufner begriffen hatte, daß die echten Derwische nichts anderes als Sufis waren, deren mystische Auffassung des Islam als ungefährlich angesehen wurde; sie kamen zumeist aus Turkestan oder dem Iran, einzelne aus Anatolien oder dem Zweistromland. Die anderen waren Heilige Krieger, die ihre Waffen vorübergehend in den Bergen gelassen, um neue Anhänger zu gewinnen. Sie kamen, jedenfalls nach Auffassung der Regierung, aus Afghanistan, Pakistan und, natürlich, Tadschikistan. Es wurde immer komplizierter. Und das vielleicht nur, weil Usbekistan mit dem Westen verbündet war.

Da Marschrutkas in diesem Winter wieder erlaubt waren, fuhren Kaufner und Shochi von der Taschkentstraße direkt bis zum Bahnhof. Kurz nach dem Start hielt ein Polizist den überfüllten Kleinbus auf, sofort bot ihm eine alte Frau ihren Platz an und stieg aus. Die ganze Fahrt über sah man Bauarbeiter die Straße verbreitern und die angrenzenden Häuserblocks mit Betonwänden abschotten.

Auf dem weitläufigen Bahnhofsvorplatz fand auch heute ein schäbiger Markt statt. Am Rande saßen die Säufer auf Betonklötzen und – Moment mal, Kaufner, die hast du doch? Richtig, die hast du schon mal gesehen. In einem früheren Leben, so weit schien's ihm zurückzuliegen. Die Säufer saßen und sahen zu, wie die mit Zwiebeln gefüllte Ladefläche eines Lastwagens gekippt wurde. Ein Mann mit Wasserkopf verkaufte aus dem Kofferraum seines Pkws heraus Rinderbeine, von hinten sah sein nackter Schädel aus, als habe er drei Wirbel. Eine bis auf den Augenschlitz vermummte Frau bot auf ihrem Klapptisch kleine Kuchen an, sie waren von Bienen überwimmelt. Bienen im Winter? Das konnte doch gar nicht sein. Als Kaufner ob des Anblicks stehenblieb, riet sie ihm vom Kauf ab, die Kuchen seien zu alt. Woraufhin sie aus einem Sack eine Art Plundergebäck hervorholte, um es ihm zu schenken.

»Nein, nicht für mich!« wehrte Shochi ab: »Für dich! Weil du ein Fremder bist und ... weil sie dich schön findet.«

Der Zug aus Taschkent fuhr nur einmal täglich ein, manchmal gar nicht. Hatte man den Friedenswächter neben dem leerstehenden Bahnhofsgebäude passiert, ging man einfach über die Gleise, um ins Saliniaviertel zu gelangen. Dahinter begann der rechtsfreie Raum.

Von der anderen Seite der Gleise kam ihnen einer barfuß entgegen, er ging durch Schnee und Matsch, als wäre es eine Sommerwiese, bedächtig torkelnd wie einer, der nirgendwo ankommen will. Kaum wurde er Kaufners ansichtig, versuchte er, ihm um den Hals zu fallen; nachdem ihm versichert worden, daß Kaufner kein Russe war, entschuldigte er sich aufwendig.

Als nächstes wurde Kaufner von einer Bande Straßenkinder entdeckt und umgehend eingekreist, »Bonbon!«, am Ärmel gezupft, »Rutschka!«, eskortiert, »Monni!«, beschimpft und belacht. Shochi wies sie schließlich in scharfem Ton ab, sie gehorchten ihr auf der Stelle. Dann das Flickwerk der Hütten, mit Wellblech umgrenzte Grundstücke, aus denen die immergleiche russische Radiostimme stieg. Zwischen den Lehmhügeln Trampelpfade, die üblichen gelben Gasrohre, man roch, daß sie undicht waren. Kleine schwarze Hunde wühlten im Abfall, der sich in den herumstehenden Autowracks angehäuft hatte; Männer gossen Lehmziegel auf offener Straße. Ein bettelnder Greis; eine Hure, die Kaufner zuwinkte, weil sie ihn aus dem *Atlas Guesthouse* kannte; ein Kleinkind mit Schuhen, die bei jedem Schritt aufquietschten.

Wie häßlich Samarkand war, im Winter erst recht! Aber im Saliniaviertel war es von einer derartigen Trostlosigkeit, mit Worten gar nicht zu beschreiben. Kaufner, mehr mit Weg- als mit Hinsehen beschäftigt, kam der Rat seines Führungsoffiziers in den Sinn:

»Samarkand Samarkand … Sie müssen die Augen schließen und es zwei Mal sagen, dann sehen Sie, was wir meinen: die Kuppeln, die Minarette, die Bazare. Und dahinter schon die Rote Wüste.«

Öffnete man die Augen, sah man Kinder, die sich mit Kotklumpen bewarfen, kaum bekleidete Alte, die auf rostigen Bettgestellen im Freien saßen. Wer hier hauste, hatte viel Zeit. Er mußte sich von schlechtem Pferdefleisch ernähren, schmutziges Wasser trinken, bis zum Frühling waren ihm die Klos verstopft.

Aber keiner regte sich auf, selbst in diesem Viertel ging es ganz leise zu. Fast freundlich nickte man den beiden zu, wenn sie vorübergingen oder kurz innehielten, um nach Odina zu fragen. Wahrscheinlich lag es an Shochi.

Wie bitte, ein Schwerverletzter, ein Toter, womöglich ein Russe? Kein Russe? Ach, ein Tadschike? Ja, davon gebe's genug, allerdings erst wieder »drunten«, »in der Stadt«. Übrigens gehöre auch Tadschikistan heim in die Föderation, jawohl.

Erstaunlicherweise behaupteten andere, den Jungen tatsächlich zu kennen. Ganz sicher, sie hätten ihn öfter gesehen, er wohne hier, sei ihr Freund. Sofern Kaufner dann den Gesuchten näher beschrieb, verneinten sie ebenso massiv, wie sie gerade bestätigt hatten. Man kannte ihn und kannte ihn doch nicht. Im Grunde paßte das ja ganz gut zu Odina; auf seine Spur kam Kaufner dadurch aber nicht. Am Ende ließ er sich von Shochi wenigstens zum Friedhof führen. Ein russisch-orthodoxes Wirrwarr an umzäunten Grabsteinen und -platten, es erstreckte sich über mehrere Lehmhügel. Viele der rostigen Eisenkreuze waren mit Streifen von Silberpapier geschmückt, auf den Gräbern standen kleine Steintische und -bänke für die Feiern der Lebenden mit den Toten. Ein verwunschener Ort. Auch frisch aufgeworfene Erdhaufen gab es, mit Tannenzweigen gedeckt und schwarzem Trauerflor daran. Zum Kanal hin endete der Friedhof jählings in einem steilen Abbruch, Kaufner rutschte ihn auf dem Hosenboden hinunter, auf dem ausgewaschenen Hang war nirgends Halt zu finden. Shochi hingegen, jetzt sah man, daß sie oft hier herumgetollt haben mußte, sie rannte ihn wild wie ein Junge hinab.

Früher, als sie noch keine Träume gehabt, habe sie die Sommerferien immer bei ihrer Großmutter in den Bergen verbringen dürfen, seitdem könne sie klettern, am liebsten um die Wette.

Shochi. Weil Kaufner beim Wettklettern nicht ziehen wollte, entschloß sie sich kurzerhand, ihm etwas zu zeigen. Den Kanal ein Stück entlang und dann einen ähnlichen Steilabbruch wieder hinauf und über unbefestigte Wege, an denen nach wie vor die sowjetrussischen Straßenschilder standen. Direkt dahinter eine wuchtige Eisenbahnbrücke, die Kanallandschaft in beträchtlicher Höhe überragend: Shochis Lieblingsort, hierher komme sie seit Jahren.

Wann sie denn das letzte Mal auf der Brücke gewesen sei?
Vorgestern.

Sie gingen am Bahngleis entlang, auf der Böschung drei Schafe und ihr Hüter, etwas später ein angeleintes Huhn. Vorbei an einem Bahnwärterhäuschen, darinnen eine Runde Zecher, und auf die Brücke hinauf, eine simple Stahlkonstruktion auf grob gemauerten Pfeilern. Kaufner erblickte weitere Pfeiler knapp daneben, als hätte man in besseren Zeiten eine zweite Brücke bauen wollen. Weit vor ihm Shochi, schwankend schwebende Tuchsäule zwischen Gleis und Geländer. Etwa dreißig Meter darunter das Tal mit dem trüben Band des Kanals, die umgebenden Hügel. An den Abbruchkanten Baracken, das Erdreich mit Drähten und Wellblech notdürftig befestigt.

In der Mitte der Brücke blieb Shochi stehen, wartete, bis Kaufner aufgeschlossen hatte: Von hier aus schreie sie ihre Träume ins Tal. Irgendwann, wenn die Schmerzen nicht mehr auszuhalten sein würden, werde sie von hier losfliegen. Direkt in den Himmel.

Der Blick ging weit über die Stadt nach Süden, die Serafschanberge tief verschneit als Horizont.

Und vorgestern?

Hatte sie von der Nachbarin geträumt. Bereits zum dritten Mal!

Es dauerte ein bißchen, bis Kaufner begriffen hatte, daß Shochi *die* Nachbarin meinte, die Frau in der Leoprint-Jacke, die –

»Genau die, Ali. Sie wird ...«

Shochi hob mehrfach zu sprechen an, schnappte nach Luft. Man hatte ihr bei Strafe verboten, derlei zu erzählen; Kaufner jedoch wollte endlich einmal genauer hören, was und wie sie träumte, wenn sie träumte. Er mußte sie in den Arm nehmen und versichern, daß er's wirklich – wirklich – wirklich wissen wolle.

Also die Frau. Sie habe Shochi herbeigewunken, wie sie's seit Jahren nicht mehr tue, weil ... »Du weißt schon, Ali.« Früher, wenn sie auf ihrem Schulweg das Haus der Nachbarin passiert, habe sie von ihr oft etwas Süßes zugesteckt bekommen. Jetzt, also im Traum, habe es Shochi gar nicht glauben wollen, daß ihr die Frau wieder gewunken; sie sei stehengeblieben und habe zu ihr hinübergeschaut, die reglos in ihrer Hofeinfahrt stand, darauf wartend, daß Shochi näher kam. Schon da sei ihr Gesicht »irgendwie komisch« gewesen, »wie von innen aufgeblasen«. Und dann sei sie böse geworden, weil Shochi noch immer keine Anstalten machte, sich die Süßigkeit abzuholen. Aber sie habe ja ihre Beine gar nicht mehr bewegen können, außerdem sei die Frau immer dicker geworden, immer größer, so dick und so groß, daß sie erst die Hofeinfahrt, dann auch die Straße, überhaupt alles ausgefüllt und Shochi beinah erdrückt hätte! Shochi habe schreien wollen, nicht mal das sei mehr möglich gewesen, sie habe sich mit beiden Armen gegen die Frau gestemmt, vergeblich, sicher wäre sie im nächsten Moment erstickt. Stattdessen sei sie jedoch geplatzt, also die Frau, vom Knall sei Shochi aufgewacht. Der Kopf habe ihr gedröhnt, der ganze Körper wie zerschlagen. Sie erkenne die Schmerzen sofort, es seien immer die gleichen. Und da habe sie es gewußt.

Die Tränen traten ihr in die Augen, liefen ihr linksrechts ins Tuch hinein.

Die werde sterben. Bald. Verraten dürfe er's wirklich – wirklich – wirklich niemand.

Kaufner versprach's. Mußte sie lange im Arm halten, ein zitterndes Bündel, das so gern ohne Träume schlafen würde, so gern. Nun hatten sie ein Geheimnis miteinander.

Allerdings nicht lange. Schon wenige Tage später explodierte im Haus jener Nachbarin eine Gasflasche, die Frau überlebte mit schweren Verbrennungen, lag zwei Wochen im Krankenhaus, ehe sie ihren Verletzungen erlag. Shochi und Kaufner wechselten darüber kein Wort. Beim gemeinsamen Mittag- wie auch Abendessen waren Shochis Augen einige Tage lang so blau, daß Kaufner meist auf seinen Teller blickte.

Die Tote wurde über Nacht zu Hause aufgebahrt, von Stunde zu Stunde fanden sich mehr Frauen mit weißen Kopftüchern ein, die vor dem Hoftor weinten, kreischten, schwiegen. Als die Männer am Morgen die Tote auf einer Trage aus dem Haus trugen, drängten ihrer Hunderte in der Straße, ein Lieferwagen hätte kein Durchkommen mehr gefunden. Nur die Männer gingen zur Beerdigung, Kaufner unter ihnen. Beobachtete, auf welche Weise die Richtung nach Mekka bestimmt und das Grab ausgehoben wurde – wer weiß, was ihm das nutzen mochte, so er Timurs Versteck gefunden haben und Teil zwei seines Auftrags anstehen würde.

Vierzig Trauertage lang sollten die Kondolenzbesuche anhalten, erstaunlich dicke Wagen vor dem Haus des Witwers parken. Am vierzigsten Tag würde der Erdhaufen auf dem Grab zusammengesackt sein, würde das Grab ummauert werden und der Grabstein gesetzt. Kaufner würde auch dann wieder auf unauffällige Weise dabei sein; heute trat er, sobald der Leichenschmaus in der Straße vor dem Haus der Verstorbenen beendet und Teepäckchen oder Geld an die Trauergäste verteilt worden, heute trat er im Gedränge auf den Witwer zu, sprach ihm sein Beileid aus. Der Witwer behandelte ihn mit vollkommener Gleichgültigkeit, als sähe er ihn zum ersten Mal in seinem Leben. Als habe der Tod seiner Frau nichts mit demjenigen von Odina zu tun. Als sei sie das Opfer eines tragischen Unfalls, deren es in Samarkand leider jeden Winter gebe.

Auch Shochi wollte sich nicht weiter darüber äußern. Wie erlöst saß sie vor dem Kachelofen im Hauptraum, bestickte mehr oder weniger uneifrig ein rosa Taschentuch mit goldenen Bären.

Für ihren Zukünftigen, ja. Am Hochzeitstag bekomme man von vielen der Gäste echte Bären geschenkt. Aus Plüsch. Das bringe Glück, je mehr Bären, desto besser.

Sie drehte an einem der Ohrstecker, das Licht lag auf ihrem schwarzen Haar und leuchtete, plötzlich sah sie wie eine junge Frau aus. Dann wischte sie sich das Licht aus dem Haar und war wieder das Mädchen, das Kaufner nun bald zwei Jahre kannte.

»Du brauchst mich gar nicht so anzugucken«, legte sie die Stickerei verärgert aus der Hand. »Ich bin häßlich, ich weiß. Das macht aber nichts.«

Weil sie Kaufners Schweigen mißverstand, wollte sie ihm beweisen, daß sie »trotzdem heiraten« werde, wozu sonst hätte sie eine Hochzeitstruhe. Die sei zwar noch halb leer, aber das werde sich ändern. Die Truhe indes, wie andre Möbel auch, stand in der Loggia, wo sich Jonibek an warmen Tagen mit seinen Freunden traf. Sie verdienten ihr Geld mit Wetten auf Hundekämpfe im Ferghanatal; wahrscheinlich veranstalteten sie selber welche in einem der Außenbezirke Samarkands. Manchmal waren sie furchtbar aufgeregt, manchmal fehlte einer ihrer Hunde oder tauchte arg zerbissen auf. Heute war ein warmer *und* aufgeregter Tag, der Weg in die Loggia war versperrt, Shochi mußte sich ins Haus zurückziehen:

»Die Hunde sind nicht nett. Die machen sogar die Blumen unglücklich, ich weiß es.«

Wurde es mittags warm, konnte man aber auch ganz gut auf dem Balkon sitzen, dem Wechsel der Farben auf der Kuppel des Gur-Emir zusehen und die Sommerwunden ausheilen lassen. Sobald sie sich endlich wieder ganz geschlossen hatten, bildete sich eine dicke Haut darüber, die sich wie abgestorben anfühlte, ehe sie erneut riß, verhärtete, sich in dunkelbraunen Krusten ablöste.

Funktionierte die Heizung, konnte man aber auch ganz gut auf dem Bett liegen und zur Decke starren. Die immergleichen Ödnisse der Fels- und Schotterhänge hatten Kaufner ausgelaugt, in Gedanken ging er die Pfade des Sommers wieder und wieder ab, über die Gletscherpässe des Fangebirges bis tief hinunter in die Schluchten des Hissorgebirges. Unweigerlich kam er dabei auch ins *Tal, das von Wolken verdunkelt wird* und auf die Sache mit dem Wolfszahn.

Auf den Hochplateaus, in die Odina nach Besteigung von *Jubiläums-* und *Kronenberg* mit seinem Herrn hinabgewandert war, die Gletscherbäche entlang, waren sie nicht nur vereinzelt auf die Jurten kirgisischer Schäfer gestoßen, die hier ihre Sommerweiden bewirtschafteten, sondern regelmäßig auch auf chinesische Kontrollposten. Angeblich schützten sie lediglich ihre Landsleute, die als Berater der tadschikischen Ministerien Gletscher vermaßen und seltene Erden suchten, neue Vorkommen an Uran oder sonstigen Erzen. Odina wusste über all die Wasserkraft-, Schürf- und sonstigen Kooperationsabkommen mit China bestens Bescheid, er malmte mit dem Kiefer, wenn er davon erzählte. Dabei ließen die Soldaten anscheinend jeden passieren, der so hoch oben seiner Wege ging, sie winkten den beiden sogar freundlich zu. Einmal kam ihnen ein schwer bepackter Esel entgegen, ohne daß ein Treiber folgte, auch das war den Chinesen egal. Der Esel gehe alleine, erklärte Odina später, er kenne den Weg. Aber warum er das tat und wo sein Herr möglicherweise abgeblieben war, erklärte er nicht.

In den tieferen Lagen sah man die Chinesen dann zu Tausenden, wie sie Straßen und Tunnel anlegten, sie lebten in Camps direkt an den Trassen. In den Tälern gab es komplett chinesische Barrackensiedlungen mit Läden, Schulen, Krankenhäusern, selbst die Lebensmittel wurden von gelb lackierten Lkws, immer in Kolonne, aus dem fernen Kashgar antransportiert. Die Völkerwanderung, die auch in Tadschikistan demnächst anstand – so erwog es Kaufner –, würde die usbekischen Flachlandbewohner nach Westen und über die Grenze hinweg, die Tadschiken jedoch in ihrem eigenen Land bergauf treiben, dorthin, wo sie sich dann als Schäfer allenfalls gegen Kirgisen behaupten mußten.

Der Tag, da die Chinesen aufhören würden zu winken, war freilich noch fern. Die weit größere Gefahr waren im Moment tadschikische Polizisten, die in den Tälern jedem auflauerten, dem sie Geld abpressen konnten. Sofern sie in Kaufner den Deutschen erkannt hatten, zeigten sie stolz auf ihre Augen, er sehe ja selber, sie und er gehörten derselben großartigen Rasse an. Verfluchter Arierwahn! Bestochen werden wollten sie nichtsdestoweniger alle.

Im *Tal, das von Wolken verdunkelt wird* war es nicht anders. Hier lag eines der größten Heiligtümer des Landes, eine Piste führte bis wenige Kilometer hinter den Iskandersee. Dort, wo sie abrupt aufhörte und die Wagen kreuz und quer abgestellt waren, begann der Aufstieg. Kaufner war überrascht, wie viele Menschen sich eingefunden hatten, ein regelrechter Rummel im Niemandsland, zahlreiche Läden, Restaurants, am Wegrand kauernd Kräuterweiblein, kleine Jungs gingen umher und verkauften Bergblumenkränze, Proviant, Souvenirs, ein Blinder schlug die Doira und sang dazu. Das eine oder andere Auto wurde mit vereinter Manneskraft aus dem Weg getragen, wenn einer der Zugeparkten wegfahren wollte, ansonsten wurde gegrillt, gelagert, gefeiert.

Bis hierhin hatte alles wie eine Art Sommerfrische ausgesehen, die Pilger waren Kaufner wie Sonntagsausflügler erschienen. An der Stelle, wo sich das Tal verengte und die Pilgerscharen zur Prozession formierte, standen die Polizisten und kassierten jeden in Ruhe ab: Öffentliche Religionsausübung war in Tadschikistan? Richtig, Bruder, von Staats wegen verboten, Wallfahrt erst recht.

Der Aufstieg zur heiligen Höhle war ein Treppenweg, weiterhin von zahlreichen kleinen Läden gesäumt. Hohe schmale Stufen, die Odinas Esel mit Mühe bewältigte, der Junge schubste ihn, »Paa-tschup«, das Gepäck rutschte seitlich ab, »Hadschia«, mußte bis auf den Holzsattel abgenommen und neu arrangiert werden. Der Esel pumpte sich beim Beladen auf, schrie. Odina schlug ihm mit der flachen Hand auf den Hals, »Schhhh«, zog die Seile fest, indem er sich mit einem Fuß am Bauch des Esels abstemmte, dann ging es weiter.

Aber nur bis zum Wunschbaum, der auf halber Höhe des Berges stand, der Esel verkeilte sich in seinen tief in den Weg hineinragenden Ästen. Kaufner und Odina zogen ihn heraus, dabei rutschte Kaufner von einer der Stufen ab, ein stechender Schmerz. Da der Knöchel so schnell nicht abschwellen wollte, stiegen sie bis zu einer der Buden, in der Murmeltieröl und tausenderlei andere Essenzen in kleinen Fläschchen verkauft wurden. Der Händler war gleichzeitig Heiler, er bestrich Kaufners Fuß kreuzweise mit Schlangenfett, das er zuvor auf einem Gaskocher erwärmt hatte, wickelte den Fuß anschließend warm ein. Während sie alle drei gesalzenen Milchtee tranken, in den sie altes Brot tunkten, bis es weich wurde, erstand Kaufner das angebrochene Fläschchen. Der Heiler lobte ihn dafür, sein Schlangenfett helfe auch gegen Brüche, Rheuma, Krampfadern, Hautflecken. Bevor Kaufner darüber lächeln konnte, fühlte er, wie der Schmerz nachließ.

Ehe sie weitergingen, kaufte Odina noch einen der Wolfszähne, die an blauweiß gekordelten Halsbändern angeboten wurden. Und schenkte ihn Kaufner, er werde ihn brauchen. Der Wolf sei der »König der Natur«; ihm am Morgen zu begegnen verheiße einen glücklichen Tag. Sein Zahn gebe Kraft, er helfe gegen den bösen Blick »und gegen alle anderen, hundert Prozent, Herr«. Mit ebenjener rätselhaften Formulierung drückte Odina den Zahn in Kaufners Hand; hatte er »alle anderen« gemeint, die sich im Gebirge herumtrieben? Wie zur Bestätigung ergänzte der Händler zum Abschied, ein Wolf wolle Blut schmecken, sein Zahn wolle es auch.

Von Schritt zu Schritt ging es besser, das Schlangenfett wirkte, selbst wenn man nicht daran glaubte. Die Tücher, die man an die Zweige des Wunschbaums knüpfe, täten es nicht minder, versicherte Odina bei einer Rast. Man dürfe den Wunsch allerdings nur ganz leise in sein Taschentuch hineindenken, bevor man es zerreiße.

Bis zum Gipfel herrschte ein reges Treiben, zwischen den Hütten der Händler hockten Frauen, die Gesichter bis auf den Augenschlitz verhüllt, und verkauften Wurzeln, Honig, Plastikspielzeug. Auf der Bergkuppe dann das Mausoleum für den Heiligen, davor ein Derwisch, der von der baldigen Wiederkehr des Mahdis predigte und dem Anbruch der Endzeit. Drinnen auf seine bescheidene Weise der Imam, für jeden der Neuankömmlinge betend und singend.

Die Höhle lag auf der anderen Seite des Bergs ein Stück tiefer, man mußte regelrecht Schlange stehen, bis man hineindurfte. Am Eingang übermannshoch, verjüngte sie sich fast so zielstrebig wie ein Trichter; mithilfe weniger Kerzen war sie effektvoll beleuchtet. Die Pilger hatten bis zum Ende der Höhle zu gehen und dort auf Kommando abzuhocken, wo sich der Spalt im Fels endgültig verengte. Der Heilige, so wurde ihnen erzählt, habe hier mit der verborgenen Welt gesprochen. Am Ende seines Lebens habe er den Kopf abgenommen und sei Richtung Mekka in den Berg hineingegangen, indem er den Fels mit beiden Händen auseinandergedrückt. Tatsächlich sah man an mehreren Stellen die Kuppen seiner fünf Fingerspitzen, wie sie sich ins Gestein eingegraben hatten. Kaufner erwog, ob man Timurs Überreste hier hätte verstecken können, mußte sich aber eingestehen, daß es im schieren Fels ein Ding der Unmöglichkeit gewesen wäre.

Die Pilger übernachteten in simplen Bretterverschlägen unterm Gipfel. Kaum daß man ihm endlich das Gepäck abgenommen, wälzte sich Odinas Esel auf der Erde, drehte sich auf den Rücken, um den Druck der Last wegzureiben. Kaufner schenkte Odina einen 10-Terabyte-USB-Stick, um sich für den Wolfszahn zu revanchieren. Darüber geriet Odina dermaßen außer sich (Wenn er den zu Hause herzeige, würden ihm alle Mädchen des Dorfes hinterherlaufen), daß er den Abend über richtig redselig wurde:

Sein Stamm werde von Jahr zu Jahr kleiner, weil die Schwächsten in die Städte abwanderten und sich dort so schnell wie möglich in Städter zu verwandeln trachteten. »Wir gehen unter, aber unser Rücken bleibt dabei gerade.«

Und nachdem er eine Weile seine Lieblingslieder vorgesungen und erklärt hatte: Kaufner solle nicht vergessen, den Wolfszahn in Blut zu tauchen, das mache ihn stärker. Den Zahn und damit seinen Träger.

»Herr, im Gebirge gilt ein anderes Gesetz als in den Ebenen.« Überall sei es streng, doch dort, wo die Berge zu eng aneinanderständen und der Weg nur Raum für einen einzigen gebe, kenne es keine Gnade. Auch einer wie Januzak trage seinen Wolfszahn am Hals. »Und glaub mir, er hat ihm schon viel Blut zu schmecken gegeben.«

Damals hatte Kaufner darüber den Kopf geschüttelt und den Zahn am nächsten Tag in seinem Rucksack verschwinden lassen. Jetzt erst, nach der Begegnung mit dem Kirgisen, verstand er Odinas Geschenk und erhob sich. Stellte erstaunt fest, daß er das Abendessen verdöst und verträumt hatte, draußen schneite es diesen wunderschön weißen Nachtschnee. Morgen früh würde das Gur-Emir mit einer Neuschneehaube leuchten. Nachdem Kaufner das Halsband mit dem Wolfszahn in einer Seitentasche seines Rucksacks gefunden hatte, legte er es, ohne zu zögern, um. Nun wußte er, wie er sich von seinem Makel reinwaschen würde. Er würde das Band nicht eher ablegen, bis – still, dachte er, das darfst du nicht mal leise denken. Ein Taschentuch, das du auf diesem Weg zerreißen könntest, hast du sowieso nicht.

Denk lieber an deinen Auftrag. Andere haben nichts, du hast einen Auftrag. Bald würde der Krieg in die Täler kommen, und dann würde es sehr schwer werden, den Auftrag zu erfüllen. Kaufner mußte schneller sein als der Krieg. Mußte das Grab im nächsten Sommer finden, irgendwo im *Tal, in dem nichts ist*, abgesehen von einem verflucht kriegsentscheidenden Knochenhaufen. Samt Grabbeigaben, die der islamischen Welt sogar noch heiliger waren als die Knochen, sofern man Morgenthaler auch in diesem Punkt glauben wollte. Willst du es denn nicht mehr, Kaufner? Aber natürlich, du willst es, bislang hat Morgenthaler immer recht behalten mit dem, was er vorhergesagt. Durch Zweifeln allein wirst du das Zweifeln nie beseitigen. Du sollst nicht grübeln, du sollst tun.

Ja, wenn er mit Odina hätte gehen können. Wenn Odina für die richtige Seite gearbeitet hätte. Wenn Odina noch am Leben gewesen wäre. Seitdem er tot war – hingerichtet, dachte Kaufner –, war wenigstens klar, daß er für *irgend*jemanden gearbeitet hatte. Hundert Prozent.

Den stillen Schrei jedoch, den er am Ende seines Lebens ausgestoßen, den bekam Kaufner nicht aus dem Ohr heraus. Vornehmlich nachts, aus dunklen Träumen hochschreckend, hörte er ihn. Schon im letzten Jahr hatte er immer häufiger auf Russisch geträumt, jetzt träumte er mitunter in Shochis Kauderwelsch, in das sich auch ein paar Brocken Kirgisisch eingefügt hatten, die er von Odina gelernt.

Du verdankst ihm dein Leben. Gewiß kein Freund, aber ein

Gefährte, das war er. Wie hattest du ihn je zum Teufel jagen wollen!

Nebenbei registrierte er die Schüsse, mittlerweile klang es, als ob man bereits in der Russenstadt kämpfte. Dank der Soldaten an den Toren und, vor allem, der tadschikischen Bürgerwehren war man in der Altstadt gleichwohl verhältnismäßig unbesorgt. Noch war keine offizielle Ausgangssperre über Samarkand oder andere Städte verhängt worden, der Präsident hatte lediglich eine Empfehlung ausgesprochen. Ohnehin sei das usbekische Familienleben ein kostbares nationales Erbe, das Abend für Abend gepflegt werden sollte. Nebenbei hatte er die Einberufung der Reservisten verkündet, bald würde er den Ausnahmezustand über das Land verhängen. Dazu hätte Kaufner eigentlich nicht aus Hamburg kommen müssen.

Tagsüber war es besser. Ein bitterkalter Dezember, minus zweiundzwanzig Grad am Morgen. Von einem Tag auf den anderen war das Hamam wieder geöffnet, wenngleich darinnen dann von den avisierten Reparaturen nichts zu bemerken war. Wann immer Kaufner Talib den Weg zu verstellen suchte, schob ihn der von sich fort, keine Zeit, so viel Kundschaft, so viele Massagen, Kaufner sehe ja selbst. Dennoch ging Kaufner an Männerbadetagen regelmäßig hin, blieb, solang es ging, in einer der Schwitzkammern, vielleicht ließ sich dort noch etwas über Odina in Erfahrung bringen. Allerdings mußte er den Weg dorthin öfters neu lernen, frisch hochgezogene Mauern versperrten mittlerweile nicht nur die Durchgangsstraßen, sondern auch die eine oder andere Gasse; die bekannten Orientierungspunkte – mannshoch abgesägter Baum, giftgrün gestrichenes Haus, violettes Tor, Hauswand mit eingelegtem Judenstern – halfen nicht mehr weiter oder waren verschwunden.

Schneller erreichte man das Hamam, wenn man die Altstadt bis zum Bazar umging und dann von der anderen Seite betrat. Dabei kam man unweigerlich an einem der Agitatoren vorbei, die – je weiter man sich vom Stadtzentrum entfernte, desto offener – gegen den Nachbarstaat hetzten: Da werde zensiert, gefoltert, vergewaltigt, vertrieben, in Lagern gefangengehalten, systematisch niedergemetzelt. Gegen die Tadschiken im eigenen Land hielt man sich noch zurück. Nun ja, hüben wie drüben seien Tadschiken nichts anderes als Kirgisen, die sich für Perser hielten. Gelächter. Und ihrerseits Usbeken für Türken hielten, die sich für Mongolen hielten. Gelächter, in Unmutsbezeugungen übergehend. Meist wurde die tadschikische Flagge verbrannt, mitunter auch eine italienische, weil sie ähnlich rot-weiß-grüne Streifen hatte.

Agitatoren bald an jeder größeren Straßenecke. Obwohl sie erst verhalten Beifall fanden, wurden es ihrer von Woche zu Woche mehr. Anders als bei den Derwischen schritt die Polizei nicht ein; ob die Regierung dahintersteckte? In der Russenstadt traten indessen Redner auf den Plan, die offen gegen die Regierung wetterten. Im Rohbau, den die Schwarzgeldhändler mit ihren Schreibtischen und Geldzählmaschinen auf sämtlichen Stockwerken besetzt hielten, forderte man ganz unverblümt die Abkehr vom Westen und Heimkehr in die Föderation. Nach dem Sieg Rußlands in Alaska hatte man den Rubel zur neuen Leitwährung gemacht, sogar Polizisten schleppten plastiktütenweise usbekische Som an, um mit dem Anstieg der Preise Schritt zu halten. In den Büros der Händler sammelten sich Tag für Tag Millionen, in Stapeln verschnürt auf dem Fußboden lagernd wie Altpapier. Dennoch sah man niemanden, der eine Waffe trug, es wurde nie turbulent und unübersichtlich.

Was die Menschen wirklich dachten, hörte man eher in den Teehäusern, den kleinen Schaschlikrestaurants, an den Straßenecken der Brot- und denen der Somsa-Verkäufer. Sie warteten auf den Krieg. Und redeten auch plötzlich darüber. Jeden Tag fragten sie einander aufs neue, warum es nicht längst losging. Mal waren die Grenzen geschlossen, mal waren sie da oder dort offen, mal waren die Armeen beidseits davon in Stellung gegangen, mal kam es vereinzelt zu Gefechten, dann entpuppte sich das eine wie das andere als Ente. Sollte es denn immer so weitergehen, ohne daß die ruhmreiche usbekische Armee einmarschierte und den bedrängten Brüdern zu Hilfe kam? War es nicht Völkermord, was drüben Tag für Tag passierte, hatte die UNO nicht eine entsprechende Resolution formuliert (die am Veto Rußlands gescheitert war), worauf wartete man noch?

Das waren die Fragen, die man einander auch im Hamam stellte. Der Winter blieb streng, unter allen sechs Kuppeln wurde eng an eng geschwitzt, zwangsläufig kam man miteinander ins Gespräch.

Wie bitte, ein Toter, womöglich ein Tadschike? Tatsächlich ein Tadschike? Aber aus Tadschikistan? Dann habe ihn gewiß ein Usbeke auf dem Gewissen. Wie bitte, ein Kirgise?

Erstaunlicherweise behaupteten andere, Odina tatsächlich zu kennen. Ganz sicher, sie hätten ihn öfter hier gesehen, dennoch sei er alles andere als ihr Freund. Sofern Kaufner den Gesuchten näher beschrieb, verneinten sie ebenso massiv, wie sie soeben bestätigt hatten. Und Talib, der als einziger keine Ausrede haben durfte, wich aus, tatsächlich war er ununterbrochen beschäftigt. Kaufner mußte eine Massage bei ihm buchen, um überhaupt in seine Nähe zu kommen.

Die Massagen fanden in aller Öffentlichkeit statt, in einer Nische hinter der Dusche, auf den Marmorboden geklatscht lag eines von Talibs karierten Tüchern. Aus der Dusche pladderte permanent heißes Wasser, man hätte sich anbrüllen müssen, wenn man nicht ohnehin von Beginn der Massage an durch grunzend orchestrierte Befehle und direkte Gewaltanwendung mundtot gemacht worden wäre.

In den weiteren Nischen überall Männer beim Waschen oder Lümmeln, manche massierten sich gegenseitig, nicht wenige sahen zu, wie Kaufner zunächst in Bauchlage, dann in Rückenlage geknetet, auseinandergezogen, gestaucht, in jeder Weise willfährig gemacht wurde. In einem zweiten Durchgang erfuhr er unter Zuhilfenahme eines garstig harten Rubbelhandschuhs eine regelrechte Abreibung. Als die Massage ihrem Finale entgegenging, wandte Talib noch ein paar besonders bösartige Griffe an: Erneut drehte er Kaufner in Bauchlage und gleich auch einen seiner Arme auf den Rücken, hielt ihn auf diese Weise erst einmal ein Weilchen an der Schmerzgrenze fest. Sodann hob er ihm mit der anderen Hand beide Füße an, während er ihm die Hüfte mit dem Fuß zu Boden gedrückt hielt. Wuchtete sein Opfer mit Schwung in die Rückenlage, lupfte ihm die Beine unter den Kniekehlen an, um ihm, kaum daß die Beine angewinkelt standen, beide Knie so weit auseinanderzudrücken, bis er selber stöhnte. Schließlich steckte er sich einen von Kaufners Armen zwischen die borstigen Beine, um ihn in qualvoller Stellung zu fixieren, während er mit seinen beiden schaufelartigen Händen versuchte, andernorts Knochen zu brechen, die er bislang übersehen hatte.

Nach einer halben Stunde, in der sich Kaufner bis in die Ohren und die Augen (die von der Massage keinesfalls verschont worden) neu zu spüren bekommen, hatte es mit der behaarten Geschäftigkeit ein Ende. Mittels einer letzten halb geknurrten, halb gekeuchten Regieanweisung wurde Kaufner unter die Dusche gescheucht, dann treppauf zur Umkleide, wo ihm Talib das Kästchen aufschloß, auf daß er sich unter seinen Augen abtrockne. Das war Talibs Verschnaufpause. Und Kaufners Chance.

Odina? Möglicherweise schon möglich, daß da mal einer im Hamam gewesen, dessen Name ... »Wie sagst du, Ali, hieß er?«

Weil sich Kaufner freilich nicht abwimmeln ließ, trat Talib plötzlich ganz nah an ihn heran, sah ihm so stechend in die Augen, als ob er ihm gleich in den Schritt schnippen wollte: Odina? Nie gehört, nie gesehen.

Kaum hatte Kaufner seine zwanzigtausend Som bezahlt, legte der Masseur die Rechte aufs Herz, eilte dem nächsten Kunden entgegen, der treppab auf ihn wartete.

Während Kaufner nach Hause ging, fühlte er sich wie einer, der überlebt hatte. Es war eine grimmige Lust, den Kindern zuzuwinken, die ihn mit »Good-bye, gentleman« begrüßten oder mit »My name Gitler«; auch dem Derwisch, der auf der Taschkentstraße weiterhin seine kreisrunde Schneeschmelze betrieb, hätte er gern huldvoll zugenickt. Und es empörte ihn gar nicht sonderlich, als er vor seinem Zimmer im *Atlas Guesthouse* einen händeringenden Sher fand und an der Zimmertür ein Amtssiegel.

»Entschuldige bitte«, setzte Sher zu einer Erklärung an. Der Geheimdienst habe in Kaufners Zimmer geübt. »Kein Scherz, Ali, das tun sie regelmäßig. Sie brechen ein, legen Wanzen, durchsuchen, was sie vorfinden.« Bloß kein Aufsehen, sie hätten nichts mitgenommen außer den eigenen Wanzen, er habe genau aufgepaßt. Jeder Ausländer sei mal an der Reihe, alles normal, alles gut. Mit ihrem Amtssiegel hätten sie die Sache immerhin hochoffiziell beendet.

Sher hatte den gelben Blick, anscheinend hätte es auch anders enden können. Kaufner zog es vor, die Sache auf sich beruhen zu lassen, ohne über das Groteske des Vorfalls weiter nachzudenken. Daß man in dieser Stadt wußte, zumindest ahnte, was er suchte; daß man ihn und seinesgleichen indessen nicht für voll nahm: davon ging Kaufner längst aus. Er und die anderen Paßgänger, die die Berge durchstreiften, betrieben in den Augen der Einheimischen so etwas wie eine Art Tourismus auf Leben und Tod; was in den Bergen geschehen mochte, war ihnen egal, solange sie ihren Profit damit machten. Ab und zu sahen die Behörden eben nach, ob das Unrechte zumindest seinen rechten Gang nahm. Wahrscheinlich hatte Sher am Ende kräftig schmieren müssen, aber das war in seiner Rechnung gewiß von vornherein berücksichtigt gewesen.

So langsam kannte sich Kaufner hier aus. Nun verstand er, warum die Freie Feste jeglichen Kontakt abgelehnt hatte, keine Telephonate, keine Mails, keine Aufzeichnungen. Besser konnte er gar nicht vor dem Geheimdienst geschützt werden, es gab ja tatsächlich nichts, was sie hätten finden können. Kaufner konnte in aller Seelenruhe am Fenster sitzen und auf den Moment warten, da Vierfinger-Shamsis Tauben um die Kuppel von Gur-Emir fliegen und irgendwo ein erster Schuß fallen würde. Shams selbst war wieder einmal im Gebirge, bei Verwandten, wie es hieß; doch die Tauben kannten den Weg auch ohne ihn. Bis zum Massaker von Bekobod, das den Dritten Weltkrieg endgültig nach Zentralasien bringen würde, war es noch drei Monate hin. Übermorgen war, obgleich das hier niemanden interessierte, war erst mal Heiligabend.

Das Jahr 2029 begann mit viel Regen, einem Aufstand in Kirgistan gegen die »russischen Besatzer« (nach zwei Tagen niedergeschlagen) und damit, daß Shochi verschwunden war. Verschwunden war und blieb sie oft, insofern fiel es zunächst keinem auf. Als sie zum Frühstück nicht erschien, wurde man aber unruhig. Kaum deutete Kaufner an, Shochis Lieblingsort zu kennen, womöglich finde man sie dort, bot sich sogar Jonibek an, ihn hinzufahren. In seinem silbernen Mercedes mit dunkel getönten Scheiben. Als er damit auf dem Bahnhofsplatz vorfuhr, erregte er das Aufsehen, das ein Neuer Usbeke hier zwangsläufig erregen mußte. Die Trinker warfen mit Flaschen, die Zwiebelhändler mit Zwiebeln, Jonibek fuhr mit quietschenden Reifen davon.

Der Bazar vor dem Bahnhofsgebäude zur Hälfte in einer riesigen Pfütze, der Übergang ins Saliniaviertel wurde mittlerweile von einer MG-Stellung des Militärs gesichert. Ein Brotverkäufer passierte die Kontrolle vor Kaufner; indem er sein Rad über die Gleise hob, fielen ihm zwei Fladen vom Gepäckträger und in eine Lache. Er hob sie auf, schüttelte das Wasser ab, legte sie zurück auf den Stapel und schob das Rad dem ersten zerlumpten Kunden entgegen.

Kaufner ging gar nicht erst die verschlammten Wege ins Saliniaviertel hinein, sondern folgte den Gleisen ostwärts, an einem neuen Schild vorbei (»Die Vergangenheit ist unser Fundament, die Zukunft unsere Hoffnung«), dann an einem Greis, der zwei Kühe beim Herumstehen beaufsichtigte, am Brückenwärter, der in seinem Häuschen mehrere Gäste mit Wodka beköstigte. Schon als er die Brücke betrat, sah er in einigen hundert Metern Entfernung ein kleines Wesen, das auf dem Geländer saß, die Beine überm Abgrund baumelnd. Kaufner griff nach seinem Wolfszahn, hielt sich kurz daran fest.

Kaum daß er Shochi erreicht hatte, rutschte sie von der Brüstung, versteckte sich in seiner Umarmung. Zitterte am ganzen Körper. Nein, kein Traum diesmal. Aber Lust, auf und davon zu fliegen, hatte sie gleichwohl heftig verspürt vergangne Nacht. Gegen Morgen war sie schließlich ausgerissen – heute nach der Schule hätte sie ihr Geburtstagsgeschenk bekommen sollen. Einen goldenen Schneidezahn. Weil Männer wie ihr Vater das schön fänden. Sie wolle indes keinen Goldzahn. Und einen Mann, den ihr Vater dazu aussuche, erst recht nicht.

Shochi schnappte ein paarmal hörbar nach Luft, ehe sie das treffende Wort fand. »Aber du hast auf mich aufgepaßt, Ali. Das hast du doch, oder?«

Hatte er das? Noch immer hielt er Shochi so fest umarmt, daß er ihr Herz schlagen spürte. Keine vier Jahre war's her, daß er Loretta verloren hatte. Loretta und Kathrin. Anfangs war ihm Loretta bestenfalls egal gewesen. Aber wenige Wochen bevor sie, gemeinsam mit ihrer Mutter, tatsächlich und endgültig verschwand, war sie eines Tages nicht von der Schule heimgekehrt. Es war bereits die Zeit, da Mädchen und Frauen nur in möglichst häßlicher Kleidung das Haus verließen, auf alt und unscheinbar hergerichtet, weil in den Straßen das Gesetz des Krieges galt. Als Kaufner sich aufgemacht hatte, Loretta zu suchen, war ein Lauern in der Luft gelegen, überall in Hauseingängen und hinter Straßensperren hatten schweigend Männer gelungert, wartend auf den Moment, da irgendwo ein Granatwerfer seine Stimme erheben, der Chor der Maschinengewehre einsetzen würde. Nach Einbruch der Dämmerung hatte Kaufner das Gefühl gehabt, von einem Fadenkreuz ins nächste zu laufen. Als er ergebnislos schließlich heimgekehrt war, hatte sich Loretta längst eingefunden. Nie war aus ihr herauszubekommen gewesen, was sie an diesem Nachmittag aufgehalten hatte. Nur ihr Herz hatte laut und vernehmlich geklopft, als er sie im Arm gehalten.

Kaufner hatte sich verboten, daran zu denken. Nun war er so froh, Shochi wiedergefunden zu haben, daß er gar nicht bemerkte, wie von hinten einer der Zecher aus dem Wärterhäuschen kam. Der tippte ihm schließlich auf die Schulter und stellte ihn zur Rede, woher, wohin, warum. Das Mädchen kenne er, das komme öfters hierher. Aber Kaufner? Wer wisse schon, was einer, der nicht mal grüße, auf der Brücke anstellen wolle?

Der Alte war Friedenswächter und nahm seine Aufgabe ernst, obwohl man offensichtlich vergessen hatte, ihm Soldaten zur Seite zu stellen. Endlich holte er einen Flachmann aus dem Stiefelschaft, Kaufner mußte mit ihm eine Verschlußkappe Wodka auf die Freundschaft trinken, die Sache war erledigt.

Nicht hingegen bei Shochis Eltern. Nachdem die verlorne Tochter unter Tränen willkommen geheißen, geherzt, geschimpft, um ein Haar versohlt und schließlich ins Bett gesteckt worden, sie hatte sich ja wohl zumindest eine Unterkühlung eingefangen, ging Kaufner noch einmal ins Büro. Sher putzte sich gerade Zähne und Zahnfleisch mit Knoblauch, dessen ungeachtet fiel er Kaufner ein weiteres Mal um den Hals, bedankte sich, wollte am liebsten weinen vor Glück, lud ihn zum Hundefleisch-Essen ein, das stärke die Abwehrkräfte im Winter, er wisse ein gutes koreanisches Restaurant. Trotzdem fand er Goldzähne weiterhin schön. Überdies sei's Shochis eigener Wunsch gewesen, sozusagen, sie wolle ihrem Zukünftigen ja gefallen!

Als Kaufner sanft widersprach, lenkte Sher sofort ein. Er wisse schon, sie sei sehr eigen, unbelehrbar, eine Geißel Gottes. Achtung, Kamerad! Ein kleines Geheimnis unter Männern: »Wir hier in Samarkand, wir mögen auch als Töchter gern Söhne.«

Sher war ein ganz normaler Tadschike: Er telephonierte den ganzen Tag und ließ seine Frau arbeiten, die Dinge regeln, entscheiden. Kamen Gäste, scheuchte er Maysara wie ein Pascha, waren die Gäste gegangen, spülte er brav das Geschirr. Am liebsten hätte er jetzt die herrlich präzis bestickte Rückseite seiner Pornokrawatte gezeigt und sein Leid geklagt, daß sich fürs kommende Frühjahr kaum ein Tourist angekündigt habe. Seine Frau hatte genügend Gold im Mund, sie zog, wie's sich gehörte, den Augenbrauenstrich über die Nasenwurzel, sofern es darauf ankam, gut. Abgesehen davon kultivierte auch Sher andere Idealvorstellungen von Weiblichkeit.

Blieb Maysara. Sie mochte Kaufner nicht, er mochte sie nicht, das machte die Sache kurz und einfach.

»Der Goldzahn hätte gut zur Goldkrone gepaßt!« keifte sie pro forma, freilich viel zu leise, als daß Kaufner überhaupt zu einer Erwiderung hätte ansetzen müssen: Zur Goldkrone und zu den goldenen Schuhen und Gewändern, die ihre Tochter am Hochzeitstag tragen werde.

Wortlos starrte Kaufner auf Maysaras flaumbärtige Oberlippe, auf ihre dicken Finger, schließlich auf die fleischigen Zehen mit den kurzgeschnittenen Nägeln. Damit war die Sache entschieden, selbst Maysara konnte ihm an diesem Tag nichts abschlagen. Wenigstens im nachhinein hatte er auf Shochi aufgepaßt.

Die Verstocktheit allerdings müsse ihr ausgetrieben werden, wenn nicht jetzt, wann dann. In diesem Punkt blieb Maysara eisern, jawohl, Verstocktheit, wer würde so eine je heiraten wollen. Kaum daß Shochi von ihrem Fieber genesen war, wurde eine stadtbekannte Heilerin ins Haus bestellt, die beim Anblick ihrer kleinen Patientin gleich die stärksten Zaubertechniken anzuwenden versprach.

Die Behandlung fand im Haupt- und Prachtraum des *Atlas* statt. Da die Sonne mittags schon Kraft hatte, leuchteten die Farben an den geschnitzten Deckenbalken wieder, die Alabasterverzierungen der Wände, das Handy-Muster des Teppichs. Im Kronleuchter war die Hälfte der Glühkerzen bereits ausgeschraubt, um Strom zu sparen. Maysara ließ die Heilerin seit Jahren kommen, um ihr »gefallenes Herz« (Kummer, Streß) zu behandeln, die Heilerin »hob« das Herz, indem sie mit Eiern darüberstrich und verschiedenfarbige Bändchen um den Brustkorb schnürte. Auch bei anstehenden Reisen, Liebes- oder Familienproblemen, größeren Käufen und Verkäufen, Umzügen, Unternehmungen aller Art wurde sie gerufen, sprich ständig.

Die Tage im Winter verliefen immer nach demselben Schema – 7 Uhr Frühstück, 13 Uhr Mittagessen, 19 Uhr Abendessen, wie in Deutschland. Auf ihre Weise gehörte die Heilerin zur Familie, man hatte sie zum Essen eingeladen, um sich erst einmal in Ruhe mit ihr zu besprechen. Es gab Plov mit Schaffleisch, danach Suppe mit Kartoffeln, Rüben, Graupen;

als Kaufner auf ein Stück Brot biß, in das ein Stück Packpapier eingebacken war, verkündete die Heilerin mit übertriebenem Entsetzen: Oh, ein böses Zeichen! Auf der Stelle müsse man mit dem Ausräuchern der Räume beginnen und bis zum Sonnenuntergang fortfahren. Steppenraute. Weil es niemand tun (oder die Heilerin dafür bezahlen) wollte, ließ man es auf sich beruhen.

Erinnerte sich stattdessen an den Anlaß der Zusammenkunft, Sher und Maysara beschwerten sich abwechselnd über ihre Tochter. Schon als Mädchen habe sie sich geweigert, *zwei* Zöpfe zu tragen. Geweigert, mit der rechten Hand zu schreiben. Geweigert, Rosen abzuschneiden, um Marmelade daraus zu kochen, weil das den Rosen weh tue. Dann dieser anhaltende Tick mit den weißen Gewändern – »die Farbe des Todes«, ein *sehr* böses Zeichen. Und das seit Jahren. Eine Herumtreiberin sei sie ja immer gewesen, jedenfalls seitdem sie träume. Nun aber treibe sie sich auch noch nachts auf Brücken herum (Kaufner biß sich auf die Zunge, warum hatte er die Brücke überhaupt erwähnt?), wahrscheinlich demnächst dann auf Dächern? Oder gleich als Gespenst? Shochi saß die ganze Zeit stumm da und zupfte die Stiele von den Rosinen, als sei sie bei der Mittwochszeremonie. Die Heilerin runzelte die Stirn, verkündete noch schnell, daß sie fortan in Rubel bezahlt werden wolle, schickte Shochi aufs Sofa und begann mit der Vorbereitung der Behandlung. Ein Teller mit gepellter Zwiebel, roter Peperoni, Knoblauch und einundzwanzig Reiskörnern stand für sie bereit; ein zweiter Teller mit Reis zur Reserve; ein Schüsselchen mit Öl, zwei Fladenbrote.

Kaufner war nach seinen Erfahrungen mit Schlangenfett keineswegs skeptisch. Außer ihm waren auch mehrere Tanten, Großtanten oder -mütter gekommen, dazu die Älteste vom Gusar. Jetzt hatten die Männer den Raum zu verlassen – Kaufner galt merkwürdigerweise nicht als Mann –, es sollte losgehen.

Nachdem sie Shochi ein Kopftuch umgebunden hatte, legte ihr die Heilerin zwei Hanfseile um den Kopf und verdrehte sie so ineinander, daß sie Druck auf den Kopf ausüben konnte. Umgehend fing sie laut zu rülpsen an, die Heilerin, ein gutes Zeichen! Weil sie ihre positive Energie auf Shochi übertrage – versicherten die anwesenden Frauen einander hocherfreut –, werde die böse Energie über kurz oder lang aus Shochi hinausfahren müssen.

Jede Menge böser Energie. Die Heilerin hielt die verknoteten Seile an ihren Enden fest und, so sie nicht rülpste, betete auf Shochi ein. Nach einigen Minuten riß sie ein Stück Brot vom Fladen ab und stieß damit mehrfach auf Shochis offnen Mund herab, legte es ihr anschließend auf die Stirn. Die Krankheit fahre jetzt ins Brot hinein, beteuerten die Frauen ganz aufgeregt, anschließend werde man es den Schafen zu fressen geben, dann sei sie weg. Dabei fing die Alte aus dem Teehaus *Blaue Kuppeln* ebenfalls zu rülpsen an, es lief wirklich sehr gut.

Abgesehen davon, daß Shochi ständig Kaufner zuzwinkerte und die Augen verdrehte. Abschließend strich ihr die Heilerin mit weiteren Brotstücken über die Gliedmaßen, schnitt den Knoblauch und begann mit der Beschwörung: Sie legte ein Tuch über den Teller mit den einundzwanzig Reiskörnern, dem Knoblauch, der Zwiebel, der Peperoni, führte ihn über Shochis Kopf, Leib, Gliedmaßen, heftig betend und rülpsend, anschließend wurde die Schüssel geleert. Wohin? Das bekam Kaufner nicht mit. Mittlerweile saß Shochi aufrecht, hatte ihr Kleid am Rücken hochgekrempelt und ließ sich das Öl einmassieren. Ihr Gesicht hielt sie dabei mit beiden Händen bedeckt.

Kaufner hatte längst aufgehört, die Rülpser mitzuzählen. Nun, da es mit einem Mal still geworden, roch es sehr nach Füßen. Plötzlich begann Shochi laut loszulachen, die Heilerin stockte, die Frauen raunten. Wenn der überlieferte Wortlaut der Zaubersprüche nicht exakt eingehalten wurde, konnten sie nicht wirken, verkehrten sich womöglich in ihr Gegenteil! Und jetzt äußerte Shochi auch noch ganz unverhohlen Zweifel an der ganzen Veranstaltung! Die Heilerin schimpfte, immerhin übe sie diesen Beruf in sechster Generation aus, wenn ihre Zauberei nicht wirken würde, könnte sie wohl kaum davon leben, nicht wahr?

Alle bis auf Shochi waren sehr betroffen. Maysara warf rügende Blicke auf ihre Tochter, die nun auch noch am Bauch massiert wurde, erst danach wurde ihr das verdrehte Hanfseil vom Kopf gelöst, die Stirn mit Öl eingerieben. Wie die Heilerin aber abschließend mit einem rohen Ei über diesen und jenen Körperteil streichen wollte, griff Shochi nach dem Ei, unterbrach erneut den vorgeschriebenen Ablauf. Bevor die anwesenden Frauen aufstöhnen und sich die Haare raufen konnten, kam es zwischen Shochi und der Heilerin zu einem kurzen Gerangel, bei dem das Ei zerbrach – Shochi hielt die Reste in der Hand, es tropfte kein bißchen Eigelb herab.

Totenstille. Ein Wunder? Die Heilerin faßte sich als erste ein Herz, sagte laut ein Schutzgebet auf und verschwand, die Kleine sei stärker als sie, als alle, die sie bislang erlebt, die sei nicht von dieser Welt.

Shochi machte sich selbst darüber noch lustig. Die Heilerin sei ja schon beim Queren des Hofs mit ihrem Fuß mehrfach auf zwei Fliesen gleichzeitig getreten. Und habe dann eine ungerade Anzahl von Rosinen gegessen, obendrein mit Stiel.

So langsam kannte sich Kaufner hier aus. Je bedrohlicher die Zukunft anbrach, desto abergläubischer wurde es. Im Grunde war er genau der richtige Mann am richtigen Ort. Der richtige Mann mit dem richtigen Auftrag. Wenn ihr alle wüßtet. Wenn ihr wüßtet.

Noch gut sechs Wochen bis zum Massaker von Bekobod. Das beschauliche Grenzstädtchen lag zweihundertfünfzig Kilometer entfernt, Richtung Taschkent, also in einer ganz anderen Welt, was hätte man sich vor dem 19. März darum in Samarkand Gedanken machen sollen? Mit den kleinen Aufregungen vor Ort war man vollauf beschäftigt. Sofern man sie ohne großen Lärm meisterte und ansonsten das Hoftor fest verschlossen hielt, konnte man auch jetzt noch leidlich entspannt das Glitzern der Frühlingssonne in den Dachziegeln des Gur-Emir betrachten. Sofern man freilich mal nicht aufgepaßt hatte, war man im Handumdrehen ein ruinierter Mann. Oder ein toter:

Der 6. Februar begann mit dem Muhen von Vierfinger-Shamsis Kuh, wenig später saß Kaufner beim Frühstück. Am Kachelofen die Runde von Polizisten, die sich dort seit Wochen morgens einfand. Maysara und eine Nachbarin, die ihr in der Küche half, trugen unverdrossen Kartoffelpuffer und frittierte Blini auf, Manti und Barrak und allerlei Quarkteigtaschen, Maulbeermarmeladen, Kleingebäck mit und ohne Rosinen, gehackten Nüssen, Puderzucker. Dennoch reichte es nie. Maysara hatte zu beschwichtigen, so viele Gäste und nur eine Köchin, hier komme immerhin schon mal eine neue Schüssel mit Joghurt. Plötzlich fuhr einer der Polizisten derart heftig auf, daß ihm der Stuhl umkippte: Was sie sich erlaube? Er und seine Kameraden seien Diener des usbekischen Volkes, seien Usbeken, Usbeken in des Wortes tiefster Bedeutung! So schlecht müßten sie sich von einer Tadschikin nicht behandeln lassen! Wenn sich Maysara über ihren Appetit beschweren wolle, bitte schön, er werde morgen gern mit einigen seiner Leute vorbeischauen, um die Beschwerde offiziell aufzunehmen. Entschlossen, das Frühstück abzubrechen, setzte sich der Polizist die Dienstmütze auf; nicht ganz so entschlossen erhoben sich seine Kollegen:

»Und du kannst sicher sein, du kleine miese tadschikische Vettel, wenn wir kommen, finden wir immer was.«

Aber so habe sie's ja gar nicht gemeint! winselte Maysara. Der hereinstürzende Sher wurde von den abmarschierenden Polizisten rüde in den Hof zurückgedrückt. Als er dann erneut hereinkam, versetzte er seiner Frau, ohne erst lang zu fragen, eine Ohrfeige, um daraufhin wie von Sinnen auf sie einzuschlagen. Nun war es passiert.

Was war passiert? Maysara beteuerte händeringend, es sei überhaupt nichts passiert. Nur über die Mengen habe sie gestöhnt, die sie herbeibringen mußte. Sie war eine gute Köchin, das war ihr nun zum Verhängnis geworden: Dermaßen viele Polizisten, wie bei ihr mittlerweile auf den Geschmack gekommen waren, konnte sie beim besten Willen nicht angemessen bewirten, immer fehlte es an etwas, nie ging es schnell genug. Um Bezahlung habe sie auch heute nicht gebeten, versicherte sie Sher, der auf einem der Stühle in sich zusammengesunken war und gar nichts mehr hören wollte. Bloß um etwas Geduld.

Die Polizei. Natürlich war sich Sher darüber im Klaren, daß sie in seinen Büchern etwas finden würde, selbst wenn er keine krummen Geschäfte gemacht hätte. Polizisten waren noch schlimmer als die Ausländerbehörde, die alle zwei, drei Tage einen Boten schickte, um eine Tüte mit Geld abzuholen. Kein einziges Mal sah der Bote in die Tüte hinein, es mußte stimmen, ohne daß dazu irgendeine Art von Buchführung stattfand, und bislang hatte es auch immer gestimmt. Polizisten hingegen, das war eine ganz andere Nummer. An den Bilanzen des *Atlas* würden sie ebensowenig interessiert sein, sie wußten, daß Sher einer der Reichsten im Viertel war, das reichte. Wenn es nicht stimmte, was er ihnen zugestand, würden sie »Meldung nach oben machen«. Und was eine solche Meldung bedeutete, war jedem klar, der hier lebte: das sichere Ende.

Nach koreanischen Hunderestaurants stand Sher der Sinn jedenfalls nicht mehr. Mit dem heutigen Tag hatte ihn ein abstrakter Konflikt aus den Abendnachrichten ganz konkret in den eigenen vier Wänden heimgesucht. Von nun an würde er sich immer häufiger auf offener Straße beschimpfen lassen müssen, und das, obwohl er sich neuerdings das schwarze Usbekenkäppchen aufsetzte, sobald er das Haus verließ:

»Du arischer Scheißkerl, wir kriegen dich!«

Auch wenn am Tag darauf erst mal gar keine Polizisten vorbeischauen sollten. Fortan lebte Shers Familie in beständiger Angst vor dem Tag, da sie es tun würden. Kaufner spielte weiter den freundlichen Dauergast, der sich aus allem heraushielt, bloß keine kritischen Kommentare, kein Aufsehen erregen, er hatte begriffen. Saß er mit der Familie bei den Mahlzeiten zusammen, konnte er am Leben in seiner verführerischen Banalität teilnehmen, er mußte sich nur an die Spielregeln halten. So harmlos wie ein Terrorist. Zwar mußte er über diesen Gedanken grinsen, aber etwas anderes als eine Art Attentäter in spe war er ja vielleicht nicht? Natürlich einer, der für die richtige Seite arbeitete, für die gute Sache, einer, von dem Wohl und Wehe des gesamten Freien Westens abhing. Der Gedanke fühlte sich irgendwie groß und wichtig an, größer und wichtiger als alles, was er in seinem Leben bislang gedacht. Bis Mitte, Ende März mußte er hier absitzen, danach konnte Sher gern ... Insolvenz anmelden und Bonbons auf dem Registan verkaufen. Von den Lagern wußte Kaufner damals noch nicht, von den Foltermethoden, die darin zur Anwendung kamen, erst recht nicht.

Andere erwischte es schlimmer, Aufregung und Geschrei auch in der Nachbarschaft: Vierfinger-Shamsi war in der Nacht erschossen worden. Erst jetzt stellte sich heraus, daß er Usbeke war, er hatte – natürlich in einem ganz anderen Stadtviertel – gegen Tadschiken gekämpft. Wenn nicht gar Jagd auf sie gemacht! Man wußte nicht, ob man um ihn trauern sollte. Zumindest war es gut, daß sie ihn erwischt hatten. Wer weiß, was er sonst noch angestellt hätte, schließlich war er bei jedem ein und aus gegangen, ein gern gesehener Gast. Bis vor kurzem hatte es niemanden interessiert, ob er Usbeke war oder nicht. Wie hatte er es nur so lange verheimlichen können?

Seine Beerdigung geriet zum Fanal. Sobald der Trauerzug – aufgrund der jahrzehntelangen Nachbarschaft bestand er nun einmal aus Tadschiken – über die Taschkentstraße aus dem Zentrum heraus- und hinterm Bazar, wo es hügelan ging, in die Usbekenviertel hineinzog, kam es zu Sprechchören, vor dem Haupteingang des Friedhofs zur Straßenschlacht. Wie Shamsidin am Ende noch unter die Erde geschafft worden, wußte anderntags kaum einer; die Menge war schließlich mit Wasserwerfern auseinandergetrieben, die Hartnäckigsten mit Gummigeschossen außer Gefecht gesetzt worden.

Drei Tote (offiziell), zahlreiche Verwundete. Nach Ablauf der Trauerfeierlichkeiten zog Vierfinger-Shamsis Familie überstürzt aus, fort aufs Land, wie es hieß. Fortan gab es keine Kuh mehr, die morgens muhte, keine Tauben, die abends um die Kuppel von Gur-Emir flogen.

Schon am 12. Februar wurde sein Haus von einer neuen Familie bezogen, natürlich Tadschiken aus einem usbekischen Vorort. Erstaunlich schnell, verdächtig schnell, bloß keine Nachfragen. Bis zum Massaker von Köln, das die Welt wieder nach Europa schauen ließ, waren es nur mehr Stunden.

Den ganzen Winter über fühlte sich Kaufner in der Stadt wie ein Gefangener. Es zog ihn hinaus, in den Turkestanrücken. Was er tausendmal durchdacht hatte, wollte als Operation 911 endlich ausgeführt werden. Aber es ging nicht, die Berge waren an den Nordhängen noch bis in tiefere Lagen hinab verschneit, an den Südhängen würde das Schmelzwasser in den Rinnen und Schluchten, die er zu gehen hatte, den Aufstieg unmöglich machen.

Wenigstens wurde es in diesem Frühjahr auch in Samarkand spannend. Die Regierung erwartete irgendeinen Staatsbesuch, über den in der Bevölkerung heftig spekuliert wurde, erhoffte man sich davon doch einen Hinweis, ob Usbekistan in der Allianz mit dem Westen bleiben würde oder nicht. Wer immer kommen würde, der Ausflug von Taschkent hierher war obligatorisch, Samarkand rüstete sich mit Macht für das bevorstehende Großereignis.

Wege wurden neu gepflastert, Straßen neu geteert, ganze Geschäftszeilen abgerissen und durch Häuserfassaden aus einem Guß ersetzt – aus dem ganzen Land waren Bauarbeiter und Handwerker zusammengezogen worden, Kompanien an Soldaten halfen rund um die Uhr. Parallel zu den laufenden Bauarbeiten wurden die Stämme der Bäume frisch geweißelt, die Baumkronen gestutzt und mit Feuerwehrspritzen gereinigt, Rabatten beharkt und gewässert, längs der Taschkentstraße wurde beidseitig Rollrasen ausgelegt und von Hunderten Schülern festgetreten. Bänke und Straßenlampen bekamen einen neuen Anstrich, sogar die Kachelfassaden der Sehenswürdigkeiten wurden ausgebessert, neu verputzt, feucht abgewischt. Drei Männer wuschen die Timurstatue am Universitet Boulevard mit Seifenlauge. Überall Polizisten mit Trillerpfeifen. Hätte man nicht mit gleichem Elan die MG-Stände an den Kreuzungen ausgebaut, die Stellungen für Scharfschützen auf den Dächern von Moscheen und Medressen, die Eingangsbefestigungen der Stadtviertel, die Betonmauern längs der Durchgangsstraßen, man hätte das Ganze für einen großangelegten Frühjahrsputz halten dürfen.

Selbst Sher hatte sich anstecken lassen und endlich die Dekkenbauer einbestellt, um neue Balken im Osttrakt des *Atlas Guesthouse* einziehen zu lassen. Bereits bei Kaufners Ankunft hatte er davon geredet. Sandelholz! Endlich war es soweit, er sog die Luft demonstrativ ein: »Riech mal richtig hin, Ali!«

Einatmen würde zukünftig Luxus sein, Wohnen im *Atlas* ein Wellnessurlaub. Daß kein einziger Tourist mehr kommen würde, wagte Kaufner nicht einzuwenden. Vielleicht hing es wirklich davon ab, wem der Präsident demnächst die Stadt, herausgeputzt zur »Perle der Seidenstraße«, zeigen würde.

Wirklich Bundeskanzler Yalçin? Lutfi schabte Kaufner mit Hingabe den Nacken aus und lächelte, es war nur ein Scherz gewesen. Deutschland war hier allenfalls noch ein Synonym für Westfront; es hätte schon Ping Shengli sein müssen, der US-Präsident, wenn der Westen weiterhin das Bündnis mit Usbekistan aufrechterhalten wollte. Aber wer glaubte noch an den Westen? Nachdem es im Zuge einer Requirierungstour durch Shar-i Sabs zu einer Koranschändung durch NATO-Soldaten gekommen war – auf dem Amateurvideo war zwar nichts zu erkennen, Lutfi versicherte jedoch, daß keiner auch nur den leisesten Zweifel an seiner Beweiskraft hege –, hatte die *Faust Gottes* deren Stützpunkt angegriffen, ohne daß Regierungstruppen eingeschritten wären. Ein Hinweis? Ein Hinweis!

In dieser Lage wurde alles für möglich gehalten. Die Russen in Samarkand hofften auf einen Besuch des russischen Präsidenten, die Nationalisten, zähneknirschend, auf das türkische Staatsoberhaupt, die Hazardeure auf eine Delegation aus China. Nicht wenige in der Stadt, die inzwischen mit Fleiß die vorgeschriebenen Riten vollzogen – am Freitag öffentlich, ansonsten traf man sich zum Beten heimlich in Wohnhäusern –, sehnten sich nach dem Kalifen. Allesamt waren sie sich einig: Hauptsache, es wurde dem gottlosen Treiben »drüben« endlich ein Ende gemacht. Drüben in Tadschikistan. Immer neue Gerüchte wußten von Steinigungen oder Exekutionskommandos, den Erschossenen wurden angeblich Finger abgeschnitten und Zähne ausgeschlagen, die Anführer der *Gesamtarischen Nationalen Front* brüsteten sich mit ihren Trophäensammlungen. Mit Einbruch der Dämmerung setzten die Treibjagden ein, aber

ja doch, die usbekischen Brüder suchten Zuflucht in Moscheen, versteckten sich in Brunnen, Abwasserkanälen, Latrinen, würden allerdings überall gefunden, niedergemetzelt. Sicher? Sicher! Dorf um Dorf sei erst ausgeräuchert, dann eingeebnet worden. Sobald man die Fläche, auf der jahrzehnte-, jahrhundertelang ein usbekisches Dorf gestanden, zum »befreiten Gebiet« deklariert habe, spiele man darauf Fußball.
Unglaublich.
Aber wahr! versicherte Abdullah, der ansonsten nur von der Qualität seiner Teppiche redete.
Das seien keine Menschen mehr. Die Brotverkäuferin Kutbija schüttelte fassungslos den Kopf. Gott möge ein Ende bereiten.
Shodeboy drehte seine Schaschlikspieße, stocherte in der Glut, schwieg.
Und was tat die Armee?
Nichts! Das war es, was die Menschen am allermeisten aufbrachte. Beidseits der Grenze war man in Stellung gegangen, um einander zu belauern, vor allem um die Flüchtlinge im Land zu halten (Tadschikistan) oder aus dem Land draußen (Usbekistan). Dennoch schafften es immer wieder einzelne oder kleine Gruppen bis in die Auffanglager, sogar im Serafschantal schien es Schlupflöcher zu geben. Genaueres zu erfahren, gelang Kaufner gleichwohl nicht.
Strenger als die Grenzen wurden die Flüchtlingslager von der Armee bewacht. Natürlich waren es Brüder, die man da vor Rache- und Vergeltungsakten schützen, aber ihrem Paß zufolge eben gleichzeitig Tadschiken, die man sicherheitshalber gefangenhalten mußte. Das Mißtrauen richtete sich auch immer offener gegen die, die seit Generationen zwar hier lebten, doch bloß auf dem Papier ihrer Pässe Usbeken waren, nicht von Herz und Gesinnung. Selbst wenn sie es neuerdings gern beteuerten. Gerade *weil* sie es so gern beteuerten!

Von Woche zu Woche wurden es mehr, die sich nach dem Besuch der Moschee zu einer der Freitagsdemonstrationen formierten. Da man die Wohngebiete alle parzelliert hatte, konnten die verschiednen Parteien nur noch im Zentrum aufmarschieren: die Ultrareligiösen, ausgehend von der Bibi-Chanym-Moschee, in der sie ungenehmigte Massengebete abhielten, auf der Taschkentstraße; die Nationalisten am Gur-Emir; die Russenfront in der Neustadt auf dem Universitet Boulevard; die Mystiker und Verrückten rund um »ihren« Heiligen am Anfang der Taschkentstraße.

Gott ist groß! Es lebe Timur! Heim in die Föderation! Fundamentalisten jeglicher Couleur auf der Straße, die schweigende Mehrheit auf den Bürgersteigen. Zwischen den verschiedenen Demonstrationszügen dreifache Kordons aus Polizei und Militär. Jeden Freitag das Gleiche. Anfang Februar gastierte auch wieder die Talkshow der Präsidententochter in der Stadt, man sendete live vom Registan. Zur Einstimmung des Publikums eine kurze Lesung aus »Leerer Berg« durch Studenten. Zur Nationalhymne lodernde Flammen, vor denen das Fernsehballett einen kriegerischen Mummenschanz »Der große Gebieter züchtigt einen frechen Nachbarn« aufführte. Direkt im Anschluß daran die eigentliche Talkshow, alles bestens einstudiert, die Tochter des Präsidenten mußte lediglich ab und zu ihre Beine übereinanderschlagen. Dann aber geriet die Sache aus dem Ruder: Ob die ruhmreiche usbekische Armee nur deshalb nicht den bedrängten Brüdern drüben zu Hilfe kommen dürfe, weil es »zu viele Tadschiken bei uns hier« gebe? Weil der Präsident Angst vor Rußland habe, mit dem Tadschikistan verbündet war? Weil in seinen Adern tadschikisches Blut fließe? Wie die Talkrunde solche Fragen aufzuwerfen wagte, fielen der Reihe nach die Mikrophone aus.

Spätestens nach diesem Eklat tauchten auch in der Innenstadt überall private Sicherheitskräfte auf – die Supermärkte,

Tankstellen, großen Restaurants gehörten ja ausnahmslos Samarkander Tadschiken. Für sie lag das Paradies nur mehr hinter hohen Lehmmauern, sofern das Tor verschlossen und der Querbalken von innen vorgelegt war. Wie schön der Aprikosenbaum blühte, die Vögel darin zwischerten! Selbstverständlich bin ich Usbeke, versichte Sher, Kaufner könne gern einen Blick auf seine Orden werfen, kein Problem.

Noch sah man keine Leichen in den Straßen, noch gab es keine Anschläge. Ab und zu zog jemand aus, zog jemand zu, das war alles. Was die Bereinigung von Territorien betraf, kannte sich Kaufner jedoch ganz gut aus, seiner Meinung nach bestand darin das Kerngeschäft des Krieges schlechthin. Auch die weitere Entwicklung würde sich von der in Hamburg nicht wesentlich unterscheiden. Daß es immer nach dem gleichen Muster ablief!

Seitdem hier alle dem offenen Ausbruch eines militärischen Konflikts entgegenfieberten (und nach wie vor nicht begriffen, daß die Schlacht vor ihrer Haustür längst im Gange war), fanden noch seltener Nachrichten aus dem Rest der Welt in den *Aktuellen Blickpunkt*. Alaska hatte mittlerweile formell Antrag gestellt, in den Verband der russischen Republiken aufgenommen zu werden, *das* war natürlich gemeldet worden. Daß Präsident Ping Shengli in seiner Neujahrsbotschaft die USA zur »Friedensnation« deklariert und ihren Hegemonialanspruch erneut auf die Karibik beschränkt hatte, war sogar zur Pointe eines gern erzählten Witzes geworden. Aber sonst?

So viel war klar, mit dieser Rede hatten sich erneut aufflakkernde Hoffnungen des Westens auf einen Kriegseintritt der USA zerschlagen. Auch Großbritannien würde keine Truppen schicken, auf welcher Seite hätten sie eingreifen wollen? In den meisten englischen Städten wurde ohnehin längst nach der Scharia Recht gesprochen. Der einzige, der sich zum erklärten Feind des Kalifen deklariert hatte, war Rußland und mit ihm die Panslawische Front. Sogar in den usbekischen Medien berichtete man mit einer gewissen Bewunderung, wie der Patriarch von Moskau beim russisch-orthodoxen Neujahrsfest zum Kreuzzug gegen die Ungläubigen aufgerufen hatte. Daß weder Türken noch Deutschländer bei seiner »Frohen Botschaft an Gottes Kinder« inbegriffen waren, verstand sich von selbst; die usbekischen Kommentatoren hatten sie schon früher nicht ernst genommen, im Grunde wunderten sie sich, daß sie nicht längst zwischen den beiden anrückenden Großmächten aufgerieben waren. Wäre die Front im Südosten, die Österreich-Ungarn mit Waffenhilfe aus Bayern und Böhmen gegen die ungezügelten Heerscharen aus dem Balkan aufgebaut hatte, nicht so überraschend stabil gewesen, wer weiß, wie es in der Mitte Europas nach diesem Posaunenstoß ins panslawische Ohr ausgesehen hätte.

Aber wie sah es denn aus? Von Menschenmassen, die Europa in welcher Richtung auch immer zu queren suchten – eine Mischung aus Flucht, Invasion und Völkerwanderung – hörte man, von vorrückenden oder zurückweichenden Verbänden regulärer Armeen hingegen nicht. Im Westen also nichts Neues. Immer noch stand der Kalif am Rhein; daß er seine Offensive nicht weiter fortsetzte, verbreitete fast mehr Angst als die gelegentlichen Strafkommandos seiner Generäle. Diese hatten ihr linksrheinisches Territorium durch Zerstörung der einen oder anderen Grenzstadt zwar arrondiert – Rotterdam, Straßburg, Basel –, hatten nebenbei den Europäischen Rat aufgelöst, das Europäische Parlament, die NATO-Kommandostellen und auch die UNO samt all ihren Hilfsorganisationen verjagt. Aber was der Kalif als nächstes plante, war nicht zu ersehen; in seinen seltenen Freitagsbotschaften gab sich »der Befehlshaber der Gläubigen« bescheiden, die Kette seiner Siege sei nichts weiter als die allmähliche Offenbarung einer Bestimmung, die auf umfassende und endgültige Eroberung der Welt hinauslaufe, der Gottesstaat sei nah.

Im usbekischen Frühstücksfernsehen vermutete man ehrfurchtsvoll, seine Armeen würden die stärksten Zauberer mit sich führen und seien somit unbesiegbar, über kurz oder lang werde ihr Siegeszug fortgesetzt. Im russischen *Gazprom TV* wollte man jedoch wissen, daß der Kalif hinter den Kulissen gewaltige Probleme habe, die Arabische Liga (als politische Dachorganisation der *Faust Gottes*) zusammenzuhalten. Wie man sehe, sei sein Vormarsch ins Stocken geraten, seine Macht bereits im Schwinden. Über Deutschland war weder auf dem einen noch auf dem anderen Kanal etwas zu erfahren; im Gebiet – grosso modo – der ehemaligen und neu deklarierten DDR stand die Rote Armee, das war und blieb alles.

Aber nur bis zum 13. Februar. Mit dem Massaker von Köln kam Deutschland weltweit wieder in die Schlagzeilen. Schon vor Jahr und Tag hatte der Bürgermeister den goldenen Schlüssel der Stadt an den Oberbefehlshaber der arabischen Rheinbrigaden übergeben und war der Zeremonie des Teppichkusses für würdig befunden wurden. Unter den zunächst moderat auftretenden Besatzern war schnell der kölsche Frohsinn in die Stadt zurückgekehrt, mit Anbruch des Karnevals auch ein öffentlich zelebrierter. Während des Rosenmontagszugs hatten die Jecken jedoch übertrieben. In der Nacht war es wohl zu Scherzen über den bosnischen Stadtkommandanten gekommen, der Pressesprecher des Kalifen sollte später von »widernatürlichem Treiben« und »gotteslästerlichem Lebenswandel« sprechen, insbesondere von Erregung öffentlichen Ärgernisses durch »zotigen Frohsinn von Buhlknaben und ihren Liebhabern in Schenken und auf Straßen«. Alle Gläubigen seien im Reich Gottes willkommen, auch Christen. Nicht hingegen die Gottlosen, die ihr Leben dem Alkohol und der Unzucht gewidmet hätten.

Am Tag darauf – Faschingsdienstag – wurde das Kölner Dreigestirn ohne weiteres Verfahren öffentlich exekutiert. Als es daraufhin zu Tumulten kam, beschloß der Oberbefehlshaber kurzerhand, ein Exempel zu statuieren. Was genau passierte und, vor allem, wie es überhaupt in solch atemberaubender Geschwindigkeit passieren konnte, darüber wurde weltweit spekuliert. Tatsache war, daß Köln am Abend des 13. Februar nicht mehr existierte. Zum Auftakt mußten deutsche Sprengmeister den Dom zum Einsturz bringen; bevor der Rest der Stadt durch Abwurf mehrerer N-Bomben in Schutt und Asche versank, wurde die Kölner Bevölkerung – nach Aussortieren schöner Frauen, wehrfähiger Männer, Gelehrter und Wissenschaftler – zusammengetrieben und hingerichtet. Jeder Soldat hatte Befehl, dem Oberbefehlshaber einen Kopf zu bringen, die Köpfe wurden in Hunderten von Pyramiden rund um die Stadtgrenzen aufgeschichtet, ein Schädelkranz als »ewiges Mahnmal«.

Vom Atatürkwall am anderen, am türkischen Ufer des Rheins aus filmten die internationalen Filmteams. Sämtliche Videos, die man bei *YouTube* anklicken konnte, wurden in den usbekischen Netzen umgehend von der Zensurbehörde blockiert. Dennoch hatte sie zuvor jeder gesehen, Sher sowieso, an seiner Seite Kaufner. Wie im Mittelalter! stöhnten die Kommentatoren des Westens. Wie unter Timur! wußten die Kommentatoren des Ostens. Im *Aktuellen Blickpunkt* des Staatsfernsehens wurde der Vergleich en détail gezogen: Timur und seine Feldherren seien nicht mal die ersten gewesen, die auf ihren Welteroberungszügen solch schauerliche Schädelpyramiden hinterlassen hatten. Freilich hätten sie ihre Pyramiden am höchsten gebaut – in Isfahan zum Beispiel oder, ausgerechnet, in Bagdad. Sher war fassungslos (»Kein gläubiger Moslem würde so was tun, glaub mir, Ali, keiner«), Kaufner tat so, als fehlten ihm die Worte.

Wenn das kein Beweis war! Die *Faust Gottes* strafte nach dem Vorbild ihres Urahns und Kriegsheiligen, nach dem Vorbild Timurs, des Eroberers! Die Freie Feste Wandsbek war in ihrer damaligen Einschätzung der Lage, das stand spätestens seit dem Massaker von Köln fest, der Entwicklung weit voraus gewesen, nun war Timur mit einem Mal auch in den Medien ein Thema. Einzig ein Wunder kann uns noch retten, hatte Kaufners Führungsoffizier im Frühjahr '26 festgestellt, vor drei Jahren: Falls Ihr, sagen wir, Anschlag gelingt, wird die ganze islamische Welt den Donner hören, dann haben wir endlich wieder einen Sieg errungen, auch wenn's nur ein symbolischer ist.

Nur? Jeden Morgen sah Kaufner aufs Thermometer, ob es nicht endlich Frühling werden wollte. Hätte er doch bloß aufbrechen können!

Schon Mitte März, das Navruzfest stand vor der Tür, und nach wie vor redete jeder von Köln. Dabei würde Usbekistan mit dem Massaker von Bekobod in wenigen Tagen seine eigene Greueltat erleben. Alles blühte, fast jeden Tag regnete es für ein, zwei Stunden, dann brach die Sonne durch und es wurde mittags so heiß, daß man sich gar nicht vorstellen konnte, irgendwo könne noch Schnee liegen. Blickte man zum Horizont, auf die Spitzen der Serafschankette, konnte man ihn allerdings mit bloßem Auge wahrnehmen.

Dennoch packte Kaufner seinen Rucksack, tätigte letzte Besorgungen, verabschiedete sich reihum, sein Plan stand fest: Ebendort, wo er im Herbst vom Turkestanrücken abgestiegen und auf einen der Arme des Serafschanflusses gestoßen, wollte er über die grüne Grenze. Man hörte von Schmugglern, Schleusern oder den Flüchtlingen selbst, daß die tadschikischen Soldaten beide Augen zudrückten, sofern man Rubel für sie hatte. Von dort würde Kaufner dann aber nicht direkt aufsteigen. Sobald er eventuelle Kontrollen hinter sich wüßte, mußte er sich erst einmal eine Waffe beschaffen. Der Schwarzmarkt in

Pendschikent sollte dermaßen florieren, daß die, die von drüben kamen, davon wie von einer Sehenswürdigkeit berichteten.

Die einzige, die Kaufners Vorbereitungen mit Sorge verfolgte, war Shochi. Immer aufs neue mußte er sie verscheuchen, Kaufner hatte keine Zeit mehr für böse Vorahnungen und Träume. Schon der Verkauf seiner atmungsaktiven Trekkingkleidung, der Kauf von einfachen Baumwollhemden und -hosen, wie sie Odina getragen, beflügelte ihn. Rückblickend betrachtet wollten ihm all die Jahrzehnte seines deutschdemokratischen und, ab September '89, bundesrepublikanischen Daseins als bloßes Hinleben auf die eine Tat erscheinen, der er mit Entschlossenheit dieser Tage entgegenstrebte. Kaufner hatte stets in der Überzeugung gehandelt, für die gute Sache zu arbeiten. Aber bis jetzt war er nur ein, nun ja, Agent des Freien Westens gewesen, er brannte darauf, mehr zu sein, obwohl ihm der rechte Begriff dafür fehlte: etwas wie ein Attentäter, mochte das Wort noch so sehr von der Gegenseite besetzt sein, ein Attentäter für die gerechte Sache. Als ob ihn das lange Warten, erst recht dann aber »Köln« und das anhaltende Gerede der Leute vom bevorstehenden »Untergang des Westens« so richtig heiß gemacht hätte, so besessen wie die gemacht hätte, die er bekämpfte. Nun, sofern alles gut ging, würde in seinem Fall nicht mal ein Tropfen Blut fließen, genau genommen würde man Kaufners Tat als bloße Sachbeschädigung deklarieren können. Nicht in den Augen derer, die für die *Faust Gottes* kämpften, gewiß; doch vor der restlichen Weltöffentlichkeit.

Sein Wolfszahn allerdings wollte Blut schmecken, so ganz ohne würde es nicht zu vollbringen sein. Kaufner hatte noch nie einen Menschen getötet – als er's gemußt hätte, damals an der Grenze, hatte er ja versagt –, aber er fühlte, daß er selbst dazu bereit war.

Bundeskanzler Yalçin, nach seiner Wahl angetreten als Friedens- und Versöhnungskanzler, nun hatte er in seiner »Aschermittwochsrede an die Nationen« – einen Tag nach dem Massaker von Köln – dem Kalifen mit dem Abwurf von ZZ-Bomben gedroht! Da jede der kriegführenden Parteien darüber verfügte, war es stillschweigender Konsens gewesen, sie nicht zum Einsatz zu bringen. Wenn Yalçin nun den Tabubruch erwog, mußte Deutschland kurz vor der Kapitulation stehen, und wenn Deutschland kapituliert hatte, dann ... gab es das alte Europa so gut wie nicht mehr. Ein Europa, das Kaufner ein Leben lang als fraglos hingenommen, sich freilich nicht weiter darum gekümmert hatte. Ein Europa, das er sich jetzt, da es in seinen Grundfesten wankte, sehnlichst zurückwünschte, um darin noch ein paar Jahre in Frieden leben zu können.

Nein, Nationalist war Kaufner nicht. Europäer hingegen spätestens seit Anbruch des Krieges schon. Die Neuverteilung der Welt mußte verhindert werden, so viel hatte er begriffen, auch wenn die gute alte Zeit nie mehr zurückkehren würde. Als er am Montag, den 19. März, die Warnungen vor den tadschikischen Gebirgen (anhaltender Winter, Wegelagerei, Wölfe) allesamt in den Wind schlagend, als er endlich von Jonibek Richtung Grenze gefahren wurde, fühlte er sich auf grimmige Weise großartig. Endlich wurde er zum Täter. In der Toreinfahrt, durch die sie letzten Herbst den sterbenden Odina getragen hatten, spielten zwei Alte Nardi, wie Backgammon hier hieß. Es war so warm, daß sie auf dem bloßen Boden saßen, völlig selbstvergessen dem Würfeln hingegeben. Jonibek gab Gas, Kaufner tastete nach dem Zahn in der Halsgrube. Kaum hatten sie sämtliche Straßensperren hinter sich und waren aus der Stadt draußen, baute sich eine Gewitterfront vor ihnen auf. Die Ausläufer des Turkestanrückens lagen wie schwarze Katzen geduckt unterm Horizont, man konnte Angst vor ihnen bekommen.

Immer wieder Alleen an Maulbeerbäumen, deren Äste bereits kräftig Grün angesetzt hatten; da und dort blühte eine Kastanie, am Feldrand der Mohn. Bald bogen sie von der

Hauptstraße ab, um nicht in die Kontrollposten der Armee zu geraten, nach wenigen Minuten war der silberne Mercedes schlammbespritzt. Dann ging es an Bewässerungskanälen entlang, in regelmäßigen Abständen führten hellblau gestrichene Eisenträger hinüber, natürlich geländerlos, ein Vorgeschmack aufs Gebirge. Dahinter Felder, Hecken, Dächer der Beobachtungstürme, stacheldrahtbewehrte Zäune. Man kam vorwärts, wenngleich kein bißchen voran.

Immer erneute und wieder erneute Abzweigungen. Auch Jonibek hatte die Orientierung längst verloren, niemand war zu sehen, den man hätte fragen können, man mußte nach dem Stand der Sonne fahren. Kaum daß man sie noch sehen konnte, die Sonne, so dunkel hatte sich der Himmel zusammengezogen. Und wo überhaupt hätte Kaufner aussteigen und seinen Weg beginnen wollen? Vor einem halben Jahr hatte alles ganz anders ausgesehen. Sich einfach aufs Geratewohl in die Büsche zu schlagen verbot sich angesichts der zahlreichen Wachtürme. Plötzlich führte der Weg über ein kleines Stauwehr, unter ihnen donnernd das Wasser des Serafschan, bereits hier auf mehrere Kanäle verteilt, die sich rund um Samarkand dann hundertfach verzweigten. Noch ehe sie ganz auf das Wehr hinaufgefahren waren, sahen sie den Schlagbaum am anderen Ufer.

Auch der Brückenwärter hatte sie gesehen, trat aus seinem Verschlag, winkte. Jonibek, sosehr er sich sonst als Neuer Usbeke gab (der sich aufgrund seines offensichtlichen Reichtums an keinerlei Recht und Gesetz zu halten hatte), das Gehorchen war ihm in seinen achtzehn Lebensjahren in Fleisch und Blut übergegangen, es gab kein Zurück. Immerhin war man mindestens vier, fünf Kilometer von der Grenze entfernt, es war nicht verboten, im eigenen Auto spazieren zu fahren.

Verboten sei's jedoch, hier ohne Sondergenehmigung unterwegs zu sein.

Jonibek bestritt heftig, daß es ein entsprechendes Verkehrsschild irgendwo auf der Strecke gegeben habe; der Wächter fühlte sich in seiner Ehre angegriffen. Ehe Kaufner ein Geldbündel aus der Hosentasche ziehen und ihn besänftigen konnte, waren sie alle drei umringt von Soldaten. Und noch immer kein Blitz, kein Donner, kein Regen.

Nein, verboten sei hier nichts. Aber verdächtig alles. Auf der Pritsche des Mannschaftswagens, mit dem man sie zur Kaserne transportierte, saß bereits ein festgenommener »Schmuggler«. Statt mit den Neuverhafteten zu reden, zeigte er seine Handschellen. Da die Plane nicht herabgelassen war, sah man während der Fahrt weit über Busch und Tal, einmal meinte Kaufner in der Ferne ein Flüchtlingslager erkannt zu haben. Sobald sie an Bauern vorbeikamen, die dem Militärfahrzeug von ihren Feldern aus schweigend entgegengesehen hatten, grüßte der »Schmuggler«, indem er die Hände hob. Mit unbewegter Miene nahmen sie's zur Kenntnis, keiner rief ihm etwas zu, nur die Hunde tobten wütend eine Weile neben dem Lkw her.

Das Verhör fand vor der Kaserne statt, auf der Rampe zur Einfahrt, deren Ränder von je drei Soldaten besetzt wurden. Sobald Kaufner von der Ladefläche gesprungen war, brachten sie ihre Gewehre hüfthoch in Anschlag. Der »Schmuggler« wurde ohne weitere Umstände durch eine kleine Tür im Tor abgeführt. Jonibek blieb in respektvollem Abstand stehen, keiner interessierte sich für ihn, desgleichen der Brückenwärter. Dann wurde das gesamte Tor seitlich aufgeschoben, einer mit Höckernase und nach vorn aufgestülpten Nasenflügeln trat grußlos auf den Plan, das Tor wurde hinter ihm geschlossen. Aus seinen Augen drang eine intensive Dunkelheit, darunter dunkle Augenringe, das olivschimmernde Gesicht eher schmal, wirres schwarzes Haar.

Wenn das kein Armenier ist, dachte Kaufner, ein Armenier als usbekischer Kasernenkommandant. Daß er es mit einem Major zu tun bekommen würde, hatte er längst erfaßt. Kaufner gönnte sich das Vergnügen und nahm Haltung an, selber war er nur Hauptfeldwebel gewesen, seit seiner Pensionierung immerhin noch Hauptfeldwebel d. R. Ausführlich wurde er begutachtet. Ein Rabenschwarm kreiste krächzend über der Szene, fiel schließlich hinter Kaufners Rücken in einem Feld ein. Eine Weile hörte man nur die Überlandleitung, sie zwitscherte wie ein Schwarm Vögel.

»Gamburg?« Der Major hatte Kaufners Paß so lange und auf allen Seiten studiert, wie es in diesem Lande üblich.

Kaufner nickte.

»Immerhin nicht Köln.«

Kaufner lächelte. Dann das übliche Woher, Wohin, Warum. Ob sich nicht bis zu ihm herumgesprochen hätte, daß sich gerade etwas Feines zusammenbraue? Selbst der Chinese habe seine Truppen zusammengezogen, der Russe stünde sowieso schon in Kirgistan, und beim Tadschiken nebenan sei mindestens der Teufel los. Da dürfe man doch wohl ein bißchen wachsam sein?

Kaufner nickte. Stellte sich als Naturburschen dar, als Freund der Berge, und immer in seinem tadschikusbekischen Kauderwelsch, das ihm auch hier sogleich Sympathien brachte. Usbekistan sei ein schönes Land, es habe mehr zu bieten als türkis gekacheltes Weltkulturerbe.

Der Major grinste, in der Tat, das habe es. Ob Kaufner auch etwas für ihn habe?

Nein, kein Geld, ein Usbeke sei nicht zu bestechen. Verständnis wollte er. Verständnis für die Verhaftung, das Verhör, die grundsätzliche Vorsicht, die geboten war, hier und heute und überhaupt. Usbekistan sei ein kleines Land, nicht nur von Freunden umgeben. Da müsse man doppelt aufpassen.

Kaufner nickte. Aber verboten sei das Befahren von Straßen ja selbst hier nicht, oder doch?

Nein, versicherte der Major beim Abschied, man müsse allerdings unten sehen, welche Art von »Wandervögeln« sich in der Gegend herumtreibe, weil es »oben« (er meinte die Berge) derzeit kaum möglich sei. Der Schönheit Usbekistans wegen kämen sie ausnahmslos alle; was sie tatsächlich im Gepäck oder im Schilde führten, wisse Kaufner ja wohl.

Kaufner wußte es nicht, nickte jedoch. Der Kommandant hielt ihn offenbar für dermaßen harmlos, daß er wenigstens seine eignen Spitzfindigkeiten dagegenstellen wollte.

Das kleine Bürschlein, schloß der Major, indem er mit dem Finger auf Jonibek zeigte, das kenne er, das komme öfters hier durch. Aber Kaufner? Wer wisse schon, was einer, der nicht mal grüße, auf einer Brücke anstellen wolle?

Der Major war auch nichts anderes als ein Friedenswächter und nahm seine Aufgabe ernst. Bevor er Kaufner und sein »Bürschlein« zurücktransportieren ließ zum Ort ihrer Verhaftung, auf daß sie von dort im eigenen Wagen und ohne weitere Umwege nach Hause führen, ließ er seine Mannschaft zum Abschied strammstehen und salutieren.

Die Sache war so glimpflich ausgegangen, daß Kaufner fast gute Laune hatte, dabei war er auf ganzer Linie gescheitert. Während sie zurückfuhren nach Samarkand, Jonibek in anhaltender Sorge, ob die Angelegenheit nicht doch »nach oben gemeldet« werden und bei den Behörden oder gar der Polizei landen würde, Kaufner in kopfschüttelndem Erstaunen darüber, wie wohlgeordnet der Alltag unter einem diktatorischen Regime selbst in Kriegszeiten verlief, fand zweihundert Kilometer weiter nordwestlich das größte Kriegsverbrechen statt, das Usbekistan seit Timurs Gewaltherrschaft zu erleben hatte.

Noch immer dunkler Himmel über dem Turkestanrücken. Aber das Gewitter ging an diesem Tag andernorts nieder.

Im *Atlas Guesthouse* hellste Aufregung, niemand interessierte sich für Kaufner und warum er schon wieder zurückgekehrt war. Jonibek wurde nur kurz von Maysara umarmt, aufschluchzend dankte sie Gott, daß er heute außer Haus gewesen, »sonst hätten sie dich wahrscheinlich gleich mitgenommen«.

Nun waren sie also gekommen. Und hatten gefunden. Die Unstimmigkeiten in Shers Büchern. Aber auch religiöse Schriften, die sie vor aller Augen in einer Schublade seines Schreibtischs deponiert, dann überrascht hervorgezogen und als islamistische Propaganda beschlagnahmt hätten. Hochsubversive Schriften, die auf dem Index standen. Bei einer Runde Wodka habe Sher immerhin Ratenzahlung vereinbaren können, bloß kein Aufsehen, nichts Offizielles, die Polizisten hätten zugesichert, keine Meldung nach oben zu machen. Plötzlich habe sich der, der damals so abrupt vom Frühstückstisch aufgestanden, über Shers Alkoholkonsum beschwert, ob hier vielleicht auch andre Drogen versteckt seien? Dabei habe er ein Plastikbeutelchen mit weißem Pulver aus der Tasche gezogen und herumgezeigt, Maysara sei heulend zusammengebrochen. Noch schlimmer als Erpressung seien die Lager, über die Foltermethoden kursierten schaurige Gerüchte.

Dabei waren Sher und seine Familie glimpflich davongekommen. Als er in einem Anfall plötzlicher Erleuchtung seine sämtlichen Pornokrawatten unter den Polizisten verteilt habe, sei sogar etwas wie Stimmung aufgeflackert; beim Abschied habe man ihm versichert, nicht so bald wiederzukommen. Im ganzen Viertel hätten an jenem Tag Hausdurchsuchungen stattgefunden. Dilshod und Firdavs seien auf offener Straße wegen »Rowdytums« verhaftet worden, wahrscheinlich steche man ihnen bereits Nadeln in die Fußsohlen oder verpasse ihnen Elektroschocks. Auf die Polizei könne man sich in diesem Land verlassen.

Insofern war man einigermaßen zerzaust, als man sich

abends zum *Aktuellen Blickpunkt* in Shers Büro versammelte. Kaufner gehörte so fraglos dazu, als wäre er heute nur auf einem Tagesausflug gewesen. Und dann der nächste Schock – die Tadschiken hatten bei Bekobod angegriffen! Zum Glück war die usbekische Armee wachsam gewesen und hatte den Angriff zurückgeschlagen, man sah, wie sie mit Artillerie, MGs, Maschinenpistolen in die anstürmenden Menschen auf der anderen Seite des Flusses hineinschoß. Der Krieg, der langersehnte, war er jetzt tatsächlich losgegangen?

Noch ehe man sich für eine Antwort entschieden hatte, klingelte das Telephon, man solle dringend die russischen Nachrichten ansehen, die Wahrheit sei nämlich ... Bei *Gazprom TV* erkannte man auf den ersten Blick, daß es mitnichten Tadschiken gewesen waren, die da zu Tausenden über den Grenzfluß hatten setzen wollen. Sondern Usbeken. Usbekische Flüchtlinge, die seit Wochen, Monaten in einem riesigen Lager auf tadschikischer Seite festsaßen, weil ihnen die usbekischen Behörden die Einreise verweigerten. Nun hatten sie sich verabredet, alle auf einmal mit Gewalt ihr Glück zu versuchen – die usbekische Armee feuerte aus allen Rohren auf die, die das gegenüberliegende Ufer hinabstürmten oder im Fluß schwammen, schoß auch noch auf die, die das rettende Ufer fast erreicht hatten. Daß die tadschikischen Bewacher des Lagers, die versucht hatten, die Fliehenden aufzuhalten, bei diesem flächendeckenden Feuer ebenfalls ihr Leben lassen mußten, galt den russischen Kommentatoren keineswegs als Kollateralschaden.

Das Massaker von Bekobod. Blauhelmsoldaten der UNO hatten aus sicherer Entfernung zugesehen, angeblich ohne robustes Mandat, das ein Eingreifen erlaubt hätte. Stattdessen hatten sie wahrscheinlich die Videos gedreht. Da man sich nicht über das eigene Militär empören konnte, tat man es umso lauter über die UNO, und weil in Usbekistan kein UNO-Stützpunkt, wohl aber – bei Shar-i Sabs – einer der NATO war, wurde er noch in selbiger Nacht erneut von der *Faust Gottes* angegriffen. Das Gerücht lief durch die Stadt, daß die tadschikische Regierung Rußland um Hilfe gebeten habe, die Situation im Lande sei außer Kontrolle.

Tags drauf wurde das Gerücht zur offiziellen Nachricht: Rußland sicherte dem »Brudervolk« der Tadschiken Beistand zu, entsprechende Kontingente seien in Marsch gesetzt. Umgehend ordnete der usbekische Präsident die Generalmobilmachung an. Da die russischen Truppen nur aus Kasachstan oder Kirgistan anrücken mußten, würde sein Land innerhalb weniger Stunden auch im Osten durch Einheiten der Roten Armee abgeriegelt sein. Die Sehnsucht nach Krieg flaute in der ganzen Stadt drastisch ab, überall versicherte man einander, daß »Bekobod« nichts als ein tragisches Mißverständnis gewesen. Im Fernsehen wurde eine »Friedensbotschaft« des Präsidenten für den morgen Tag angekündigt. Selbst Sher war fassungslos (»Keiner würde so was tun, glaub mir, Ali, auch kein Usbeke«). Kaufner tat so, als fehlten ihm die Worte.

Das Navruz-Fest fiel in diesem Jahr aus. Stattdessen marschierten russische »Friedenstruppen« in Tadschikistan ein. All das, was die Chinesen seit Jahren an Straßen und Tunneln für *ihren* künftigen Ein- und Durchmarsch gebaut hatten, nutzen jetzt ihre ärgsten Rivalen. Wahrscheinlich hatten sie auf jenen Moment längst gelauert, womöglich gar die Unruhen so lange geschürt und zur Eskalation gebracht, bis sie der tadschikischen Regierung einen Hilferuf diktieren konnten. So jedenfalls sah man die Sache in Usbekistan. Freudenfeste, welcher Minderheit auch immer, wurden verboten. Nur seltsam, daß die Chinesen nicht reagierten, daß sie sich überhaupt in diesem Krieg so beharrlich zurückhielten. Als ob sie den geeigneten Zeitpunkt abwarteten, an dem alle anderen derart erschöpft sein würden, daß von keiner Seite mehr Widerstand zu erwarten war. Aber was passierte jetzt mit den Tausenden an chinesischen Straßenarbeitern, Grubenarbeitern, Bus- und Lkw-Fahrern, die im Lande waren? Nun, das war jedenfalls nicht die größte Sorge, die man sich in Samarkand machte.

Die größte Sorge war, daß die Russen fortan knapp fünfzig Kilometer vor der Stadt standen, die Drohnen lieferten gestochen scharfe Bilder ihres Aufmarsches. Auf usbekischer Seite kam es zu aufgeregt sinnlosen Truppenverschiebungen nach Nord, nach Süd, wieder nach Nord; gegen die russische Übermacht würde man sowieso keine Front halten können. Für den, der das Serafschantal kontrollierte, lag Usbekistan mit seinen fruchtbaren Oasen und riesigen Gasvorkommen schutzlos offen da. Kein Wunder, daß der Präsident in seiner seit Tagen angekündigten Fernsehansprache gleich in den ersten Sätzen den Ausnahmezustand über das Land verhängte; die Ausgangssperre beginne fortan, gut muslimisch, mit dem Gebetsruf nach Sonnenuntergang. Nebenbei erklärte er sich zum »Führer des Volkes« und setzte die Verfassung außer Kraft.

Nun war er losgegangen, der Krieg. Auch wenn ihn die Einwohner von Samarkand noch immer nicht so richtig wahrhaben konnten. Es sollte eine Weile dauern, bis man begriffen hatte, das die moderne Form des Krieges ein mittelalterlich anmutender Straßen- und Häuserkampf war, Nacht für Nacht und Mann gegen Mann, bei gleichzeitiger Verschiebung ganzer Machtblöcke, die aufgrund bloßer Hilferufe oder sonstiger abstrakter Entscheidungen geschahen, ohne daß ein tatsächliches Kräftemessen voranging.

Das Erstaunlichste: Nach dem Massaker von Bekobod und erst recht nach dem Einmarsch der Russen »drüben« rückten Tadschiken und Usbeken in der Stadt enger zusammen, jedenfalls die älteren und bis Sonnenuntergang. Wenn man jetzt sogar vor den eigenen Brüdern auf der Hut sein mußte, konnte man wenigstens jenen die Hand wieder reichen, denen man bis eben nicht übern Weg getraut hätte. Während in der Provinz der eine oder andere Laden eines Tadschiken in Flammen aufging, hockte man in Samarkand einträchtig in den Hauptstraßen, sah den anhaltend hektischen Bauarbeiten zu oder lauschte den Spechten, wie sie die heiße Jahreszeit herbeiklopften, mitten in der Stadt.

Kaufner saß rastlos untätig auf seinem Balkon, malte sich zum hundertsten, tausendsten Mal Timurs Grab aus, versteckt in den Bergen, auf seine Weise mindestens so prachtvoll wie Gur-Emir. Spielte zum hundertsten, tausendsten Mal die Gespräche mit all denen durch, die ihm den Weg dorthin verwehren würden, mit Russen, Tadschiken, Usbeken, sogar Türken. Abends war nicht mal mehr ein Bauarbeiter im Hof zugange, weil bis Einbruch der Dämmerung jeder zu Hause sein mußte. Nur Shochi kam hoch zu ihm, rief leise seinen Namen. Als er endlich die Tür öffnete, stand sie vor ihm, den kleinen Hund im Arm, der schon als Welpe immer nur knapp überlebt hatte. Nun hatte er ausgelitten. Keine einzige Träne lief ihr die Wangen herab, sie hatte es ja gewußt. Am nächsten Nachmittag begleitete er sie zum Ruinenhügel, hob sogar die Grube aus. Zurück im Hof des *Atlas,* verabschiedete sie sich mit einem Lächeln, die Lücke zwischen ihren Schneidezähnen war kurz zu sehen. Dann aber mußte sie sich binnen Sekunden in etwas Schreckliches verwandelt haben. Etwas schrecklich Lautes. Als Kaufner den Balkon betrat, um nach der Ursache des plötzlichen Lärms zu forschen, sah er sie mit Furor unter Jonibeks Freunde fahren, Firdavs hatte die Doira fallen gelassen und starrte sie mit offenem Mund an. »Und auch du wirst bald sterben!« hörte man sie mit fester Stimme verkünden, jetzt stand sie vor Dilshod, der mit all seinen Tätowierungen und sonstigen Abzeichen der Männlichkeit in den Boden zu sinken bemüht war. Allein Jonibek sparte sie aus, wahrscheinlich weil er ihr Bruder war.

Nun hatte sie ihnen enthüllt, was sie als Gewißheit seit langem mit sich herumtrug. Seitdem gab es abends in der Loggia kein Trommeln, Trinken und Grölen mehr. Wenn der Tag zur Neige ging in der Altstadt von Samarkand, wurde es unglaublich still. Wenigstens waren die Stare zurückgekehrt aus Indien, stundenlang sah man sie Ellipsen und Achter in den Himmel zeichnen, nur kurz verschwanden sie im Formationsflug, um auch die Welt hinterm Horizont zu verwirren. Der Heilige, der den Schnee zum Schmelzen bringen konnte, hatte angekündigt, daß er einige von ihnen abstürzen lassen würde, sobald der Tag und die Stunde gekommen. Seitdem war er wieder von Massen umlagert, man erwartete ein weiteres Wunder. Als ob er am Ende vielleicht gar vor den Russen schützen konnte, so man ihn durch Bewunderung bei Laune hielt.

Was würde Odina in einer derartigen Situation gemacht haben? fragte sich Kaufner. Die Antwort erhielt er im Teehaus *Blaue Kuppeln*. Die Alten hörten einfach alles und als erste; obwohl auch Kaufner mitbekommen hatte, daß es seit Bekobod nur so Protestadressen an Rußland hagelte, hätte er niemals damit gerechnet, daß man ihnen irgend nachgeben würde. Humanitäre Maßnahmen? Aber mit dem Einmarsch der Roten Armee war doch alles wieder im Griff. Internationale Beobachter? Was hätten die schon mehr beobachten sollen als die Blauhelmsoldaten an der Grenze. Freier Grenzübertritt für Flüchtlinge? Na gut! Anscheinend mußte Rußland beweisen, daß es Tadschikistan keineswegs besetzt, sondern lediglich aus einer vorübergehenden Bredouille geholfen hatte, jedenfalls sicherte es offene Grenzen zu. Es lief dann zwar bloß wieder auf Oybek hinaus, den kleinen Grenzübergang im Norden, der seit letztem Jahr immer mal wieder für ein paar Tage geöffnet wurde, aber immerhin. Wenn man dort ausreisen konnte, würde man auch einreisen können. Und vom Norden in den Turkestanrücken gelangen.

Weil Jonibek seit Kaufners Verhaftung und Verhör nicht mehr

chauffieren durfte – überdies lag Oybek nicht gar so weit von Bekobod entfernt, in die Gegend hätte ihn Maysara niemals gelassen –, suchte Kaufner nach dem ehemaligen KGB-General. Der brauchte dann zwar ein paar Tage, um einen passenden Wagen zu organisieren, dafür wußte er mit Sicherheit, daß die Chinesen in Tadschikistan einen Tunnel durch den Turkestanrücken getrieben hatten, der mittlerweile offen für den Verkehr sei, seitdem komme man von Norden ganz einfach ins Serafschantal. Kaufner packte erneut seinen Rucksack. Ließ sich bei Lutfi in einem spontanen Entschluß den Schädel scheren, an einem Schopf sollte ihn keiner mehr zu packen kriegen. Kaufte auf dem Bazar eine Usbekenkappe (Sommerware: grau mit Belüftungslöchern), wie sie jeder hier trug, sofern er sich nicht an Rußland oder am Westen orientierte. Setzte sie auf und …

Und dann kam doch erst noch der lang angekündigte Staatsbesuch. Alle Ausfallstraßen wurden gesperrt, und Kaufner verschenkte seine Kappe an Lutfis Sohn, der konnte sie sowieso besser gebrauchen.

Als der Konvoi der schwarzen Limousinen in Samarkand einfuhr, waren sämtliche Verschönerungsmaßnahmen abgeschlossen, die Springbrunnen angestellt, selbst die Wasserspiele auf dem ehemaligen Gelände der Wodkafabrik. Die ganze Stadt sah aus, als hätte sie sich für ein Friedensfest in bunten Farben geschmückt. Abgesehen von den Straßensperren, den Panzern, den aufmarschierten Infanterie- und Polizeiregimentern. Die Tore zu den Stadtvierteln waren ausnahmslos geschlossen worden, sogar eine Brücke hinterm Bazar hatte man noch kurzerhand abgerissen, damit man die Straße darunter besser sichern konnte. Ohnehin fuhr der Konvoi nur zwischen Betonwänden wie in einer langen Schleuse, die am blumengeschmückten Timur-Denkmal endete. Die Bevölkerung sah bis dahin nichts, die Besucher aus dem Ausland sahen ebensowenig, das Altstadtgewirr der Lehmziegelbauten war durch Sichtschutzwände und neue zweistöckige Häuserfassaden überall abgeschirmt worden.

Umso mehr drängte man sich dort, wo's noch keine Sichtschutzmauern gab oder wo sie genügend Raum ließen, um sich davorzustellen, auf dem Registan, dem Universitet Boulevard und, vor allem, dem Platz rund ums Gur-Emir – hier sollten die Reden gehalten werden. Mittendrin Kaufner, auch wenn er keiner der Schulklassen oder Betriebsabordnungen angehörte. Während man wartete, bis die Delegation aus Taschkent gelandet und vom Flughafen ins Zentrum eskortiert war, räucherten Zigeuner, darunter die eine oder andre Schönheit, die Zuschauer mit Steppenraute ein. Man konnte ihrem bösen Zauber nicht entgehen, so eng stand man zusammen.

Eigentlich sah man alles erst anschließend im Fernsehen. Sah, wie der Präsident in kurzärmligem Hemd und Sakko, an dem die Ärmel abgeschnitten waren, Timurs Feldzeichen vor dem Gur-Emir aufstellte – Yakhörner an der Spitze, vier schwarze Roßschweife –, ans Mikrophon trat, kurz die bekannten Entschuldigungen für Bekobod wiederholte (»schreckliche Fehlinformation der Truppe«), um dann den Beginn einer neuen Zeit zu verkünden. Auch Tadschiken seien Usbeken! Hüben wie drüben! In der »großen usbekischen Völkerfamilie« sei jeder willkommen. Am liebsten hätte er sich als Urenkel Timurs präsentiert, so usbekisch gab er sich; wohlweislich verschwieg er auch heute, daß er einen tadschikischen Großvater hatte. Es wußte sowieso jeder. Dann sah man seinen dicht behaarten Arm, wie er sich zum historischen Händedruck streckte – mit einem Mullah! Nein, mit dem Ayatollah höchstselbst, in seinem Schlepptau der Staatspräsident. Es war eine Delegation aus der Islamischen Republik Iran, die man so lang erwartet hatte! Damit hatte niemand gerechnet, der Kalif wäre den meisten gegen Rußland lieber gewesen. Immerhin, über N- und ZZ-Bomben verfügten die Perser ebenfalls.

Der Ayatollah, er sprach in Farsi, Tadschikisch und Usbekisch, drückte seine Genugtuung darüber aus, daß Usbekistan auf den Weg zum Gottesstaat zurückgefunden habe, fürderhin werde der Allmächtige seine schützende Hand über das Land halten, das Reue gezeigt und Bereitschaft zur Umkehr. Er schenkte dem usbekischen Präsidenten eine Gebetskette, die schon durch die Finger von Mohammeds Schwiegersohn Ali geglitten sei.

Dagegen fiel selbst die Tochter des Präsidenten heute ab, die danach ans Mikrophon durfte. Sie zeigte für ihre Verhältnisse ungewohnt wenig Bein und Dekolleté, sang ihren neuesten Schlager, »Der Soldat ist die Blume der Gesellschaft«, seit Wochen war er überall in der Stadt zu hören. Auf der anschließenden Pressekonferenz, ebenfalls mehrfach im Fernsehen zu verfolgen, betonte jeder das friedliche Koexistenzrecht der Völker und verkündete, daß man noch heute abend, in Taschkent, einen Beistands- und Bündnispakt schließen werde. In einem Nebensatz wurde das im Lande verbliebene NATO-Kontingent zum Abzug aufgefordert. Ab sofort seien wieder alle Moscheen geöffnet für jedermann und zu jeder Zeit.

Bevor die Kommentatoren zu weitschweifigen Spekulationen ansetzten, »was die neue Koalition mit Iran für das turkstämmige Usbekistan bedeutet«, sah man den Ayatollah, wie er, schon auf der Rückfahrt zum Flughafen, das Protokoll mißachtend, dem Heiligen in der Taschkentstraße seine Aufwartung machte. Selbst Kaufner wurde blitzartig klar, daß künftig auch andere Derwische hier wieder geduldet, wahrscheinlich sogar von Staats wegen hofiert würden. Anschließend teilte der Ayatollah den Reportern mit, er habe den Heiligen nach dem Mahdi gefragt, um von der Art und Weise, wie er über ihn und dessen bevorstehende Wiederkunft auf Erden dachte, Zustand und Rang seiner Erleuchtung abzuschätzen. Der Heilige habe ihm schließlich geantwortet:

»Die Farbe des Wassers ist die Farbe des Glasgefäßes.«

Ein Satz, der in den Teehäusern Samarkands zum geflügelten Wort werden sollte. Ausgiebig ruhte die Kamera auf den Wolken an Staren, die seit Tagen den Himmel über Samarkand verdunkelten, jede ein hologrammatisches Kunstwerk für sich, eine elliptisch sich dehnende Kugel, die jählings in alle Richtungen zerplatzte, spiralförmig erneut zusammenstrudelte, zum Winkel ausschwärmte, phalanxartig auf den Betrachter zusauste. Aber kein einziger der Vögel fiel dabei zu Boden. Was immer das zu bedeuten hatte für den Heiligen, den Ayatollah und das Schicksal des gesamten Landes. Waren Tag und Stunde noch immer nicht gekommen? Mochten sich die Kommentatoren darüber den Kopf zerbrechen, Kaufner packte den Proviant in seinen Rucksack, die Straßen waren wieder freigegeben. Als der ehemalige KGB-General am *Atlas Guesthouse* vorfuhr, gelang es Shochi, Kaufner den Weg im Hoftor zu vertreten.

Ja, sie habe blutige Träume gehabt. Und wisse schon, daß er davon nichts hören wolle. Deshalb sei sie auch gar nicht hier. Sondern um ihm die Wahrheit zu sagen.

Nun?

Sie trug einen weißen Rock, auf dem in großen Buchstaben *Versice* stand. Die Morgensonne lag auf ihrem schwarzen Haar und leuchtete, dann wischte sie sich das Licht aus dem Haar, und die großen Ohrringe, die sie neuerdings trug, gerieten ins Schwingen. Sher winkte aus der Loggia, wo die frisch angelieferten Sandelholzstämme lagerten und ihres kostbaren Duftes wegen besucht werden mußten.

Die Wahrheit. Shochi wand sich, sie hatte Probleme damit. Jetzt, da Kaufner tatsächlich fortwolle, könne sie diese nicht länger für sich behalten. Es sei nämlich … Es sei gar nicht Odina gewesen, der gebracht worden, im Herbst, um hinter verschlossenem Hoftor zu sterben.

Nicht Odina? Kaufner sah ihn sofort wieder, der damals auf der Trage vor ihm gelegen. Hörte seinen stillen Schrei. Immerhin, Odina war es also nicht gewesen. Aber wer dann?

Inzwischen winkte auch Jonibek. Seit seinem Schulabschluß hatte er anhaltend Angst vor der Arbeit, dieser Tage mußte er seinem Vater zumindest mal beim Überwachen der Bautätigkeiten beistehen. Dilshod und Firdavs saßen mit raspelkurz geschorenen Schädeln neben den Sandelholzstämmen; seitdem man ihnen vor wenigen Tagen bei der Polizei eine »ordentliche Frisur« verpaßt hatte, waren sie noch stiller geworden. Auch das hatte ihnen Shochi damals nämlich geweissagt, nach der Beerdigung des Hundes, und daß es »dann nicht mehr lang dauern« werde. Zwei Todgeweihte, Shochi hätte auf ihrem Weg zur Hochzeitstruhe durch sie hindurchschreiten können. Wohingegen ihr Bruder regelrecht Reißaus nahm, sobald sie sich der Loggia näherte – bloß keine weiteren Prophezeiungen! Im Moment war Shochi freilich das Gegenteil einer Rachegöttin; ganz Mädchen stand sie vor Kaufner und suchte nach dem rechten Wort:

»Es war, es war«, flüsterte sie ihm schließlich ins Ohr, »es war so einer wie du.«

Einer, der wie Kaufner eines Tages in der Stadt aufgetaucht sei. Einer, der die Gebirge durchstreift habe. Jeder im Viertel habe ihn gekannt, jeder. Mehr wisse sie nicht, wolle sie auch gar nicht wissen, es führe sowieso nur immer zu etwas Schrecklichem. Ob er wenigstens den Wolfszahn umgelegt habe?

Kaufner zog ihn aus dem Halsausschnitt seines Hemdes und zeigte ihn. Shochi verschwendete keinen Blick darauf, sah ihn mit leeren blauen Augen an. Kaufner hielt ihren Blick aus. Und fühlte, wie ihm etwas in die Hand gedrückt wurde. Das rosa Taschentuch, komplett mit Goldbären bestickt.

»Aber das ist doch für deinen –«
Ach, das glaube Kaufner doch selber nicht. Shochis Hände kneteten ununterbrochen. »Wenn ich schon nicht mitkommen kann, um dich zu beschützen, dann muß ich wenigstens als Schutzengel dabei sein.« Solange Kaufner im *Atlas Guesthouse* gewohnt habe, hätte »das da« (sie meinte das Zauberensemble am Hoftor) alles Unheil abgewehrt, er habe es nicht mal gemerkt. Leider schütze der Zauber nur hier. Von der Straße hörte man es hupen. »Denk dran, Ali, du hast das böse Zeichen im Brot gehabt, du mußt vorsichtig sein!«
Damit war alles gesagt, was es zu sagen gab. Shochi sagte nichts mehr. Kaufner sagte nichts mehr. Einen halben Tag später setzte ihn der ehemalige KGB-General in Oybek ab, knapp fünfzig Kilometer nördlich von Bekobod. Von den Maulbeerbäumen fielen die ersten weißen Früchte, die Schwalben zwitscherten. Am östlichen Ortsrand hatten mehreren Kampfkompanien Stellung Richtung Tadschikistan bezogen. Dazwischen ein Grüppchen Blauhelmsoldaten, rund um das kleine Grenzgebäude lagernd.
Die usbekischen Grenzer taten so, als sähen sie Kaufner gar nicht, wie er mit seinem Rucksack durch das vollkommen leere Abfertigungsgebäude schritt. Sie pokerten, ein dicker Haufen Geldes lag in der Mitte des Tisches. Gleichzeitig mit Kaufner wollte nur eine einzige Familie nach drüben, Tadschiken aus einem ansonsten rein usbekischen Dorf, wie sie berichteten. Ihnen wurden die Pässe abgenommen, dafür allerhand Formulare zugeschoben, und weil die Grenzer ihr Kartenspiel jetzt tatsächlich unterbrachen und behaupteten, jede Frau dürfe lediglich ein einziges Schmuckstück tragen, wurden die kostbarsten Ringe und Ketten auf die Kinder verteilt, der Rest war verloren. Sobald man das Gebäude auf der anderen Seite verließ, kam schon das Niemandsland, eine Fahrspur zwischen hohen Maschendrahtzäunen, mehrfach von Stacheldraht gesichert.

Nach etwa hundert Metern die Container der tadschikischen Grenzer. Kaufner atmete tief ein und sah auf die Berge, ein grüner Flaum zog sich die Hänge hoch. Wieder war es Anfang April. In diesem Sommer jedoch, da war er sicher, würde er finden, würde zerstören.

Drittes Buch

Drüben

Kaufner hatte sich bei den Schwarzgeldhändlern in Samarkand ein perfekt gefälschtes Visum für Tadschikistan besorgt; nun dösten nur ein paar Blauhelmsoldaten zwischen den Containern, die ihn unwillig weiterwinkten, sobald er seinen Paß vorzeigen wollte. Im vorletzten Container endlich ein tadschikischer Grenzer, er behielt Kaufners Papiere dann gleich ein, ehe er ihn verscheuchte.

Visum? Tourist? Das gelte nicht mehr. Nun ja, man werde sehen.

Hinterm letzten Container eine wogende Menge, ausschließlich Frauen mit Kopftuch, ein kreisrundes Loch in der Containerwand bedrängend. Einige hielten mit beiden Armen Babys in die Höhe; die Alten drängelten am rabiatesten, aufdringlich laut klopften sie mit Schlüsseln gegen die Scheibe im Loch, auch gegen die Blechwand, wetterten gegen- und miteinander.

In einigem Abstand, rauchend, telephonierend, schwatzend, schweigend, die ersten Männer. Auf der Straße der zum Stillstand gekommene Flüchtlingstreck, eine endlose Schlange an Autos, Fuhrwerken, Packeseln, auf den Wiesen linksrechts davon großfamilienhaftes Gelage. Und in gewisser Distanz darum herum, eher dekorativ, Militärfahrzeuge, vielleicht die Russen.

Während Kaufner auf die Bearbeitung seines Passes wartete, zog er das rosa Taschentuch hervor, betrachtete die aufgestickten Goldbären. Selbst Shochi hatte ihn also belogen. Zumindest die Wahrheit verschwiegen. Wenngleich aus anderen Gründen als Odina. Keinen Moment bezweifelte er den Wahrheitsgehalt ihres Geständnisses. Der Junge lebte! Aber würde er dann in diesem Sommer nicht auch wieder unterwegs sein? Mit einem neuen »Herrn«, den er als Eseltreiber führte?

Die Idee, daß es noch andere in Samarkand geben könnte, die von dort ins Gebirge aufbrachen, hatte Kaufner bislang nie konkret zu Ende gedacht. Wo man in den Tälern wenigstens zum Schein an der Illusion eines friedlichen Miteinanders festhielt, galt auf den Höhen ... das Gesetz der Berge. Gewiß nicht nur unter den diversen Stämmen, Drogenbaronen und Einzelkämpfern, die dort ihren Geschäften nachgingen, sondern auch unter den Paßgängern, selbst wenn sie womöglich die gleichen Auftraggeber hatten und das gleiche Ziel, dem sie durch Zusammenarbeit näher gekommen wären als auf eigene Rechnung. Aber wie hätte man einander auf die Distanz überhaupt als Paßgänger erkennen können?

Und gar, für welche Seite der andere arbeitete? Sicherer war's, im Wettlauf jeder gegen jeden mitzumachen, ohne im entscheidenden Moment viel nachzudenken – auf daß man es nicht plötzlich selber war, den man im Tal auf einer Trage anlieferte. Jeder in Stadt und Land wußte, was in den Bergen geschah, und jeder schwieg dazu – das immerhin hatte Odina zugegeben. Die Gebeine Timurs samt ihren Grabbeigaben schienen so gut versteckt zu sein, daß man sich nirgendwo ernsthaft um die Paßgänger kümmerte. Sie würden sich in ihrem Eifer sowieso gegenseitig aus dem Weg räumen, den Rest notfalls die

Wächter der *Faust Gottes* besorgen, so weit war die Rechnung der Einheimischen klar.

Kaufners Rechnung war eine andere. Sorgfältig faltete er das Taschentuch und schob es zurück in die Hose. Nach wie vor bedrängten die Frauen den Container mit dem winzigen Schalterfenster. Schwere breite Glitzerkleidfrauen mit Goldzähnen und durchgezogenem Augenbrauenstrich. Einige wedelten mit Dokumenten und deklamierten dazu Bruchstücke ihrer Leidensgeschichte, jedwedem rundum die besondere Dringlichkeit ihres Ausreisewunsches darlegend, reichten die Dokumente nach vorne, über die Köpfe der anderen hinweg. Seltsamerweise verhinderten diese es nicht, gaben die fremden Dokumente sogar weiter, schließlich in die kleine Öffnung hinein und damit sich selbst und ihr eigenes Anliegen geschlagen. Es würde noch Tage, Wochen, Monate, würde immer so weitergehen.

Aber bei allem Chaos, das vor dem Schalter herrschte, mußte es auch hier einen diskreten Zugang von hinten geben, das hatte Kaufner bei der Besichtigung von Sehenswürdigkeiten gelernt. Er schlenderte um den ersten Container herum, schon an der Rückseite des zweiten fand er eine Tür, platzte mitten in eine Mittagspause. Die Beamten waren so überrascht, daß sie Kaufner wie ertappt angrinsten. Was allerdings die Bearbeitung seines Passes anging, konnten sie nur mit den Schultern zukken, da müsse man abwarten, er sehe ja selber. Im Eck lagen, wüst übereinandergeworfen, Hunderte, vielleicht Tausende an Pässen.

Kaufner ließ sich zum diensthabenden Offizier bringen, der ihm ausnehmend freundlich einen Platz und dazu ein Glas Tee anbot. In der schalenartigen Lampe, die von der Decke hing, war ein Schwalbennest; seitdem Kaufner das Büro betreten, flog die Schwalbe aufgeregt ihre Runden, schließlich beruhigte sie sich und bezog wieder ihr Nest. Der Offizier lächelte, ein erschreckend junger Kerl, bräunlicher Teint, kurze schwarze Haare, nach hinten gegelt, er hatte eine sehr grazile Art, das Teeglas zum Mund zu führen. Sofortige Bearbeitung von Kaufners Paß? Aber gern! Sofern ihn Kaufner finde. Es gelang mit überraschend wenigen Griffen, vor der versammelt staunenden Mannschaft zog Kaufner seinen Paß aus dem Haufen, er hatte ihn vor der Abreise aus Hamburg mit dem bunten Abziehbild eines als Geier karikierten Bundesadlers markiert. Dem Offizier gefiel der Adler, er lachte, flatterte mit den Armen und krächzte, einen derartigen Paß bekam er viel zu selten in die Hände. Kaum zurück in seiner Stube, die Schwalbe drehte erneut ein paar Runden, löste er das Abziehbild vorsichtig und klebte es auf seinen Schreibtisch, erst dann machte er sich an die Lektüre des Passes.

»Gamburg?«

»Gamburg. Immerhin nicht Köln.«

Der Offizier sah nicht mal auf. Kaufner hatte zwar ein perfekt gefälschtes Visum, aber das galt anscheinend nicht mehr. Oder doch? Ausnahmsweise?

»Alle wollen raus, Sie wollen rein, können Sie mir das erklären?«

Kaufner gab sich als Naturbursche, als Freund der Berge, und immer in seinem tadschikusbekischen Kauderwelsch, das ihm auch hier sogleich Sympathien brachte. Tadschikistan sei ein schönes Land, es habe weit höhere Berge zu bieten als Usbekistan.

Weiß Gott. Der Offizier glaubte Kaufner zwar kein Wort, hatte aber Sympathien für die Deutschen (»kaputt«, »Schlagbaum«, »Geil Gitler«), obendrein den schönen Abziehadler auf der Schreibtischplatte. Er rief einen seiner Leute aus dem Vorzimmer, um Kaufner einen Stempel in den Paß zu schlagen, die Unterschrift dazuzusetzen und das Datum; mit dem Finger zeigte er genau, wo und wie, ein Riesenspektakel, das die dreifache Zeit beanspruchte, als hätte er selber den Vermerk gemacht. Kaufner war drüben.

Erwartet wurde er von einem Taxifahrer, der sich als »Jackie huflich« vorstellte, »Jackie gentil, Jackie gentleman«:
»Man tojikija medonam, men o'zbektschani bilaman, ja gavarju po-russki, ich sprechen Deutsch, I speak Pepsi-Cola, I speak China, miau-miau.«
Das sollte ein Witz sein. Weil Kaufner nicht reagierte, legte Jackie noch einen drauf: »Ich hab' von Ihnen geträumt. Deshalb weiß ich ja, daß Sie heute kommen. Sie sind spät dran.«
Jackie lachte. Sein Fahrgast blickte ihn so unvermittelt an, daß er erschrocken schwieg. In den Kurven schaukelte sein Wolga weich wie ein Schiff, Kaufner fragte sich, ob er die Szene gerade eben nur geträumt hatte. Am Innenspiegel baumelte als Glücksbringer das Bild eines Hundertdollarscheins auf Pappe, dazu ein kleines Kupferherz. Als Jackie in Erfahrung gebracht hatte, daß er einen Deutschen chauffierte, lachte er wieder, wies auf Kaufners, dann auf seine eigenen Augen. Ob Kaufner von dem Selbstmordattentat in der Grenzstation von Chaynak gehört habe? Es dauerte eine Weile, um herauszufinden, daß Chaynak nichts weiter als ein anderer Name für Oybek war. Daß es auf der usbekischen Seite der Grenze vollkommen friedlich zugehe, konnte Jackie allerdings nicht glauben:
»Die wollen uns doch angreifen?«
Kaufner beteuerte, die Usbeken vermuteten das Gleiche von den Tadschiken, insbesondere nach Einmarsch der Russen. Wo diese überhaupt seien?
Na, überall! Nein, von der Straße aus könne man ihre Camps nicht sehen. Jackie erzählte ungern von den Russen. Viel lieber erzählte er von der Fahrt eines Kollegen, bei der alle, aus-

nahmslos alle, angeschnallt waren – was dermaßen verdächtig gewirkt habe, daß der Wagen an der nächstbesten Straßensperre herausgewunken und gefilzt worden. Gleichzeitig überholte er einen galoppierenden Reiter, kurz darauf kam ihnen ein Lada entgegen: Dort, wo ansonsten die Rückbank war, war ein Kalb, es streckte den Kopf aus dem Seitenfenster heraus. Kaufner kratzte sich übertrieben heftig, er träumte nicht. Kurz darauf überholen sie ein altes russisches Ural-Motorrad, auf der Plattform, die anstelle des Beifahrersitzes montiert war, wurde ein Yak transportiert, der Schwanz in Fahrtrichtung.

In Khujand standen Marschrutkas Richtung Süden; sobald der Wagen überfüllt war, ging es weiter bis Istaravshan. Abgesehen vom einen oder anderen verkohlten Gehöft, vom einen oder anderen ausgebrannten Autowrack kein Hinweis auf den Bürgerkrieg, der das Land seit einem halben Jahr heimsuchte. Bis zum Ende des Tages hatte sich der Turkestanrücken immer mächtiger als Horizont in Szene gesetzt. Hatte sich Kaufner ungezählte Male mit streng riechenden »arischen« Mitreisenden verbrüdert; von Scharmützeln an der russisch-chinesischen Grenze erzählen lassen, »irgendwo hinter der Mongolei«; von einem Aufstand der Tadschiken in Samarkand, der blutig niedergeschlagen worden; vom massenhaften Abtransport tadschikischer Bewohner auch aus den anderen usbekischen Städten; von den Lagern in der Roten Wüste. Kaufner hatte bald aufgehört zu widersprechen. Am Straßenrand immer wieder Schlangen an Frauen, die mit Eimern und Kanistern, ja, sogar mit Plastiktüten vor den Wasserstellen anstanden; wenn die Marschrutka vorüberfuhr, wandten sie ihr Gesicht ab. Fast an jeder größeren Straßenkreuzung Männer, die, ihr Werkzeug in der Hand und wenig Hoffnung im Gesicht, auf Auftraggeber warteten. Bis zur großen Gazpromkrise vor ein paar Jahren hätten sie alle in Moskau gearbeitet, erklärten die Mitreisenden; nun konnte ihnen nur noch ein Wunder helfen oder der Krieg.

Anderntags ging es in aller Frühe in einem Mitsubishi Pajero weiter; sobald Kaufner für die Fahrt gezahlt hatte, waren die zwei Plätze auf der Rückbank im Handumdrehen vergeben. Der Fahrer eines solchen Wagens war hier ein König und ließ sich von den anderen Verkehrsteilnehmern entsprechend huldigen; jedes Mal, wenn eine Schafherde die Straße querte, beschleunigte er mit Lust und verkündete, er wolle »Schaschlik machen«, um erst im letzten Moment zu bremsen. Am Fuß des Turkestanrückens gab es aber selbst für ihn kein Weiterkommen, Vollsperrung, angeblich wegen Bauarbeiten auf der Strecke. Der Fahrer fluchte, er wußte es besser: Die Chinesen! Das Warten darauf, daß die Straße wieder freigegeben wurde, zog sich hin. Merkwürdigerweise war die Sperrung genau dort, wo ein Landgasthof stand; man trank grünen Tee und verfolgte nebenbei die Kämpfe amerikanischer Boxer im Fernsehen. Bald hatte Kaufner auch den Rest an Horrorgeschichten gehört, die über die Foltermethoden der Usbeken kursierten (glühendes Silber in Augen und Ohren gießen; die Ohren am Schädel festnageln); über die systematische Unterwanderung Tadschikistans durch Usbeken (die fruchtbarsten Äcker in Besitz nehmen und alle anderen in höhere Lagen abdrängen); über unsittliche Beziehungen der Usbeken zu einheimischen Frauen und Mädchen (als ob sie, die Usbeken, hier schon nicht mehr zu den Einheimischen gerechnet wurden). Auch über die Russen in den Tälern hörte er einiges, über die Chinesen in den Bergen, weder die einen noch die anderen schien man zu mögen. Kaufner war in jeder Hinsicht froh, als es nach sechs Stunden weiterging.

Kaum war das Seil, mit dem man die Straße gesperrt hatte, zur Seite gezogen, ging ein Wettrennen los, bei dem man als Fahrer eines Mitsubishi Pajero jedem zeigen konnte, daß man der Chef war. Doch nach wenigen Kilometern eine weitere Absperrung, diesmal mitten in der Landschaft. Was sich an

Fahrzeugen auf Höhe des Gasthofs noch locker im Gelände verstreut hatte, staute sich nun auf engstem Raum, es bildeten sich vier Warteschlangen über die gesamte Breite der Straße und darüber hinaus. Weil es keinen einzigen Meter voranging und sich die angestaute Energie nicht anders entladen konnte, ruckelte man wenigstens Zentimeter um Zentimeter voran, bis man Stoßstange an Stoßstange stand. In der äußerst rechten Schlange hupte und blinkte ein weißer Mercedes 600 so lange, bis der Wagen vor ihm ausscherte und zwei, drei Meter ins Brachland hineinfuhr, bis er steckenblieb. Auf ähnliche Weise arbeitete sich der Mercedes ein ganzes Stück voran, manchmal sah man den Fahrer, einen fülligen Mann, wie er ausstieg und andere zusammenstauchte, die nicht so einfach Platz machen wollten.

Am Ende der achten Stunde kam eine Kolonne chinesischer Lastwagen, mit Erde beladen, offensichtlich von besagter Baustelle hoch oben am Berg – ein Dutzend fabrikneuer Fahrzeuge, alle im gleich leuchtenden Gelb lackiert, an dem man sie schon aus der Ferne erkennen sollte. Platz machen konnte man trotzdem nicht, die Lkws mußten linker Hand in die Felder hinein, um vorbeizugelangen. Diesmal konnte das Seil gar nicht beiseite gezogen werden, so schnell ging das Wettrennen wieder los. Als ob jeder einen Winter lang mit Kaufner gewartet hätte, nun endlich ins Serafschantal hinüberzukommen. Auf beiden Seiten der Schotterpiste ab und an Planierraupen und Baumaschinen aller Art, verkrustet vom Staub der Jahrzehnte. Daran angelehnt, zu Scheiben geformt, trocknende Kuhfladen. Von den Berghängen leuchteten in riesigen Lettern Schriftbänder, aus weißen Steinen gefügt, oder Umrisse von Kronen, Pferden, Gewehren. Die Gipfel des Turkestanrückens waren hier nur gut viertausend Meter hoch, dennoch wirkten sie nach dem halben Jahr Winterpause in Samarkand gigantisch.

Auf einer unbefestigten Piste mit gewaltigen Schlaglöchern

ging es bergauf, bald lagen die ersten Fahrzeuge mit kochendem Motor am Straßenrand oder mitten im Weg. Diejenigen, die noch im Rennen waren, versuchten, einander um jeden Preis zu überholen, es war Ehrensache. Tief im Abgrund sah man immer wieder Wracks, auch Lkws; blickte man zurück, war die Bergflanke in eine gewaltige Staubwolke gehüllt. Wo die Baustelle der Chinesen hätte sein können, war nicht zu ersehen; man verstand allerdings, daß sie den Weg bergab lieber ohne Gegenverkehr hatten fahren wollen.

Dann brach die Nacht an und kurz darauf die Apokalypse: Hinter einer Haarnadelkurve die Piste plötzlich komplett überflutet, sprudelnde Wasser, als hätte sich der Weg in ein Bachbett verwandelt. Mittendrin der weiße Mercedes 600, wahrscheinlich hatte er bei einem Überholmanöver aufgesetzt. Alle anderen fuhren vorsichtig daran vorbei. Wenige hundert Meter dahinter der Tunnel, das Wasser schoß aus der Einfahrt, bildete riesige Wirbel, für die meisten war die Fahrt hier erst einmal zu Ende. Nicht für einen Mitsubishi Pajero, obwohl auch der Tunnel komplett geflutet blieb, vielleicht ein Rohrbruch oder die Sintflut, bald waren sie auf der Strecke fast völlig allein.

Der Tunnel wollte nicht aufhören. An manchen Stellen tropfte es so stark von oben, daß man meinte, es regne; an anderen sprudelte es von unten, bildete regelrechte Seen mit hochaufgewölbten Ufern, von denen man sich langsam schräg hinabrollen ließ. Am Rande der Seen öfters Maschinen, dazu Arbeiter in Ölzeug, die unbeirrt ihrer Tätigkeit nachgingen. Preßlufthämmern, mal nah, mal fern; verzerrte Echos von Stimmen und Motoren; immer weniger Lichter, die an den Tunnelwänden angebracht waren. Im Kegel der Scheinwerfer linksrechts abzweigende Stollen und Gänge, ein vielfach verästeltes Wegesystem mitten im Berg, teilweise sogar mit Schienen. Wenn man kurz anhielt, um Tiefen und Untiefen einer überfluteten

Passage zu erkunden, schien es, als dringe der anhaltende Baulärm vor allem aus ebenjenen Nebenstollen.

Der Gedanke: So würde es jetzt bis zum Ende des Lebens weitergehen. Immer tiefer in den Berg hinein. Nie wieder hinaus.

Und dann ging es doch plötzlich ins Freie, von einer Dunkelheit in die nächste. An den Serpentinen bergab die Zeltlager der Chinesen, man sah sie schemenhaft im Scheinwerferlicht hantieren. Anscheinend gingen ihre Arbeiten jenseits von Tageszeiten und politisch-militärischen Entwicklungen weiter, sie interessierten sich auch nicht für die Fahrzeuge, die es bis hierher geschafft hatten. Wieder und wieder nickte Kaufner kurz ein, am Fuß des Berges setzte ihn der Fahrer wie vereinbart ab. Seine Fahrt ging weiter nach Süden, nach Duschanbe, Kaufner hingegen mußte nach Westen. Am Straßenrand ein Schild »Samarkand 150 km«. Sobald der Mitsubishi von der Ferne verschluckt war, hörte man das Rauschen des Serafschanflusses. Kaufner tastete nach seinem Wolfszahn. Er war drüben.

Bis Pendschikent waren es jetzt nicht mal mehr hundert Kilometer. Da es auf der Strecke Straßensperren der Russen geben sollte, ging Kaufner zu Fuß, abseits der Hauptstrecke, sofern er sich nicht von Bauern ein kurzes Stück mitnehmen ließ. Bloß jetzt nicht noch abgefangen und aufgehalten werden.

Von den Russen hatte Kaufner nichts Gutes vernommen. Immer wieder kam es zu Anschlägen auf ihre Konvois oder Camps, dann erschossen sie wahllos Zivilisten (»Terroristen«), um Exempel zu statuieren. Solcherart kontrollierten sie sämtliche Hauptverbindungswege, auch die Landstraße nach Pendschikent. In den Bergen, nein, schon in den Nebentälern, genau genommen bereits dort, wo man von der Straße abbog, herrschte dagegen ... dieser dort, jener da (Clanchefs, Kriegsherren, *Der Bund vom Schwarzen Hammel* und wie sie heißen mochten), nachts jedoch überall die *Faust Gottes*. Zu sehen war davon nichts. Sondern die üblichen gelben Gasrohre entlang der Wege, mal dicker, mal dünner, an Zufahrten zu Äckern und Feldern kurz in der Erde verschwindend oder in Form von Toren darüber hinwegführend. In den Straßen der Dörfer Motorräder mit Satteldecken und Satteltaschen. Frauen mit bunten Socken oder Netzsstrumpffüßlingen in Plastikschlappen. Kinder, die Fladenbrote verkauften oder salzigsaure Käsekugeln. Nirgendwo Männer.

Alles ein paar Tage lang wie in Usbekistan, nur ärmer. Der graugrünbraune Faltenwurf des Serafschangebirges links; hinter einem feinen Staubschleier verborgen, manchmal ein bloßer Schattenriß, der Turkestanrücken rechts. Als breites graues Band dazwischen, träg mäandernd, der Serafschanfluß. Auf den Uferfelsen Frauen, Teppiche waschend. Am Ende einer silbergrün schillernden Pappelallee entlang eines Bewässerungskanals ein riesiges Sonnenblumenfeld, dahinter das erste rauchende Dorf. Auf halbem Weg dorthin, an einem Telegraphenmasten baumelnd, von Krähen umflattert, die Reste eines Erhängten. Je näher man Pendschikent kam, desto unübersehbarer die Mahnmale dessen, was seit einem halben Jahr hier stattfand. Nichtsdestoweniger auch immer wieder Bettgestelle mitten in Gemüsefeldern, darauf schlafende Menschen, als herrsche tiefster Frieden. Auf der Hauptstraße ab und zu gepanzerte Erkundungs- und Patrouillenfahrzeuge der Russen. Dann ein Zeltlager, in dem die Rotarmisten Anwerbung und Musterung von Rekruten betrieben. Die Arbeitslosen standen Schlange, lauter junge Kerle, aufgeregtes Gelächter, fast noch so hell und klar wie das von Kindern. Direkt dahinter, am Stadtrand von Pendschikent, die Straßensperre. Kaufner hatte ein paar wenige Schritte nicht aufgepaßt, schon gab es kein Zurück mehr.

Wie ihm das Blut durch den Kopf rauschte, wie's ihm in den Schläfen klopfte! Seinen Blick für Rang- und Hoheitsabzeichen an Schulterstücken, Kragenspiegeln, Schirmmützen behielt er aber selbst jetzt noch; als ihn mehrere Soldaten gleichzeitig herbeiwinkten, entschied er sich blitzschnell gegen den russischen Offizier und für den tadschikischen Gefreiten. Mit Einheimischen konnte man immer reden, sie wollten ihre Ruhe und ein Trinkgeld, beides konnte Kaufner bieten. Doch dieser hier? Kaum hatte er ihm seinen Paß in die Hand gedrückt, erhob sich ein ungebührlicher Lärm, immer mehr Soldaten eilten, nach der Ursache zu sehen. Der Gefreite blieb immerhin stehen und auf Posten, hatte Kaufner aber bereits völlig vergessen.

Die Ursache war eine bizarr anmutende Prozession, die vom Fluß her auf die Straßensperre zuhielt. An die zwei Dutzend Männer, singend, grölend, rülpsend, pöbelnd, lachend, in weißen Filz gekleidet und hennarot gefärbte Tierfelle. Einer ging vorneweg und schlug die Trommel. Wie sie näher herangekommen waren, sah man, daß sie sich Bart, Haare und Augenbrauen abrasiert hatten, schon das für einen gläubigen Muslim anstößig genug. Manche trugen Mützen mit Filzhörnern, an denen Glöckchen hingen; an den Stricken, mit denen sich andere gegürtet, baumelten Knochen; die oberen Schneidezähne waren bei allen ausgeschlagen. Ein scheußlicher Anblick, der Offizier brauchte jeden seiner Männer, um sie zum Stehen und zur Räson zu bringen.

Anscheinend nahm man es mit dem Religionsverbot nicht mehr so genau, oder es gab nicht mehr genügend, die es genau nahmen. Warum sonst hätten Wanderderwische, noch dazu solch offensichtliche Trunkenbolde, unbehelligt ihrer Wege gehen dürfen? Als der wachhabende Offizier ihre Ausweise sehen wollte, kreischten sie empört auf, er wisse wohl nicht, mit wem er es zu tun habe? Sie seien gekommen, die Urbotschaften der Weisheit auch in dieser Stadt zu verkünden, die versammelte Haarspalterei der Schriftgelehrten sei eine Handvoll Staub dagegen.

Der Gefreite war so gebannt vom Geschehen, daß er sich widerstandslos den Paß aus den Händen ziehen ließ; bevor er sich den Derwischen ganz zuwandte, verkündete er betont laut, wie er es gelernt hatte, Kaufners Papiere seien in Ordnung. Einer der Derwische kündigte weit lauter an, er werde den Raum zusammenfalten, werde alle Lebewesen im Umkreis zum Gehorsam zwingen und weitere Wunder wirken, später. Auf der Rückseite des Ereignisses verschwand Kaufner gemessenen Schrittes.

Pendschikent war von Flüchtlingen überfüllt. Trauben an Frauen vor den wenigen Geschäften, die es noch gab; Horden kleiner Jungs in den Springbrunnen; Rudel an halbwilden Hunden im Abfall; Trupps an Soldaten überall dort, wo es ernst und wichtig zugehen sollte. Erst hier fiel Kaufner auf, wie geordnet, ja, gesittet es in Samarkand trotz allem zugegangen war. In den Schaschlikrestaurants ausschließlich Russen, ihre Biervorräte hatten sie mitgebracht und ihre Lieder. Am späten Nachmittag wurde es überall schlagartig leerer. Während die ersten Tropfen eines warmen Sommerregens niedergingen (ohne daß der Regen dann richtig einsetzen wollte), fuhr ein Militärjeep in Schrittgeschwindigkeit durch die Straßen, über Lautsprecher wurde der baldige Anbruch der Ausgangssperre verkündet. Kaufner konnte von Glück sagen, daß er noch rechtzeitig eine Bleibe in einem kleinen Hotel fand, es war ausschließlich von dubiosen Gestalten bevölkert und unverschämt teuer, aber er hatte keine Wahl. Kurz darauf hörte man das Kettengeräusch von Panzern, sah man auf den Dächern die Scharfschützen in Position gehen, wahrscheinlich dieselben, die sich's bis eben in den Schaschlikrestaurants hatten gutgehen lassen.

Beim Abendessen war Kaufner mit dem Betreiber des seltsamen Hotels alleine, erst mußte dessen Sohn etwas auf Deutsch vorsingen, daraufhin die Enkelin. Man lagerte auf dem Teppich; damit nichts zu Boden tropfen konnte, schlürfte der Hausherr den Saft des Tomatensalats vom Teller, ehe er ihn Kaufner reichte. Als Getränk wurde heißes Leitungswasser serviert; nach dem Marmeladenbrot kam das kalte Fleisch. Dazu das Ticken der Wanduhr, die Geräusche der Ziegen und Hühner im Hof, das heftige Schmatzen des Hausherrn. Er war froh, daß die Russen inzwischen für Ruhe und Ordnung gesorgt hatten, wenigstens in etwa; noch vor wenigen Wochen seien Geschäfte geplündert und regelrechte Treibjagden abgehalten worden. Dabei sei der Islam eine Religion des Friedens, wer einen Glaubensbruder töte, komme in die Hölle. Die schlimmsten seien die von der *Faust Gottes*, sie hetzten die Usbeken gegen die Tadschiken auf und die Tadschiken gegen die Usbeken. Aber nun hätten die Russen – Gott schenke ihnen allen ein langes Leben! – ja einen Zaun gezogen, nun könne keiner mehr nachts aus den Bergdörfern herunterkommen.

Zaun?

Guter Zaun, wichtiger Zaun! Drüben, am andern Ufer, der Turkestanrücken sei bereits abgesperrt. Hoffentlich demnächst hier auch das Serafschangebirge, dann wäre vielleicht endlich Ruhe.

Der Hausherr sprach so sorgsam gewählt, als stünde alles, was er zu sagen hatte, in Anführungszeichen, als distanziere er sich im selben Moment vom Gesagten, er war die Inkarnation der Uneigentlichkeit. Wahrscheinlich weil er Angst hatte, das Eigentliche zu verraten. Womöglich war er Usbeke, der nach wie vor versuchte, außerhalb eines usbekischen Wohnviertels zu überleben, weil er sein Hotel nicht aufgeben wollte.

Welcher Zaun?

Guter Zaun, wichtiger Zaun! Für den Geschmack des Hausherrn hätte er direkt am gegenüberliegenden Flußufer gezogen werden dürfen. Sehr seltsame Dörfer gebe es da drüben, je höher gelegen, desto seltsamer. Seit Jahrhunderten autark, keiner Regierung untertan, von Verrückten aller Art besiedelt. Aber auch schon in der Ebene, auf der *anderen* Seite des Flusses wohlgemerkt, wo die usbekischen und die türkischen Dörfer lägen! Die hätten gemeinsame Sache gegen die Tadschiken gemacht; dabei wären sie einander bis vor wenigen Monaten spinnefeind gewesen. Ohne Türken wären die Usbeken hier längst restlos ausgerottet, versicherte er; die Türken seien schwer bewaffnet, sie hätten sogar Artillerie.

Wenigstens gab es am Abend noch ein Gewitter, wahrscheinlich hatte einer der Derwische mit seinem Regenstein gezaubert. Nachts wurde Kaufner durch Gerumpel und Geschrei in nächster Nähe geweckt, herrisch im Befehlston herausgebellte Silben, aufjammerndes Zetern. Er lugte durch die Vorhänge, sah im Plattenbau gegenüber mehrere Menschen auf einem der Balkons. Ein Mann versuchte, sich halbwegs aufrecht auf der Brüstung zu halten, einem schmalen Eisengeländer. Als er mit leiser Stimme zu flehen anhob, begriff Kaufner. Die anderen Männer lachten entsprechend. Schließlich ließen sie ihn vom Geländer herunter, er sank vor ihnen auf die Knie, dankte. Es war erschütternd und ekelhaft zugleich. Kurz drauf hörte man einen Panzer durch die Nacht fahren, danach war's still.

Was Kaufner schon auf seinem Weg nach Pendschikent zugute gekommen, war ihm innerhalb der Stadt erst recht von Nutzen: Er kannte sich leidlich aus. Sogar auf der anderen Seite des Flusses, auch wenn jetzt jeder so tat, als beginne dort eine verbotene, zumindest verfluchte Zone, von wilden Ungeheuern besiedelt und ... Türken. Um sie in Augenschein zu nehmen und den ominösen Zaun, der von den Russen errichtet worden, ging Kaufner zum Friedhof; er wußte, daß er von dort den besten Blick über den Fluß hatte und seine Ruhe obendrein.

Vor dem Haus, von dessen oberstem Balkon sie gestern um ein Haar jemand in den Tod geschubst hätten, saß ein Liebespaar, unter einem Regenschirm den Blicken entzogen, obwohl es gar nicht regnete. Ein Bild der Zärtlichkeit inmitten herrschender Gewalt, so kannte es Kaufner aus Hamburg, so kannte er's aus Samarkand. Wahrscheinlich herrschte überall auf der Welt und immer gleichzeitig Krieg *und* Frieden. Kaufner blieb eine Weile stehen und überlegte, ob er die nächtliche Szene nur geträumt hatte, bis ihn einer in die Seite stieß, er solle besser weitergehen.

Der Friedhof ein ähnlich verwunschner Ort wie der in Samarkand, hinterm Haupteingang die Gräber der letzten Jahrzehnte mit ihren protzigen Marmorsteinen und Plastikrosen, zum Fluß hin zügig verwildernd. Bald nur mehr verfallene Pavillons, aufgeworfene Erdhaufen, mit spitzen weißen Steinen markiert, verstreut in einer hügeligen Landschaft, die am Ende zum Serafschan hin abfiel. Anstelle der Wege bloße Trampelpfade durch hüfthohes Gras, beständig von einem süßlichen Fäkalien- und Verwesungsgeruch umgeben, da und dort ein Rascheln im Verborgenen.

Kaufner setzte sich unter einen der steinernen Baldachine, vormals schattenspendender Eingang zu einer Gruft, direkt am Steilabfall zum Fluß. Kein Mensch weit und breit, ab und an ein leichter Luftzug, tiefster Frieden. Am gegenüberliegenden Ufer das Schwemmland diverser Zuflüsse, darin umherstolzierend schwarze und weiße Störche. Ohne Baum oder Busch dahinter aufragend der nackte Bergrücken mit seinen Rissen, Kerben und Schrunden, vom Staub milde verschleiert. Hinterm Kamm zog sich bis zu den eigentlichen Gipfeln erst noch endlos ein Hochplateau hin, man konnte es nicht sehen, nur wissen.

Im Fernglas erkannte man die Details – verbrannte Felder und Bauernhöfe, Brachen. Da und dort olivgrüne Lkws, offensichtlich russische Mannschaftswagen, ansonsten bloß Reiter, wahrscheinlich war das Benzin für Zivilisten rationiert. Ein nahezu schnurgerader Strich am Fuß des Gebirges: der Zaun. Dahinter ein weiterer Zaun, beide mit Stacheldraht gesichert. Aber keine Wachtürme, so schnell konnten sie dann doch nicht bauen.

Seinen Weg nach Pendschikent hatte Kaufner möglichst weit südlich des Flusses gesucht, deshalb hatte er die Anlage nicht gesehen. Sie erinnerte ihn an die Bilder, die er von früheren Grenzsicherungen der Sowjetunion kannte, einer dieser Doppelzäune stand nach wie vor im Osten Tadschikistans, das wußte er, und sicherte die Grenze zu China. Kaum waren die Russen wieder im Lande, bauten sie im Westen weiter. Das Konzept war immer dasselbe. Ihre Zäune standen kilometerweit vor der Grenze, noch in der Ebene, wo man sie gut kontrollieren konnte, meist mit Gräben zusätzlich gesichert, nachts mit einer flutlichtartigen Beleuchtung.

Der Zaun am Fuß des Turkestanrückens erinnerte Kaufner aber vor allem an ... seine Zeit als Wehrpflichtiger bei der NVA und an die Grenze, die er damals zu bewachen hatte. Eine weit perfekter organisierte Grenze als die, die nun vor ihm lag, solide Metallgitterzäune mit Signaldrähten unter Schwachstrom, mit Minen, Lichtsperren, davorliegenden Kontrollstreifen aus fein geharktem Sand, von den Beobachtungstürmen und Hundestaffeln ganz zu schweigen. Er als einfacher Soldat bald jeden Tag im Einsatz, ab April '89 als Gefreiter, wenige Wochen später schon als Postenführer. Mit besten Referenzen, ein guter Schütze, guter Kamerad, regelmäßig auf Streife am antifaschistischen Schutzwall. Besondere Vorfälle gab es keine, tief unten in Thüringen, Grenzregiment 10 »Ernst Grube« in Plauen, weit weg von zu Hause. Es hatte alles ganz gut ausgesehen, Kaufner hätte nach seiner Entlassung sogar einen Studienplatz bekommen. Bis er in einer lauen Septembernacht tatenlos gebannt zusah, wie einer mit Leiter und Steigeisen Republikflucht beging. Von wegen Schießbefehl. Kaufner hatte sich seit Jahrzehnten verboten, darüber nachzudenken. Doch nun, da er auf dem Friedhof von Pendschikent saß und einen halben Tag lang nach drüben sah, dorthin, wo der Zaun der Russen und irgendwo dahinter das Mausoleum war und das *Tal, in dem nichts ist*, kam die Erinnerung einigermaßen herb zurück. »Grenzverletzer sind festzunehmen oder zu vernichten«, hatte es in der täglichen Vergatterung vor Dienstantritt geheißen. Aber er hatte nicht vernichten können, wie gelähmt war er gestanden, nicht mal einen Warnschuß hatte er abgegeben, nicht mal einen Warnruf. Der Kamerad, mit dem er diese Nacht auf Streife gegangen, der schon. Vielleicht hatte man den Vorfall deshalb nicht vollständig ins Protokoll genommen, nämlich hinsichtlich Kaufners Verhalten, der Flüchtling war ja angeschossen, womöglich sogar vernichtet worden, bei seiner Festnahme hatte er noch gelebt. Der diensthabende Offizier hatte Kaufner keine einzige Frage gestellt, als er ihn am Morgen in die Kaserne entlassen konnte, und anstelle eines Grußes schweigend den Kopf geschüttelt. Kaufner war bei seinen Vorgesetzten beliebt gewesen, bestimmt hatte ihn das vor unmittelbaren Konsequenzen gerettet.

Höchst seltsam freilich, daß die von der Freien Feste Wandsbek, Jahrzehnte später, alles über den Vorfall in Erfahrung gebracht hatten. Um ihm genüßlich zu referieren, wie er beim ersten verlängerten Kurzurlaub, Mitte September, nicht nur nach Heringsdorf gefahren war zu seinen Eltern, sondern gleich weiter über die Oder-Neiße-Friedensgrenze, wie sie damals hieß, rüber nach Polen, selber ein Republikflüchtling. Pardon, Kaufner, so müssen wir es wohl nennen. Nicht daß wir Sie kritisieren wollen, aus heutiger Sicht haben Sie vollkommen korrekt gehandelt. Aus damaliger Sicht allerdings nicht. Sie hatten den Befehl, und kaum kommt es darauf an, verweigern Sie ihn. Als Soldat und Diener eines Gemeinwesens haben Sie versagt, Kaufner, ja, Sie haben sich strafbar gemacht. Erzählen Sie uns nicht, Sie hätten aus moralischen Gründen nicht geschossen. Sie konnten es schlichtweg nicht!

Damit hatten sie ihn. Sie hätten gar nicht von Pflicht und Schuld gegenüber dem Vaterland sprechen müssen (obgleich das eine Vaterland im anderen aufgegangen sei, Kaufner habe ihm gegenüber noch etwas gutzumachen). Derart in die Enge gedrängt, wollte er es mit einem Male selber, irgendetwas in ihm gierte danach, die Scharte endlich auszuwetzen, oder warum sonst nahm er den Auftrag so schnell an? Weil er ohnehin niemanden mehr hatte, der zu Hause auf ihn wartete? Weil die alte Welt aus den Fugen geraten und er der einzige war, der das begriffen hatte? Der verhindern mußte, um jeden Preis verhindern mußte, daß eine neue Welt entstand, in der es keinen Platz mehr für seinesgleichen gab? Weil ... ach, weil all das stimmte und insbesondere alles zusammen stimmte und weil ... ach, weil er annahm.

»Wir sind überzeugt, daß Sie für die richtige Sache sehr wohl auch schießen können«, gaben sie sich da plötzlich versöhnlich. »Und vielleicht wollen Sie uns nebenbei ja beweisen, daß Sie ein ganzer Kerl sind?«

Noch immer schüttelte Kaufner den Kopf darüber, wie gut sie »über einen dunklen Punkt in Ihrer Vergangenheit« Bescheid gewußt hatten, »der natürlich im Grunde ein leuchtend strahlender ist«. Als ob das geheime Wissen der DDR komplett vom Geheimdienst der Bundesrepublik übernommen und von dort bis an die Freien Festen weiterverschachert worden. Oh, Kaufner *konnte* vernichten, und er *würde* vernichten. Pardon, Morgenthaler, so werden Sie es dann wohl nennen müssen.

Wenigstens war der Zaun am Fuß des Turkestanrückens

leichter zu überwinden als die damalige Republikgrenze, schon allein der Bestechlichkeit seiner Bewacher wegen. Dazu mußte er freilich ein bißchen mehr über das andere Ufer in Erfahrung bringen. Und damit würde er jetzt bei den Totengräbern anfangen.

Auf seinem Weg zurück in die Stadt sprach er mit dem Zukkerwasserverkäufer an der Brücke, dem Betreiber eines Internetcafés (er saß ganz allein zwischen seinen Computern und spielte *World of Warcraft*), der Verkäuferin in einem Hochzeitsteddygeschäft, ein paar in der Stadt verbliebenen sowjetrussischen Säufern und dem einen oder anderen Zigeuner, der seine Frau beim Betteln beaufsichtigte. Als er am Eingang zum Bazar vorbeikam, entdeckte er die Wanderderwische wieder, sie hatten sich seitlich davon gelagert, der Gotteslästerung frönend. Nebenbei beleidigte einer der ihren die Zuschauer:

»Ich bin die Strafe Gottes. Hättet ihr nicht so schwer gesündigt, Gott hätte mich nicht zu eurer Züchtigung gesandt!«

Er suchte nach Freiwilligen, die sich von ihm auspeitschen lassen wollten, fand aber keine. Er solle endlich ein Wunder wirken, drohten ihm die Schaulustigen, ein Feuer auf seiner Haut entzünden, Blut aus dem Nichts hervorzaubern oder wenigstens für jeden eine ordentliche Mahlzeit, sie hätten Hunger! Gottesfrevel allein mache nur Haschischesser wie ihn und seinesgleichen satt. Der Derwisch, verzückt von Erkenntnis, wollte sich davon nicht beeindrucken lassen:

»Hinweg mit dem Kehricht eures Geschwätzes, hinweg vom Pfad zum Glaubenskern, ihr kleingläubigen Kastraten des Geistes und der Hose! Gnade überkommt Gott angesichts meiner, meiner, meiner!« An dieser Stelle seiner Offenbarungen wurde er von mehreren gepackt, gezerrt, mit Hieben versehen: »Er schenkt mir Kenntnis von dem, was ... ohne Anfang ewig ist, er läßt mich teilhaben am Einen ... indem ich meine Ichheit abstreife ...«

Seine Worte gingen im Wutgebrüll der Zuschauer unter. Auch die anderen Derwische wurden verprügelt, bis der Jeep kam, um über Lautsprecher den Beginn der Ausgangssperre anzusagen. Nachdem Kaufner ins Hotel zurückgerannt war, konnte er sich ein recht genaues Bild von dem machen, was in Pendschikent und am anderen Flußufer seit letztem Herbst vorgefallen war und was ihn demnächst dort erwartete:

Mit Talkshows und Demonstrationen hatte sich hier keiner aufgehalten, die jeweiligen Minderheiten waren gezielt umgebracht worden. Wer überlebt hatte, der tat es längst im richtigen, in »seinem« Viertel. Jenseits der Hauptstraßen war die Stadt entsprechend parzelliert; da es keine Vorkehrungen seitens der Obrigkeiten gegeben hatte wie in Samarkand, da die Behörden also umgehend jede Kontrolle über das Geschehen an den Mob verloren hatten, war das Chaos weit größer. Selbst jetzt noch, die russischen Besatzer hatten ja kein Interesse am Frieden. Tagsüber konnte man es auf den ersten Blick für quirlig orientalisch halten, in Wirklichkeit brodelte es immer knapp unterm Siedepunkt, konnte die Gewalt in jedem Moment und beim geringsten Anlaß hochkochen. Hamburger Zustände.

Am anderen Ufer des Serafschan war die Entscheidung längst gefallen. Die tadschikischen Dörfer, die es dort gegeben hatte, waren ausnahmslos niedergebrannt, es gab nur mehr türkische und usbekische Siedlungen. Das Prinzip des modernen Krieges: Entmischung dessen, was der Frieden vermischt hatte. Auch in den Städten würde es am Ende darauf hinauslaufen, aber das war noch eine Weile hin und konnte Kaufner egal sein.

Das andere Ufer. Am Zaun herrschten die Russen; in den Dörfern, nein, schon auf den Nebenstraßen, im Grunde bereits dort, wo man von der Hauptstraße abbog, herrschte ... dieser dort, jener da (alle gehörten sie jedoch dem *Bund vom Schwarzen Hammel* an), in den Bergen dahinter die *Faust Gottes*.

Und wo man sich eine Waffe besorgen konnte, wußte Kauf-

215

ner am Abend ebenfalls. Nachts wurde er durch schrille Fanfaren geweckt, rhythmisches Klatschen, Gelächter. Er lugte durch die Vorhänge, die Balkons im Plattenbau gegenüber waren voll feiernder Menschen. Zwei Männer hielten ihre trompetenhaften Tröten gen Himmel, die Rohre waren an die zwei, drei Meter lang, und bliesen, was das Zeug hielt. Ein Halbstarker schlug dazu die Doira. Ab und zu drängte sich eine alte Frau zu ihnen, legte Tücher über die Tröten und übergab Geschenke, auf daß sie wenigstens für kurze Zeit verstummten. Als den Nachbarn das Neugeborene gezeigt wurde, begriff Kaufner. Es war beruhigend und hoffnungslos zugleich. Erst spät hörte man den Panzer durch die Nacht fahren, danach war's endlich still.

Schon vor dem Bazar begann der Markt. Einer verkaufte aus dem Kofferraum seines Pkws heraus Torten, ein anderer komplette Rinderbeine, von hinten sah sein nackter Schädel aus, als habe er drei Wirbel. Hatte ihn Kaufner nicht schon mal gesehen? Er war früh aufgestanden, vielleicht träumte er noch? Beidseits des Haupteingangs schliefen die Derwische, der eine oder andre hockte mißmutig verkatert dazwischen. Im Bazar selbst dichtes Gedränge; während die Geschäfte draußen ausgebrannt oder leer waren, herrschte hier der reinste Überfluß. Doch keiner der Händler pries seine Waren an. Es dauerte eine Weile, bis Kaufner begriff, daß sogar Deoroller und Tütensuppen nicht mehr in Som, sondern in Rubel ausgezeichnet und für die allermeisten unbezahlbar waren. Die Menschen standen vor den Auslagen, verschlangen Erdbeeren, weiß kandierte Erdnüsse, getrocknete Melonenschnitze, bepuderte Aprikosenkerne und all das andere, was im Jahr zuvor noch ganz selbstverständlich zu ihrem Alltag dazugehört, mit den Augen und malmten dazu mit dem Kiefer.

Der Bazar erschien Kaufner weit größer als im letzten Herbst, immer wieder mündeten seine Gassen in neue Gassen, stieß man auf Schaschlikbrater, alte Frauen, die Sonnenblumenkerne feilboten, kleine Jungs, die Tabletts mit Tee austrugen, Tagelöhner, die hoch beladene Karren durchs Gewühl zogen, herumtorkelnde Betrunkene: ein Labyrinth, doch ohne jedwede Freude, jedweden Trubel, vielleicht der Soldaten wegen, die auch hier Posten bezogen hatten. Überall Aushänge, das Betteln sei bei Androhung der Kreuzigung verboten; diejenigen, die tatsächlich noch einkauften, waren wahrscheinlich im Auftrag der Armee oder irgendwelcher Milizen unterwegs, womöglich wurde von hier aus das gesamte Serafschantal beliefert, bis hoch in die –

Hör auf, dir darüber Gedanken zu machen! Es geht dich nichts an. Halt lieber die Augen offen, morgen willst du los, du hast etwas zu erledigen. Bloß wo? Die Stände einer jeden Ladenzeile mit dem immergleich bunten Sortiment, Sicheln-Fahrradschläuche-Kernseife, bis eine neue Ladenzeile querte, Hochzeitsmäntel-Thermoskannen-Autofelgen. Endlich fand Kaufner die Gasse der chinesischen Plastikhalbschuhe, die man ihm genannt, an den Eckpfosten der Stände waren Rinderhälften aufgehängt, viele klatschten im Vorbeigehen mit der Hand darauf.

Am Ende der Gasse tatsächlich das Zelt, in dem Menschen verkauft wurden, wegen des Überangebots angeblich zu Spottpreisen. Daneben das Geschäft mit den Hochzeitsbären, das man ihm gewiesen; kaum hatte Kaufner den Namen erwähnt, den man zu erwähnen hatte, nickte der Verkäufer, winkte einen kleinen Jungen herbei, betuschelte ihn kurz, nickte Kaufner erneut zu.

Der Junge ging mit ihm durch das Geschäft hindurch in ein weiteres Geschäft, von dort in einen Lagerraum, in dem große Blöcke braunen Zuckers gestapelt waren, durch einen Hof, eine Wohnung und in eine weitere Wohnung hinein. In deren rückwärtigen Räumen das Waffenlager; der Mann, dessen Namen Kaufner wie ein Losungswort hatte fallenlassen, stand schon bereit (falls er's denn war), gewiß war er vom Bärenhändler angerufen worden. Der kleine Junge durfte seine Hand ergreifen und küssen.

Die Sammlung, die zum Verkauf stand, war exquisit, der langjährige Waffenkämmerer in Kaufner erfaßte es sofort. Der größte Teil aus den Beständen zentralasiatischer Armeen oder der NATO, vieles von den Russen, sogar Kalaschnikows aus sowjetischer Zeit. Aber auch Berettas und andere Dienstpistolen, israelische Uzis, Panzerfäuste, Granatwerfer, dazu die jeweils passende Munition. Je länger sich Kaufner umsah, desto mehr Männer bevölkerten das Zimmer, in dem er sich gerade aufhielt. Als er den Haufen an G3s entdeckte, begleiteten sie ihn bereits ohne weiteren Vorwand.

Unter den G3s, die meisten uralt, nicht mal mit Lochkimme, gab es eines mit verstellbarem Zielfernrohr, 1,5- bis 6fache Vergrößerung, allerdings eingerostet bei der Maximalvergrößerung. Schon aus nostalgischen Gründen entschied sich Kaufner auf den ersten Blick, er beherrschte die Waffe im Schlaf. Der Händler nahm das Leuchten in seinen Augen zur Kenntnis, griff nach dem Gewehr, lobte es, zog den Verschluß zurück, ließ ihn einrasten und dann wieder zurückschnalzen, ein sattes Geräusch, das Kaufner noch im Traum erkannte. Es lag gut in der Hand, das G3, der Blick in den Lauf zeigte klare saubere Züge, vor allem war es mittels Zielfernrohr – und das wußte Kaufner natürlich – werkseitig als ein Exemplar klassifiziert worden, das besonders genau schoß.

Der Waffenhändler war ein ganz normaler Tadschike: Er spuckte oft aus und war sehr neugierig. Gern hätte er herausgefunden, wofür Kaufner ausgerechnet ein solch teures Stück brauche, ob er Heroinschmuggler sei? Die hätten ja immer die besten Waffen. Statt eine Antwort zu geben, zeigte Kaufner auf den einzigen Mangel des teuren Stücks, das eingerostete Zielfernrohr. Umgehend nannte der Händler seinen Preis. Die anderen lauschten im Halbkreis, wie sich das Gespräch entwikkeln würde, sie jammerten, lachten, schimpften, drohten, sobald Kaufner sein Gegenangebot gemacht hatte. Sogar der kleine Junge wartete gespannt, wahrscheinlich entschied sich die Höhe seines Trinkgelds erst mit dem erzielten Verkaufspreis.

Eine Weile ging es zäh hin und her, der Händer rief ein paarmal bei jemandem an, um von Kaufners Geboten zu berichten und sich die Höhe neuer Gegengebote diktieren zu lassen. Er war also nur der Zwischenhändler, der sich seine Kommission erarbeiten wollte, umlagert von anderen Zwischenhändlern, die auf ihn aufpaßten und mit ihm gemeinsam zum Besitzer der Ware gehen würden, damit jeder seinen rechtmäßigen Anteil bekam.

Plötzlich hatte Kaufner eine Idee und gönnte sich das Vergnügen, kniete am Rand des Teppichs ab und zerlegte das Gewehr auf Zeit, am Ende hob er den Schlagbolzen empor, wie's ihm eingedrillt worden, nachdem er bei der Bundeswehr angefangen, und ohne sich auch nur eine Sekunde Verschnaufpause zu gönnen, baute er alles wieder zusammen. Die Vorführung verfehlte ihre Wirkung nicht, die Männer umlagerten ihn dicht gedrängt, der Preis fiel. Kaufner mußte das Ganze zweimal wiederholen, er wurde dabei stets schneller, die Männer feuerten ihn an.

Der Händler telephonierte, gewährte einen allerletzten Preisnachlaß. Kaufner behauptete, er habe bereits Kopfweh vom Feilschen, stellte das G3 ins Eck, ging hinaus, blickte sich nicht um. Erst vor dem Zelt mit den Menschenhändlern wurde er von jemandem angesprochen, den er zuvor gar nicht wahrgenommen hatte: Kaufner solle zurückkommen, der Preis gehe in Ordnung.

Allerdings schlug der Händler bei den Magazinen und Patronen alles wieder auf, was er beim Gewehr hatte verloren geben müssen, so konnte er sein Gesicht wahren. Zum Abschied gab er seinem Kunden ungebeten einen Rat mit auf den Weg: Falls Kaufner tatsächlich ins Gebirge wolle, um Heroin zu schmuggeln … Einem bartlosen Mann wie ihm werde überall mißtraut, in den Bergen aber zuvörderst.

Wo man sich in letzter Zeit besondere Verdienste um die Bewachung des Zauns erworben hatte, wußte Kaufner jetzt auch. Am Haupttor des Bazars waren die Derwische mittlerweile aufgewacht und trieben ihr Unwesen, schäumend und zitternd, mit zuckenden Köpfen und Gliedern, bei all ihren ekstatischen Verrenkungen jedoch vor allem jeden, der vorbeiwollte, aggressiv anbettelnd. Einer wälzte sich entrückt am Boden, ein anderer verkündete Heilsbotschaften vom Urgrund des Seienden. Einige Schriftgelehrte standen abseits und wagten nicht, die Stimme dagegen zu erheben; das Volk starrte mit unverhohlenem Haß. Selbst in Tadschikistan galten Derwische nach wie vor als unantastbar, jeder gläubige Muslim war angehalten, ihnen Almosen zu geben. Doch wer war in diesem Land noch gläubig, wer unantastbar? Die Stimmung war wesentlich aggressiver als am Vortag, die Derwische würden heute *zumindest* verprügelt werden, wenn nicht verjagt, in siedendes Wasser geworfen, gekreuzigt.

Kurz vor Anbruch der Ausgangssperre wurde das G3 ins Hotel geliefert, Kaufner zerlegte es in seinem Zimmer, ölte alle Teile mit Sorgfalt ein. Zur Dämmerung zogen rosa Wolken auf, die Tauben gurrten. Nachts blieben die Balkons auf der anderen Straßenseite leer, es war so ruhig und friedlich, daß man ganz leis MG-Salven aus der Ferne hörte.

Nach drüben gab es nur eine einzige Fahrt am Morgen und eine am späten Nachmittag. Einzige Haltestelle in Pendschikent war direkt an der einzigen Brücke, dort, wo Friedhof und Zigeunerviertel aneinanderstießen. Schon kurz nach Ende der Ausgangssperre war Kaufner vor Ort, im Rucksack das zerlegte Gewehr. Für Mai war es überraschend kühl, einundzwanzig Grad; außer ihm waren lediglich Zigeuner auf der Straße, die Frauen beteten, die Männer rauchten. Erst auf den zweiten Blick sah man, daß es in ihrem Viertel brannte, immer wieder hörte man es krachen, knacken, knallen. Die Plünderer, die gerade unterwegs waren, zerstörten anscheinend mehr, als daß sie tatsächlich plünderten, es gab wohl nichts mehr, was sich zu rauben lohnte.

Als sie, ein kleiner Trupp bewaffneter Kinder, schließlich auf die Straße und davonrannten, sahen sie so abgerissen, ausgehungert und elend aus wie die Zigeuner, die nicht mal protestierten, klagten, nach Hilfe riefen (die sie sowieso von niemandem erhalten hätten). Kaufner wunderte sich, wie beiläufig derlei immer geschah; als das Schanzenviertel in Hamburg gebrannt hatte, war wenige Straßenzüge daneben das normale Alltagsleben weitergegangen, als ob nichts gewesen wäre.

Dann kam der Zuckerwasserverkäufer mit seinem kleinen Tankwagen. Noch immer war der Tag nicht richtig angebrochen, gleichwohl wurde es mit einem Mal voll auf der Brücke. Ausschließlich Männer, sogar Polizisten und Soldaten, die sich an der Brüstung drängten. Unten am Ufer war der Mob zugange, anscheinend hatte man die Derwische im Schlaf überrascht und scheuchte sie nun die Böschung herunter. Die Derwische hatten den Ernst der Lage noch nicht erkannt oder waren betrunken, sie krakeelten so frech wie immer.

Indem man den ersten die Hände auf die Bretter nagelte, die man mitgebracht hatte, klangen ihre Schreie fast lustvoll.

Paarweise stieß man sie ins Wasser; da sie aber sofort hinfielen, mußte man sie weit in den Serafschan hineintragen, bis sie von der Strömung erfaßt wurden. Einige zeterten jetzt und fluchten, andere strudelten willenlos davon, wieder andere kämpften heftig, um über Wasser zu bleiben.

»Mit dem Strom schwimmt sich's am besten!« riefen ihnen die Mörder hinterher, von der Brücke winkte man ihnen zum Abschied zu. Die Derwische inzwischen allesamt im Wasser und auf letzter großer Fahrt. An der Grenze würde usbekisches Militär das Feuer auf jene eröffnen, die bis dahin überlebt hatten. Es schien Kaufner ohnehin nur die Hälfte derer zu sein, die er während der letzten Tage in der Stadt erlebt hatte, ein gutes Dutzend, der Rest hatte anscheinend schon sein Leben gelassen oder war entkommen.

»Haltet ihr mich für geringer als den Propheten, so verkennt ihr meinen Rang!« Indem man die gottestrunkenen Reden der Derwische nachäffte, machte sich auf der Brücke die allgemeine Empörung Luft: »Nichts ist auf der Welt und geschieht auf ihr, das *nicht* das Lob des Göttlichen singt!«

Dabei wechselte man auf die andere Brückenseite, um das Spektakel stromabwärts so lang wie möglich verfolgen zu können. Fast hätte Kaufner bei all dem frühmorgendlichen Trubel die Marschrutka versäumt, die in seinem Rücken vorgefahren war. Ein Barkas-Kleinbus, wie er ihn in seiner Jugend als Polizeiwagen kennengelernt hatte; er war bereits überfüllt, als er zustieg. Ausschließlich Frauen. Der Fahrer stand vor der Kühlerhaube und warf den Motor erneut mit der Kurbel an.

Die Fahrt ging nach Roj, obwohl es das Dorf – ehemals rein tadschikisch – gar nicht mehr gab, bloß noch das benachbarte Turkıroj. Ein altes Schmugglerdorf, »halb usbekisch, halb türkisch, das sich sein Geschäft nicht von einem russischen Zaun verderben läßt«, wie man es Kaufner gegenüber ausgedrückt hatte. Der Fahrer weigerte sich, den Abstecher nach Turkıroj zu fahren, er setzte Kaufner einige Kilometer entfernt auf freier Strecke ab.

Nur wenige Äcker waren noch bewirtschaftet, ein paar Tomaten hier, ein paar Gurken dort, die Reisfelder ebenso zerstört wie die meisten Bewässerungskanäle. Dazwischen ein Fußballfeld, die Seitenlinien durch Autoreifen markiert, die man zur Hälfte eingegraben hatte. Darauf ein angepflocktes Schaf. Strom- oder Telephonmasten an den Hängen, die Leitungen führten über den Zaun der Russen hinweg und den nackten Berg hinauf. Das gegenüberliegende Ufer mit Pendschikent und der Silhouette des Serafschangebirges im Dunst, ein stechender Geruch in der Luft, Schritt für Schritt wurde er stechender. Ein Mann ritt auf einem Esel vorbei, beidseits bepackt, ein Anblick wie zu biblischen Zeiten, allerdings hantierte er dabei mit seinem mp8-Player.

Auf halber Strecke nach Turkıroj wurde der Gestank unerträglich. Etwas abseits vom Weg tauchten die Ruinen einiger Bauernhäuser auf. Zwischen ihnen und dem Weg hüfthoch ein Haufen, der sich beim Näherkommen als Schädelpyramide entpuppte. Sie war so aufgeschichtet, daß die Gesichter der Toten, jedenfalls das, was davon übrig, diejenigen anstarrten, die vorüberkamen. Kaufner biß sich in den Handballen, aber er träumte gewiß nicht mehr. Ein Zeichen der *Faust Gottes*?

Am Ortseingang von Turkıroj saß eine Greisin, vor sich ausgebreitet Melonen und Kräutermilch in großen Colaflaschen. Indem Kaufner näher kam, hob sie eine Hand zum Schutz vor ihr Gesicht und wandte sich ab. Zwischen den Häusern überall Barrikaden, doch niemand, der darauf Wache schob. Eine leere Straße, daran aufgereiht ein mit Brettern vernageltes Geschäft, ein mit Brettern vernageltes Restaurant, ein Barbier. Auf den Balkons Sandsäcke, auf den Dächern Sandsäcke, usbekische und türkische Flagge. Kaufner rief auf Usbekisch, keine Antwort.

Die Tür zur Hütte des Barbiers war angelehnt, drinnen eng an eng überraschend viele Männer. Kaufner legte die Hand aufs Herz und nickte in die Runde, keiner rührte sich oder sagte ein Wort. Schließlich trat der Barbier auf ihn zu, ein Mann mit Vollbart und der grünen Mütze der Strenggläubigen, er heiße Gul, womit er dienen könne. Kaufner sagte, daß er Alexander heiße, Gul dürfe Ali sagen, und daß er eine Rasur wünsche. Gul sah ihn sehr ernst an, schließlich hatte sich Kaufner bereits heute morgen im Hotel rasiert.

Derjenige, der gerade von Gul traktiert worden, mußte den Sitz räumen, eine Hälfte des Gesichts rasiert, die andere eingeschäumt. Gul schüttete kochend heißes Wasser auf ein Tuch, wrang das Tuch aus und preßte es auf Kaufners Gesicht. Sodann tauchte er das Rasiermesser in Alkohol, zündete es an, ließ es ausglühen. Noch immer sagte keiner der Männer ein Wort. Beim Einseifen rollte Gul die Pinselspitze vorsichtig über Kaufners Oberlippe, zog ihm dabei die Nasenspitze mit der anderen Hand leicht nach oben. Beim Rasieren drückte er das Gesichtsfleisch mit zwei Fingern zu Wülsten, die er dann abschabte, oder er zog die Haut auseinander, bis sie spannte. Als er Kaufner für die zweite Rasur einseifte, klingelte ein Handy; während das Telephonat geführt wurde, begann wenigstens ein Getuschel in Kaufners Rücken. Auf Usbekisch.

Nachdem Gul einige Punkte auf der Stirn, der Schädeldecke, den Schläfen massiert hatte, nahm er Kaufners Kopf mit beiden Händen in eine Art Druckstock, bis er ächzte. Anschließend verpaßte er ihm eine rasche Serie an Handkantenschlägen in den Nacken. Erst als er ihn mit Rasierwasser (*Carlo Bossi*) betätschelt und auch den Nacken ausrasiert, mit Rasierwasser abgelöscht hatte, fragte er Kaufner, was er wolle.

Er sei ein Freund der Natur, ließ Kaufner, ohne zu zögern, wissen, und er wolle nach drüben, in die Berge, wandern. Turkıroj sei ihm empfohlen worden, weil man hier »einen kreativen Umgang mit russischen Zäunen pflege«, so jedenfalls die Auskünfte in Pendschikent.

»Warum sollten wir jemandem helfen, der aus Pendschikent kommt?« mischte sich einer der Wartenden mit scharfer Stimme ein. Die Stimmung brodelte spürbar hoch, schließlich war man unter Usbeken.

»Weil ich aus Samarkand komme«, erwiderte Kaufner.

»Aus welchem Samarkand?« fragte einer.

Auf alles hatte sich Kaufner vorbereitet, wenn er den Weg, den er vor sich hatte, in Gedanken durchging; auf diese Frage jedoch wäre er nicht im Traum gekommen, es fiel ihm auf die Schnelle nichts Besseres ein als: »Aus ... Samarkand.«

Ob das die richtige Antwort war? Die Männer palaverten wild durcheinander. Daß einer hierher kam, der offensichtlich nicht auf der Flucht war, erregte ihre Neugier, nach kurzer Beratung beschlossen sie, »der General« solle entscheiden.

Erst als man ihm die Augen verband, begriff Kaufner, daß er ihr Gefangener war. An die zwanzig Minuten fuhr man ihn durch die Gegend, vielleicht auch im Kreis. Erst im Vorzimmer des Generals, in dem ein großer leerer Käfig stand, nahm man Kaufner die Augenbinde wieder ab.

Der General saß barfuß an einem Tisch, über Papiere gebeugt, abwechselnd an einem Zigarillo ziehend und in eine Schokoladentafel beißend. Dann unter großem Gelächter telephonierend, nach der Art, wie er seine Sätze sang, mit einer Frau. Er trug eine Tarnanzugweste über dem nackten Oberkörper; die Haare hatte er zu parallel laufenden Zöpfen geflochten, die als vier schwarze Wülste vom Stirnansatz bis zum Hinterkopf liefen, von dort baumelten sie lose bis auf Schulterhöhe. Sein Tisch stand auf einem Teppich, dessen Muster vornehmlich aus Laptops und Handys bestand; darauf kauerte, an einem der vorderen Tischbeine angekettet, ein nackter Jüngling, bis auf die Knochen ausgezehrt. Ab und zu warf der General ein

Stück Schokolade nach unten; sofern der Jüngling aber zu gierig loskroch und mit seiner Kette am Tisch ruckte, empfing er einen Tritt.

Durch den hereingeführten Kaufner ließ sich der General davon keineswegs abbringen. Dessen Blick, zwischen Mitleid und Ekel changierend, bemerkte er hingegen sofort. Anstatt Kaufner nach dem üblichen Woher und Wohin zu befragen, fixierte er ihn eine Weile. Schließlich drückte er sein Zigarillo aus, erhob sich, ging auf Kaufner zu, stellte sich ein Stück zu nah vor ihm hin und setzte zu einer Erklärung an:

Er sei Türke, ein großes Volk, seit Jahrhunderten auch am Serafschan zu Hause. Ein friedliebendes Volk. Aber die Dörfer, die Kaufner hier gesehen habe, lägen zurecht in Schutt und Asche. Eines Nachts seien die Tadschiken gekommen und hätten sie überfallen, hätten die Kinder enthauptet und Männer wie Frauen bei lebendigem Leibe ausgeweidet, gezweiteilt, geviertelt. Ob sich Kaufner vorstellen könne, was es heiße, wenn der eigenen Mutter vor aller Augen die Goldzähne ausgeschlagen werden? Wenn der eigenen Frau, nachdem sie von allen reihum vergewaltigt, die Brüste abgeschnitten werden? Der Vater von »dem da« – der General wies auf den Angeketteten – habe auch seinen kleinen Bruder vergewaltigt; weil er sich jedoch rechtzeitig ans andere Ufer abgesetzt, habe man fürs erste nur seinen Sohn gefangennehmen können.

»Und ich werde den Rest meines Lebens damit verbringen, die Scham der Geschändeten und ihre Schreie zu rächen. Bei dem da fange ich an, aber langsam, daß er etwas davon hat. Ich lache, wenn ich töte.«

Nun erst reichte er Kaufner zur Begrüßung die Hand, allerdings nicht, um sie geschüttelt, sondern um sie dort geküßt zu bekommen, wo ihm ein dicker Ring am Finger saß. Die Hand sah so aus, als hätte sie ein Leben lang nur Geld, Lenkräder und Waffen berührt. Indem er sich beugte, preßte Kaufner Augen und Lippen zusammen. Den Geruch nach Tabak und Maschinenöl, der aus der Hand aufstieg, mußte er indessen einatmen. Der General grunzte auf, zog seine Hand zurück und hatte gute Laune. Er heiße Feisulla, bezog er wieder seinen Platz hinterm Tisch, womit er »seinem Freund Ali« dienen könne?

Er war bereits im Bilde. Daß jemand auf die andere Seite des Zauns wollte und den Turkestanrücken hinauf, erlebte er nicht zum ersten Mal. Nun aber einer, der sich ganz offensichtlich für den Westen herumtrieb, was konnte so einer im Gebirge wollen? Als er von Kaufner bestätigt bekommen, was er schon wußte: daß dieser ein Freund der Natur sei und wandern wolle, ausgerechnet hier, lachte er nach Art der Mutigen, groß und raumgreifend, sein Zwerchfell war ein starker Muskel, der nicht so schnell lockerließ. Dann wurde er schlagartig ernst, ab jetzt würde er keinen Spaß mehr verstehen:

Er befehlige den *Bund vom Schwarzen Hammel*, keiner mächtiger auf dieser Seite des Flusses als er, auch kein Russe. Kaufner tue gut daran, ihm seine wahren Absichten zu enthüllen, vielleicht könne er ihm helfen. Ob er Heroin schmuggeln wolle? Oder ob er nach Samarkand wolle?

Er habe noch eine Rechnung offen, erwiderte Kaufner, entschlossen das ehrliche Spiel spielend: Er hoffe, sie drüben zu begleichen.

Kaufner war auf ein Gespräch mit Russen, Tadschiken, Usbeken, sogar Türken vorbereitet. Doch die Frage nach Samarkand brachte ihn nun bereits zum zweiten Mal in Verlegenheit. Nicht zu seinem Nachteil. *Diesen* Grund konnte Feisulla akzeptieren, er hatte selber eine Rechnung offen.

»Aber du bist dir schon darüber im Klaren, daß du ins Gottesgebirge willst?«

Er gab dem angeketten Kerl unterm Tisch einen Tritt, erhob sich erneut, ging auf Kaufner zu, stellte sich ein Stück zu nah vor ihm hin und setzte zu einer Erklärung an: Der Turkestanrücken sei der westlichste, der allerletzte Ausläufer des Tienshan, wörtlich übersetzt: des »Gottesgebirges« ...

Falls es noch einer Bestätigung bedurft hätte, das war sie. Natürlich nahm die *Faust Gottes* hier ihren Ausgangspunkt, wo denn sonst? Den Rest von Feisullas Erklärungen nahm Kaufner kaum wahr, so sehr erregte ihn das Gefühl, auf der richtigen Spur zu sein und ganz nah dran. Feisulla zählte die Schwierigkeiten auf, die in diesem Gebirge auf einen »Wanderer« warteten, Wildschweine, Wölfe, Bären, Tadschiken ... Er zählte unter Zuhilfenahme einer Hand, und zwar vom kleinen Finger her, indem er sie zunächst als Faust geballt hielt und die Finger der Reihe nach ausstreckte. Dann indem er sie krümmte, ebenfalls mit dem kleinen Finger beginnend ... Und außerdem sei es das Gebiet der *Faust Gottes*. »Da gehen selbst wir nicht hin, Ali.«

»Wir schon«, hörte sich Kaufner sagen. Zum ersten Mal hatte er von sich und seinesgleichen gesprochen, als würden die Paßgänger alle irgendwie zusammengehören; oder wie hatte er es eigentlich gemeint?

»Ich weiß«, nickte der General: »Ihr seid unbelehrbar, ihr wollt sterben.« Dabei könnte er zwar behilflich sein, aber ... warum ausgerechnet ihm?

»Weil ich Deutscher bin«, hörte sich Kaufner sagen. »In Europa sind wir Waffenbrüder, in Asien sind wir's ebenso.«

Das wollte der General nicht uneingeschränkt stehen lassen; wenn einer in jener Brüderschaft die Waffen führe, dann ja wohl die Türken. Ob es Deutschland ohne die Türken überhaupt noch gebe? Obendrein, seitdem die Russen sämtliche Freien Festen im Osten »einkassiert« hätten, »eure letzten autonomen Gebiete«? Dröhnendes Gelächter. Feisulla hörte sich gern reden, ob seine Informationen auch alle stimmten? Kaufner versagte sich eine Nachfrage, lobte die Tapferkeit der türkischen Armee, pries die Charaktereigenschaften der Türken, mittlerweile seien es die »deutscheren Deutschen«. Das gefiel dem General, er beschloß, Kaufner zu helfen. Nein, kein Gefallen, sondern Waffenbrüderschaft. Gelächter.

Nur für das G3, das Feisullas Leute inzwischen in seinem Rucksack gefunden hatten, mußte Kaufner bezahlen. Nämlich dafür, daß es nicht beschlagnahmt wurde. Es kostete mehr, als er auf dem Schwarzmarkt dafür ausgegeben hatte; damit stand er aber auch unter dem persönlichen Schutz des Generals. Ein paar Telephonate, Instruktionen, Fußtritte nebenbei, »den Rest erledigt Taifun«. Keine Augenbinde diesmal, Feisulla ließ sogar seinen eigenen Wagen vorfahren, um Kaufner standesgemäß zu chauffieren. Während er mit ihm vor die Tür trat, wollte er ihn noch schnell in ein Gespräch über Gedichte ziehen. Ob er den neuen Band des Präsidenten gelesen habe? Feisulla meinte den usbekischen Präsidenten, meinte »Leerer Berg«.

Er habe davon gehört, erwiderte Kaufner.

Feisulla rühmte die Schönheit der enthaltenen Gedichte, zitierte mit Pathos: »Die Fahne tanzt nicht, / wo kein Sturmwind ist. / Der ist kein Liebender, der nicht / den Mond vom Himmel rauben wollte.«

Da fuhr der Fahrer vor, einer von Feisullas Männern sprang und öffnete den Schlag. Der General sah plötzlich müde und traurig aus.

Die Fahrt ging nach Mugolon, schon in den Ausläufern des Turkestanrückens gelegen, die letzten Häuser fast am Grenzzaun der Russen. Weinrebenbedachte Vorplätze. Ansonsten die üblichen Barrikaden aus Containern und gefällten Bäumen, Sandsäcke, mit Brettern vernagelte Geschäfte. In einem halbhoch umzäunten Geviert sah man ein paar Männer mit riesigen Scheren bei der Schafschur, die Tiere lagen ganz ruhig und ließen's geschehen. Dunkelbraune Wollvliese hingen überm

Zaun. Wenige Meter dahinter lagerte ein schwarzweiß gefleckter Stier am Straßenrand, an einem Strommast angeseilt, mit Wiederkäuen beschäftigt.

Der Fahrer kurbelte das Fenster herunter und rief nach Taifun. Schließlich kam ein junger Kerl aus einem Haustor, allerdings nur, um entschlossen auf den Stier zuzuhalten. Er schien in Eile, zog den Stier kräftig am Schwanz, auf daß er sich erhob. Nach kurzem Wortwechsel mit dem Fahrer verschwand er wieder in der Toröffnung, der Stier trabte munter hinter ihm her. »Bye-bye, gentleman!«, verabschiedete sich Kaufners Fahrer, brauste davon. Kaufner sah der Staubwolke hinterher, dann ging er dem Kerl nach ins Haus.

Schritt einen dunklen Gang entlang, der nach wenigen Metern in einen Stall mündete. Obwohl alle Boxen leer waren, roch es darin nach Kühen und Heu, nahezu anheimelnd gemütlich. Direkt anschließend hinterm rückwärtigen Ausgang des Stalls ein niedriger Raum mit lehmgestampftem Boden, vielleicht fünf mal fünf Meter, von Glühbirnen befunzelt.

Und da stand auch wieder der Stier, mit beiden Hörnern an Haken gefesselt, die aus der Wand ragten. Der Kerl und ein anderer waren bereits dabei, die Vorderbeine zusammenzubinden. Der Stier schiß vor Angst, brüllte aber nicht. Bald fiel er auf die Knie. Zwei weitere Jungs schleiften Messer, keiner grüßte oder nahm sonderlich Notiz von Kaufner. Als er nach Taifun fragte, wiesen sie kurz auf den, der den Stier geholt hatte; mittlerweile waren er und der andere dabei, die Hinterbeine aneinanderzubinden, ein paarmal bekam der Stier dabei ein Bein frei, schließlich fiel er um.

Wenige Atemzüge später, man hörte ihn heftig schnaufen, waren alle vier Beine zusammengezurrt. Man schleifte ihn daran zu einer leidlich großen Grube im Boden, dort verschnürte man ihm noch das Maul. Ausgerechnet jetzt klingelte Taifuns Handy, irgendwer informierte ihn, daß er demnächst Besuch bekomme. Taifun brummte, der Besuch sei schon da, er wolle offensichtlich Blut sehen. Gelächter.

Dann ging es sehr schnell. Taifun nahm das kleinste Messer und setzte damit einen tiefen Schnitt in der Gurgel des Stiers. Ein kräftiger Strahl, schoß das Blut hervor und an die Wand, pumpte einige Herzschläge lang heftig dagegen; erst als der Druck nachließ, sprudelte es gurgelnd in die Grube. Der Stier zuckte, grunzte, zitterte, bäumte sich noch einmal auf. Erst jetzt merkte Kaufner, daß er nach seinem Wolfszahn gegriffen hatte, daß er sich nach wie vor daran festhielt. Indem er die Hand langsam löste, lachten sie alle rundum auf, er hatte sich als Mann blamiert, würde es nie wieder gutmachen können.

Die Wand war mannshoch voller Spritzer, das Loch randvoll mit dickem dunkelrotem Blut. Taifun trennte den Kopf vollständig vom Hals, die Nerven des Stiers zuckten noch. Dessen ungeachtet drehte man ihn mit vereinter Kraft auf den Rücken, schnitt ihm das Fell auf. Inzwischen waren sechs, acht Männer oder Halbstarke im Raum; tatsächlich arbeiteten, abgesehen von Taifun, immer nur deren zwei oder drei. Die meisten schauten zu oder warteten auf ihren Einsatz, Klingenwetzen, Wasserholen, Blutwischen, der eine oder andere gab sogar Erklärungen (die Gnade des Schlachters bestehe darin, das Messer im Rücken des Stiers zu schleifen, auf daß er's nicht mitbekomme), obwohl Kaufner gar nicht darum gebeten hatte.

Bevor der Stier zerlegt wurde, brach man ihm eines der hinteren Knie, schnitt es durch, warf den Unterschenkel in eine Ecke. Während der Oberschenkel an der Decke angeseilt wurde (damit man besser hantieren könne), brach man reihum die verbliebenen Knie. Bei den Vorderbeinen konnte man dazu den eignen Oberschenkel zu Hilfe nehmen. Dann hielt jeweils einer den Huf, ein anderer schnitt das Knie durch; die Unterschenkel warf man ins Eck (daraus würden die Zigeuner Frühstückssuppe kochen). Es konnte losgehen.

Als erstes zog man dem Stier das Fell – erst mal nur vom Bauch (eine gute Kuhhaut bringe in Kasachstan tausend Rubel). Einer wischte das Blut vom Fleisch, das unterm Fell, weiß mit roten Schlieren, hervorkam; das Tuch mußte öfters in einer Schüssel Wasser ausgewaschen werden. Das Blut in der Grube warf Blasen (etwa zwölf Liter, es werde als Futter für große Hunde und Kampfhähne verkauft). Dann wuchtete man den Stier so hin, daß die andere Bauchhälfte freigelegt werden konnte, der Körper wurde seitlich durch Pflöcke, später auch durch Kissen blockiert. Mittlerweile schabten und schnitten mehrere Männer gleichzeitig. Einer schlitzte die Haut am Bauch vorsichtig auf, fuhr dabei mit der anderen Hand in den Schlitz hinein, um den Darm vor der Messerspitze zu schützen. Schon quoll er gluckernd hervor, der Darm; ein grau glänzender Magen; stramm schimmernde Genitalien; eine riesige Leber. Als das Zwerchfell aufgeschnitten wurde, entwich zischend die Luft.

Das Brustbein hackte Taifun persönlich mit fünf Axtschlägen durch, stemmte die beiden Brustkorbhälften auseinander. Herz, Lunge, Luftröhre, letztere so dick wie ein geriffelter weißer Gartenschlauch, wurden an Nägeln aufgehängt, das Blut mit einem Plastikbecher aus der Leibeshöhle geschöpft, am Ende mit dem Lappen ausgewischt.

Noch immer zuckte es im Fleisch, dabei schnitt man bereits Griffschlitze hinein, um besser daran ziehen zu können, schnitt Löcher in die Sehnen der Beine, um dort später Haken durchzuführen, zum Aufhängen. Einer legte den Kopf des Stiers zu den Unterschenkeln (ebenfalls eine Zigeunermahlzeit), ein anderer hackte das Steißbein mit der Axt auf, brach es schließlich mit beiden Händen auf. Parallel dazu wurde der Stier – falls man das, was von ihm verblieben, überhaupt noch so nennen konnte – immer weiter gedreht, das Fell immer weiter abgezogen, das Blut aus der Leibeshöhle gewischt. Während der Schwanz abgeschnitten wurde (eine Delikatesse), wurde der

Rumpf des Stiers von zwei Männern aufgerichtet, auf daß das Rückgrat aufgehackt werden konnte.

Wenige Augenblicke später hing das Tier in vier großen Teilen an einem Drahtseil, das knapp unter der Decke verlief. Weitere kleine Teile hingen von verschiedenen Nägeln an der Wand (und so würde alles zwei, drei Stunden abhängen, über Nacht komme es in den Kühlschrank). Die Innereien lagen in verschiedenen Blechschüsseln, das Fell einen Moment ausgebreitet am Boden, schon wurde es zusammengelegt und -gerollt. Einer kehrte das geronnene Blut in die Grube. Bevor die Arbeit getan war, wurde jedes Teil gewogen und das Gesamtgewicht errechnet, 249 Kilo, sodann der Preis mit dem Zwischenhändler ausgehandelt (einer der Männer, die mitgeholfen hatten), drei Millionen Som. Nein, in Rubeln rechnete hier keiner, schließlich war man unter Türken.

Keine Dreiviertelstunde hatte die Schlachtung gedauert. Jetzt, nachdem er sich die Hände gewaschen, trat Taifun auf Kaufner zu, um ihn zu begrüßen.

Nein, zum Zaun gehe es heute nicht mehr. »Ich bin Schlachter, Onkel, kein Zauberer.«

Taifun lachte. Er war vielleicht erst vierzehn, stank jedoch schon wie ein Kerl. Er lud Kaufner zum Abendessen, eine kalte beigefarbene Nudelsuppe, sie schmeckte nach schmutzigem Geschirr. Morgen abend werde er ihm etwas Besseres bieten können, Stier. Nein, früher gehe es nicht. »Ich heiße Taifun, Onkel, nicht Feisulla.«

Es komme darauf an, zum richtigen Zeitpunkt den richtigen Posten am Zaun zu wissen, die richtige Streife, den richtigen Wachhabenden. Welch eine Organisation! Natürlich wollte Taifun dafür Geld. Nicht für sich selbst, er sei nicht käuflich, für Geld mache er gar nichts. Bei den Russen hingegen sei's umgekehrt, *ohne* Geld machten sie nichts. Warum Kaufner denn rüberwolle?

»Weil es Feisulla so will.« Kaufner hatte keine Lust auf weitere Erklärungen.

»Der Zaun ist gut für uns«, beschwichtigte Taifun, »wenigstens von dort können sie jetzt nicht mehr kommen.«

Er habe nichts gegen den Zaun, versetzte Kaufner.

»Nur gegen jemand, der auf der anderen Seite ist!« Taifun lachte grimmig, offensichtlich hatte man ihn auch darüber informiert. Er führte Kaufner durch eine dunkle Nacht bergab – nirgendwo im Dorf sah man ein Licht brennen – und in einen Garten, wo er ein paar Polster und Kissen unter ein Schilfdach hatte schaffen lassen: »Ich kapier' schon, Onkel, du willst nach Samarkand. Freiwillig geht da ja keiner hin, aber ... wenn es Feisulla so will, mußt du's natürlich tun.«

Geplätscher eines Bachs aus nächster Nähe. Nachts um drei Konzert der Hunde, leicht verzerrt, wie aus weiter Ferne. Immer wieder schlug einer an, fielen die anderen ein.

Ab fünf Uhr morgens krähten Hähne, brüllten Kühe, machte sich vor allem, mit Eifer herumhantierend und -raschelnd, ein Alter im Garten zu schaffen. Er hatte bloß noch ein Bein und ging an Krücken, das freilich mit Entschlossenheit. Sobald er sein Geschäft an einem Ort erledigt hatte, bewegte er sich zum nächsten, um dort weiterzurumoren. Mißmutig rappelte sich Kaufner empor. Um festzustellen, daß er erneut gefangengesetzt war, diesmal hinter hohen Lehmmauern. Nur zu seinem eigenen Schutz, sollte ihn später der General beruhigen, schließlich fühle er sich für seinen Freund Ali verantwortlich.

Kaum hatte der Alte entdeckt, daß Kaufner aufgewacht war, krückte er fröhlich grüßend herbei, um auch gleich die Polster umzugruppieren. In einer Teekanne brachte er Wasser, schüttete davon sehr sparsam über Kaufners Hände, hatte sogar

Seife und Handtuch dabei. Das alles unaufgefordert, im Eifer rutschte ihm manchmal der Oberschenkelstumpen aus dem abgeschnittenen Hosenbein.

Anschließend servierte er ein üppiges Frühstück: Kirschen, Erdbeeren, ein Spiegelei in Baumwollöl, kleine Rundkuchen; den Kefir rührte er für Kaufner noch einmal frisch durch. Das Bein? Sei schon seit einem halben Jahr im Jenseits, von einer Handgranate erwischt. Sobald er »den einen oder anderen von ihnen hinterhergeschickt habe« (er beließ es beim zähnefletschenden »ihnen«), komme er mit dem restlichen Körper nach. Zum Glück brachte er auch ein Kompott, mit dem man die ziegenhafte Zudringlichkeit des Kefirs übersüßen konnte.

Der Garten lag am Hang. Dort, wo der Bach durch eine Aussparung im Mauerwerk in den Garten geführt wurde, fand das Frühstück statt, ein Teebett war direkt über das Geplätscher gestellt. Bequem überblickte man von hier aus die Üppigkeit der Anpflanzungen, das Spiegelgeflecht eines kunstvoll komponierten Kanalsystems. Dessen Wasser sammelten sich erst kurz vor der unteren Gartenmauer wieder zum Bach, um in der Brache zu verschwinden, die sich draußen als Landschaft anschloß. Man konnte bis zum Fluß sehen, da und dort waren bereits Traktoren hineingefahren, die auf Anhängern Wassertanks geladen hatten, sie wurden eimerweis von Frauen und Kindern befüllt. Darüber ein müder Morgenhimmel ohne jeden blauen Glanz, so voller Staub hing er. Jeden Tag konnte der Sommer aufziehen, in Samarkand würden es bald vierzig bis fünfzig Grad sein.

In Samarkand?

Öfters war der Name gestern gefallen, doch offensichtlich hatte keiner damit die Stadt gemeint, die Kaufner seit zwei Jahren kannte. Sondern? Ein Bergdorf, in dem das tatsächliche Grab Timurs lag? Irgendwo hinterm *Tal, in dem nichts ist*? Daß es bis in die mittleren Höhen des Turkestanrückens –

Zaun hin oder her – Dörfer gab, war Kaufner bekannt. Aber ausgerechnet eines mit Namen Samarkand? Wir werden sehen, beschloß er, eins nach dem anderen.

Fast den ganzen Tag verbrachte er auf dem Teebett, der Schatten mehrerer Maulbeerbäume wanderte so, daß man es selbst in der Mittagshitze wunderbar darauf aushielt. Die weißen Früchte wuchsen einem fast in den Mund, sie schmeckten erfrischend säuerlich. Ein Garten Eden, dachte Kaufner, mitten in der Hölle ein Stück vom Paradies. Vielleicht waren dessen andere Teilstücke ja andernorts versteckt auf der Welt, spekulierte er weiter, man erkannte sie dort bloß nicht so deutlich, weil die Mauern nicht hoch genug waren. Vielleicht gab es das Paradies auch nur für diejenigen, die in der Hölle steckten, als kurze Pause, Gnadengeschenk und höhere Folter in eins? Während es alle anderen gar nicht wahrnehmen, geschweige erkennen, geschweige aufsuchen konnten?

So lag Kaufner, so dachte Kaufner. Wenn er sich dabei nicht vom Geplätscher einlullen und in Schlaf wiegen ließ, ließ er sich vom Alten mit Tee versorgen und spielte mit dem Gedanken, sein restliches Leben hier liegenzubleiben und zu verlottern. Zumindest diesen Sommer lang. Dem Bach lauschen, dem Flirren des Lichts zusehen, das durch die Blätter über ihm brach, den Sonnenflecken auf den Kissen, sich aussöhnen mit der Welt.

Danach, beschloß Kaufner, danach.

Es war das erste Mal, daß ihn die Erschöpfung vom Weg abbringen wollte und jeden Gedanken an gestern oder morgen verbannen. Mittags servierte der Alte Tomaten, Gurken, Fladenbrot, dazu Schafskäse, mit ein paar Spritzern Öl vermengt: köstlich. Wie es sich auf einem Teebett gehörte, aß Kaufner im Liegen, um ihn herum strömte das Schöne zusammen. Zum ersten Mal vermeinte er, die trunknen Preisungen der Derwische zu verstehen, wenn sie in allem, was geschah, das Walten des Göttlichen sahen. Als der Alte nach der Mahlzeit Pfefferminztee brachte, war es so heiß, daß sein Beinstumpf zu bluten begann. Aber er bemerkte es kaum, so sehr freute er sich über Kaufner und dessen Trägheit, die ihm sein Wächteramt erleichterte:

»Vor dem Tee fehlt die Kraft zu arbeiten«, zitierte er das usbekische Sprichwort, »nach dem Tee fehlt die Lust.«

Seltsam, besann sich Kaufner kurz, in Samarkand hatte er mit den Tadschiken sympathisiert, hier sympathisierte er mit den Usbeken. Womöglich aus dem simplen Grund, weil er auch als Deutscher in Deutschland mittlerweile ein Gefühl dafür entwickelt hatte, was es hieß, zu einer Minderheit zu gehören.

Bis vor wenigen Tagen habe er einen Gefangenen beaufsichtigt, unterbrach der Alte die Gedankengänge Kaufners: Der General habe dessen Körper rundum mit fetten Schafsschwänzen bedecken, in Filz fest einrollen und verschnüren lassen. Nur Gesicht und Füße hätten noch hervorgesehen. Nach einem knappen Monat sei der Gefangene vollständig von Maden und Würmern aufgefressen gewesen.

In diesem Garten?

Kein besserer Platz, um zu sterben! Der Garten des Generals, jedenfalls seit einem knappen Vierteljahr, da sei er »frei geworden«. Der Alte redete mit großer Ehrfurcht von Feisulla, an seinen Händen klebe das meiste Blut, allein seinetwegen hätten sie überlebt. Als er zum Abendessen selber erschien, der Anführer des *Bundes vom Schwarzen Hammel*, mächtigster Mann auf dieser Seite des Flusses, trug er zu seinem gefleckten Tarnanzug weiße Turnschuhe mit roten Schnürsenkeln. Besorgt erkundigte er sich nach Kaufners Wohlbefinden und ob es ihm den Tag über an nichts gefehlt habe. Vor der Mahlzeit betete er, indem er die Augen schloß und die Hände an den Fingerspitzen zusammenlegte, die Handflächen schalenförmig nach oben. Halblaut sprach er das Gebet, am Schluß strich er sich mit beiden Händen von oben nach unten übers Gesicht, als wolle er etwas wegwischen, und legte die Hand aufs Herz. Genau wie Odina. Dann erst schlug er die Augen wieder auf.

Es gab Plov, der Alte entschuldigte sich, daß es seine Frau gemacht hatte. Plov sei Männersache, gewiß, aber er sei ja verhindert gewesen. Plov vom Rind! Mit Reis, gelben Rüben, Zwiebeln, Kümmel, Knoblauch, alles in reichlich Baumwollöl. Feisulla sah gierig zu, wie das ganze Teebett mit Platten bedeckt wurde, brach seinem Gast das Brot, suchte ihm die fettesten Bissen heraus, bevor er mit bloßen Händen zu essen begann, zielstrebig schmatzend, mitunter ein besonders gutes Stück aus seinem Teller herausklaubend und auf denjenigen Kaufners legend. Der Stier gestern sei ein Prachtkerl gewesen, das schmecke man. Seine Hände sahen so aus, als hätten sie ein Leben lang nur Handys, Fleisch und Frauenkörper berührt.

Anschließend ein Nudelsalat mit Gurke und Gebratnem, ein Kräutersalat mit Walnüssen: köstlich. Wie es sich auf einem Teebett gehörte, wurde über Gott und die Welt geredet. Nein, zum Zaun gehe es nicht vor Mitternacht, sie hätten Zeit. Feisulla kaute einen mit Gewürzen vermengten Tabak, er sah so müde aus wie am Abend zuvor. Plötzlich wischte er alles bisher Gesagte mit einer pathetischen Handbewegung weg und wollte Verständnis. Verständnis für Kaufners Gefangensetzung, das Verhör, die grundsätzliche Vorsicht, die in seinem Reich geboten war, hier und heute und überhaupt.

Bis vor einem halben Jahr sei er Lehrer gewesen, glücklich verheiratet, Vater von zwei kleinen Buben. Nun sei er Krieger, unglücklich verwitwet, habe keine Söhne mehr. Bis vor einem halben Jahr habe er Literatur geliebt: »Auch die persische, Ali, die sogar besonders!« Nun liebe er seine Kalaschnikow, und die persische Litertur sei ihm verdorben, weil ihm die Tadschiken verhaßt seien. Was Kaufner an seiner Stelle denn getan hätte?

Kaufner wehrte sich dagegen, Sympathie für Feisulla zu

empfinden. Überall auf der Welt war es der gleiche Krieg, mit Vorliebe verschlang er diejenigen, die nichts mit ihm zu tun hatten. Kurz erwog Kaufner, von seiner eigenen Geschichte zu erzählen. Aber Feisulla erwartete nicht mal eine Antwort.

»Ich möchte über die Sprache der Poesie reden, und ich muß über den Einsatz von Panzerfäusten und Raketen reden.«

Braun gebrannt und wohlgenährt lag er auf den Polstern, Kaufner konnte den Blick nicht von seinen Händen lösen, vom Ring, den er (und wer weiß, wer sonst noch) hatte küssen müssen. Hände, die nicht etwa einem Schlachter, sondern einem Schöngeist gehörten, Hände, an denen gleichwohl »das meiste Blut« klebte und die trotz allem so aussahen, als hätten sie ein Leben lang nur ...

»Ich möchte über die Fragen des Glaubens nachdenken, und ich muß darüber nachdenken, was ich mit dem Derwisch mache, den mir meine Leute heute aus dem Fluß gefischt haben.«

Der Alte brachte rotweiß und schwarzweiß eingewickelte Bonbons zum Nachtisch, dazu Granatapfelsaft und *Kosmos*-Zigaretten.

Ein Tadschike bleibe immer ein Tadschike, selbst im Gewand eines Bettelmönchs, so weit war dem General die Sache klar. Mit den Türken und den Völkern der Steppe wolle sich ein Tadschike nicht gemein machen, er dünke sich was Besseres. Und das nur, weil er runde Augen habe und Farsi verstehe, als ginge man deshalb schon als Perser durch! Was sein Freund Ali denn mit dem Derwisch tun würde?

Er beneide jeden, der einen Glauben habe, gab sich Kaufner moderat, auch wenn's ein Irrglauben wäre.

»Aber sie pissen auf den Koran!« empörte sich Feisulla: »Sie schmähen den Propheten, sie mißachten die Gebote der Scharia, sie bezeichnen sich selber als Gott!«

»Vielleicht sind sie geisteskrank?« vermutete Kaufner: »Krank vor Erleuchtung?«

Krank seien sie mindestens, schnaubte Feisulla, und er werde sie kurieren! Zumindest die Zunge werde er »seinem« Derwisch herausschneiden müssen, andernfalls hätte er bald niemanden mehr, der für die gute Sache kämpfen wolle.

Bis Mitternacht rauchte und redete er weiter. Darunter Sätze wie »Alles, was ins Salz fällt, wird nach einer Zeit selber Salz« oder »In einer wüsten Welt kann nur der Wüste überleben und unter Wüsten nur der Allerwüsteste«.

Endlich wurde gemeldet, sein Wagen sei vorgefahren. Der General sprang auf, um ein Haar hätte er seinen Freund Ali zum Abschied umarmt. Einer der Männer, die draußen das Gartentor bewacht hatten, öffnete den Schlag für Kaufner. Feisulla konnte ihm gerade noch ein Gedicht mit auf den Weg geben:

»Ihr Makel ist, ganz ohne Fehl zu sein. / Des Tages Strahl'n verlischt in ihrem Schatten. / Die braune Nacht erstrahlt in ihrem Leuchten.«

Vom Präsidenten? fragte Kaufner und stieg ein.

Feisulla nickte. Er halte es für ein gutes Gedicht, ob es ihm gefallen habe?

»Sicher.« Kaufner lächelte sogar.

Neben ihm auf der Rückbank saß der Schlachter. Nein, in Mugolon sei der Zaun heute »dicht«, es gebe indes »ein Loch« in Khojapandsch. Taifun nutzte die kurze Fahrzeit, um Kaufner in das einzuweisen, was ihn hinterm Zaun erwarte: Immer am Kanal entlang, dann in die Schlucht hinein und weiter im Bach, immer weiter, so weit wie möglich. Ob Kaufner bereit sei?

»Sicher«, sagte Kaufner. In seinem Bauch rumorte es.

»Wir können dich nach drüben bringen, Onkel. Aber auf der

anderen Seite können wir nichts mehr für dich tun, da mußt du selber zusehen, wie du klarkommst.«

Der Wagen hielt kurz vor dem Zaun, Taifun ging auf die Gruppe an Soldaten zu, die dort stand. Begrüßte einen davon, wohl den Postenführer, mit einem langen Handschlag, winkte Kaufner nachzukommen. Im Stacheldraht, der durch die Maschen des Zauns gewickelt war, hing eine tote Ziege, vom Flutlicht bestens beleuchtet. An der Stelle, wo der Posten wartete, führte ein kleiner Kanal unter dem Maschendraht hindurch. Es roch nach Heu und mußte schnell gehen.

»Halt dich gut an deinem Zahn fest, Onkel!« Taifun gab ihm einen Klaps auf den Rücken. »Und nicht an den Zaun kommen, du siehst ja, der steht unter Strom.«

Taifun stand selber unter Strom. Der Russe machte allerdings keine Anstalten, anscheinend war der Händedruck für seinen Geschmack nicht kräftig genug ausgefallen. Seine Kameraden hielten sich im Abseits und sicherten in alle Richtungen; was hinter ihrem Rücken geschah, wollten sie nicht sehen. Ein kurzes Wortgeplänkel, Taifun mußte zurück zum Wagen. Freundlich wandte sich der Postenführer an Kaufner, blickte ihn aus geschlitzten Augen an, erkundigte sich auf Russisch, was er drüben wolle. Da Kaufner keine Antwort gab, fragte er, warum er jemand rüberlassen solle, der nicht mal antworte?

»Weil ich aus Deutschland bin«, antwortete Kaufner endlich: »Aus dem Osten Deutschlands, verstehst du? Dem *befreiten* Teil. Dem von euch schon zum zweiten Mal befreiten.«

Das verstand der Russe. Sein Vater habe in der DDR gedient, jetzt sei einer seiner Brüder dort. Gamburg. Auch andere deutsche Wörter wie »Aftobus« konnte er sagen, »Schokolad«, »Tomat«. Sowie Taifun wieder auftauchte und ihn erneut begrüßte, schnappte seine Hand zu, der Weg war frei.

Kaufner mußte nicht mal unterm Zaun hindurchkriechen oder sich durch ein Loch zwängen. Die Kameraden, die bislang weggesehen hatten, sprangen wie auf Kommando herbei, lösten ein paar Drahtschlingen – der Zaun war an dieser Stelle gar nicht richtig an der Metallstange fixiert. Man konnte ihn zur Seite ziehen und einfach hindurchgehen. Am zweiten Zaun, der in kurzem Abstand folgte, die gleiche Prozedur. Wie sich Kaufner umdrehte, um sich zu bedanken, war Taifun schon im Wagen, waren die Russen am Verteilen von Geld, war der Durchschlupf im Zaun geschlossen. Kaufner war drüben.

Aber im Turkestanrücken damit noch lange nicht. Kaum war er ein paar Schritte am Kanal entlang ins Ungefähre getappt, seine Augen gewöhnten sich nur schwer ans Dunkle, wurde er von einer Taschenlampe geblendet.

»Stehenbleiben, Hände hoch, keine Bewegung!« – »Da schau her, wen haben wir denn da?« – »Immerhin keinen Usbeken.«

Die Befehle an ihn auf Russisch, der Rest auf Tadschikisch. Kaufner hörte das Blut in seinen Schläfen klopfen, er blickte in zwei Gewehrmündungen. Von einer tadschikischen Streife auf der anderen Seite des Zauns war nie die Rede gewesen. Nun ja, selbst ein Feisulla hätte sie kaum bestechen können, sein Reich endete am Zaun und mit dem Zaun.

Ob Kaufner Heroin schmuggle? Oder ...?

Die beiden hielten zwar weiterhin ihre Gewehre auf Kaufner gerichtet, waren aber erstaunlich entspannt dabei, selbst als er die Arme sinken ließ. Daß jemand auf die andere Seite des Zauns wollte und hinauf ins Turkestangebirge, erlebten sie nicht zum ersten Mal; indem sie derartige Gelegenheiten gezielt abpaßten – so war zu vermuten –, besserten sie ihren Sold auf. Nun aber einer, der ohne Packesel und also offensichtlich ohne alles loszog, was man oben in den Dörfern brauchte, was konnte so einer im Gebirge wollen?

»Ich will nach Samarkand«, sagte Kaufner. Die beiden Grenzer erschraken. Ob er etwa zum Zeltmacher gehöre? Ob er zum *Leeren Berg* gehe? Mit ihm? Oder gegen ihn?

Kaufner verstand nichts von dem, was sie in ihrer Erregung selber als Antwort vorgeschlagen hatten, er nickte lediglich, sie sahen ihn wie einen Todgeweihten an. Ob sie ihn nicht lieber hier unten schon erschießen oder wenigstens festsetzen sollten? Die beiden waren noch jung, vielleicht war das als Scherz gemeint, zuzutrauen war es ihnen gleichwohl. Mochte man auch nur wenige Meter vom Zaun entfernt sein, so würde doch das, was in den nächsten Sekunden hier passierte, nicht in tausend Jahren auf der anderen Seite bekannt werden.

»Schau mir in die Augen«, wandte sich Kaufner an einen der beiden: »Was siehst du da? Sie sind so rund wie deine, wir sind Brüder.«

Der Grenzer leuchtete ihm mit der Taschenlampe ins Gesicht, beriet sich mit seinem Kollegen, dabei nickten sie immer häufiger. Verfluchter Arierwahn! Kaufner haßte sich dafür, aber es funktionierte. Nachdem er den beiden sein Fernglas geschenkt hatte (um sie gar nicht erst auf die Idee kommen zu lassen, seinen Rucksack zu durchsuchen), warnten sie ihn sogar noch vor den Minen. Sie würden von der Grenze bergab rutschen, bei jeder Schneeschmelze ein Stück tiefer. Für den Fall, daß er »rüber« wolle … daß er über Felder gehen müsse, solle er auf die Stoppelreihen achten. Auf den Wiesen sei's nicht so leicht zu sehen, eine Unregelmäßigkeit im Grasbewuchs sei aber auch da stets ein Warnsignal. Vor allem müsse er die Ideallinie erkennen, auf der ein Hang bestiegen werden wolle, und dann davon abweichen (denn ebendort lägen sie natürlich, die Minen).

Er wolle gar nicht rüber, konnte sie Kaufner schließlich abwimmeln.

Also oben auch noch *bleiben*? »Viel Glück, Bruder!«

In Kaufners Bauch rumorte es, wahrscheinlich das Baumwollöl. Aber das würde ihn jetzt nicht davon abhalten, in der Nacht und den Falten des Turkestanrückens zu verschwinden.

Wie er auf die Uhr sah, war es schon viel später, als er gedacht hatte, in Kürze würde es dämmern. Immer am Kanal entlang. Linksrechts letzte Bauernhäuser, sicherlich verlassen. Es roch nach Eisenkraut. Ab vier Uhr wurde es heller, und noch immer war Kaufner am Fuß des Gebirges unterwegs, inmitten brachliegender Äcker.

Mehrmals querte der Pfad den Kanal, bald ging man auf der linken, bald auf der rechten Einfassung. Grün schillernde Vögel mit fluoreszierend blauen Flügeln flogen auf, sobald Kaufner näher kam. In großer Höhe querte ein weiterer Bewässerungskanal, seine Pfeiler standen in Feldern, auf denen violett der Futterklee blühte. Dazwischen die Umrisse eines ... Grabmals? Egal. Weiter!

Am Eingang der Schlucht flirrten Hunderte von gelb-ockerfarbenen Libellen, Kaufner mußte mitten durch den Schwarm hindurch. Es war kühl in der Klamm, die Felswände standen so dicht, daß es darin deutlich dunkler war als draußen. Eine Weile konnte man noch auf der Einfriedung des Kanals gehen, an einer Feuerstelle vorbei, dann kam der Punkt, an dem der Kanal aufhörte und zum Bach wurde. Kurz darauf nahm er bereits die gesamte Breite der Schlucht ein, Kaufner ging im Wasser weiter. Immer häufiger lagen immer größere Felsbrocken im Weg, der Bach schoß ihm mit Macht entgegen.

Bald stand ihm das Wasser bis zum Gürtel. Die Felstrümmer waren so hoch und rundgeschliffen, daß er sie mit den Händen zwar gerade noch zu fassen bekam, dann aber fehlte jede Möglichkeit, sich daran hochzuziehen oder mit den Füßen abzustützen. Kaufner mußte zurück. Nicht ganz zurück. Die Felswände der Schlucht hatten da und dort Lücken, an einer Stelle führte ein Streifen aus Geröll, Erde, spärlichem Bewuchs als schmaler Steilhang bergauf. Kaufner zog sich mit beiden Händen an den verfilzten Grasnarben hoch, bald kletterte er auf roter Erde, nach einer knappen Stunde stand er über der Schlucht.

Absolute Stille, ein frischer Wind, alles roch schon heftig nach Hitze. Die gesamte Weite des Serafschantals ein Flirren im Dunst. Kaufner lehnte sich an einen Felsen und wußte einen Moment lang nicht, ob er sich erbrechen sollte oder erst mal – im nächsten Moment tat er beides zugleich. Blieb den ganzen Tag und die anschließende Nacht, so sehr setzte ihm das Baumwollöl zu.

Disteln, sonndurchglühte Steine, rote Erde, hartes gelbes Gras, beständiger Wind. Schüsse im Tal oder woher immer. Abends da und dort aufflammende Lichter, Kaufner bildete sich ein, sogar in den Hängen. Sobald er inwendig völlig leer und das Fieber vorbei war, baute er das G3 zusammen. Legte probeweise an und besah sich im Zielfernrohr die unwürdige Gegend am Serafschan. Im Fluß sah man ein paar Geschützlafetten, darum herum schwimmende Kinder. Er nahm sich fest vor, jeden zu erschießen, der ihm in den Weg kommen würde; wer sich jenseits des Zauns herumtrieb, war ein Paßgänger wie er oder einer vom Heiligen Kampf.

Dann ging er los, mit wackligen Knien zunächst, die erste Gipfellinie war bald erreicht. Kaufner war da und war doch nicht da. Er dachte so angestrengt nach, daß er vermeinte, es in seinem Kopf knistern zu hören. Es war aber nur der Berg, der sich unter der Hitze des Tages duckte. Wohin man auch blickte, nirgendwo fand das Auge etwas, woran es eine Hoffnung hätte knüpfen können. Die Landschaft wiederholte sich endlos selbst, bucklige Welt bis hin zur eigentlichen Gipfellinie, die mit ihren Schneespitzen den nördlichen Horizont der Hochebene markierte. Kaufner mußte es sich eingestehen, er hatte keine Ahnung, wie er das Tal wiederfinden sollte, das *Tal, in dem nichts ist.*

Ohnehin führten diese verfluchten Tadschikengebirge jedes Gefühl ins Extrem – Berg-und-Tal-Fahrt der Seele, er kannte das vom letzten Jahr. Hier oben jedoch wurde man regelrecht von Verzweiflung befallen. Was hätte Odina an seiner Stelle gemacht? Er hätte sich abgekniet und den Staub zusammengescharrt, hätte daran gerochen und darauf herumgekaut. Hätte genickt, gespuckt, gewußt. Zögernd kniete Kaufner ab, sah sich über die Schulter, aber wer sollte ihn beobachten? Dann roch er, schmeckte den Sand. Sonst freilich nichts. Also wählte er eine der Felsformationen am Horizont, die besonders markant aus der schneebedeckten Gipfellinie ragte, gab ihr den Namen *Die drei Wesire*, damit sie leichter einzuprägen war (wie von Odina gelernt) und setzte den ersten Schritt.

Zunächst Richtung Westen, wo er die Grenze zu Usbekistan wußte und das Tal in Erinnerung wähnte, das er suchte. Allerdings nicht fand. Nicht den geringsten Hinweis darauf. Als wäre er niemals zuvor im Turkestanrücken gewesen. Eine Karte davon war selbst für viel Geld in Pendschikent nicht aufzutreiben gewesen, nicht mal eine von Staats wegen gefälschte – Kaufner mußte nach Gefühl gehen. Doch nach welchem Gefühl? Bald suchte er auch im Inneren der Hochebene, kreuz und quer. Für ein paar Wochen waren es lediglich lauter leere Hügel, über die er ging, waren es lauter leere Berge, die ihn umgaben. Seine Tage wurden einfach, er tat nichts als das Notwendige. Gehen und klettern. Schweigen und lauschen. Sehen und erkennen. Anfangs mit dem Zielfernrohr, immer öfter mit bloßem Auge.

Wenn Kaufner geglaubt hatte, daß nun Gebirgseinsamkeit anbrechen würde und mit jedem Menschen, der ins Visier kam, die Stunde der Wahrheit, so hatte er sich getäuscht. Im Grunde ging es genauso weiter wie im Tal, lediglich die Stromleitungen hatte man am Zaun gekappt. Die Dörfer – ausnahmslos tadschikisch – lagen am Südhang des Turkestanrückens, dort, wo er ins Serafschantal abfiel. Auf dem Hochplateau selbst waren vereinzelt Tabak- und Kartoffelfelder, mit geschichteten Steinen und Stachelgezweig umfriedet, vornehmlich aber Herden an ziemlich zottigen Ziegen, Schafen, Rindern, Pferden, mit und ohne Hüter. Im Norden, bevor der eigentliche Kamm aufstieg, kamen die Seen, in denen das Schmelzwasser Frühjahr für Frühjahr zusammenlief, dazu Sumpf, satte Wiesen, urwaldartiges Gehölz. In den Hängen dahinter, zwischen den Furchen und Runsen der Sturzbäche, verstreut die Jurten der Kirgisen.

Und so endlos gleichförmig gewellt, wie er beim ersten Anblick gedacht, war es auch nicht. Genau besehen war es alles andere als eine Hoch*ebene*. Zwischen den spärlich mit grünem Frühlingsflor bezogenen Buckeln – während in den Tälern längst der Sommer Einzug gehalten, konnte man froh sein, daß hier oben inzwischen der Schnee geschmolzen – gab es gewaltige Schluchten und Brüche, wie man sie nie vermutet hätte. Gab es Schäferhütten, Unterstände für Vieh, Felsinschriften (»Alle sind Brüder«, »Gott ist in dir«). Sogar einen Felsen, auf dem verschieden große Umrisse von Schuhen gemalt waren. Einen kirgisischen Friedhof mit eingebrochenen Gräbern, Yakschädeln, stoffumwickelten Steinen, der Ruine eines Lehmmausoleums. Und es gab Galgen. Wo sich verschiedene Pfade kreuzten, nicht selten deren mehrere. Offensichtlich war das Hochplateau autonomes Gebiet mit einer Gerichtsbarkeit, die mit derjenigen im Tal nichts zu tun hatte. Das Gesetz der Berge.

Sofern man sich an die Saumpfade hielt, war man kaum einen Tag allein. Staubwolken kündigten Größeres an, Kaufner war auf jede Art von Begegnung gefaßt. Es kam darauf an, den anderen zu entdecken, bevor er es tat, und ihn innerhalb von Sekunden richtig einzuschätzen. Meist waren es nur kleine Jungs, die auf ihren Packeseln Brennholz in die Dörfer transportierten, das Gewehr lässig geschultert, eher Statussymbol, so schien es, als Waffe. Ab und zu Gruppen an Frauen, die Dornbüsche geschlagen oder die Felder gehackt hatten. Allesamt mit vermummten Gesichtern, eine Shochi wäre hier gar nicht aufgefallen. Sobald Kaufner auftauchte, drehten sie sich weg. Die wenigen Männer, denen er begegnete, hatten sich Tabakpulver unter die Zunge geschüttet, konnten oder wollten kaum seinen Gruß erwidern. Sosehr Kaufner bislang immer nach dem Woher und Wohin gefragt worden, hier kümmerte es niemanden.

Kaufner witterte, lauschte, studierte das Alter der Kotspuren. Kontrollposten gab es keine. Dennoch hatte er manchmal das Gefühl, belauert zu werden. Dann schob er sich hinter einen Felsbrocken und wurde Landschaft, während die Adler kreisten, ein Luftzug an den Hängen hinauf- oder hinabstrich, die Farben Minute für Minute stärker ausbleichten oder, am späten Nachmittag, wieder kräftiger herauskamen. Nie wollte etwas passieren, nie. Nach ein paar Wochen trug er sein G3 gleichfalls so lässig über der Schulter, als sei's Teil einer Tracht.

Es dauerte aber auch in diesem Sommer, bis er sich an die Herzlosigkeit der Berge gewöhnt hatte, an das Dröhnen der Bäche, die zu queren waren, an die Härte des Windes, der am Abend aufkam, an die Dunkelheit der Nächte. Und an die schmerzenden Zehennägel, die schmerzenden Kniekehlen, die taube Stelle über der Achillessehne (wo der Schaft des Schuhs gegen den Unterschenkel drückte, sobald es bergab ging), an die Schmerzen im Rücken, im Nacken, in jedem Knochen, jedem Muskel, jedem Gelenk. Es mußte so sein, Kaufner kannte die Stellen gut, irgendwann würde er sie wieder vergessen haben.

Und irgendwann würde er auch das Gehen gelernt haben, das Gehen unter der schweißdurchtränkten Schwere des Rucksacks. Ein einziger Fehltritt, sofort begann die Bergwand zu lärmen. Für den, der in aller Diskretion einen Auftrag auszuführen hatte, absolut indiskutabel. Denk dran, nicht gegen den Berg zu steigen, sondern mit ihm, seine Kraft muß die deine werden. Nimm seinen Schwung mit. Mach immer einen Schritt mehr.

Oder einen weniger? Wenn du müde bist, wirst du nachlässig, genau dort lauert dein Fehltritt, dein Gegner, dein Tod. Je öfter Kaufner mit sich selber sprach, desto besser lief es. Solange er mit Odina unterwegs gewesen, hatte er einfach hinterhergehen können. Nun mußte er alles selber entscheiden, selber tun. Mach deine Schritte kürzer, besser drei kleine als zwei große. Nimm jeden Schritt ernst, aber nicht zu ernst. Tritt lieber auf die Spitze eines großen Steins als in die Mitte einen kleinen flachen.

Oder umgekehrt?

Umgekehrt! Auch große Felsen können kippen, wenn du draufsteigst. Kaufner erinnerte sich an Odinas Esel, sie hatten die großen Felsen nicht gemocht, waren lieber außen herum gegangen, gewiß hatten sie ihre Gründe gehabt. Jetzt, da er alles selber zu tragen und jede Wegbiegung selber zu suchen hatte, vermißte er sie. Doch abgesehen davon, daß man einem Fremden wahrscheinlich gar keinen Esel anvertraut hätte, wäre er ihrem Starrsinn nicht gewachsen gewesen: Schon im letzten Sommer hatte er es aufgegeben, ihnen etwas befehlen zu wollen. Niemals wären sie mit ihm durch die Geröllfelder gegangen, wie er es tat. Aber wie dann? Manchmal ist der Umweg der Weg, such die einfachste Lösung. Und laß dich nicht ablenken, auch nicht vom Aas, das hier so auffällig oft herumliegt. In der Tiefe einer Schlucht sah er gleich mehrere Hirsche oder Bergziegen (oder was es war), offenbar abgestürzt. Sofern die Geier kurz davon abließen, sprangen die Füchse herbei, die ansonsten gierig darum herumstrichen und auf ihre nächste Chance warteten. Ein andermal sah er irgendetwas am Gegenhang, das ein Mensch hätte sein können. Die Krähen saßen jedoch so dicht darauf, daß Kaufner selbst im Zielfernrohr nichts erkennen konnte.

Trotzdem sind die Geröllfelder schwerer zu gehen als die Schluchten. Schau sie dir in Ruhe an, bevor du den ersten Schritt setzt, lies sie, lern sie. Such die Wegmarken, such die Spuren derer, die vor dir gingen, such den Staub dort, wo er am hellsten ist, das ist der Pfad. Und wenn du nichts findest, leg deine eigene Linie über den Hang, vertrau ihm. Hier ist die Grenze fern, hier gibt es keine Minen.

Am ersten Bach, den es zu passieren galt, verharrte Kaufner minutenlang und versuchte, sich zu erinnern. Als er schließlich hindurchging, bis auf die Unterhose entkleidet, brauchte er viel zu lange, um im schäumenden Wasser trittsicheren Grund zu ertasten. Am anderen Ufer mußte er sich die Beine reiben, bis er sie wieder spürte. Die Nächte verbrachte er wie Odina, im Schlafsack am Lagerfeuer. Mitunter bildete er sich ein, in der Ferne Wölfe zu hören.

Daß er tagelang niemanden sah, sofern er abseits der Pfade ging, hieß nicht, daß er selbst nicht gesehen wurde – im Gegenteil. Sobald er bei einem der Bauern übernachtete, wußten sie bestens über ihn Bescheid, konnten ihm bestürzend genau schildern, wo er sich die Tage zuvor herumgetrieben hatte. Immer das gleiche Ritual: Bei seiner Ankunft wurde er feindselig beäugt, dem Dorfältesten zur Prüfung zugeführt, unter anhaltendem Mißtrauen beherbergt. Nein, keiner von den Bauern wollte das *Tal, in dem nichts ist* kennen, keiner den Weg dorthin, sofern Kaufner überhaupt fragte; keiner den *Leeren Berg*; keiner ... Samarkand.

Anfangs hatte er die Dörfer gemieden, war eher unfreiwillig hineingestolpert, so unscheinbar lagen sie in den Falten des Gebirges, meist an dessen Südabbruch zum Serafschantal. Winzige Gärten mit knorrigen Obstbäumen. Windschiefe Hütten, die Dächer grasbewachsen. Weil ihre Fels- und Lehmziegelmauern von derselben Farbe waren wie der Boden rundum, sah man die Häuser erst, wenn man fast schon davor stand.

Wahrscheinlich hatten die Russen bislang kaum einen Bruchteil der Dörfer wahrgenommen, es waren die letzten Freien Festen dieses Landes, falls man sie so nennen wollte. Entsprechend unwirsch ihre Bewohner. Anfangs schwieg Kaufner entschlossen zurück, in Sorge, daß sie kurzen Prozeß mit ihm machen würden, sobald er schlief. Nächtelang lag er wach, das Gewehr unter der Bettdecke.

Nie passierte etwas, nie. Langsam begriff er, daß die Rechnungen im Gebirge anders beglichen wurden. Ein Gast war in Sicherheit, selbst bei der *Faust Gottes*, er konnte gar nicht sicherer sein als in ihren Hochburgen. So es denn überhaupt welche waren. Kaum vorstellbar, daß diese Menschen nachts ins Tal gestiegen sein sollten, um auf Menschenjagd zu gehen. Sprach man sie vorsichtig darauf an, beschwerten sie sich über die Gerüchte, die »da unten« über sie in Umlauf gesetzt würden. In Wahrheit hätten die Usbeken ihre Häuser selber angezündet, um einen Vorwand zu haben ... Die einzigen Feinde der Tadschiken seien seit je die Wölfe: Sie sprängen noch über drei Meter hohe Zäune, im Winter müßten die Pferche der Schafherden zusätzlich mit Netzen abgesichert werden. Trotzdem werde man ihrer nicht Herr, im Blutrausch rissen sie bis zu hundert Tiere, stapelten sie regelrecht übereinander. Wölfe galten als »Könige der Berge«, von ihnen zu träumen als ein gutes Zeichen. Ihnen am Morgen zu begegnen ebenfalls. Nicht jedoch am Abend, ein böses Omen. So verschlossen sich die Dörfler gaben, wenn man sie draußen ansprach, so redselig wurden sie ganz von alleine, sobald man bei ihnen zu Hause saß und sich die entscheidenden Fragen erst mal verkniff. Sofern Kaufner dann auch noch seinen Wolfszahn zeigte, nickte man, der wolle Blut schmecken.

Der *werde* Blut schmecken, dachte Kaufner und tunkte das alte Brot in den Tee, damit es weich wurde. Nein, von einem Januzak hatte man angeblich nie gehört; mit den Kirgisen, die im Norden ihre Zelte aufgeschlagen hatten, wollte man sowieso nichts zu tun haben. Die gehörten nicht hierher, die kämen aus dem Nichts, die verschwänden auch wieder im Nichts, von ihrer Sorte gebe's sowieso zu viele. Erst recht nichts zu tun haben wollte man mit Timur, der habe Unheil übers Volk der Tadschiken gebracht, schon damals. Ohne ihn wäre heute kein einziger Usbeke in diesem schönen Land, keiner! Gott sei Dank lebe man wenigstens hier oben noch ohne sie und in Frieden.

Kaufner verstand. Timur war der usbekische Nationalheld; ein tadschikischer Bergbauer war selbstverständlich nicht daran interessiert, sein Grab zu schützen. Seit Jahrhunderten waren sie ihre eigenen Herren und wollten es bleiben. Hatten also wohl tatsächlich nichts mit der *Faust Gottes* zu tun oder bloß gezwungenermaßen. Fortan schlief Kaufner bei den Bauern ohne Gewehr unter der Decke.

Daß der Frieden, der bei ihnen herrschte, dennoch keiner war, wurde ihm eines Abends herb ins Bewußtsein gerückt, als er ein vollkommen menschenleeres Dorf betrat. Die Türen der Häuser waren überall offen, nirgendwo sah man Verwüstungen oder sonst irgend Spuren eines Kampfes, es mußte alles ganz schnell gegangen sein. Nicht einmal Leichen lagen herum.

Ähnlich barsch und harsch ging es im Inneren der Hochebene zu, in den kleinen Trutzburgen der Schäfer. Allesamt waren sie bärtige Gesellen oder sehr bärtige Gesellen, es gab buntbetuchte Frauen, die wortlos verschwanden, wenn Kaufner um ein Nachtlager bat, viele Kinder mit ernsten Gesichtern, die in seiner Gegenwart kaum zu tuscheln wagten, Hunde, die leise und wichtig waren. Meist gewährte der Familienälteste das Gastrecht, in ein angeregtes Geplauder geriet man mit ihnen nie.

Bei den Kirgisen hingegen freute man sich über Besuch. Es waren Flüchtlinge, sie hatten nicht nur ihre Yaks mitgebracht, sondern auch Dieselgeneratoren und Satellitenschüsseln, um wenigstens Nachrichten aus ihrer Heimat zu empfangen. Nein, die Republik Kirgistan existiere nicht mehr, sie habe Antrag auf Aufnahme in die russische Föderation gestellt, der Antrag sei angenommen worden. Kaufners Gastgeber lachten, um nicht zu weinen. Nun ja, Deutschland gebe es ja ebensowenig noch, man könne nur gemeinsam darauf anstoßen, zum Wohl.

Die Kirgisen gehörten tatsächlich nicht hierher, und sie wollten auch nicht bleiben. Aber wo sollten sie hin? Die Sommerweiden waren fett, im Herbst würden sie sich etwas einfallen lassen müssen. Nein, der Friedhof sei vom letzten Krieg, Kirgisen seien seit Dschingis Khan auf der Flucht – sein angestammtes Grasland verlasse auch ein Nomade nicht freiwillig! Sie schenkten nach, um nicht zu weinen. Die Tadschiken vom anderen Ende der Hochebene mochten sie allerdings auch nicht besonders, die würden sich mit ihren runden Augen für etwas Besseres halten. Obwohl natürlich ab und zu ein Händler vorbeikomme, um sie übers Ohr zu hauen. Noch schlimmer seien bloß die Usbeken.

Usbeken? Hier oben?

Doch, ja, gelegentlich.

Kaufner spürte, wie ihm das Blut in den Schläfen pochte. Wenn sich auf tadschikischem Territorium Usbeken herumtrieben, konnte das nur eines bedeuten: Er war wirklich nah dran. Oder welchen Grund sonst hätte ein Usbeke haben können, sich mitten im Feindesland aufzuhalten?

Die Männer trugen selbst in ihren Jurten die hohen weißen Kirgisenhüte, ihre dünn hängenden Schnurr- und Spitzbärte waren schon bei den Jüngeren zur Hälfte weiß. Einer hatte sogar einen geflochtenen Kinnbart wie Januzak, war aber der Gutmütigste von allen. Kirgisen. Ausgerechnet. Kaufner hatte große grausame Pläne – *danach* oder allenfalls *en passant*, gewiß. Vergessen waren sie auch unter seinen Gastgebern nicht. Sie tranken gern vergorene Stutenmilch, die in offenen Ledertaschen am Zeltgestänge aufbewahrt wurde, es schwammen Fliegen und schwarze Haare darin, mitunter spuckte einer im Vorbeigehen hinein. Es kostete Kaufner einige Überwindung, mit ihnen mitzuhalten, aber auf diese Weise erfuhr er, daß es tatsächlich irgendwo ein paar Baracken namens Samarkand gab. Ein Unterschlupf für alle, die auf der Flucht waren oder untertauchen mußten. Von derartigen Siedlungen gebe's einige, natürlich auch in anderen Gebirgszügen: Damaskus, Schiraz, Kairo ... Je klingender der Name, desto erbärmlicher das Kaff. Ob Kaufner als Deutscher nicht ebenfalls Flüchtling sei? Oder seine Kollegen, die gelegentlich vorbeischauten?

Kollegen? Hier oben?

Doch, ja.

Erst spät merkte Kaufner, daß er nach seinem Wolfszahn gegriffen hatte, daß er sich nach wie vor daran festhielt. Nicht etwa, weil er sich vor den anderen Paßgängern fürchtete. Sondern weil er keinen einzigen von ihnen je zu Gesicht bekommen, sie mußten allesamt weit erfahrener als er sein, um sich derart unsichtbar durch die Berge zu bewegen. Und hatten ihn gewiß das eine oder andere Mal schon im Visier gehabt, um ihn ... fürs erste ziehen zu lassen, warum auch immer. So dachte Kaufner in diesen Sekunden nicht etwa (das tat er erst später), sondern fühlte es, ein heißkaltes Erkennen, wie knapp er die letzten Wochen davon- und vorangekommen war. Während er die Hand langsam löste, lachte niemand. Die Kirgisen waren damit beschäftigt, nicht zu weinen.

Trotzdem war die gefährlichste Begegnung, die er in all den Wochen zu bestehen hatte, diejenige mit einem Trupp Wildschweine. Seitdem suchte er sich einen kräftigen Ast, sobald er in eines der Gehölze rund um die Seen eindrang, entrindete ihn, wie es Odina getan. Und behielt ihn als Wanderstab immer öfter auch im baumlosen Gelände, drehte damit im Vorbeigehen die Kuhfladen um, damit sie schneller trockneten. Wie es Odina getan.

Trotzdem dachte Kaufner über die anderen Paßgänger erstaunlich wenig nach. Was hätte es da zu denken gegeben, wo man auch weiterhin keinen von ihnen sah, selbst wenn man stundenlang auf einem Gipfel verharrte, von dem man den perfekten Rundumblick hatte? Nicht mal über Januzak dachte er nach. Abgesehen davon, daß er mit ihm noch eine Rechnung zu begleichen hatte, gab es nichts zu bedenken. Man mußte für den Moment gerüstet sein; man mußte sich klarmachen, immer wieder aufs Neue klarmachen, was dann zu tun war. Mehr nicht.

Um sich für ebenjene Sekunde der Wahrheit zu rüsten, riß Kaufner das G3 von der Schulter, sobald er ein Murmeltier sah. Er achtete darauf, sie sauber zu erledigen; ein angeschossenes Tier, das sich in seinen Bau hatte retten können, ließ ihm keine Ruhe. Du mußt den Kolben tiefer in die Schulter drücken, du mußt vor dem Schuß einatmen, haderte er mit sich, du mußt im Ausatmen abdrücken, wie du's gelernt. Bald bemerkte er, daß ihm Shochis Taschentuch gute Dienste tat, er konnte sich den Schweiß aus den Augenbrauen wischen, bevor er die Waffe entsicherte. Auch wenn er gar nicht schwitzte, das kleine Ritual beruhigte in jedem Fall. Wenn er dann anlegte, verwandelte sich das Murmeltier vor seinem Auge in den Kirgisen, erst wenn er Januzak tatsächlich im Fadenkreuz sah, drückte er ab. Drückte ganz weich ab, ohne zu verreißen. Je weniger er sich auf den Schuß konzentrierte, desto besser konnte er den Rückstoß abfedern, nach einigen Wochen tötete er sicher und gedankenlos. Manchmal tauschte er ein Murmeltier gegen Eier, Nüsse, Dörrobst, was immer die Bauern gerade anzubieten hatten. Sie gewannen ein Fett daraus, dem sie enorme Heilkraft zusprachen, manchmal gaben sie ihm dafür sogar Honig, Dosenfisch, Milchreis mit Zucker.

Fast jeden Tag hörte man Schüsse, es fiel nicht sonderlich auf, wenn man sein Gewehr ausprobierte. Dachte Kaufner. Ansonsten dachte er immer weniger. Sein Haß auf die Berge wurde kleiner dabei, sein Haß auf die Bäche und Hängebrücken, den diffus trüben Himmel und den Staub, der die Nasenlöcher verkrustete und zum Niesen reizte, zum Husten. Schließlich auch sein Haß auf sich selber, sofern ihm der Stiefel über einen Stein rutschte oder daran hängenblieb oder der Fuß umknickte, weil er die Schritte gegen Ende des Tages nicht mehr kontrolliert setzen konnte.

Immer selbstverständlicher bewegte er sich durch die Tage. Gegen fünf, sobald die Berge zu leuchten begannen, die Kuppen der Hänge goldgrün gewellt bis zum Horizont, suchte er einen geeigneten Lagerplatz. Je länger er dann den aufziehenden Nachthimmel betrachtete, sonnverbrannt müde, desto mehr Sterne sah er. So mußt du in die Felshänge und Bachbetten blicken, dachte er: so lange, bis du jeden Stein gesehen hast, jeden. Erst wenn dir die kleinen Schritte nicht mehr mißlingen, kann dir der große glücken.

Wie viele Nächte hatte er schon draußen verbracht, auf das Rauschen des nahen Baches lauschend, das Knacken im Inneren des Berges, den Gesang der Esel im Tal! Wie viele Sonnenaufgänge hatte er bereits erlebt von wie vielen Bergspitzen aus! Wie sie sich mit dem immergleich großen Versprechen hinterm Horizont wichtig taten, und dann war es doch nur ein neuer Tag, den sie brachten. Immerhin liefen sie alle auf den einen Tag hinaus, der da kommen mußte.

Fast jeden Fleck des Hochplateaus hatte er inzwischen kennengelernt und mit einem Namen belebt, je nachdem, was er dort erlebt oder sich ausgemalt hatte: der *Kirgisenkamm*, die *Freien Festen*, der *Linkstalsee*, die *Seidenstraße*, der *Wild-*

schweinwald, die *Goldene Sichel*. Er war dabei so karg und herb geworden wie die Landschaft, die er durchstrich, sein Gepäck immer leichter, je mehr er von seiner Ausrüstung an die Bauern verkaufte. Schließlich ging er, ohne es bewußt zu tun, sah den Weg und den Berg und jedes Detail darauf, ohne es wirklich wahrzunehmen – ein nicht mehr sonderlich hungriges Tier auf beiläufiger Suche nach Beute. Die Gefahr, auf diese Weise zu verlottern, war fast noch größer als damals auf dem Teebett im Garten.

Wenn er innehielt, um sich an die Stirn zu schlagen, konnte er fast glauben, das *Tal, in dem nichts ist* gebe es gar nicht mehr. Kaufner hatte das Gefühl, überall gewesen zu sein – außer in Samarkand. Bislang hatte er einen Bogen darum gemacht, höchste Zeit, zu erkennen, daß kein Weg für ihn daran vorbeiführte. Daß es jetzt wirklich ernst werden mußte, es war ja schon Mitte Juli.

Samarkand zu finden war nach den diversen Hinweisen der Kirgisen nicht schwer; es zu betreten war eine andere Sache. Es lag in einer Senke am Westabbruch des Turkestanrückens, mit Blick auf die usbekische Ebene und die Stadt gleichen Namens. Der relativ stark frequentierte Weg, den Kaufner Seidenstraße getauft hatte, führte knapp daran vorbei. Ein Pfad, der von der Seidenstraße abbog, am hellen Staub zu erkennen, mündete in einen schmalen Durchbruch im Westkamm; er lag so versteckt, daß man ohne die Hinweise der Kirgisen ein Leben lang daran vorbeigelaufen wäre. Kaufner zog es vor, in einigem Abstand davon erst einmal den Kamm zu erklimmen, um sich ein Bild von dem zu machen, was ihn erwartete.

Zunächst sah man vor lauter Staub kaum etwas. Ein warmer Wind wirbelte ihn so auf, daß man die Augen ständig zusammenkneifen mußte. Der Himmel wie Milchglas, die Sonne dahinter. Als die Dämmerung einsetzte, flaute der Wind ab, die Sicht wurde klarer. Nach Sonnenuntergang kam die Kälte.

Selbst in der Dunkelheit erkannte man noch die weiß schäumende Schlangenlinie eines Baches, daneben jede Menge Baracken, eine doppelte Reihe an Containern. Sie heizten ihre Herde und Öfen mit getrocknetem Kuhdung, man roch es. Bis tief in die Nacht brannte ein Feuer, man konnte sich einbilden, trunknes Gegröl zu hören, Getrommel, Gesang.

Kaufner belauerte Samarkand ein paar Tage und Nächte, um sich ein Bild darüber zu machen, wer den Weg dorthin suchte, mit und ohne Packesel, und wie man ihn aufnahm. Es herrschte ein überraschend reges Kommen und Gehen, man konnte sich ausmalen, es seien nichts als ganz normale Händler, die ihre Waren brachten; einmal sah es so aus, als würde ein regelrechter Markt zwischen den Containern abgehalten. Andere wirkten eher wie ... Patrouillen der *Faust Gottes*? Um Genaues zu erkennen, war Kaufner trotz Zielfernrohr nicht nah genug dran. Wenn er in der Mittagshitze lagerte und den Adlern beim Kreisen zusah, kam er sich wichtig und abgebrüht vor wie einer, der sich auf einer entscheidenden Mission befand. Es war so still, alles in der Senke schien zu schlafen, selbst Hunde und Ziegen, daß man die Generatoren bis hoch zu ihm hörte. Es war so heiß, daß die Abhänge kokelten, schwelten, rauchten. Die Luft über der usbekischen Ebene zitterte, dort riß bestimmt die Erde auf, brannte das Buschwerk. Sofern der Wind einmal aussetzte, spürte man das Brennen der Sonne auf der Haut. Manchmal flogen Drohnen hoch oben, das letzte Lebenszeichen des Westens, keiner traute sich mehr hinein in diese Berge, keiner außer ... Alexander Kaufner. War es nicht so? Es war so.

Überstürzen durfte er's jedoch nicht. Gewiß, er hatte etwas gutzumachen, er wollte einen Charakter erwerben, zumindest eine späte Rechtfertigung für alles, was er nun bald neunundfünfzig Jahre lang nicht getan. Erst das Ende rechtfertig das Ganze, summte er sich Mut zu. Aber heute noch nicht. Du bist einer von denen, die für den rechten Glauben kämpfen. Nicht etwa für den christlichen, nein! Sondern für den an Freiheit, Gleichheit, Brüderlichkeit, so hatte es zumindest sein Führungsoffizier formuliert, und für all das andere, was den Freien Westen während Kaufners Jugend so sehr hatte funkeln und leuchten lassen. Kaufner, der Glaubenskrieger. Nicht zuletzt auch für das Recht auf ein Leben ohne Glauben. Ja, sicherte er sich zu, für *diesen* Glauben muß jetzt getan werden, was getan werden muß. Morgen.

Wenn die Sonne sank, manchmal ein dünner orangefarbener Faden als Horizont, darüber mattgrau der auffunkelnde Nachthimmel. Manchmal Blitze aus einer dunklen Wolke, umgeben von letzten Lichtbündeln am hellblau leuchtenden Himmel. War's nicht seltsam, daß die *Faust Gottes* einem Grab so großen Symbolwert zusprach? Daß ihr Siegeszug von der Vorstellung beflügelt wurde, der Geist ihres größten Feldherrn lebe weiter und kämpfe mit ihnen, solange seine Knochen irgendwo gehütet wurden? Vor allem auch seine Grabbeigaben. Darunter ... eine annähernd faustgroße Marmorkugel, die Timur bei seinen Feldzügen mit sich geführt. In der noch heute, so der Mythos, all seine Kraft konzentriert war. Eine Marmorkugel, auf der in winziger Schrift die Suren des Korans geschrieben waren. Natürlich mit Blut getränkt, die Kugel. Bestimmt nichts als Legende, eine unfromme Erfindung. Pardon, so müssen wir es wohl nennen.

Für uns, die wir nicht daran glauben, ist es lediglich ein Stück Marmor. Falls du es zerstörst, wird die Wirkung auf die *Faust Gottes* verheerend sein, du triffst sie an der innersten Stelle, dort, wo das Irrationale sitzt. Anders ist der Krieg nicht mehr zu gewinnen. Indem du findest und zerstörst, wirst du der Welt den Frieden bringen, steh endlich auf und geh den Weg.

So reimte's sich Kaufner zurecht. Im übrigen war er ja nicht hierhergekommen, um die Hintergründe des Krieges zu durchschauen, sondern um ihn zu entscheiden. Vielleicht bekam er während dieser Tage ein bißchen viel Sonne ab, vielleicht war er drauf und dran, erleuchtet und verrückt zu werden. Jeden Abend sah er zu, wie man am Rand der Barackensiedlung ein Feuer entfachte, wie man trank und Krawall machte, als sei bereits wieder ein Mittelalter angebrochen. Andererseits hörte er auch Schüsse, natürlich. Kaufner wußte, daß es einen Herrscher über die Baracken gab, der sich »Sultan« nennen ließ, genau genommen »Sultan des Westens«, und mit einer Handbewegung über Leben und Tod entscheiden konnte, hier wie im gesamten Hochplateau. Er lebe in einem Leib ganz ohne Knochen, hatten die Kirgisen versichert, was immer das bedeutete. Einer seiner Gefangenen diene ihm als Schemel, den er benütze, wenn er sich auf den Thron begebe. Obendrein stehe er mit einem Schamanen im Bunde, der mit ihm nach Belieben ins Paradies fliege oder sich in Tier- und Menschengestalt verwandle, die Kirgisen redeten von ihm wie vom Scheitan persönlich.

Und Samarkand? Ob die Siedlung so etwas war wie ein Gefechtsstand der *Faust Gottes*? Für die Kirgisen war es nichts weiter als ein Unterschlupf für Gesetzlose aller Art. Es bedurfte eines Gewitters, um Kaufner aus seiner Unschlüssigkeit herauszutreiben. Es kam am hellichten Nachmittag, schnell und stark, die Hänge leuchteten grandios unter den Blitzen auf. Danach war Kaufner so gründlich durchnäßt, daß er sich aufmachte und abstieg, den Weg nach Samarkand einzuschlagen. In der kleinen Klamm, die zur Senke führte, dröhnte und gurgelte der Bach, er war auf ein Mehrfaches angeschwollen. Kaufner ließ sich nicht beirren, sein Plan stand fest. Er band sich Shochis Taschentuch ums Knie, begann zu humpeln, verwandelte sich in einen erschöpften Wanderer, der sich mit Müh und Not hierhergeschleppt hatte.

Wenige Schritte nachdem sich die Schlucht zur Senke hin geöffnet, stand ein Galgen. Von der Spitze hing, noch vom Regen durchnäßt, ein schillernd schwarzer Pferdeschweif – war das ein Hinweis? Aufs Gur-Emir, das Grab des Gebieters, wo Kaufner ein ähnliches Feldzeichen gesehen hatte? Vor dem grüngoldenen Hintergrund der usbekischen Ebene hob er sich eindrucksvoll ab, der Galgen, zügig zogen die Schatten neuer Wolken herbei, und der Wind brachte den Berg zum Singen.

Dann schlugen die Hunde an, fielen die Schüsse. Kaufner warf sich auf den Boden, schob sich hinter den nächsten Felsknoten, wartete. Weitere Salven – Gelächter – Palaver, es schien gar nicht um ihn zu gehen. Wie er den Kopf aus der Deckung geschoben hatte, lag etwas abseits der Siedlung ein Esel, darum herum lachend streitende Männer. Wie er herbeigehinkt war, stellte sich heraus, daß es nicht einmal um den toten Esel ging. Sondern um die chinesischen Splitterschutzwesten, deren eine man ihm übergestreift hatte. Bevor man sie dem Händler abkaufte, der nun arg in Bedrängnis geraten, wollte man wissen, ob sie etwas taugten. Sie taugten nichts.

Aber die Westen seien ja nur gegen Splitter, wagte Kaufner zu bedenken zu geben, nicht gegen gezielte Kugeln.

Da erst nahm man von ihm Notiz und spielerisch Haltung an. Die Männer waren jung, erschreckend jung, die meisten im Grunde noch Kinder. Alle bewaffnet und verwegen gekleidet, mit Handgranaten behängt oder Patronengürteln, die sich vor der Brust kreuzten. Eher Gangsta als Krieger. Das übermütige Gekicher ging blitzschnell in Gezänk und erneut in Gekicher über, endlich entschloß man sich zur Gastfreundschaft.

Nachdem Kaufner die Sache mit seinem Knie erklärt hatte, führte man ihn unter großem Krakeel zum Schamanen. Die Hunde sprangen wie toll um sie herum, Kaufner mußte gegen sie in Schutz genommen werden. Zwischen den Baracken Satellitenschüsseln, Wassertanks, Plastiksäcke, aus denen die

Milch in Tröge tropfte. Die eine oder andere Frau trat vor die Tür, um nachzusehen, was der Lärm zu bedeuten habe. Sogar auf den Teebetten, die man offensichtlich nach dem Gewitter wieder bezogen hatte, regte sich da und dort jemand. Man grüßte einander mit hochgereckter Waffe, dem Peace-Zeichen und zotigen Zurufen. Vor einem der Container ein älterer Mann (schätzungsweise Mitte zwanzig), der einen bescheidenen Schaschlikgrill aufbaute. Abgesehen davon und den weiß leuchtenden Jurten am andern Ende der Siedlung sah alles wie ein ganz normales Bergdorf aus. Nur eben aufs ärmlichste zusammengewürfelt und vorwiegend von Kindern bewohnt.

Der Schamane hingegen war ein auf Haut und Knochen zusammengeschrumpelter Greis. Er strahlte, als ihm Kaufner zugeführt wurde, und zeigte dabei ein komplett vergoldetes Gebiß, war also steinreich. Neben der Nase saß ihm ein tomatengroßes Furunkel, seine Ohren waren riesig. Er hatte die Ohrläppchen in die Ohrmuscheln hineingestopft, zog sie aber gern heraus, sowie man ihn anstupste. Kaufner sei ein schlechter Betrüger, begrüßte er den Neuankömmling, indem er dessen Rechte mit beiden Händen ergriff und lange schüttelte: Er könne nicht einmal richtig humpeln. Die Jungs kicherten. Versicherten Kaufner dann mit großem Ernst, der Schamane habe neulich einen der ihren gesundgezaubert, indem er den Vers einer Sure auf Papier geschrieben und in ein Glas Wasser geworfen habe. Der Kranke habe das Tintenwasser getrunken und sich geheilt vom Lager erhoben.

Auch den neuen Patienten behandelte der Schamane mit Hingabe, ölte ihm das Knie ein, als ob er den Schwindel niemals durchschaut hätte. Die Jungs sahen zu, weitere Kinder strömten herbei, darunter kleine Mädchen, die noch kleinere Geschwister auf dem Arm trugen. Kaufner dachte zwischenzeitlich, er sei unter die Narren geraten. Und mußte eine halbe Stunde so sitzen bleiben, auf daß das Öl einwirke, ein Gehilfe des Schamanen brachte rosa gefüllte Biskuitstangen, bunt eingewickelte Schokolade und Tee.

»Ich zahle mit meinem Goldzahn«, erhob sich Kaufner schließlich. Der Schamane strahlte, empfahl ihm, die nächsten Tage ein Kissen auf das vertretene Knie zu legen, um es zu wärmen. Dann verstopfte er wieder beide Ohren mit den Ohrläppchen, überprüfte den korrekten Sitz derselben durch kurzes Antippen mit den Zeigefingerspitzen, verschwand in sich selbst. Kaufner beschloß, das Spiel mitzuspielen, und mimte freudiges Erstaunen, als er die ersten Schritte setzte. Er war geheilt. Die Jungs applaudierten. Ihre Heiterkeit konnte indessen jeden Moment ins Gegenteil umschlagen, das spürte man, es lag eine Spannung in der Luft, eine herzlose Aufmerksamkeit.

Ob Kaufner bleiben, ob er bei ihnen »anfangen« wolle?

Das wisse er noch nicht so recht.

Oh, es sei prächtig hier, der Sultan sorge für alles, man lebe wie im Paradies.

Bei Erwähnung des Sultans fiel es einigen der Jungs wieder ein, es war höchste Zeit, ernst zu werden, Ernst zu machen. Kaufner mußte sein G3 abgeben; weil er nicht sofort reagierte, richteten einige ihre Waffen auf ihn, stupsten ihn mit den Mündungen der Gewehrläufe in die Seite. Man führte ihn zur äußersten Jurte, der Sultan solle über Kaufners Verbleib entscheiden, über sein weiteres Schicksal, weiteres Leben.

Zum Glück hatte er heute auch noch Zeit dafür. Eigentlich sei er mit einer Delegation beschäftigt, die irgendein Gebirgs-»Khan« geschickt hatte, ihm zu huldigen. So in etwa erklärten es die Wächter, während Kaufner vor der Jurte wartete. Sie filzten ihn gründlich, nahmen ihm nebenbei ein bißchen Geld ab, nicht allzuviel, so daß es als angemessen gelten konnte. Sie waren deutlich älter und Kirgisen, trugen ihre hohen bestickten Hüte und knielangen Mäntel mit Würde, wie man es von ihnen kannte. Ihre ledernen Schnürstiefel hatten Sohlen aus abgefahrenen Autoreifen. Aber das machte die Wächter in Kaufners Augen nicht harmloser, davon ließ er sich nicht täuschen.

Die Jurte war um einen Baumstamm herum aufgestellt, der Wipfel ragte ein Stück darüber hinaus. Abgesehen von den Schmelzwassersenken gab es so selten Bäume in diesen Bergen, daß man sie gern zum Anlaß nahm, das eigene Haus darum herumzubauen, eine der dicken Wurzeln als Türschwelle wählend. Seinen ersten Fauxpas beging Kaufner, indem er beim Eintreten auf die Wurzel kam; den zweiten, indem er lediglich stolperte, statt sofort auf die Knie zu fallen. Drinnen herrschten deutlich andere Sitten als draußen; was wie eine ganz normale Jurte ausgesehen hatte, war ein herrschaftlich mit Teppichen ausgelegtes und mit Seidenstoffen an den Wänden geschmücktes Prunkzelt.

Auch die Delegation wartete schon. Ein Diener reichte Granatapfelsaft und grüne kirschgroße Früchte, die extrem sauer schmeckten. Endlich kam er selbst, der Sultan des Westens, und mit ihm sein Gefolge: ein kleiner weißhaariger Kirgise im hellen Seidengewand, sparsam mit Goldfäden durchwirkt, die Enden seines Schnurrbarts fielen bis zum Kinn herab, sein Spitzbart war zu einem kleinen Zöpfchen geflochten. Kaufner durchzuckte es siedend heiß. Der Sultan hinkte stark, mußte von beiden Seiten gestützt werden. Als man ihn vor seinem Thron abgesetzt und die Beine zum Schneidersitz gefaltet hatte, anscheinend war sein rechter Arm gelähmt, sah man den Rubin, der ihm von der Spitze seines weißen Tatarenhuts leuchtete.

Kaufner wollte schier verrückt werden. Sollte er aufspringen und ihm mit einem Schrei an die Gurgel gehen? Nein, er sollte ruhig sitzen bleiben und seinen Auftrag erfüllen. Auch wenn es ganz eindeutig Januzak war, der dort thronte und sich der Delegation zuwandte, um deren Friedensbitte entgegenzunehmen.

Bevor die Gesandtschaft den Brief ihres Herrn zum Vortrag brachte, mußte ein Schemel aufgestellt werden; jedes Mal, wenn der Name des »Khans« genannt wurde, verbeugten sich die Gesandten vor dem leeren Sitz, warfen sich nieder, küßten den Staub, priesen sein Geschlecht von den Urahnen bis zu den ungeborenen Urenkeln. Als Geschenke übergaben sie eine Schüssel mit Geldbündeln (diverse Währungen) und drei Mädchen, die mit einer Handbewegung des Sultans sofort zum Verschwinden gebracht wurden. Dann mußten die Gesandten für ihren Herrn schwören, nie wieder den Kopf aus dem Halsband des Gehorsams zu ziehen, nie wieder einen Fußbreit vom Weg der Gefolgschaft abzuweichen. Nachdem sie versichert hatten, daß fortan auch bei ihnen das Freitagsgebet mit den großherrlichen Titeln des Sultans geschmückt werde, durften sie sich, mit Ehrengewändern bekleidet, zurückziehen.

Es war Januzak. Und war es nicht. Ein Krüppel, der sich nicht einmal alleine auf den Beinen zu halten vermochte, er konnte es doch nie und nimmer sein?

»Wie geht es meinem Sohn, dem Wanderer vom andern Ende der Welt?« wandte er sich nun an Kaufner, eine wohlwollende Anrede, gleichwohl die Machtverhältnisse dezent klärend. Kaufner wurde mit der Gnade des Teppichkusses beglückt, durfte sich auf Knien nähern. Der Sultan winkte ihn mit der gesunden Linken näher – noch näher – unangenehm nah heran und fixierte ihn von oben. Ein braun zerfurchtes Gesicht, darin zwei schwarze Augäpfel, beständig ruckend. Mit der Zeit verfestigten sie sich zu einem leblosen Blick aus lidlos geschlitzten Augen, so vollkommen leer wie der eines Menschen, der allzuviel gesehen hatte, um an einem Kaufner noch Bedeutendes entdecken zu können. Kaufner schlug den Blick zu Boden.

Er war es. Und saß doch, ein Krüppel, vor seinem Sohn, nicht einmal eine Frau hätte er aus eigner Kraft zum Speichellecken in seine Hand hinabzwingen können. Mit keiner Regung verriet er, ob er Kaufner erkannte.

Warum sein Sohn den weiten Weg hierher auf sich genommen habe? Warum er sich so lange Zeit gelassen, ihm seine Aufwartung zu machen? Ob er wisse, mit wem er's zu tun habe?

Kaufner war es gewohnt, von Dorfältesten und Kriegsherren aller Art ausgefragt zu werden. Stellte man es richtig an, gewann man ihre Hilfe, nur so kam man in den Bergen voran.

Er habe von ihm gehört, versuchte er auch diesmal, sich möglichst harmlos zu geben: Aber er sei sich nicht sicher. Ob er der Zeltmacher sei?

Der Kirgise lächelte kurz. Die Tadschiken würden ihn so nennen, jawohl. Bei anderen heiße er anders. Der gesamte Turkestanrücken gehöre ihm, bis hinunter zum Zaun. Ob seinem Sohn das klar sei?

Es sei ihm nicht klar gewesen, nun allerdings sehr wohl.

Ob er für den Westen arbeite?

»Es gibt keinen Westen mehr«, wich Kaufner aus, »jedenfalls aus der Sicht eines Deutschen«.

Der Sultan blickte ihn voller Mitleid und Verachtung an: »Ein Mensch ohne Zukunft ist nur noch ein Tier. Ein Volk ohne Zukunft ist eine Herde, die sich von jedem Hund hetzen und von jedem Mann mit einem Messer schlachten läßt.«

Was auch immer er im Lauf seines Lebens gesehen, es hatte sein Gesicht hart und faltig gemacht. Wenn er nicht gerade lächelte, konnte man erschrecken vor der kalten Grausamkeit, die daraus sprach. Nach wie vor fixierte er Kaufner mit einer Gleichgültigkeit, als sähe er ihn das erste Mal:

Sein Sohn sei, dem Anschein nach zu urteilen, nicht unbedingt nur zum Heilkräuter-Sammeln gekommen. Ob er bleiben wolle? Oder ins *Tal, in dem nichts ist?*

Kaufner pochte das Blut in den Schläfen, er tat so, als ob er davon noch nie gehört hätte, fing sich einen Blick des Sultans ein. Nein, stotterte er schließlich, er suche das Mausoleum.

»Allein wirst du weder das eine noch das andere finden. Und

herunter vom Berg erst recht nicht, das hat bislang keiner von euch geschafft. Lebend.«

Nicht einmal jetzt zeigte das Gesicht des Kirgisen irgendeine Regung: Er kenne ihn und seinesgleichen, im Prinzip sei's ihm egal, was Kaufner hier oben suche. Vorausgesetzt, er halte sich dabei ans Gesetz.

Ans Gesetz der Berge?

»Ans Gesetz *dieses* Bergs, mein Sohn.« Und nach einer rhetorischen Pause: »Wenn ich dir den Weg weise, dann wettest du mit mir um dein Leben.« Wenn nicht, sei's sowieso schon so gut wie verwirkt.

Er hatte Kaufner eine ganze Weile im Ungewissen gehalten, nun erst die Maske fallenlassen. Kaufner war durchschaut, er mußte gleichfalls Farbe bekennen:

Ob ihm der Sultan den Weg etwa zeigen wolle, um ihn aus dem Weg räumen zu lassen?

Sofern er das vorgehabt hätte, wäre dazu in den letzten Wochen reichlich Gelegenheit gewesen. Der Kirgise hatte auch die Stimme Januzaks, gerade wenn er etwas schärfer wurde: Nein, er wolle seinem Sohn helfen. Der müsse es ihn nur wissen lassen. Und solle ihn nicht für dumm verkaufen.

Er mußte sich seiner Sache sehr sicher sein, warum sonst hätte er so offen darüber gesprochen? Sehr sicher, daß ein Kaufner keinerlei Gefahr für ihn darstellte. Oder ... es war seine Sache gar nicht. Was hatten die Kirgisen schon mit Timur gemein? War es vorstellbar, daß der Sultan für die *Faust Gottes* arbeite? Aus Überzeugung oder wenigstens als deren Söldner? Es war nicht vorstellbar, weder das eine noch gar das andere. Dann aber waren ihm die Paßgänger im Prinzip egal? Und er arbeitete mal mit ihnen, mal gegen sie, je nach Laune und Gutdünken?

Er müsse es nicht sofort wissen lassen, beendete der Sultan das Schweigen, sein Sohn solle sich ruhig ein paar Tage Zeit zum Nachdenken gönnen, so lange sei er sein Gast. Er möge sich willkommen fühlen und sicher wie bei sich zu Hause in ... in Gamburg? Der Sultan grunzte zufrieden auf. Oh, sicherer als in Gamburg, viel sicherer. Vorausgesetzt natürlich immer, Kaufner halte sich ans Gesetz dieses Bergs: »In Samarkand bist du weder Tadschike noch Usbeke, weder Kirgise noch Türke noch Russe noch sonstwer, auch kein Deutscher, hier bist du nur: einer von uns.«

Am Ende der Audienz beschwerte er sich sogar noch über die Gerüchte, die über ihn kursierten, und bat um Verständnis: »Ich habe keine Hand, die zupacken kann, keinen Fuß, der laufen kann, schau auf meine Schwäche und Hilflosigkeit!« Nichtsdestoweniger habe ihm der erhabene Gott die Menschen unterworfen, auf daß er sie schütze und Gutes für sie tue – Ost und West müßten vor seinem Namen erzittern, damit sein Volk nicht untergehe in den Wirren der Zeit.

Entweder war er verrückt oder erleuchtet. Aus der Nähe sah man an seinen Sohlen die harte graue Haut derer, die viel barfuß laufen (nicht schmutzig, aber erst oberhalb des Knöchels richtig sauber), wie paßte das zusammen?

Er lebe lediglich als Handlanger Gottes, führe aus, was seit je beschlossene Sache. Die ganze Welt sei auf der Flucht, unter seiner sorgenden Hand fände manch einer Bleibe und neue Heimat. Was immer er in die Wege leite, er versuche nur, seinem Volk ein wenig Sicherheit zu schenken, mehr nicht. Wohlgelitten seien er und seine Untertanen hier oben dennoch nicht. Die Tadschiken würden sie am liebsten ... Und alle anderen würden es genauso gern. Was Kaufner an seiner Stelle denn getan hätte. Vor wenigen Monaten habe er einen seiner besten Männer verloren, Vierfinger-Shams, erschossen.

Das kann ja gar nicht stimmen! hätte Kaufner am liebsten

laut aufgeschrien, schließlich war Shamsi in Samarkand erschossen worden. Oder hatte er selbst dort noch für den Sultan gearbeitet? Kaufner schwirrte der Schädel. Kaum bekam er's mit, daß ihm draußen sein Gewehr wieder ausgehändigt wurde, er sei ja jetzt einer der ihren. Wie die Hunde alle schwiegen, als er zurück ins Dorf tappte. Aber vielleicht hörte er ihr Gebell nur nicht.

Die Einladung, ein paar Tage zu verweilen (»und das Knie vollends ausheilen zu lassen«), nahm Kaufner an. Eine bessere Gelegenheit, die Kämpfer des Heiligen Kampfes aus nächster Nähe zu studieren (so es welche waren), würde er nicht bekommen. Was er hier beobachtete, konnte »draußen«, wo das Gastrecht nicht mehr galt, überlebenswichtig sein. Es sollte einige Tage dauern, bis er klarer sah. Nicht was den Sultan betraf; die Frage, ob er nun Januzak war oder dessen Zwillingsbruder oder doch nur einer, der gar nicht wußte, daß er einen Doppelgänger hatte, war und war und war nicht zu beantworten. Abgesehen davon, hielt er sich sowieso im Verborgenen, man bekam ihn kein einziges Mal mehr zu Gesicht. Klarer sah Kaufner immerhin, was das »Volk« betraf; unter der schützenden Hand seines Herrn frönte es einem rätselhaft militanten Nichtstun:

Saß man abends am Lagerfeuer, mußte man meinen, man nehme an einem Völkerverständigungsbesäufnis teil, vorwiegend mit Usbeken, aber auch mit Kasachen, Kalmücken, Tataren, jeder Menge Deserteure aus der russischen Armee. Allein die Kirgisen blieben bei ihren Jurten und die Tadschiken sonstwo. Samarkand erschien dann weniger als Flüchtlings- denn als Basislager für Gesetzlose jedweder Provenienz, die es, jeden auf seine Weise, hierher geführt hatte.

Man trank, übergab sich, nickte kurz ein, trank weiter. Selbstverständlich gab es auch ganz normale Flüchtlinge. Aber was war noch »ganz normal«? In den Gebirgen war dieselbe Völkerwanderung im Gange, die weltweit als dieser oder jener

Flüchtlingsstrom abgetan wurde. Samarkand war allerdings keines jener Camps, wie man sie von Regierungsseite errichtet hatte. Sondern ein wehrhaftes Camp, eines, in dem sich die Flüchtenden zu einer Art Fremdenlegion formiert hatten, vor der die Einheimischen zitterten.

De facto war der Kampf schon entschieden, selbst in der Kargheit des Turkestanrückens gab es für die Tadschiken nichts mehr zu verteidigen. Spätestens wenn der Wintereinbruch die Kirgisen von ihren Sommerweiden herab- und herbeitriebe, würde es dort, wo man auf dem Hochplateau überleben konnte, eng werden. Derselbe Verteilungskampf wie im Tal. Wie in den Städten. Ob in Zentralasien, ob in Zentraleuropa. Überall wurden die Machtverhältnisse neu geklärt, entstanden »befreite Gebiete«. Immer lief es auf unterster lokaler Ebene ab, sozusagen als Nachbarschaftsstreit im Schatten der weltweiten Auseinandersetzungen – die Kriegsfürsten wußten sehr genau, wie weit sie gehen durften, ohne die Großmächte zum Eingreifen zu reizen.

War Kaufner hierhergekommen, um genau dasselbe zu erleben wie zu Hause? Es geht dich nichts an, beruhigte er sich, du hast einen Auftrag. Sobald du ihn erfüllt hast, kannst du dir wieder Gedanken machen. Was es am Lagerfeuer zu erlauschen und zu beobachten gab, war sowieso nur das laute Geprahle einer Minderheit, es hatte nichts mit dem zu tun, was Samarkand tatsächlich ausmachte. Abgesehen vom Sultan waren es nämlich die Jungs, die ganz offensichtlich das Sagen hatten, die Kinder, die gleichzeitig auf Killer, Freak, Freischärler, Hip-Hopper machten. Elternlose, Arbeitslose, Hoffnungslose aus den Tälern, gewiß. Vornehmlich jedoch Aussteiger eigener Art: Kaufner war unter die Haschischesser geraten. Mehr oder weniger ständig waren sie auf dem Trip, vom Sultan aufs freigebigste in Abhängigkeit gehalten oder vielleicht auch erst abhängig gemacht.

Die Senke, in der sie lebten, war ihnen das Paradies, und wenn man sie zum Eintreiben von Schutzgeld losschickte, zum Bestrafen, Foltern, Morden, war für sie Festtag, denn da wurden sie mit der doppelten und dreifachen Menge an Stoff versorgt. Kein Wunder, daß sie bei den Bergbauern wie bei den Kirgisen als »Verrückte« galten, nicht einmal in Samarkand selbst konnte man vernünftig mit ihnen reden, sie handelten völlig bedenkenlos. Sogar einen Imam gab es, der die Sache weltanschaulich unterfütterte; als Moschee fungierte dort, wo sich der Bach in eine Abfallhalde und dann steil bergab in eine Schlucht stürzte, der Kastenaufbau eines russischen Mannschaftstransporters (mit Einschußlöchern). Kaufner wunderte sich, wie all die Kriegstrophäen und Container überhaupt den Weg hierher hatten transportiert werden können. Andererseits wunderte er sich über gar nichts mehr.

Gegen eine Horde bekiffter Halbstarker war kein Krieg zu gewinnen, das war klar. Aber sahen so die Kämpfer der *Faust Gottes* aus? Sofern sie nicht bedröhnt auf den Teebetten lagen, mit den Ohrstöpseln ihrer mp8-Player auch akustisch vom restlichen Geschehen abgeschottet, vertieften sie sich in *World of Warcraft* oder andere Computerspiele, es gab einen Container, in dem man auf einem riesigen Flachbildschirm spielen konnte. An Hightech war kein Mangel, entsprechend häufig kamen Packeselkarawanen aus dem Tal, um die Generatoren mit Diesel zu versorgen.

Weil sie mit ihren iPhones nicht mehr telephonieren konnten, seit amerikanische wie russische Satelliten ihre Signale für die Krisenregion gesperrt hatten, photographierten sie sich damit umso eifriger, wetteiferten darin, sich möglichst martialisch in Positur zu werfen. Aber sie schossen auch gern in der Gegend herum, am liebsten auf bewegte Ziele. Sogar ihre Hunde lebten gefährlich. An Waffen war kein Mangel, alle wollten sie ausprobiert werden und von jedem. Es herrschte permanent gute Laune – bis tagtäglich der Punkt kam, wo sie in Gewalt umkippte. Man mußte auf der Hut sein und dennoch überall mitlachen. Die einzigen, mit denen man hätte reden können, waren die Tadschiken, die man »angeworben« hatte, hier die Arbeit zu verrichten. Doch die wollten nicht reden, wahrscheinlich durften sie nicht.

Wenn es die *Faust Gottes* ist, so sagte sich Kaufner immer wieder ungläubig, dann lebst du jetzt mitten unter ihnen, bist einer der ihnen. Ob sie wußten, mit wem sie es bei ihm zu tun hatten?

Warum er denn so viele Murmeltiere abgeschossen hätte, mokierten sie sich über ihn: Ob er nichts Besseres vor den Lauf bekommen konnte?

Sie wußten es. Hatten ihn nichtsdestoweniger wochenlang ... gewähren lassen, so mußte man es wohl nennen. Waren sich ihrer Sache demnach nicht weniger sicher als der Sultan. Kaufner belauerte die Jungs, ob sie etwa zu Patrouillen aufbrachen oder davon zurückkehrten, es kamen und gingen ihrer tatsächlich jeden Tag, ob allein, ob in Trupps. Dazu kamen und gingen die Boten, die Schmuggler, sonstwer, der seine Aufwartung oder Meldung über dies und jenes machte, es war nicht zu durchschauen. Du mußt es aber durchschauen! Wenn du es hier nicht begreifst, woher willst du draußen dann wissen, wie sie drauf sind und wie sie also vorgehen? Vielleicht blieb Kaufner deshalb so lang, weil er ahnte, daß die Gastfreundschaft des Sultans bereits an den Grenzen seiner Hauptstadt endete. Weil er sich ausrechnen konnte, daß die Jungs auch gern auf Paßgänger schossen – bewegte Ziele, wo ist das Problem, Opa? Ganz ruhig.

Einmal in der Woche war Markttag, und ein Mal sollte ihn Kaufner miterleben. Aus dem gesamten Hochplateau (»von allen Enden des Reiches«) strömten Bauern und Händler herbei, um in den Containern oder dazwischen ihre Geschäftigkeit zu entfalten. Manche davon erkannte Kaufner wieder, auch den

Barbier, bei dem er sich vor Wochen hatte rasieren lassen, den einen oder anderen Schäfer, bei dem er genächtigt, sogar den Pferdegeigenspieler, der in den Jurten am *Kirgisenkamm* aufgespielt hatte.

Geblök, Gemecker, Gebell, Geschrei. Einige der Tiere, die man herbeigetrieben, wurden unmittelbar nach dem Verkauf geschlachtet. Beim Barbier standen die Jungs Schlange, aus einem anderen Container drang Musik. Darinnen eine Teestube, die zugleich Eros- und Shisha-Bar war, als befände man sich im *Randevu* oder sonst einer Tanz- und Tätschelstube, wie sie Kaufner aus den Städten der Ebene kannte. Im ersten Moment verwunderte's ihn, daß die Russinnen überhaupt den Weg hierher ... und dann wunderte ihn auch das nicht mehr. Zu kaufen gab es nicht etwa nur das gängige Sortiment an Seife, Wodka, Plastikeimern und was sonst auf den Dörfern gebraucht wurde, sondern vor allem Sonnenbrillen, Designerturnschuhe, NATO-Tarnanzüge. Ein junger Mann mit Turban bot Schlangenfett und indische Wundheilsalben an. Ein anderer Drogen in gepreßter, pulverisierter und Tablettenform. Ein dritter Munition.

Ob nun unbedingt jeder freiwillig nach Samarkand kam oder auf Geheiß des Sultans, am Markttag war zu sehen, wovon sie in diesem Gebirge wirklich lebten. Die Jungs feilschten nicht lange herum und zahlten mit Som, Dollars, chinesischen Yuan oder russischen Rubeln; die Einheimischen hatten große Taschenrechner dabei und nahmen alles. Zählten sie Geld, taten sie es mit derselben speziellen Fingertechnik, die Kaufner aus Usbekistan kannte, sie drückten das Geldbündel über den Mittelfinger und zählten die Scheinoberhälften von hinten nach vorne durch, es ging rasend schnell.

Natürlich auch an diesem Tag plötzlich Geschrei, Randale. Ein dürrer barfüßiger Kerl rannte durch die Menge, verfolgt von zwei der Jungs, die ihn lauthals des Diebstahls bezichtigten. Kaum hatten sie ihn erwischt, drehte ihm der eine den Arm auf den Rücken, der andere trat ihm ins Gesicht. Alle glotzten, der Dieb beteuerte seine Unschuld, nun bezichtigte man ihn des Betrugs, immer mehr Zuschauer mischten sich ein, durchaus handgreiflich. Im allgemeinen Gewoge gelang es dem Kerl kurzzeitig, sich loszureißen, was er mit erneuten Schlägen und Tritten bezahlen mußte. Die anderen Händler wollten ihn plötzlich noch nie gesehen haben – nein, der gehöre nicht hierher, so einer wie er komme aus dem Nichts, verschwinde auch wieder im Nichts, von seiner Sorte gebe's sowieso zu viele. Schließlich leerte man ihm die Taschen und sperrte ihn in einen Käfig; bis der Sultan über ihn entschieden haben würde, durfte ihn jeder necken und quälen, wie er wollte.

Schon im Gedränge des Marktes hatte der Mann mit dem Turban öfters Anstalten gemacht, Kaufner an seinen Stand heranzuwinken; im Tumult um den vermeintlichen Dieb hatte er ihn sogar am Hemd gezogen und bedeutungsvoll mit den Augen gerollt. Auch als Kaufner nun im Schaschlikcontainer saß – an einem Augusttag wie diesem war's arg stickig drinnen; andrerseits hatte man seine Ruhe; durchs Fenster ließ sich das Treiben rund um den Grill bequem verfolgen –, kam er ihm nach. Setzte sich ungebeten an seinen Tisch und, anstatt ihn zu begrüßen, blickte erneut bedeutungsvoll:

»Herr Alexander, das Schaschlik hier ist vielleicht sogar noch besser als in … Samarkand.«

Woher kannte er Kaufners Namen? Warum hatte er seinen Worten solchen Nachdruck verliehen, die kleine Pause gesetzt? Die beiden sahen einander wortlos an, unversehens klopfte Kaufner das Blut in den Schläfen:

»Samarkand? Aber wir *sind* doch in –?«

Kaum war die Parole ausgetauscht, fügte der Händler zu allem Überfluß an: »Samarkand Samarkand … Man muß die Augen schließen und es zwei Mal sagen.«

Wie er nun nach Kaufners Rechten haschte, um ihn endlich zu begrüßen, war sein Händedruck, man spürte es sofort, nicht von der herzlich festen Art. Er griff nur mit den Fingern zu, zuckte schnell wieder zurück.

»Was weißt du von mir«, zog Kaufner seinen Spieß sehr langsam aus dem Fleisch, »kommst du etwa von –?«

»Ich weiß nicht, wer mich schickt«, der junge Mann machte keinerlei Anstalten, sein Schaschlik zum Verzehr zuzurichten. »Ich weiß bloß, daß ich aus dem Tal komme. Ich soll dir sagen, daß dein Auftrag beendet ist.«

Er ist noch nicht beendet, dachte Kaufner, versetzte gleichwohl, er habe gar keinen Auftrag.

»Keine Operation 911?« grinste der Händler. Er wußte Bescheid, es hatte keinen Sinn zu leugnen.

»Bist du einer von uns? Arbeitest du für –«

Für den Westen? Nicht grundsätzlich, behauptete der Mann, aber anscheinend in diesem Fall. Schließlich werde er dafür bezahlt. Er habe Kaufner auszurichten, er solle abbrechen und nach Hause fliegen. Nicht ganz nach Hause, im Norden Deutschlands gebe es keine Freien Festen mehr, man habe sich abgesetzt, organisiere den Widerstand jetzt vom Südbund aus.

Seit Monaten hatte Kaufner keine verläßlichen Nachrichten vom europäischen Kriegsschauplatz erhalten, man hätte ihm alles erzählen können, er hätte es nicht geglaubt. Nun schob auch er sein Schaschlik von sich, versuchte, möglichst viel aus dem Mann herauszubekommen.

Doch es wurde nicht viel. Der Händler hatte seine Botschaft auswendig lernen müssen, bevor man ihn losgeschickt, mehr als die immergleichen Versatzstücke wußte er nicht als Antwort zu geben: Seit dem Waffenstillstand zwischen den Deutschländern und dem Kalifen könne man sich auf die Ostfront konzentrieren. Die Freikorps in Österreich-Ungarn seien eingebrochen, Hamburg gefallen, Hannover gefallen, Berlin als Enklave sowieso schon lange nicht mehr zu halten gewesen. Die vereinigten Truppen der Türkei und der Islamischen Front versuchten, die großrussische Offensive zum Halten zu bringen, eine Ausführung von Operation 911 diene nicht mehr den deutschen Interessen.

So weit die Botschaft des Händlers (beziehungsweise dessen, der sie ihm im Tal eingetrichtert hatte). Darüber hinaus wußte er nichts, tatsächlich verstand er nicht einmal den Text, den man ihm aufgegeben. Mitten im Satz besann er sich, ließ die Wörter im Raum hängen, bis es wehtat, mußte sich an die exakte Formulierung erinnern. Kaufner weigerte sich, ihm zu glauben, sein Händedruck widerlegte von vornherein, was er gesagt und noch sagen mochte:

»Wie hast du mich überhaupt gefunden?«

»Oh, das war nicht schwer, Herr Alexander. Alle Wege führen nach Samarkand.«

Der Mann war kein Händler, sondern ein einfacher, ein sehr einfacher junger Mann namens Dalir. Er hatte den Markttag ausgenützt, um ohne weitere Umstände nach Samarkand hineinzukommen. Nun wollte er ebenso unbeachtet wieder verschwinden. Draußen waren sie dazu übergegangen, mit stumpfen Pfeilen auf den Mann im Käfig zu schießen, der Schaschlikbrater hatte seinen Grill verlassen, um besser zuschauen zu können. Kaufner reizte seinen Gesprächspartner durch Beleidigungen, auf daß er sich erhitze und womöglich ausplaudere, was nicht in Kaufners Ohren gehörte:

Da könne ja jeder kommen. Warum er ausgerechnet einem wie ihm glauben solle? Ob ein dahergelaufener Bursche überhaupt wisse, was Operation 911 bedeute?

Das wolle er gar nicht! beeilte sich Dalir zu versichern. Leider wisse er es trotzdem. Auch wenn der Name dafür neu sei, Kaufner sei schließlich nicht der erste, der sich anschicke, Timurs Grab zu finden.

Kaufner zuckte zusammen, so offen durfte man das doch nicht aussprechen, am allerwenigsten in Samarkand! Dalir ließ sich indessen nicht beirren:

»Jeder im Tal weiß es, Herr Alexander, jeder im Gebirge.« Hier oben sei Kaufner ja sozusagen in bester Gesellschaft: »Einige deiner Trinkkumpane waren, was du bist.« Dalir rollte mit den Augen, stellte mimisch und gestisch dar, was er denn doch lieber nicht mit Namen nannte. Kaufner habe seine »Gefährten« nur nicht als solche erkannt. »Wenn man lang genug in Samarkand ist, entscheiden sich die meisten fürs Überleben. Und nehmen die Gastfreundschaft des Sultans an.«

Ob er vielleicht mit Feisulla zusammenarbeite, wollte Kaufner aus einer plötzlichen Eingebung heraus wissen.

»Ich bin Tadschike, Herr Alexander!« Der Bursche sprang empört auf, gab nach einigem Hin und Her allerdings zu, daß seine »Organisation« mit dem *Bund vom Schwarzen Hammel* »in gewissen Fällen« gemeinsame Sache mache. Kaufner glaubte kein Wort. Dalir wurde immer nervöser, er griff nach Kaufners Hand, wieder nur mit den Fingern, warum sollte ein Tadschike extra hierherkommen und dann die Unwahrheit sagen?

»Schau mir in die Augen, Herr Alexander, was siehst du da?«

»Laß den Quatsch. Kannst du beweisen, was du sagst?«

»Aber wir sind Brüder!«

»Ihr geht mir auf die Nerven mit eurem bescheuerten Ariertum, kapiert?«

Dalir (oder vielmehr sein Auftraggeber) hatte anscheinend auch damit gerechnet.

Er konnte es beweisen. Der Barbier war Tadschike, er fragte nicht lange nach, als Dalir seinen Turban abwickelte und ihm bedeutete, den kompletten Schädel zu scheren. Rund um den

Käfig des Diebes drängte sich volksfesthaft die Einwohnerschaft von Samarkand; auf die Idee, sich rasieren zu lassen, kam derzeit keiner. Sogar im Dämmer des Containers, der an Markttagen als Friseursalon diente, sah man die verschorften Stellen am Kopf des Boten sofort. Der Barbier ging mit äußerster Sorgfalt ans Werk, dennoch blutete Dalir bald aus verschiedenen Wunden, die wieder aufgerissen waren. Sobald das Kopfhaar komplett abgeschoren und der Schorf entfernt war, ließ sich in blauen Großbuchstaben auf seiner Schädeldecke lesen: 911 ABBRUCH SOFORT/NEUER EINSATZ/MORGENTHALER.

Den Namen von Kaufners Führungsoffizier konnte hier wirklich keiner wissen, er beglaubigte jede Botschaft. Wie oft hatte Kaufner ein Lebenszeichen der Freien Feste erhofft, und jetzt, als sich der Barbier daranmachte, die alten und neuen Wunden des Boten mit Rasierwasser zu desinfizieren, jetzt war er fast enttäuscht, daß es soweit war, enttäuschter noch über das Lebenszeichen selbst. Dalir wollte wissen, was es auf seinem Kopf zu lesen gab. Im Gegenzug erzählte er, der General persönlich habe ihm die Worte mit einem glühenden Stift in die Kopfhaut geschrieben, nachdem er ihn habe kahlrasieren lassen. Anschließend habe er ihm blaue Farbe in die Wunden gerieben. Feisulla habe gewußt, daß Kaufner andernfalls nichts glauben würde; die Zustellung der Botschaft an seinen »Bruder« (und überhaupt dessen weiteres Schicksal) sei ihm ein Anliegen gewesen. Erst nach drei Wochen, als das Haar einigermaßen über die Wunden gewachsen war, habe man den Boten als falschen Scheich durch den Zaun geschleust. Auch ohne daß ihn Kaufner beleidigt hätte, gab Dalir zu, daß es gar keine Organisation gebe, für die er arbeitete (und schon gar nicht für Geld). Sondern daß er schlichtweg von Feisullas Leuten gefangengenommen worden sei. Die Alternative zur Annahme des Auftrags wäre »der Garten« gewesen.

Kaufner blickte in den Spiegel, sah den zottigen Bart, der ihm mittlerweile gewachsen, winkte dem Barbier, ihm ebenfalls den Schädel zu scheren. Für den Fall der Fälle. Weder an einem Bart noch an einem Schopf sollte man ihn je wieder zu packen kriegen. Währenddem besah er sich das junge glatte Gesicht des Boten, und nun, ohne den Turban und aus der Distanz, die das Spiegelbild zwangsläufig schuf, erkannte er ihn: als denjenigen, den Feisulla damals an seinen Schreibtisch angekettet hatte. Der gefangengesetzte Sohn von – egal. Kaufner ließ sich nichts anmerken. Ein solcher Bote, auf Leben und Tod begnadigt, der sprach die Wahrheit.

Und jetzt, da er seinen Auftrag erfüllt und damit sein Leben vor Feisulla gerettet hatte, wollte er es auch vor dem Sultan in Sicherheit bringen, wollte so schnell wie möglich verschwinden. Wenn er es bis an den Ostrand des »Reiches« schaffen würde und weiter bis zum Tunnel, um in den Norden zu kommen, »raus aus diesem verfluchten Tal, runter von diesen verfluchten Bergen«, dann hatte er eine gewisse Chance. Gut, daß die Chinesen mittlerweile nicht nur den Tunnel, sondern auch die gesamte Paßstraße besetzt hielten; für ihn, dessen Heimat zwischen dem Sultan und dem *Bund vom Schwarzen Hammel* neu aufgeteilt worden, war jener schmale Korridor so etwas wie das Gelobte Land. Als Beweisstück, daß er seinen Auftrag ausgeführt hatte, gab ihm Kaufner einen Zettel mit (»Waffenbrüderschaft Ali«); Dalir hatte ihn in den Tadschikendörfern am Südrand abzugeben.

Abends wieder einmal anhaltendes Wetterleuchten über der usbekischen Ebene, über ... Samarkand. So kurz vor dem Ziel ließ sich ein Kaufner indessen nicht mehr aufhalten. Sein Entschluß stand bald wieder so fest, als hätte er niemals eine Botschaft bekommen. Lang lag er wach in seiner Baracke, lauschte dem Geschrei am Lagerfeuer. Für einen symbolischen Sieg war es nie zu spät, selbst wenn man den Krieg vielleicht schon verloren hatte. Sofern es Befehlsverweigerung sein sollte, falls er weitermachte, war ihm das recht – sein Auftrag war wichtiger als seine Auftraggeber. Im übrigen war er ja nicht nur für die Freie Feste aufgebrochen, für Deutschland oder was davon übrig geblieben, nein! Sondern für den Freien Westen, die *Idee* des Freien Westens, für all das, was er bis zu seiner Flucht aus der DDR bewundert, geliebt, begehrt hatte. Und sich danach immerhin als Vision einer besseren Welt bewahrt hatte, auch wenn die Realität meilenweit davon entfernt war. Konnte man in diesen wirren Zeiten nicht mehr für diese Vision leben, konnte man immer noch dafür sterben – und das war viel größer als alles, was ein Morgenthaler vom Südbund aus womöglich planen sollte.

Nein, Nationalist war Kaufner nicht, er war Europäer. Was das jenseits der Bitterkeit hieß, mit der sich das Wort mittlerweile vollgesogen, davon hatte ein Morgenthaler keine Ahnung. Außerdem hatte Kaufner ein Ziel zu erreichen. Aus der Summe seiner kleinen Taten würde sich mit etwas Glück am Ende die große Tat aufsummieren, würde sein Leben einen Sinn bekommen, er konnte gar nicht anders als weitermachen. Bislang hatte er nur einen Auftrag zu erfüllen. Ab heute stand er in der Pflicht, in der Pflicht sich selbst gegenüber. Ganz nebenbei, ganz nebenbei hatte er sich auch noch von einem Makel reinzuwaschen. Wie immer der Sultan und Januzak zusammenhingen, hier würde es sich niemals klären lassen. Hingegen im *Tal, in dem nichts ist*, dort schon.

Das war schnell entschieden. Kaufner war bereits viel zu lang in Samarkand, es wurde Zeit, daß er den letzten Teil seines Weges zurücklegte. Daß er etwas anderes als Murmeltiere vor den Lauf bekam. Vielleicht dünstete der Teppich etwas aus, auf dem er seinen Schlafsack entrollt hatte, der Teppich aus bunt eingefärbter Schafwolle, vielleicht war es der Boden, auf dem Samarkand errichtet war: Kaufners Gedanken wurden von Tag zu

Tag blutrünstiger, seine Träume nicht minder. Morgen würde er dem Sultan seinen Entschluß verkünden und um freies Geleit bis zum Mausoleum bitten. Oder wie man das nennen mochte.

Aber die Mäuse raschelten in jener Nacht besonders laut. Als Kaufner mit der Taschenlampe einen Stapel Matratzen ableuchtete, der an der Wand zwischen alten Schränken und Vitrinen aufgeschichtet, war es am Ende ein kleiner Frosch, der im Lichtkegel saß und sichtbar nach Luft pumpte, er wagte nicht, sich zu regen. Denk nicht weiter drüber nach, sagte Kaufner überraschend laut, alles hat eine Richtigkeit.

Schon vor dem Frühstück teilte er den Wächtern der Prunkjurte mit, daß er auf das Angebot des Sultans zurückkommen wolle. Der Sultan ließ seinen Sohn wissen, er werde ihm wie versprochen helfen und einen Mann als Führer mitgeben, er müsse ihn nur vorher noch zum Tode verurteilen. Eine Stunde später stellte sich heraus, daß der Dieb als Kaufners Führer ausgewählt worden, er hatte die Nacht im Käfig verbracht. Barfuß, wie er war, wurde er auf den Weg geschickt, Wunden an Kopf und Gliedmaßen zeugten davon, was er seit seiner Festnahme durchgemacht hatte.

»Du bist tot!« rief man ihm zum Abschied zu, vielleicht meinte man auch Kaufner. Kaum hatten die beiden die kleine Klamm durchschritten, waren sie zurück im Karst. Verkrustete Erde, Staub. Da und dort ein Zitronenfalter, ein Kohlweißling, ein Fuchsschwanz.

Nein, er habe weder gestohlen noch betrogen, versicherte der Kerl nach einer Weile, in der er mürrisch vorangeschritten war: Warum auch, er sei Händler, an Markttagen regelmäßig in Samarkand, jeder kenne ihn dort. Die Jungs hätten bloß Lust auf Spaß gehabt. Heute morgen habe ihm der Sultan eine Wette angeboten: Seine Schuld sei erwiesen, sein Leben verwirkt. Er selbst nichts weiter als ein bewegliches Ziel. Aber wenn er es zurück in sein Dorf schaffe, sobald er Kaufner am Mausoleum abgeliefert habe, sei er ein freier, unbescholtner Mann. Noch war er sicher. Allerdings erwarteten ihn die Jungs bereits. Den direkten Weg zurück und nach Hause durfte er jedenfalls nicht einschlagen. Doch wohin sollte er sich wenden? Kaufner empfahl ihm den Tunnel, der werde mittlerweile von den Chinesen kontrolliert.

Der Tunnel. Daß die Chinesen die Paßstrecke über den Turkestanrücken besetzt hatten, war mit den russischen Besatzern im Tal gewiß nicht abgesprochen. Es war nur eine Frage der Zeit und die beiden Großmächte würden aneinandergeraten, China würde offiziell in den Krieg eintreten, und zwar, kaum zu hoffen, auf Seite des Westens. Aber vielleicht verstand es Kaufner auch nicht richtig.

Zunächst nahmen sie die Seidenstraße Richtung Südosten, Kaufner kannte den Weg so gut, daß er dem Kerl gedankenverloren hinterhertrotten konnte. Allerdings lag das Mausoleum nach seiner Erinnerung in entgegengesetzter Richtung. Der Führer wies sämtliche Zweifel brüsk zurück, er sei hier geboren, er wisse, was er tue, wohin er gehe. Auf der Höhe von Pendschikent begannen sie mit dem Abstieg ins Serafschantal. Der Kerl weiterhin wortkarg und unwirsch. Nur ein einziges Mal blieb er stehen, blieb auf der Stelle stehen, als ihn Kaufner auf den Sultan ansprach, und wurde redselig:

Der habe zwei Hörner! beteuerte er, beschwor er, bestürmte er Kaufner: Der sei mit einem Blutbatzen in der Hand geboren worden, wie Timur! Und habe schon auf demselben Teppich gebetet wie der Kalif. Jedem Tadschiken sei er der Fluch Gottes. Schieße man auf ihn, fahre die Kugel glatt durch ihn hindurch, ohne ihn im mindesten zu ritzen. Stoße man ihm ein Messer zwischen die Rippen, würde er nicht einmal bluten. In welcher Gestalt er die Menschen auch heimsuche, es sei der Scheitan persönlich.

Derlei Legenden kannte Kaufner vom *Kirgisenkamm*, vom

Lagerfeuer in Samarkand, er hörte bloß mit halbem Ohr hin. Hätte man ihnen Glauben schenken wollen, wäre man vollends vom Mittelalter verschlungen worden. Einem Mittelalter mit N- und ZZ-Bomben zwar, doch vielleicht war es mit all seinen Wunderwaffen und sonstigen technischen Errungenschaften sogar noch dunkler, abergläubischer, blutrünstiger. Wo es für die Menschen keine Welt mit Zukunft mehr gab, gab es anscheinend nur eine der Vergangenheit. Im Tal leuchtete da und dort der Mohn, der Fluß ein schillernd sich schlängelndes Silberband, am anderen Ufer, weit entfernt, eine Rauchsäule – womöglich ein Dorf, das gerade abgefackelt wurde. Vielleicht aber auch bloß Bauern, die ihre Felder abbrannten.

Auf halber Höhe des Hangs machte der Pfad endlich entschieden einen Knick, führte fortan in die entgegengesetzte Richtung, nach Westen. Allerdings weiter bergab. Der Duft auf den Hängen wurde würziger, bald kam der Zaun in Sichtweite. Kaufner äußerte erneut Zweifel, sein Führer wiederholte beharrlich, er sei hier geboren und des Weges kundig, es gebe einzig diesen, jedenfalls vom Hochplateau aus. Am Rande einer der Rinnen, durch die im Frühjahr das Schmelzwasser und nach den Gewittern die Sturzflut zu Tale schoß, machten sie Mittagsrast. Kaufner wischte sich den Schweiß mit Shochis Taschentuch ab und, wie's Odina immer getan, drückte das Tuch anschließend aus. Es gab ein Glas Honig, in das man frisches Fladenbrot tauchte. Schon beim Essen fielen Kaufner immer wieder die Augen zu. Der Mann machte Tee, dabei zeigte er auf die helle Spur des Pfades, die sich auf der anderen Seite der Rinne fortsetzte:

Was da bis zum Horizont so leuchte, das sei der Weg zum Mausoleum. Wenn man zügig gehe, werde man es am frühen Abend erreichen, der restliche Weg ein Kinderspiel. Im Grunde könne man die Augen schließen, man finde ganz von selber hin.

Es sollte nur wenige Minuten dauern, bis Kaufner begriffen hatte, warum der Kerl das überhaupt noch gesagt hatte.

Denn mehr als ein paar Minuten waren es sicher nicht, die Kaufner eingenickt gewesen. Wie er die Augen wieder aufschlug, war der Kerl verschwunden. Kaufner konnte es ihm nicht verübeln, für ihn würde es heute schon um Leben und Tod gehen, sofern man die perverse Logik des Sultans recht begriffen hatte, da zählte jede Stunde.

Ohne besondere Eile arbeitete sich Kaufner in die Rinne hinab, auf der anderen Seite aus der Rinne heraus, nahm den Pfad, den ihm der Kerl gewiesen. Anhaltend ging es bergab, er hätte sich nicht gewundert, wenn er bald wieder auf eine Grenzpatrouille der Tadschiken gestoßen wäre. Umso aufrechter und selbstverständlicher schritt er dahin, wie ein Einheimischer. Noch durfte er sich sicher fühlen; erst nachdem er das Mausoleum erreicht hätte, würde seine eigene Wette gegen den Sultan beginnen. Man konnte den Kirgisen als Zyniker abtun, die Jungs, die bei ihm unter Sold standen, wußte er zu motivieren. Keine simplen Exekutionen – bewegte Ziele! Wahrscheinlich hatten sie dabei sogar das schöne Gefühl, »nur ihre Pflicht zu tun«.

Schwer vorstellbar, daß das die *Faust Gottes* sein sollte. Falls doch, war sie in der Bewachung des Objekts gewiß erschreckend effizient. Du wirst es nie herausfinden, sagte sich Kaufner, wirst das Gesetz dieses Berges nie vollständig begreifen. Aber du wirst dich daran halten. Auch der Sultan wird sich daran halten, er wird nicht mit Mitteln arbeiten, die seinem Stolz zuwiderlaufen. Kaufners Chance bestand darin, daß er unterschätzt wurde. Man hielt ihn für einen alten Mann, der es sowieso nicht schaffen würde, man nahm ihn nicht ernst.

Hier im Gebirg wanderten die Stimmungen so schnell wie die Wolken; war er oben in Samarkand noch verzagt gewesen, erfüllte ihn jetzt ein sanfter Größenwahn. Selbst im Krieg gab es winzig violette und weiße Blüten am Wegesrand! Die nackten Hänge mit ihren vereinzelten Grasbüscheln, sie waren schön! Erst die Schüsse rissen Kaufner aus seinem gedankenverlorenen Dahinschreiten. Doch sie galten gar nicht ihm, wieso hatte er sich überhaupt auf den Boden geworfen? Die Stille danach war stets von besonderer Bedeutung, Kaufner wagte kaum, sich den Dreck aus der Kleidung zu klopfen. Die Staubfahnen, wie sie eilig über die Hänge zogen und dann jählings in sich zusammensanken, wollten sie ihm etwas bedeuten? Und dazu roch es so, wie Ginster in seiner Vorstellung hätte riechen sollen. Ein heiliger Moment, vielleicht starb da gerade ein Kerl.

Und einen Atemzug später roch es nach ... Estragon? Kaufner atmete tief ein, ging weiter. Nur ein einziger Mann wagte es, ihm entgegenzukommen, ein Alter, der mit Losen der russischen Fernsehlotterie handelte. Einsatz zweihundert Som, Kontaktleute auf der anderen Seite des Zaunes, die die Ziehung der Zahlen auf *Gazprom TV* verfolgten, der Alte versicherte, alles gehe mit rechten Dingen zu. Am tiefsten Punkt des Pfades ein unscheinbar gelbgrauer Lehmbau, der sich als Gemischtwarenladen entpuppte, er war voller pokernder Männer, auf der Kühltruhe haufenweise Spielkarten und Geld. Selbst hier unten, in unmittelbarer Nachbarschaft des Zauns, herrschte tiefster Frieden, sofern nicht gerade Krieg war. Am späteren Nachmittag das übliche Gewitterdonnern aus der Ferne, der Wind frischte auf, tief übers Tal zogen violettgraue Wolken. Fast am westlichsten Zipfel des Turkestanrückens traf der Pfad auf einen anderen Pfad, der vom Fluß heraufführte (durch den Zaun derzeit freilich abgeschnitten war). Fortan ging es wieder bergauf, in eine Falte zwischen den letzten Ausläufern des

Gebirges hinein. Schritt für Schritt sah man deutlicher, daß diese Faltung des Gottesgebirges vom Rest des Hochplateaus abgeschnitten war, der Westkamm überragte sie bei weitem. Und jetzt, ja, jetzt erinnerte sich Kaufner. Das war der Weg, den er damals mit Odina gegangen. Nach einer guten Stunde hing auch schon das Mausoleum vor ihm am Hang. Mit salzigen Lippen, verkrusteten Nasenlöchern, braunstaubverklebten Händen, schwarzen Fingernägeln schritt Kaufner darauf zu. Endlich war er dort, wo er seit einem Dreivierteljahr sein wollte.

Das Mausoleum mit der marmorbruchgefliesten Krypta und dem teppichbedeckten Grab, das Mausoleum mit dem dreitausendjährigen Baum, das Mausoleum, unter dessen Bodenbrettern die Märtyrer vom Heiligen Kampf eine Weile ruhen durften. Am Eingang des Friedhofs hockten die Bettler, wie damals. Der Weg zwischen den Gräbern ein letztes Stück bergauf, das Mausoleum selbst ein schlichter heller Ziegelbau, darum herum und eng an eng die Schmucksarkophage der dreihundertsechzig Scheichs, die auch im Tode die Nähe des Heiligen nicht hatten missen wollen. Sogar die Pilger fehlten nicht, wie sie das Gebäude umkreisten, das Mauerwerk dabei mit den Fingerspitzen berührend, immer mal wieder mit beiden Händen übers eigene Gesicht streichend, damit eine Spur der Heiligkeit auf sie übergehe. Erstaunlich, daß noch so viele den Weg hierher fanden, seit letztem Herbst war es ja nicht gerade einfacher geworden.

Anstelle des Pilgerstabs hatten die meisten Männer nun aber ein Gewehr dabei. Einige gingen mit Kerzen herum, hockten sich grüppchenweise zwischen die Gräber, hängten kleine Gegenstände ins Gesträuch. Andere tranken aus dem Brunnen und legten danach einen Geldschein auf den Rand. Ein kleiner Junge verkaufte Plastikflaschen, damit die Daheimgebliebenen gleichfalls vom heiligen Wasser kosten konnten. An einem

Baum hing ein enthäutetes Schaf, darunter eine Blutlache, am Baum daneben angepflockt eine Ziege, die anscheinend erst morgen geopfert werden sollte. Alles war wie im Jahr zuvor, als hätte der Krieg weder unten im Tal noch oben im Gebirg Einzug gehalten.

Alles bis auf die beiläufige Bewaffnung fast aller Beteiligter. Der Imam erkannte Kaufner und begrüßte ihn so herzlich wie einen alten Freund. Lud ihn ein, am Mahl der Pilger teilzunehmen und das Nachtlager mit ihnen zu teilen. Einige der Pilger sahen zwar nicht unbedingt wie Pilger und nicht einmal wie Einheimische aus, aber sie beteten am innigsten, lächelten Kaufner besonders milde zu. In der Krypta selbst herrschte noch Hochbetrieb, man sang, rezitierte, berührte. Und dann doch eine Überraschung: Der Vorbeter, Kaufner aufs freundlichste beplaudernd, führte ihn schließlich zum Wunschbaum, um dort voll Stolz auf den Derwisch zu zeigen, der sein Lager in einer der Wurzelhöhlen aufgeschlagen hatte. Ein Zeichen des Himmels! Nun habe auch dieses Mausoleum einen lebenden Heiligen, der sich auf seine stumme Weise mit der Ausspähung des Verborgenen und der Beeinflussung des Weltenlaufs beschäftige. Der Derwisch, bevor er vor etlichen Wochen hier völlig ausgezehrt aufgetaucht, habe den Mond verschluckt, könne nur mehr tanzend von seinen Unterredungen mit Gott künden. Der Imam lächelte, als er Kaufners Begriffsstutzigkeit erkannt hatte: Die Ungläubigen im Tal hätten dem Derwisch die Zunge abgeschnitten. Er ernähre sich fast ausschließlich von Wein und verkünde seine Weisheit auf lautlose Weise.

Der heilige Baum stand neben den Fundamenten eines zerfallenen Zarathustratempels. Seine gewaltig knorrigen Wurzeln, einige davon wölbten sich bis auf Mannshöhe aus der Erde heraus, hatten eine natürliche Höhle gebildet, die man mit den alten Tempelsteinen zusätzlich ausgemauert hatte. Darinnen saß ein nackter Mann, glatzköpfig, mit ausgeschlagenen

Schneidezähnen, Kaufner erkannte ihn sogleich wieder. Auch der Derwisch wurde von einer boshaften Lebhaftigkeit erfaßt, als er Kaufners ansichtig wurde. Wie er sich emporrappelte, um, ein Knochenmann mit totenschädelartigen Gesichtszügen, auf ihn zuzuwanken, sah man deutlich die Stellen, an denen man ihm die Nägel durch die Hände geschlagen hatte. Böser Mann! wütete der Derwisch wortlos gegen Kaufner an, er stammelte, grunzte, schrie, vor allem spuckte er ihm ins Gesicht.

Kaufner hätte ihn am liebsten zu Boden geschlagen. Der Imam entschuldigte sein Verhalten, er habe schon manch anderen bespuckt, ja, ihn selber, ein gutes Zeichen. Es dauerte, den Rasenden zu beruhigen, der Imam huldigte ihm, einige der Pilger kamen neugierig herbei, auf ein Wunder spekulierend. Kaufner bebte, irgendetwas mußte er tun, irgendetwas, um die angestaute Erregung aus dem Leib zu schaffen. Weil er nicht schlagen konnte, schlagen durfte, entschloß er sich kurzerhand, in den Wunschbaum hinaufzusteigen, wie es Odina und manch anderer vor ihm getan. Der Baum war ein Riese, von seinen aufgewölbten Wurzeln kam man bequem auf die untersten Äste. Überall im Nadelwerk hingen bunte Stoffetzen, Papier-, Plastik- und silbern glitzernde Alufolienstreifen. Unten grollte der Derwisch, oben reagierte sich Kaufner auf seine Weise ab. Bald kletterte er in luftiger Höhe, so entschlossen, als wäre er vor lauter Wut wieder vollkommen schwindelfrei. Einige letzte Tücher an den Ästen, man sah weit hinein in die usbekische Ebene. Bis nach Samarkand. Kaufner suchte sich eine halbwegs bequeme Astgabel, wischte sich den Schweiß mit seinem Taschentuch ab, preßte es aus. Betrachtete die Goldbären, wurde ruhiger. Erinnerte sich an Shochi und ihre unbeholfene Entschuldigung, leider habe sie nicht besser sticken gelernt. Erinnerte sich an ihren blauen Blick zum Abschied, von einer Innigkeit, wie sie nur Kinder haben. Mit einer winzigen Wendung des Kopfes jedoch war der Blick ganz anders, war sie kein Mädchen mehr gewesen, sie hatte ihn angesehen wie eine Frau:

»Ich weiß, wohin du gehst, Ali.«

Sie hatte es geträumt oder sowieso schon immer gewußt.

»Geh nicht, Ali. Es hat noch keiner überlebt.«

Vielleicht wußte sie auch in diesem Moment, wo er war. Vielleicht würde sie auf ihn aufpassen, als Schutzengel, so hatte sie's ja versprochen. Bei seinen allerersten Fahrten ins Nuratau- und ins Serafschangebirge hatte sie ihn immer umarmt. Einmal hatte sie ihm ein Gedicht zum Abschied aufgesagt, das sie in der Schule auswendig gelernt:

»Fliegen würd' ich wie ein Vogel, / doch mein Flügel ist geknickt. / Sinnen werd' ich müssen, trachten, / träumen gar, dich zu beschützen.«

Das Gedicht war aus »Leerer Berg«, damals hatte sie noch geweint und gelacht. Beim Abschied in diesem Frühjahr hatte sie ihn aus ganz leeren Augen angeblickt, keine einzige Träne mehr für ihn gehabt.

Kaufner zerriß das Taschentuch, ein anderes hatte er ja nicht, und knüpfte die eine Hälfte an einen Ast.

»Ab morgen wird es ernst, Shochi«, flüsterte er, »vielleicht paßt du tatsächlich ein bißchen auf.«

Als er am Fuß des Baumes ankam, war er wieder ganz ruhig und gefaßt. Die Dämmerung hatte eingesetzt, der Imam rief mit brüchiger Stimme zum Abendgebet.

Die nächtliche Gesellschaft der Pilger raschelte, hustete, stöhnte, schnarchte. Kaufner lag und lauschte, schließlich schlich er sich davon ins Mausoleum. Auch dort gab es kein elektrisches Licht mehr, doch die Halbedelsteine, die im Wandmosaik eingelegt waren, schimmerten. Kaufner schlug den Teppich zurück, hob das Bodenbrett an und leuchtete mit seiner Taschenlampe ... auf einen Haufen alter Knochen und Schädel. Kein einziger Sarg, kein einziger frischer Leichnam.

Erst recht keine Grabbeigaben. Hingegen jede Menge Waffen. Sogar einige schöne Stücke von Heckler & Koch, Kaufner hatte ein Auge dafür, er erkannte Mini- und Micro-Uzis, wie sie außer den Jungs des Sultans hierzulande keiner benützte. Hinter ihm mit einem plötzlichen Geraschel der Derwisch, er knurrte, als wolle er ihm an die Gurgel gehen. Kaufner packte ihn und ließ ihn eine Weile röcheln, zischeln, zappeln. Böser Mann. Am liebsten hätte er ihn auf der Stelle festgenagelt. Wenigstens stieß er ihn ins Loch zu den Knochen und Waffen, legte Bodenbrett und Teppich sorgfältig darüber. Es würde eine Weile dauern, bis sie ihn gefunden hätten.

Kaufner war nun schon so lang im Gebirg, als man ihn am nächsten Morgen mit allen erdenklichen Segenswünschen verabschiedete, lächelte er nicht mal mehr. Der Imam hatte gerade das Morgengebet hinter sich gebracht; daß die Derwischhöhle leer war, war ihm noch nicht aufgefallen. Natürlich steckte er mit den Jungs aus Samarkand unter einer Decke, vielmehr mußte ihren Befehlen Folge leisten, das Mausoleum lag ja im Reich des Sultans. Hätte ihn Kaufner offen darauf angesprochen, der Vorbeter hätte ihn am Ende gewiß um Verständnis gebeten. Was er an seiner Stelle denn getan hätte.

Wieder ein staubiger Tag. Und doch völlig anders als alle bisher gewesenen. Ab jetzt befand sich Kaufner im Hoheitsgebiet des Kirgisen, verbotenenerweise, und ging mit entsichertem Gewehr. Nicht von ungefähr gab es keinen unter den Pilgern, der mit ihm aufgebrochen oder in gebührendem Abstand gefolgt wäre. Daß es neben dem schwarzen und gelben dennoch auch frischen grünen Eselskot auf dem Weg gab, überraschte ihn nicht. Nichts würde ihn mehr überraschen, niemand würde ihn überraschen, er war aufs Endgültige gefaßt. Wer immer diesen Pfad zu gehen wagte, der würde kein Anfänger sein. Dann konnte es nur eines geben: eine schnelle Entscheidung.

Denn Anfänger war auch er selbst keiner mehr. Gewiß erkannte man das bereits an der Art, wie er inzwischen ging, am langsam Verzögerten seiner Schritte, am Wiegen in den Hüften, jeder mußte es ihm von ferne ansehen. Ob er das Mal trug, von dem Odina gesprochen? Immer wieder stellte er sich die entscheidende Begegnung vor, auf die der Tag seiner Meinung nach hinauslaufen mußte. Bald würde er etwas Besseres als Murmeltiere vor den Lauf bekommen. Am liebsten natürlich Januzak.

Kaufner wußte, daß er ihn wiedersehen mußte, die Schluchten hier waren zu eng, die Hänge zu steil, selbst wenn er es gewollt hätte, sie würden einander nicht ausweichen können. Die Trinker am Lagerfeuer in Samarkand hatten oft von ihm erzählt, wiewohl dabei nie klar geworden war, in welcher Beziehung er zu ihnen und zum Sultan stand. Im Gegenteil, Kaufner schien der einzige zu sein, der eine solche Beziehung unterstellte, ja, davon ausging, er und der Sultan müßten trotz allem und allem dieselbe Person sein. Die meisten schwärmten von Januzak als einem Paßgänger, der alle anderen bislang überlebt hatte, ein Teufelskerl, sicherlich Söldner, das seien die Besten, sie würden von keinerlei weltanschaulichem Eifer zu falschen Entscheidungen getrieben und auf falsche Fährten.

Aber auch mit den Jungs würde es Kaufner zu tun bekommen, keine Frage. Und mit der *Faust Gottes*, sofern sie mit dem Sultan und seinen Leuten tatsächlich nichts zu tun haben sollte. Was genau hier oben gespielt wird, wirst du nie richtig begreifen, sagte er sich zum wiederholten Mal, und du mußt es auch nicht. Du mußt nur schneller sein.

Kaufner machte sich keinerlei Illusionen darüber, was ihn am Ende seines Weges erwartete. Schlimmstenfalls nichts. Kein verstecktes Grab in den Bergen, keine Grabbeigaben – der eine oder andere der Jungs in Samarkand hatte behauptet, daß all das allein in der Phantasie der Paßgänger existiere. Daß der *Leere Berg* tatsächlich nichts weiter als ein leerer Berg sei. Andere hingegen hatten sich gebrüstet, selber dort gewesen zu sein. Entweder sie hatten Kaufner schon für einen der ihren gehalten oder für vollkommen unbedarft; warum sonst hätten sie derart offen über etwas reden dürfen, das zu finden möglicherweise kriegsentscheidend war? Vielleicht war es auch nicht *ihr* Krieg, in der Mehrzahl waren es ja Usbeken, die mit dem Kalifen und der Arabischen Liga nichts direkt zu tun hatten. Vielleicht waren sie letztlich bloß an bewegten Zielen interessiert und der *Leere Berg* so etwas wie ihr bevorzugter Schießplatz. Vielleicht war ihre Offenheit bereits Teil des Vergnügens, der ihnen die Todgeweihten nur desto sicherer vor den Lauf trieb. Vielleicht waren sie bekifft gewesen, wenn sie davon geprahlt hatten, und man konnte nichts darauf geben.

Immerhin schien der *Leere Berg* in unmittelbarer Nähe von Samarkand zu liegen. Und irgendwo auf, an, neben jenem Berg nicht bloß das Objekt, sondern ein Friedhof. Umgeben von einem weiträumigen Ruinenfeld, der einstigen Stadt, errichtet um all die Gräber der Prinzen, Feldherrn und Notabeln, die sich in der Nähe des großen Eroberers hatten bestatten lassen. Sofern man Kaufner als offensichtlichen Neuling am Lagerfeuer nicht hatte foppen wollen, mußte es eine ansehnliche Stadt gewesen sein, mitten im Gebirge entstanden, um die Pflege der Gräber, die Versorgung der Pilger, den ganzen Kult um die Verstorbenen vor Ort aufrechtzuerhalten. Ob davon auch lediglich ein Bruchteil stimmte oder nicht, ab jetzt galt es, eine Wette gegen den Sultan und einen Wettlauf gegen seine Jungs – samt allen anderen, die rund um den *Leeren Berg* operierten – zu gewinnen.

Und wieder ein heißer Mittag im August. Der Wind wirbelte fein verdrehte Fahnen aus Sand und Staub über den Berg, Kaufner mußte niesen und dachte an gar nichts, da tauchte vor ihm das Tal auf, das *Tal, in dem nichts ist.* Genau genommen vernahm er zunächst nur das dumpfe Dröhnen, das die Wasser zwischen den eng stehenden Felswänden erzeugten. In dem Moment, da er den Fuß in die Schlucht gesetzt, schwoll es an zum wilden Donnern. War er im vorigen Jahr bloß, ein etwas seltsamer Wanderer, hinter Odina hergegangen, so war er nun Jäger und Gejagter, völlig auf sich allein gestellt. Wie er in die Klamm hineinlauschte! Wie er jeden fallenden Kiesel hörte, wie er jeder aufflatternden Krähe hinterhersah, wie er die Augen überall hatte, um keine der Wegmarken zu übersehen. Er bemühte sich, alles so zu machen, wie es der Junge gemacht hätte, und stellte sich dessen anerkennenden Blick vor, wenn es besonders gut gelang: eine schnelle Schrittfolge, ein sicherer Griff, ein beherzter Tritt.

Der Pfad fraß sich mit dem Verlauf der Schlucht entschieden in den Westkamm des Hochplateaus hinein. Bald lag das graue Band des Wassers fünfzig, achtzig, hundert Meter unter ihm, herrschte ein beständiges feines Rauschen anstelle des Donnerns. Sobald er mit einem Fuß ausglitt, gab es ein Gepolter, auch wenn es nur winzige Steine waren, die hinabstürzten. Eigentlich war er jetzt in der Falle, die Jungs wußten, daß er diesen Pfad nehmen mußte, es gab keinen anderen. Aber sie wollten ihren Spaß, vielleicht war es ihnen zu einfach, ihm hier schon aufzulauern.

Wie er den Felsbrocken passierte, den Odina *Der Thron* genannt, wußte er, es waren nur noch wenige hundert Meter zum *Kobrafelsen* und zur Hängebrücke. Deutlich zu hören der Wasserfall, der darunter hinweg ging, von Klippe zu Klippe. Weil der *Thron* einen solch einladenden Schatten warf, beschloß Kaufner, eine späte Mittagspause zu machen. Daraus allerdings wurde nichts. Kaum hatte er den Rucksack abgestreift, ging auf der gegenüberliegenden Wand eine kleine Lawine ab, einige Sekunden Getöse, danach eine Staubwolke, danach eine schartig verwitterte Felswirrnis in völliger Ruhe.

Überm Gegenhang kreisten die Adler. Doch das taten sie immer, das allein wäre noch kein Hinweis gewesen, kein Warnsignal. Auch daß die Staubfahnen so plötzlich in sich zusammensackten, erlebte Kaufner nicht das erste Mal. Je ruhiger es in den Bergen wurde, desto unruhiger wurde er, Ruhe war hier selten ein gutes Zeichen. Dann wieder ein kleiner Steinschlag, Kaufner ging probeweise in Anschlag, er konnte die andere Seite der Schlucht bis zur Hängebrücke bestreichen. Sofern er sich erhob, auch die eigene Seite, der Pfad ging bis zur Brücke leicht bergab. Im Zielfernrohr ließen sich die Graffiti auf dem *Kobrafelsen* lesen. Diesmal war er vorbereitet, er wollte alles richtig machen.

Kaufner hockte, lauschte, starrte. Großartige Schlucht! So schmal, daß für den, der da in den nächsten Sekunden auf der anderen Seite auftauchen mußte, keine vernünftige Deckung möglich war. Kaufner hatte reichlich Zeit, das Panorama auf sich wirken zu lassen. Er blickte so genau hin, daß ihm die Bergflanken ihre verborgenen Farben enthüllten. Was früher nichts als grau gewesen, bekam im Lauf der Minuten immer mehr grüne, braune, beige, schwarze Tupfer, sogar gelbe und rote. Schläfriges Licht. Mehrfach biß sich Kaufner in den Handballen, griff nach seinem Wolfszahn. Ja, der wollte Blut schmecken.

Und dann hätte er ihn fast verpaßt, der da kam. Alles bis zu diesem Moment war nur Vorspiel in seinem Leben gewesen, schlagartig fühlte es Kaufner – als ob sämtliche Kraft aus sämtlichen Gliedern im Handumdrehen entwichen war und eine lähmende Leere zurückließ. So nah schon? Er atmete etwas übertrieben tief ein. Spürte prompt wieder den Staub in der Speiseröhre, der Reiz wuchs an, je heftiger er ihn unterdrückte.

Wurde unerträglich. Er mühte sich, möglichst nach innen zu husten, eine Art Implosion. Immerhin, das Gefühl der Lähmung war er dadurch wieder los. Wie kam der denn so schnell den Berg runter? Es war ... jedenfalls nicht Januzak. Ebensowenig einer der Jungs. Ein gedrungener Typ mit Schlapphut, Sonnenbrille, das Gewehr geschultert. Er hatte zwar nicht den wiegenden Gang, war aber auch kein Anfänger mehr. Schon hatte er die Hängebrücke erreicht, es wurde Zeit, daß Kaufner eine Entscheidung traf. Jetzt betrat er die Brücke, Kaufner sprang auf, legte den Lauf auf den *Thron*, seine Schulter wuchs mit dem Kolben zusammen, sein Finger mit dem Abzug, alles an ihm wurde zur Waffe. Im Zielfernrohr sah er, wie dem Mann plötzlich der Mund aufging, wie er sich das Gewehr von der Schulter riß. Sah, wie die Brücke unter ihm sofort ins Schwingen geriet, der Mann versuchte anzulegen, schwankte beträchtlich, legte an, schoß sogar noch, hatte aber bereits das Gleichgewicht verloren. Krachend fuhr sein Schuß durch den Himmel. Wohingegen er selber bergab stürzte, von den Wassern sofort erfaßt und etliche Meter hinabgerissen. Für ein paar Sekundenbruchteile tauchte er im Wasserschaum noch einmal auf, der nächste Strudel riß ihn weiter talwärts. Etwa zwanzig, dreißig Meter tiefer blieb er an einem natürlichen Stauwehr aus Felsblöcken kopfunter verkeilt hängen, nur ein Bein ragte übers Wasser. Sein Hut trudelte schon viel weiter unten.

Kaufner hörte das Blut durch die Schläfen rauschen. Was war da gerade passiert? Wieso hatte er selbst nicht geschossen? Als er sich anschickte, den Hals freizuräuspern, sah er den Esel auf der anderen Seite der Schlucht, zu vollkommener Reglosigkeit erstarrt, dem Hineinlauschen in die Bergwelt ergeben. Kaufner vergaß das Kratzen im Hals. Alles, was er vernehmen konnte, war die anhaltende Wut des Wassers, das sich in die Klamm hinabstürzte. Er kniff die Augen zusammen, sah auf die gegenüberliegende Felswand, in der, vereinzelt von verdorrten Stauden markiert, der Pfad weiterlief, bald an Höhe gewinnend. Darauf der Packesel, der nicht weiterwollte.

Und erst Minuten später, so wollte's Kaufner scheinen, der Treiber, der dazugehörte. Hinter einem Felsen hervortretend, der ihm Deckung geboten, winkte er Kaufner, rief ihm über den Abgrund der Schlucht hinweg zu. Es war Odina.

Als er auf ihn zukam, hätte ihn Kaufner am liebsten umarmt. Der Junge schien es zu ahnen, blieb in gewissem Abstand vor ihm stehen, blickte ihn aus großen braunen Augen an, denen man das Entsetzen über die Tat deutlich ansah.

»Es war ein Unfall«, sagte Kaufner, er vernahm seine eigene Stimme wie aus weiter Ferne.

»Er hat dir nichts getan.« Odina wies in die Schlucht hinab, auf die Stelle, wo das Bein des Gestürzten aus den Wasserwirbeln ragte: »Und nun ist er tot, hundert Prozent tot!«

»Es war ein Unfall!« wiederholte Kaufner. »Was ist denn passiert?«

»Du hast ihn erschossen«, behauptete Odina.

»Im Gegenteil!« schrie Kaufner: »Verstehst du, *er* wollte mich –« Die Stimme versagte ihm, er mußte sich mit einer Hand am *Thron* festhalten. Kaum kamen ihm die Worte wieder, forderte er Odina auf, den Lauf seines Gewehrs anzufassen, der sei kalt.

Natürlich sei er das mittlerweile, winkte der Junge ab, nach wie vor hatte er diese sanfte Art zu sprechen, wie konnte er nur dermaßen ruhig bleiben. »Ob Unfall oder nicht, er ist tot. Ich habe ihn nicht sicher durchs Gebirge gebracht.«

»Wer war er überhaupt?« Kaufner hätte Odina so gern umarmt, er war so froh, ihn wiederzusehen. Nach wie vor hatte er diese gepflegten Hände mit den hell leuchtenden Nagelbetten, die so gut zu seinen leuchtenden Zähnen paßten. Trug dieselben Gummischlappen, dasselbe grobkarierte Hemd mit den langen Ärmeln. Und tat noch immer, als verstünde er nicht, wenn ihm eine Frage nicht paßte. »Wer war er?«

Er sei derjenige gewesen, den er in diesem Sommer durch die Berge geführt, wich der Junge aus, »einer wie du«. Sein »Herr« habe unbedingt vor Einbruch des Winters ins Serafschantal kommen wollen und hinüber ins Fangebirge. Nur deshalb hätten sie den verbotenen Weg genommen, nur deshalb.

Warum denn ausgerechnet ins Fangebirge? erhitzte sich Kaufner, das sei doch völlig sinnlos, da sei ja nichts!

Woher er das denn wisse, wehrte sich Odina für seinen »Herrn«, da sei genausoviel und genausowenig wie hier.

Noch immer sprach der Junge nicht offen mit Kaufner, würde es niemals tun. Am liebsten hätte er das Gespräch beendet, man sah es ihm an. Aber was hätte er dann als nächstes getan? Sein »Herr« lag an einer Stelle der Schlucht, wohin selbst ein Odina niemals gelangen konnte, er war nicht zu bergen. Wollte er nach Samarkand zurückkehren, um von dem Vorfall zu berichten? Anscheinend wußte er eine Möglichkeit, trotz der Russen auf direktem Wege dorthin zu gelangen. Oder würde er gar ins *andere* Samarkand gehen, um …

»Arbeitest du für den Sultan, Odina?«

»Der Sultan ist ein lebendiges Stück Fleisch mit zwei Augen!« Odinas Worte kamen ohne jede Verzögerung, seine Verachtung klang echt.

»Arbeitest du für die *Faust Gottes*?«

»Ich habe für den gearbeitet, der da unten liegt!« Entweder war der Junge sehr raffiniert oder sehr ehrlich: »So, wie ich für dich gearbeitet habe im letzten Jahr.« – »Und ich habe nicht gut gearbeitet«, fügte er nach einer Pause an und zeigte erneut auf das Bein, das aus den Wassern ragte: »Er ist mein Versagen als Führer.«

»Es war ein Unfall«, beschwor ihn Kaufner. Was Odina überhaupt damit zu tun, was er sich denn zuschulden habe kommen lassen?

Er hätte selber vorausgehen müssen! Wenigstens hier, im *Tal, in dem nichts ist*. Das Gesetz der Berge besage ...

Er möge ihm jetzt nicht mit diesem grotesken Gesetz kommen und daß ihm seine Ehre mehr gelte als sein Leben. »Er war nicht dein Gast!« Kaufner erkannte erst in der nämlichen Sekunde, warum der Junge keinerlei Anstalten machte, umzukehren oder überhaupt in irgendeiner Weise den Ort seines Versagens zu verlassen: »Und bloß weil er von der Brücke gefallen ist, mußt du es doch nicht sühnen!«

Davon verstehe er nichts, wehrte Odina ab. Immer noch hatte er diese dunkle Stimme, die sichere Gestik, den ernsthaften Blick, der lang an einem Gesicht haften blieb, ehe er sich löste und weiterglitt, irgendwohin in die Ferne oder nach innen, wer weiß, für Kaufner war es nie zu erkennen gewesen. Von der anderen Seite der Schlucht schrie der Esel, Odina hörte es nicht. »Wir gehen mit unserm Herrn, und wenn wir ihn nicht sicher durchs Gebirge bringen, gehen wir mit ihm auch in den Tod. So will es das Gesetz.«

Den Satz kannte Kaufner nur allzu gut. Ehrenkodex hin oder her, er war schlichtweg verrückt, mochte man das im Wakhantal oder sonstwo im Pamir auch anders sehen. »Komm mit mir«, bat er Odina unverhohlen, »wir beide zusammen können es schaffen!«

»Ich war der Diener von dem da«, sagte Odina, ein letztes Mal in die Schlucht hinabweisend. »Und ich gehe mit ihm.« Eine einzige Bitte habe er noch an Kaufner: daß er endlich verschwinde und ihn alleine lasse.

Damit war alles gesagt, was es zu sagen gab. Der Junge sagte nichts mehr. Kaufner sagte nichts mehr. Schlug den Blick zu Boden, rührte sich nicht vom Fleck. Es war Odina, der schließlich abdrehte und über die Brücke zurückging. Das wäre auch Kaufners Weg gewesen, er wagte jedoch nicht, ihm zu folgen. Stand vielmehr da und blickte auf die andere Seite der Schlucht, reglos verfolgend, wie Odina dort das Gepäck des Esels ablud, um es sehr sorgfältig gleich wieder aufzuladen: zuerst die Decke, darauf den Holzsattel, erst zog er den vorderen Gurt, dann den hinteren fest. Der Esel scheute wie jeder Esel, sobald ihm das Seil unterm Schwanzansatz durchgezogen wurde. Kaufner kannte die Griffe gut, die beruhigenden Laute und Worte, wenn der Esel ausbrechen wollte. Gebannt sah er zu, keiner Bewegung fähig, keines Lauts, dabei hätte er Odina doch mit allen Mitteln davon abhalten müssen, die Schlaufen des Seils über den Sattel zu legen, er wußte ja, warum der Junge mit solcher Sorgfalt zu Werke ging! Sobald das erste Gepäckstück auf der linken Seite des Esels saß (offenbar der Rucksack des »Herrn«), zurrte er kraftvoll nach. Rammte sein Knie in den Bauch des Esels, der sich aufgepumpt hatte. Auf die rechte Seite kam Odinas karierte Plastiktasche, auf die Kruppe das Zelt und der Verpflegungssack, wie immer. Überall zog der Junge die Knoten nach, führte ein weiteres Seil unterm Schwanz des Esels hindurch. Zum Abschluß stach er mit einem Ast (den er mit Hingabe überm Feuer zurechtgebogen hatte, wie Kaufner wußte) durch den zentralen Knoten und zurrte ein letztes Mal kräftig nach.

Kaufner schien es, daß der Esel nun etwas schmaler, dafür höher beladen war, damit er sich auf seinem Weg nicht so leicht im Gestrüpp verkeilte. Schon flüsterte ihm Odina ins Ohr, gab ihm einen Klaps, wie er jeden Esel bislang auf den Heimweg geschickt, sofern er bei einem Bauern ein neues Packtier bekommen hatte. Auch dieser trabte klaglos davon und den Weg zurück, den er gerade gegangen, verschwand nach wenigen Sekunden zwischen den Felsblöcken.

Erst als sich Odina umwandte und selber in Bewegung setzte, löste sich Kaufner aus der Erstarrung, schulterte Rucksack und Gewehr, machte sich auf den Weg. An der Hängebrücke trafen die beiden aufeinander, Odina schritt achtlos darüber hinweg, Kaufner trat einen Schritt zur Seite. Verfolgte, wie der Junge exakt zu der Stelle ging, wo dreißig, vierzig Meter unter ihm das Bein seines Herrn aus dem Wasser ragte. Mit Gewalt riß sich Kaufner los, setzte einen Schritt auf die Brücke. Sofort begann sie das Schwingen, sofort merkte er, daß er bei all seinen Wanderungen kein bißchen weniger schwindelfrei geworden. Er versuchte, auf die Bretter zu blicken, die über den beiden Stahlseilen lagen, aber er sah nur die Zwischenräume. Selbst wenn er die Schande auf sich genommen und versucht hätte hinüberzukriechen, der bloße Blick aufs Wasser, wie es einige Meter tiefer durch die Felsbrocken tobte, hätte ihn hinabgezogen.

Ein letzter Blick zurück zu Odina, der sich mittlerweile abgekniet hatte, um sich übers Gesicht zu streichen. Er war auf dem Weg in eine andere Welt und Kaufner schon vollkommen vergessen. Es blieb bloß, so lange am Ufer des Bergbachs weiterzuklettern, bis man eine Möglichkeit zur Querung finden würde.

Sie fand sich einen halben Kilometer aufwärts, wo das Gelände abflachte, zunehmend von Plastiktüten und Flaschen markiert, schließlich in eine regelrechte Abfallhalde übergehend. Doch erst da der Kastenaufbau des Mannschaftstransporters, der als Moschee diente, bereits zur Hälfte zu sehen war, erkannte Kaufner die Stelle wieder. Höchste Zeit, daß er über den Bach kam und verschwand, zum Glück schien man in Samarkand mit Kiffen oder Quälen gerade gut abgelenkt. Kaufner hatte gelernt, die Furten zu erkennen, ihre Abhängigkeit vom Wetter und daß man besser ein kurzes Gebet sprach, bevor man sich ihnen anvertraute. Daß man besser mit Wanderstab hineinging, um den Untergrund vor jedem Schritt abzustochern und sich eine zusätzliche Stütze zu verschaffen. Jetzt mußte es ohne Stock und Gebet gehen. Mit zitternd nach Halt tastenden Schritten arbeitete sich Kaufner auf die andere Seite.

Nun war er drüben. Bergab ging es schneller, weiter unten schimmerte der Pfad in der späten Nachmittagssonne violett auf beiden Seiten der Schlucht. Bald sah man auch den Jungen, nach wie vor saß er am Felsabbruch, die Unterarme auf die gekreuzten Beine gelegt. Seine Handflächen wiesen nach oben, er redete mit seinem Gott. Bald hörte man sein Gebet anschwellen zum Gesang, Kaufner erkannte die Melodie, es war Odinas Lieblingslied. Wie schön es war! Kaufner konnte die Melodie mitsummen, er hätte sogar mitsingen können:
»Bodaho kholist, kholist / Sogharu mino kujost, / Dar ba maikhonast basta / Sogii zebo kujost ...« Alle Flaschen sind leer, sind leer, wo sind die Gläser, wo der Wein? Die Tür des Cafés ist verschlossen. Wo mag der nette Mann hinterm Tresen jetzt sein ...

Kaufner kannte das Lied, kannte den Namen des Sängers, wußte, daß er aus Afghanistan und in einem der letzten Kriege erschossen worden war. Vielleicht auch in der Zeit zwischen den Kriegen, was tat das schon zur Sache. Mittlerweile hatte er die Hängebrücke erreicht, den Pfad, auf dem Odina mit seinem Herrn gekommen und den er selber zu nehmen hatte. Wie er ihn ein Stück weit gegangen, erhob sich Odina auf der anderen Seite der Schlucht, immerfort singend, stand barfuß am Abgrund und rief laut nach Gott. Danach streifte er sich das Hemd übern Kopf, an der Innenseite der Unterarme kam eine Tätowierung zum Vorschein. Und am Hals ein Band, an dem ... Kaufner legte das Gewehr an, um durchs Zielfernrohr ganz sicher zu sein: an dem der USB-Stick hing, den er ihm im letzten Jahr geschenkt.

So stand der Junge eine Weile, laut singend, die Augen geschlossen. Breitete sehr langsam seine Arme aus, die Handflächen nach wie vor gen Himmel, den Kopf in den Nacken gelegt. Statt zu springen, blieb er einfach stehen, weiterhin singend, zeitlupenlangsam das Gleichgewicht verlierend. Als er gerade noch mit den Füßen den Fels berührte, ging sein Gesang in einen langgezogenen Klagelaut über. Eine atemlose Sekunde, etwa zehn Meter tiefer schlug sein Körper auf einem Felsvorsprung auf, man hörte die Knochen brechen.

Einige Momente lang war es still. Aus der Tiefe das Rauschen des Baches wie aus einer fernen Welt. Dann hörte man Odina, er lebte noch, man hörte seinen Schrei, voll Zorn über sein mißlungnes Sterben, den Schmerz übertönend. Die Wände der Schlucht machten den Schrei zu etwas, das aus dem Innersten des Berges zu kommen schien, gewaltig zwischen den engen Bergwänden gen Himmel fahrend. Immer wieder versuchte Odina zu singen, versuchte, sich mit zerschmetterten Gliedern an den Rand des Felsvorsprungs zu ziehen und darüber hinweg, doch dazu fehlte ihm die Kraft. Warum hast du dich denn nicht wenigstens abgestoßen, mein Junge, flüsterte Kaufner, dann wärst du mit Wucht im Jenseits angelangt. Eine ganze Weile sah er mit geschlossenen Augen zu, wie sich Odina wenige Meter unter ihm abquälte, noch über die Felskante hinaus und zu Tode zu kommen. Aber es half nichts, auch mit geschlossenen Augen hörte man ihn.

Durchs Zielfernrohr erkannte Kaufner einige kyrillische Buchstaben auf Odinas Unterarm. Der Junge, ein verdreht zuckendes Bündel, blutete stark, hilflos verkeilt lag er hinter einer Felsnase, aus eigener Kraft konnte er es niemals schaffen. Je länger ihm Kaufner zuhörte, wie er stöhnte, sang, fluchte, betete, schrie, desto sicherer glaubte er, ein Flehen herauszuhören, ein Flehen, er möge ihn erlösen, sein Leiden beenden.

Du mußt ihm helfen, flüsterte Kaufner voller Entsetzen, du

bist es ihm schuldig. Er zog das halbe Taschentuch hervor und wischte sich die Stirn. Legte sich auf den Boden, suchte eine Auflage für den Lauf, grätschte die Beine, preßte beide Knöchel fest zu Boden, bis er Teil der Felswand geworden, auf der er lag. Entsicherte, lud durch, atmete aus. Lauschte hinab in die Schlucht, doch da war kein Flehen mehr, nur ein kraftlos stiller Schrei, der dem Sterbenden entwich, aus der Tiefe durch das anhaltende Rauschen untermalt. Nach einer Pause setzte leis ein Wimmern und Jammern ein, das ein Beten und Singen sein sollte.

Zweimal legte Kaufner an, sah durchs Zielfernrohr das, was von dem Jungen übriggeblieben, ein blutig verknäulter Klumpen Fleisch mit einem weit aufgerissenen Mund. Er streichelte mit dem Fadenkreuz darüber, wie gerne hätte er ihm geholfen. Zweimal setzte er ab, er konnte es nicht. Konnte es so wenig, daß ihm vor Wut die Tränen in die Augen traten.

Der kleine Schrei. Kaufner hörte ihn noch, als er sieben Kehren weiter oben war, er hörte ihn, als er das *Tal, in dem nichts ist* endgültig verlassen hatte, hörte ihn, als er den unteren Rand des Geröllfeldes passierte, als er die schwarzverkohlte Silhouette des Wunschbaums vor sich auftauchen sah. Er hörte das Wimmern, und wenn er das Wimmern nicht hörte, dann hörte er das Singen, und wenn er das Singen nicht hörte, hörte er das Beten, und wenn er das Beten nicht hörte, hörte er den Schrei.

Viertes Buch

Leerer Berg

Kaufner hatte den Jungen immer gemocht. Aber jetzt liebte er ihn, daß es ihm das Herz zerriß. Aus schweren Träumen auffahrend, war sein erster Gedanke: Du mußt ihm helfen. Sein zweiter: Es ist gar nicht passiert. Sein dritter: Das Mindeste, was du für ihn tun mußt – nachsehen, ob er es geschafft hat. Dann schlief er wieder ein.

Gegen Morgen schreckte er zum zweiten Mal hoch, ein kleiner Schrei, aus nächster Nähe, hatte ihn Odina gerufen? Wo war er bloß? Um ein Haar hätte Kaufner die Taschenlampe angemacht. Er lag in einem nassen Schlafsack, auch sein Hemd vollkommen durchgeschwitzt. In der Dämmerung zeichnete sich gerade erst die Öffnung einer Höhle vor ihm ab. Erneut ein Schrei, nein, eine kleine Lawine, die in nächster Nähe abging. Schlagartig war Kaufner wach. Die Nächte hier oben gehörten den Wölfen, mitunter hörte man sie heulen. Eines Morgens war ein Rudel in kurzer Distanz zu seinem Nachtlager bergab gefegt, keinen Moment die rasende Talfahrt seinetwegen unterbrechend. Ein andermal war ein Wolf wenige Meter entfernt gestanden und hatte neugierig zugesehen, wie er aus seinem Schlafsack herauskroch.

Kaufner griff nach dem G3, doch alles, was er schließlich erlauschen konnte, war das ferne Herabklickern eines Steins, sodann eines zweiten. Da ging jemand durchs Gebirg. Dabei hatte der Tag noch gar nicht richtig angefangen, er mußte es eilig haben. Eine ganze Weile blieb Kaufner in seinem klammen Schlafsack liegen und auf der Lauer. Ein Glück, daß er gestern abend die kleine Höhle knapp unterhalb des Weges entdeckt hatte, ein besseres Versteck konnte man in einem Geröllfeld gar nicht finden.

Als er sich emporrappelte, zitterte er am ganzen Körper. In fieberhafter Beflissenheit rollte er den Schlafsack zusammen, riß ein paar Fetzen vom Fladenbrot, verschlang den Inhalt einer Thunfischdose. Über Nacht hatte es geregnet, der Blick ging weit in die usbekische Ebene hinein, Samarkand funkelte mit all seinen Kuppeln. So also fühlte es sich an, wenn man jemanden auf dem Gewissen hatte. Und noch jemanden. Hast du vielleicht doch geschossen? Im Magazin fehlte keine einzige Patrone, es mußte ein Unfall gewesen sein! Und danach, was war danach? Da fehlte erst recht keine Patrone. Womöglich hatte er auch das nur geträumt? Es half nichts, er mußte zurück in die Schlucht, mußte nachsehen, ob er jemanden auf dem Gewissen hatte. Vor allem noch jemanden.

Wie nach jeder Mahlzeit grub Kaufner eine Mulde für den Müll und zündete ihn an. Dabei stieß er, das brennende Zündholz zwischen den Fingern, auf eine Konservendose, die keinerlei Rostspuren zeigte. Denk nicht drüber nach! Du bist bereit, das ist das einzig Wichtige. Kaufner lauschte so lange in die Bergwelt hinaus, bis er ihn wieder hörte: den kleinen Schrei. Odina hatte nach ihm gerufen, wer sonst, Kaufner beeilte sich, dem Ruf Folge zu leisten: Jetzt erst besann er sich des Zündholzes, warf es verärgert zur Asche, schüttete die Grube zu, verließ die kleine Höhle. Ging an der schwarz verkohlten Silhouette des Wunschbaums vorbei, passierte den unteren Rand des Geröllfeldes, stieg die sieben Kehren hinab ins *Tal, in dem nichts ist.*

Von dem, der in den Bach gestürzt, war nichts mehr zu sehen. Nicht mal ein Bein, das man sich gut dort hätte vorstellen können, wo sich die Wasser an einem Wehr aus Felsblöcken stauten. Und von Odina war ebensowenig zu entdecken, jedenfalls mit bloßem Auge. Lediglich einen Felsvorsprung sah man, auf dem, eng an eng, die Geier hockten. Sie hatten ein frisches Aas gefunden, immer wieder tauchte einer mit seinem Kopf tief in den aufgepflügten Körper hinein, das Gefieder der Vögel war bis zur Halskrause blutgetränkt. In der Felswand rundum saßen die Raben und warteten darauf, daß sie an der Reihe waren. Wie gierig sie hin und her hopsten, einander zu vertreiben suchten! Nur wenn die Geier miteinander in Streit gerieten, traute sich der eine oder andre blitzschnell herbei, schlug seinen Schnabel ins Fleisch des Kadavers, machte sich sofort mit seiner Beute davon. Immer mehr Raben kreisten über der Schlucht, segelten herab, ließen sich in der Wand nieder, aufgeregt krächzend und nervös aufflatternd, sobald sie einander zu nahe kamen in ihrer Gier. Selbst die Geier hackten aufeinander ein, sofern einer von ihnen allzu lange den Hals in der offenen Bauchhöhle des Kadavers verschwinden ließ. Ganz oben auf dem Weg, dort, wo Odina gestern gebetet und gesungen, stand ein kleiner Fuchs, bebend vor Verlangen, dermaßen köstlich duftete es ihm in der Nase.

Der Junge hatte es geschafft. Im Zielfernrohr erkannte man noch ein paar der kyrillischen Schriftzeichen auf seinem Unterarm, die so gut zu Dilshod oder Jonibek gepaßt hätten, um damit die Zugehörigkeit zu einer Bande zu demonstrieren. Aber so schlecht zu einem Jungen aus dem Pamir, der sein kurzes Leben ganz krank vor Stolz und Ehrgefühl gewesen. Oder war auch Odina am Ende nichts als ein Kleinkrimineller gewesen? Bald würde er ein unkenntlicher Klumpen sein, bewimmelt von Käfern, Ameisen, Fliegen. Seine Familie würde nie davon erfahren, das Dorf im Wakhantal, aus dem er stammte. Niemand würde seinetwegen einen Kondolenzbesuch bei den Hinterbliebenen abstatten, niemand würde an die Trauergäste Teepäckchen verteilen oder Geld. In Samarkand würde man ihn nicht mal vermissen, nicht mal Talib. Es würde einfach weitergehen, hier wie dort, als wäre nichts geschehen. Das Gesetz der Berge, Kaufner glaubte zum ersten Mal, zu verstehen, was damit gemeint war. Dies war der Morgen, da er ein bißchen verrückt wurde oder ein bißchen erleuchtet.

Was hätte Odina getan? Er wäre aufgestanden und hätte den Weg fortgesetzt, die Sache zu Ende gebracht. Alsdann, sagte Kaufner und stand auf, ich werde die Sache zu Ende bringen. Nun war es wirklich ein verfluchter Weg, eine verfluchte Schlucht, ein verfluchter Berg. Sieben Kehren höher blickte er sich noch einmal um, gerade versuchte ein Geier mit wild schlagenden Flügeln zwischen den anderen zu landen, fand aber keinen Platz mehr und mußte abdrehen.

Erst vor dem Wunschbaum hielt Kaufner wieder an. Gestern war er achtlos daran vorbeigegangen, heute stand und stand er davor, viel zu lange schon. Plötzlich sah er sich, wie er die verbliebene Hälfte von Shochis Taschentuch hervorholte und an einen der Äste knüpfte. Wie er die Fingerspitzen aneinanderlegte, damit kurz übers Gesicht strich, die Handflächen nach oben kehrte und eine Weile auf Brusthöhe hielt, als wolle er beten. Dabei wollte er nur an etwas anderes als an Odina denken.

Er dachte an Shochi. Erst jetzt, da er den Jungen verloren, wurde ihm bewußt, daß er sie ebenfalls verlieren könnte. Er dachte an den Tag kurz vor seiner Abreise aus dem *Atlas Guesthouse*, da Jonibek mit seinen Freunden unterwegs und der Weg zur Loggia nicht durch die Hunde blockiert gewesen, der Weg zur Hochzeitstruhe. Ein warmer Frühlingstag in einer Kette an warmen Frühlingstagen, überall im Hof blühten die Rosen und verströmten ihren Duft. Stolz zeigte ihm Shochi die Schätze in ihrer Truhe, einen nach dem anderen, schließlich verschwand sie, um das Brautkleid anzulegen. Erst nach einer beträchtlichen Weile kam sie zurück: im knöchellangen Goldkleid, auch den kompletten Brautschmuck hatte sie angelegt, von der Goldkrone und den großen goldenen Ohrringen bis zu den Ketten, Ringen, Broschen, ja, sie hatte sich sogar geschminkt, die Haare hochgesteckt.

Federnden Schrittes ging sie durch den Hof, eine schwankend schwebende Erscheinung in Gold, unter dem blühenden Aprikosenbaum hindurch und vorbei an Dutzenden von Blumentöpfen, dem leeren Springbrunnen. An den Mauern überall Spiegel, man konnte sie in jedem davon sehen oder zumindest den funkelnden Abglanz einer anderen Welt. Bevor sie die Stufen zur Loggia hochstieg und dabei ihre Schlappen abstreifte, blickte sie Kaufner mit ihren blauen Augen an:

Ach, all das bedeute doch nichts. In einem Hochzeitskleid sehe jede gut aus, das sei ganz einfach.

Blitzende Steine und glitzerndes Gold, ein prächtiger Rahmen für ein zauberhaft unsicheres Lächeln. Auch die Lücke zwischen den oberen Schneidezähnen gehörte dazu. Nur die passenden Schuhe fehlten ihr noch, barfuß stand sie vor Kaufner und schnappte mehrmals nach Luft, ehe sie ... nichts sagte. Kaufner sah in den nächstbesten Rosenbusch, Kaufner inhalierte, Kaufner schlug den Blick zu Boden.

»Ich weiß, daß ich häßlich bin«, verstand Shochi sein Schweigen falsch, »trotzdem werde ich nach dir suchen, wenn ich wieder so schrecklich von dir träume. Wer sonst würde kommen, um dich zu retten?«

Ihr Tick mit dem Schutzengel. Damals hatte er darüber laut gelacht. Nun durfte er sich ganz leise etwas wünschen. Sofern man den Wunsch in das Taschentuch hineindachte, würde es wirken, obwohl es ja eigentlich nur noch ein halbes Taschentuch war. Kaufner wünschte sich etwas, das er nicht einmal zu denken wagte. Strich sich mit beiden Händen langsam der Länge nach übers Gesicht, wie es Odina getan, und blickte in das Feld der Steine, das hinterm Wunschbaum in trostloser Endlosigkeit hangaufwärts führte. Wie es Odina getan. Als ob es dort etwas zu entdecken gegeben hätte.

Gab es etwas zu entdecken? Minutenlang stand Kaufner ratlos. Warum hatte sich der Junge hier verneigt, warum hatte er gebetet? Weil der Baum vom Zorn Gottes gespalten und also ein Zeichen war. Tatsächlich lief eine helle Staubspur hinter ihm ins Geröllfeld hinein, sie verlor sich allerdings nach wenigen Metern. Wo ansonsten jeder noch so entlegene Pfad mit Kot markiert war, stand allenfalls da und dort ein Büschel verbranntes Gras. Kaufner überlegte, mit welchen Augen Odina in die Felsbrockenödnis hineingesehen hätte. Er hätte nicht danach gesucht, ob ein Weg hindurchliefe. Sondern sich überlegt, wohin dieser Weg zu führen hatte. Und sobald er die Ideallinie zum Gipfel erkannt hätte, wären ihm die Wegmarken dorthin ganz von alleine aufgefallen, die Steine, die man im Lauf der Jahre, Jahrzehnte auf die Felsen gelegt, geschichtet, gehäuft hatte, immer wieder aufs neue, den alten Weg solcherart über Jahrhunderte bewahrend.

Kaufner ließ sich Zeit. Blickte ins Geröll, bis es sich zu Mustern gruppierte, bis die Felsen in eine Anordnung gerieten, die Platz für einen Wanderer ließen, so er denn trittsicher war und leichten Fußes. Man mußte den Berg nur lang genug betrachten, dann erkannte man ihn. Erkannte ihn auf eine Weise genau, daß man sogar sah, wie er auf der anderen Seite wieder abfiel, man mußte sich dazu nicht einmal hinknien und vom Staub kosten. Von einer Sekunde zur nächsten wußte Kaufner, wohin der Weg führte, den der Wunschbaum markierte.

※

Zweimal hielt er inne, doch erst beim dritten Mal – und da war er schon stundenlang bergauf geklettert – kehrte er um. Ohne Taschentuch konnte er es nicht, er brauchte es dringend. Nicht nur, um sich den Schweiß von der Stirn zu wischen, wenn es darauf ankam. Sondern vor allem, um es zu besitzen. Erst als er es wieder in seiner Hosentasche wußte, atmete er auf.

Da er den Berg zum zweiten Mal ging, sprang er von Fels zu Fels, als wären's Stufen einer Treppe. So schön konnte ein Geröllfeld sein! Den Weg hindurch fand er wie in Trance, die Steine sprachen zu ihm. Nein, ein Rufen war es nicht. Sie flüsterten, als striche der Wind über ihre Kanten, ein beständiges Pfeifen und Sirren erzeugend. Und sie hörten gar nicht mehr damit auf, Kaufner hätte sich die Ohrläppchen in die Ohrmuscheln stopfen können, es hätte nichts geholfen. Der Berg rief ihn.

Er zog ihn, drängte ihn, hetzte ihn. Kaufner kam kaum nach mit seinen Schritten, ein Glücksrausch durchfieberte ihn, um ein Haar hätte er ein Lied gesummt, Bodaho kholist, kholist ... Oder sich was vorgepfiffen. Fand sich dann aber plötzlich auf einem Fels, den Kopf in beide Hände gestützt. Wohin starrte und starrte er nur?

Kaufner beschimpfte sich, verfluchte sich, stieß sich in ebenjenen Abgrund, in den er den Jungen gestoßen. Er lobte sich, rühmte sich, sah sich bereits am Ziel, am Objekt. Keiner konnte ihn mehr aufhalten, die Welt aus den Angeln zu heben und ihr einen anderen Verlauf zu geben. Weiter!

Oh, Kaufner war erleuchtet und verrückt. Die Knie wakkelten ihm bei jedem Schritt und er würde Wunder wirken, später. Während es in den Tälern immer komplizierter wurde, wurde es hier oben immer einfacher. Alles, was ihm auf seinem Weg bislang zur Qual geworden, erregte ihn nun. Als ihn der Abend mit einem Himmel ohne Sterne überraschte, war er in Gedanken schon am Ziel angekommen, entschlossen bis zur

Grausamkeit. Jetzt trägst du das Mal, jetzt erkennen sie dich als ihresgleichen, jetzt buhlt selbst ein Feisulla um deine Waffenbrüderschaft. Weiter, Kaufner! Was brauchte er Licht, um zu sehen? Wo der Wind weht, ist der Gipfel nicht weit. Oder der Paß. Erst als er das Grau der Felsen mehrmals schmerzhaft mit dem Grau ihrer Zwischenräume verwechselt hatte, legte er sich unter einen Überhang; erst als es empfindlich kalt geworden, rollte er den Schlafsack aus wie früher, ein gewöhnlicher Mensch.

Auch am nächsten Morgen weckte ihn Odinas Schrei. Klakkerte irgendwo ein Stein bergab, waren ihm die Jungs auf den Fersen, strich Januzak durch sein Revier? Nicht mal die Konturen der Dinge hatte die Dämmerung erfaßt, aber Kaufner war nicht zu halten. Obwohl die Welt des Verborgenen heute gar nicht mehr zu ihm sprach. Mit jedem Tritt, den er dem Berg abtrotzte, rückte der Grat der *Kirgisenkette* eine Spur deutlicher übern Horizont, nur die Spitzen der *Drei Wesire* waren noch schneebedeckt. Und dann war Kaufner oben: Der Gipfel ein Kegel aus schwarzem Schieferbruch, unglaublich majestätisch das Ende des Geröllfelds markierend. Und doch erst zu erkennen, wenn man an seinem Fuß angelangt war. Da und dort flatterten Stoffetzen im Wind, das war alles.

Die Würde des Ortes, seine Abgelegenheit, die Schwierigkeit, ihn zu erreichen, ja überhaupt nur von ihm zu vernehmen – ein besseres Versteck hätte es in der Tat kaum geben können! Kaufner fing sofort an, Schieferplatten beiseite zu heben, wollte – ja, was wollte er denn? Sich hinabwühlen, hineinwühlen in das Grab, bis er auf die Reste des Toten und, vor allem, die Grabbeigaben gestoßen wäre? Die Marmorkugel, auf der die Suren des Korans geschrieben? Kurz innehaltend, fragte er sich, ob er das Grab schon einmal besucht oder ob er davon bloß geträumt hatte, einschließlich des gesamten Weges, der zu ihm führte. Aber der schwarz geschichtete Kegel wollte sich nicht als Trugbild offenbaren, ratlos bekratzte Kaufner das Moos auf den Schieferplatten. Das Grab schien seit Jahren, Jahrzehnten unberührt, nichts deutete darauf hin, daß in letzter Zeit Pilger hier gewesen wären. Verfluchter Berg! Legte man das Ohr auf den Fels, hörte man ihn lachen – er hatte ihn in die Irre geführt.

Es war Mittag, Kaufner hatte den *Leeren Berg* bezwungen und war nur an irgendeinem Heiligengrab angekommen, deren es so viele in diesen Gebirgen gab. Unter der Wucht der Erkenntnis brach er nicht etwa zusammen, knickte allerdings ganz langsam ein, bis er flach auf den Schieferplatten lag. Nun war er nicht etwa am Ende seines Wegs angelangt, sondern ... immer noch irgendwo mittendrin, am nordwestlichen Rand des Gottesgebirgs. Er dachte so angestrengt nach, daß er vermeinte, es in seinem Kopf knistern zu hören. Es war aber bloß der Berg, der sich unter der Hitze duckte. Wohin man auch blickte, nirgendwo fand das Auge etwas, woran es eine Hoffnung hätte knüpfen können. Die Landschaft wiederholte sich endlos selbst, bucklige Welt bis hin zum *Kirgisenkamm*, Kaufner vermeinte, jede der Hügelkuppen wiederzuerkennen. Er hatte keine Ahnung, wie es von hier aus noch weitergehen sollte.

Direkt vor ihm fiel der Berg auf ähnliche Weise ab, wie er in seinem Rücken angestiegen, jedoch eher als Felshang denn als Geröllfeld. Daran anschließend eine weite Senke, in ihrer Mitte ein grünblau schillernder See mit weiß verkrusteten Ufern, umgeben von gelbem Grasland. Erst hinter dem See war ein Pfad zu erkennen, er führte am Fuß der nächsten Bergkette entlang. War das noch Kaufners Weg? Oder nur irgendein Weg? Weit genug von der Grenze entfernt war man hier, hätte man weitergehen wollen, brauchte man vor Bodenminen keine Angst zu haben. Gib's auf! flüsterte sich Kaufner zu. Er lag auf den schwarzen Schieferplatten des Heiligengrabs, von unten stieg ihm die Hitze der Steine in den Körper und wärmte ihn. Schon fielen ihm die Augen zu.

Aus schweren Träumen auffahrend, war sein erster Gedanke: Nie darfst du aufhören zu hoffen, versprich es dir! Sein zweiter: Quäl dich! Du hast es nicht anders verdient. Sein dritter: Das Mindeste, was du tun mußt – nachsehen, wohin der Weg hinterm See führt. Kaufner wollte kein kleines Glück, das am Ende eines erfüllten Tages steht, er wollte das große Glück, das am Ende eines Lebens wartet. Und das war hier oben nicht zu bekommen, soviel stand fest. Er mußte weiter. Noch weiter. Also raffte er sich auf und versenkte sich in den Anblick des Abhangs. Schau die Felsen da an, wo sie getreten werden wollen. Wo sie seit Jahrhunderten getreten werden. Und siehe, die Felsen fügten sich seinem Blick, der Hang wurde sein Freund.

Wie im Traum stieg er bergab, die felsige Flanke des *Leeren Berges* entrollte sich unter ihm als Teppich. Waren das nicht Murmeltiere, die in der Senke auftauchten? So viele Murmeltiere! Man konnte sie mit bloßer Hand fangen, sofern man flink wie Odina war, und mit dem Wanderstab erschlagen, Kaufner hatte öfters zugesehen. Die Senke füllte sich mit immer weiteren Murmeltieren, eine regelrechte Herde, ein Murmeltierwunder. Kaufner verspürte den Drang, die Schönheit des Anblicks und der gesamten Schöpfung zu preisen. Wieder fuhr die Erleuchtung in ihn, sanfter zwar als am gestrigen Tag, doch immer noch derart warm und dringlich, daß er sie laut denken mußte:

Kein Mensch, kein Tier, das Gott nicht beim Schopfe hielte! Auch dich hält er fest und führt dich so lange, bis er dich erschlägt, begreif's! Auf halber Strecke stehenbleiben kann jeder; der Weg ist nur der Weg, das Ziel ist das Ziel. Lieber vergeblich tun als gar nicht tun. Männer auf verlorenem Posten sind immer noch Männer. Je wirrer die Zeiten, desto gerader der Weg. Als ob du jemals an einen Auftrag geglaubt hättest, an einen symbolischen Sieg! Als ob du hier, in diesem wunderschönen Gebirge, je etwas anderes gesucht hättest als einen Sinn für dein ganzes mittelmäßiges Leben. Finden und zerstören. Und wenn du nicht findest, was du zerstören kannst, so kannst du immerhin die Stelle finden, an der du sterben wirst.

Erst wie er zum vierten Mal mit dem Fuß umknickte, immer mit demselben rechten, wurde ihm schwarz vor Augen, kam ihm mit dem Sturz und dem Schmerz auch das Bewußtsein wieder. Aber da war er fast schon unten, in den Fransen des Felsenteppichs, und die Murmeltiere hatten sich in Ziegen und Schafe verwandelt.

Den Rest des Nachmittags ging nichts mehr von selber, der Berg blieb stumm und abweisend. Kaufner kaute und schmeckte sich von Wegmarke zu Wegmarke, er beschleckte den Fels und legte sein Ohr daran. In seinen wachen Momenten war ihm sehr wohl klar, daß ihm die Kraft nicht mehr reichen würde, beliebig viele Umwege zu gehen. Du mußt haushalten mit deinen Schritten, flüsterte er sich zu, du hast noch Großes vor.

So ging es hinkend bergab, Serpentine um Serpentine, während sich die Welt unter ihm belebte: Hunderte an Schafen und Ziegen zogen in langgestreckten Formationen quer durch die Senke, dazu Dutzende an Kühen, ein paar Hunde, Esel, bald stand eine einzige große Staubwolke darüber, erfüllt vom Geschrei der Tiere. Je tiefer Kaufner kam, desto häufiger mischte sich das Gebrumm großer Fliegen und Bremsen darunter, die ihm arg zusetzten. Wieder einmal biß er sich in den Handballen, doch als er am Fuß der Felsklippen angekommen, lag da tatsächlich, angeschmiegt ans Gelände, das Bollwerk einer Schäferei, weitläufig umgeben von einer Mauer aus geschichtetem Gestein, darin mehrere Pferche für die Tiere. Auch sie mannshoch durch Mauern aus Felsbrocken voneinander getrennt, eine gewaltige Trutzburg.

Wären die Herden nicht gerade zurückgekehrt, Kaufner wäre an der Anlage glatt vorbeigegangen. Die Schäferhütte selbst wie eine winzige Zitadelle geduckt inmitten der Wallanlagen, auf daß sie nachts durch die Herden rundum gewärmt wurde; da und dort ein gedeckter Unterstand; ein Stall; ein einzelner knorrig kleiner Baum. Je näher man kam, desto dichter war der Hang mit Kot und Abfall besprenkelt, in einige Felsen waren Silhouetten von Tieren gemeißelt. Die Festung unterschied sich in nichts von den anderen, die Kaufner im Turkestanrücken kennengelernt. Allenfalls die Granitbrocken, aus denen sie errichtet, waren von auffällig intensiver Schwärze, wie man sie sonst nicht sah. Als Dächer waren dicke Äste eingezogen, deren Enden über die Mauern hinausragten, und mit Grassoden bedeckt. Türhoch das Feuerholz an den Außenwänden der Hütte gestapelt. Auf allen Wällen lagen Kuhfladen zum Trocknen, auf allen Dächern Eisenteile, alte Schuhe, Schüsseln (manche davon entzweigebrochen), Heu, Erde, prallgestopfte Plastiktüten.

Mittlerweile strömten die Herden in die Anlage, mehrere Kinder waren auf ernste Weise dabei, die Sache zu beaufsichtigen, damit Ziegen, Schafe, Kühe in die für sie bestimmten Steinumfriedungen gelangten. Die kleinen Kälbchen hatten ihr extra Quartier, einige Böcke desgleichen. Nur selten mußte mit einem Stein nach einer Ziege geworfen werden, die allzu weit von der Herde abgekommen, meist reichte ein Pfiff. Die Kühe gingen sowieso zielstrebig hinter ihrer Leitkuh, eine nach der anderen. Still auch die Hunde, sie sprangen bloß kurz auf Kaufner zu, um sich seiner zu vergewissern, schlugen nicht mal an.

Als Kaufner die Felsenburg erreicht hatte, herrschte Hochbetrieb. In den diversen Höfen der Umwallung dichtes Gedränge, von außen drückten stetig weitere Tiere herein, die Kälber riefen von der einen Seite der Hütte, wo man sie eingepfercht hatte, die Muttertiere von der anderen, wo sie der Reihe nach gemolken wurden. Erst wenn die Melkerin (die einzige Erwachsene, wahrscheinlich die Frau des Schäfers) mit einer Kuh fertig war, durfte ihr Kalb herüberwechseln, ein kleines Mädchen am Gatter wartete auf das Zeichen, um das betreffende Tier loszuschicken.

Auf diese Weise wurde es langsam ruhiger. Ähnlich verfuhr man mit den Lämmern und den Zicklein; auch hierbei überwachte das Mädchen die streng geregelte Wiederzusammenführung der Muttertiere mit ihren Jungen. Unterm Kopftuch strömten ihr dick die schwarzen Haare hervor, kaum zum Pferdeschwanz gebändigt. Sie beachtete den Fremden ebensowenig, wie es die anderen Kinder taten oder gar die Frau. Kein Gruß, kein Wort, kein Blick. Kaufner setzte sich, um alles in Ruhe zu verfolgen und auf den Schäfer zu warten. Vielmehr, um Mutter und Tochter zu beobachten, wie sie einander stumm zuarbeiteten. Immer wieder setzten sich die Fliegen gezielt in seine Augenwinkel, fette, wohlgenährte Brummer. Es war eine Plage, nebenbei war er damit beschäftigt, Erinnerungen zu verscheuchen.

Mit den letzten Nachzüglern der Herde kamen ein Esel, ein schwarzweiß geflecter Hund, der Schäfer im knielangen Überwurf. Indem er Kaufners ansichtig wurde, legte er sogleich die Rechte aufs Herz, rief ihm den Willkommensgruß zu. Ein Tadschike, natürlich. Wie zur Bestätigung kippte er den Oberkörper vor und spuckte kräftig aus. Kaufner hatte zuviel an Felsbrocken gehabt, an Sonne, an Staub, er wäre dem Schäfer gern entgegengegangen, die Hand zu schütteln, am liebsten lang anhaltend und mit beiden Händen. Seine Knie zitterten aber noch so sehr, daß er gerade mal aufstehen konnte.

»Kommst du aus Samarkand?«

»Samarkand?« Kaufner mußte nicht lange nachdenken: »Nein, ich komme aus Samarkand.«

Der Schäfer lachte. Warum Kaufner so spät dran sei, fragte er mit gespielter Sorge (wie es schien), er habe ihn erwartet.

Kaufner hätte sich gern in den Handballen gebissen. Ohnehin sah der Schäfer einem der Alten aus dem Teehaus *Blaue Kuppeln* verblüffend ähnlich: dieselben grauweiß gemusterten Brauen, buschig über den Augen hängend, dieselben unergründlich grauen Augen, dieselben abstehenden Ohren. Seine goldenen Schneidezähne leuchteten prächtig im Abendlicht. Sogar sein grauer Umhang schimmerte so malvenviolett wie derjenige des Alten im Teehaus *Blaue Kuppeln*. Dazu der weiße Turban, aus dem das Ende des Tuchs auf die linke Schulter herabzipfelte – er konnte's doch nie und nimmer sein? Mit einer Würde stand er da, die man in den Tälern kaum mehr kannte, ein rüstiger Greis in Gummischuhen. Sein Tadschikisch klang hart, aber gerecht. Er schien nichts als ein aufrechter Schäfer zu sein, vom Leben gegerbt, nicht jedoch gekrümmt. Auch wenn er mit seinen Bemerkungen Gelegenheit gab, weit mehr in ihm zu vermuten.

»War ich denn für heute angekündigt?«

Kaufner überlegte fieberhaft, was der Schäfer über ihn wissen konnte, ob die Abfolge ihrer Begrüßungworte gar die Parole oder nur eine weitere zufällige Merkwürdigkeit ergeben hatte.

»Na ja, angekündigt nicht direkt. Aber irgendwann kommt ihr schließlich alle hier vorbei.«

Kaufner ließ sich nichts anmerken. Daß er nicht der erste war, der es bis zur Schäferei geschafft, davon hatte er ausgehen müssen. Das Geröllfeld auf der anderen Seite des *Leeren Berges* habe ihm arg zugesetzt, erklärte er dem Schäfer, ansonsten wäre er vielleicht einen Tag früher gekommen.

Da sei doch kein Geröllfeld! versetzte der Schäfer. Außerdem sei das nicht der *Leere Berg*, sondern – er wies auf die gegenüberliegende Seite der Senke, wo jeder Hang bis in seine Furchen und Schrunden mit dem roten Licht der sinkenden Sonne ausgefüllt war – der da drüben, der hinterm See.

Kaufner schilderte das Geröllfeld vom Wunschbaum bis zum Heiligengrab am Gipfel, der Schäfer schüttelte beharrlich den Kopf: Derartige Geröllfelder kenne er zwar aus dem Pamir, aber im Turkestanrücken gebe es nirgendwo welche. Nirgendwo! Seit zwanzig Jahren sei er jeden Sommer mit seinen Herden hier oben, er kenne jeden Stein und jeden Pfad. Kaufner habe alles nur geträumt.

»Und das, hab ich das auch geträumt?« zeigte Kaufner auf sein geschwollenes Knie, »bilde ich's mir bloß ein, daß es weh tut?«

Der Schäfer war gutmütig genug, nicht darauf einzugehen. Sein Name war Nazardod; daß sein Besucher Ali hieß, wußte er bereits. Kaufner war darüber noch nicht mal sonderlich überrascht. In den Bergen wußten sie immer Bescheid, wahrscheinlich waren die Jungs vor ihm vorbeigekommen. Ob der Schäfer mit ihnen zusammenarbeitete? Er war weniger mißtrauisch als alle, die Kaufner bislang in diesem Gebirge kennengelernt hatte; vielleicht lag es daran, daß seine Sommerweiden nicht direkt im Hochplateau lagen, daß sie also … nicht zum Reich des Sultans gehörten?

Oh, der Sultan. Nazardod kannte ihn, winkte aber gleich ab, über den wolle er nicht reden.

»Woher weißt du dann, wie ich heiße?«

»Na ja, da hat jemand gefragt, ob du hier warst. Ein total vermummtes Kerlchen, du hast es sicher schon mal gesehen.«

Kaufner biß sich auf die Lippen. Nun würde es wirklich sehr bald sehr ernst werden. Der Schäfer lud ihn ein, für drei Tage sein Gast zu sein (»und das Knie vollends ausheilen zu lassen«), dann müsse Kaufner weiter, so wolle es das Gesetz der Berge.

Er werde ihm die Hütte überlassen und mit Frau und Kindern bei den Tieren schlafen.

»Hier bist du die Nacht über sicher, Ali, da geht keiner. Nicht mal ich selber.«

Solang es noch hell war, zeigte er seinem Gast den Bach, der in einiger Entfernung zur Senke strebte. Ein Felsblock war quer hineingelegt, damit sich das Wasser darüber wie ein kleiner Wasserfall ergoß, das war die Stelle, an der man sich hätte waschen können. Auf dem Rückweg zwei barfüßige Buben, die einem Eselfohlen die Nüstern aufschlitzten, damit es mehr Luft bekomme. Zurück an den Wallanlagen der Pferche, erklärte Nazardod voll Stolz seine Herden, wies auf die farbig markierten Hörner und eingekerbten Ohren: So könne er jedes Tier seinem Besitzer zuordnen, schließlich hüte er die Herden aller fünfzehn Familien seines Dorfes. Darunter ein Schaf mit vier Hörnern. Längst habe er es opfern wollen! Aber der Imam sei der Meinung, mit seinen zwei zusätzlichen Hörnern sei kein Geringerer als der Scheitan hineingefahren; daraufhin habe man es nicht mehr gewagt, das Schaf zu schlachten.

Zurück bei der Schäferhütte, war im Unterstand, der sich geduckt als Sommerküche daranlehnte, das Herdfeuer entfacht. Zwar waren die Pferche ohnehin mit einer durchgehend schwarzen Kotschicht bedeckt, aber sobald man die getrockneten Fladen verbrannte, gewann der allgemein vorherrschende Geruch deutlich an Schärfe. Jetzt wurde Kaufner auch durch Nazardods Frau begrüßt, wenngleich nur aus einigen Metern Entfernung. Jeder zweite ihrer Zähne war vergoldet, im Ober- wie im Unterkiefer, ein regelmäßiges Streifenmuster in Gold-Weiß. Während sie von ihrem Mann vorgestellt wurde, lächelte sie ununterbrochen, ein besonders kostbares Zebralächeln. Sofort wandte sie sich wieder der gemolkenen Milch zu; man kochte sie in einem riesigen Kessel ab, um sie anschließend in Kannen und Plastikkanister abzufüllen. Die Küche war so niedrig an die Hütte angebaut, daß man darin bloß hockend hantieren konnte. Fünf Kinder drängten sich scheu darin und davor herum, sie lehnten Kaufners Kekse stumm ab, wagten nicht einmal, untereinander zu tuscheln. Auch das Mädchen, das vorhin die Kälber, Lämmer und Zicklein zu ihren Muttertieren geschickt hatte, war darunter, nun ohne Kopftuch. Kaufner sagte Nazardod, daß es ihn an ein anderes Mädchen erinnere, der Schäfer freute sich darüber, das sei ein gutes Zeichen. Als er seine Tochter herbeirief und kurz auf sie einredete, klang sein Dialekt noch eine Spur kehliger. Das Mädchen errötete und machte einen unbeholfenen Knicks, dann durfte sie wieder ihrer Mutter helfen.

Die Schäferhütten in den Tadschikengebirgen waren in ihrer Ausstattung aufs Allernotwendigste beschränkt, aber diese hier hätte auch die Steinklause eines Einsiedlers sein können, so karg war sie. Die Tür kaum mehr als eine Einstiegsluke in eine stockdunkle Höhle, man mußte sich tief bücken, um einzutreten. Die Höhle ein einziger Raum, an die fünf mal fünf Meter, gestampfter Boden, teilweise bedeckt von kleinen Schafwollteppichen. In seiner Mitte der Bollerofen und einer der Stützbalken; an zwei Wänden umlaufend das Mauerpodest für die Nachtlager. Nachdem der Hausherr eine kleine Benzinfunzel entfacht hatte, sah man vor allem schwarze Felsbrocken, die Fugen mit Lehm verschmiert, zwischen den Deckenbalken die Unterseite der Grassoden, mit denen das Dach belegt war. Eine Lichtluke in der Seitenwand – eher Schießscharte als Fenster. Kaufner möge sich nach Belieben einrichten, lud Nazardod aufs herzlichste ein, er selber habe noch kurz nach den Tieren zu sehen.

Schon beim Betreten der Schäferhütte war Kaufner ein Geruch entgegengeschlagen, derart penetrant, daß er sich fast übergeben hätte. Der Geruch von getrockneter Schafscheiße, von Fell, altem Teppich, Feuchtigkeit, von verfaulendem Nahrungsrest und Tabak, nicht zuletzt auch von Schweiß. Kaufner inhalierte. Vor allem die Dünste, die aus den filzartigen Decken der Lagerplätze kamen, stiegen ihm zu Kopf. Sie waren aus Schaf- oder Ziegenhaar geflochten, darunter lagen dicke braune und schwarze Schafwollvliese, Kaufner roch so lange daran herum, bis ihm schwindlig wurde. Darunter wiederum Bretter, grob zusammengenagelt, von Plastikplanen bedeckt. Kaufner blickte sich um, entdeckte an den Wänden eine Gebetskette, über einem Nagel hängend, daneben einen winzigen Spiegel. Wie er näher trat, war darin ein verwahrloster Kerl zu sehen, struppig, braun, mit tiefen Kerben im Gesicht, ein anderer als der, den er kannte.

Nun kam das Mädchen herein, um eine Teekanne auf den Bollerofen zu stellen und ein Feuer darin zu entfachen. Kaum brannte das Holz, schob sie Kuhfladen nach, kaum brannten die Fladen, stank es noch strenger als zuvor, verschwanden freilich Fliegen und Bremsen. Um dem Mädchen nicht allzu aufdringlich zuzusehen, betrachtete Kaufner die rußgeschwärzten Stützbalken, las die Namen, die frühere Gäste hineingeschnitzt hatten, zum Teil mit Datum: Dalir, Umil, Shams, Killroy (mit zwei l), aber auch Gulnara, Lenara, Malika und andere Frauennamen. Das Mädchen, seinerseits Kaufner beobachtend, forderte ihn mit einer Geste auf, seinen Namen dazuzuschreiben. Sie war deutlich jünger als Shochi, hatte jedoch denselben intensiven Blick.

Erst als sie die Hütte verlassen hatte, holte Kaufner sein Messer hervor. Weil er aber plötzlich den Schäfer draußen mit seiner Frau sprechen hörte, ließ er es schnell wieder verschwinden. Gerade mal ein »K« hatte er ins Holz eingeritzt. Das Teewasser kochte. Nazardod trat ein, erkundigte sich nach dem Wohlbefinden seines Gastes, merkte an dessen verhaltener Reaktion sogleich, daß er ihm ein paar Worte, wenn nicht zur Entschuldigung, so doch zur Erklärung zukommen lassen sollte:

Ja, es liege ein Zauber auf der Hütte, zu spüren auch von ihm, obwohl er sich natürlich längst daran gewöhnt habe. Ein dunkler Zauber. Bislang habe jeder Gast schlecht darin geschlafen, Kaufner werde keine Ausnahme machen. Es liege an den Felsen, sie seien vom *Leeren Berg* und verursachten schlimme Träume. Wahrscheinlich klebe Blut daran. Schon vor Generationen sei die Hütte gebaut worden, alljährlich werde sie nach der Schneeschmelze – wie jede andere Schäferhütte – vom ganzen Dorf repariert. Er selbst habe mit den verzauberten Steinen nichts zu tun, im Gegenteil, Steine von diesen Gräbern hätte er gewiß nie verwendet. Aber solle er die Hütte deshalb abreißen? Geeignete Steine, aus denen man sie hätte wieder aufbauen können, wären in der Nähe schwer zu finden gewesen. Und die Sommerweiden seines Dorfes seien nun mal seit eh und je in jenem Tal, man könne sie nicht einfach verlegen, ohne in Konflikt mit anderen Dörfern zu geraten.

Hier oben war der Krieg noch nicht angekommen, jedenfalls für Schäfer, die sich ans Gesetz der Berge hielten. Doch die Gräber am *Leeren Berg* (es waren also wirklich deren mehrere!), wieso redete Nazardod derart offen darüber? Er schien davon auszugehen, daß jeder, der es bis zu ihm geschafft hatte, sowieso wußte, daß ebendarunter … das Objekt war. Das Objekt! Umgeben von einem Friedhof, wie's die Säufer in Samarkand behauptet hatten, einer regelrechten Totenstadt. Der Weg dorthin? Ein Leichtes. Man könne ihn von seiner Hütte aus sehen, morgen werde er ihn Kaufner zeigen.

Längst saßen sie und tranken ihren Milchtee. Auf dem gußeisernen Kuhfladenofen kochte inzwischen eine Gemüsesuppe. Draußen hörte man Nazardods Frau hantieren und den Kindern Anweisungen geben. Von allen anderen Seiten der leis an- und abschwellende Gesang der Tiere. Der Schäfer sah im matten Licht der Benzinlampe erst recht wie der Alte im Teehaus *Blaue Kuppeln* aus, obgleich er den Mantel nun abgelegt und eine abenteuerliche Hose zum Vorschein gebracht hatte, offensichtlich aus einer US-Fahne geschneidert, vor allem aus Sternen auf blauem Grund. Als er herausbekommen hatte, daß sein Gast und er im selben Jahr geboren waren, holte er die Wodkaflasche (*Kaliber*). Seltsam, Kaufner hätte ihn viel älter geschätzt. Aber vielleicht schätzte man mittlerweile auch ihn viel älter ein, es war sein dritter Sommer im Gebirge, sein Gesicht war fast so sonnverbrannt und staubgefurcht wie das des Schäfers. Als Nazardod herausgefunden hatte, woher sein Gast kam, wollte er die große arische Verbrüderung gleich mit einem weiteren Wodka besiegeln – er war genauso tadschikisch wie jeder andere Tadschike. Kaufner seinerseits war entschlossen, daraus seinen Vorteil zu ziehen:

Ob er schon mal in Samarkand gewesen?

Aber natürlich, Ali. Nazardod sah ihn mit gütig zerknitterter Miene an. Mehr wollte er dazu nicht sagen.

Ob er schon mal von Timur gehört habe?

Dem Bluthund? Ein heitertrauriger Blick aus grauen Augen, das war alles. Auch für ihn war Timur einer, der nichts als Unheil über die Heimat der Tadschiken gebracht hatte, keine Frage. Er würde nicht am Schutz seines Grabes interessiert sein. Ehe ihn Kaufner jedoch direkt darauf ansprechen konnte, wurde das Abendessen serviert, Schafffleisch in Schaföl. Selbstgebackenes Fladenbrot. Selbstgemachte Butter, die man mit dem Löffel aufs Brot strich. Die Gemüsesuppe vom Ofen. Gezukkerte fette Milch in Schalen. Joghurt. Nazardods Frau und die Kinder servierten. Dann setzten sie sich in die Türöffnung und sahen zu, wie die beiden miteinander aßen.

※

Jede Mahlzeit in diesen Gebirgen begann mit dem rituellen Zerreißen der Brotfladen durch den Hausherrn. Gleich nach dem Gebet hatte er die Stücke auf der Decke zu verteilen, zwischen den Schüsseln und Tellern der servierten Speisen. Und bis zum Ende der Mahlzeit hatte die Sorgfalt des Gastgebers im Brotbrechen und -zuteilen zu währen; achtloses Fallenlassen von Brotresten auf die Decke galt als Vergehen; selbst das kleinste Fladenstück mußte mit dem Boden nach unten liegen. Die Spielregeln waren überall dieselben, Kaufner hielt sich daran. Gegessen wurde in bedächtiger Langsamkeit und schweigend; sofern ein Kind ermahnt werden mußte, geschah es im Flüsterton. Nur mit Kaufner redete der Schäfer in normaler Lautstärke. Die besten Fleischstücke, die er auf seinem Teller fand, ergriff er mit drei Fingern und legte sie ohne weitere Umstände auf denjenigen seines Gastes. Kaufner aß und schwieg. Mal stank das Feuer mehr, mal weniger, je nachdem, mit welcher Art Kot es gerade beheizt wurde. Kaufner hätte sich am liebsten übergeben. Regelmäßig half der *Kaliber.*

Brot wegwerfen war eine Sünde, Nazardod sammelte die Bruchstücke, auch die angebissenen, nach dem Essen ein und verpackte sie sorgfältig in einer Plastiktüte. Dann überraschte er seinen Gast mit der Frage, warum er den weiten Weg von Deutschland hierher auf sich genommen habe.

»Weil es ein Ende haben muß mit der *Faust Gottes,* deshalb.« Kaufner hatte keine Kraft mehr zu leugnen. Solange er es im Turkestanrücken mit Tadschiken zu tun gehabt hatte, war er mit solch direkten Antworten ja meist auf der sicheren Seite gewesen. Der Kalif und jede Art von Gotteskriegertum waren den Tadschiken verhaßt; wenn sie nicht von den Russen besetzt worden wären, wer weiß, sie hätten sich vielleicht sogar auf die Seite des Westens geschlagen. Damals, als man daran noch eine Hoffnung hatte heften können.

Auch in dieser Hinsicht machte Nazardod keine Ausnahme, da hatte sich Kaufner nicht in ihm geirrt, er war Tadschike durch und durch. Nach der markigen Antwort seines Gastes griff er sofort zum *Kaliber*, darauf wollte er trinken. Kaufner war nicht der erste, den er bewirtete, er würde nicht der letzte sein. Wer weiß, wie oft er über seine Gäste schon den Kopf geschüttelt hatte:

»Guck mal, Ali. Selbst wenn es irgendwann ein Ende damit nähme, dann nähme eben was anderes seinen Anfang – *Der Wahre Weg*, *Das Fundament*, *Die Klare Quelle* oder wie immer es heißen wird. Du wirst doch solche Menschen nicht aus der Welt schaffen können.«

Nazardod meinte es ernst. Er wollte seinen Gast zur Umkehr bewegen, noch sei's dazu nicht zu spät. Und sagte ihm aufs Gesicht zu, daß er sich nur deshalb für Timur und dessen Grab interessiere, weil er es zerstören wolle. »Du bist der erste nicht, Ali, und du wirst der letzte nicht sein. Im Grunde seid ihr auch nicht besser als die von der *Faust*.«

Der Schäfer war weit mehr als ein aufrechter Schäfer, Kaufner hatte es längst vermutet. Er wußte über alles Bescheid, hatte zu allem eine Meinung und hielt sich aus allem heraus. Gewiß hatte er noch weitere Ratschläge zu geben. Es war sehr heiß in der Hütte, Kaufner wurde zusehends müde, er hatte keine Kraft mehr, Gutgemeintes zu erörtern.

Er wolle das Grab nicht zerstören, versicherte er.

»Und auch den Wolfszahn nicht, den du darin vermutest?«

»Einen Wolfszahn? Wer sagt *das* denn?« Nun hatte sich Kaufner verraten, er sah es an der Miene des Schäfers.

»Ali«, schenkte der eine Runde Wodka aus, »dein Lager ist bereit, aber wenn du willst, erzähle ich dir die Geschichte.«

Er reichte seinem Gast das Glas, wie immer randvoll gefüllt, so gehörte es sich.

»Dann kannst du morgen immer noch entscheiden, ob du

finden kannst, was du suchst. Oder ob du nicht lieber zurückgehen willst.«

Die Geschichte von Timurs Wolfszahn. Die Geschichte von Timurs Marmorkugel. Timurs Korankugel. Die Geschichte von Timur und Nazira. Von Timur und Toktamisch. Bei jedem Volk heiße sie anders, jedes Volk erzähle sie anders. Kaufner war wieder wach, *diese* Geschichte wollte er auf jeden Fall hören. Und Nazardod, weiß Gott, er wußte sie zu erzählen! Es war nicht das erste Mal, daß er es tat, und es würde nicht das letzte Mal sein. Aber er tat es auf eine Weise, als erzähle er um sein Leben, sein eigenes Leben. Bald glaubte Kaufner, daß er nur deshalb jahrelang hatte suchen müssen, um Nazardods Schäferhütte zu finden und die Geschichte, die ihn darin erwartet hatte. Nichts auf seinem Weg war im Rückblick ein bloßer Zufall gewesen, alles hatte sich schicksalhaft zusammengefügt. Auch Nazardod war ihm vorherbestimmt gewesen, man sah es schon an der Art, wie er sich in die Brust warf, man hörte es an der Art, wie er die Einleitungssätze intonierte, die am Anfang jeder Geschichte zu stehen hatten. Es war nicht das erste Mal, daß Kaufner einem Geschichtenerzähler in einem der Bauernhöfe oder einer der Schäferhütten lauschte. Allerdings noch nie einem, der in seinen Zuhörer fuhr wie der Leibhaftige, als wolle er ihn mit seinen Worten vom rechten Glauben abbringen:

Alle Geschichten kommen aus Samarkand, wie du weißt. Dies ist die Geschichte von Timur-lenk, Timur dem Lahmen, der bei euch auch Tamerlan genannt wird. Der Sage nach wurde er mit einem Klumpen geronnenen Blutes in der Faust geboren wie einst Dschingis Khan; und wieder prophezeiten die Schamanen, daß es ein gewaltiger Krieger werde: Timur, der Herr der Glückskonjunktion, der Großmächtige Sultan, Allergnädigste

Khan und König des Diesseits – Gott heilige seine Grabstätte! Timur, der Große Wolf, der Blitz, das Eisen, die Faust Gottes! Kaum leckt sich der Säugling in der Wiege die Muttermilch von den Lippen, nennt er sogleich Timur bei seinem Namen! Die ganze Welt preist ihn, möge ihm Gott einen Platz an seiner Seite eingeräumt haben!

So beginnt die Geschichte, wenn sie ein Usbeke erzählt. Dabei war Timur gar keiner der ihren, erst hundert Jahre später kamen sie nach Samarkand. Er war Tatar, anfangs nur ein kleiner Emir unter vielen, Abenteurer und Pferdedieb, der nicht mal lesen und schreiben konnte, ein Söldner, der sich wechselnden Herren andiente. Im Norden die mongolischen Banditen, im Süden das gotteslästerliche Treiben der iranischen Diadochen, im eigenen Land das Chaos der Clanherren – es sollte ein paar Jahrzehnte dauern, bis Timur die Herrschaft fest an sich gerissen und alles rundum unter dem Willen des Himmels vereint hatte, von Konstantinopel bis China, von Moskau bis zu den Mamelucken in Kairo, von Damaskus bis Delhi: Solch ein Eroberer wird man nicht aus freien Stücken, dazu ist Schmerz vonnöten. Von diesem Schmerz will ich erzählen.

Erzählen will ich vom alten Timur, von den schweren Jahren, die auf das Schicksalsjahr 1388 folgten, da war er bereits über fünfzig und auf dem Weg, der schlimmste Bluthund zu werden, den die Welt gesehen, der schlimmste Schlächter im Zeichen des Glaubens, möge ihm Gott einen Platz in der Hölle angewiesen haben! Sein einstiger Ziehsohn Toktamisch hatte die Blaue mit der Weißen Horde vereint; als Goldene Horde beherrschte sie Rußland bis weit über die Wolga hinaus nach Westen und im Osten bis zum Aralsee hinab. Schon im Herbst 1387, während Timur im Iran wütete, Dutzende von Tagesreisen entfernt, waren Toktamischs Streiftrupps plündernd bis nach Shar-i Sabs vorgedrungen, hatten Buchara belagert und Timurs Statthaltern da und dort Niederlagen beigebracht.

Im Januar 1388, da der Gebieter selbst in Gewaltmärschen nahte, um seine Hauptstadt vor Toktamisch zu schützen, zogen sich dessen Truppen schnell wieder zurück und verschwanden in den weiten Steppen jenseits des Aralsees. Nicht ohne zuvor noch einen Teil von Timurs Harem zu rauben, der ihnen zufällig in die Hände gefallen. Schmählich genug! Darunter eine Sklavin namens Sitora, eine Zigeunerin, die Timur einst von einem afghanischen Bergfürsten übernommen, nachdem er ihn erschlagen und ihm, sein Leichnam dampfte noch, den Wolfszahn vom Hals gerissen hatte. Den Wolfszahn, den bereits Dschingis Khan getragen und ins Blut seiner Opfer getaucht! Über die Generationen hinweg war er vererbt, geraubt, erpreßt, als Zeichen der Unterwerfung auch verschenkt worden, ein Amulett von höchster Symbolkraft. Timur fühlte sich als legitimer Nachfahr Dschingis Khans, der sein Weltreich neu errichten würde, er *mußte* den Zahn haben, dafür war jeder noch so fadenscheinige Anlaß zum Krieg gerade recht gewesen. Nun hatte er dazu Sitora. Der Fürst war mit ihr, obwohl Zigeunerin, also aus unstatthaften Verhältnissen stammend, sogar die Ehe eingegangen; und die Sitte verlangte, Frauen des besiegten Feindes dem eigenen Harem zuzuführen. Aber Sitora ließ sich nicht so einfach ... zuführen. Sie blieb widerspenstig selbst noch in Samarkand, jähzornig, hochfahrend, unbezähmbar. Timur war froh, daß er sie fortan bei Toktamisch wußte. Wenn nur der Raub des Harems nicht an sich eine solche Schande gewesen wäre!

Nazardod erzählte mit vorgerecktem Kinn und geschlossenen Augen, als ob er den Text der Geschichte vor seinem inneren Auge sah und seinem Zuhörer Satz für Satz vorlas. Sobald der Ofen gar zu sehr kokelte, unterbrach er kurz, um sich die Asche aus dem Hals zu husten. Nun schlug er die Augen auf, vielleicht weil er sich der Aufmerksamkeit des Gastes vergewissern wollte, vielleicht weil ihn ein Tier aus seiner Herde gerufen hatte und er überlegte, dem Ruf Folge zu leisten. Schon schloß er die Augen indessen wieder:

Meine Geschichte erzählt vom Krieg Timurs gegen Toktamisch und das Reich der Goldenen Horde. Du weißt, das ist ein Bruderkrieg, sie stammen beide von den Mongolen ab, du könntest auch sagen: direkt von Dschingis Khan, und du hättest nicht gelogen. Mehr noch, Timur hatte den jungen Toktamisch mit allen Ehren aufgenommen, als dieser, nach mißglückter Revolte gegen seinen Onkel, an den Hof von Samarkand geflüchtet. Ein Pfeil, der ihm den Fuß durchbohrt, wurde von Timurs Feldscher herausgezogen und das Loch im Fuß mit einem glühenden Eisenstab ausgebrannt, der verletzte Toktamisch zuckte nicht, stöhnte nicht, klagte nicht. Da schloß ihn Timur wie einen Sohn in sein Herz. Nachdem er ihm zum Sieg über seine Widersacher und zur Herrschaft über die Goldene Horde verholfen, ließen sie zum Abschied einen Hengst, einen Stier, einen Widder und einen Hund, allesamt von weißer Farbe, gleichzeitig töten: So solle es ihnen ergehen, sofern sie das Bündnis brächen und gegeneinander ins Feld zögen.

Schon wenige Jahre später war es dann doch soweit. Und mit dem Raub des Harems auf Anhieb richtig schlimm; die Geplänkel, die sich Toktamischs Truppen mit denen von Timur im Kaukasus geliefert, am Aralsee oder andernorts, wo die beiden Riesenreiche zusammenstießen, waren dagegen nichts gewesen. Toktamisch suchte Timur zu beschwichtigen, schickte Gesandte mit kostbaren Neunergeschenken, darunter eine Herde Rennesel, im Begleitschreiben seinen Wunsch nach ewigem Frieden bekundend. Leider konnte er's sich nicht verkneifen, darin die »Beweglichkeit« Sitoras zu rühmen, sie habe »zumindest den Teufel im Leib«. Er sei guten Mutes, ihren Widerstand mit der Kraft seiner Männlichkeit brechen zu können.

Timur bewirtete die Gesandten mit einem Festmahl, wie es sich gehörte, ließ sie anschließend verprügeln und schickte sie zurück, sein Gegengeschenk zu überbringen: Jungfrauen aus Kaschmir, die ihrer Schönheit wegen damals die höchsten Preise auf den Sklavenmärkten erzielten. Er hoffe, so ließ er Toktamisch ausrichten, sein Sohn wisse auch deren Qualitäten gebührend zu würdigen.

Die Anrede als »Sohn«, die jeden, der nicht sofort mit Krieg reagierte, zu Timurs Schutzbefohlenem gemacht hätte, ließ Toktamisch stillschweigend auf sich beruhen. Er hatte beschlossen, sie als Anspielung auf die Zeit zu verstehen, da er zu Timurs eigenem Blut gerechnet wurde, nicht als Ausdruck eines Herrschaftsanspruchs. Statt sich formell zu unterwerfen und den Lehnseid zu schwören, schickte er erneut Neunergeschenke, darunter eine Herde Apfelschimmel. Und seinen schwarzen Eunuchen.

Timur war empört. Er ließ den Gesandten die Bärte absengen, ließ sie schminken, verschleiern, auf ihre Pferde binden und, solcherart entmannt, zurücksenden zu ihrem Herrn. Bei den Mongolen und all jenen, die sich als ihre Nachfahren empfanden, galten Gesandte als unantastbar; das allein kam einer Kriegserklärung gleich. Dazu dann aber auch noch Timurs edelster Jagdfalke, mit juwelenbestickter Haube und Fessel, ein solch großes Geschenk würde Toktamisch nicht erwidern können.

Der Khan der Goldenen Horde ließ zwei Jahre verstreichen, ehe er sich zu einer Antwort bequemte. Timur nützte die Zeit, um die unvermeidliche Auseinandersetzung vorzubereiten, indem er in Mogolistan einfiel, sodann meuternde Fürsten und aufständische Stämme reihum an den Reichsgrenzen heimsuchte, damit sie ihm während seines Kriegszuges gegen Toktamisch nicht mehr in den Rücken fallen konnten. Mühsam war das Geschäft des Welteroberers, immer aufs Neue mußte man erobern, was man längst erobert und kurz darauf wieder verloren, weil man andernorts anderes erobert hatte. Gleichzeitig mußten die Wege, die ins Feindesland führten, durch Kaufleute ausgekundschaftet, mußten Spitzel am Hof von Toktamisch eingeschleust, mußte das Grenzland zur Goldenen Horde zum militärischen Aufmarschgebiet ausgebaut werden: vor allem durch Anbau von Getreide, damit im Jahr darauf die Verproviantierung sichergestellt war. In Herbst 1390 konnte Timur eine Armee von zweihunderttausend Söldnern versammeln und mit ihr sein Winterlager bei Taschkent beziehen.

Auch die Kundschafter von Toktamisch konnten es nicht übersehen. Anfang Dezember schickte der Khan der Goldenen Horde eine Gesandtschaft, im letzten Moment die Gnade des Teppichkusses erbittend, ein Friedensangebot und Beschwichtigungsgeschenke überbringend: eine Herde Araberhengste. Dazu seine Lieblingskonkubine, eine persische Prinzessin namens Nazira, die ihm auf seinen Kriegszügen vom eigenen Vater als Zeichen der Unterwerfung geschenkt worden. Eine Königstochter vom Glauben der Feueranbeter, mithin eine Götzendienerin, jedoch von einer Schönheit, daß die Vögel vor ihr zu Boden stürzten und das Wasser im Krug vor ihr zurückwich, aus Angst, sie zu berühren: Alles an ihr lang und schmal und blaß und fremd. Ihre Augen so rund und so blau, Timur mußte den Blick zu Boden schlagen. Er begehrte ihrer derart heftig, daß er sie gegen jede Sitte noch vor den Augen der Gesandtschaft in sein Zelt geleiten ließ.

Ein solches Geschenk ließ sich nicht erwidern. Timur war es, der den Krieg erklären mußte, vielleicht hatte es sein Ziehsohn ja darauf angelegt gehabt. Vierzig Tage lang, berichten die Chronisten, lag Timur mit Fieber krank auf dem Lager. In Wirklichkeit lag er vierzig Nächte lang berauscht, ohne von Wein oder vergorener Stutenmilch gekostet zu haben. Als günstigste Jahreszeit für einen Kriegszug galt freilich der frühe Frühling, da waren die Flüsse noch vereist und konnten leicht überschritten werden, versank der Troß noch nicht im

Schlamm der aufgetauten Wege. Timurs Feldherrn drängten. Die Sterndeuter errechneten das von Gott vorgesehene Datum des Aufbruchs. Die Befragung des Sandes brachte ein Ergebnis, das großes Heil verhieß.

Lange Jahre hatte Timur alles getan, um diesen Krieg nicht führen zu müssen. Gegen den eigenen Ziehsohn ins Feld zu rücken kam ihn jetzt schmerzlicher an als jegliches, was er bislang hatte planen, anordnen, durchführen müssen. Und das nun auch noch als ein Frischverliebter, dem der Sinn nach diesem und jenem stand, nur nicht nach Gewalttritten, Geplänkeln, Gemetzel! Schweren Herzens schickte er Nazira nach Samarkand, nachdem er Anordnung gegeben, dort sämtliche Straßen mit Teppichen für sie auszulegen und mit Blumen zu bestreuen – im Winter, Ali, im Winter!

Um die Schmach seines Verhaltens zu tilgen, ließ Timur die Gesandten erdrosseln und, nachdem ihnen die Haut abgezogen, mit Spreu ausstopfen: So wurden sie, auf ihre Pferde gebunden, mit beigegebener Kriegserklärung zurückgeschickt. Wenigstens konnten sie zu Hause nicht überall herumerzählen, wie lächerlich sich Timur bei Entgegennahme der Geschenke gemacht hatte!

Die Sterndeuter hatten den 19. Januar 1391 für einen glückverheißenden Tag befunden, also legte Timur das Band mit dem Wolfszahn um den Hals und zog in den Krieg. Der Schnee reichte den Pferden bis zur Brust, allein der Troß umfaßte fünfhundert Wagen mit eisenbeschlagenen Rädern, stell dir vor, Ali, so zogen sie in die Hungersteppe und immer weiter nach Nordwest, den Feind zu suchen. Der hielt sich versteckt, wich über den Ural und immer weiter zurück in Wälder, Sümpfe, Nebelfelder, offensichtlich wollte er seinen Gegner ins Leere laufen lassen. Timur marschierte so lange nordwärts, Trommeln und Zymbeln schlugen dazu den Takt, bis die Sommersonne nachts nicht mehr unterging und das Abendgebet ausfallen mußte.

Der Proviant drohte auszugehen, es gab nur noch eine Schüssel Gerstensuppe pro Mann, als einzige Mahlzeit des Tages. Es hätte nicht viel gefehlt, und die ausgehungerten Krieger hätten wie ihre Vorfahren, die Mongolen, eine Ader im Bein ihrer Pferde geöffnet und das warme Blut getrunken. Wer hinter seiner Einheit zurückfiel, mußte den Weg zur Strafe barfuß fortsetzen und empfing am Abend fünfundzwanzig Peitschenhiebe. Schleppte sich einer gar zu langsam dahin, erregte er den Zorn Timurs nicht selten derart, daß ihm auf der Stelle der Kopf abgeschlagen wurde.

Nach fünf Monaten Suche fanden sie den Feind. Er stand an der Wolga und war ihnen bei weitem überlegen – an Zahl, an Frische, an Kenntnis des Geländes. Timur hatte keine Wahl, so struppig und heruntergekommen seine Soldaten auch waren, eine Lumpenarmee, er blies zum Angriff. Doch da setzte für sechs Tage ein Schneesturm ein, mitten im Juni, der Himmel wollte ihm ein Zeichen senden und eine letzte Frist einräumen, zu überdenken, was er tat. Am siebten blies Timur erneut zum Sturm, es war der 18. Juni 1391, die Schlacht währte drei Tage lang. Mehrfach stand er am Rande einer Niederlage, und daß er schließlich gewann, verdankte er nur einer List: Als Toktamisch am linken Flügel durchgebrochen und Timurs Flanke von hinten umfaßt war, sank plötzlich die Standarte der Goldenen Horde. Entsetzen unter denen, die sich eben noch als die sicheren Sieger sahen – das Fallen der Fahne signalisierte den Tod des Anführers. Alles wandte sich zur Flucht, nicht ahnend, daß der Standartenträger während des Schneesturms von Timur bestochen worden und ihr Anführer am Leben war, eben noch unaufhaltsam sich vorankämpfend, nun selbst bloß mit knapper Not entkommend.

Die meisten seiner Soldaten entkamen nicht. Sie wurden in die Wolga hineingehetzt, stell dir vor, Ali, es soll hunderttausend Tote gegeben haben. Und für die Sieger eine unermeßliche Beute an Kamelen, Pferden, Rindern, Schafen, Menschen. Allein für Timur wurden fünftausend Sklaven ausgewählt, mondgesichtige Jungfrauen, Jünglinge mit Zypressengestalt und Tulpenwangen, Toktamisch war Kenner und Genießer, mittlerweile in ganz Asien einschlägig bekannt. Timur schenkte die fünftausend Buhlknaben und -mädchen seinen Generälen, auf daß sie ihm auch in den Tagen der Freude ergeben blieben.

Der Himmel hatte jedoch noch eine zweite Lektion für die beiden vorgesehen, Timur und Toktamisch, er gab ihnen nur wenige Jahre, um sich von der ersten zu erholen, die er an der Wolga erteilt. Nach einer sechsundzwanzigtägigen Siegesfeier, die er seinen ausgezehrten Kriegern schuldig war, eilte Timur zurück nach Samarkand. Während der geschlagene Toktamisch die verbliebenen Getreuen um sich scharte, seine Herrschaft über die Goldene Horde zu sichern, hatte Timur lediglich eines im Sinn: Nazira.

Wieder schlug Nazardod die Augen auf, Kaufner nickte, Nazardod war beruhigt. Er trat kurz vor die Tür, um nachzusehen, wie sich seine Familie das Nachtlager eingerichtet hatte. Von draußen schlug klar und kalt die Nacht herein. Wenn man hinauslauschte, durfte man sich einbilden, das Atmen der schlafenden Herde zu vernehmen. Kaufner hatte keine Ahnung, warum ihm der Schäfer die Geschichte unbedingt erzählen wollte. Weil sich ein Mann zwischen Wolfszahn und blauen Augen zu entscheiden hatte? Sowie Nazardod zurück in der Hütte war, legte er ein paar Kuhfladen nach, der Geruch wurde kurzzeitig schärfer. Es gab eine Runde *Kaliber*, dann schloß der Schäfer die Augen und fuhr fort:

Ein Jahr lang warb Timur um Naziras Herz, und wieder wurde er dabei schwer krank. Sprach er zu ihr, hielt sie den

Blick durch ihn hindurch gerichtet, als suchte sie in der Ferne, was sie in seiner Nähe nicht fand. Während er sich mühte, dem Blick standzuhalten, fielen reihum die unterworfenen Länder von ihm ab, die georgischen, armenischen, turkmenischen, kurdischen, persischen Fürstentümer. Auch die Goldene Horde war bald so mächtig wie zuvor, mit Toktamisch als ihrem Khan, es war, als hätte Timur all seine Schlachten gar nicht geschlagen. Entweder er würde schleunigst losziehen, um mit endgültiger Grausamkeit zu vernichten, was sich nicht freiwillig unter die Friedensordnung des Himmels fügen wollte, oder ein anderer würde es an seiner Statt tun.

»Solange du bei mir bist, schlafe ich nicht«, beteuerte er, »solange ich ohne dich bin, schlafe ich nicht.«

Wenn dieser Mann schenkte, dann machte er tributpflichtig, wenn er liebte, dann riß er an sich, nahm und verstieß. Damit war es nun allerdings vorbei. Es war Nazira, die ihn verstieß, jedes Mal aufs Neue, sobald er um die Gunst ihres Herzens anhielt. Die Gunst ihres Körpers, oh, die war sie verpflichtet, ihm zu gewähren! Aber sie verachtete ihn dabei und ließ es ihn spüren. Sie kratzte und biß nicht einmal, wie es Sitora getan. Die bewegungslos abwartende Kälte ihrer Herablassung war schlimmer.

Die Ratgeber an Timurs Hof bedrängten ihn, sie zu Toktamisch zurückzuschicken oder zu töten; auf Dauer sei's dem eigenen Leben nicht zuträglich, eine Schlange im Ärmel zu hätscheln. Er aber setzte sie sogar neben sich auf den Thron, einen weißen Felsquader, der für ihn vom Himmel herabgefallen, für ihn allein. Hätte sie nicht nur Gefühl für ihren Lieblingsfrosch gezeigt, er hätte den Rest des Lebens damit verbracht, seine Hauptstadt mit prächtigen Gärten und Kanälen für sie zu schmücken, mit Palästen, Medressen, Moscheen, die Fassaden aus glasierten Kacheln, märchenhaft leuchtenden Steinteppichen.

Doch Timurs Haar war schlohweiß, in seinem Bart ein paar allerletzte rote Strähnen, er war ein Greis. Seine Haut schimmerte oliv, sein verschlagener Blick kam aus grauen Katzenaugen, er war ein Tatar. Sein rechtes Bein war kürzer als das linke, mittlerweile hinkte er stark, überdies hatte er Verwachsungen an der rechten Schulter, er war ein Krüppel. Die rechte Hand, von einer Pfeilwunde aus seiner Zeit als Viehdieb nie ganz genesen, hatte Mühe, die Zügel in der Hand zu halten. Ein ungehobelter Ziegenhirte war er sowieso, mit seinen Vertrauten sprach er eine derbe Variante des Türkischen, er war ein Emporkömmling aus der Steppe. Zwar ließ er sich zur Unterhaltung gelegentlich persische Chroniken vorlesen, wußte sogar kleine Inkorrektheiten des Vortrags anzumahnen, weil er die Texte auswendig kannte, selber lesen konnte er aber nicht, würde es niemals können, er war ein Barbar. Seine geschlitzten Augen sagten alles. Wie hätte Nazira Gefühle für ihn haben können?

Für wen hatte sie überhaupt je Gefühle gehabt? Außer für ihren Lieblingspapagei? Das immerhin ließ sich mithilfe der Spitzel an Toktamischs Hof herausbekommen: Nicht etwa den Khan, sondern einen gewöhnlichen Diener hatte sie geliebt, auch er aus dem nordiranischen Hochland stammend und sofort seines Lebens verlustig, als das Verhältnis der beiden entdeckt worden. Anscheinend liebte sie ihn noch immer.

Nun war Timur seit Jahrzehnten als passionierter Sammler von Schmuck bekannt, den er seinen erschlagenen Gegnern abgenommen hatte: Ringe, Ketten, Armreife, Gürtelschnallen, Kronen ... Samt diesen Insignien einstiger Macht wurden ihre Köpfe reihum in den Städten des Reiches zur Schau gestellt, so gehörte es sich, dann kamen die Insignien in die *Halle des Dunklen Wächters*, wurden Teil des Kronschatzes. Jetzt ließ er sie, Stück für Stück, wieder hervorholen, um Haar, Hals, Handgelenke, Hüften, Finger, Fesseln von Nazira zu schmücken. Es machte sie noch schöner. Aber keine Spur gefügiger.

»Und wären die Hufe all deiner Rosse aus Gold, so wäre ich doch nicht geblendet von deinem Reichtum«, ließ sie den Gnädigen Gebieter wissen, »und wären all ihre Sättel aus Gold, ich würde doch nicht mit dir reiten.«

Da verfiel Timur auf die Idee, ihr das kostbarste Schmuckstück zu schenken, das er besaß: Dschingis Khans Wolfszahn am blauweiß gekordelten Band. Er ließ Nazira in ihren Lieblingspark rufen, den er ganz nach ihren Vorstellungen wie einen persischen Rosengarten hatte anlegen lassen, in jedem Eck ein Pavillon, in der Mitte ein dreistöckiger weißer Palast: den *Garten, der das Herz erfreut*. Nazira liebte es, auf den marmorgefliesten Wegen zu flanieren. Timur liebte es, über Blumenbeete und Hecken auf sie zuzugaloppieren und sein Pferd erst knapp vor ihr zum Stillstand zu bringen. Zwar ritt er noch immer wie kein zweiter, aber in den Sattel kam er ohne fremde Hilfe nicht mehr. Also saß er so selten wie möglich ab, blieb auch jetzt hoch zu Roß.

Es war schwer, eine Prinzessin aus Persien zu beeindrucken. Diesmal hatte er jedoch ein Geschenk für sie, das ihr den Atem verschlagen und ein für allemal die Verstocktheit austreiben würde. Jetzt oder nie. Er winkte sie herbei, um ihr das Halsband umzulegen. Das Band mit dem Wolfszahn, den Timurs großer Urahn auf seinen Kriegszügen getragen und ins Blut seiner Gegner getaucht hatte. Höchst wirkmächtig. Nur nicht bei Nazira. Empört riß sie sich das Band vom Hals, warf einen Blick voll Ekel auf den Zahn, ehe sie ihn zu Boden warf.

Timur biß sich in den Finger, so ratlos und verlegen war er. Nazira trat mit all ihrer Verachtung auf den Zahn, stampfte mit ihren perlenbestickten Pantoffeln darauf herum, als ob er gerade eben erst Blut geschmeckt hätte:

Lieber lasse sie sich in einen Sack stopfen und vom Minarett werfen als mit einem solch geschmacklosen Amulett behängen!

Timur biß sich in den Handballen, so ratlos und verlegen war er. Nazira spuckte auf den Zahn, sie war nahe daran, außer sich zu geraten:

Ob er tatsächlich glaube, daß man einen Mann lieben könne, der einen blutbesudelten, einen *menschen*blutbesudelten Wolfszahn für ein Schmuckstück hielt?

Eine glühende Schönheit in ihrem Zorn. Hinreißend in ihrem Hochmut. Timur, dem in Gegenwart anderer nie das eigene Wollen ins Wanken geriet, angesichts ihrer konnte er sich gerade noch aufrecht im Sattel halten. Mit der gesunden Linken griff er in die Zweige eines Rosenbuschs, umfaßte fest die Stacheln und bekämpfte seine Schmerzen durch andere Schmerzen. Der Große Wolf, der Blitz, das Eisen, vor dem die Welt zitterte, endlich kam ihm eine passende Replik:

Was denn in ihren Augen ein angemessenes Schmuckstück sei? Möge sie nennen, was sie wolle, er werde es ihr verschaffen.

Timur blickte auf den Zahn, wie er mit einem Mal so klein und unbedeutend auf dem Weg lag. Nazira blickte einige Sekunden lang durch Timur hindurch, bis sie in der Ferne fand, was sie in der Nähe gar nicht erst zu suchen brauchte:

Einzig angemessen sei vielleicht ... Es gebe eine Marmorkugel, von einem Gefährten des Propheten gefertigt und durch die Zeiten, gehütet und verehrt, bis in ihre Heimat gewandert. Darauf seien wie mit der Schwärze der Iris auf dem Weiß des Augapfels die Suren des Korans geschrieben, obgleich die Kugel kaum größer als eine Weintraube sei. Ein Wunderwerk, das wohl auch am Hals einer Dame seine Pracht entfalten könne. Wenn er es ihr bringe –

»Bei allen Höllenqualen, die ich deinetwegen erlitten«, schwor Timur bereits, »bei meinem gebratenen Herzen! Ich will ... Ich werde.«

Nun konnte er den Griff vom Rosenbusch lösen, des Blutes nicht achtend, das ihm von der Hand tropfte. Anstatt den Schwur zu Ende zu formulieren, zu dem er mit Inbrunst angesetzt hatte, gab er seinem Pferd die Hacken. Vor ihm noch immer, auf dem leuchtenden Weiß der Marmorfliesen, der Wolfszahn, er selbst von Verzweiflung und neuer Hoffnung zerrissen – bei anderer Gelegenheit war er in solcher Stimmung wie ein Besessener durch seine Hauptstadt geritten und hatte jeden getötet, der ihm zufällig unter die Augen geraten. Jetzt zerstörte er den Wolfszahn. Er ritt so oft darüber hin, bis er zu Staub zermalmt und nichts mehr davon mit bloßem Auge zu sehen war als das gekordelte Band.

Erst dann kamen ihm Sinn und Verstand zurück, dazu Argwohn und Zweifel: Warum war eine Ungläubige ausgerechnet auf eine Marmorkugel erpicht, die mit der Heiligen Schrift geschmückt? Wo war die Kugel zu finden, wem galt es, sie zu entreißen?

»Du kennst ihn gut. Er trägt sie an einem Seidenband um den Hals, wenn er Audienz abhält.«

Kein anderer als Toktamisch war es, der die Korankugel derzeit in seinem Besitz wußte. Bei seinen Streifzügen durch den Norden Irans sei sie ihm in die Hände gefallen. Den Rest ließ Nazira vielsagend offen, wußte sie doch, daß sie Timur damit in den Krieg geschickt und zumindest für Jahre vom eigenen Hals hatte.

Ob er denn hoffen dürfe, träumte der bereits vom Sieg und der anschließenden Hochzeit mit seiner neuen Hauptfrau, ob er denn hoffen dürfe, daß er in ihrem Herzen Eingang finde, sofern er die Kugel bringe?

Das dürfe er, versetzte Nazira kühl. Auf ihrer Stirn war eine Ader blau hervorgetreten, die bislang noch nie dort zu sehen gewesen.

Timur sagte wenig und merkte sich alles. Seit diesem Treffen im *Garten, der das Herz erfreut* bereitete er den nächsten Feldzug gegen Toktamisch vor, mit dem er ein Bündnis einst geschlossen und durch Schlachten weißer Tiere bekräftigt. Er ließ sich durch Schamanen, seinen Lieblingsderwisch und sicherheitshalber auch durch ein Fatwa bestätigen, daß ein erneuter Bruch des Bündnisses rechtens sei, sofern es einen Grund gebe, der ihn zwingend notwendig mache.

Toktamisch, schon immer ein leidenschaftlicher Zecher, war mittlerweile zum Säufer geworden. Er pflege – so die Auskünfte der Spitzel – einen solch widernatürlich ausschweifenden Lebensstil, wie man es sonst nur aus dem dekadenten Persien kannte:

»Der Khan ist ein lebendiges Stück Fleisch mit zwei Augen.«

Auf seinen Kriegszügen führe er Musikanten, Schattenspieler und Sänger mit sich, von den Haupt- und Nebenfrauen, den Buhlknaben und Beischläferinnen ganz zu schweigen: ein Gefolge aus siebenhundert Personen, allein das Grund genug, ihn die Strenge des Eisens fühlen zu lassen. Timurs Gesandte überbrachten eine Einladung zum Versöhnungsfest, die Toktamisch erwartungsgemäß ausweichend beantwortete – er wäre der erste nicht gewesen, den man mitten beim Gelage in eine Wolfsgrube stürzen ließ. Weil er sich damit dem Friedenswunsch Timurs widersetzt hatte, war die Notwendigkeit des Krieges bewiesen.

Bei den Mongolen setzte man bereits kleine Kinder auf den Rücken der Schafe, damit sie mit Pfeil und Bogen auf Ratten und Vögel schießen übten. Und dabei blieb es ein Leben lang, ständig führten sie Krieg oder bereiteten sich darauf vor: ringen, schießen, jagen, kämpfen war all ihr Trachten und Tun. Das Gesetz der Steppe. Es galt auch unter Timur noch, obwohl seine Heere weitgehend aus Söldnern und Zwangsrekrutierten bestanden. Darunter viele Frauen, verbissene Kämpferinnen sogar mit dem Schwert. Als Timur im Juni 1392 erneut zu den Waffen rief, konnten seine Feldherren fast über Nacht eine Armee ausheben, tatendurstiger und blutrünstiger noch als jene, die eineinhalb Jahre zuvor gegen Toktamisch gezogen war.

Doch der Khan der Goldenen Horde hatte die Zeit, die Timur in Naziras Zelt verbracht, nicht ungenutzt verstreichen lassen und an einer neuen Allianz gegen seinen Ziehvater geschmiedet: mit den Mamelucken in Ägypten und den Osmanen in Anatolien, dazu zahlreichen Kleinpotentaten und Bergfürsten zwischen Kaspischem und Mittelmeer. Folglich mußte man ihn übers iranische Hochland angehen und versuchen, ihn irgendwo in den kurdischen oder kaukasischen Bergen zu fassen zu bekommen.

Drei Jahre zog Timur durch Persien, Mesopotamien und Georgien, den Sieg im Steigbügel, den Triumph am Zügel. Diesmal kam er als strenger Verfechter der Scharia, diesmal führte er nur Vernichtungskriege. Er trank den Tau und ritt auf dem Wind, sein Wort war sein Schwert, in der Schlacht fraß er Menschenfleisch. Rauchsäulen kündigten das Herannahen seines Heeres an, Kränze an Schädelpyramiden markierten die Stationen seiner Siege. Mit aller Unerbittlichkeit hielt er sich an die Devise seines Urahns, des gewaltigen Dschingis Khan: Jede Sache muß ganz zu Ende gebracht werden.

Ganz. Mehrfach brachen die Pferde unter Timur vor Erschöpfung zusammen, mehrfach wurde er selber krank. Doch auf seinen eigenen Körper nahm er am allerwenigsten Rücksicht, er hatte ein Ziel. Jetzt oder nie. Und wieder wich Toktamisch aus. Im April 1395 bekam ihn Timur nördlich des Kaukasus endlich zu fassen, am Fluß Terek, wo er sich den Winter über verschanzt hatte. Und wieder war ihm das Heer seines Ziehsohns, wie die Vorhut meldete, bei weitem überlegen. Timur befahl seinen Reitern, Äste von den Laubbäumen abzuschlagen und beidseits des Sattels anzubringen, damit sie beim Anrücken eine größere Staubwolke erzeugten. Des Abends, nachdem doppelt so viele Lagerfeuer entfacht waren wie sonst, machten ihm die Heerführer ihre Aufwartung, priesen seine Unbesiegbarkeit, tranken ihm zu. Ohne erkennbare Anteilnahme hob Timur die Schale mit vergorner Stutenmilch, verteilte Geschenke, damit keiner während der Schlacht überlief.

Anderntags hielt er Heerschau in breit aufgefächerter Formation, bis zuletzt suchte er den Gegner einzuschüchtern. Da standen sie vor ihm in wohlgefügten Reihen, Eisen oben, Eisen unten, eine fünfundzwanzig Kilometer lange Schlachtordnung aus Reitern, Lanzenträgern, Bogenschützen, und huldigtem ihm, sobald er an ihnen vorbeiritt. Fürsten und Prinzen knieten vor ihren Abteilungen nieder, küßten die Erde, tranken ihm zu und trugen ihm, der Sitte gemäß, ihr gesatteltes Pferd an. Aber auch auf der Gegenseite marschierte man nach mongolischem Brauch zur Schlacht auf, auch dort ein Gewimmel an Fahnen und Standarten mit halbmond- und roßschweifgeschmückten Spitzen. Als Timurs Feldherrn das gegnerische Heer sahen, wogte es vor ihnen wie die ganze Schar der Sterne.

Vor wenigen Tagen war der Herr der Glückskonjunktion neunundfünfzig Jahre alt geworden. Nun stand er vor der Schlacht seines Lebens. Da schickte Toktamisch ein allerletztes Versöhnungsangebot: das Horn eines Stiers, in das er sein Blut hatte tropfen lassen, verbunden mit dem Schwur, daß kein Blut zwischen Mongolen vergossen werden solle. Sofern Timur vor den Augen der Gesandten ebenfalls einige Blutstropfen in das Horn fallen lasse, breche ewiger Friede zwischen den beiden Reichen an. Sofern Timur ablehne, lade er ihn zu einer Partie Schach in sein Zelt, damit die Schlacht am Tag darauf entbrenne.

Es ging um die Weltherrschaft. Und um Nazira. Timur ließ sich mit der Antwort Zeit, damit sich seine Armee, Mensch und Tier, vom langen Marsch durch die Gebirge erholen konnte. Nach dem Vorbild von Dschingis Khan betete er drei Tage lang um den Sieg: Er bewies dem Himmel, daß der Khan der

Goldenen Horde seinen Großmut seit Jahren hintergangen und ihm Unrecht aller Art zugefügt hatte. Daß es an der Zeit war, dem ein Ende zu setzen. Und daß ihm der Himmel dafür nicht nur all seine guten, sondern auch all seine schlechten Geister zu schicken habe, anders sei es angesichts der Übermacht nicht zu schaffen.

Der Himmel stimmte zu, jedenfalls verkündete es Timur seinen Generälen am vierten Tag des Fastens und Flehens, und diese, jubelnd, verkündeten es dem jubelnden Heer. In einem goldenen Gefäß übersandte man Toktamisch eine frische Melone, dazu die Botschaft, der großmächtige Gebieter nehme die Einladung seines Sohnes zum Schachspiel an.

Timur war ein begnadeter Schachspieler. Er liebte das Brett wie ein Schlachtfeld, übte darauf im Spiel, was er in der Wirklichkeit so oft auf Leben und Tod betrieb. Mehrere Schachmeister hatte er nach Samarkand geholt, er spielte auch auf runden und länglichen Brettern oder auf größeren, ja, entwarf selber weitere Figuren, mit denen er die schwarzen und weißen Verbände vermehrte: Maultier, Kamel, Giraffe, Kundschafter, Belagerungsmaschine, Wesir. Toktamisch wußte um die Liebe seines Ziehvaters zum Schachspiel, er beabsichtigte, sich mit einem Sieg auf dem tatsächlichen Schlachtfeld zu begnügen.

Es war der 13. April 1395, Vorabend der Schlacht. Der Herr der Goldenen Horde empfing seinen Gegner in einem Zelt aus Pantherfellen, innen ausgeschlagen mit kostbarem Hermelin, die Pfähle in der Goldfarbe des Imperiums. Er selbst, ganz Steppenaristokrat, im Zobelpelz mit Lederkappe und Gürtel, den Zeichen des freien Mongolen. Timur, der Emporkömmling, im hellen Seidengewand, sparsam mit Goldfäden durchwirkt, die Enden seines Schnurrbarts fielen bis zum Kinn herab. Er hinkte stark, mußte von beiden Seiten gestützt werden. Als einziger Schmuck ein Rubin, der an der Spitze seines weißen Tatarenhuts leuchtete.

Bei der Begrüßung blickte ihm Toktamisch in die Augen, trat dann sogar in seinen Schatten, das eine wie das andere eine freche Anmaßung. Außerdem sah er noch immer besser aus, geradezu ekelhaft gut. Tröstlich zu wissen, daß ihm Sitora dennoch bei jeder Gelegenheit Hörner aufsetzte; die Spitzel hatten berichtet, sie habe sich und ihrer »Beweglichkeit« inzwischen einen Namen unter Toktamischs Höflingen gemacht wie keine zuvor.

Schon während die ersten Bauern gezogen, Springer und Läufer in Position gebracht und die Könige rochiert wurden, beklagte sich Timur über die Undankbarkeit seines Sohnes. Hatte er nicht überhaupt erst dafür gesorgt, daß Toktamisch Khan der Goldenen Horde wurde? Und hatte der nicht, kaum daß ihm das Glück zulächelte, sämtliche Verpflichtungen gegenüber seinem Gönner und Förderer vergessen?

»Ich habe keine Hand, die zupacken kann, keinen Fuß, der laufen kann, schau auf meine Schwäche und Hilflosigkeit!« Nichtsdestoweniger habe ihm der erhabene Gott die Menschen unterworfen, damit er sie schütze und Gutes für sie tue. Wer sich jedoch nicht ans Gesetz seiner Friedensordnung halte, der werde durch die Faust Gottes höchstselbst gemaßregelt.

»Ich schone nicht Gold noch Edelsteine«, wies Timur schließlich auch auf die Großzügigkeit seiner Geschenke hin. Während Toktamisch bislang schweigend die Vorwürfe über sich hatte ergehen lassen, das gehörte bei solchen Anlässen dazu, wurde er jetzt lebhaft:

»Doch das kostbarste Schmuckstück hast du mir vorenthalten«, beschwerte er sich. Als legitimer Nachfahr von Dschingis Khan sei er der einzige, der es rechtmäßig tragen dürfe: »Morgen, wenn ich dich unterm Joch des Lebens hervorgezerrt habe, werde ich dir den Zahn abnehmen und ihn baden in deinem Blut.«

Nun war es heraus. Timur schlug einen gegnerischen Bauern und ließ sich nichts anmerken. Sodann entgegnete er ungerührt: Es sei vielmehr Toktamisch, der morgen für seine Treulosigkeit zur Veranwortung gezogen und ins Gewand des ewigen Seins gekleidet werde. Sobald er vom Becher des Entwerdens gekostet habe, werde er, der Khan aller Khane, Toktamischs Blut trinken und ... ihm die Marmorkugel vom Halse reißen.

Nun war auch das heraus. Toktamisch nahm einen Schluck Tee, ergriff einen seiner Türme, fuhr damit durch die Luft, hielt in der Bewegung inne – eine leere Sekunde lang sah er durch Timur hindurch –, dann ließ er den Turm neben dem Brett sinken und stellte ihn irgendwo ab. Mit diesem Zug war die Partie beendet. Wie benommen faßte sich Toktamisch an den Hals, als taste er nach einem unsichtbaren Band:

Sitora habe ihm ins Gesicht gespuckt, wie er ihr die Marmorkugel habe schenken wollen! Einzig Dschingis Khans Wolfszahn sei's wert, ihren Hals zu zieren. Sofern er ihn brächte, wolle sie ihm dienen auf jede Art, die er zu dienen befehle.

»Die kostbare Kugel! Du roter Rotz einer Fehlgeburt, gesteh's, du hast sie zerstört!«

Timur schlug sich mit der Hand der Erbitterung aufs Knie. Statt die Antwort abzuwarten, zeigte er auf den eigenen Hals und bekämpfte den Schmerz durch Schmerz: bellte höhnend heraus, was zwischen ihm und Nazira vorgefallen und wie er den Wolfszahn zu Staub zermalmt. Toktamisch biß sich in den Handballen, als Jüngerer wagte er nicht, Timur deswegen zu schimpfen. Überdies *hatte* er die Kugel ja zerstört, wie er nun unter vielfältigen Rechtfertigungsfloskeln hervorstotterte, von den Begehrlichkeiten Naziras habe er nie auch nur eine Ahnung gehabt. Timur hörte versteinert zu. Eine Weile blickten sich beide voll Haß an, keiner wußte, ob der andere die Wahrheit gesprochen hatte. Im Gegenteil, beide waren sich sicher, daß sie belogen worden – so konnten sie wenigstens noch irgendeine Hoffnung in den morgigen Kampf legen. Erst wenn einer der beiden tot vor dem anderen lag, würde die Wahrheit herauskommen, beim Griff an dessen Hals.

Abwechselnd erhellten und verdüsterten sich ihre Gesichter, wurde ihnen klar und immer schmählicher klar, welcher Art der Stachel gewesen, der sie die letzten Jahre durch die Welt und schließlich hierhergetrieben hatte. Nicht der Wille zur Weltmacht. Nicht Liebe und die Sehnsucht, sie mithilfe von Liebesbeweisen zur Erfüllung zu bringen. Sondern der Haß zweier Frauen, deren Ränkespiel sie, einer wie der andere, blind auf den Leim gegangen. Beide hatten sie sich als bloße Handlanger ihrer Rache in den Krieg locken lassen, beide würden sie morgen als Geschlagene in die Schlacht ziehen. Mit einem bitter dröhnenden Gelächter endet die Geschichte.

Nazardod schlug die Augen auf, blickte seinen Gast prüfend an. Kaufner blickte ungläubig zurück, das konnte, das durfte nicht das Ende der Geschichte sein. Sonst hätte er morgen früh, so kurz vor dem Ziel, ja doch noch umkehren und unverrichteter Dinge nach Hause fahren müssen. Oder war es genau das, was ihm der Schäfer hatte nahelegen wollen? Nazardod lächelte aus heitertraurigen Augen, es gefiel ihm, daß Kaufner mit seiner Geschichte unzufrieden war. Nachdem er nachgeheizt hatte, warf er sich wieder in die Haltung des Erzählers:

»Du hast recht, Ali, so darf die Geschichte nicht enden. So wird sie auch bloß bei den Mongolen erzählt und, du weißt es wie ich, sie haben mit allem nur immer Unheil über die Völker gebracht. Willst du die Wahrheit wissen oder bist du müde?«

Bei den Tataren begann die Schlacht mit der Verspottung der Gegner; indem sie einander bis aufs Blut reizten, brachten sie sich in Kampfeswut. Das war bei ihren Anführern nicht anders.

Kaum hatten sie sich beidseits des Schachbretts niedergelassen, fing Toktamisch an zu höhnen:

»Morgen Abend werde ich mir eine Trinkschale aus deinem Schädel anfertigen lassen, in Silber gefaßt. Sie wird *Der Zorn des Khans* heißen.«

Zug um Zug, den er tat, stichelte er weiter:

»Ich werde dein Blut löffeln, mit Kreuzkümmel gewürzt.«

Die ersten Bauern waren gesetzt, mittlerweile wurden Springer und Läufer in Position gebracht:

»Ich werde deinen Leichnam zerstückeln und den Hunden zum Fraß vorwerfen. Nur deinen Kopf werde ich nach Hause mitnehmen und öffentlich am Schandpfahl ausstellen.«

Timur vollführte die Rochade und sagte lediglich:

»Morgen, wenn dein Fleisch noch zuckt, werde ich dir die Kugel vom Hals reißen.«

Die Marmorkugel. Sofern Mongolen davon erzählen, wollen sie ihre Zuhörer glauben machen, sie sei schon vor der Schlacht zerstört worden und eine Handvoll Staub im Wind. Dabei trug sie Toktamisch offen über seinem goldenen Wams, ein Protz- und Prunkstück, unübersehbar. Weit größer war sie als eine Weintraube, auch der Form nach eher wie ein Ei, so hing sie ihm an einem Seidenband um den Hals. Vom Weiß des Marmors fast nichts zu sehen, derart dicht war sie in winziger arabischer Schrift beschrieben. Sowie ihm der begehrliche Blick seines Gastes auffiel, strich Toktamisch voll Stolz darüber hin, streichelte sie mit ekelhafter Zärtlichkeit. Er habe sie Naziras Vater abgenommen, nachdem er ihn getötet, anders hätte der die Kugel nie herausgegeben. Der ganze Koran auf ihrer Oberfläche, die ganze Macht des Glaubens geballt in ihrem Inneren, das mache ihren Träger unbesiegbar. Morgen werde er sie in Timurs Blut baden.

Der Gast durfte die Kugel in seiner Hand wiegen. Sie war überraschend schwer. Toktamisch ließ Vergrößerungsgläser aus Bergkristall bringen und belustigte sich daran, wie Timur den rechten Abstand zwischen sich und das Glas zu bringen suchte. Jedermann wußte, daß er nicht lesen konnte. Daß er kein Arabisch verstand. Daß er ein Barbar war. Es war so simpel, ihn zu beleidigen, sein Ziehsohn schmähte ihn mit Inbrunst, während er die nächsten Züge setzte, verspottete ihn und seine Sippe, sein Volk, sein Reich, redete sich blutrünstig, wie es sich gehörte:

Die kostbare Kugel, Zeichen seiner Erwähltheit, besitze er bereits. Morgen abend werde er auch Dschingis Khans Wolfszahn sein eigen nennen. Mit ebenjener Hand, die gerade einen Turm gesetzt, werde er Timur töten und ihm den Zahn vom Hals reißen.

Er hatte ihn Sitora versprochen. Einer seiner engsten Vertrauten war ihr heimlich gefolgt, als sie zu einem Erdloch gegangen. Hatte vernommen, wie sie ein Geheimnis hineingeschrien, das keinen Platz mehr auf ihrer Zunge gefunden – sie klagte um ihren erschlagenen Mann, den afghanischen Fürsten, noch immer. Bevor er in den Krieg zog, hatte Toktamisch sie in ebenjenes Loch werfen lassen, damit sie nicht auf Gedanken kam. Oder auf Abwege, die ihr ein Hofstaat während der Abwesenheit des Herrschers nahelegen mochte.

Der Herr der Glückskonjunktion verzog keine Miene und öffnete sein Seidengewand, damit Toktamisch sehen konnte, wie überaus nackt sein Hals war: von keinem Schmuckstück geziert, das Begehrlichkeiten wecken konnte. Als er das Erstaunen im Gesicht seines Gegners sah, lachte er bös auf; als sich das Erstaunen in Entsetzen wandelte, schwoll sein Gelächter derart an, daß die Zeltwache eintrat, um nachzusehen, ob alles seine Ordnung hatte. Timurs Gelächter, grausam klar und hart, dagegen half keine weitere Schmähung. Toktamisch war sichtlich aus der Bahn geworfen:

Seine Leute hätten ihm berichtet, Timur trage ihn Tag und

Nacht, den Zahn. Ein Amulett höchster Wirkmächtigkeit, und nun verzichte er ausgerechnet im Kampf darauf?

Daß Timur den Zahn bloß für die Dauer des Besuchs abgelegt haben könnte, darauf wäre er nicht im Traum gekommen. Ein Mongole hielt sich an das Gesetz der Steppe, er durfte seinen Gegner mit jeglicher Heimtücke und Gerissenheit verwirren, die Zeichen seiner Macht würde er niemals ablegen. Nachdem ihm Timur in knappen Worten berichtet hatte, wie gründlich er den Wolfszahn zerstört, flüsterte Toktamisch fassungslos:

»Aber wofür soll ich dann morgen kämpfen?«

Eine Frage, die man mit dem Schwarz der Pupille auf das Weiß des Auges hätte schreiben müssen. Timur zuckte mit den Schultern, *er* wußte, wofür er kämpfen würde. In der Nacht begriff er vollends, welch Geschenk ihm sein Ziehsohn seinerzeit gemacht. Er hatte ihm Nazira gesandt, um ihn ganz gezielt in diesen Krieg zu locken. Es wurde Zeit, daß er für all seine Missetaten – und für ebenjene ganz besonders – bestraft wurde.

In der Frühe des Tages, die die Stunde des Gelingens bringt, schlug Timur den Koran auf und suchte einen Wink des Schicksals in der Sure, auf die sein Auge fiel. Jetzt oder nie. Nachdem er die Schlachtordnung abgeritten, stieg er, wie vor jedem Waffengang, vom Pferd und hielt innig Zwiesprache mit der Welt der geheimen und verborgenen Dinge. Derweil zauberten die Schamanen, flehte der Derwisch den Segen vom Himmel herab, schleuderte Erde gegen die Feinde und verwünschte sie:

»Schwarz sollt ihr werden vor Scham über eure Niederlage!«

Kaum war er wieder aufgesessen, ließ Timur die große Kesselpauke schlagen, die Trommeln sämtlicher Regimenter fielen ein, dazu die Kriegstrompeten und Hörner. Der islamische Schlachtruf, gefolgt von dem der Tataren. Dann wurde die Erde zur Staubwolke.

Aber Toktamisch war in der Kriegsführung ebenso gerissen

wie Timur, schließlich war er von ihm selber ausgebildet und für Kampagnen gegen seine Widersacher mit Truppen aus Samarkand versehen worden. Hier trafen Feldherrn aufeinander, die ihre Regimenter nach der gleichen Taktik aufstellten und mit den gleichen Waffen in die Schlacht schickten: Lanzen, Lassos, Wurfnetze, eisenbeschlagene Keulen, Dolche, Säbel, Pfeil und Bogen. Die Krieger im Kettenpanzer, ihre kleinen struppigen Pferde mit mehreren Lagen Rindsleder geschützt.

Hin und her wogte der Kampf, Mann gegen Mann. Diesmal war es Toktamisch, der sich einer List bediente. Als sich beide Heere beim Ruf seines Vorbeters zum Nachmittagsgebet niederließen, sprengte er mit einer Handvoll Reiter durch die feindlichen Formationen hindurch und direkt auf Timur zu. Der griff nach seiner Lanze, aber der Lanzenträger war bereits aufgesprungen und geflohen. So mußte er, Timur, der Lahme, auf seinem weißen Pferdefell schutzlos sitzen bleiben und dem Schicksal in die Augen blicken. Toktamisch versetzte ihm zwei Hiebe mit dem Krummsäbel auf den Helm, ehe ein Soldat der Leibgarde den Lederschild über ihn halten konnte. Im Gerangel wurde Toktamisch abgedrängt; als er sich zur Flucht wandte, erwischte ihn einer noch zufällig am Halsband und – konnte Timur wenige Augenblicke später die Marmorkugel überreichen. Der saß schon wieder zu Pferde und dirigierte seine Truppen, dem Fliehenden nachzusetzen.

Mit Toktamischs Flucht, die von Entsetzensschreien seiner Krieger binnen Sekunden in sämtlichen Regimentern verbreitet wurde, war die Schlacht aller Schlachten geschlagen. Schonung gab es keine. Während das gewaltige Gemetzel anhielt, stieg Timur vom Pferd, hängte sich seinen Gürtel über den Nacken, stülpte die Mütze über die Faust, beugte neunmal das Knie, goß Stutenmilch auf die Erde und dankte Gott für den vorherbestimmten Sieg.

Und dennoch hatte ihm mit Toktamisch auch das Glück

den Rücken gekehrt und ihm den vollständigen Triumph verwehrt – erneut war ihm der Khan der Goldenen Horde entwischt. Eilboten mit der Siegesnachricht wurden nach altem mongolischen Vorbild an Kopf und Rumpf bandagiert, damit sie den Gewaltritt in die Heimat besser ertrugen. Neun Säcke, vollgestopft mit Ohren, die man den getöteten Feinden abgeschnitten, wurden als Siegestrophäe hinterhergeschickt. Doch anstatt sich ans Schlürfen des Weines zu begeben und sich mit dem Rebensaft den Staub der bösen Tage von der Brust zu waschen, verschob Timur die Siegesfeier auf den Tag der Heimkehr. Er wußte, die Korankugel alleine nützte ihm wenig; um seinen Sieg über die Goldene Horde zu Hause mit allem Glanz verkünden zu können, mußte er Toktamischs Kopf präsentieren. Er verfolgte den Fliehenden vom Terek bis zur Wolga, die Wolga hinauf und dann nach Westen bis an den Dnjepr, plünderte die Ukraine, verwüstete Rußland, schließlich ließ er die Hauptstadt der Goldenen Horde einebnen und Gerstenkorn darüber aussäen, so gründlich, daß der Ort bis heute ein Ruinenfeld blieb. Toktamisch indes bekam er nicht zu fassen.

In seiner Enttäuschung schlug Timur sein Winterlager im Kaukasus auf, ließ seine Wut im Frühling 1396 erst noch an georgischen Bergdörfern und Festungen aus, ehe er heimkehrte. Fünf Jahre war er von Samarkand fort gewesen, hatte die Goldene Horde vernichtend geschlagen, die geheiligte Ordnung der Welt auch in Persien wiederhergestellt, fortan beherrschte er sämtliche Seidenstraßen von China bis ans Schwarze Meer. Aber das zerrissene Halsband der Marmorkugel blieb zerrissen, das sagte alles.

Um darüber hinwegzutrösten, mußte die Siegesfeier gewaltig ausfallen. Samarkand, die Hauptstadt des Diesseits, der Garten der Welt, das glanzvolle Antlitz der Erde, hier strömten sämtliche Völker und Schicksale zusammen, sogar von den Herrschaftshäusern Europas und Chinas kamen Gesandtschaften. Seit dem Eintreffen der Siegesbotschaft hatte man die Trommeln schlagen lassen und angefangen, die Stadt für die Rückkehr des großmächtigen Sultans zu schmücken. Im Juli waren Tore und Mauern der Stadt mit Seidenbrokat behängt, die Bäume der Alleen frisch gestutzt, die Kanäle gereinigt; nach Einbruch der Dämmerung wurde Samarkand so prachtvoll illuminiert, daß es den Sterblichen selbst nachts wie die Schwelle zum Paradies erschien.

Schon Tage, bevor er seine Hauptstadt erreichte, zog Timur mit dem gewaltigen Troß an Kriegern, Gefangenen und erbeutetem Vieh ununterbrochen durch Herden – Männer molken die Stuten, Frauen die Kühe. Sodann durch Zeltstädte, mit Erplündertem aus den vergangenen fünf Kriegsjahren überfüllt, von den schönsten Frauen der unterworfenen Gegner bevölkert; dazu die Gesandtschaften aus jedwedem Land des bewohnten Erdkreises; stell dir vor, Ali, die Chronisten berichten von fünfzigtausend Zelten! Als Timur in die Stadt selbst einzog, standen Trommler, Pfeifer, Gaukler, Akrobaten und Seiltänzer bereit; die Bäcker hatten aus Brot ein Minarett gefertigt, in dessen Innerem man hochsteigen konnte; der Mameluckensultan hatte aus Ägypten eine Giraffe geschickt; aus dem Hochland von Täbris war ein Heiliger gekommen, der auf einem Vogel Strauß Hunderte von Metern durch die Luft fliegen konnte; aus Indien ein Musiker, der die Regenzeit auf seiner Geige herbeizuspielen wußte; in den Straßen drängten sich Handwerker aus Damaskus, Gelehrte aus Bagdad, Händler vom Mittelmeer und aus Fernost, gefangene Sklaven aus aller Herren Länder. Timur ließ beim Einzug seines Heeres Goldstücke, Perlen, Edelsteine unter die jubelnde Menge streuen und lud alle zum Festgelage vor die Tore der Stadt.

Getrunken wurde Wein, Arrak und vergorene Stutenmilch; gegessen wurde das Fleisch edler Pferde aus Timurs Marstall; gefeiert wurde in Zelten und unter freiem Himmel. Überall

Fakire, Jongleure, gefangene Herrscher in ihren Käfigen, zum Gaudium des Volkes wurden sie von Spaßmachern mit glühenden Ästen gequält. Die Sänger intonierten mongolische, türkische, arabische, persische, chinesische Weisen und begleiteten sich dazu mit Harfe oder Laute. Mitten auf dem Festgelände aber auch immer wieder Galgen, um ranghöhere Persönlichkeiten sogleich aufzuknüpfen, falls sie verleumdet und direkt vor Ort verurteilt wurden. Betrügerische Händler wurden geköpft, begnadigte Todeskandidaten wenigstens an den Füßen am Galgen aufgehängt.

Im Zentrum des Trubels das goldgewirkte weiße Seidenzelt des großmächtigen Gebieters. Davor die Fahne seines Geschlechts, Falke und Rabe auf weißem Grund, dazu das Feldzeichen, mit Yakhörnern und vier schwarzen Roßschweifen an der Spitze geschmückt. Drinnen tausend Getreue, die Sitzordnung entsprechend der Schlachtordnung des Heeres. Timurs Feste waren in ihrer maßlosen Fröhlichkeit spektakulär: Es gab Pferdelende, Pferdekutteln, ganze Hammelköpfe in goldenen Schüsseln, von den hübschesten Gefangenen serviert. Dazu eine scharfe Salztunke, auf daß man herrlich Durst bekam – betrunken zusammenzubrechen galt als Zeichen der Wohlerzogenheit. Wachte man wieder auf, erbrach man sich und trank weiter. Alles fand auf Teppichen liegend statt, begleitet von Darbietungen halbnackter Tänzerinnen, die ekstatische Schreie von sich gaben. So ist es überliefert, Ali, ich erzähle es nur, weil es die Wahrheit ist und erzählt werden muß.

Und weil du verstehen sollst, wie untröstlich Timur inmitten der Festlichkeiten war. Im Grunde saß er bloß da und versteckte die meisten Wörter unter seiner Zunge. Mitunter ließ er sich auf die Beine hochziehen und tanzte, lahm wie er war, mühsam dabei die Balance haltend. Bekanntlich hatte er zehn Frauen, jede von ihnen war in einem eigenen Zelt untergebracht, darum herum Dutzende an Zusatzzelten für Kinder, Diener, Gefolge. Doch die Frau, die er liebte – ohnehin hätte ihr als Sklavin nur ein Platz im Harem zugestanden –, war nicht erschienen, um ihm ihre Aufwartung zu machen. Nach neun Tagen Gelage hatte Timur die wichtigsten Glückwunschaudienzen über sich ergehen lassen, die Zeit war gekommen, Nazira aufzusuchen. Er hätte ihr befehlen können, an seiner Seite mitzufeiern. Aber er wollte ihr Herz gewinnen, jetzt oder nie. Da gab es nichts zu befehlen. Einzig zu hoffen.

Während das Fest weiter seinen Gang ging, begab sich Timur in den *Garten, der das Herz erfreut*. Im *Weißen Palast* hatte Nazira die vergangenen Jahre verbracht, so war ihm berichtet worden, kaum daß man sie dann und wann in ihrem geliebten Garten zu Gesicht bekommen hatte. Nachdem man sie gebadet, gekämmt, geschminkt und festlich gekleidet, wurde sie vor Timur gebracht. Ihr Mantel aus dem berühmten roten Samarkander Samt, darüber die weißen langen Tücher – fünfzehn Dienerinnen hielten ihre Schleppe, drei weitere ihren Kopfschmuck, sobald sie eine Bewegung machte. Man mußte sie stützen, dermaßen schwach war sie auf den Beinen. In ihr schwarzes Haar hatten sich inzwischen silberne Strähnen eingeflochten. Nach wie vor jedoch war sie wunderschön, wie sie vor ihrem Gebieter auf die Knie fiel, auf dem Teppich lag.

Timur ließ sie zu sich führen und überreichte die Marmorkugel. Nazira, mit zusammengekniffenen Lidern, bestarrte sie einige Sekunden lang, sah das zerrissene Seidenband, begriff, daß Toktamisch die Kugel bloß entrissen worden, nicht in aller Ruhe abgenommen, nachdem man ihn getötet. Da brach sie in schrilles Gelächter aus, das in hysterisches Gekreische überging. Gleichzeitig lachend und weinend klappte sie zusammen, die Kugel entglitt ihren Händen und rollte über den Teppich, ein Lakai fing sie ein und übergab sie seinem Khan, der sie wortlos an sich nahm.

»Die Kugel, er bringt mir tatsächlich nur die Kugel!« schrie

Nazira wie jemand, der sich anschickt, verrückt zu werden. Auf ihrer Stirn war eine Ader blau hervorgetreten. »Und wo ist der Kopf dazu, der Kopf?«

Sie hatte ja recht, so gehörte es sich nicht – sofern es sich bei der Kugel um eine Insigne der Macht handelte. Aber war sie nicht als ein Zeichen der Hoffnung gefordert worden? Was immer sie hätte sein sollen, in diesen wenigen Augenblicken verwandelte sie sich in das Zeichen endgültiger Hoffnungslosigkeit. Nazira verhielt sich genauso, wie man es seit dem Gespräch in Toktamischs Zelt hatte erwarten müssen. Timur hatte es ein Jahr lang gewußt, und ein Jahr lang hatte er versucht, sich einzureden, daß er es *nicht* wußte. Nun war es heraus. Eine Korankugel war ihr, der Ungläubigen, vollkommen gleichgültig ohne das dazugehörige Haupt – nie und nimmer hätte Timur für sie in den Krieg ziehen dürfen! Um seine Schmerzen mit anderen Schmerzen zu bekämpfen, fehlte ein Rosenstrauch. Erst als er seine Diener herbeiwinkte, um ihm beim Aufstehen behilflich zu sein, bemerkte er, daß er den Schmerz in seiner Rechten zusammengeballt hatte – in seiner Faust die Reste der Marmorkugel, zu Staub zerdrückt. In seiner Rechten, Ali, der gelähmten Hand!

Vor den Augen der Höflinge hatte sich das Drama seines Lebens abgespielt. Sogar die Diener waren Zeuge geworden, wie ihn eine Sklavin, das heimtückische Geschenk seines Todfeinds, abgewiesen hatte. Nach wie vor krümmte sie sich auf dem Teppich, von irrem Gelächter und Heulkrämpfen geschüttelt. Seine für jeden sichtbar gewordene Schande als Mann. Es blieb bloß, sie zu töten. Sofort. Man durfte gar nicht erst zur Besinnung kommen. Mochte das Fest draußen vor den Toren der Stadt währen, in den Mauern derselben gab Timur mit gewohnt scharfer Stimme Befehle.

Einen scharfen Ritt später war er am Registan, dem *Sandigen Platz*, auf dem ein immerwährender Markt, unterbrochen nur durch allfällige Hinrichtungen, stattfand. Vor sich, quer übern Rist seines Rosses gelegt, Nazira. Neben sich, ebenfalls zu Pferde, eine Handvoll der engsten Getreuen. Am Rande der Verkaufsstände kam der Trupp zum Stillstand, etwa dort, wo die hohen Stangen ragten, auf denen ansonsten Köpfe gezeigt wurden. Von dem schönen Platz, wie du ihn kennst, war damals noch nichts zu ahnen, von den drei Medressen, die heute dort stehen, war noch keine einzige gebaut. Stattdessen stand dort damals die Freitagsmoschee.

Jeder, der auf sich hielt, feierte vor den Toren der Stadt, auch die meisten Händler. Geschlossen fast alle Garküchen, die Buden der Barbiere, kein einziger Märchenerzähler, Wahrsager, Taschenspieler zu sehen, nicht mal ein Bettler. Nur verstreut ein paar Sklaven, die für ihre Herrschaften Besorgungen machten und zunächst nicht sonderlich Notiz von den heranpreschenden Reitern nahmen, von der Frau, wie sie von einem der Pferde geworfen wurde, sich aufrappelte, den ersten Peitschenhieb erhielt, stürzte. Es dauerte eine Weile, bis sich in der Leere des Bazars herumgesprochen hatte, wer da so ganz ohne Standartenträger oder sonstige Hoheitsabzeichen erschienen und derart in Rage war.

Ein letzter Blick aus blauen Augen, Timur schlug den Blick nicht zu Boden. Auf immer hatte er Toktamisch verloren, nun mußte er auch Nazira verlieren, sein Herz war bereit, eine Wüste zu werden. Schon eine seiner Frauen hatte er erschlagen; wo er damals im Zorn gerade mal kräftig ausgeholt hatte, wollte er sich jetzt, als Liebender verschmäht, erst noch an den Qualen der Todgeweihten weiden. Zunächst ließ er Nazira auspeitschen, bis ihr das Gewand in Fetzen vom Leib hing und sie nicht mal mehr wimmerte. Einer seiner Folterknechte, der vom Festgelage direkt hierher geschafft worden, hackte ihr, sturzbetrunken wie er war, mit gewohnter Präzision ein Fingerglied nach dem anderen ab. Schließlich die Fingerstummel, bevor er ihr die Hände abschlug. Ähnlich verfuhr er mit den Füßen, da war Nazira bereits ohnmächtig. Auch daß ihr Nase und Ohren abgeschnitten wurden, bekam sie nicht mehr mit.

Am liebsten hätte sie Timur eigenhändig von der Spitze des Minaretts gestoßen. Er konnte's indes nur befehlen. Doch seine Getreuen, mit denen er mordend und sengend durch die Jahre gezogen, jetzt stopften sie Nazira lediglich widerstrebend in den Sack. Den Befehl, sie vom Minarett zu werfen, gaben sie vom einen an den anderen weiter, bis derjenige, der des niedersten Rangs unter ihnen war, mit dem Befehl übrig- und dennoch tatenlos stehenblieb.

»Ich scheine nicht in meinem Munde zu sein«, zog Timur drohend den Säbel gegen ihn.

So leer der Registan bei seiner Ankunft gewesen, so schnell hatte er sich mit einer ansehnlichen Menge an Schaulustigen gefüllt. Der Emir, der den Befehl auszuführen oder die Klinge des Säbels zu schmecken hatte, zögerte keine Sekunde und schritt geradewegs auf die Zuschauer zu, befahl dem erstbesten, den Sack zu ergreifen. Der Glotzer, ein Sklave mit armenischer Höckernase und nach vorn aufgestülpten Nasenflügeln, der gerade erst gekommen und noch gar nicht recht im Bilde war, was geschehen, trat zögernd unwillig herbei, duckte sich notgedrungen zum Gruß vor seinem Khan, empfing Weisung. Aus seinen Augen drang eine intensive Dunkelheit, bei näherem Hinsehen war er erschreckend jung und von bescheidenem Verstand.

Doch daß es jetzt zappelte im Sack, stöhnte und seinen großmächtigen Gebieter, den Khan aller Khane, Herrn der Welt, mit schlimmen Worten verfluchte, das hörte und verstand er sehr wohl. Unter dem atemlosen Schweigen aller, die ihn umdrängten, packte er den Sack, aus dem es blutig tropfte, schulterte ihn und verschwand im Aufgang des Minaretts. Es war so still, daß man den Wind über den Platz streichen hörte, wie er den Sand zu kleinen Fahnen aufwirbelte. Sobald der Sklave auf der Spitze des Turms auftauchte, kurz den Sack mit beiden Armen über sich hielt, gen Himmel gestemmt, fuhr die Menge mit einem Seufzer auseinander. Schon fiel der Sack, fiel Nazira, persische Prinzessin, Lieblingskonkubine des Khans der Goldenen Horde, Verhängnis des großmächtigen Sultans und Herrn der Glückskonjunktion, fiel mit einem Schrei, der die Schleier zwischen ihr und Gott zerriß.

Plump schlug der Sack auf der Erde auf. Als die ersten näher traten, hatte sich der Sand darum herum schon rot eingefärbt. Noch aber zuckte es im Sack, kaum zu glauben! Mit der Entschlossenheit des Verzweifelten gab Timur seinem Roß die Hacken, galoppierte so lange hin und her und über das Gezappel, bis es unter den Huftritten zur Ruhe gekommen.

Das Fest war vorbei. Dem Sklaven, der nach vollbrachter Tat auf die Getreuen Timurs zuschritt, um sich den versprochenen Lohn abzuholen, schlug man den Kopf ab. Der Bazar wurde geschlossen, jegliches Geschäft in und außerhalb der Stadt verboten und eine vierzigtägige Staatstrauer anberaumt.

Zwei Tage lang trank Timur Arrak, ohne einen Bissen Speise zu sich zu nehmen, dann wurde er krank. Währenddessen wurde Naziras zerschundener Leichnam einbalsamiert, mit weißem Leinen umwickelt, das man in Kampfer, Moschus und Rosenwasser getränkt, und in einen Sarg aus Ebenholz gelegt. Der Sarg wurde mit Juwelen und Edelsteinen aufgeschüttet und unverschlossen im *Weißen Palast* aufgestellt, bis ein angemessenes Mausoleum in der Gräberstraße Shah-i Sinda errichtet war. Jeden Tag ließ sich Timur in der Sänfte zur Baustelle tragen, auf daß er die Baumeister persönlich zur Eile anspornen konnte.

Eine nimmer endende Prozession, strömten die Gesandten,

die Krieger und Bürger der Stadt, die eben noch gemeinsam gefeiert, am Sarg vorbei, um dem Befehl des Khans Folge zu leisten und der Toten die letzte Ehre zu erweisen. Die Frauen entblößten ihr Haupt, schwärzten sich die Wangen, rauften sich die Haare, warfen sich in den Staub, erhoben anhaltendes Wehgeschrei. Auch die Männer schwärzten sich das Gesicht, legten einen Filzumhang über ihr Gewand und stimmten in die Klage ein, am lautesten die Bettler und Derwische, angespornt von Höflingen, die ihnen üppige Bewirtung und Geschenke in Aussicht stellten. Dazu die dröhnenden Schläge einer Kesselpauke, stundenlang, tagelang, bis man am Morgen des vierzigsten Tages ihre Bespannung zerriß, damit sie nie wieder erschallen würde.

Das war der Tag von Naziras Begräbnis. Der Ebenholzsarg wurde in einen Stahlsarg gelegt, darüber kam violetter und schwarzer Damast. Als der Sarg in den Sarkophag hineingestellt und die Marmorplatte darübergelegt wurde, warf Timur seine Kappe zu Boden und bedeckte sein Haupt mit Erde. Er weinte wie eine Frühlingswolke, heftig und kurz.

»Nicht nur die Rose wollte ich dir schenken, sondern den ganzen Garten.«

Er ließ seine Leibstandarte vor dem Mausoleum aufpflanzen.

»Weh über dieses Leben. Am Ende sind die Rosen des Gartens verblüht, es bleiben bloß Dornen.«

Er ordnete an, daß die Wände des Mausoleums mit den persönlichen Kleidungsstücken und Gegenständen der Toten behängt wurden.

»Nun wird als nächstes der Himmel zusammengefaltet, wie der Schreiber einen Brief faltet.«

Nachts, wenn das Mausoleum für die Massen geschlossen war, wachte er oft selbst an Naziras Sarkophag. Wer auch nur am Eingang der Gräberstraße vorbeiging, hatte sich fortan zu verbeugen; wer vorbeiritt, mußte vom Pferd steigen und sich verneigen.

Im Volk kursierten Gerüchte, man höre es Nacht für Nacht in Naziras Mausoleum wimmern und weinen, immer dieselbe weibliche Stimme, manchmal sei ein Schrei zu vernehmen, so markerschütternd wie jener, den man seinerzeit vernommen, als der Sack zur Erde gefahren. Timur war auf Gerüchte nicht angewiesen, er *hörte* den Schrei, mochte er von einem seiner Paläste zum nächsten fliehen oder reglos im *Garten, der das Herz erfreut* verharren, barhäuptig, den schwarzen Filzumhang der Trauer über die Schultern gelegt.

Um die nächtlichen Schreie loszuwerden, kleidete er sich schließlich auf Rat seines Lieblingsderwischs in einen Mantel aus schwarzbraunem Zobel und ging in die Berge. Von Samarkand aus ist es nicht weit ins Gebirg, welche Richtung auch immer man einschlägt. Und es ist nicht weit bis zu der Stelle, die Timur für sich erkor, um zur Ruhe zu kommen. Du hast schon von ihr gehört, Ali, man nennt sie seitdem den *Leeren Berg*. Ganz leer sollte er werden, der Herr der Glückskonjunktion, sein Derwisch hatte es ihm befohlen, und also saß er, der Himmel schickte ihm durch einen Falken täglich Nahrung, saß an der dunkelsten Stelle, die er in seinen Gebirgen hatte finden können. Anfangs dröhnte sein Gelächter zwischen den Wänden, irgendwann wurde er ruhiger. Vielleicht lag es an den Felsen, sie sind dort wirklich sehr schwarz, sind so schwarz wie … wie diese hier, Ali, mein Haus ist daraus erbaut, ich hab's ja erwähnt.

Es wird dich nicht überraschen, daß Timur im Jahr darauf, Sommer 1397, dem Traumgesicht seines Derwischs folgte und ein Mausoleum für Nazira am *Leeren Berg* bauen ließ. Solange sie in Samarkand und also in Timurs Nähe lag, würden ihre Schreie nie verstummen. Der Derwisch war ein großer Heiliger, er konnte nackt im Schnee sitzen und ihn zum Schmelzen bringen. Bisweilen ritt er auf einem Schimmel in den Himmel, um sich mit den Engeln zu beraten. Timur hörte bedingungslos auf ihn, im Krieg wie im Frieden, er ließ sich sogar von ihm beschimpfen und ins Gesicht spucken, so verehrte er ihn.

Neben Naziras Mausoleum befahl er sein eigenes zu errichten, daneben weitere für den Derwisch, seine beiden Söhne, die bereits verstorben waren, und für alle weiteren Söhne, die noch zu sterben hatten. So entstand hinterm *Leeren Berg* eine Gräberstraße nach dem Vorbild von Shah-i Sinda. Nachdem die Baumeister sämtlich hingerichtet worden, damit sie nichts verraten konnten, wurde Naziras Sarg diskret dorthin geschafft und ebenjener Derwisch zum Wächter ihres Mausoleums bestellt. Als die nächtlichen Schreie ausblieben, glaubten die Einwohner von Samarkand, Naziras Seele habe sich mit ihrem Schicksal versöhnt. Nur die Noblen des Reiches wußten, was passiert war und wo sie tatsächlich ihre letzte Ruhe gefunden. Die schwarzen Felsen schienen zu wirken.

In aller heimlichen Geschäftigkeit wuchs die Gräberstraße. Bald ersuchten auch entferntere Familienmitglieder, verdiente Feldherrn, Weggefährten, Derwische darum, ihr Grab in der Nähe von Timurs künftiger Ruhestätte errichten zu dürfen. Der Große Wolf unter den Glaubenskriegern, die Faust Gottes auf Erden, längst galt er als unbesiegbar und von Gott erwählt; die Aussicht, dereinst in seiner Nähe bestattet zu werden, war höchste Auszeichnung und zugleich Gewißheit, sich selbst im Jenseits weiterhin bei den Siegreichen zu wissen. Je mehr Timurs Ruhm in den Folgejahren anwuchs – du weißt, schon im Sommer 1398 rief er wieder zu den Waffen –, desto mehr Gräber wurden es, die ums Zentrum herum angelegt wurden. Eine regelrechte Totenstadt, gut versteckt im Gebirg, dennoch von Samarkand aus schnell zu erreichen, sofern man den Weg kannte. Bewacht wurde die Anlage längst von Timurs *Dunklen Wächtern*. Und weil dort oben, am *Leeren Berg*, ja nicht nur heimlich bestattet und die Totenwache abgehalten werden mußte, sondern auch immer weiter gebaut und, trotz aller Geheimhaltung, eine wachsende Pilgerschar beherbergt, die von der Wirkmächtigkeit des Ortes angezogen wurde, entstand eine kleine Ansiedlung rund um die Totenstadt, manche behaupten sogar: eine richtige Stadt.

Heute ist davon nicht mehr viel übrig. Als Timurs Weltreich unter seinen Erben zerbrach, verfielen Stadt und Totenstadt am *Leeren Berg*. Die Soldaten der Ehrenwache verdingten sich andernorts, die Gräber wurden geplündert, die schwarzen Felsen abtransportiert und für neue Bauwerke verwandt. Aber sie bringen kein Glück, die Felsen. Und ebensowenig kommt es im Berg zur Ruhe, seitdem der tote Timur aus Gur-Emir überführt worden, wo er nach seiner Bestattung so lange getobt und gegrollt hatte, bis er in unmittelbarer Nachbarschaft von Nazira die ewige Unruhe fand. Natürlich geschah das gleichfalls unter strengster Geheimhaltung, wie überhaupt die ganze unrühmliche Geschichte aus den offiziellen Chroniken verbannt wurde. Mittlerweile jedoch wußten die Bürger von Samarkand Bescheid – nicht nur sie! – und schwiegen dazu. Schwiegen wohlweislich zu allem weiteren, was um Timurs willen geschehen mochte; zu schmerzhaft war die Erinnerung an ihn. Nun kennst die Wahrheit auch du und weißt, daß dort, wo die Gräber sind, ein Wallfahrtsort der Liebe sein müßte, keiner des Krieges. Naziras Klagen sind verstummt; aber noch heute kannst du Timur hören, wenn du dein Ohr an den Berg legst, noch immer kann er nicht zur Ruhe kommen, der Große Wolf. Wenigstens in Gur-Emir ist sein Zorn seither nicht mehr zu vernehmen, in Samarkand hat man Ruhe vor ihm.

Neun Jahre waren ihm nach der Hinrichtung Naziras übrigens noch gegeben, bis er dem Rufer der Todesfrist antworten mußte. Doch so, wie sich Toktamisch den Rest seines Lebens mühte, die Herrschaft der Goldenen Horde wieder an sich zu reißen, von einer Niederlage zur nächsten hetzend, bis ihm der Stern des Mißlingens genug geleuchtet und ihm ein Meuchelmörder das Messer ins Herz gestoßen hatte, so mühte sich auch Timur, von Sieg zu Sieg eilend, am Ende vergeblich. Er zermalmte Völker und Königreiche, aber seine rechte Hand wurde so schwach, sie hätte nicht einmal mehr eine Rosenblüte zerdrücken können. Es wird erzählt, daß er, heftig fiebernd bereits auf dem Totenbett liegend, jedem die Frage stellte, die einst sein verehrter Urahn an die Gefährten gerichtet:

»Worin liegt das Glück des Mannes?«

Die Künstler, Gelehrten und Heiligen, die Timur aus all den eroberten Städten herausgeholt und nach Samarkand geschickt hatte, bevor er die restliche Bevölkerung zur Abschlachtung freigab, sie erwiderten jeder auf seine Weise. Dann gab ihnen Timur die Antwort, die Dschingis Khan auf die Frage gegeben:

»Das wahre Leben des Mannes ist, über die Feinde herzufallen, sie mit der Wurzel auszureißen, die Augen ihrer Geliebten zum Weinen zu bringen, auf den ihnen geraubten fetten Hengsten mit goldenen Sätteln zu reiten, den Bauch ihrer Weiber zum Schlummerkissen zu nehmen!«

Timurs Gelächter, sowie er in die Mienen seiner Zuhörer sah, es muß grausam klar und kalt gewesen sein. Als sich die Mischung seiner Körpersäfte endgültig dem Bitteren zuneigte, der 18. Februar 1405, wollte's ihm scheinen, er habe sein Leben lediglich geträumt. Wenige Jahre nach seinem Tod war alles Dunst und Staub, was er je erobert. Und auch diese Geschichte ist vorbei, vielleicht war's nur ein Traum. Bald sind wir gleichfalls wie eine Wolke aufgestiegen und im Wind vergangen.

Nazardod verharrte einige Augenblicke lang mit geschlossenen Augen. Erwog er, seinen Zuhörer mit der Erklärung zu überraschen, daß das erst die tadschikische Variante der Erzählung gewesen? Es war sehr heiß in der Hütte, und sehr spät war es auch. In das Schweigen hinein hörte man das Kuhfladenfeuer prasseln. Und roch es mit einem Mal wieder in seiner schamlosen Zudringlichkeit.

Endlich schlug der Schäfer die Augen auf, blinzelte, als wäre er gerade aus dem Schlaf aufgeschreckt, blickte Kaufner auf seine traurigheitere Weise an. Ein letzter *Kaliber*. Nein, dies sei wirklich das Ende der Geschichte, versicherte er und schob Fladen in den Ofen. Ein allerletzter *Kaliber*, höchste Zeit, schlafen zu gehen.

Schon stand er in der Tür. Klar und kalt schlug von draußen die Nacht herein. Jetzt wußte Kaufner, warum ihm der Schäfer die Geschichte unbedingt hatte erzählen wollen. Gerade deswegen glaubte er ihm kein Wort, keines jedenfalls, das sich auf die Marmorkugel bezog.

»Das ist doch alles bloß ein Märchen!« rief er ihm im letzten Moment hinterher, Nazardod steckte noch einmal kurz den Kopf herein, »deine Geschichte kann gar nicht stimmen!«

»Schau mir in die Augen, Ali. Was siehst du da?«

»Nun fang nicht damit an!«

»Ein Tadschike lügt nicht.«

Nazardod hatte ihn im letzten Moment vom rechten Weg abbringen wollen, keine Frage. Man hörte ihn eine Weile draußen rascheln, vielleicht bereitete er sein Lager direkt vor der Tür, damit ihm der Gast nicht über Nacht entwischen konnte. Drinnen raschelte Kaufner, entdeckte dabei weitere Namen im Gebälk, darunter in kyrillischer Schrift denjenigen des Kirgisen. Kaufner war nicht einmal sonderlich überrascht. Daß Januzak vor ihm hier gewesen, war anzunehmen gewesen. Dennoch hatte er die Marmorkugel allem Anschein nach nicht zerstören wollen, das hätte man selbst in den Schäferhütten auf der anderen Seite der Welt mitbekommen. Vielleicht war er ja doch kein Paßgänger, sondern einer, der auf seine einzelgängerische Weise für die *Faust* arbeitete. Hinters »K« auch noch den Rest seines eigenen Namens zu schnitzen, versagte sich Kaufner. Danach, flüsterte er sich zu, danach.

Bevor er sich schlafen legte, behandelte er seine Wunden mit Spucke und sein verstauchtes Knie mit Schlangenfett, etwas anderes hatte er nicht. Seine blutig unterlaufenen Zehennägel betrachtete er mit Stolz. Kaum war er in den Schlafsack gekrochen, wollten ihm die Augen zufallen. Aber die scharfe Ausdünstung der Filzdecken unter ihm ließ ihn sogleich wieder emporfahren.

Kaufner inhalierte. Kaufner hielt es nicht für möglich. Kaufner stand auf, um sich mit eigenen Augen zu überzeugen, daß unter den bunten Steppdecken, die Nazardods Frau nach dem Essen auf der Lagerstätte ausgebreitet, auch weiterhin nichts als Filzdecken und Schafwollvliese lagen. Darunter die Bretter, von Plastikplanen bedeckt. Weil aber ausgerechnet die Planen so zu stinken schienen, hob er sie da und dort an und entdeckte *darunter* eine durchgehende Schicht an Kuhfladen. Kaufner roch daran, bis ihm das Dach der Hütte auf den Kopf zu drücken schien.

Schließlich rollte er sich in seinem Schlafsack zusammen, um mit möglichst viel davon in Berührung zu kommen. Wie man sich aber auch drehte, es war stets zu wenig. Der Ofen qualmte, immer wieder mußte man sich räuspern, die Nase schnauben, in Shochis halbes Taschentuch hineinhusten. Die Luft heiß und staubig, die Felsbrocken der Wand eiskalt. Dahinter die Herden, wie sie mit vereinten Kräften schwiegen und ... endlich knisterte die Nacht über Kaufner zusammen.

Doch nur, um ihn durch dunkle Träume zu hetzen. Es begann mit einer unbewirtschafteten Schäferhütte, in der er sich vor Monaten hatte verbarrikadieren müssen, weil im Lauf der Abenddämmerung zahlreiche Weidetiere dorthin zurückgekehrt waren: brüllende Ochsen, schnaubende Pferde, schreiende Esel, allesamt empört über den Eindringling, ein böser

Lärm rund um die Hütte. Ebendas geschah ihm nun erneut im Traum, erst als die Tiere in die Hütte hineindrängten, fuhr er mit einem Schrei heraus. Von der einen Nacht in die andere. Noch wußte er gar nicht so recht, in welcher Hütte er jetzt war, da stand schon Nazardod neben ihm und beruhigte ihn:
»Keine Bange, Ali.« Es liege lediglich an den Felsen, die seien schlimm.

Erneut hörte man ihn draußen eine Weile rascheln, jedes seiner kleinen Geräusche bereits vertraut und tröstlich. Drinnen nichts als die große Ruhe großer Dunkelheit. Der Ofen war ausgegangen, es war so still, daß man sich einbilden mußte, das Atmen der Herde von draußen zu hören. Kaufner suchte sich einzureden, er habe den Felsen nun Genüge getan und die angekündigten Träume hinter sich gebracht. Das Gegenteil war der Fall. Diesmal war er auf dem Berg, dem *Leeren Berg*, und hatte sein Ohr darangelegt, um ihm den Weg abzulauschen. Sowie er den Herzschlag des Berges vernahm, wurden die Felsen unter ihm durchsichtig, sah man von seinem Grunde Kuppeln und Minarette heraufschimmern. Bevor sich Kaufner noch schnell wegdrehen konnte, fiel er auch schon.

Fiel nicht etwa im freien Fall, sondern einen schrägen Schacht hinein in den Berg, man mußte die Augen zusammenpressen. Mit Wucht der Aufprall ins gleißend Helle, alles an Kopf und Gliedern schmerzte. Kaufner schlug sich den Staub aus der Kleidung und ging los, zielstrebig hinein in die Stadt, als ob er sich auskannte. Im felsigen Firmament eine kupfern glühende Sonne, nach wenigen Schritten klebte ihm das Hemd am Körper. Er wußte, daß er beobachtet, daß jede seiner Bewegungen verfolgt wurde. Ständig blickte er sich um, doch die Gassen waren leer, blieben leer, eine vollkommen ausgestorbene Stadt. Nicht mal die eignen Schritte hörte man, nur das Herz des Berges, wie es lauter und immer lauter schlug, je näher man ihm kam.

Erst an den Kuppeln des Hamam erkannte Kaufner das jüdische Viertel, erkannte die Stadt. Jetzt kam er am *Sandigen Platz* vorbei, er fühlte die Schweißperlen, wie sie ihm über Stirn und Rücken liefen. Wenige Schritte weiter sah man bergab bereits – nein, Tauben kreisten keine um die Kuppel. Gur-Emir, das gewaltige Grabmal des Gebieters. Als Kaufner seine Schritte durchs Eingangsportal setzte, war der Herzschlag angeschwollen zum Dröhnen einer riesigen Kesselpauke. Im Mausoleum eisige Kühle. Kaufner wollte aufwachen, aber seine Glieder waren viel zu schwer, er stand wie gelähmt:

Von einer blaugolden funkelnden Innenkuppel aufs üppigste überwölbt die Sarkophage. Im Zentrum derjenige Timurs, ein schwarzgrüner Block. Umgeben von den Särgen seiner Söhne, Enkel und Lehrer, alle in Weiß, Grau oder blassem Hellgrün, Kaufner kannte sie im Schlaf. Der baumhohe Galgen hinter dem Sarkophag, der etwas abgesetzt von den restlichen in einer Nische stand – ach, das war ja Timurs Banner! Von der Spitze hingen schwarz vier Pferdeschweife. Der Sarkophag darunter – bei näherer Betrachtung war es der weiße Felsblock! Der als Thron für Timur vom Himmel gefallen. Davor, mit gekreuzten Beinen auf dem gefliesten Boden sitzend, der großmächtige Gebieter selbst, wer sonst hätte es sein können? Das Pochen seines Herzens von der Kuppel über ihm ins Ohrenbetäubende verstärkt.

Fröstelnd erregt Kaufner, reglos der Herr der Glückskonjunktion, allergnädigste Khan und König des Diesseits. Wie schwer es fiel, sich zu lösen und auf ihn zuzuschreiten! Zusehends schrumpelte Timur dabei zum gebrechlichen Greis, mühsam hielt er seinen Rücken gerade. Er sah so aus, wie sich Kaufner den Kirgisen vorstellte, wenn man ihm die Tücher endlich vom Kopf gerissen hätte, bloß älter, viel älter. Die gleichen Augen, lidlos geschlitzt, beständig ruckend. Er sah so aus wie der Sultan, bloß verwahrlost, völlig verwahrlost. Das gleiche helle Seidengewand, sparsam mit Goldfäden durchwirkt, da und dort zerschlissen, zerrissen. Der Blitz, das Eisen, der Große Wolf in Lumpen, mit gelben Zahnstummeln und dichten Augenbrauen, dichtem Vollbart (anstelle des dünnen Schnurrbarts, den Kaufner erwartet hätte), ein Schatten seiner selbst.

Am seidenen Halsband trug er die Korankugel, unübersehbar prangte sie ihm auf der Brust.

Sobald er den plötzlichen Besucher bemerkte, lachte er klar und hart auf. Sowie ihm dessen begehrlicher Blick auffiel, strich er voll Stolz über die Kugel, streichelte sie mit ekelhafter Zärtlichkeit. Welch eine Macht der Kugel innewohnte! Man konnte es spüren. Ständig lag ein Flüstern in der Luft, das sich gelegentlich zum Singsang steigerte – seltsamerweise war es trotz des kriegstrommelhaften Gedröhns zu vernehmen. Mit Mühe streckte Kaufner die Hand nach der Kugel aus, erneut lachte Timur auf, regte sich ansonsten aber nicht. Als er ihm die Kugel vom Hals riß, lachte er weiter, als aus den Rißstellen des Seidenbands sogleich das Blut hervorquoll, zu Boden tropfend, schnell eine Blutlache bildend, lachte lachte lachte er, als sich Kaufner abwandte, die Kugel fest in der Rechten.

Verfolgte ihn mit seinem anhaltendem Gelächter, derart dröhnend, daß das Mausoleum, nein, der ganze Berg zu wackeln begann. Kaufner rannte um sein Leben, hinaus in die Hitze, doch das Lachen rannte mit ihm, vervielfältigte sich durch sein Echo. Kaufner hastete zurück zum Registan, die Kugel mit dem blutenden Band in der Hand, jede Sekunde konnte das Lachen den Berg über ihm zum Einsturz bringen. Trotzdem wurden ihm die Beine Schritt für Schritt schwerer, bis sie ihm ganz den Dienst versagten, mit all seinem Willen kam er keinen Zentimeter mehr von der Stelle. Und *war* auch gar nicht mehr er selber, sah sich plötzlich von oben, wie er knöcheltief im Blut stand.

Sah zu, wie er im Blut versank und nichts gegen das Sinken unternehmen konnte, dermaßen schwach war er. Je tiefer er sank, desto leiser wurde das Gelächter, desto lauter das Flüstern, der sanfte Singsang. Und weil die Melodie so wunderbar und überhaupt alles mit einem Mal so angenehm wohlig und weich war, wußte Kaufner, ein heller Moment im Traum, daß es niemand anders als der Tod war, der ihm von ferne zusang. Kaufner kannte die Melodie, doch so schön gesungen hatte er sie nie gehört. Ganz leise dazu der Herzschlag des Berges. Die Hitze von einem warmen Hauch aus der Roten Wüste davongeweht. Schön war es zu sterben, man konnte sich dabei von oben zusehen. Eine Art hellwacher Ohnmacht. Als letztes löste Kaufner auch noch die Hand von der Marmorkugel, keinerlei Bitternis verspürend. Im wohlig diffusen Licht verschwamm ihm alles zu sanft flüsternden Farben, an deren tunnelhaftem Ende ein Licht und darin der Gesang glomm. Weit über alldem schwebte er darauf zu, zu völliger Reglosigkeit verbannt, während er gleichzeitig tiefer und tiefer sank, mit allem versöhnt.

Ach, immer nur sinken, versinken, wie schön.

Ach, einfach nur liegen, die Wärme in allen Gliedern genießen und liegenbleiben. Spüren, wie ihm etwas Weiches den Schweiß von der Stirn strich. Während der Gesang anschwoll, verglühte das Licht am Ende des Tunnels, verblaßten die Farben, einige Sekunden später war der schöne Traum endgültig zu Ende. Zwar hielt Kaufner die Augen noch fest geschlossen, aufs friedlichste bereit zum Allerletzten, was kommen mochte, war sich jedoch bereits darüber im Klaren, daß er nicht auf dem Totenbett lag und es kein Engel war, der ihn im Jenseits weckte. Sondern ... irgendwer, der ihm ein Lied zusang und dabei über die Stirn streichelte, hin und her, etwas unbeholfener vielleicht als im Traum vermeint, etwas kräftiger, her und hin.

Noch immer war es schön, auch wenn jetzt wieder alles an ihm lebendig wurde und schmerzte, Kopf, Hals, Brust, Beine, schweißgebadet lag Kaufner in seinem nassen Schlafsack. Vorsichtig blinzelte er durch die geschlossenen Wimpern, sah direkt über sich das Gesicht des kleinen Mädchens, das ihm gestern den Ofen entfacht hatte. Aufmerksam musterte sie ihn, völlig ins Geschäft des summend singenden Streichelns versunken, des streichelnd summenden Singens, eher mechanisch in ihrer Zuwendung, nicht zärtlich.

Wie sie ihn mit einem Mal anstrahlte, strahlte Kaufner unwillkürlich zurück. Sofort riß die Melodie ab, zuckte die Hand zurück, fror das Lächeln ein. Noch hatte Kaufner die Augen nicht ganz aufgeschlagen, da hatte sich die liebevolle Hingabe ihres Gesichts in Gleichgültigkeit verwandelt, einen Augenblick später fast in Verachtung, das Mädchen sprang auf und rannte nach draußen.

Im Handumdrehen drängten mehrere Kinder herein, um nachzusehen, ob der Gast wirklich erwacht war, sofort auch den Ofen neu zu entfachen, die Steppdecken zusammenzurollen und an einer Wand zu stapeln, vereinzelt Gegenstände hinweg- und andere hereinzutragen, eine wuselige Geschäftigkeit ganz ohne Frohsinn und Gutenmorgengruß. In einem unbeachteten Moment konnte Kaufner gerade noch aus seinem Schlafsack heraus- und in die Hose hineinfahren. Wie kalt es geworden war!

Hatte man sich länger in einer Schäferhütte aufgehalten und trat dann vor die Tür, war man stets geblendet. Das war heute nicht anders, die Berghänge leuchteten überwältigend taghell. Die Talsenke unter einer Staubwolke – die Herden waren auf dem Weg zu ihren Weidegründen. Auf der Uhr sah Kaufner, daß es schon viel später war, als er geglaubt hatte.

Rund um das Herdfeuer die Frau des Schäfers, mit dem einen oder anderen ihrer Kinder flüsternd. Kein Blick in Richtung des Gastes, kein Anflug eines Lächelns. Auf dem Feuer der Kessel, randvoll mit der frischgemolkenen Morgenmilch. Die Milch warf Blasen, eine Kanne aus Aluminium stand bereit, ein gutes Dutzend weiterer Behältnisse, darunter Ölkanister aus gelbem Plastik. Vom Tal her hörte man einen Esel schreien.

Eiskalt das Wasser des Bachs, ein Schock auf der Haut, ein Schmerz an den Zähnen. Auf dem Rückweg entlang der leeren Wallanlagen der knorrig kleine Baum, in seinem Schatten der Schäfer. Während Kaufner näher kam, band er gerade eine Ziege vom Stamm, die unbeirrt weitergraste. Er griff sie an einem ihrer Hörner, hob sie mit Schwung vor seinen Bauch, band ihr die Beine zusammen. Die Ziege wehrte sich nicht, meckerte nicht. Schon hielt er ihr mit der Linken Augen und Ohren zu, damit sie vom Tod überrascht werde. Ein schneller Schnitt in den Hals, sogleich hob ein Zappeln an, ein Schnaufen, das Blut lief in eine Erdkuhle, die sich rasch füllte. Kaufner wollte sich an seinem Wolfszahn festhalten, hatte er das nicht bereits erlebt?

Immerhin hatte er heute nicht gezuckt, sich blamiert. Noch war die Ziege nicht ganz tot, da schnitt ihr der Schäfer ins Hinterbein, pustete in den Schlitz, auf daß sich das Fell blähe. Wie Kaufner zu einer Begrüßung ansetzte, nickte ihm Nazardod gerade mal zu, mehr Zeit hatte er für ihn nicht. Einer seiner beiden Buben kam mit einer verrosteten Schüssel gelaufen; sowie er sie abgestellt hatte, setzte er gleichfalls an, der Ziege unters Fell zu blasen. Prüfend schlug sein Vater auf den prall aufgepumpten Balg des Tieres. Ein kurzer Schnitt am After, die Luft zischte wieder unterm Fell heraus, rund um die Oberschenkel ließ es sich jetzt mit einem kleinen Messer leicht vom Fleisch lösen. Auch diesmal wurden die Unterschenkel am Knie abgeschnitten, der Bub hielt dazu immer am Huf fest, auch diesmal kamen zwei pralle Hoden zum Vorschein, wurde der Kopf abgetrennt. Jetzt tauchten lautlos die Hunde auf, um die Abfälle zu beschnüffeln und das Blut aus der Erdkuhle zu trinken. Nazardod hängte die Ziege an ihren Hinterbeinen im Baum auf, das Blut tropfte aus dem Hals in die Schüssel. Mittlerweile war auch ein Huhn gekommen und sah aufmerksam zu, ob es da oder dort etwas erpicken könne.

Sodann wurde das restliche Fell mit bloßen Händen abgerupft und der Wulst am Körper Stück für Stück von Vater und Sohn heruntergezogen. Zwischendurch trank Nazardod vom Blut, kostete vom rohen Fleisch. Als er Kaufners Blick bemerkte, lachte er ihn aus, das sei gesund. Die Ziege sei erst ein Jahr alt, da schmecke sie am besten. Im nächsten Moment wurde er jedoch wieder ernst und geschäftig, bis er dem Tier das Fell endgültig übern Halsstumpf herunter- und abgezogen hatte. Kaufner sah alles überdeutlich wie im Traum, er hatte es längst erlebt und gehörte jetzt gar nicht mehr dazu – oder nur mehr sowenig wie das Fell, das ausgebreitet am Boden lag.

Das Aufschneiden des Halses, das Verknoten der Speiseröhre. Das Aufschneiden des Bauches, das Auslösen der Innereien. Das Zerteilen des Fleisches. Das Einrollen von Darm, Magen, Lunge, Leber, Luftröhre und Fleisch ins Fell. Alles in allem waren vielleicht zehn Minuten vergangen, schon eilte der Bub mit dem Fellbündel zur Küche.

»Wenn du eine Ziege schlachtest, dann schlachte die Ziege.« Nazardod wusch sich nicht einmal die Hände, jetzt begrüßte er seinen Gast: »Wenn du plaudern willst, dann plaudere. Wollen wir frühstücken?«

Kaufner war sich nicht so sicher. In der Schäferhütte war es mittlerweile angenehm warm, der Gestank hatte etwas anheimelnd Vertrautes. Es gab Joghurt in allen Konsistenzen, Reifungsstadien und Mischungsverhältnissen (Ziege, Kuh), dazu Kartoffelpuffer, alte Schokolade.

»Du hast Fieber gehabt.« Nazardod brach Brot, schenkte Tee nach, schob die verschiedenen Joghurtschüsseln näher zu seinem Gast. »Aber Zaragul hat das Fieber weggesungen.«

Vom Streicheln und Flüstern sagte er nichts.

»Ihr alle schlaft schlecht bei mir, weil ihr schlecht träumt. Und ihr träumt schlecht, weil ihr wißt, daß ihr sterben werdet.«

Von den Felsen und den dunklen Träumen, die sie hervor riefen, wollte er heute nicht reden. Ebensowenig von den zahlreichen Namen in den Stützbalken. Januzaks Einkerbung sah recht frisch aus; als Kaufner den Schäfer direkt darauf ansprach, zuckte der nur mit den Schultern. Wahrscheinlich erinnerte er sich aus Prinzip an niemanden, der in seiner Hütte genächtigt, und lebte deshalb weiter.

»Bist du sicher, daß du trotzdem heute schon weiterwillst?« fragte er stattdessen, dabei hatte sich sein Gast noch gar nicht zu den Schmerzen im Knie geäußert. Kaufner setzte seinerseits nach, verkniff sich jedoch Januzaks Namen:

»Wann hattest du denn das letzte Mal Besuch?«

»Besuch von ... von einem von euch? Vor einem knappen Jahr.«

»Weißt du, was mit ihm passiert ist?«

»Du weißt es auch, Ali.«

Ein traurigheiterer Blick aus grauen Augen, Nazardod war nicht nur über alles im Bilde, was auf der Hochebene passierte, er kannte jedes Detail bis hinab in die Ebene. Und würde dazu schweigen, es hatte keinen Zweck, weiterzubohren. Der Gast machte Anstalten, sich zu erheben, der Gastgeber klaubte die Brotreste zusammen. Draußen wies er den Weg: In der Senke unten der *Stinkende See*, von hier aus nicht zu sehen, links gehe es nach Samarkand (er meinte die Stadt), geradeaus zum *Leeren Berg*. Er zeigte auf eine Kuppe der gegenüberliegenden Kette, staubgrau und staubgelb wie alle anderen auch, keine ausgeprägte Spitze, keine scharfen Nadeln und Lanzen aus Granit, kein gezackter Grat, keine Einsattelung, nichts, woran das Auge Gefallen oder wenigstens Orientierung gefunden hätte. Es dauerte, bis Kaufner überhaupt sicher sein konnte, den richtigen Gipfel erkannt zu haben. Und bis er begriffen hatte, daß diese ernüchternd unspektakulären Kuppen und Buckel den Westausläufer der *Kirgisenkette* darstellten (wie sie Nazardod freilich nicht nannte).

Eine Treppe führe fast ganz hinauf, fuhr der Schäfer fort, früher sei er sie öfters hochgestiegen um zu telephonieren, oben habe man guten Empfang gehabt. Eine Treppe? Sicher, Ali, eine Treppe. Auf der anderen Seite abgestiegen sei er nie, warum auch, seine Sommerweide sei hier, seine Hütte, sein Leben. Im übrigen gebe es noch einen zweiten Weg um die Bergflanke herum, der sei zwar einfacher, jedoch länger. Ein zweiter Weg? Sicher, Ali, sicher. Im Grunde benützten ihn nur diejenigen, die direkt von Samarkand kämen (wieder meinte er die Stadt), die meisten würden dann aber nicht erst lang in seinem Tal vorbeischauen.

»Man kann tun und lassen, was man will«, resümierte er, ehe Kaufner weitere Einzelheiten erfragen konnte, er wußte immer genau, was er sagen wollte und was nicht: »Zurückgehen will von euch keiner. Wahrscheinlich ist euch nicht zu helfen.«

Ein beißender Rauch zog plötzlich von der Hütte herüber. Kaufner schwieg. Nazardod fügte wenigstens schnell ein paar Ratschläge an:

»Denk dran, Ali, jeder Berg hütet sein Geheimnis. Er ist eifersüchtig auf jeden, der es ihm entreißen will.«

»Manche behaupten, wenn man den Berg lang genug betrachtet, wird er durchsichtig. Guck immer bloß auf die Felsen, nie dazwischen, ja?«

»Da oben gibt es komische Winde und jede Menge böser Geister, sei vorsichtig.«

Und jede Menge Jungs, die ihren Spaß mit mir haben wollen, gibt es da oben ebenfalls, dachte Kaufner. Er hatte sein Knie mit Schlangenfett eingerieben, sein G3 zerlegt und geölt, seinen Rucksack mit frischem Proviant bestückt, er war bereit. Es roch nach ... Weihrauch? Nach Steppenraute! Kaufner blickte zur Hütte. Die beiden älteren Töchter des Schäfers waren beschäftigt, die Milch zu buttern. Zog eine der Schwestern am Band, hatte die andere entsprechend nachzugeben, dann war wieder sie mit Ziehen an der Reihe. Keine der beiden hatte einen Abschiedsblick für Kaufner übrig.

Hinter der Hütte kam jetzt Nazardods Frau hervor, sie schwenkte einen Topf, aus dem es dunkel qualmte, und sang dazu. Auch sie nahm Kaufner gar nicht wahr, ging ein weiteres Mal um die Hütte herum, immerzu weitersingend und den Topf gegen das Mauerwerk schwenkend, Küche und Felsumwallungen nötigten ihr weite Umwege ab. Kaum war sie erneut aufgetaucht, verschwand sie auch schon in der Tür der Hütte, um das Innere auszuräuchern. Das macht sie immer, dachte Kaufner. Sie reinigt das Haus nach jedem, der hier übernachtet hat.

Es war Zeit. Er und der Schäfer sagten sich schweigend Lebewohl, eine ganze Weile lagen all ihre Hände auf- und ineinander. Wie Kaufner an den äußeren Wallanlagen den Hang hinunterging, stand da plötzlich das kleine Mädchen am Gatter und sandte ihm einen bösen Blick hinterher. Zaragul. Ein ganzes Stück weiter unten blieb er stehen und sah sich um. Nazardod verharrte weiterhin an der Stelle, an der sie einander verabschiedet hatten, und schaute ihm nach. Sein grauer Umhang schimmerte so malvenviolett wie gestern. Dazu der weiße Turban, aus dem das Ende des Tuchs auf die linke Schulter herabzipfelte.

Bei den ersten Schritten bergab hatte Kaufner noch mißtrauisch in sein Knie hineingefühlt, doch das Stechen blieb aus. Alles ging wie von selbst, sein Wolfszahn wollte Blut schmecken. Wenn es jemanden gegeben hätte, der ihm beim Abstieg von Nazardods Berg in die Quere geraten wäre, er hätte sich vor ihm bekreuzigt oder versteckt. Kaufner trug das Mal, dessen war er sich nach dieser Nacht sicher. Anders hätte er den Traum gar nicht überlebt. Er ging verhaltenen Schrittes, um nicht wahnsinnig zu werden.

Dabei war er durchaus freundlich zu den Dingen, geradezu leutselig. Im Gehen schlenzte er Steine und kleine Felsbrocken vom Weg, indem er mit dem Hacken direkt danebensetzte und beim Abdrücken, ohne innezuhalten, dem Stein einen Schubs nach links oder rechts gab – Wegpflege der Schäfer, wie er's von Odina gelernt hatte. Selbst die Kuhfladen am Wegesrand hätte er gern im Vorbeigehen mit einem Wanderstab gewendet, wie es sich gehörte.

Aber auch so war es richtig und gut. Nichts haßte er mehr, am allerwenigsten die Berge. Von fern verführerisch runde Flanken und Kuppen, beim Näherkommen schroff und abweisend, sie wollten erobert werden. Wie schön es war, dies verfluchte Gebirg, schamlos nackt und notwendig, ohne jede Gefälligkeit. Kaufner nahm den *Leeren Berg* ins Visier und lächelte ihm zu.

Schon während des Abstiegs in die Senke hatte er sich einer grenzenlosen Gedankenlosigkeit anheimgegeben. Kaufner hatte genug gedacht, er hatte sich entschieden, dabei würde er bleiben. Wäre nicht bei jedem Schritt der Schmerz ins Knie zurückgekehrt, er hätte Lust gehabt, zu singen oder zumindest zu summen.

Zwei Stunden später war er so weit abgestiegen, daß ihm der See grüngelb entgegenschimmerte und die Luft darüber in verschiedenen Farben schillerte. Die *Kirgisenkette* dahinter dampfte unter der Sonne, floß auf ihn zu oder von ihm weg,

Kaufner war so benommen von der Hitze und dem Dröhnen im Kopf, daß ihm wiederholt schummerig schwarz vor Augen wurde. Dann preßte er die Lider fest aufeinander und fühlte den guten Druck der Trageriemen. Riß er die Augen wieder auf, blendete ihn die Welt mit allem, was sie zu bieten hatte, lockte ihn voran. In der Senke selbst wurde es schnell sumpfig, der See war nichts weiter als ein Tümpel, von stechendem Geruch und einem verkrusteten Salzrand umgeben. Geh auf den Steinen, wo immer du kannst. Wenn du durch Wiese gehen mußt, tritt nicht in die Mulden, da hat sich im Gras das Wasser versteckt.

Mit einem Mal verwandelte sich die Stille in ein gewaltig anschwellendes Summen, Kaufner blieb auf der Stelle stehen. Erst nach zwei, drei Sekunden sah man Tausende und Abertausende winziger Fliegen, die er offensichtlich aufgeschreckt hatte, im Nu war er völlig davon bedeckt. Nun rannte er, bis er See und Sumpf hinter sich gelassen. Noch immer mußte er sich zahlreicher Fliegen erwehren, das Summen jedoch verebbte, der Schwarm ließ sich wieder rund um die Ufer nieder. Der Weg, den Kaufner bei seiner Flucht eingeschlagen, hatte ihn bereits in die richtige Richtung geführt: vor ihm der *Leere Berg* und, tatsächlich, eine Treppe, die in steilen Serpentinen hinaufführte, über eine der Bergrippen sich windend.

Der Weg seinerseits ging als gut markierter Saumpfad an der Treppe vorbei und weiter am Fuß des Berges entlang, sicher mündete er in den Weg, den man direkt von Samarkand nehmen konnte. Wie einfach du es hättest haben können! Wie schnell du hierher hättest kommen können, wenn du im Frühjahr davon gewußt hättest! Und wenn du dich nicht vom Militär hättest abschrecken lassen, das die Grenze und gewiß auch jenen Weg abgeriegelt hatte. Wenn du kein Anfänger mehr gewesen wärst. Immerhin, jetzt bist du keiner mehr, jetzt gehst du wie ein Tier oder ein Einheimischer, jetzt trägst du das Mal.

Und vielleicht nimmst du diesen Weg ja *danach*, vielleicht ist es dein Rückweg ins normale Leben?

Daran durfte er freilich noch nicht denken. Die Treppe nämlich, die er als nächstes zu nehmen hatte, *sein* Weg zum Objekt ... Was heute morgen staubgrau und -gelb geleuchtet, nun war es eine dunkle Felswand, unverhohlen feindlich. Kaufner wischte sich mit seinem halben Taschentuch die Stirn, preßte jeden der Goldbären anschließend sorgfältig aus. Das rechte Knie pochte; Kopf, Hals, Brust, Knöchel pochten; schweißgebadet lag Kaufner im Schatten und stärkte sich für den Anstieg. Linksrechts der Treppe sah man zahlreiche Ruinen, als ob dereinst hier ein belebter Pilgerpfad mit Läden und Teebuden gewesen. Ab und an hörte man eine kleine Steinlawine abgehen oder das Gelärm der Krähen in der Wand. Ein Adler segelte die Bergflanke herab und im Tiefflug knapp an Kaufner vorbei. Dann wieder nichts als der Wind, mitunter schlug er so kurz und hart auf den Berg, daß es wie das Knallen von Schüssen klang. Oder waren das die Jungs des Sultans, die sich, weiter oben, in irgendeiner Falte des Gebirgs, mit dem Schießen auf Murmeltiere in Stimmung brachten?

Kaum war er eingenickt, schreckte er auch schon wieder hoch, ein kleiner Schrei aus nächster Nähe – hatte Odina zum Aufbruch gerufen? Hundert Prozent. Ein letzter Hain an strauchartigen Gewächsen, bald herrschten die Felsen unumschränkt. Der Weg führte beidseits der Bergrippe stets ein Stück in die jeweilige Rinne hinein, ehe er sich mit einer Spitzkehre zurückwandte. Viele der Stufen fehlten, die verbliebenen eine Abfolge wuchtiger Blöcke, kniehoch aneinandergefügt oder mit losen Felsbrocken und Steinen zu kleinen Halden zusammengerutscht. Noch ging es leidlich. Immer wenn Kaufner ins Resümieren geriet, ermahnte er sich: danach. Er wollte seine Sache zu Ende machen, ein Mann und ein Berg, nichts, was dazwischenkommen durfte.

Am verdorrten Wunschbaum erkannte er den Weg, er war ihn schon einmal gegangen. Damals hatte er sich an dieser Stelle den Fuß vertreten, als sie den Esel aus dem Gestrüpp der Äste befreit hatten. Nun schwebte er wie im Traum über die Stufen. Fast enttäuschend, wie einfach man am Ende zum Ziel kam. Einige Serpentinen höher riß die Treppe plötzlich ab, und der Berg gab sich in all seiner Niedertracht zu erkennen. Vom Weg war erst zwanzig, dreißig Meter weiter oben wieder etwas zu erkennen. Dazwischen, in der Rinne, war fast die gesamte Serpentine von einer Mure weggerissen worden. Man sah die Spur, die sie auf ihrem Weg ins Tal genommen hatte, erkannte von oben die Zunge, in der sie, grau auf grau, auslief.

Kaufner schleckte den Fels, kaute den Staub, erkannte den Pfad. Er war der erste nicht, der an diese Stelle gekommen, da und dort gab es Spuren seiner Vorgänger zu entdecken. Im Prinzip mußte man die fehlende Spitzkehre komplett als Kletterpfad bewältigen; auf einer der übriggebliebenen Stufen in der Kehre lagen kleine Steine aufeinander, ein untrügliches Zeichen. Als Kaufner in die Wand einstieg, hatte er bereits zwei Stunden am Berg in praller Mittagshitze hinter sich, er leckte sich das Salz von der Oberlippe.

Kurz vor der Kehre, die Markierung heimtückisch nah vor Augen, ging es nicht weiter. Kaufner hatte sich an den abschüssigen Klippen sicheren Halt zu verschaffen gewußt, das schon. Aber vor ihm, die letzten Meter bis zu den stehengebliebenen Stufen in der Wand, war nichts mehr, woran er sich hätte festhalten können. Sondern ein schwarzer Fels, als schmaler Sims aus der Bergwand ragend. Um auf allen vieren hinüberzukriechen, hatte er sich viel zu sehr aufgeheizt. Man hätte natürlich einfach hinübergehen können. Wenn man es gekonnt hätte. Der Fels war an die vier Meter lang und nur zwei Handspannen breit. Wahrscheinlich würde er sofort ins Schwingen geraten, sobald man den Fuß darauf setzte.

Es gelang Kaufner, sich halb vom Hang abzudrehen, so daß er sich hinter einer Felsnase leidlich bequem einklemmen konnte. Allerdings mußte er sich immer wieder kurz hochstemmen, weil selbst das graue Gestein so heiß war, daß man nicht dauerhaft darauf sitzen konnte. Unter ihm ein paar hundert Meter Luft. Felszacken mit und ohne Krähen. Spätestens aus dieser Perspektive war der *Leere Berg*, so harmlos er aus der Ferne heute früh erschienen, die Feindseligkeit der Welt schlechthin, als Natur getarnt.

Kaufner beschimpfte sich. Früher warst du schwindelfrei, vollkommen schwindelfrei! Sonst hättest du den Einzelkämpferlehrgang ja niemals geschafft. Immerhin Zugspitze, das war damals auch nicht ohne. Und jetzt willst du versagen. Doch es half nichts. Er konnte ihn spüren, den Sog, der ihn nach unten zog. Immer mehr Krähen kamen krächzend herbeigesegelt, ließen sich in seiner Nähe ab. Sie waren hungrig und warteten darauf, daß er stürzte.

Was anfangs noch als Pause gerechtfertigt werden durfte, um Luft zu holen und Mut zu schöpfen, wuchs sich aus und aus. Du wirst ein Wunder wirken und über diese Felsplatte gehen, als wär's ein Bürgersteig. Sei ein Mann und bring es hinter dich. Aber Kaufner konnte es nicht. Selbst zurück ging es nicht mehr. Auf Hilfe zu hoffen, verbot sich. Er war vom Sultan zum Abschuß freigegeben, wer sollte sich aufmachen, ihn zu retten? Ein Schutzengel?

Als er mit seinem Leben abgeschlossen hatte, registrierte er plötzlich, wie sich eine dunkle Wolke rund um den See erhob. Eine Zeitlang stand sie über der Senke. Sowie sie sich wieder aufgelöst hatte, sah man den hellen Fleck, der den Fliegenschwarm aufgescheucht. Alle im Gebirge hatten diesen wiegenden Gang, alle. Derart von Kopf bis Fuß vermummt ging indes nur einer. Wo kam der denn so schnell her? Auch übern Sumpf ging er, als ob es ein flauschiger Teppich wär', wahrscheinlich pfiff er sich was dabei. Fast hatte er bereits die Weggabelung am Treppenabsatz erreicht, verschwand, eine schwankend schwebende Tuchsäule, wurde erneut sichtbar, dann endgültig von einem Überhang verdeckt.

Jetzt oder nie. Ehe's sich Kaufner versah, hatte er sich hochgestemmt aus seiner Ausweglosigkeit, hangelte er sich ganz an die schwarze Felsplatte heran, die Krähen flatterten empört davon. Schon stand er aufrecht, hörte, wie ihm das Blut durch die Schläfen rauschte. Ich will es schaffen, ich muß es schaffen, ich werde es schaffen, dachte er, selbst wenn ich es nicht schaffe, werde ich es geschafft haben. Dann setzte er sich in Bewegung, freihändig und laut im Rhythmus der Schritte das Lob Gottes anstimmend. Der hocherhabene – Wirker der Ursachen – gepriesen seien – seine neunundneunzig – Schönen Namen! Damit war er drüben, Kaufner, der fromme Erkunder des schwarzen Felsens, Kaufner, der Heilige, in dem sich Gottes Liebe eingefunden und ihm die Schönheit der Schöpfung offenbart hatte.

Der Rest war einfach, jeder Griff ging wie in Trance. Als Kaufner zwanzig Meter weiter oben und wieder auf der Treppe stand, war sein Körper so hohl und leer, daß er sich setzen mußte. Nun gehörte er endgültig zu denen, die über den entscheidenden Punkt hinausgegangen waren. Noch immer prasselten ihm unerhört schöne Gedanken von irgendwoher zu, wahrscheinlich stand er nach wie vor im innigen Verkehr mit der Welt des Verborgenen. Alles ist Gott, jedweder Lufthauch, auch du selber bist es, begreif's! Der wahre Heilige weiß gar nicht, wie hoch er über den Menschen steht.

Nach ein paar Minuten ebbte die Ekstase ab, die Läuterung blieb. Der einfachste Weg ist der richtige, merk dir das. Sobald du kompliziert wirst, bist du verloren. Man kann erst dann nicht mehr, wenn man nicht mehr kann. Solang man noch kann, kann man noch.

Auch die Krähen hatten sich wieder beruhigt und andernorts niedergelassen. Aber die Sonne stand tief. Bald würde die Dämmerung einsetzen, kurz und knapp, mit einem leuchtenden Saum im Westen. Schon übernahm sie in der Nähe da und dort die Gewalt über Risse und Einkerbungen im Fels, in einer halben Stunde würde die Nacht aus allen Falten der Hänge auf einmal hervorkommen. Selbst ein Januzak würde den schwarzen Felsen dann nicht mehr passieren können. Es galt, die verbleibende Zeit zu nützen und einen Ort zu suchen, an dem man ihm in Ruhe auflauern konnte.

In einer Wegkehre fand Kaufner eine Ruine, von der aus man einen weiten Blick ins Tal und auf die Treppe hatte, vor allem den gesamten Weg bestreichen konnte, der zu ihr heraufführte. An manchen Stellen war das Gemäuer fast hüfthoch erhalten; Kaufner überprüfte, wo er den besten Blick auf die Serpentine hatte, aus der Januzak auftauchen mußte. Probeweise legte er das Gewehr auf die Mauer und betrachtete alles im Zielfernrohr. Man konnte beide Ellbogen wunderbar aufstützen, die Waffe lag in jeder Position ruhig, ein Fehlschluß war ausgeschlossen.

Nachdem er sein geschwollenes Knie mit Schlangenfett eingerieben hatte, legte er sich in seinem Schlafsack auf die Lauer. So unerträglich heiß es tagsüber gewesen, so kalt wurde es jetzt. Kaufners Stirn war naß und blieb naß, in seinem Knie pochte es, in seinem Körper kreiste das Fieber. Wenn er in die Dunkelheit hinaufblickte, funkelte ihm kein einziger Stern. Der Mond ging als rote Scheibe über den Himmel, im Zielfernrohr erkannte man seine blaugrauen Flecken. Ob er wachte oder kurz einnickte und träumte, die ganze Nacht lang sah Kaufner den Kirgisen, wie er aus der Biegung der Serpentine hervorkam. Sah, wie er, wiegenden Ganges, direkt auf den Mittelpunkt des Fadenkreuzes zuhielt, Kaufner war ganz trunken von diesem Anblick.

Noch vor Anbruch der Morgendämmerung erwachte er in einer Blutlache. Odina hatte gerufen. Doch die Marmorkugel, die Kaufner fest in der Rechten gehalten, war verschwunden, er mußte sie verloren haben. Auch in seiner Hosentasche zerknüllt nur ein halbes Taschentuch, mit Bären bestickt. Die meisten Wände der Schäferhütte, in der er genächtigt, waren eingefallen, kein Wunder, daß er so fror. Anscheinend war die Dorfgemeinschaft im Frühjahr nicht gekommen, um die Schäden des Winters zu beheben. Bald würde die Tochter des Schäfers ein Feuer im Ofen entfachen, Kaufner sehnte sich nach dem Geruch der Kuhfladen. Und nach Wasser, wie durstig er war! Am anderen Ende des Zielfernrohrs, wo die Felsenriffs zu grauen Ahnungen verschwammen, saß ein großer Rabe und merkte nicht, wie er ins Visier genommen wurde. Die Zeit war reif, den Himmel zusammenzufalten.

Ein kurzes klares Rot am Horizont, gefolgt von einem schnell wechselnden Farbenspiel. Aber kein Stein klickerte talwärts, kein Vogel schrie, nichts wollte den Kirgisen ankündigen. Lang genug war er ein lebendiges Stück Fleisch mit zwei Augen gewesen. Zweieinhalb Jahre hatte Kaufner auf den Moment gewartet, da er sich rächen würde, nun konnte er auch noch liegenbleiben und ein paar Minuten dazugeben. Er würde nicht zu heftig atmen, damit der Lauf ruhig lag, würde nicht husten, nicht zögern. Würde Januzak mit einem einzigen Schuß erledigen wie ein Murmeltier.

Ab und an wischte er sich mit dem halben Taschentuch die Stirn, dann ging es leichter. Sobald er das Tuch in die linke Handfläche legte, zitterte der Lauf nicht mehr. Sicher war ein Zauber hineingestickt. Sobald er zurück im *Atlas Guesthouse* wäre, würde er Shochi erzählen, wie das Tuch Wunder gewirkt und ihn am Ende zurück nach Hause geführt hatte. Aber der *Anfang* vom Ende, das war nun erst noch der Kirgise, und der ließ sich nicht blicken.

Schon sah man über der Senke das Frühgewölk, zartgelb von unten bestrahlt, bergab fächelte die Morgenbrise. Der Tag der Abrechnung brach an. Ansonsten tat sich nichts. Mit einem Mal ein anschwellendes Summen, das sich zum kräftigen Brummen steigerte. Überm *Stinkenden See* jedoch keine Wolke zu sehen. Hingegen über Kaufners Versteck, mit Gedröhn hinterm Grat hervorkommend, Flugzeuge, immer mehr Flugzeuge, eine Staffel, ein Geschwader. Eine Angriffswelle nach der anderen. Richtig, es war Krieg. Auch wenn man beim besten Willen nicht sagen konnte, wer da flog und gegen wen, die Russen? Oder bereits die Chinesen? Wahrscheinlich war es egal. Während Kaufner überlegte, in welcher Richtung überhaupt Samarkand lag und der Westen, stieg die Phalanx überm Gegenhang steil auf und zerstob im Zenit wie eine Garbe Leuchtkugeln beim Feuerwerk.

Aber nur, um sich sogleich zu einer neuen Formation zu finden. Zunächst ballten sich die schwarzen Punkte wieder zusammen, dann zogen sie sich zu einer Ellipse auseinander, die schräg über Nazardods Berg stand, um einen geheimen Mittelpunkt kreisend. So unwirklich perfekt aufeinander abgestimmt wie eine Computersimulation. Indem sich die Kurve weiter und weiter dehnte, zerfiel sie erneut, formte sich im nächsten Moment zum spitzen Winkel und ... kam im Tiefflug pfeilschnell zurück über die Senke, in der Spitze schon fast wieder über der *Kirgisenkette*, beide Flügel immer weiter auffächernd. Indem es in rasender Fahrt über Kaufner dahinging, schien der Schwarm einen Sekundenbruchteil in all seiner elastischen Leere innezuhalten, um den Himmel mit seinem brausenden Tosen anzufüllen. Tausende, Abertausende an Vögeln. Hätte Kaufner einen Kreis um sich gezogen gehabt, wären sicher ein paar herabgefallen. Er mußte sich mit beiden Händen festhalten, um nicht vom Schwindel erfaßt zu werden und kopfüber hinaufzustürzen.

Als der Schwarm wenige Augenblicke später vollständig hinterm Kamm verschwunden und nur die Stille des *Leeren Berges* zurückgelassen hatte, hörte man das Gelächter aus seinem Inneren, klar und hart. Kaufner schreckte hoch, blinzelte in den Tag. Das Tal sah genauso aus wie dasjenige, von dem er eben geträumt. Hatte er wirklich bis gerade eben geschlafen? War währenddessen etwa Januzak an ihm vorübergegangen? Kaufner sah auf die Uhr, es war schon viel später, als er geglaubt hatte. Du bist nicht mehr der Jüngste, die Zeit läuft dir davon. Im Himmel war kein einziger der indischen Stare mehr zu sehen, nicht mal eine Drohne. Oder träumte er *jetzt*? In jedem Fall hatte es keinen Sinn, länger zu warten. Du sollst dir keine unnötigen Fragen stellen, und einschlafen sollst du erst recht nicht. Geh endlich los und schau nach, was auf der anderen Seite des *Leeren Berges* ist.

Nachdem er den Treppenweg fast bis ins Tal hinab durchs Zielfernrohr abgesucht hatte, verließ Kaufner die Geborgenheit seines Verstecks. Der Wolfszahn wollte Blut schmecken, gewiß. Aber vor allem wollte Operation 911 endlich ausgeführt werden, das ging vor. Egal, welche Grabbeigaben er finden würde, er würde sie zerstören. Falls ihm dabei irgendwer in den Weg geraten wollte, sei's der Kirgise, sei's der eine oder andre von den Jungs, sei's sonstwer, er würde sich von ihm nicht lange aufhalten lassen. Kaufner ging mit Bedacht, allzuviel Kraft hatte er nicht mehr, er mußte damit haushalten. Schritt für Schritt kam er dabei wieder zur Besinnung. Nach wie vor schmerzten die Sehnen, pochte das Knie, flimmerte es vor seinen Augen. Doch war es lediglich die Anstrengung, die ihm den Schweiß auf die Stirn trieb, nicht mehr das Fieber. Bei jeder Pause, in der ihm das nasse Hemd trocknete im heißen Wind, bildete sich ein neuer weißer Schweißrand im Stoff, es war vom Salz verkrustet wie die Ufer des *Stinkenden Sees*.

Und noch immer hatte er keinen Bach gequert, an dem er

seine Wasserflaschen hätte neu befüllen können. Irgendwann war er oben. Und war es doch nicht. Das, was er für das Ende der Treppe und dahinter den Gipfel gehalten, war nur das Ende der Treppe und dahinter die Schulter des Gipfelmassivs. Was von Nazardods Hütte aus wie eine runde Kuppe ausgesehen, hatte sich unmerklich zu einem scharf gegliederten Relief entfaltet, bis zur Spitze ging es noch ein Stück weiter. Allerdings war der Anstieg flacher, man konnte ein Lied dabei singen.

Auf dem Gipfel dann eine Schädelpyramide. Kaufner blieb in respektvoller Entfernung stehen, preßte die Augen fest zusammen und fühlte den guten Druck der Riemen. Als er die Augen aufriß, war es eine Pyramide aus schwarzen Felsbrocken. Vor ihm her zog eine feine Staubfahne, hatte er sich verraten? Die letzten Meter legte er kriechend zurück, schob sich neben der Gipfelpyramide so weit nach vorne, daß er auf die andere Seite des *Leeren Berges* sehen konnte. Noch hatte er den Kopf nicht ganz aus der Deckung genommen, schon fielen die Schüsse.

Eine gehörige Weile blieb Kaufner liegen und lauschte. Immer wieder knallte es, mal lauter, mal leiser, dazu kamen die Echos. Dazwischen Gekrächz, rätschende oder heiser keckernde Rufe, scharfes Gickern, sogar Zwitschern. Meist mehrere Schüsse kurz hintereinander, mal klang es nach Maschinenpistole, mal nach Sturmgewehr, das man auf Feuerstoß gestellt hatte. Vor allem hörte es nicht auf. War es vielleicht doch nur der Wind, wie er gegen den Berg schlug? Zwölf Uhr mittags vorbei, Kaufner wagte sich aus der Deckung. Kaum daß er noch zuckte, wenn es knallte. Bald lag er bequem, den Kopf aufgestützt, und beäugte, was sich auf dieser Seite des *Leeren Berges* auftat.

Fiel die *Kirgisenkette* zum *Stinkenden See* hin als steile Wand ab, so schwang sie nach Osten deutlich sanfter aus oder eigentlich im Bogen herum. Ein gestaffeltes Panorama trübgrau verkarsteter Formationen schloß sich an, von fern leuchteten die *Drei Wesire*. Ohne Baum oder Busch rechter Hand die bucklige Welt der Hochebene, wie man sie kannte, Kaufner vermeinte sogar, ein Stück der *Seidenstraße* zu erkennen. Irgendwo im Süden mußte das Hauptquartier des Sultans liegen. Wäre er nicht halb am Verdursten und vom Wunsch beseelt gewesen, sich seiner Aufgabe so schnell wie möglich zu entledigen, er hätte die Freude dessen empfunden, der nach langen Irrwegen zum ersten Mal einen Blick auf den Ort seiner Bestimmung wirft.

Der Grat, auf dessen äußerstem Gipfel er lag, umschloß als stacheliger Rand zu Dreiviertel einen kleinen Kessel. Linker Hand, nach Norden, war der Kessel offen, am Fuß des *Leeren Berges* schien ein Saumpfad herauszuführen, wahrscheinlich der direkte Weg nach Samarkand, den Nazardod erwähnt. Ansonsten brach der Kessel auf seiner gesamten Nordseite abrupt ab ins Bodenlose, anstelle des umschließenden Trichters führte eine durchgehende Kante vom West- zum Osthang, so daß die gesamte Anlage wie ein natürliches Amphitheater aussah. Sämtliche Ränge aus schwarzem Gestein, bis auf halbe Höhe mit Ruinen versehen. In der Talsohle ein verschachteltes Häuser- und Gassengewirr, jedenfalls was das Muster der verbliebenen Grundmauern betraf. Dort, wo im Amphitheater die Bühne gewesen wäre, ein Friedhof, in seinem Zentrum eng an eng von Mausoleen bestanden. Sie bildeten eine Gräberstraße wie diejenige in ... Kaufner schluckte trocken durch, wie die in Samarkand, Shah-i Sinda.

Die Totenstadt, von der Nazardod erzählt hatte! Wenn es so etwas wie Glück in Kaufners Leben gab, dann jetzt. Pardon, Kaufner, so müssen wir es wohl nennen – Glück. Er fühlte sich völlig klar im Kopf, das Fieber war abgeklungen, nichts störte ihn bei der Erkenntnis, daß er unmißverständlich angekommen und seine Suche zu Ende war. Alles schien ausgestorben bis auf die Vögel, die hoch am Himmel kreisten oder im Tiefflug über den Ruinen segelten, sich von den Aufwinden am Trichterrand emportragen ließen oder von einer der Zinnen des Grates auf das herabsahen, was, eingeschmiegt in den Kessel, seit Hunderten von Jahren hier zu sehen sein mochte. Adler, Habichte, Falken, wer weiß. Direkt gegenüber, in zahlreichen Nischen und Höhlen unter einem Überhang, sogar eine Kolonie von Geiern. Wie unverschämt laut sie allesamt waren!

Mittlerweile ging es blitzschnell, wenn Kaufner den Blick auf Gebirgsformationen richtete; die Unterschiedlichkeit der Flanken, Wände, Schrunden, Runsen erfaßte er, ein geübter Paßgänger, ohne sich sonderlich mit Details aufzuhalten. Doch um das Magische des Kessels zu erfassen, brauchte er Zeit, immer wieder entdeckte er Neues. Reste alter Bewässerungskanäle an den Hängen. Dort, wo sie im Kesselgrund mündeten, ein kleiner Hain – also Wasser! Ein Treppenweg, der die kahle Flanke des *Leeren Berges* hinabführte in die Stadt. Überall, wo man Felsbrocken für die Mauern der Gebäude geschlagen hatte, dunkle Steininseln. Auf halber Strecke zur Stadt hinab die erste Ruine, riesig, wahrscheinlich ein Palast. Der Weg führte mitten durch ihre Außenmauern hindurch, einer der Torbögen stand noch, auch er aus schwarzen Granitblöcken imposant gefügt. In den Villen darunter da und dort Umrisse von Wasserbassins, Terrassen, Höfen. Im Stadtzentrum die Reste von Kuppelbauten, vielleicht der Bazar, vielleicht der Hamam, und vor allem der Friedhof. Ausgiebig betrachtete ihn Kaufner im Zielfernrohr.

Die Gräber waren zum großen Teil bloß noch Gruben oder Erdhügel mit und ohne Umzäunung, einige kleine Mausoleen aus Lehm konnte man ausmachen, zum Großteil eingestürzt. Ein paar Erdhaufen erschienen frisch aufgeworfen, in anderen steckten spitze weiße Steine oder Plastikblumensträuße. Aber das konnte doch gar nicht sein? Der Friedhof war vollständig von einem mannshohen Maschendrahtzaun umgeben, wie im Gebirge üblich, war also nicht bloß Ruinenfeld, wie es den Anschein hatte, sondern Ort der Totenruhe, an dem auch heute noch begraben oder Verstorbenen die Ehre erwiesen wurde. Man erkannte sogar die Stelle, wo man einen der Stecken, an denen der Maschendraht befestigt, zur Seite heben konnte, um hineinzuschlüpfen. Zwischen den Grabstellen das übliche Ödland, da und dort mit einem Abfallsack markiert oder was immer es sein mochte. Aber das konnte doch erst recht nicht sein? In der Mitte der Anlage, auf den Felsabbruch im Norden zulaufend, die Gräberstraße in satt schillerndem Schwarz, als wäre der Blitz hineingefahren und hätte die Felsen von innen verkohlt. Das größte Mausoleum ganz an der Kante, dramatisch inszeniert vor der Kulisse – kein Zweifel, das Grab des Gebieters.

Von den Bauten selbst standen nur mehr die schieren Mauern, bruckstückhaft da und dort von farbigen Kacheln geschmückt. Aus allen Richtungen führten Trampelpfade auf sie zu, helle Linien auf grauem Grund. Keine Frage, der Bergkessel, in den Kaufner hinuntermußte, war der Lieblingsspielplatz der Jungs, spätestens jetzt würde es todernst werden. Verfluchte Wette! Und noch immer wollten sie sich nicht zeigen, um sie einzulösen. Immerhin war nun klar, warum sie ihn überhaupt so lange am Leben gelassen hatten – um hier, nach allen Regeln ihrer Kunst, ein fröhliches Kesseltreiben zu veranstalten. Verfluchter Berg, verfluchter Bergkessel! Zeigt euch endlich, ihr Feiglinge! Gewiß hockten sie hinter irgendeiner Ruine und stritten darüber, wie sie ihn auf eine Weise ins Jenseits befördern konnten, daß er dort weiterhin gedemütigt werde, jedenfalls nach ihrer Vorstellung und im Namen Gottes, des Erbarmungsvollen, des Barmherzigen. Aber ein Auftrag war so lange ein Auftrag, bis er erfüllt war. Selbst wenn man längst nicht mehr daran glaubte, nie daran geglaubt hatte. Kaufner entsicherte sein Gewehr. War er auch vier-, fünftausend Kilometer und zweieinhalb Jahre von seinen Auftraggebern entfernt, so würden sie doch das, was hier gleich passieren würde, noch in ihrem entlegensten Versteck mitbekommen.

Du bist über den schwarzen Felsen getanzt, du hast mit den Engeln und Propheten gesprochen, du wirst jetzt diesen Hang hinuntertollen, als ginge es dort unten direkt ins Paradies. Die ersten hundert Meter bis zur Palastruine mußten so schnell wie möglich überwunden werden, nirgendwo gab es Deckung. Das Sturmgewehr in der Rechten, lauerte Kaufner ein letztes Mal in den Kessel hinab. Alles, was nach dem schwarzen Felsen gekommen war und weiterhin kommen würde, war geschenkte Zeit. Wohlan!

Noch hatte er sich nicht ganz aus der Deckung geschoben, schon fielen die Schüsse. Er aber fuhr mit Gepolter den schwarzen Hang hinunter, rutschte aus, fiel, rappelte sich auf, sprang treppab, knickte um, schlug kopfüber böse die Stufen hinab, blieb einen Moment liegen, raffte sich erneut auf, hinkte, rutschte, stolperte, rettete sich durch den Torbogen und in die Palastruine hinein. Die letzten Meter hatte er derart laut gesungen und die Herrlichkeit des Herrn gepriesen, daß er das Knallen der Schüsse nicht mehr gehört, die Schmerzen im Knie, im Kopf, in der Schulter nicht mehr verspürt, das Aufflattern der Vögel aus dem Talkessel nicht mitbekommen hatte.

Nun kamen die Schmerzen alle zu ihm zurück, sich in Erleuchtungen wandelnd und schöne Gedanken. Mit der verbliebenen Hälfte von Shochis Taschentuch wischte er sich das Blut von der Stirn. Was mit seiner Schulter passiert war, wollte er gar nicht wissen. Zwischen den Salven war's so still, daß man wieder das Zwitschern hörte – herrlich, dem Wunderbaren der Welt so nahe zu sein. Mochten ihn die Jungs auch aus allen Rohren unter Feuer nehmen, sie würde es niemals widerlegen können. Warum sah man denn noch immer keinen einzigen von ihnen? Nur an den Staubfahnen erkannte man, wo sie sich gerade aufhielten. Wenn man dann doch einmal da – oder dort – etwas aufblitzen sah und das Gewehr hochriß, war da – wie dort – plötzlich nichts mehr. Manchmal verstellten sie sich und riefen mit Odinas Stimme nach ihm. Oder mit derjenigen des Kirgisen. Und wenn sie sich über ihn lustig machen wollten, lachten sie wie Timur, klar und hart. So feige waren sie.

Im leeren Geviert der Palastruine lagen nicht nur einzelne Granitblöcke herum, sondern haufenweise auch gebrannte Ziegel. Ein Geröllfeld eigener Art, aus dem mancherorts Mauern und Kellergewölbe ragten. Trampelpfade kreuz und quer, alte Feuerstellen, verrostete Konservendosen, Plastikfetzen, aber nach wie vor kein einziger Mensch. Das war nicht irgendeine Ruine, so viel stand fest, das war ... egal. Kaufner legte das Ohr an einen der herumliegenden Granitblöcke, lauschte hinein und hinab, doch der Berg wollte nicht sprechen. Also wischte er sich das Blut von den Händen und wurde wieder nüchtern und kalt. Eine Sache konnte nicht untergehen, solange ein einziger daran glaubte; selbst wenn alles, was er getan, am Ende verkehrt gewesen sein sollte, so war die Idee, für die er es getan, immer die richtige gewesen. Ebendarum hatte ihn Gott mit seiner Liebe auch gestern so heftig heimgesucht und zum Heiligen erkoren, warum sonst? Wenn nur die Fliegen nicht so lästig gewesen wären, sie wollten unbedingt von Kaufners Blut trinken. Wenn er selbst nur nicht derart Durst gehabt hätte, vielleicht flimmerte es ihm deshalb so vor den Augen. Oder wollten die Felsen durchsichtig werden, wollte sich der Berg in seinem Innersten offenbaren?

Den weiteren Weg hinab ging er gemessenen Schrittes, in aller Ruhe von Ruine zu Ruine. Ununterbrochen knallten ihm die Jungs die Kugeln um den Kopf, der ganze Kessel knatterte, aber kein einziger Schuß traf ihn, wahrscheinlich war er unverwundbar. Sobald die Jungs eine Pause machten, um nachzuladen, kommentierten aufgeregt die Vögel, »Tetetet«, »Kak-kak«, »Gik-gik-gik«, »Gjak-gjak«, »Gegegeg« ... Es zischte und fauchte, ratterte, piepte, schluchzte und gluckste; der Trichter verstärkte und ergänzte mit Nach- und Widerhall, es war großartig.

Schon war Kaufner an die zwanzig – an die zehn Meter überm Kesselgrund, er war nicht mehr aufzuhalten. Die Sonne eine weiße Scheibe, manchmal schnurrte sie auf einen gleißenden Punkt zusammen, der Punkt blitzte auf und verglühte. Dann war es dunkel. Sobald man die Augen fest zusammenpreßte und wieder aufriß, wurde es aber sofort hell und klar. Trotzdem wollte sich noch nicht mal ein Murmeltier zeigen. Sollte es auf einen Nahkampf in der Gräberstraße hinauslaufen? Kaufner blieb stehen und rief laut nach den Jungs, nach dem Sultan, nach Januzak, verhöhnte die *Faust Gottes*, verlachte sie. Immerhin klang das Echo einigermaßen schaurig, das ihm von den Wänden zurückgeworfen wurde. Dann sang er ihnen allen sein Lied vor: Finden und zerstören. Finden und zerstören. Mehr nicht. Mehr nicht.

Niemand rührte sich, nichts rührte sich, es war zum Verrücktwerden. Einen Moment erwog Kaufner, sich zunächst Richtung Hain zu wenden, um nicht zu verdursten. Aber nur einen Moment. Danach, flüsterte er sich sorgsam zu, die Zunge flatterte ihm gegen den Gaumen: danach. Schau dir das Objekt an und bring es zu Ende.

Der Friedhof war eine Schädelstätte auch im engeren Sinne: Was vom Grat aus wie Abfallsäcke ausgesehen hatte, entpuppte sich im Zielfernrohr nun als merkwürdig unregelmäßig angefüllte ... Ja, was denn? Man hatte Leinentücher oder Decken darübergebreitet, das Ganze mit groben Seilen verschnürt und in den allermeisten Fällen mit Totenköpfen gekrönt. Weil die Säcke meist einer gegen den anderen oder irgendeine Wand gelehnt und weil obendrein zahlreiche Löcher hineingehackt waren, konnte man sich ausmalen, daß tatsächlich die dazugehörigen Körper darinnenhockten. Auch sonst sah man Schädel herumliegen, manche noch mit Haarschopf, oder zu kleinen Pyramiden angeordnet, man sah Schienbeinknochen, die paarweise gegen Mauerreste gelehnt waren. Eine Art Mahnwache oder Trophäensammlung oder ... egal.

Kaufner war nicht der erste, der die geheime Totenstadt rund um Timurs Grab gefunden, so viel stand fest. Worauf es aber einzig ankam, waren die Trampelpfade, die durch all das hindurch zu den schwarzen Mausoleen führten. Wohlan! Bevor Kaufner die letzten Meter des Treppenweges hinabstieg, suchte er ein weiteres Mal die umgebenden Hänge nach irgendwelchen Anhaltspunkten ab, die er ins Visier hätte nehmen können. Über ihm kreisten sie, die Vögel, rundum hockten sie, die Vögel, sie kannten sich hier aus und verfolgten jede seiner Bewegungen. Eher zufällig vernahm er vom Fuß des *Leeren Berges* ein Gekrächz, entdeckte dort einen hellen Punkt. Und ging sofort in Deckung.

Wo kam der denn plötzlich her? Er mußte den Weg um den Berg herum genommen haben. Und so schnell! Schon wenige Augenblicke später sah man ihn deutlicher, zur Gänze in seine Tücher gehüllt, wie man ihn kannte, klein, schmal, grazil fast. Hätte man nicht gewußt, wer sich unter der Vermummung verbarg, man hätte ihn für eine Frau halten können. Kaufner riß sich das Gewehr von der Schulter, lud durch, bebte dem Augenblick der Rache entgegen. Im Zielfernrohr ein wiegendes Hin und Her, federnden Schrittes kam es näher. Nun hatte es die Ausläufer der Stadt erreicht und verschwand hinter der ersten Ruine. Kaufners Hände zitterten, er mußte das Gewehr absetzen.

Es ist soweit, hätte er gern geflüstert, wenn die Zunge noch vom Gaumen zu lösen gewesen wäre, nicht mal mehr husten konnte er. Gleich werd' ich dir den Himmel zusammenfalten, dachte er und wischte sich den Schweiß mit Shochis Tuch von der Stirn. Erneut tauchte die Gestalt auf, zerzitterte unter Kaufners Blicken zu ... schnell preßte er die Augenlider zusammen. Schob sich den Schaft des G3 so fest in die Schulter, bis er damit zusammengewachsen war, dann riß er die Augen auf. Schon tauchte die Gestalt auch wieder mit klarer Kontur auf, kleiner, als er sie freilich in Erinnerung hatte, zierlicher. Eine schwankend schwebende Tuchsäule, berührte sie kaum den Boden, sie hatte es eilig. Und wuchs direkt in Kaufners Fadenkreuz hinein, als ob sie's ihm leicht machen wollte. Kaufner atmete tief ein, tief aus, beim nächsten oder übernächsten Ausatmen würde er den Zeigefinger krümmen, mehr nicht, mehr nicht. Es gab überhaupt keinen Grund danebenzuschießen.

Im Fadenkreuz alles bereits so groß, daß man die Lagen der verschiedenen Tücher erkannte und im Sehschlitz die Augen, im späten Licht des Nachmittags leuchteten sie intensiv blau. Moment mal, waren sie nicht schwarz? Ruhig, Kaufner, ruhig. Und eins nach dem andern. Das kannst du gleich in Ruhe nachsehen gehen, bloß jetzt nicht länger zögern. Kaufner zitterte kein bißchen, als er noch einmal ganz tief Atem holte. Überm *Leeren Berg* kreisten die Adler. Aber das taten sie immer, das hatte nichts zu bedeuten.

❋ ❋ ❋

Die allererste Idee zu »Samarkand Samarkand« hatte ich am 30. Mai 1987; zehn Wochen später war ich zum ersten Mal in Usbekistan und machte Notizen. Doch obwohl ich fest davon überzeugt war, dies werde mein nächster Roman (der erste, »Aus Fälle/Zerlegung des Regenbogens«, erschien im Herbst '87), und obwohl ich seitdem immer wieder versucht habe, ihn zu Papier zu bringen – es hat so schnell nicht sollen sein. Heute, gut fünfundzwanzig Jahre später, kann ich endlich das fertige Manuskript in Satz geben. Es fühlt sich etwas merkwürdig an, fast so, als hätte ich mich im Verlauf der Jahre daran gewöhnt, dies ungeschriebene Buch mit mir herumzuschleppen und nie wieder loszuwerden; und als würde ich nun, da ich den Stoff tatsächlich und endgültig loslassen muß, bereits den Phantomschmerz spüren, der mich vielleicht die nächsten fünfundzwanzig Jahre begleiten wird.

Mein herzlicher Dank an alle, die mich auf meinen Wegen in und um Samarkand begleitet, die mir erzählt, zugehört oder mit Rat und Tat weitergeholfen haben – insbesondere an Michel Keller, Johannes Nawrath, Jens Sparschuh, Jörg Wolter, Mehmet Yalçin sowie meine Lektoren Jürgen Abel und Constanze Neumann. In Usbekistan/Tadschikistan an Odina Nurmamadov, Nazardod Mahmadbekov, Amir & Firdavs, Eric Segers und Jens Jordan.

Bedanken möchte ich mich nicht zuletzt auch für die herzliche Gastfreundschaft, die ich in beiden Ländern überall erfahren habe, vor allem bei Kutbija Rafieva und Aziza Haydarova, in deren *B&B Antica* ich stets bestens untergebracht und versorgt war – mitten in der Altstadt von Samarkand.

MP, 23. Januar 2013

Inhalt

Als die Dämmerung einsetzte ... 7

Erstes Buch
Der Atem des Kirgisen 9

Zweites Buch
Der Schrei des Fremden 119

Drittes Buch
Drüben 195

Viertes Buch
Leerer Berg 305

USBEKISTAN

Leerer Berg
▲
Schäferei
Kirgi
Tal, in dem nichts ist
Dorf
Mausoleum

← Samarkand

Serafsch

Sera